U0902329

LA CATEDRAL DEL MAR

海上大教堂

[西班牙] 伊德方索·法孔内斯 著　　范湲 译

浙江文艺出版社
Zhejiang Literature & Art Publishing House

果麦文化 出品

PART 01

第一部

土地的奴隶

01

1320年

柏纳·艾斯坦优农庄

纳瓦克雷斯，加泰罗尼亚王国

趁着大家不注意，柏纳抬头望了望蔚蓝晴空。九月底的和煦暖阳轻抚着宾客们的脸庞。他投注了许多时间和心力，大费周章地准备了这样一场盛宴，事事完备，只怕天公不作美。柏纳面带微笑望着初秋的蓝天，过了半晌，当他看见农庄前的广场上挤满了兴高采烈的宾客时，脸上的笑容更灿烂了。

在广场上欢笑寒暄的宾客大约三十来人。这一年的作物大丰收。所有的人，不分男女老幼，大伙儿顶着烈日辛勤工作，先采收葡萄，接着是踩踏葡萄，一天都不得空闲。

他们把准备酿造的酒注入大木桶，带皮的葡萄已经放置妥当，准备等冬季来临时再进行蒸馏这项烦人的差事。这时候，所有农奴会聚在一起欢度九月庆典。柏纳·艾斯坦优就挑了这段时间完成终身大事。

柏纳默默观察着现场的宾客。这些人都是天刚亮就出门，走了大老远的路来到这里，有些人甚至住在离艾斯坦优农庄很遥远的地方。大伙儿热络地闲聊着，或聊婚礼，或聊收成，甚至两件事都聊，他的堂兄弟们以及卜氏一家人就是这样。卜家是他妹夫家的亲戚，他们肆无忌惮地纵声大笑，而且总是带着轻蔑的眼光去看柏纳。柏纳感觉自己脸部逐渐热烫起来，立刻避开这家人的冷嘲热讽。他根本不想去臆测他们讥讽他的原因。除了卜家人之外，农庄前的空地上还有冯达尼一家人、韦莱一家人……当然，还有新娘的家人：艾司特维家族。

柏纳偷偷瞥了岳父贝利·艾司特维，他挺着圆滚滚的肚子，四处与人寒暄、说笑。贝利那张笑脸突然转过来看着柏纳，做女婿的被迫又一次向岳父点头致意。这个动作，柏纳已经重复了无数次。接着，他转而寻找妻舅们，新娘的兄弟们正和一群宾客愉快地闲聊着。打从婚事决定之后，柏纳这几个妻舅对他就没什么好感，为此，柏纳费了好大一番功夫去拉拢他们。

柏纳再度仰望蓝天。作物丰收和良好天候成就了这场盛宴。他望着自家的农庄，再看看聚集在空地上的人群，接着，他不由得轻轻抿着双唇。霎时，虽然周遭充斥着鼎沸人声，他却觉得自己好孤单。他父亲已经去世将近一年了；至于他妹妹贾孟娜，婚后即迁居巴塞罗那。此后，他写过好多封信，但从未得到妹妹的回音。父亲死后，他在世上就剩下妹妹这么一个亲人，如果可以的话，他多么希望能再见到妹妹呀！

父亲这一死，艾斯坦优农庄成了这一带乡亲关切的焦点：热心来说媒的、家里有待嫁女儿的父亲们……不断地在农庄大门口出现。在此之前，始终没有人敢来谈亲事，因为他父亲的暴躁脾气是出了名的，大家甚至给他取了个“疯子艾斯坦优”的绰号。艾斯坦优家算是这一带最富有的农家了，许多做父亲的巴不得把女儿嫁给艾家的儿子，但是个性刚烈的艾老头在世时，根本没有人敢踏进艾家农庄一步。

“你已经老大不小啦！也该成家了。”乡亲们这样告诉他，“你今年几岁啦？”

“二十七岁吧！”他答道。

“像你这个年纪呀，都可以当祖父了。”大伙儿七嘴八舌地责备他，“你一个人怎么打理这座农庄啊？你需要一个妻子！”

柏纳耐心聆听着大家的规劝，而他也知道，他的结婚对象，必然是那位大家口中意志刚强更胜蛮牛、倾城美貌宛若夕阳的女孩子。

对柏纳来说，成亲这个话题已经不是什么新鲜事了。自从贾孟娜出生后就成了鳏夫的疯子艾斯坦优曾经也想替柏纳娶亲，不过，家中有待嫁女儿的父亲们一听到疯子艾斯坦优对嫁妆的严格要求之后，全都气呼呼地一口回绝。于是，大家对柏纳的亲事也就失去了兴趣。后来，艾家老头健康逐渐恶化，脾气也越来越古怪，甚至经常胡言乱语。当时，柏纳每天忙着耕种，还要照顾生病的父亲，转眼间，他都二十七岁了，落得孤家寡人一个，还得应付一大堆前来关切婚事的人。

不过，柏纳的父亲去世时，连葬礼都还没举行呢，家里就来了个不速之客，那是纳瓦克雷斯封主的大总管。“果然被您料中了呀！父亲……”柏纳见到大总管带着几名卫兵出现在家门前的那一刻，脑海里随即浮现父亲说过的话。

“我死了以后……”年迈多病的父亲难得清醒时，几度不厌其烦地交代他这件事，“那些人一定会找上门的，到时候，你一定要把遗嘱拿出来给他们看。”说完，他举起手来指了指藏在石墙下的皮革卷筒，里面就放着疯子艾斯坦优的遗嘱。

“为什么呢，父亲？”父亲初次提醒他时，柏纳忍不住提出疑问。

“你也知道的……”他父亲答道，“我们对现有的土地具有永久佃耕权，不过，我是个鳏夫，如果我不预立遗嘱的话，我死了以后，封主老爷有权获得我原有的半数家具和牲畜……对封主有利的规定可多了，你应该把所有规定仔细研究一番才对。他们会找上门的，柏纳，他们会来抢走我们的财产，只有展示遗嘱才能摆脱那些人。”

“如果他们把遗嘱抢走呢？”柏纳问道，“您也知道他们什么事都做得出来的……”

“他们把遗嘱抢走也没有用……我的遗嘱已经注册登记过了。”

看了遗嘱之后，大总管怒不可遏，封主老爷更是气得不可开交。消息传开之后，大家对继承了疯子艾斯坦优所有资产的这个儿子反而更有兴趣了。

柏纳依然清楚记得第一次与现在的岳父见面的情景，那是采收葡萄之前的事了。五枚钱币、一张床垫，外加一件白色亚麻衫，那就是他给女儿芙兰希丝卡的嫁妆了。

“我要一件白色亚麻衫做什么呢？”当时，柏纳正在农庄楼下忙着堆麦秆，他边甩麦秆边问道。

“你自己看看……”贝利·艾司特维这样回答他。

柏纳撑着手上的草耙，往贝利·艾司特维手指的方向望过去：那是畜栏入口处。草耙倒在麦秆堆上。芙兰希丝卡背光出现在那儿，身上穿着白色亚麻衫，衣衫下的胴体曲线一览无余！

柏纳的背脊立刻蹿起一股寒战。贝利·艾司特维露出笑容。

柏纳接受了这门亲事。婚事就在麦秆堆旁说定了，他连走到女孩身边打个招呼都没有，不过，他的双眼倒是没从她身上移开过。

这门亲事的决定太过仓促，柏纳自己也知道，但是他并不后悔；芙兰希丝卡是个年轻、美丽又结实的女孩。他屏息思索着。就是今天了……那个女孩会怎么想？她的感受是否跟他一样呢？芙兰希丝卡并未加入女性宾客们的嬉闹谈笑，只是安安静静地站在她母亲身边，即使周遭不时传来哈哈大笑声，她的脸上却始终不见任何笑容。他们俩在无意间四目相接，但只是短暂的片刻。她羞红了脸，然后眉眼低垂……但是，柏纳却从她起伏明显的胸部看出了她的紧张情绪。白色的亚麻衫套在她身上真美，柏纳的欲望已被挑逗得蠢蠢欲动了……

“恭喜你了！”有人在他身后出声，并且在他背上用力拍了一掌。站在他身旁的正是岳父大人。“你可要好好照顾她呀！”贝利·艾司特维看着柏纳，手指着已经窘迫到无处可躲的新娘子，“希望你们的一生就像这场婚宴一样丰足！我这辈子还是第一次享受这么丰盛的喜宴。我敢说，就连纳瓦克雷斯的封主老爷大概也没吃过这样的美食吧！”

柏纳确实是打定主意要好好款待宾客的，他准备了四十七块烤得金黄的大面包，并未采用一般农奴常吃的大麦粉或黑麦粉，却刻意选用了细致雪白的小麦面粉。白面粉哪！就像他新婚妻子身上的亚麻衫一样雪白。一如往常，他到封主的城堡借用烤炉，算算他烤的面包分量，交两块烤好的大面包应该够让他借用烤炉了吧？烤炉房里的师傅们看着一块块饱满的面团送进炉里，眼睛睁得像大圆盘似的。这一次，他们竟然要求他交出七块刚出炉的大面包！柏纳离开城堡时，心中暗自发誓，他一定要努力推翻农奴不准拥有烤炉、铸铁房、马具房这种不合理的规定。

“我敢说，一定是这样的！”柏纳的岳父这样响应，把他的心思从那段不愉快的回忆拉回当下。

翁婿俩并肩看着农庄前的空地。封主城堡里的那些人确实抢了他一些白面包，柏纳这样想着，但是宾客们目前享用的美酒可是他父亲酿造的高级好酒，而且已经存放多年……还有腌猪肉、蔬菜炖鸡肉，当然还有用炭火慢烤的加了香料的羊肉……这些美酒、美食，都是封主那批人无福享用的。

这时候，女性宾客们突然开始忙进忙出。佳肴上桌了，一个个宾客开始把手上的钵碗填满。贝利和柏纳在空地上唯一的餐桌旁坐了下来，负责上菜的女人们替他们盛上菜肴。桌边还空了四张椅子，却没人敢上前去坐下来。

宾客们或是站着，或是坐在木桩上，甚至席地而坐，大伙儿吃着钵碗里的食物，眼睛却不时瞄着炭火上的烤羊肉，好几个女人一直守在那四只羔羊边注意火候。大家把酒言欢，谈笑喧嚷。

“真是一场丰盛的喜宴啊！真的！”贝利·艾司特维一口接一口地吃个不停。

有人提议向新人敬酒道贺。大家拿着酒杯等着。

“芙兰希丝卡！”新娘的父亲高举着酒杯，大声叫着躲在烤羊肉旁边那群女人堆里的女儿。

柏纳望着自己的新婚妻子，但她还是把自己的脸藏了起来。

“她很紧张啦！”贝利边说边对女婿眨了眼，“芙兰希丝卡！女儿啊！”他又扯着大嗓门叫唤女儿，“来！来跟我们喝一杯！你可要把握机会啊！我们再过不久就要回家啦！所有的人都会走的。”

现场一阵哄堂大笑，把芙兰希丝卡吓得更加惶惶不安。新娘子只把酒杯往上举了一下，酒却是一口都没喝，接着，她甩开了哈哈大笑的众人，再度回到烤羊肉旁边。

贝利·艾司特维把自己的酒杯往柏纳的杯子上用力撞了一下，杯里的酒溅得满桌都是。宾客们也跟着起哄，清脆的酒杯碰撞声响此起彼落。

“你得好好开导她，不能再这么害羞了！”做岳父的故意扯着大嗓门说给全场的宾客们听。

这句话当然又惹得现场笑声不断，这一次，有些人甚至故意开了柏纳的玩笑。

就在欢乐的笑声和喧闹之中，大家享用着美酒、腌猪肉以及蔬菜炖鸡。当女人们把烤羊肉渐渐从炭火上移开时，有一群宾客突然噤声不语，视线则定格在柏纳的农地外那片树林，艾斯坦优家用来酿造优质美酒的葡萄，就是产自与那片树林接壤的丘陵地。

才几秒钟的工夫，全场一片静默。

树林间出现三位骑士坐在缓步前进的马匹上，另外有好几位身穿军服的卫兵走在后头。

“他来这里干什么？”贝利·艾司特维咕哝着。

柏纳的目光一直紧盯着已经骑马来到他农地附近的那三个人。宾客们开始窃窃私语。

“我也不懂啊！”柏纳终于喃喃响应了岳父的问题，“他从来不走这条路的。这一条并不是通往城堡的路呀！”

那一群人行进速度相当缓慢。当这些身影逐渐接近农庄时，骑马的三人恣意霸道的谈笑声完全取代了喜宴宾客的欢笑声，大伙儿在空地上都听见了农庄外传来的狂笑。柏纳观察在场宾客们的动静，有些人已经不再探头远眺，始终低着头。他在那群负责烤羊肉的女人堆里找到了芙兰希丝卡的身影，纳瓦克雷斯封主的叫嚣已经传到他们这里来了。柏纳心中突然涌上一股无名火。

“柏纳！柏纳！”贝利·艾司特维用手肘碰了他一下，“你还在这里干吗？赶快过去迎接他呀！”

柏纳恍然大悟，猛地起身，火速跑上前去迎接封主。

“欢迎您大驾光临寒舍！”柏纳上气不接下气地向封主致意。

纳瓦克雷斯的封主罗伦·巴耶拉用力急拉缰绳，马匹正好就停在柏纳面前。

“你就是艾斯坦优，那个疯子的儿子？”封主冷冷地问道。

“是的，老爷！”

“我们今天去打猎，正打算回城堡的时候，居然发现这里有庆典！你们在庆祝什么？”

柏纳从马匹之间的缝隙瞥见了那几名卫兵，每个人身上挂着各种猎物，包括野兔和野鸡。“您这样不请自来更应该解释清楚才对。”柏纳真希望自己能够这样回答，“还是烤炉房的师傅跟您提了白面包的事了？”

不，这些话他都没说出口。连静候一旁的卫兵都睁大了眼睛看着他，似乎也在等着答复。

“禀告大爷，今天是我完婚的日子。”

“你跟谁成亲啊？”

“禀告大爷，我娶的是贝利·艾司特维的女儿。”

这时候，罗伦·巴耶拉突然不吭声了，只是端坐在马背上俯视着柏纳。马匹开始躁动起来，马蹄刨地，发出了嘈杂巨响。

“然后呢？”罗伦·巴耶拉对着他咆哮。

“我的妻子以及我本人……”柏纳努力压抑着心中的怒火，“对于大爷一行人能够莅临喜宴，我们感到非常荣幸。”

“我们口渴了，艾斯坦优！”巴耶拉老爷总算对他的回答感到满意。

马匹不需要指挥，自动往前移步。柏纳垂头丧气地陪着封主大爷走向他的农庄。到了农庄前的空地上，所有宾客都在那儿等着迎接他们。女人们低头看着地上，男人们全都脱了帽子。当罗伦·巴耶拉在人群前面停下来时，宾客们交头接耳咕哝着。

“快快快！”封主大爷下马时，同时对群众下令，“大家继续！”

人们遵从吩咐，默默转身回原位。卫兵们随即走到马匹旁，负责照料那三匹马。柏纳陪同三位贵客来到桌边，他和贝利的钵碗都不见了。

巴耶拉大爷与两位同伴在桌边坐了下来。当三位贵客开始聊起来时，柏纳往后退了几步。好几个女人陆续送上盛满美酒的酒壶、酒杯、大块白面包、一大锅蔬菜炖鸡、一大盘腌猪肉，还有刚烤好的羊肉。柏纳急切找寻着芙兰希丝卡的双眸，但他根本没见到她的身影，她不在那群女人堆里。他的目光恰巧接触了岳父的眼神，这时候，贝利·艾司特维和其他宾客站在一起，与柏纳四目相视的那一刻，他的下巴往女人堆的方向顶了几下。接着，贝利·艾司特维轻轻摇着头，随即转过身去。

“你们大家继续啊！”罗伦·巴耶拉大声叫嚷着，手上已经拿着一只大羊腿。

宾客们安安静静地走向原本用来烤羊肉的炭火堆旁，不过，即使三位贵客频频望着他们，这一小群人却依旧伫立原地——贝利·艾司特维以及他的儿子们，还有另外几名宾客。柏纳瞥见他们手上拿着白色亚麻衫，于是走了过去。

“快走开啦，你这个笨蛋！”他岳父这样斥责他。

柏纳还来不及开口，芙兰希丝卡的母亲已经把一盘烤羊肉塞给他，并在他耳边低语着：

“快去服侍大爷，别来找我女儿！”

农奴们开始埋首吃着烤羊肉，大家一言不发，眼角余光不时飘向坐在桌边的贵客们。宽敞的农庄空地上，只听到纳瓦克雷斯封主与其友伴的纵声大笑，卫兵们已经退到宴会场边去休息了。

“我之前听到你们大家原本有说有笑的呀！”巴耶拉大爷又在大声嚷嚷，“连我在打猎的时候都听见了。快笑啊！怎么不笑了？真讨厌！”

没有人笑得出来。

“唉！这些乡下人！大老粗！”巴耶拉大爷的一位同伴这样说道，说完又是一阵哈哈大笑。

三位贵客狼吞虎咽，不停地把羊肉和白面包往嘴里塞。腌猪肉和那锅蔬菜炖鸡却一直摆在桌角。柏纳站在一旁吃着碗里的食物，目光不时飘往芙兰希丝卡原本藏身的女人堆里。

“再拿酒来！”巴耶拉大爷举着酒杯大声吆喝着，“艾斯坦优！”封主大爷突然对着宾客群大吼，“下次你付我佃租的时候，一定要给我像今天这种好酒，不准像你家老头那样，总是拿一些跟药水一样难喝的酒来打发我！”柏纳在封主大爷背后默默听着，芙兰希丝卡的母亲已经捧着一壶酒来到桌边，“艾斯坦优！你在哪里啊？”

巴耶拉大爷用力拍桌的那一刹那，芙兰希丝卡的母亲正好把酒杯填满。美酒飞溅四散，落了好几滴在罗伦·巴耶拉的衣服上。这时候，柏纳已经来到巴耶拉大爷跟前，封主的友伴在一旁讥笑巴耶拉大爷的狼狈相，而贝利·艾司特维已经双手捂住了脸。

“你这个愚蠢的老太婆！居然敢把酒泼在我身上？”芙兰希丝卡的母亲低着头，完全不敢吭声，当巴耶拉大爷作势要甩她耳光时，她吓得倒退一步，却一不小心跌倒在地。罗伦·巴耶拉回到朋友旁边坐下，看着老妇人在地上爬，三人居然开怀大笑了起来。接着，一脸严肃的巴耶拉大爷转向柏纳：“呵！你在这里呀，艾斯坦优！你看看这个愚蠢的老太婆，跌得真够狼狈了。我说，你是不是故意要违抗自己的封主？你难道会不知道，替客人斟酒是女主人应有的本分吗？新娘在哪里？”巴耶拉大爷的目光扫视着空地上的宾客群，“新娘在哪里？”柏纳的沉默，激出了巴耶拉大爷的另一声叫嚣。

贝利·艾司特维抓着芙兰希丝卡的手臂，把她拖到桌边交给柏纳。新娘子全身发抖。

“这样好多了！”巴耶拉大爷放肆地盯着芙兰希丝卡，把她从头到脚打量了一番，“实在好太多了！从现在开始，你就留在这里替我们斟酒！”

巴耶拉大爷坐了下来，随即对着新娘子举起了空酒杯。芙兰希丝卡赶紧拿着酒壶过去替他倒酒。只是，她的双手不停地颤抖着。巴耶拉大爷紧抓着她的手腕，直到酒杯斟满为止。接着，巴耶拉大爷放开她，并要求她替另外两位贵客服务。新娘子丰满的酥胸摩挲着罗伦·巴耶拉的脸。

“替客人斟酒就应该这样才对！”巴耶拉大爷大声喧扰着，柏纳却在一旁咬着牙、握着拳……

罗伦·巴耶拉和两位友伴继续大口喝酒，不时吆喝着芙兰希丝卡替他们斟酒，同样的画面，一次又一次地出现在柏纳眼前。

每当新娘子倾身替巴耶拉大爷等人倒酒时，在一旁看热闹的卫兵们总是笑个不停。芙兰希丝卡努力忍着泪水，而柏纳已经血脉偾张，他的指甲把自己的掌心戳出了伤口。所有宾客只能默默看着新娘子被迫一次次上前斟酒。

“艾斯坦优！”巴耶拉大爷站了起来，一手抓着芙兰希丝卡的手腕，“身为你的封主，我是可以享受一些权利的，所以啦……我决定享受一下你新婚妻子的初夜！”

巴耶拉大爷这么一说，两位友人在一旁鼓掌叫好。柏纳往餐桌冲过去，但是他还没到桌边，那两个已经喝得醉醺醺的贵客突然起身，并且拔出了长剑。柏纳一脸愕然地停下了脚步。罗伦·巴耶拉看着他，脸上露出微笑，接着是恣意狂笑。芙兰希丝卡紧盯着柏纳，她以惶恐的眼神急切地向他求助。

柏纳才往前踏了一步，巴耶拉大爷友人的长剑已经抵着他的腹部。柏纳无可奈何，只好又停下脚步。当芙兰希丝卡被拖往农庄的阶梯时，一路眼巴巴地望着柏纳。当封主大爷伸手揽住芙兰希丝卡的腰际，并将她往自己怀里靠的那一刻，这位新婚的年轻女孩终于发出了惊天呐喊。

巴耶拉大爷的两位朋友回到餐桌旁坐下，继续喝着上等美酒，卫兵们则堵在农庄外的楼梯口，以免柏纳上楼坏了巴耶拉大爷的好事。柏纳站在楼梯口与卫兵们对峙着，他已经听不见巴耶拉大爷好友们的纵声大笑，也听不到妇人们的哭泣声。他已经毫不在乎宾客们的沉默，也察觉不出卫兵们对他的讥笑，他只听到二楼窗口传出的沉痛哀号！

晴空依旧蔚蓝。

过了半晌，过了那段对柏纳来说犹如漫漫无止期的片刻，罗伦·巴耶拉满身大汗出现在楼梯上，身上穿着铠甲。

“艾斯坦优！”巴耶拉大爷正要走回餐桌，当他经过柏纳身边时，粗声粗气地咆哮着，“现在轮到你了！卡德琳娜夫人哪……”他转向两位好友提到他那位结婚没多久的年轻妻子，“她呀……已经受不了我那一大堆私生子了。再说，我实在受不了那个女人的哭声。喂……你去吧！快去履行一个虔诚的基督徒丈夫应尽的义务！”巴耶拉大爷看着柏纳说了最后那句话。

众人注目之下的柏纳，径自低着头，疲惫的脚步渐渐踏上农庄旁的楼梯。上了二楼，那是宽敞的厨房和餐厅，其中一面墙边摆着一口体积庞大的炉子，上头有个冬天取暖用的大铁炉。继续往三楼，卧室和粮仓就在那里。柏纳听着自己的脚步踩在木质阶梯上发出的嘎吱声响。他频频探头从阶梯之间的缝隙往楼上看，却不敢直接上楼去。楼上没有传出任何声响。

接着，他的下巴贴着三楼地板，身体靠在阶梯上，这时候，他看见芙兰希丝卡的衣物散落一地。她那件娘家引以为傲的白色亚麻衫，已经被撕裂成破布条。最后，他终于上了三楼。

他看见一丝不挂的芙兰希丝卡蜷缩着，眼神茫然，而全新的草席上已沾了血迹。她那汗水淋漓的身躯上，到处是抓痕和瘀青。她一动也不动地缩在草席上。

“艾斯坦优！”罗伦·巴耶拉在楼下叫嚣，“你的封主大爷在等着。”

此时，柏纳忽然一阵作呕，当场就在粮仓里吐个不停，仿佛整副肠胃都涌上喉咙了。芙兰希丝卡依旧毫无反应。柏纳急忙跑开。当他回到楼下时，脸色惨白，脑中似乎天旋地转。霎时，他眼前一片模糊，就这样撞上了站在楼梯口的罗伦·巴耶拉，跌了一跤，整个人趴在地上。

“看来，我们这位新郎倌还没洞房。”罗伦·巴耶拉语带嘲讽地对两位友人说道。

柏纳努力抬起头来看着巴耶拉大爷。

“没……没有！我……我办不到，大爷！”他吞吞吐吐地说着。

罗伦·巴耶拉沉默了半晌。

“如果你办不到的话，我相信……我的好友们，还有我那些卫兵……一定办得到的。我也跟你说过了，我的私生子够多了，不想再要了。”

“你也没那个权利！”

所有农奴看着这一幕违逆封主的情景，全都惊愕地直发抖。罗伦·巴耶拉一手就抓起柏纳的脖子，接着，他使劲地掐着，柏纳张着嘴巴挣扎着。

“你好大的胆子！难道，因为封主可以享有新娘初夜的权利，所以你打算不久后抱个小孩到我面前来宣称这是我的私生子？”罗伦·巴耶拉将柏纳往上一提，然后狠狠地把他摔在地上，“你就是这样盘算的是吗？我告诉你，你们这些下人享有什么权利，由我来决定，只有我能决定，懂吗？你该不会是忘了吧？我随时随地都可以处罚你的……”

罗伦·巴耶拉出手甩了柏纳一个重重的耳光，柏纳再次摔倒在地。

“把我的皮鞭拿来！”巴耶拉大爷怒气冲冲地大吼着。

皮鞭！柏纳小时候，就跟其他小孩一样，几度被迫跟着父亲去目睹了巴耶拉大爷鞭打农奴的情形。皮鞭在农民赤裸的背部劈啪作响，那个画面和声响，占据了他大半个童年的记忆。当时，在场所有的人都不敢轻举妄动。此时此刻也一样。柏纳开始拖着身子往前移动，接着，他抬头看着封主大爷。巴耶拉站在那儿，俨然庞大巨石，他伸长了手，等着手下把皮鞭递过来。柏纳想起可怜农奴皮开肉绽的背部，一片血肉模糊呀！柏纳爬向楼梯口，惊惶的眼神就像做了噩梦的孩子。现场没有人敢动弹一下，没有人敢吐出一个字。太阳依旧照耀着大地。

“对不起，芙兰希丝卡！”柏纳在妻子身边结结巴巴地说着。他又上楼了，这次后面还跟着一个卫兵。他脱了裤子，然后跪在妻子身旁。芙兰希丝卡毫无反应。柏纳看着自己的命根子，依旧软趴趴的，他心想，这样怎么可能实践封主大爷的命令。他伸出一根手指，轻轻抚着芙兰希丝卡赤裸的腰侧。

芙兰希丝卡仍旧没有任何反应。

“我……我必须做这件事情。”柏纳这样告诉她，同时伸手去将她的脸转向自己。

“不要碰我！”芙兰希丝卡发了疯似的对他大喊。

“他会用皮鞭打我的！”柏纳使出蛮力，硬是要探索妻子赤裸的身躯。

“放开我！”

她极力反抗，直到柏纳紧抓住她的双手，并且将她压倒在草席上。即使如此，芙兰希丝卡仍然抗拒他。

“会有别人上来的……”他在她耳畔低语着，“如果我不这样做的话……还是会有别人来强迫你的！”芙兰希丝卡睁大了双眼，眼神中充满了指责和愤恨，“他会用皮鞭打我的！如果我不这样做的话，他会用皮鞭打我的！”柏纳不断替自己辩解。

芙兰希丝卡并未屈服，但是柏纳粗暴地占有了她。她那止不住的泪水丝毫无法冷却柏纳的性欲，在他进入她体内的那一刹那，芙兰希丝卡从此有了完全不同的人生。

芙兰希丝卡凄厉的号叫声满足了前来监视的卫兵，既然奉命监视，他干脆就半躺在地板上看好戏。

柏纳依旧使着蛮力压制着妻子，但是，芙兰希丝卡已经不再挣扎了。凄厉的号叫逐渐变成了悲伤的啜泣。当柏纳到达欢愉的巅峰时，伴随的却是妻子的痛哭！

罗伦·巴耶拉早已听见三楼窗子传出的号叫，当他派去监看的卫兵回来报告这对夫妻确实已经行房之后，巴耶拉大爷随即要求两位友人打道回府。封主大爷离开后，大部分宾客也急急忙忙回家去了。

农庄霎时恢复了原有的宁静。柏纳压在妻子身上，顿时不知所措了。他这才惊觉，他依然用力抓着妻子的肩膀；于是，他让妻子慢慢躺回草席上，自己的双手则撑在她的头部两侧，这时候，他的身体突然失衡，整个人又压在她身上。芙兰希丝卡依然呆滞、麻木。柏纳立刻起身，撑稳了双臂之后，他的目光碰到芙兰希丝卡的眼神……她看着他，眼里却没有他。柏纳此时的姿势，只要稍微动一下就会再碰到妻子的身体。但是，柏纳只想逃开那样的窘境，偏偏他又不知道该怎么做才能不再伤害妻子。

最后，踌躇片刻之后，他从妻子身上移开，然后在她身边跪着。即使到了这个时候，他还是不知道该怎么办才好——站起来？在她身边躺下？离开现场？还是思过忏悔……他将视线从芙兰希丝卡平躺在草席上的赤裸胴体移开。他找寻着她的面容，他理应在她的躯体上方的，偏偏却无法寻得那张容颜。他落寞地低下头来，一眼见到自己裸露的阳具，突然间，他为此感到羞耻不已。

“对不……”

芙兰希丝卡突如其来的一个动作把他吓了一跳。她居然转过头来看他。柏纳试图在她眼中找到谅解，然而，他看到的是全然空洞的眼神。

“对不起！”他把没说完的话又说了一遍。芙兰希丝卡依旧无动于衷地望着他，“对不起！对不起！我……我不这么做的话，会被鞭打……”他结结巴巴地说着残缺不全的句子。

柏纳依旧记得巴耶拉大爷站在他面前，伸长了手等着拿皮鞭的情景。他再度找寻芙兰希丝卡的双眼：还是空茫。柏纳试图从妻子眼神中寻求答案，然而，他看到的却是让他惊恐不已的眼神：那双眼睛沉默地呐喊着，就像她不久前声嘶力竭的号叫一样凄厉……

柏纳不自觉地伸出了手，仿佛想要让她知道自己可以了解她的心情，仿佛她只是个需要呵护的小女孩……柏纳把手伸到芙兰希丝卡脸颊旁。

“我……”他正想开口说话。

他还是没去摸她的脸颊。当他的手靠近芙兰希丝卡的脸颊时，她全身的肌肉立刻紧绷了起来。柏纳收了手，当场痛哭。

芙兰希丝卡依然无动于衷，眼神仍旧茫然。

最后，柏纳停止了哭泣，他站起来，穿上裤子，然后消失在层层楼梯之间。直到柏纳的脚步声渐渐远了，芙兰希丝卡起身走到房里唯一的大皮箱旁边，拿出她的衣服。穿好衣服之后，她仔细地收捡着被撕裂的白色亚麻衫碎布，接着，小心翼翼地收好那一堆破布，然后存放在皮箱里。

02

芙兰希丝卡像个游魂似的在农庄里晃荡着。该做的家务她都做了，只是，始终闷不吭声，那股哀伤和落寞，不久就填满了艾斯坦优家的每一处角落。

柏纳曾经多次想求她原谅那些不愉快的事。婚礼结束了，柏纳也渐渐摆脱了结婚当天的恐惧，这时候，他终于可以好好思索一个更完整的解释：那是他对残酷封主的恐惧使然，他若拒绝从命的话，对他们两人而言，后果都是不堪设想的。“对不起！”柏纳说了数以千计的“对不起”，在他面前的芙兰希丝卡却只是沉默以对，依旧漠然，仿佛在等着柏纳在适当时机说出心中构思已久的说辞：“如果我不那样做的话，会有别人对你做那件事的……”然而，每到时机成熟时，柏纳却怎么也开不了口。任何借口都让他觉得又气馁又无助，那场婚礼强暴已经成了横亘在两人之间一道难以消弭的障碍。所有的“对不起”，所有的解释和沉默以对，似乎渐渐治愈了妻子的创伤——那个柏纳试图抚平的伤口……悔恨依旧弥漫在日常生活当中，但是柏纳也只能默默承受芙兰希丝卡的无动于衷。

每天清晨，曙光乍现，刚起床准备上工的柏纳总会从卧房窗子探头往外望。他父亲也有这个习惯，直到父亲去世前几年，父子俩每天清晨总是一起倚在厚实的石造窗台上；两人望着清晨的天空，预测这一天可能的天气变化。他们望着广阔的肥沃农地，从农庄前一直延伸到山谷边，农地里的作物，都是他们辛勤耕作的成果。他们观望着天上的飞鸟，仔细聆听着楼下畜栏里的牲畜的叫声。那是一段父子交谈的时间，也是父子俩与天地对话的时刻，在那短短的几分钟内，他父亲似乎又恢复了理智。柏纳曾经梦想能与自己的妻子共享这段珍贵时刻，然而，每当他临窗远眺时，楼下却已传出忙进忙出的声响了。他多么希望能向妻子叙述他从父亲口中听来的话语，那都是已经流传了好几个世代的故事。

他曾经梦想自己能够告诉妻子，这一大片肥沃的农地曾经是艾斯坦优家族所有，无须缴租税。曾经，他的祖先们心满意足地耕作这片土地，用辛勤的工作换来丰富的收获，不需要支付佃租或税金，也不需要对傲慢霸道的封主老爷低声下气。

曾经，他也梦想自己的妻子、这片土地未来继承人的母亲能和他分担父亲遗留给他的悲伤。他很想告诉她，三百年后的今天，她生下的孩子却注定要成为别人的农奴。他多么希望能够骄傲地告诉她，就像他父亲当年那样，三百年前，艾斯坦优家族也和其他自由的人一样，家中存放着武器，随时可接受波瑞尔伯爵兄弟的征召，与众人一起抵御阿拉伯人的劫掠。他多么希望能够告诉她，在波瑞尔伯爵的指挥之下，好几位艾斯坦优家族成员参与击退了哥多华的阿拉伯大军。当年，他父亲只要有空就会慷慨激昂地叙述那些历史。不过，当他提到1017年波瑞尔伯爵病故时，振奋的情绪立刻转为哀伤。根据他父亲的说法，伯爵之死让他们都成了农奴：波瑞尔伯爵去世后，年仅十五岁的儿子继承了爵位。伯爵夫人艾蜜桑妲顺理成章成了摄政者，而曾经与农民们共同作战御敌的加泰罗尼亚男爵们，他们确定王国的疆界已经安全无虞，于是就趁着王国正值权力真空之际，大肆掠夺了农民的资产，并且屠杀了所有不愿屈服的农民，然后将其资产占为己有，已经妥协的农民则获准耕种原有的农地，但是收成后必须缴部分农产作为佃租。艾斯坦优家族屈服了，就像其他许多农民一样。

“我们曾经也是拥有自由的人！”他父亲这样告诉他，“当时，我们农民和骑士们并肩作战，一同对抗阿拉伯人。但是，我们始终无法反抗那些骑士，因为，历任的巴塞罗那伯爵总是希望能够主导加泰罗尼亚王国，于是，他们极力拉拢贵族势力，既然要拉拢他们，当然就要和他协议，每次牺牲的总是我们这些农民。起初是掠夺我们的土地，后来是剥夺我们的自由、我们的人生……我们的尊严！就从你的祖父母那一辈开始……”他父亲以颤抖的声音说着，双眼始终盯着前方的农地，“他们失去了自由！他们被禁止放弃耕种的农地，从此变成了奴隶，永远被土地约束着，而他们的子子孙孙，就像你和我，我们都继续承受着同样的命运。我们的人生……你的人生，都掌握在封主手中，封主决定什么是正义，他们有权虐待我们，有权践踏我们的尊严。我们甚至不能自我防卫！如果有人要杀你，你必须先去找封主主持公道，如果封主替你解决了问题，你必须将半数的赔偿送给封主作为酬谢之礼。”

接着，他父亲喃喃念着封主的各项权利，柏纳已经听了许多回，甚至都能倒背如流了，但是，他从来就不敢打断父亲这段愤怒的自言自语。封主任何时候都能要求他宣誓为农奴。如果农奴死时未留下遗嘱或是没有子嗣的话，封主有权接收他的部分资产。倘若农奴的妻子未守贞洁，倘若农庄发生火灾，倘若农奴转而效忠其他封主，当然还包括农奴逃亡他乡……以上这些情况发生时，封主都有权接收农奴的财产。封主有权享有农奴新婚妻子的初夜，他可以要求农奴们的妻子为自己的儿女哺乳，或是要求农奴们的女儿到他的城堡里帮佣。奴隶们为封主耕种，被迫提供免费劳力。他们必须保卫封主的城堡，必须缴纳收成的部分农产。当封主到访时，他们必须提供住宿和食物。农奴们若使用林地或牧场必须付费；借用封主的铸铁房、火炉或磨坊，必须先支付费用。每逢圣诞和其他庆典，农奴们必须献礼给封主。

教会又是什么做法呢？当柏纳向父亲提出这个问题时，父亲的语调变得更愤慨了。

“修士们、神父们、副主祭们、副主教们、教士们、修道院院长们、主教们……”他父亲逐一列举，“他们和那些压迫农民的贵族封主们都是一丘之貉！为了避免农奴逃避耕种，他们甚至禁止农奴加入神职人员的行列，这么一来，我们就可以一辈子替他们做牛做马了。”

“柏纳呀！”他父亲几次谈到教会的不公不义时，总会严肃地提醒他，“绝对不要信任那些口口声声说自己信仰上帝的人！他们和你谈话时总是心平气和，句句都是良言佳句，他们的谈吐非常有深度，但你永远都听不懂他话中的涵义。他们只是在拼凑一些字句，以此控制你的理智和良知。他们在你面前总是一副慈悲为怀的模样，他们总是说着要救赎我们，帮助我们摆脱罪恶和诱惑之类的话。事实上，他对我们早有成见，而所有这些以耶稣基督的兵卒自称的神职人员，谈到我们的处境，他们只会搬出书上看来的一堆理论，一点说服力都没有，简直就像在骗小孩。"

"父亲……"柏纳记得，他曾经这样问过父亲，"他们的那些书上是怎么描述我们这些农奴的？"

他父亲远眺着广阔的农地，接着是远方的天际。

"他们的书上说我们是禽兽，野蛮无理，根本没有能力理解什么是礼仪；说我们是可憎之人，粗野可恶、恬不知耻、愚蠢无知；说我们残忍而顽劣；说我们不值得拥有尊严，因为我们根本不懂得珍惜尊严……我们只是懂得使用蛮力的粗人。他们说……"

"父亲，我们真的是这样吗？"

"孩子，他们是希望我们变成那样的人！"

"可是，自从母亲去世之后，您每天都祈祷啊……"

"我是向圣母祈祷啊！孩子，我祈祷的对象是圣母！我们的圣母和那些修士、神父毫无关系。我们能够信仰的就是她了！"

柏纳多么希望能够在清晨时刻与妻子一同倚在窗台边交谈，他多么希望能把父亲告诉他的这些事转述给妻子听，多么希望能够与她一同欣赏这片肥沃的农地呀！

从九月份剩下的日子到十月份结束，这段时间，柏纳竟日与犁牛、耕具为伍，天天在大太阳下忙着翻土、犁田和施肥。然后，在芙兰希丝卡协助下，他完成了小麦的播种。她背着草编大篮子，边走边将篮子里的麦种撒在土里。柏纳先赶着犁牛犁了地，芙兰希丝卡撒了种子之后，他再拿着沉重的铁铲跟在后面整地。两人默默辛勤工作着，只有柏纳吆喝犁牛的洪亮嗓音偶尔划破周遭一片寂静。柏纳原以为两人一起工作可以拉近彼此的距离，然而事实并非如此。芙兰希丝卡依旧漠然：她背着草编篮子，径自撒着小麦种子，始终没看他一眼。

到了十一月，柏纳开始忙着这个季节该做的几件事：挑选待宰的猪，然后另外圈养；收集农庄过冬所需的木柴；整理菜园和农地以备春天播种。此外，他还得在葡萄园里忙着修剪枯枝和嫁接。而在农庄里，芙兰希丝卡也忙着打理家务、整理院子，以及喂鸡、喂兔子。每到夜幕低垂时，她总是默默将他的晚餐端上桌，然后自行回房就寝。每天清晨，她总是比他更早起床，当柏纳下楼时，餐桌上必定摆着已经准备好了的早餐，以及他要带着去上工的午饭。当柏纳正在享用早餐时，总会听见她在畜栏里打点牲畜的声响。

圣诞节转眼已过，而采收橄榄的工作总算在一月结束了。柏纳的橄榄收成情况并不理想，仅够农庄自用以及缴给封主，如此而已。

接下来，柏纳要忙的是杀猪这件大事。他父亲在世期间，每到杀猪的大日子，平日难得踏进艾斯坦优农庄的乡亲们都会来凑热闹。柏纳还记得，杀猪日的欢乐气氛比得上真正的庆典啊！在那天，他们先宰杀猪只，然后大家共享美味佳肴，当女人们忙着料理猪肉时，男人们则把酒言欢。

当天，艾司特维一家子，包括父母和两位弟弟一早就出现在农庄门口。柏纳在农庄前的空地上向他们打招呼，芙兰希丝卡在他身后等着。

“你好吗，丫头？”芙兰希丝卡的母亲关切女儿的生活状况。

芙兰希丝卡没答腔，却任由母亲紧搂在怀里。柏纳在一旁看着这一幕：焦虑的母亲双臂环抱着女儿，一心期待着女儿也会有同样的热切回应。但是，做女儿的没有任何举动，她只是呆立在原地。此时，柏纳转过头去看了看岳父。

“芙兰希丝卡！”贝利·艾司特维就只是喊了眼神空茫的女儿一声。

她的两个弟弟仅仅挥手打招呼。

芙兰希丝卡转身前往猪圈去打理猪只了，其他人则站在农庄前的空地上。大家都一言不发，过了一会儿，艾家母亲的啜泣打破了沉默的僵局。柏纳本想上前安慰她，但是，当他看到岳父和两位妻舅都无动于衷时，他立刻打消了这个念头。

芙兰希丝卡回来时，后头一只猪仔紧跟着她，仿佛已经自知难逃被宰的厄运，接着，她跟平常一样，还是一言不发地把猪仔交给丈夫。柏纳和芙兰希丝卡的两个弟弟合力将猪仔压制在地上，然后三人一起坐在猪仔身上。猪仔尖锐的嚎叫声，响彻艾斯坦优农庄外的山谷。贝利·艾司特维在猪仔脖子上利落地划上一刀，接着，所有人都默默看着猪血流泻在小锅里，谁也没有抬头张望。

当母女已经忙着剁肉时，四个男人甚至连酒都没喝。

到了傍晚，忙完一天的劳务之后，做母亲的再次将女儿紧拥入怀。柏纳盯着这一幕，心中期望着妻子能有响应。还是没有。艾家的父亲和两个弟弟向她告别时，三人都低头盯着地面。做母亲的则走到柏纳身旁。

“当你觉得孩子快要出世的时候……”她刻意把女婿拉到一旁，“你叫个人来知会我一声。我想，她自己是应付不来的。”

艾司特维一家已经踏上归途。那天晚上，当芙兰希丝卡上楼走进卧室时，柏纳忍不住直盯着她的肚子。

五月底是开始收成的第一天，柏纳注视着自己的农地，肩上则扛着镰刀。他一个人怎么有办法收割这一大片麦田啊？打从半个月前开始，柏纳禁止芙兰希丝卡再碰粗重的工作，因为她已经昏倒过两次了。她默默听着丈夫的交代，接着也乖乖照办了。他为什么要禁止她做粗活儿呢？柏纳又伸长脖子望着一大片等着他收割的麦田。到头来……他这样自忖着，万一那不是他的孩子呢？附近的农妇们即使大腹便便还是在田里干活，有些农妇甚至在田里生下孩子。不过，看到她昏倒两次之后，他不禁也替她担心了起来。

柏纳紧握着镰刀，开始努力收割金黄饱满的麦穗。正午的烈日已挂在头顶上空。柏纳加紧工作，甚至没停下来吃午饭。这片麦田面积非常大。过去，他一向都和父亲一起收割麦子，即使父亲生了病也没停过。“加油啊！孩子……”父亲总不忘为他打气，“我们要加紧赶工，千万不能让暴风雨或冰雹摧毁了我们的心血啊！”接着，两人继续努力收割。当其中一人感到疲累时，总会靠在另一人身上歇息。父子俩坐在阴凉处吃午饭，同时还配上柏纳的父亲酿造的陈年美酒。父子俩总是边吃边聊，有说有笑。如今他只能孤独地听着镰刀划过麦秆的嘶嘶声。除此之外，什么声音也没有，除了镰刀，还是镰刀……他凌空挥舞着这尖锐的镰刀，咻咻声仿佛在质问他，那个即将出世的孩子究竟是谁的骨肉？

接下来的几天，柏纳天天顶着烈日辛勤收割。有一天，他甚至在月光下赶工。当他回到农庄时，晚餐已经摆在餐桌上。他先去梳洗一番，然后一个人意兴阑珊地吃着晚饭。直到那天晚上，那个他预先在冬天就做好的摇篮，居然动了！柏纳眯着眼睛看了又看，但他依然喝着碗里的汤。芙兰希丝卡正在楼上睡觉。柏纳又看了看那个摇篮。一勺，两勺，三勺。摇篮又动了。柏纳望着那个木制摇篮，正要往嘴里送的第四勺汤就这样悬在那儿。他把整个楼下察看了一番，没见到岳母的踪影。不，不会吧？她一个人把孩子生下来了……而且，自己就这样上楼睡觉了。

他放下汤匙，然后站起来，还没走到摇篮边，他却踌躇了，转身又回到餐桌旁坐了下来。此时，他对那个孩子的疑虑更是有增无减。“所有艾斯坦优家的人，右眼上方都有个弯月形的胎记。”他父亲曾经这样告诉他，“你祖父也有。”他父亲继续说，“还有你祖父的父亲……”

柏纳已经疲惫不堪——他已经在大太阳下干活一整天。日复一日，天天如此。他又看了看摇篮。

他再度起身，然后慢慢走近摇篮。摇篮里的婴儿睡得很安详，两只小手微微张开，身上盖着白色亚麻衫改成的被单。柏纳走到摇篮的另一边就为了看清婴儿那张小脸。

03

芙兰希丝卡根本不看那个孩子。她只是把那个已经取名叫亚诺的婴儿抱着，把一边的乳头塞进孩子嘴里；过了片刻之后，再让孩子去含另一边的乳头。但是，她始终不看那个孩子一眼。柏纳看过许多农妇在田里喂奶，那些为新生儿哺乳的农妇，无论贫富，个个脸上带着笑容，或是低垂着眼睛望着怀里的孩子，或是轻抚着孩子的小脸蛋。然而，孩子出生两个月以来，柏纳从未听过芙兰希丝卡对孩子轻声细语，也不曾见过她逗弄孩子，或是拉拉孩子的小手、轻咬孩子的嫩肉，或轻吻他，或只是轻抚他……什么也没有。“这孩子做错了什么呀？芙兰希丝卡……”当柏纳把亚诺抱在怀里时，总是忍不住在心里这样暗想着。接着，他会抱着亚诺离开冷漠的芙兰希丝卡，找一个安静的角落，一个他可以任意与孩子说话、轻抚孩子的地方。

因为，这孩子是他的骨肉。“所有的艾斯坦优家族成员都有这个！”每当柏纳轻吻着亚诺右眼上方的弯月形胎记时，他总会这样说道，“我们都有这个胎记。父亲……”说着，他兴奋地把孩子举得高高的。

那个弯月形胎记总算安了柏纳的心。当芙兰希丝卡去封主城堡烤面包时，其他女人总会好奇地掀开亚诺的小床单，就为了看看那张小脸蛋。芙兰希丝卡从来不阻止她们。看了孩子之后，女人们、烤炉房师傅们以及卫兵们嗤嗤笑了起来。而当柏纳去替封主耕种农地时，其他农奴则热络地拍拍他的背，并且当着大总管的面恭贺他当了父亲。

事实上，许多农奴是罗伦·巴耶拉的私生子，但是，这个身份并没有让他们得到任何好处。巴耶拉大爷就喜欢到处沾染无辜农妇，接下来还会在朋友之间自夸雄风威猛。亚诺·艾斯坦优这个孩子显然不是巴耶拉大爷的种。每当封主大爷看到农妇们到城堡来烤面包或帮佣时，总会忍不住露出尖酸的苦笑。他天天在屋里看着下人说长道短，每次艾斯坦优的妻子一出现，一群农妇总会叽叽喳喳说个不停，连卫兵都跟她们一起闲言闲语。事情很快在农奴之间传开了，而巴耶拉大爷也成了朋友们讥笑的对象。

“多吃点！巴耶拉大爷。”有位造访城堡的男爵面带笑容对他说，“我听说，你应该多补补身子了。”

在场的其他宾客哈哈大笑，全都跟着起哄。

“在我的封地范围内，”有位宾客这样说道，“我是绝对不容许任何农奴质疑我的男子气概的！”

“难不成你连弯月形胎记也要禁吗？”已经微醺的男爵纵声大笑，饱受宾客挖苦的罗伦·巴耶拉，只能以满脸僵硬的苦笑回应他们。

事情发生在八月初。农庄入口中庭的无花果树荫下，亚诺安静地躺在摇篮里。孩子的母亲在菜园和畜栏之间忙进忙出，而孩子的父亲则是双眼紧盯着摇篮，他正在中庭外的空地上赶着犁牛踩踏已经收成的小麦，从麦秆上剥落的麦子，就是他们一整年的粮食了。

夫妻俩都没听见有人来了。三位骑士快马加鞭来到农庄外：一位是罗伦·巴耶拉的大总管，另外两人全副武装，都是巴耶拉大爷手下的卫兵。不过，柏纳却发觉马匹的配备倒没有这么惊人。或许，他们觉得不需要如此大费周章去恫吓一个单纯的农奴吧！大总管在一旁等着，另外两人则骑着马来到柏纳面前。两匹战驹一到他面前，马蹄随即腾空猛踢。柏纳吓得往后退了几步，最后跌倒在地，就在躁动无情的马蹄旁。这时候，坐在马上的骑士们终于制住了两匹战驹。

“你的封主，”大总管在一旁喊着，“罗伦·巴耶拉大爷要求你的妻子去给封主夫人卡德琳娜的儿子喂奶！”柏纳试着起身，但是其中一名骑士的马刺立刻动了起来。大总管转向芙兰希丝卡下令：“你把孩子带着，现在就跟我们走！”

芙兰希丝卡把亚诺从摇篮里抱起来，低着头默默跟在大总管后面走着。柏纳激动呐喊，他试图站起来制止，但总是落得被马蹄踢倒的下场。他不死心，跌了几次依旧锲而不舍，两名卫兵一次又一次地逼退他，同时还耻笑他的狼狈相。最后，上气不接下气的柏纳伤痕累累地躺在马蹄旁。直到大总管的身影已经消失在远处，两名卫兵总算骑马离去。

农庄恢复了原有的宁静，柏纳只能呆呆望着快马疾驰扬起的尘土，接着，他转过头去看了看那两头犁牛，居然低头吃起了小麦。

打从那天开始，柏纳每天依旧照料牲畜、下田耕种，但是他的心里始终挂念着儿子。到了晚上，他独自在农庄里回忆着他对儿子轻声诉说人生和未来的情景，他思念着那个木制摇篮，只要亚诺轻轻动一下就会发出嘎吱声响，还有孩子饥饿时的洪亮哭声。他在农庄里每个角落努力嗅着儿子留下的乳香。他这时候会在哪里睡觉呢？他的摇篮在这里呀！这是他亲手为孩子做的摇篮。当他好不容易睡着时，却总是在一片寂静的深夜中惊醒。这时候，柏纳干脆把睡觉用的草席收好，听着楼下畜栏里的牲畜发出的声响，无奈地等待黎明的到来。

芙兰希丝卡被迫去替封主夫人的儿子喂奶之后，柏纳必须定期到巴耶拉大爷的城堡去烤面包。柏纳记得，有一次，他和父亲一同到城堡里，当时，父亲曾告诉过他，那座城堡最初只是坐落在小山丘上的瞭望塔而已。罗伦·巴耶拉的祖先趁着波瑞尔伯爵去世后的政权真空期加速扩建，所有工程都是靠着众多农奴的劳力和血汗完成的。城堡的主建筑四周的格局毫无规划，杂乱无章地随意增建了烤炉房、铸铁房、马具房、粮仓、厨房、佣人房等。

从艾斯坦优农庄到巴耶拉的城堡，路途相当遥远。柏纳到城堡去的前几次，始终打探不出儿子的任何消息。无论他去问谁，得到的答案千篇一律：他的妻儿一直都待在卡德琳娜夫人的房间里。唯一的不同是，有人回答他时面带讥笑。有人则低着头，仿佛不忍心直视他这个伤心的父亲。柏纳默默忍耐了一个月，直到有一天，当他拿着刚出炉的黑麦面包走出烤炉房时，迎头撞上那个苍白消瘦的铸铁房学徒，柏纳曾经向他打探过儿子的情形。

“你知不知道我家亚诺怎么样了？”他问那个小学徒。

当时四下无人。少年企图躲开他，故意装出一副没听见问话的模样，但柏纳硬是揪住了他的手臂。

“我问你……你知不知道我家亚诺怎么样了？”

“你老婆……和你儿子……”少年低着头，吞吞吐吐的。

“我知道他们在哪里！”柏纳打断了他的话，“我问你的是……我家亚诺好不好？”

少年还是低着头，脚尖踢着地上的小沙堆。柏纳用力摇晃着少年的身体。

“他好不好？”

少年学徒仍旧没抬头，而柏纳的力道也越来越强。

“他不好！”少年大喊着，柏纳强迫少年面对他，“他不好！”少年重复了同样的话。柏纳以严厉的眼神质问他。

“那孩子怎么了？”

“我不能……大爷下令规定我们不能跟你说……”少年开始哽咽起来。

柏纳发了狂似的使劲摇晃他，一次又一次地大声质问着，他的激动叫喊，有可能会惊动卫兵的。

“我儿子怎么了？他到底怎么了？你快说啊！”

“我不能说。我们……”

“这个能不能让你改变主意？”柏纳拿着还在冒着热气的黑麦面

包凑近少年面前。

少年眼睛一亮，睁得像圆盘一样大。他没答腔，直接抢过柏纳手中的面包，立刻大口啃了起来，仿佛已经好几天没吃东西似的。柏纳紧盯着他。

“我家亚诺怎么了？”他焦急地问着。

嘴里塞满面包的少年看着他，示意柏纳跟他走。两人贴着墙壁悄悄走到铸铁房。进了门之后，两人继续走向后头的边间。少年学徒打开边间的小门，里面堆满了各种铸铁用的材料和工具。少年先进去，柏纳在后面跟着。进入小边间之后，少年往地上一坐，又开始啃起面包来。柏纳打量着屋内简陋的陈设。屋里闷热得叫人无法忍受。他实在看不出来少年为什么把他带到这里——在这间陋室里，除了工具，就是废铁了。

柏纳疑惑地看着少年。少年学徒心满意足地啃着面包，他指着陋室角落，并且使了个眼色要柏纳过去看看。

废弃的朽木堆上，铺着一层粗糙尖硬的茅草，上头躺了个婴儿，已经奄奄一息。白色亚麻衫改成的小被单已经又脏又破。柏纳强忍着开不了口的沉痛怒吼。他抱起亚诺，把可怜的儿子紧紧贴在胸口。孩子轻轻动了一下，动作非常微弱，但是，儿子在他怀里动了。

“大爷规定你儿子只能留在这里。”少年学徒这样告诉柏纳，“起初，你老婆一天还会来个几次，孩子吃了奶以后，就在这里安安静静地睡觉。”泪水盈眶的柏纳，用力抱着怀里的儿子。“首先是大总管……”少年继续说着，“你老婆拼命抵抗，大喊大叫……我都看见了，就在铸铁房里。”他指着木板墙上的小洞，“可是，大总管人高马大呀！结束之后，大爷带着几名卫兵进来了。你老婆躺在地上，接着，大爷就开始耻笑她。然后，他们一群人干脆一起侮辱她、嘲笑她。从那时候开始，只要你老婆过来喂奶，一群卫兵一定在门口等着。她根本无力抵抗。后来，她一天难得来一趟。那群卫兵……唉！只要她一踏出卡德琳娜夫人的房间，一定会被卫兵逮到。一个个卫兵轮流上场，她根本没时间喂奶了。有时候，大爷也会看见卫兵欺负她，但是，他从来不阻止他们，只是在一旁大笑……”

柏纳毫不犹豫地拿起亚麻衫被单，细心包裹了儿子瘦弱的身躯；接着，他用仅剩的一块大面包掩盖着怀里的孩子。孩子毫无动静。当柏纳走到门边时，少年学徒猛地站了起来。

“大爷不准啊！你不可以……”

“别管我，小孩子！”

少年学徒试图上前阻挡。柏纳义无反顾。他一手环抱着怀里的亚诺和大面包，另一手抓起挂在墙上的铁棍，拼了命似的用力挥打。就在他要踏出小边间的那一刻，铁棍击中了少年的头部。正想开口阻止他的少年，就这样倒地不起。柏纳甚至没回头去看他，赶紧走出了小边间，并且把那扇小门紧紧关上。

柏纳很顺利地离开了罗伦·巴耶拉的城堡。没有人会想到柏纳胸前那块大面包下面藏着儿子瘦小的身躯。只是，走出城堡大门那一刹那，他突然想起了芙兰希丝卡和那群卫兵。他满怀愤怒，心里忍不住责怪她，为什么不想办法通知他？为什么不把儿子的情况告诉他？为什么她不能疼惜可怜的亚诺？柏纳紧紧抱着儿子，心里想着孩子的母亲……当她被一群卫兵轮暴时，亚诺却在朽木堆里与死亡搏斗……

他们会在多久之后发现那个被铁棍击中的少年？他会不会就这样死了？他应该把小边间的门关上了吧？返家的路上，这些问题不断地在柏纳脑海里盘旋着。是的，他把门关上了。他依稀记得自己关了那扇小门。

走在城堡外的蜿蜒小径上，过了第一个转角之后，城堡逐渐在视线中消失了。这时候，柏纳总算可以放心看看儿子的状况：孩子的双眼紧闭着，似乎没了知觉。这个孩子，甚至比那块大面包还要轻！他的手臂，他的双腿……如此细小！柏纳一阵心酸，忍不住哽咽了。接着，泪水不听使唤地滑落两颊。但他告诉自己，现在不是哭泣的时候，他知道巴耶拉大爷一定会派人抓他，一定会放狗搜寻他们父子……但是，如果孩子没活下来，他冒险逃亡有什么意义？柏纳躲进路边的树丛里。他跪了下来，把大面包放在地上之后，他用双手举起亚诺。他盯着面前的孩子，虚弱无力，小小的头部往侧边下垂着。“亚诺！”柏纳轻轻唤着儿子。他温柔地摇晃着孩子小小的身躯，一次又一次地摇着。孩子的小眼睛慢慢睁开来看他了。泪流满面的柏纳这才明了，孩子已经虚弱到没有力气哭了。接着，他让儿子躺在自己的臂弯里。他捏起一小片面包，用自己的唾液沾湿，然后塞进孩子嘴里。亚诺没有反应，但是柏纳把面包再往小嘴里塞。他静静等着。“吞下去呀，儿子！”他焦急地哀求孩子。亚诺的喉咙终于微微动了一下！柏纳激动地双唇打颤。他再捏起一点面包，又喂了孩子一口。亚诺又把面包吞下去了。就这样，亚诺又吞了七口面包。

“我们一定会渡过难关的。”他告诉怀里的孩子，“我向你承诺，我们一定可以的。”

柏纳继续上路。接下来，一路平静。他很笃定地认为，他们一定还没发现那个少年学徒，否则，早该有动静了。这时候，他想起了罗伦·巴耶拉，这个残忍、卑劣、无情的人。追捕携子逃亡的艾斯坦优，一定会让他非常痛快吧！

“我们会渡过难关的，亚诺！”拼命赶路回农庄的柏纳，不断地这样告诉儿子。

他头也不回地往前走着。回到家之后，他甚至不曾歇息片刻。把亚诺放在摇篮里，然后拿了个布袋，装满磨好的面粉和晒干的豆子；此外，他拿了个皮囊装满清水，再用另一个皮囊装牛奶，另外还拿了腌猪肉、钵碗、汤匙和衣服，以及他藏在家里的钱币、一把开山刀，还有他的石弓……“这是父亲多么引以为傲的石弓啊！”他端详着手中的武器，不禁想起父亲的话。早在艾斯坦优家族仍是自由百姓的年代，这把石弓曾经随着波瑞尔伯爵上过战场。他们曾经是自由的百姓啊！柏纳把孩子绑在胸前，双手则提着其他家当。我们永远脱离不了奴隶的命运，与其这样，不如……

“我们现在要开始逃亡生涯了！”进入山林之前，他这样告诉儿子，“没有人比艾斯坦优家的人更清楚这座山了。”走进树林之后，他很有自信地对儿子说道，“你知道吗？我们世世代代都在这里打猎。”柏纳踩着枯叶来到小溪旁，接着，他涉溪前进，及膝的溪水差点弄湿了他的家当。亚诺闭着双眼，早已在怀里熟睡了，但是，柏纳依旧不断地对他说话：“巴耶拉大爷那群狗一点都不机灵，没办法，它们被主人虐待太久了。我们继续上山，山上那片树林啊！骑马根本上不去。那些大爷只会骑马打猎，从来没去过那个地方。那片荆棘满布的树林，一定会刮破他们那一身昂贵的行头。至于那些卫兵，谁会想去那种地方打猎啊？抢夺我们农奴的粮食就够他们吃撑肚子了。我们就去那里躲着，亚诺。没有人会找到我们的，我发誓！”柏纳轻抚着儿子的头，继续在溪水里走着。

到了下午，柏纳终于停下来歇了脚。山林蓊郁，繁茂的枝叶甚至横亘在溪流之间，举目一望，天空完全被遮蔽了。他坐在岩石上，看着自己因为长时间涉溪而起皱泛白的双脚，只有这时候他才感觉到疼痛，但是他一点都不在乎。他把行李放在一旁，然后松开亚诺。孩子睁大了双眼。他将牛奶掺了水，加进磨过的麦粉，混合均匀之后，舀了一汤匙送到孩子嘴边。亚诺甩着小脸蛋拒绝了。柏纳只好在溪里把手洗干净，然后用手指沾着麦糊再试一次。试过几次之后，亚诺终于接受了父亲用手指送进他嘴里的食物，接着，又闭上眼睛，安安稳稳地睡了。柏纳仅以几片腌猪肉果腹。他也希望能好好睡一觉，只是，前方还有好长的路要走。

那就是艾斯坦优家的山洞了，他父亲都是这么称呼那个洞穴的。柏纳父子俩抵达山洞时，天色早已暗了。在此之前，为了让亚诺再吃点麦糊，他在中途又停了一次。父子俩钻过狭窄的岩缝进了山洞，进去之后，柏纳也和当年父亲到此地打猎时一样，搬来木头把岩缝塞住，借此抵挡入夜后的寒凉。

他在山洞口先点燃了火炬，确定山洞里没有野兽猛禽之后才进去，然后从袋子里拿出草席，将亚诺安顿好了之后，又喂他吃了点麦糊。孩子吃得津津有味，不久后就睡着了。柏纳也是，他甚至连腌猪肉都没吃就进入了梦乡。到了这里，他们不必担心巴耶拉大爷了！闭上双眼之前，他心里这样想着，没多久，就在儿子的呼吸声伴随之下沉沉睡去。

铸铁师傅终于发现了瘫在血泊中的少年学徒的尸体，接着，罗伦·巴耶拉立刻带着一群人快马加鞭离开了城堡。种种迹象显示，失踪的亚诺显然是被柏纳掳走了。巴耶拉大爷骑着马在艾斯坦优的农庄门口等着，不久后，他的手下回报农庄内一片凌乱，柏纳已经携子逃亡。这时候，巴耶拉大爷面露冷笑。

“你父亲去世的时候，我放过你一马……”他咬牙切齿地说着，“但是现在，全部都是我的了。去把他给我找来！”他扯着大嗓门命令手下。接着，他转过头去交代大总管：“你给我好好清算这座农庄里的所有财务、牲畜和家产，一个子儿都不能漏掉。算完之后，你去给我把柏纳找来！”

几天之后，大总管到城堡里求见封主。

“我们已经找遍所有农庄、树林和农地，完全没有艾斯坦优的踪影。他大概已经逃到哪个城里了，比如曼雷沙或是……”

罗伦·巴耶拉使了个脸色要他住嘴。

“他逃不掉的。你通知其他的封主，还有我们在城里的代理人，你告诉他们，有个农奴从我的封地逃走了，必须逮捕他！”这时候，芙兰希丝卡抱着巴耶拉大爷的儿子乔默，跟着卡德琳娜夫人一起走进屋里。罗伦·巴耶拉见到芙兰希丝卡，脸色大变，他已经不需要这个女人了。“我说夫人啊……”他对妻子说，“我真是不懂，你为什么要找个不要脸的婊子来给我儿子喂奶呢？”卡德琳娜夫人大惊失色，“你难道不知道这个奶妈是个所有卫兵都玩过的臭婊子吗？”

卡德琳娜夫人马上从芙兰希丝卡怀里抱回儿子。

当芙兰希丝卡得知柏纳已经带着亚诺逃亡时，她在心里暗自忖度着，不知道她的孩子怎么样了。艾斯坦优家的土地和财产现在都属于巴耶拉大爷所有。她无依无靠，卫兵们依旧不放过她。一小块硬面包，或是一小盘酸臭的蔬菜，有时只能啃一根无肉的骨头……她的身体就值这样了。

所有出入城堡的农奴都对她不屑一顾。芙兰希丝卡试着找人求助，但是所有的人都躲着她。她不敢回娘家，因为她母亲已经在烤炉房前公开斥责过她，于是，她被迫在城堡附近游荡，就像那一大群乞丐一样，只能在城墙下栖身。她唯一的命运就是天天任由不同的卫兵蹂躏、糟蹋。

已经是九月了。柏纳天天看着儿子在山洞里爬着，笑得合不拢嘴。然而，食粮就快要空了，寒冬缓缓逼近，该是上路的时候了。

04

城市就在他脚下绵延扩展。

"你看啊！亚诺……"柏纳对着贴在他胸前熟睡的儿子说，"巴塞罗那！到了那里，我们就自由了。"

打从带着亚诺亡命天涯开始，柏纳天天都想着这座城市，所有奴隶的美梦和希望都在那里。每当柏纳去帮巴耶拉大爷做工、耕种时，总会听见有人聊起这座城市。有人趁着总管或卫兵不在时偷偷聊起这些，当时，柏纳在一旁满怀好奇地听着，却没有多想。他安于耕作农地的生活，也从来没想过要离开父亲。再说，他是个农奴，哪里也去不了。然而，离乡逃亡之后，每到深夜，在那个隐密的艾斯坦优山洞里，他看着安详熟睡的儿子，不禁回想起农奴们当时的闲聊内容。

“如果一个农奴可以在那座城市待上一年又一天，而且没被封主逮到……”他记得当时曾听到这样的谈话内容，“那么，他就可以取得巴塞罗那的公民证，从此就变成自由的人了。”此话一出，所有农奴沉默不语。柏纳观察身旁的乡亲们：有人闭上双眼，紧抿双唇；有人摇头不敢苟同，还有人面带微笑地望着蓝天。

“你的意思是说，只要住在城里就可以了吗？”有位少年打破了沉默，他就是微笑望天的人之一，满心期待自己可以脱离这片土地的束缚，“为什么到了巴塞罗那就可以变成自由的人？”

最年长的那位农奴慢条斯理地回答他：“是啊！这样就够了。只要住在巴塞罗那城里一年又一天就可以了。”少年的双眼顿时发亮，并央求老人继续往下说，“巴塞罗那是个非常富裕的城市。多年来，海默大帝也好，贝德罗大帝也罢，所有国王都曾经要求巴塞罗那资助战争或王室支出。这些年来，巴塞罗那人民虽然缴了不少税金，但也换来了一些特权，贝德罗大帝与西西里作战期间，甚至针对巴塞罗那颁布了特别法令，”老农奴突然结结巴巴的，“根据这条法令，我们可以在那里取得自由公民身份。巴塞罗那需要劳工，而且是自由的劳工。”

隔天，封主规定上工的时间到了，但那位少年并未出现。又过了一天，他还是没现身。然而，少年的父亲继续埋头苦干，什么话也没说。三个月之后，少年被抓回来了，封主用皮鞭将他狠狠抽打了一顿，不过，大家都看得出来，少年以此为荣，满身伤痕的他，双眼依旧闪烁着光芒。

从科塞罗拉山脉眺望远处，依稀可见安普利亚斯和塔拉戈纳之间的古罗马公路，柏纳自由自在地注视着眼前的景色以及……大海！他从来没看过海，没想到，海洋竟是如此广阔，看起来似乎无边无际。他知道，海的另一边还是加泰罗尼亚境内的土地，商人们都是这样说的，可是，他这辈子还是第一次目睹这种看不到尽头的景致。“翻过那座山，然后越过那条河。”他远眺着海面上的地平线，静静看了半晌，同时抚着亚诺的头发。这孩子一头乱发，都是在山上那段时间长出来的。

接着，他的目光游移到海水与陆地接邻的岸边。海岸附近的麦安斯小岛旁停泊了五艘船。在此之前，柏纳只看过画里的船。从他的右手边望过去，蒙居克山临海矗立；山脚下是一大片平坦的农地，接着是巴塞罗那。城市中心耸立着一座塔贝丘，而小山丘周边则散布了数百栋房屋：低矮的民房，一栋接着一栋，另外还有规模宏伟的大型建筑：宅邸、教堂、修道院……柏纳不禁纳闷，到底有多少人住在这座城里？巴塞罗那怎么是这样一小块地方呀？这座城市仿佛城墙包围而成的蜂巢似的，除了面海的一方之外，城墙外只有农地和田野。听说，有四万人住在这座城里。

“他们怎么可能在四万人之中找到我们？”他看着亚诺喃喃低语，“孩子，你一定会拥有自由的。”

他们会在城里找到藏身之处的。他可以去投靠妹妹。不过，柏纳非常清楚，他得想办法先进了城门再说。万一巴耶拉大爷已经先跟城门卫兵描述了他的长相怎么办？他的弯月形胎记……下山这三天途中，他早已思考过这个问题。于是，他往地上一坐，抓起了他在山上猎来的野兔，在野兔脖子上划下一刀，一滴滴兔血落在他掌心的细沙上。他将兔血和细沙混合均匀，直到浓稠的混合物即将变干时，再往右眼上涂抹。掩盖胎记大功告成之后，他把放了血的野兔装回袋子里。

过了半晌，抹在右眼上的血沙混合物完全干燥了，柏纳的右眼已经完全睁不开，这时候，他开始下山前往西侧城墙北方的圣安娜城门。进城的那条路上，老百姓大排长龙。柏纳也跟着大家一起排队，他拖着脚步慢慢往前走着，同时还得不断安抚着怀里那个刚刚醒过来的孩子。这时候，有个背着一大袋萝卜的赤脚农夫回过头来看他。柏纳对他咧嘴一笑。

“麻风病啊！”农夫惊慌大喊，背上的一大袋萝卜往地上一扔，吓得跑到路边躲了起来。

柏纳眼看着一直排到城门口的大批老百姓，顿时全都闪到路边去了，大家惊惶逃窜，通往城门的路上，老百姓随手丢下的家当、食物散落一地，甚至还有运货马车和骡子。就连站在圣安娜城门口向人讨钱的瞎子都吓得尖叫声连连。

亚诺这时候也开始哭了起来。柏纳发现卫兵已经拔出长剑，并且关上了城门。

“你到麻风病院去！”有人在远处这样大喊。

“我没得麻风病啊！”柏纳反驳，“我只是眼睛被树枝戳伤而已。你们可以看看！”柏纳举起双臂展示给众人看。然后把亚诺放在地上，当场宽衣。“你们看啊！”他大方地向众人展示结实强壮的身躯，身上毫无斑点，也没有任何伤疤，“我只是个农夫，现在最需要的是找个医生替我治疗受伤的眼睛，否则，我没办法继续耕田干活儿呀！”

这时候，有个卫兵慢慢走近他。为了让他再靠近点，军官必须在后面用力推他一把。卫兵在柏纳前面停了下来，并把他上上下下仔细端详了一番。

“你转个圈吧！”卫兵这样要求他，手指还同时画了个圈。

柏纳乖乖照办。卫兵转过头去看了看军官，然后摇摇头。站在城门内的军官，手上拿着盾牌，指了指柏纳脚边的亚诺。

“小孩呢？”

柏纳赶紧弯下腰来抱起亚诺。他脱掉儿子的衣服，刻意让儿子的右脸贴着他的胸膛，就这样横抱着孩子让卫兵检视；柏纳一手托着儿子的后脑勺，手指故意盖住了孩子的弯月形胎记。

卫兵再往城门方向摇摇头。

“这位乡亲，你最好把伤口盖起来吧！”卫兵这样说道，“否则你就是进了城门也进不了城的。”

百姓们重新回到路上来排队。圣安娜城门再度开启，那位吓得落荒而逃的赤脚农夫悻悻然地捡起那袋萝卜，连看都不看柏纳一眼。

柏纳用亚诺的小上衣包住了右眼，然后进了城门。卫兵们目送他缓缓通过城门，但是，接下来呢？一件婴儿服盖住了大半张脸，怎能不引人注目？他经过了圣安娜教堂，继续跟着人潮往城里走。接着，他右转进入圣安娜广场。他一路低着头……城里已经没有农民的身影了，这里已经见不到任何赤脚、穿着凉鞋或是草鞋的老百姓了，柏纳看见的是一双套上火红丝袜的小腿，配上鲜绿色的精美平底鞋，尖细卷翘的鞋头连着一条金链条，正好绑在脚踝上。

柏纳不假思索地抬头一看，眼前的男子整张脸都被帽子遮住了。他穿着一身典雅衣装，金银双色镶边，腰带也是金线镶边，上头还镶嵌了珍珠和宝石。这一身奢华贵气的行头，简直让柏纳目瞪口呆！这位男子倒是转过头来了，不过，他的下巴抬得高高的，根本就当柏纳不存在似的。

柏纳吞吞吐吐地说不上话，最后还是低下头来，那个人对他不理不睬，反而让他松了口气。他沿街继续往前走，来到了施工中的大教堂旁边。这一带倒是没有人对他大惊小怪了。他站在那儿看着大教堂的工人们：或是雕凿石头，或是在鹰架上来回穿梭，或是利用滑轮组将大石块吊起来……这时候，柏纳扯着大嗓门求助鹰架上的工人。

“好心人！”他叫着那位最接近他的工人，“请问……我要怎么走才能到制陶工匠小区？”他妹妹贾孟娜嫁的就是制陶工匠。

“你沿着这条街往下走。”那位工人形色匆匆，答话又急又快，“到了下一个广场，也就是圣乔美广场，你会看到有个水泉，然后右转，一直走到新城墙，找到波格利亚城门。你不要走出城门到瑞瓦区去了。你沿着城墙往海边的方向一直走，到了下一个城门，也就是德伦达克劳斯城门，从那里开始就是制陶工匠小区了。”

工人说了一大串名称，柏纳实在无法一下子记得全部，可是，当他想再问清楚时，那个工人早已消失无踪。

“沿着这条街一直走到圣乔美广场。”亚诺重复着工人说的第一句话，“这个我倒是记得！到了广场之后要右转，这个我们也记得啰！对吧？儿子……”

只要听到父亲对他说话，小亚诺立刻就不哭了。

“嗯……现在呢？”他扯着嗓子自言自语。他来到了一个新广场，圣米盖广场。“那个人说是个广场，可是，我们应该不会弄错了吧？”柏纳几度想找路人问路，却没有人愿意停下脚步。“大家都在赶时间。”他边走边对亚诺说道，就在这时候，他看见一位男子站在一座城堡入口处……那是一座城堡吧？“那个人看起来好像不赶时间。或许……这位好心人哪……”柏纳从背后叫他，并且拉了一下他的黑色宽袍。

当那位男子转过身来时，不仅柏纳大吃一惊，就连亚诺似乎也吓了一跳。

那位犹太老先生缓缓地摇着头。他那个神情，通常只有正在讲道的神父脸上才有。

“说吧！”

柏纳忍不住紧盯着挂在老人胸前那块红黄相间的圆盾。接着，他探头望着城墙内那个他认为是城堡的地方。在那儿进出的都是犹太人！所有的人都挂着同样的圆盾。他可以跟他们说话吗？

“你有什么事啊？”老人在一旁追问。

“这个……我……我要怎么走才能到制陶工匠小区呢？”

“你沿着这条街一直走……”老人指着前方的街道，“然后，你会看到波格利亚城门。到了那里，你继续沿着城墙往海边的方向前进，到下一个城门，那就是你要去的地方了。”

反正，神父只说过不准和犹太人发生肉体关系……正因为如此，教会强迫犹太人戴上圆盾，免得基督徒在不知情的状况下犯错误。神父们每次提到犹太人总是异常愤慨，然而，这位老人……

“谢谢您，好心人！”柏纳道谢时，脸上挂着欢喜的笑容。

“我才要谢谢你。”老人这样回他，“不过，你以后还是不要跟犹太人讲话比较好……更不该对我们笑！”老人抿着唇，然后露出了无奈的苦笑。

到了波格利亚城门口，柏纳碰到一群正在买肉的妇人——身材虽然娇小，个性却如公山羊一样剽悍。柏纳索性停下来看热闹，他想见识一下城里人是怎么做买卖的。“这就是一天到晚让我们的封主伤脑筋的肉品啊！”柏纳低声对儿子说道。接着，他想起罗伦·巴耶拉那副德行，忍不住笑了。他曾经多次见到巴耶拉大爷恫吓将肉品卖到城里的牧人。但是，他能怎么样？不过就是骑马带着一群卫兵，极尽恶劣地出言恐吓老百姓；然而，凡是供应肉品给巴塞罗那城的牧人，他们有权在加泰罗尼亚王国境内任何地方放牧！巴耶拉大爷再怎么跋扈，他又能怎么样？

柏纳在市场里闲逛了一阵子之后，继续往下走到德伦达克劳斯城门。就在城门附近这一带，家家户户门前的街道上，全都曝晒着陶瓷制品：盘子、钵碗、锅子、花瓶或是瓷砖。

“我要找卜葛劳[1]。”他对驻守城门的卫兵说道。

卜家曾经是艾斯坦优家的邻居。柏纳还记得，卜家那一小块农地，根本喂不饱八个子女，因此，卜家孩子个个身材瘦小。柏纳的母亲很疼爱卜家这些孩子，因为柏纳和妹妹出生时，卜家女主人都来帮过忙。葛劳排行老四，也是卜家八个子女当中最聪明、最勤奋的一个。因此，当卜尤森终于说服一位亲戚接受卜家孩子当制陶学徒时，理所当然就挑了年仅十岁的葛劳。

卜家父亲既然连孩子都喂不饱，亲戚要求葛劳当学徒的五年期间，每年支付两袋小麦和十枚钱币，卜家当然付不起。为了让葛劳离乡学艺，卜尤森还必须多付两枚钱币给巴耶拉大爷，另外，还得给葛

1. 葛劳的姓氏原文“Puig”，在加泰罗尼亚文中是“山脉”的意思。

劳准备学徒生涯前两年要穿的衣服；师父只供应后面三年的衣物。

面对如此窘迫的经济状况，卜家父亲只好带着葛劳来到艾斯坦优农庄。疯子艾斯坦优仔细聆听着卜尤森的提议：如果艾斯坦优能够以支付葛劳学徒生涯所有费用作为女儿的嫁妆，那么，他儿子十八岁时就会和艾家女儿贾孟娜成亲，而那个时候，葛劳应该也成为正式的制陶工匠了。疯子艾斯坦优默默看着葛劳；曾经有过那么几次，卜家实在是捉襟见肘了，这男孩就会到他田里去帮忙干活。葛劳从未开口要过什么，不过，艾斯坦优总是让他带些蔬菜或是豆类和谷物回家。疯子艾斯坦优一直觉得这男孩够踏实。因此，他接受卜尤森的提议。

经过五年的艰苦学徒生涯，葛劳取得制陶工匠的正式资格。他继续跟着师父工作，而师父对他的手艺也相当满意，开始支付他一枚钱币作为薪资。到了十八岁，他信守承诺娶了贾孟娜。

“儿子！”那天，柏纳的父亲对他说，“我决定另外再给贾孟娜一笔嫁妆。我们才两个人，拥有大片农地，而且还是这一带最肥沃的土地。他们刚成家，一定很需要这笔钱的……”

“父亲！”柏纳打断了父亲的谈话，“您为什么要跟我解释这么多呢？”

“因为你妹妹已经拿过嫁妆了，而你又是我的继承人。所以，这笔钱是你的。”

“您就照您的意思去做吧！”

四年之后，二十二岁的葛劳参加了陶艺公会的公开甄试，担任评审的是公会的四位代表。他做了几件作品：一个花瓶、两个盘子和一个钵碗。四位评审仔细端详过他的作品之后，一致通过了他的制陶师傅资格，此后，他可以在巴塞罗那开设自己的制陶厂，当然，他也可以和其他师傅一样，拥有自己的品牌标志，由他制作的每一件作品都会盖上这个标志。葛劳深以自己的姓氏为傲，特以山脉图案作为个人品牌标志。接着，葛劳和已经怀了身孕的贾孟娜搬进制陶工匠小区里的一栋小平房。他们用贾孟娜的嫁妆买下这栋小平房，两人一直不敢动用那笔钱，就为了有一天能够置产安家。

在这个新家里，葛劳把住家兼作工场之用，正式加入正走向改革之路的加泰罗尼亚制陶业行列，而他锁定的陶艺产品，竟是其他制陶师傅向来最抗拒的项目。

“我们以后只生产水罐和陶罐这两样东西！”葛劳郑重宣布，“就只做水罐和陶罐！”贾孟娜紧盯着丈夫参加甄选时烧出的四件陶艺极品。“我看到好多商人……”葛劳继续解释，“他们到处去拜托制陶师傅们生产大型陶罐，因为他们需要用这些陶罐装橄榄油、蜂蜜或酿酒……可是，我亲眼看到所有师傅都把商人赶走了，因为他们不屑制作如此简易的陶艺品。所有的师傅都以烧制精美费工的陶瓷花砖为荣，或是细心为贵族制作碗盘、花瓶……根本没有人愿意把心思放在无法展现陶艺功力的大陶罐上。”

贾孟娜的手指轻轻滑过这四件陶艺极品。这是多么细致的触感呀！通过甄试之后的葛劳非常兴奋，立刻将这四件作品送给她。当时，她开始想象，自己家里应该会摆满这样的陶艺极品……就连陶艺公会的四位代表都过来向葛劳道贺。葛劳以这四件作品展现了他精湛的烧陶技巧，作品表面缀以锯齿形线条、棕榈叶、小朵玫瑰和百合花，并结合了其他材质，如白色的锡、巴塞罗那本地出产的绿铜、紫色的锰、墨色的铁、蓝色的钴以及黄色的锑。每一处线条和图案都有不同的颜色。当炉子正在烧制这些陶艺半成品时，贾孟娜甚至满心焦急地在一旁盯着，就怕它们会在炉子里破裂了。烧制完成之后，葛劳再漆上一层透明的釉，借此达到防水效果。贾孟娜再用指腹摸了摸这些陶艺作品。怎么现在……他居然只做陶罐！

葛劳走到妻子身旁。

“你放心！”他安抚着难掩落寞的妻子，“我会一直为你烧制像这样的陶艺作品的！”

葛劳就这样开始了制陶事业。他那个简陋工场的干燥室里堆满了水罐和陶罐，商人们老早就听到风声，他们知道卜葛劳的工场里多的是陶罐，要多少有多少，再也不用苦苦哀求那些高傲的制陶师傅了。

柏纳站在那栋房子前面张望着，怀里的亚诺已经苏醒，大概是饿了，这孩子哭个不停。柏纳只能靠左眼观察眼前那栋三层楼的房子。一楼邻近街道旁的是工场，二楼和三楼则是师傅和家人的居住空间。房子旁边还有菜园和花园，另外还有烧陶用的火炉，以及那一大片空地，堆放着无数各式各样、各种颜色的陶罐……屋子后面的空间，依照法令规定作为卸货和堆放原料工具之用。烧陶产生的烟灰和渣屑依法不得倾倒在路边，所以也只好存放在此。

柏纳站在街上往工场里看，里头有十个人忙个不停。他盯着这十个人仔细看了半天，没有一个人看起来像葛劳。这时候，柏纳看到大门口旁边停了一辆装满新陶罐的牛车，工场内走出两个人，其中一人驾着牛车走了。另一位衣着相当讲究，此时正要回工场去，柏纳赶紧把他叫住了。

“您等一下！”那个人默默看着柏纳走近他，“我要找卜葛劳。”他对那人说道。

男子把柏纳从头到脚打量了一番。

“如果你要找工作的话，我现在就可以告诉你：我们不需要工人。你就别来耽搁师父的时间了。”那个人态度非常恶劣，“也不要浪费我的时间！”说完之后，他掉头就走。

“我是你师父的亲戚啊！”

那个人突然停下脚步，猛地回过头来。

“难道师父给你的钱还不够吗？为什么还来？”他咬牙切齿，同时还用力推着柏纳往后退，这时候，亚诺哭了起来，“他已经说过了，你要是再到这里来的话，我们就去检举你！卜葛劳可是个有头有脸的人，你知不知道？”

柏纳缩着身子往后退，但是他实在不懂那个人在说些什么。

“您听我说啊……”柏纳还是想把话说清楚，“我……”

亚诺哭闹得越来越厉害。

“我说得还不够清楚吗？”那个人大声怒斥柏纳。

然而，更强烈的叫喊声却在这时候从楼上的窗口传出。

“柏纳！柏纳！”

柏纳和男子同时回头看着楼上窗口，女子趴在窗台上，双臂挥个不停。

“贾孟娜！”柏纳兴奋地向妹妹打招呼。

贾孟娜在窗口消失了，柏纳转过身来，眯着眼睛看着那个男子。

“贾孟娜夫人认识你啊！”那人问他。

“当然啦！她是我妹妹。”柏纳冷冷地回应他，“还有，你要知道从来没有任何人给过我半毛钱。”

“很抱歉！”男子愧疚地低着头，“我刚才说的是师父的那些兄弟，来了一个，另一个接着来，天天应付不完这些人啊！”

当柏纳看见妹妹从屋子里走出来时，他索性让那人自说自话，赶紧跑去拥抱久别重逢的妹妹。

“葛劳呢？”进了屋里，柏纳把右眼上涂抹的血沙清洗干净，再把亚诺交给贾孟娜的阿拉伯保母喂食牛奶麦糊，总算可以坐下来休息了，这时候，柏纳问起了妹夫，“好久没见到他了，真想给他一个紧紧的拥抱。”

贾孟娜皱起了眉头。

“怎么了？”柏纳觉得纳闷。

“葛劳已经变了个人了。他现在是个有头有脸的有钱人！”贾孟娜指着墙边堆放的一口又一口皮箱，还有一个橱柜，那是柏纳从来没看过的家具。橱柜上摆着一些书籍以及陶瓷工艺品，地上铺着精美的地毯，窗子和天花板上还挂着精致的纱帘。“他现在几乎已经不管工场和制陶的事情了，这些事情都是由大总管昭明负责，也就你刚刚在门外碰到的那个人。葛劳现在热衷做生意，买卖船只、酒类和橄榄油。他现在成了制陶工匠公会的代表了，因此，根据加泰罗尼亚法律，他现在有资格被提名为巴塞罗那百人政务委员会的委员。”贾孟娜眼神茫然地直视前方，“柏纳，他已经不再是原来的葛劳了。”

“你也变了很多。”柏纳这样告诉妹妹。贾孟娜看看生过孩子的自己身材圆润，忍不住笑着点头。“那个叫昭明的……”柏纳继续说，“他跟我提起了葛劳的亲戚什么的，到底怎么回事啊？”

贾孟娜无奈地摇摇头。

“事情是这样的……在卜家那些亲戚知道葛劳赚了大钱之后，所有的人，包括他的兄弟姐妹、堂表兄弟、侄儿侄女，陆陆续续出现在工场门口。大家都逃离了家乡，就为了跑来投靠葛劳。”说到这里，贾孟娜发现哥哥的神情不太对劲，“你……你也是吗？”柏纳点头承认，“可是……你那些土地都很肥沃呀！”

在柏纳讲完事情的来龙去脉之后，贾孟娜忍不住直掉眼泪。柏纳继续说起铸铁房少年的事，这时候，贾孟娜立刻起身，然后跪在哥哥身旁。

“这件事情，你绝对不能跟任何人提起。”贾孟娜这样劝告哥哥。她靠在哥哥腿边，继续听着柏纳叙述他的遭遇。“你放心！”她哽咽地对哥哥说，“我们会帮你的。”

“我的好妹妹呀！”柏纳轻抚着贾孟娜的发丝，“如果葛劳对自己的兄弟都不肯伸出援手，又怎么可能会帮我呢？”

“因为我哥哥就是不一样！”贾孟娜的咆哮把葛劳吓了一大跳。

葛劳回到家的时候早已天黑了。个头瘦小的葛劳，一路怒气冲冲地踩着嘎吱作响的楼梯上了二楼。正在等他回家的贾孟娜默默听着越来越近的脚步声。昭明已经向葛劳报告了家里的最新状况：“您的大舅子跟学徒们一起过夜，而他那个儿子……就跟您的孩子一起睡。”

葛劳怒不可遏地走向妻子。

“你好大的胆子！居然敢做这样的事情？”得知大舅子的处境之后，葛劳反而对妻子大声咆哮，“他是个逃亡的农奴啊！你要知道，万一人家发现我们家居然窝藏农奴，会有什么下场？我的事业会垮掉！倒霉受害的人会是我啊！”

贾孟娜一脸漠然地听着丈夫在旁边又叫又骂，双手挥个不停。

“你简直是疯了！我连自己的兄弟都让他们搭船到国外去了！家里的女孩子要出嫁，我自愿送上一笔好嫁妆，只希望她们嫁得越远越好；我这样大费周章，就是希望没有人可以拿我的家人来做文章……而你现在居然……如果我以前是那样对待我的兄弟姐妹的，我有什么理由特别善待你哥哥？”

“因为我哥哥就是不一样！”贾孟娜突然怒声咆哮，葛劳吓得一脸愕然。

他吞吞吐吐地说：“你……你这话什么意思？”

“你自己清楚得很。我想我应该不需要再提醒你吧！”

葛劳黯然垂下眼帘。

“就在今天……”他轻声说，“我才和城里的五位官员见过面，目的是说服他们选我为百人政务委员会的委员。按照目前的情况看来，我已经取得了其中三位官员的支持。另外，我还得通过总督大人那一关才行。你自己想想看吧……万一让我的对手们知道我家藏着逃亡的农奴，会有什么后果？”

贾孟娜态度已经软化，这时候，她温柔地对丈夫说道：“再怎么说，我们就是欠他一份人情啊！”

“我只是一个制陶工匠啊，贾孟娜！我很富有，但是，我不过就是个制陶工匠而已。贵族们瞧不起我，商人们恨透了我。如果让这些人知道了……你知道那些拥有大片土地的贵族会怎么说吗？”

“我们就是欠他这份人情啊！”贾孟娜还是重复着同样的话。

“好吧！你就给他一笔钱，让他早点走了吧！”

“他需要的是自由公民身份。一年又一天……”

葛劳又开始焦虑地在屋里踱来踱去。接着，他举起双手，遮住了整张脸。

"我们不能这么做！"他掩面说道，"我们不能这么做啊，贾孟娜！"此时，他放下双手，盯着妻子说，"你想想看……"

"你想想看！你想想看……"贾孟娜忍不住提高音量打断他的话，"你自己为什么不想想看，如果我们就这样把他打发走了，万一他被巴耶拉或是你的对手抓到了，让他们知道了你亏欠我哥哥这个逃亡农奴一份嫁妆……你说，人家又会怎么说呢？"

"你这是在威胁我吗？"

"不是的，葛劳，我没有威胁你，我只是把事实告诉你，而且事实已经摆在眼前了。你如果没有这份慈悲，至少也要替自己着想。你把柏纳留在这里，总比让他在外头流窜的好。他不会离开巴塞罗那的，因为他要的是自由。你如果不收留他，你这个逃犯亲戚会带着一个小孩在巴塞罗那流浪，而他们右眼上方都有个弯月形胎记，就跟我一样！"

卜葛劳定定注视着妻子。他本想开口答腔的，最后只是甩甩手而已。接着，他走出了客厅。贾孟娜就这样默默听着丈夫的脚步踩上通往卧房的阶梯。

05

"你儿子就留在大宅邸，贾孟娜夫人会照顾他的。等他长大了，就进烧陶工场去当学徒。"

柏纳愣愣地听着昭明对他说的这番话。大总管一大早就来了宿舍，所有家奴和学徒一阵惊慌地从草席上爬起来，仿佛见了鬼似的，接着一群人急急忙忙地踩着遍地的草席离开了宿舍。柏纳静静聆听着大总管的一字一句，他说亚诺会受到妥善的照顾，将来会成为一个好学徒，一个拥有专长和自由的人。

“你听懂我的话了吗？”大总管问他。

柏纳一言不发，昭明气得出言咒骂。

“可恶的乡下人！”

柏纳不甘受辱，正想出手反击时，昭明突然端出一张笑脸，他只好打消念头。

“就这么办吧！”昭明说道，“就照这样去做，免得你妹妹夹在中间难做人。我再次向你重复重点：乡下人，你在这里，每天要勤奋干活，就跟大伙儿一样，以劳力换吃住。至于你儿子，交给贾孟娜夫人就可以了。你不准踏入宅邸一步！无论如何都不能触犯这个禁忌。还有，因为待满一年又一天才能取得自由之身的规定，你也不能离开工场，而且，只要工场里出现闲杂人等，你就该暂时回避。你不能把自己的处境告诉任何人，即使是厂里的人也不行。只是，你这个胎记啊……”昭明摇头一叹，“好了，以上就是师父老爷和贾孟娜夫人最后达成的共识。你没问题吧？”

“我什么时候能够见到我儿子？”柏纳问他。

“这不关我的事！”

柏纳闭上双眼。初见巴塞罗那的那一刹那，他曾向儿子承诺，一定会让他过自由的生活。他的孩子不应该有主人的！

“我要做哪些事情？”柏纳还是妥协了。

搬运木柴。数以千计的粗大木柴，都由他搬运到火炉边，以供烧陶之用。还有，他必须看着炉子，确保炉火始终保持畅旺的状态。他还得搬运陶土，而且要清洗陶罐，并清理火炉里的灰烬。日复一日，只见他终日挥汗如雨，不停地清理着火炉灰烬，重复打扫着总是布满烟灰的工场。他和其他家奴合力把烧好的陶罐搬到阳光下曝晒，昭明犀利的目光始终盯着他不放。这位大总管负责工场里的所有事项，终日来回穿梭在工人之间，不时叫嚣怒骂，常见他用重重的耳光抽打年轻学徒，家奴们更是经常惨遭虐待，只要他看不顺眼，随时可能用鞭子抽打。

有一次，他们搬运大型陶瓮时一不小心失了手，陶瓮落地后滚了几圈，昭明见状，鞭子一甩，把家奴狠狠抽打了一顿。事实上，陶瓮毫无破损，但是大总管却像着了魔似的咆哮着，并且毫不留情地用力踹着和柏纳一起搬运陶瓮的三个家奴；当时，大总管一度高高举起鞭子，作势要抽打柏纳。

“下次再犯的话，我就宰了你！”大总管恶言恐吓，柏纳漠然以对。

昭明犹疑了半晌，又涨红了脸，再度将鞭子往三个家奴的方向狠狠甩过去，只是，这三个家奴早已机灵地躲远了。昭明没打到，气得追上前去。见他离开后，柏纳无奈地叹了口气。

总之，柏纳继续认命地卖力干活，不用别人催促。盘子里有什么就吃什么。他真想告诉那个替他们料理伙食的胖女人，狗都吃得比他们丰盛！不过，当看到家奴和学徒们总是吃得津津有味时，他决定默默承受。他也和其他人一起睡大通铺，所有私人物品和逃亡时带出来的钱币则藏在草席下面。不过，他勇于抵抗昭明，倒是因此赢得了所有家奴和学徒的尊敬，甚至其他几位总管也敬他三分。正因为这样，在那个跳蚤四处爬窜、汗臭味扑鼻、鼾声如雷的大通铺里，柏纳倒也一向睡得安稳。

所有的苦他都忍下来了，就为了一周两次能够见到由摩尔女奴抱来的亚诺，通常都是孩子在襁褓中熟睡，或是贾孟娜不需要女奴干活的时候。柏纳把儿子抱在怀里，闻着孩子的奶香……他摸着儿子身上干净的衣服，温柔地拨弄着孩子的头发。接着，为了避免吵醒儿子，他轻轻掀开孩子的衣服，就为了看看他的小手小脚，还有那鼓鼓的白嫩肚皮。这孩子长大，也长胖了。柏纳摇晃着怀中的孩子，但最后还是得把儿子交还给年轻的女奴艾碧芭。有时候，他试着去轻抚孩子，只是，他那双粗糙长茧的手弄痛了孩子幼嫩的肌肤，这时候，艾碧芭看都不看他一眼就把孩子抢过去。不过，日子久了，他和女奴默默达成协议——这女奴从未对他说过半个字，柏纳总算可以用指背轻拂孩子圆润的两颊；当他碰触那张小脸时，甚至激动得发抖。最后，父子相聚的时间结束，女奴向他使个眼色，要他把孩子还给她，柏纳只得在交出孩子之前，心有不舍地亲吻着儿子的前额。

过了几个月后，昭明发现柏纳足以担任工场里比较重要的工作。两人相处多时，早已学会彼此尊重。

“那些家奴全都不牢靠！”大总管有一回这样告诉卜葛劳，“没有鞭子在一旁伺候，他们做事就不认真。不过，您的大舅子……”

“不许说他是我大舅子！”葛劳义正言辞地驳斥他。

“噢，那个乡下人呢……”大总管立刻改口，“那个乡下人倒是跟其他人不一样，他做事够仔细，连小细节都照顾到了。从来没有人像他这样把炉子清理得这么干净啊！”

“那么，你有什么想法？”埋首检视文件的葛劳头也不抬地问道。

“我们可以派他去做比较重要的职务，再说，他的工资那么低……”

一听到这句话，葛劳马上抬头看着大总管。

“你不要搞错了……”他说道，“我们在他身上花的钱不会比家奴多的，他将来也不可能会拿到学徒合约。当然，我们也不会付总管等级的工资给他……但是，我告诉你，他是所有员工当中花我最多钱的一个！”

“我的意思是……”

“我知道你的意思。”葛劳再度低头看着文件，“你觉得怎么安排最好，那就怎么做吧！不过，我可要先提醒你：这个乡下人绝对不能忘了自己在工场里该有的分寸。若有什么闪失，我就开除你，你就永远当不成师父！懂吗？”

昭明点点头。不过，从那天开始，柏纳的工作变成工头们的左右手。他甚至需要指导那些无法掌控大型陶坯模型或烧陶温度的年轻学徒。那些瓶口窄短、底部平坦的巨型陶瓮，容量可观，专门用作运输豆类或酒类。在此之前，昭明至少需要派出两位总管来做这件差事。有了柏纳在旁协助之后，一个总管已经绰绰有余。

昭明一直很担心自己所作的决定是否正确，还好，结果让他非常满意：工场的产量大幅增加，柏纳的工作态度依旧仔细认真。当昭明见到柏纳和其他总管一起在陶瓮底部盖上师父的印章时，他不禁在心中赞叹："他甚至比总管更优秀啊！"

昭明试着去揣测这个乡下人的心思，然而，柏纳的眼神温和平静，完全看不出一丝仇恨和悔意。他经常暗自忖度着，这个乡下人为什么会沦落至此？他和卜家师父其他的亲戚完全不同；所有出现在工场门口的穷亲戚都是来要钱的。然而，柏纳却不是这样……瞧他温柔轻抚儿子的模样啊！他渴望自由，也为自由而努力；为了自由，他比任何人更勤奋！

昭明和柏纳之间的互信互谅，使得工场产量一再向上攀升。有一次，昭明为了盖师父印章而走近柏纳身旁，此时，柏纳垂下眼帘，低头盯着瓮底看。

"你就永远当不成师父！"葛劳曾经这样威胁他。每当昭明想对柏纳释放出更多善意时，这句话总会浮现在他脑海里。

昭明突然干咳了几声。他推开尚未盖印的陶瓮，接着，他的视线转往乡下人指给他看的部位——瓮上有个细小的裂缝，这就表示陶瓮在炉子里就已经裂了。昭明勃然大怒，把负责的总管痛斥一番，柏纳也挨了骂。

总算过了法律规定的一年又一天，柏纳父子从此可以自由生活了。另一方面，葛劳终于成为他垂涎已久的巴塞罗那百人政务委员会的一员。然而，昭明却看不出这个乡下人有任何特殊反应。换了别人，一定会立刻着手申请市民资格，然后出门狂欢庆祝，召妓买醉……但是柏纳却一如往常。这个乡下人究竟是怎么了？

柏纳依然活在铸铁房少年学徒的阴影里。他并不觉得自己有罪，谁叫那个可恶的家伙阻挡了他儿子的未来？只是，他如果死了的话……现在，他确实可以从奴隶制度中获得自由，但即使过了一年又一天，他也不会因此而免于杀人致死的法律制裁啊！贾孟娜劝他千万别把这件事告诉任何人，他也的确照办了。他不能冒险，说不定巴耶拉大爷下令追捕他的罪名不只是脱逃这一项，还包括谋杀？如果他被逮捕了，亚诺怎么办？杀人会判死罪的。

他的儿子继续健康成长，而且越来越结实了。这孩子还不会讲话，但已经开始学步，偶尔发出咿咿呀呀的童音，总叫柏纳振奋不已。虽然昭明与他仍旧保持距离，两人从未私下交谈过，但是现在的柏纳赢得了同事们更大的敬意，而摩尔女奴带着孩子来找他的次数也比较频繁了。如今，孩子来见父亲时多半活蹦乱跳，而且这一切都是因为贾孟娜默许成全，当然也因为她把大部分心思都放在丈夫的官位上了。

柏纳由不得自己去见识巴塞罗那这座城市，因为这样恐怕会毁了儿子的前途。

PART 02

第二部

贵族的奴隶

06

1329年圣诞节

巴塞罗那

亚诺已经满八岁了，是个文静聪明的孩子，栗色的头发又长又卷，披在肩上，衬着一张漂亮的小脸蛋，明亮澄净的蜜色大眼睛格外讨人喜欢。

葛劳家正在大张旗鼓准备庆祝圣诞节。当年那个必须跟着父亲向慷慨的邻居筹措经费才得以到巴塞罗那学艺的十岁男孩，此刻已是偕妻等候宾客光临的制陶工匠。

“大家是来向我致敬的！”他这样告诉贾孟娜，“有谁看过贵族和商人到一个制陶工匠家里的？”

她只是默默听着。

“就连国王陛下都挺我。你知道吗？国王陛下！阿方索国王啊！”

那天，工场里没开工，柏纳和亚诺坐在堆放陶罐的空地上，忍着严冬的寒风，看着所有奴隶、职员和学徒们在卜家忙进忙出。八年来，柏纳没有再踏入卜家一步，但是他一点都不在乎。柏纳一边拢着亚诺的头发，心里暗想着：儿子就在身边，此时就靠在他怀里，父子相依，还奢望什么？这个孩子跟着贾孟娜过日子，有吃有住，甚至还跟着卜家家教上课：他和表姐弟们一样，已经学会了读书、写字和算术。不过，这孩子也知道，柏纳才是他的父亲，因为贾孟娜不时会提醒他这件事。至于葛劳，他对这个外甥的冷漠态度始终如一。

亚诺在卜家非常守规矩；对此，柏纳一再告诫儿子，一定要听话。每当亚诺笑嘻嘻地跑进工场里时，一见到儿子的笑脸，柏纳也跟着心花怒放了。工场里的奴隶和职员们，甚至包括昭明在内，大伙儿见到这个笑口常开的男孩在空地上又跑又跳时，总是忍不住多看他几眼。接着，亚诺会乖乖坐在空地旁等柏纳，只要柏纳暂停手边的工作，这孩子就会立刻跑上前去紧紧抱着父亲。然后，他再回陶罐旁乖乖坐着，静静望着父亲干活，脸上始终挂着可爱的笑容。有时候，工场收工之后，艾碧芭会默许亚诺偷偷溜出去找父亲，好让父子俩多一点谈笑聊天的美好时光。

昭明依旧严厉地履行着总管的职责，不过，许多事情已非旧日局面。葛劳已经不关心营业收入，心思早就不放在陶罐生意上。然而，还好有昭明这个左右手替他管理陶罐工场，因此他的陶艺公会代表以及百人政务委员会委员要职始终稳当得很。事业发达的卜葛劳没有后顾之忧，于是，他一头栽进政治，并且积极涉入巴塞罗那城的财政事务。

1219年，刚继任王位不久的海默二世一心想在加泰罗尼亚建立封建寡头政治，因此，他积极寻求各个自治城市和百姓的支持，巴塞罗那成为他第一个目标。早在贝德罗大帝时代，西西里已经纳入王国版图。所以当教皇准许海默二世攻打撒丁尼亚岛的要求时，巴塞罗那子民也乐于提供那场战役的作战资源。

地中海海域两座岛屿陆续纳入王国版图，所有加泰罗尼亚人都乐见其成：一来，这样可以保证加泰罗尼亚的谷物供应，不会有短缺之虞；二来，加泰罗尼亚因此掌握了西地中海海域的霸权，有了这个优势，加泰罗尼亚得以主导航海经商路线；此外，王国也得以在两座岛上开采银矿和盐矿等资源。

卜葛劳并没有赶上那个年代。他的机会在海默二世死后才出现。

1329年，阿方索三世继任王位，同年，撒丁尼亚岛人民在萨斯沙利城发动叛乱。在此同时，热那亚王国忧虑加泰罗尼亚王国逐日扩张的商业版图，决定向加泰罗尼亚宣战，并在海上攻击了好几艘悬挂加泰罗尼亚王国旗帜的商船。国王与商人们志向相同：征服塞尔坦亚之战与对抗热那亚之役，皆应由巴塞罗那的资产阶级资助。就在城市代表卜葛劳的大力奔走之下，国王顺利筹足了作战资金；葛劳不但大方捐出大笔资金，并且多次在公开场合慷慨陈辞，终于说服所有顽固抵制的商人们。国王本人甚至公开赞扬了卜葛劳的大力协助。

正当葛劳一再往窗口探头张望，确认宾客是否抵达时，柏纳轻吻了儿子的脸颊，催促孩子赶紧回到房里。

“外头太冷了，亚诺，你还是赶快进去吧！”孩子一脸不愿意。“你们今天会有很丰盛的晚餐。对不对？”

“我们会吃公鸡肉、杏仁糖，还有蛋卷。”孩子一口气说完当天晚餐的菜式。

柏纳轻轻拍着孩子的小屁股。

“你赶快回去吧！我们下次再聊了。”

亚诺正好赶上晚餐时间；他和葛劳那两个年纪较小的孩子——和他同年的贾蒙，以及比他年长一岁半的玛格丽妲，三个孩子留在厨房用餐。年纪比较大的约森和赫尼则在楼上和父母同桌。

陆续抵达的宾客把葛劳的情绪搅得更紧张了。

“所有的事情我来打理就好。”准备庆典期间，他对妻子贾孟娜这样说道，“你只要负责招呼女客就行了。”

“可是，你怎么顾得了这么多事情。”贾孟娜正想反驳时，葛劳已径自转身对艾丝特兰亚交代工作，那个臃肿痴肥的势利厨娘，一边恭恭敬敬地听着主人吩咐事项，不时还斜着眼角偷看无奈的女主人。

“你这是什么态度？”贾孟娜心想，“我不是你的秘书，也不是公会或是百人政务委员会的成员，所以，你认为我没有能力应付你那些宾客，对不对？你认为我不够资格，是不是？”

即使如此，贾孟娜还是背着丈夫指挥仆人做事，就是希望这场圣诞庆典能够成功圆满。但是，到了圣诞这一天，葛劳已经到了事必躬亲的地步，甚至连宾客们奢华的斗篷如何放置都要关切。尽管诸事繁杂，贾孟娜也只能顺应丈夫要求退居二线，她唯一的任务就是端着一张笑脸应付那些趾高气扬的女客。葛劳看起来就像战场上威风八面的将领，一方面和宾客寒暄谈笑，同时还忙着吩咐仆从该做什么事，该服侍哪个客人。然而，葛劳的指令越多，仆从们就越慌乱。最后，除了在厨房负责做菜的艾丝特兰亚之外，家里所有的奴隶全都去应付葛劳的差使了。

大伙儿在宴客会场忙得不可开交，厨房倒成了无人看管的自由地带，玛格丽妲、贾蒙和亚诺大口吃着公鸡肉、杏仁糖和蛋卷，三个孩子又笑又闹。艾丝特兰亚和几名帮手在后面忙着做菜，根本无暇看管他们。突然间，玛格丽妲捧起了一壶没加盖的红酒，二话不说就往嘴里灌了一大口。霎时，她满脸通红，两颊晕成了红霞似的，但是，女孩神态非常沉着，一副若无其事的样子。接着，她叫弟弟和表弟也偷偷喝口红酒。亚诺和贾蒙听命照办，但是两个小男孩喝了酒却猛咳嗽，并且忙着找水喝，两个孩子用力咳个不停，连眼泪都快流出来了。然后，他们彼此互看，接着看看那壶红酒，再看看艾丝特兰亚硕大的臀部，三个孩子忍不住笑成一团。

“你们到厨房外面去！”厨娘再也受不了这群孩子的吵闹，气得大声赶人。

三个孩子跑出厨房，一路又笑又叫。

“嘘！”守在楼梯口的一名奴隶要他们保持安静，“老爷不准小孩到这里来！”

“可是……”玛格丽妲正要开口辩解。

“没什么可是不可是的！”奴隶坚持要他们赶快走开。

这时候，艾碧芭正好下楼拿酒。刚刚她在楼上替某位宾客斟酒时，酒壶居然只倒出几滴酒就空了，当时，主人看在眼里，气得怒目逼视她。

“把小孩看好啊！”艾碧芭经过楼梯口时，特别吩咐守在一旁的奴隶。“快点拿酒来！”跨进厨房前，艾碧芭已经急着先对厨娘大喊。

葛劳担心阿拉伯女奴错拿平常在家里喝的普通红酒，特别跑下楼来再三叮咛。

孩子们已经不敢笑闹。他们静静站在楼梯口看着大家疲于奔命，包括突然出现在眼前的葛劳。

“你们在这里干什么？”葛劳一见到站在奴隶旁的三个孩子，当场怒斥，“还有你，你杵在这里干什么？快去跟艾碧芭说，一定要拿旧陶罐的酒！你给我牢牢记住啊！要是搞错了，我就宰了你！孩子们，上床睡觉去了！”

那个奴隶一溜烟地冲进厨房里。三个孩子面面相觑，脸上挂着酣笑，眼神闪烁着酒精燃起的火花。上床睡觉？玛格丽妲望着半掩的家门，双唇一抿，皱起了眉头。

“孩子们呢？”艾碧芭追问跑来传话的奴隶。

“旧陶罐里的酒。”奴隶一直念叨着这句话。

“孩子们呢？”

“旧陶罐，一定要装在旧陶罐里的酒！”

“我问你孩子们在哪里？”艾碧芭坚持要问个清楚。

“在你床上睡觉。老爷叫他们去睡觉了。他们刚刚跟老爷在一起。一定要装在旧陶罐里的酒！知道吗？要不然，老爷会宰了我们的。”

圣诞节晚上的巴塞罗那街头，不见任何人影，大概要等到子夜弥撒前才会有人上街。皎洁的月光，从大街小巷一直蔓延到汪洋大海外的地平线。三个孩子望着海面上的银色夜空。

“今天的海边不会有人的。”玛格丽妲喃喃说着。

“没有人会在圣诞节到海边去的。”贾蒙补上一句。

姐弟俩转过头去看着亚诺，但是亚诺一个劲儿猛摇头。

“没有人会知道的。”玛格丽姐依旧不死心，“我们一起去，去一下就回来，很快的。只是几步路而已。”

“胆小鬼！”贾蒙在一旁责备他。

三个孩子一路狂奔到弗拉梅诺斯修院，这座方济会修院位于城墙东侧终点，濒海矗立。到了修院前，三人远眺着，长长的海岸线一直延伸到巴塞罗那西侧边界的圣塔克莱拉修院。

“哇！”贾蒙惊叹着，“这是城市的舰队。”

“我从来没看过这样的海岸。”玛格丽姐在一旁附和。

亚诺一双眼睛睁得像圆盘似的，拼命点头。

从弗拉梅诺斯修院到圣塔克莱拉修院，整条海岸线上停满了大大小小的船只。放眼望去，海岸上没有任何建筑物，辽阔海景一览无余。大约一百年前，海默大帝下令禁止在巴塞罗那海岸建造房舍。有一次，葛劳和孩子们跟着家庭教师到海边去见识他的商船装卸货物，当时，他曾经跟孩子提过这件事。为了水手们可以停靠船只，海岸必须保持空无一物的状态。只是，孩子们并没有听出葛劳话里的重点。船只停靠在海岸，难道不是天经地义之事？船只一直都停在岸边呀！葛劳和家庭教师互看了一眼。

“在我们的敌国或商业竞争对手的港口里，”家庭教师解释，“船只并不是停泊在海岸上的。”

葛劳的四个孩子猛地回头望着老师。敌国！这倒是他们很感兴趣的议题。

“没错！”葛劳在一旁搭腔，同时也借此吸引孩子们的注意力，家庭教师在旁边面露笑容，“我们的敌国热那亚拥有一个地形极佳的天然港口，因此，所有船只不需要停靠海岸。我们的盟国威尼斯则有潟湖为港，借由多条狭窄水道进出港口。至于比萨港，则有亚尔诺河与海相通，就连马赛都有个可以躲避恶劣的海上天气的天然港口。”

"好久以前，希腊的福西亚人[1]就使用过马赛港了。"家庭教师在一旁补充。

"这么说来，我们的敌国拥有比较优良的港口？"排行老大的约森问，"可是，我们还是征服了他们呀！我们是地中海的霸主！"约森激动地说着，这是他多次从父亲口中听过的话。其他孩子也纷纷点头赞同。"为什么会这样呢？"

葛劳示意家庭教师解释。

"因为巴塞罗那一向拥有最精良的水手。但是我们现在没有港口就是了。然而……"

"我们怎么会没有港口呢？"赫尼突然开口，"那个是什么？"他指着前方的海岸。

"那个不是港口。所谓的港口应该是个周围有屏障的地方，至于你说的呢……"家庭教师举起手来指了指广阔的海洋，"你们听着……"他对四个孩子说道，"巴塞罗那一直是个水手城市。好多年以前，我们是有港口的，就像你们的父亲刚刚提到的那些城市一样。早在古罗马时代，船只都是停泊在塔贝山下，大概就在那个地方……"家庭教师指着城内的方向，"但是，海岸线逐渐外移，所以那个港口也消失了。后来，我们曾经有个康塔港，也不见了，最后一个港口是海默一世港，一个小小的天然海港，就在法西耶山下。你们知道法西耶山在哪里吗？"

四个孩子面面相觑，一致转过头去看着父亲，此时的葛劳一脸狡黠，偷偷背着家庭教师指着地上。

"这里？"四个孩子异口同声。

"没错！"家庭教师答道，"就是我们目前所在的地方。当

1.福西亚，古代爱奥尼亚城市，位于土耳其伊士麦省北部海角，为希腊殖民地中心。福西亚人大约在公元前十世纪到达安纳托利亚，由于缺少耕地，福西亚人在达达内尔海峡的兰萨库斯（Lampsacus）、黑海的阿米苏斯（Amisus），以及克里米亚半岛建立了殖民地。

然啦！这个港口也消失了……而巴塞罗那至今仍然没有新港口，但是，我们巴塞罗那人一直都是水手，以前是非常优秀的水手，以后也是……即使没有港口也一样。”

“那么……”玛格丽妲突然问，“港口到底有多重要呢？”

“这个就要请你父亲来解释了。”家庭教师这样回答，葛劳也点头应允了。

“港口很重要，非常重要啊！玛格丽妲，你看见那艘船了没有？”葛劳指着岸边一艘大型帆船给女儿看，帆船四周围绕着许多小舢舨，“如果我们有港口的话，就可以在码头轻松卸货，不需要劳动这么多船员划着小舢舨去把货物运上岸来。还有，如果现在刮起了暴风雨，停靠岸边的这些船只，既不在航行状态，又如此靠近海岸，必须马上离开巴塞罗那港才行。”

“为什么？”玛格丽妲继续追问。

“因为，万一刮起了暴风雨，船只停靠在这里，既不能躲避天灾，又无处可逃。巴塞罗那港口区海事管理法甚至规定，一旦有暴风雨侵袭巴塞罗那港，所有船只必须转往邻近的其他港口避难。”

“原来我们没有港口啊！”贾蒙难掩失望神情，径自咕哝着。

“我们的确没有港口。”葛劳笑着紧搂着小儿子，“但是，我们依然是最优秀的水手啊！贾蒙，我们是地中海的霸主。而且我们拥有海岸，航海期结束后，船只可以停靠在海岸边，修船、造船都在那里进行。你看见船坞了吗？就在那里，在海边那几座桥洞对面……”

“我们可以上船吗？”贾蒙问道。

“噢！不行！”葛劳的语气转为严肃，“船只都是神圣的，孩子。”

亚诺未曾和葛劳父子一起出过门，几乎足不出户的贾孟娜就别提了，她一向和艾碧芭待在家里，不过，表姐弟们回家之后，总是会把他们的所见所闻告诉他。当然，他们也把关于船只的事情跟他说了。

而在那个圣诞夜里，海岸边停满了各式各样的船只，从小型的三角帆小船、中型的渔船到大型的划桨帆船，无论船只大小，根据王室规定，每年十月到四月期间，所有船只禁止出航。

“哇！”贾蒙又是一阵惊呼。

雷戈米尔堡垒对面的船坞前，好几处火堆熊熊燃烧着，火堆旁站着好几位巡守员。从雷戈米尔堡垒到弗拉梅诺斯修院，大大小小的船只沉静地挺立在月光照拂下的海岸上。

“跟我来吧！水手们……”玛格丽妲举起右手，大声发号施令。

接着，海上风暴、海盗劫掠、撞船、海战……玛格丽妲船长带领着手下从这一艘船转移到另一艘，他们在船只的甲板上跳过来跳过去，征服热那亚人和阿拉伯人，也征服了撒丁尼亚岛，最后向阿方索国王欢呼致敬。

“是谁在那里？”

三个孩子在三角帆小船上愣住了。

“谁在那里？”

玛格丽妲探出半个头来。三支火把游移在靠岸的船只之间。

“我们赶快走啦！”贾蒙趴在三角帆小船上，扯着姐姐的裙子低声央求着。

“我们走不了啊！”玛格丽妲答道，“我们的路被挡住了……”

“如果往船坞的方向走呢？”亚诺问道。

玛格丽妲望了望雷戈米尔堡垒。另外两支火把在那儿晃来晃去。

“还是不行！”她喃喃说道。

船只都是神圣的！三个孩子同时想起了葛劳这句话。贾蒙又急又怕，当场哭了起来。玛格丽妲要他别出声。此时，一片乌云遮蔽了明月。

“跳海！”女船长下令。

三个孩子站在甲板上，一一纵身跳进海里。玛格丽妲和亚诺必须把身子缩进海水里，个子较小的贾蒙则刚好浮出一个头。三人密切注意着在船只间移动的火把。当火把逐渐靠近岸边的船只时，三个孩子就赶紧往后退。玛格丽妲看着天上的月亮，她暗自在心中祈祷着，就让乌云继续遮月吧！

冗长的巡逻仿佛进行了一生一世，不过，倒是没有人往海里看，即使有人看见他们……刚好是圣诞节，又是三个吓得惊惶失措的小孩……而且全身都湿透了。这天夜里格外寒冷。

回家途中，贾蒙连走都走不动了。他的牙齿不停地打颤，膝盖一直在发抖，而且全身抽搐。玛格丽妲和亚诺一路搀扶着他，为了早点到家，他们还刻意走了捷径。

回到家时，所有宾客早已离去。葛劳和所有奴隶正打算去寻找溜出家门的三个孩子，此时刚好也在家门口。

“都是亚诺的错啦！”贾孟娜和艾碧芭正在打点贾蒙泡热水澡时，玛格丽妲把责任全推给亚诺，“是他怂恿我们去海边的。我根本就不想去……”为了让谎言更真实，玛格丽妲甚至挤出了两行泪，这么一来，她父亲更是深信不疑了。

无论是热水澡、毛毯还是热汤，全都起不了作用。贾蒙的体温继续攀升。葛劳找来医生，只是，医生的诊疗于事无补。贾蒙高烧不退，并且开始咳嗽，呼吸也变得急促起来。

“我也无能为力了。”冯医师第三天来替贾蒙看病时，终于坦承自己束手无策。

贾孟娜双手掩着苍白憔悴的脸庞，突然号啕大哭。

“不可能！”葛劳大吼，“一定有办法的。”

“的确是有个办法，不过……”冯医师非常清楚葛劳这个人的个性，以及他厌恶的事情……不过，事态紧急，也顾不得这么多了，“你应该去请哈富达·彭森尧医师来！“

葛劳默不作声。

“快把他找来！”贾孟娜哭着哀求他。

“犹太人。”葛劳这样想着。牵扯了犹太人，等同于招惹了恶魔，这是他年轻时候接受的教诲。打从孩提时代，葛劳常和其他学徒追着出门提水的犹太妇女跑，妇人们一紧张，经常失手摔破提水的陶罐。直到国王应巴塞罗那犹太区请求而下令禁止凌辱犹太人，葛劳他们才停止了欺负犹太妇人的行为。他痛恨犹太人。他这辈子最唾弃的就是这些胸前挂着黄色圆盾的犹太人。他们是异教徒，他们杀死了耶稣基督……怎么能让这样的人走进家里？

“快把他找来！”贾孟娜嘶吼着。

凄厉的哭号响彻整个小区。柏纳和大伙儿一样，蜷缩在草席上听着声声哀号。他已经三天没见到亚诺和艾碧芭了，不过，昭明倒是一直在帮他打探最新状况。

“你儿子很好。”趁着四下无人，昭明偷偷对柏纳说了这么一句。

哈富达·彭森尧一接到消息就立刻赶到卜家。这位犹太医生穿着一身俭朴的黑色长袍，胸前挂着圆盾。葛劳刻意留在饭厅远观。犹太医生佝偻着身子，一边摸着浓密的长胡须，一边专注地聆听冯医师解释贾蒙的病情，焦急的贾孟娜则在一旁等着。“把他医好，犹太人！”葛劳与老医师凑巧四目相接时，他默默对老医师发出这样的讯息。哈富达·彭森尧对他点点头。彭森尧是个博学之士，早年专注于哲学和圣经经文研究。他曾受海默二世之托，完成了《智者与哲人语录》一书。不过，他除了钻研哲学之外，同时也行医，而且，他还是犹太小区最具权威的名医。然而，检视过贾蒙的状况之后，彭森尧医师也只能摇头叹息而已。

葛劳听见了妻子的哭号。他赶紧跑到楼梯口。贾孟娜由冯医师陪着下楼，彭森尧医师则跟在后头。

“犹太鬼！”葛劳愤愤地在老医师脚边吐了口水。

贾蒙后来又撑了两天。

才刚进家门，一身丧服、刚办完儿子葬礼的葛劳，立刻差人叫昭明来见他和贾孟娜。

“我要你现在就把亚诺带走，从此以后，不准他再踏入这个家门一步。”贾孟娜在一旁默默听着。

葛劳把玛格丽妲讲的事都跟昭明说了：亚诺怂恿了另外两个孩子。他的儿子和女儿不可能会有偷偷溜出家门的念头。贾孟娜静静听着丈夫的冷言冷语和尖刻控诉，他怪她当初不该收留这对父子。贾孟娜非常清楚，不过是个年幼孩子顽皮捣蛋，不能把这个不幸结果怪罪到侄子头上，但是，小儿子的夭折让她肝肠寸断，她已经提不起劲来驳斥丈夫了。再说，听了玛格丽妲对亚诺的指控之后，她再也无法面对那个孩子。那是哥哥的儿子，她并不想伤害那个孩子，但是她宁可不再见他。

“还有，把那个阿拉伯女人绑在工场的桁条上！”昭明正要出去找亚诺时，葛劳吩咐了这件事，“你把所有工人、仆从统统叫来集合，叫全部的人在桁条周边围着。”

葬礼进行期间，葛劳一直在想这件事：都怪这个阿拉伯女奴，她应该好好看管孩子的。接着，当身旁的贾孟娜悲伤痛哭，而祭坛前的神父正在诵念着祝祷辞时，葛劳眯着眼睛自忖，该用什么方式来惩罚这个失职的女奴。法律明文禁止他杀死女奴，也不能断她手脚。但是，如果她因为遭受体罚而丧命，没有人会指责他的。葛劳从来没碰到过这么严重的事件。他思索着过去听说过的各种虐待方法：滚烫热油淋身——艾丝特兰亚在厨房会有足够的油可用吗？囚禁在地牢里——太便宜她了；把她痛打一顿，双脚套上脚镣……或是鞭打她！

“使用的时候可要小心啊！”他拥有的其中一艘商船船长送他这份礼物时，特别做了叮咛，“只要你鞭打一下，挨打的人恐怕会粉身碎骨。”接下这份礼物之后，他一直好好收藏着：那是一条充满东方风味的精致皮鞭，皮革厚实，却很轻盈，使用起来相当顺手，皮鞭尾端宛如一撮马尾似的，全是锋利的金属薄片。

这时候，神父已经念完了祝祷辞，几位少年在棺木旁摇晃着熏香。贾孟娜咳个不停，葛劳沉重地叹了口气。

阿拉伯女奴双手被反绑在桁条上，脚尖踮着地面。

“我不想让儿子看到那种场面。”柏纳语气坚决地对昭明说道。

“在这种时候，恐怕由不得你啊！柏纳……”昭明好心劝他，“你别给自己惹麻烦……”

柏纳还是猛摇头。

“柏纳，你这一路走来，如此艰难，好不容易才有今天，你就别给儿子找麻烦啦！”

身穿丧服的葛劳穿越一大群奴隶和学徒筑起的人墙，来到艾碧芭身旁。

“把她的衣服脱光！”他对昭明下令。

艾碧芭发现昭明正要掀起她的上衣，急得猛踢腿。过了半晌，她一丝不挂的深色胴体上，淋漓汗水闪闪发亮……葛劳的皮鞭已经在地上等着。柏纳用力抓着亚诺的肩膀，因为这孩子已经吓哭了。

葛劳的手臂往后一举，然后，皮鞭狠狠抽打在那裸露的躯体上。皮鞭落在艾碧芭的背上，而那撮锋利的金属尾端则绕过身体，最后卡在她的胸部。艾碧芭黝黑的背部出现了第一道渗血的伤痕，而她的胸部已是皮开肉绽。阿拉伯女奴仰望天际，不断地发出痛苦的惨叫。亚诺浑身抖个不停，不停地哭求葛劳不要再打了……

葛劳依旧猛挥着手臂。

“你应该好好看着我的孩子！”

这场鞭打酷刑实在惨不忍睹，柏纳赶紧转过儿子的身体，紧紧把孩子的脸贴在腹部。可怜的艾碧芭依旧尖声号叫着。亚诺紧贴着父亲不停地哭喊。葛劳继续鞭打阿拉伯女奴的背部、颈部、胸部、臀部和双腿……直到她的身体成了血肉模糊的肉块。

“你去跟你家主人说，我辞工不干了。”

昭明紧抿着双唇。他差点儿就忍不住要上前去拥抱柏纳了，可惜，旁边正好有几个学徒盯着他们看。

柏纳看着总管慢慢往卜家走去。他一直想办法要跟贾孟娜聊聊，但是，妹妹始终不愿见他。打从前几天开始，亚诺一直待在父亲的草席上；他坐在那张父子共享的床垫上，呆呆望着大伙儿替艾碧芭疗伤。

那天，葛劳离开之后，大伙儿赶紧松开艾碧芭的双手，但是，她伤痕累累，体无完肤，大家甚至不知道该怎么扶她才好。艾丝特兰亚急忙跑去厨房拿了油脂和膏药，只是，当她看见那具血肉模糊的身躯时，忍不住摇头叹息。亚诺在远处看着所有过程，始终一言不发，泪水也没停过。柏纳劝他到别处去，但是这孩子坚决不从。当天晚上，艾碧芭伤重不治。临死前一整天，不断发出类似新生儿哭声似的呜咽，到了夜里，微弱如细丝般的呜咽还是停止了。

葛劳静静听着昭明转述大舅子的意愿。那是他最不想见到的情景：这对艾斯坦优家的父子，眼上印着弯月形胎记，走遍巴塞罗那大街小巷，到处找工作谋生，偶尔跟人聊起他这个妹夫……一听到他这个声望如日中天的大名，所有人都会竖起耳朵仔细听的。想到这里，他的胃部一阵痉挛，嘴巴突然又干又苦——卜葛劳，巴塞罗那代表、陶艺公会代表以及百人政务委员会委员，居然窝藏着逃亡农奴！贵族们已经视他为眼中钉。巴塞罗那对阿方索国王提供的资助越多，国王对各地封主们的依赖度就越小，这么一来，那些封主贵族能从国王那儿得到的好处也少了。而促成巴塞罗那大力资助国王的最大功臣是谁？就是他，卜葛劳。而谁又对逃亡农奴最反感？正是那些拥有大笔封地的贵族。葛劳无奈地摇头叹息。他何尝不希望这对父子赶紧离开，偏偏这个逃亡农奴还是得住在他家才行！

“你去把他找来。”他这样吩咐昭明。

“昭明已经把事情都跟我说了。”柏纳一出现在面前，葛劳这样说道，“听说……你想离开这里啊！”

柏纳点头承认。

“你打算怎么办？”

“我会找个工作养活儿子。”

“你没有任何技能。巴塞罗那多的是像你这样的人：无法靠耕种养家糊口的农夫，来到城里又找不到工作，最后还是落得饿死的下场。再说……”葛劳刻意再补上一段，“你连个公民证都没有，虽然你在这座城市居住的时间已经够久了……”

“公民证是什么东西？”柏纳问道。

“只要在巴塞罗那居住满一年又一天，你就可以申请这份证件，有了公民证，就可以证明你是自由公民，不属于任何一位贵族封主……”

“哪里可以申请这份证件？”

“这份证件是由城市代表们核发的。”

“我会去申请的。”

葛劳斜睨着面前的柏纳。他身上穿着一件简单的长袍，全身脏兮兮的，脚上穿的是草鞋。他不禁想象着，在城市代表们听了柏纳的经历之后……原来，城市代表卜葛劳的大舅子带着儿子，在他的工场里躲了这么多年，消息很快就会传遍大街小巷的。他自己也曾经利用这种情况来打击政敌。

“你坐下来吧！”葛劳刻意示好，“当昭明跟我说你打算辞工时，我跟你妹妹贾孟娜谈过了……”为了替自己找个台阶下，葛劳随口扯了谎，“她一直拜托我务必同情你们父子。”

“我不需要同情！”柏纳断然驳斥葛劳的说法，他心里只想着呆坐在草席上的亚诺，眼神空茫，默默直视着前方……“这些年来，我天天做牛做马，就为了换口……”

“那是我们当初讲好的。”葛劳打断了他的话，“而且，你自己也接受了这样的条件。当时，你也觉得这样很不错呀！”

“的确是这样。”柏纳坦言，“不过，我并没有把自己当成奴隶卖给你。而现在的我，已经对这种模式不感兴趣了。”

“好啦！我们就别提什么同情不同情的了。我想，你在这座城市一定找不到工作，尤其你又是个没有公民证的人。少了这份证件，你只有被人压榨的份。你知道这座城里有多少奴隶在街上晃荡吗？他们没有孩子拖累，为了能在这座城市住满一年又一天，他们甚至不拿工钱，只要图个吃住就行了。你无法跟他们竞争的。在我帮你弄到公民证之前，你们大概已经饿死了，可能是你或是你儿子……总之，我不希望亚诺这孩子落得跟我家贾蒙一样的下场。已经死了一个孩子，够了。你妹妹会受不了的。”柏纳没接话，等着葛劳往下说，“你如果有兴趣的话……”葛劳特别加强语气，“你可以继续留在这里工作，所有条件都跟以前一样，你的薪资将比照一般零工，但必须扣除你和儿子的吃住费用。”

“亚诺的部分呢？”

“那个孩子有什么问题吗？”

“你当初承诺要收他当学徒的。”

“啊！没错，等他年纪到了再说。”

“我要你白纸黑字写清楚！”

“我会写给你的……”葛劳当场答应他。

“那么……公民证呢？”

葛劳点点头。对他来说，私下弄来一张公民证，根本不是难事。

07

“我们特此宣布，柏纳·艾斯坦优与其子亚诺为巴塞罗那自由公民……”总算等到这一天了！柏纳听着男子断断续续地念着证件内容，一股寒战不听使唤地窜流全身。柏纳在船坞碰见了这个男子，接着，他问这个男子哪里可以找到识字的人，男子一听，自告奋勇帮他，只要赏他一小碗饭菜当作酬谢之礼就可以。于是，就在嘈杂的船坞里，伴随着柏油的气味以及轻拂脸庞的海风，柏纳继续聆听着第二份文件的内容：葛劳答应在亚诺年满十岁时收他为学徒，并训练他成为专业制陶工匠。他的儿子是自由公民了，有朝一日，他一定能够自食其力，甚至在这座城市拥有立足之地。

柏纳面带笑容，依约送来一碗饭菜答谢男子，随即返回工场。拿到巴塞罗那公民证，这就意味着罗伦·巴耶拉再也没有权力掌控他。这也表示，他并未因任何犯罪事项而遭通缉。那个铸铁房的少年学徒大概没死吧？柏纳自忖。即使他真的死了……“我们的土地就当是送给你了，巴耶拉大爷，我们要留在这里享受我们的自由！”柏纳以充满挑衅的语气喃喃自语。葛劳家的奴隶们，包括总管昭明，看着心花怒放的柏纳回到工场，大伙儿忍不住都停下手边的工作盯着他。地面上还留着艾碧芭的血迹。葛劳下令，不准任何人清洗那摊血。柏纳的脚步尽量回避着地上的血迹，此时的他，已是一脸怅然。

“亚诺！”那天夜里，父子俩躺在同一张草席上，柏纳在儿子耳边轻声唤着。

“什么事啊，父亲？”

“我们已经是巴塞罗那的自由公民啦！”

亚诺没出声。柏纳在黑暗中找寻着孩子的头，接着，他温柔地轻抚着孩子的头发；他也知道，孩子不可能会了解他内心的狂喜。他默默聆听着其他奴隶的呼吸声，然后又摸了摸儿子的头，这时候，他心中突然浮现一个之前从未想过的疑问：这个孩子将来会愿意替葛劳工作吗？那一夜，这个问题让柏纳迟迟无法入睡。

每天早上，当所有人准备上工时，亚诺会独自离开葛劳的工场。每天早上，柏纳总要想办法跟儿子说说话，并替他打气。你应该去交交新朋友，柏纳曾经想这样跟儿子说，只是，他还来不及开口，亚诺已经转过身去，然后无精打采地往工场外的大街走去。好好享受你的自由啊！儿子……那一次，柏纳正想告诉儿子这句话时，那孩子却两眼茫然地望着他。过了半晌，晶莹的泪珠从孩子脸颊慢慢滑落。柏纳跪了下来，只能紧紧抱着孩子。接着，他看着儿子拖着沉重的脚步穿过中庭。亚诺就和每天早上一样，刻意避开艾碧芭留下的那摊血，柏纳脑海里再度出现葛劳那条毫不留情的皮鞭。他下定决心，绝对不再目睹凄惨的鞭刑：看过一次，伤痛够深了。

柏纳跟在儿子后面，孩子听见脚步声，立刻回过头来。来到亚诺身边的柏纳，开始用脚尖刮着地上干涸的血迹。亚诺的神情顿时振奋起来，见到孩子脸上有了光彩，柏纳的脚尖刮得更用力了。

“你在干什么？”昭明在中庭的另一头对他大喊。

柏纳愣在原地。皮鞭再次抽打着他的回忆。

“父亲！”

亚诺踩着草鞋鞋尖慢慢走过柏纳刚刚刮过血迹的地面。

“柏纳，你在干什么呀？”昭明再次质问他。

柏纳没答腔。过了半晌，昭明回头一看，所有奴隶默默不语，大家的目光全都紧盯着他不放。

“儿子，你去提水来！”趁着昭明还在犹豫时，柏纳赶紧吩咐儿子。

亚诺精神抖擞地跑开了，这还是柏纳几个月以来第一次看见儿子跑步。昭明默默点着头。

接下来，柏纳父子跪在地上，两人一言不发，埋首清洗着那些不公不义的印记。

“你去玩吧！孩子。”清洗地面告一段落后，柏纳这样告诉儿子。

亚诺神情黯然。他也好想知道自己可以去找谁一起玩耍。柏纳拢了拢儿子的头发，然后拉着他往门口推。亚诺出了大门，一如往常的每一天早上，顶多就在葛劳家附近晃荡，然后爬上卜家花园围墙旁那棵大树。他天天躲在树上，等着表哥表姐到花园里玩耍，姑姑贾孟娜通常会在一旁陪着。

“你为什么不喜欢我了呢？”亚诺喃喃低语，“我没有做错什么事啊！”

他的两位表哥似乎玩得很高兴。随着时间的流逝，卜家渐渐走出贾蒙夭折的阴霾，只有做母亲的贾孟娜，脸上仍见哀伤的神情。约森和赫尼假装打架闹着玩儿，玛格丽姐则紧紧挨着母亲坐着，眼睛直盯着两个哥哥。亚诺躲在树上，想起姑姑无数次的温情拥抱，他的胸口不禁一阵刺痛。

就这样，那棵大树成了亚诺每天早上的栖身之处。

“他们是不是已经不喜欢你啦？”那天早上，他听见有人这样问他。

一时的错愕让他失去平衡，差点儿从树上跌下来。

亚诺环顾四周，就是找不到说话的人在哪里。

“我在这里啦！”

亚诺往繁茂的枝叶里张望，声音就是从那里传出来的，只是，他依旧没看出任何动静。最后，有几根树枝开始动了起来，枝叶之间，隐约可见一个小男孩的身影，正朝着亚诺猛挥手。小男孩神色严肃，稳稳地端坐在树干上。

“你……你在我的树上干什么？”亚诺冷冷地质问。

那个衣衫褴褛、一身肮脏的小男孩丝毫不为所动。

“跟你一样啊！”他答道，“在这里看人啰！”

“你不可以在这里看人！”亚诺严正驳斥他。

“为什么？我已经在这里看了很久了。我以前也看着你在那里玩啊！”一身脏兮兮的小男孩停顿了半晌，“他们已经不喜欢你了吗？你为什么老是在哭啊？”

这时，亚诺惊觉自己脸颊上挂着两行热泪，更是怒不可遏了：这个小男孩居然在偷看他！

“你下来！”已经站在地上的亚诺喝斥仍在树上的小男孩。

小男孩身手非常敏捷，不一会儿就站在他面前。亚诺揪着男孩的头发，但是，他看起来不惊不惧，镇定得很。

“你居然敢偷看我！”亚诺气呼呼地指控他。

“你自己不也在偷看别人！”小男孩替自己辩护。

“我当然可以看啊！因为他们是我的表哥和表姐。”

“既然这样，那你为什么不像以前那样，跟他们一起玩呢？”

亚诺终于忍不住哭出来。他的声音颤抖着，想回话，却哽咽得说不出话来。

“没关系啦！”小男孩上前安慰他，“我也常常哭的。”

“你为什么要哭？”亚诺结结巴巴地问道。

“我也不知道……有时候，我想起母亲就会哭。”

“你有母亲吗？”

“有啊！可是……”

“既然你有母亲，那你还在这里干什么？你为什么不回去跟母亲一起玩？”

“我不能跟她在一起。”

“为什么？她不在你家啊？”

“不在……”小男孩踌躇了半晌，“其实她在我家啦！”

“既然她在家，你为什么不跟她一起留在家里？”

脏兮兮的小男孩没回话。

“她生病了吗？”亚诺继续追问。

小男孩摇头否认。

“她没有生病。”男孩说。

“到底是怎么回事？”亚诺坚持问到底。

小男孩满脸哀伤地看着亚诺。他咬了咬下嘴唇，终于拿定主意。

“你跟我来！”他拉了拉亚诺的衣袖，“跟我走！”

陌生小男孩拔腿就跑，瘦小的身子，跑起来的速度却快得惊人。亚诺跟在他后面，眼睛直盯着那瘦小的身影，在街道宽敞的制陶工匠小区还算简单，但是进入巴塞罗那城区之后就不容易了；城里狭窄的巷道总是挤满了人潮和工匠摊子，到了这种地方，不把人跟丢简直是不可能的事。

亚诺搞不清楚自己身在何处，但他跟着往前跑就是了；他唯一的目标，就是别让灵活穿梭在各个摊位之间的小男孩离开自己的视线。亚诺的身手比小男孩笨拙多了，躲开了行人却撞上摊位，惹得恼怒的店家对他破口大骂。有个店主甚至往他后脑勺打了一巴掌，另外一家则揪着他的长衫不放，还好亚诺都顺利脱身了。不过，经过这么一折腾，他把小男孩跟丢了，霎时，他发现自己正在人声鼎沸的一座大广场入口处。

他认得这座广场。他曾经和父亲来过一次。“这是布拉特广场。”当时，父亲这样告诉他，“这里是巴塞罗那的中心。你看到广场正中央那块石头了吗？”亚诺看着父亲手指的方位，“以这块石头为中心，整座城市由此分为四个区域：海洋区、弗拉梅诺斯区、毕伊区以及又叫圣贝雷区的咸水区。”亚诺沿着丝绸街来到广场，接着，他站在总督府旁的城门下四处张望着，只希望能够找到那个又脏又瘦的身影，然而，放眼望去，只是一片茫茫人海。他看看城门边，那是城里最大的屠宰场，而城门另一边则聚集了好几个贩卖面包的摊贩。亚诺一一检视着广场两侧的石椅，人来人往，就是看不到小男孩。“这里是小麦市场。”亚诺曾听父亲说过，“那一边的摊子是城里的小麦盘商和摊贩批货的地方，而广场另一边则是乡下来的农夫，他们卖的都是在自己农地收获的小麦。”亚诺在广场两侧来回张望着，肮脏的小男孩没有现身，倒是见识了人们讨价还价的情景。

到主城门，亚诺又想停下来找人，却被进出城门的人潮推着往前走。他只好退到一旁的面包摊子旁，此时，他的背部不小心碰到某个摊子的长桌，当场挨了重重一记。

“臭小子！快走开！”面包师傅一脸嫌恶地对他咆哮着。

亚诺只好回到喧闹拥挤的市场里，毫无头绪地被人群推挤着。

就在亚诺晕头转向的时候，那张肮脏的小脸突然出现在他面前。

“你在这里干什么？”小男孩大声问他。

亚诺没答腔。这一次，他决定紧紧抓住小男孩的长衫，让小男孩拖着穿越了布拉特广场，然后两人沿着波利亚街往下走，来到锅匠小区。狭小的巷弄里，处处可闻锅匠们在铜片和铁片上打孔的声音。到了锅匠小区之后，两人已经不再奔跑；然而，筋疲力竭的亚诺依然紧抓着小男孩的衣袖，并央求他放慢脚步。

“这里是我家！”最后，小男孩指着一栋小平房对他说道。大门前有张桌子，桌上摆了各种尺寸的铜锅，旁边有个身材魁梧的男人埋首工作，根本没抬头看他们。“那是我父亲。”说完，小男孩径自绕过屋子，继续往屋后走。

“为什么不……”亚诺正想问个清楚，一边还频频回头张望那栋房子。

“等一下！”小男孩突然打断他的话。

两人沿着窄巷往前走着，巷子两旁尽是低矮房舍，屋后则是菜园。到了小男孩家的菜园时，这个浑身脏兮兮的小男孩总算停下脚步，他凝视着屋子旁边加盖的小房子，面积很小，屋顶却不低，上方有个看起来像是小窗子的开口。亚诺在一旁等着，而小男孩仍旧伫立原地。

“现在呢？”亚诺终于忍不住开口问他。

小男孩转过头来望着亚诺。

“怎么……”

但是，那个小无赖就是不理他。亚诺静静看着这个小男孩搬来一个大木箱，把木箱放在小窗子下面，然后爬到箱子上，定定地看着那扇小窗子。

“母亲！”小男孩轻声呼唤着。

一只苍白瘦削的女人手臂使劲伸出窗口，摸了摸窗沿；她的手肘搁在窗台上，接着，那只手开始抚摸小男孩的头。

“小卓啊！”亚诺听见屋内传出温柔的声音，“你今天来早了，现在还不到中午。”

小卓默默点着头。

“发生什么事了？”温柔的声音追问着。

小卓等了半晌才开口。他吸了吸鼻子，然后说：“我今天带了一个朋友来这里。”

“我很高兴你交到好朋友。他叫什么名字啊？”

“亚诺。”

“他怎么知道我的名字？当然啦！他一直在偷看我嘛！”亚诺心想。

“他在这里吗？”

“是啊，母亲！”

“你好啊！亚诺。”

亚诺望着那扇小窗子。小卓转过头来看着他。

“您好！夫人……”他怯怯地说着，实在不知道该对窗内那个温柔的声音说些什么。

“你今年几岁啦？”屋里的女人问他。

“八岁……夫人。”

“噢……你比我家小卓大两岁。不过，我希望你们相处融洽，永远保持好朋友的关系。这个世界上，没有什么比好朋友更珍贵了。你们要永远记得这一点啊！”

接下来，那个温柔的声音没再多说什么。小卓母亲的手依旧摸着他的头，亚诺就看着那个小男孩坐在木箱上，背靠着墙壁，双腿腾空晃呀晃，静静地让母亲抚摸着头发。

“你们去玩吧！”小卓的母亲突然这样说道，同时把手缩了回去，“再见了，亚诺！你要好好照顾我家小卓啊！因为你比他大。”亚诺也想道别，到了嘴边的“再见”却说不出口。

“再见啦，孩子！”温柔的声音又加了一句，“你还会再来看我吧？”

“当然啦！母亲……”

“你们快走吧！”

回到喧扰的巴塞罗那大街上，两个孩子漫无目标地到处闲逛着。亚诺一直等着小卓把事情解释清楚，但他绝口不提，于是，亚诺只好主动提问：

“你母亲为什么一直待在那个菜园里？”

“她被关起来了。”小卓答道。

“为什么？”

“我也不知道。我只知道她就是被关起来了。”

“为什么你不从那个小窗子钻进去看她呢？”

“庞兹不准我这么做。”

“谁是庞兹啊？”

“庞兹就是我父亲。”

“他为什么要禁止你这么做呢？”

“我也不知道。”

“你为什么叫他庞兹，而不叫他父亲？”

“因为他不准我叫他父亲啊！”

亚诺一时愣住了，接着，他抓着小卓转过身来面对他。

“关于这件事，我也不知道为什么。”不等亚诺开口问起，小卓自己先说了。

两个孩子继续漫步闲荡着。亚诺试着去了解那段胡言乱语似的对话，而小卓则等着这位新朋友提出新的问题。

“你母亲长什么样子？”亚诺终于提出这个酝酿已久的问题。

“她一直都被关在里面啊……”小卓勉强露出了一丝苦笑，“有一次，庞兹刚好出城去了，我趁机爬上那个小窗口，但是我母亲不准我看她。她说，她不希望我看到她。”

“你为什么笑啊？”

小卓继续走了好几米才回话。

“她一直告诉我，我应该笑口常开。”

那天早上，亚诺低着头走遍大半个巴塞罗那的大街小巷，一路紧跟着那个从来没见过母亲容颜的肮脏小男孩。

“他母亲从一扇小窗子伸出手来摸他的头。”那天晚上，亚诺躺在草席上，低声和父亲谈起了这件事，“他从来没看到过母亲。他父亲不准他看，他母亲也不准。”

亚诺娓娓叙述着这位新朋友的母亲，柏纳不停轻抚着儿子的头发。奴隶和学徒们此起彼落的鼾声正好填补了父子之间的沉默。柏纳不禁纳闷，那个女人究竟犯了什么错，竟会受到如此严厉的惩罚?

锅匠庞兹直截了当回答了他的疑问：“不守妇道！”只要有人问起，锅匠总要一再提起妻子当年犯下的大错。

“我刚好撞见她和情夫私通，是个年轻小伙子。趁着我在铸铁房干活的时候，她居然背着我私通！我一状告到总督大人那里，当然啦！这个公道，我无论如何要讨回来的。”对于犯下这条罪状应受的法律制裁，这个魁梧强壮的锅匠可是如数家珍，“我们的王子真是智慧过人，他们对于女人的邪恶本性是再清楚不过了。唯有身为贵族的女性可以借由宣誓而免于不守妇道的控诉；至于其他的女人，例如我家这个卓亚娜，只要犯了这个错误，就必须接受上帝的制裁！”

当年曾经目睹这个惩罚过程的人依然记得，庞兹把卓亚娜的年轻情夫狠狠毒打了一顿；这段介于埋首打铁的锅匠和为爱痴狂的年轻人之间的恩怨，恐怕连上帝都调解不了。

至于王法的裁决，巴塞罗那王国的法律写得非常清楚：“倘若女子能获得丈夫原谅，并且补偿她和情夫对丈夫造成的所有损失，便可免于惩罚。反之，女子则交由丈夫全权处置。”庞兹虽然不识字，但是，那份宣判文件上的内容，他倒是已经倒背如流：

此致庞兹，倘若此人有意处置本案当事人卓亚娜，他必须提供合适且安全的担保，将她安置在自宅内两米长、一米宽、三米高的空间。他必须提供一张睡眠用的草席，以及一条可供保暖用的毛毯。同时，他必须在这个空间的地面上挖一小洞，以供她解决排泄问题。此外，他应当设置一扇小窗，由此交付卓亚娜每日所需粮食：庞兹每日应提供十八盎司[1]的烤面包以及足量的饮水，并且不得给予任何可能导致卓亚娜死亡之食品或物品。只要庞兹能遵守以上规定，并提供合适且安全的担保，本庭准许本案当事人卓亚娜交由庞兹处置。

庞兹遵照总督府的规定而提供了合格的担保，因此卓亚娜最后由他来处置。他在后院的菜园盖了一个小房间，长两米，宽一米，地上挖了个小洞让卓亚娜解决大小便，墙壁上方开了一扇小窗子，小卓的母亲就从这里伸手摸他的头。小卓在卓亚娜被囚禁九个月后出生，因此，庞兹从来不认这个孩子。

“父亲！”亚诺在柏纳耳边低语着，“我的母亲是怎么样的一个人啊？你为什么从来没提起过她呢？”

“你要我怎么跟你说呢？难道你要我告诉你，夺去她宝贵贞操的是个醉醺醺的霸道贵族？难道你要我告诉你，她成了巴耶拉大爷城堡里的廉价妓女？”柏纳心想，这些都不能说呀！

“你的母亲……”他这样答道，“她很苦命，是个身世坎坷的人。”

柏纳听见亚诺偷偷吸了吸鼻子。

“她爱我吗？”亚诺以略显沙哑的声音问道。

“她没有机会爱你呀！她在生你的时候去世了。”

“艾碧芭一直很爱我！”

“我也很爱你呀！”

“可是，你又不是我的母亲。就连小卓都有个母亲，天天摸着他的头……”

“并不是所有的孩子都有……”柏纳话没说完，突然转了个念头。

所有基督徒的母亲……他的脑海中忽然浮现这句神父们常说的话。

“父亲，你刚刚说什么呀？”

“其实，你也有母亲的。你当然有母亲啊！”柏纳发现孩子的情

---

1. 盎司，重量单位，一盎司约等于 28.35 克。

绪沉静下来了，“所有失去了母亲的孩子，就像你这样，上帝又给了你们另一个母亲：圣母玛丽亚。”

“那个玛丽亚在哪里呢？”

“不是那个玛丽亚，是圣母玛丽亚！”柏纳纠正孩子的说法，“圣母在天上。”

亚诺沉默了好一会儿，又追问：“这样一个在天上的母亲有什么用啊？她不会摸我的头，不会跟我一起玩，也不会吻我……”

“她会呀！她会做这些事情的。”柏纳还记得，当年他也问过同样的问题，而他的父亲是这样回答的：“你叫飞鸟去帮你传达讯息吧！看见天上的小鸟时，你就请它传达讯息给你的母亲，然后，它会把讯息带回天上。你还会发现，小鸟也会互通消息，一只鸟儿帮你传递过讯息之后，就会有越来越多的小鸟在你身边愉快地飞来飞去。”

“可是，我对鸟类一窍不通啊！”

“慢慢地你就会学到其中的窍门了。”

“可是……我永远都看不到圣母啊！”

“看得到啊！儿子，你看得到她的。她在天上，也在某些教堂里，你不但可以透过鸟儿跟她说话，也可以到教堂里去跟她聊聊啊！她会透过鸟儿回答你的问题，或者是……到了晚上，当你睡着以后，她会像所有的母亲那样轻抚你、疼惜你！”

“她会比艾碧芭更疼我吗？”

“当然！她对你的疼爱比艾碧芭多了好多倍。”

“那么……今天晚上会怎么样呢？”亚诺问，“我今天没有跟她说话。”

“你放心！我已经替你去跟她说了。你赶快睡觉吧！她会来看你的。”

08

这两位刚认识的新朋友，天天相约碰面，或是一起跑到海边去看船，或在巴塞罗那的街头巷弄里闲逛玩耍。每当两人一起翻过卜家宅院的高墙，或是墙内的花园里传出约森、赫尼和玛格丽妲的一阵阵嬉闹声时，小卓总会看到身旁这位新朋友抬头仰望天上的浮云，仿佛在云端寻找什么。

“你在看什么呀？”有一天，他终于忍不住问了。

“没什么。”亚诺随口应道。

墙内的嬉笑声越来越响，此时又见亚诺抬头望天。

“我们爬到树上去吧？”小卓暗自忖度，这位新朋友八成是想爬树，因此提出这个建议。

“我不要。”亚诺漠然回绝的同时，眼睛直盯着天上一只飞鸟，他深信，鸟儿会将他的信息寄送给母亲。

“你为什么不想爬树呢？爬到树上就可以看见他们了……”

他该对圣母玛丽亚说些什么呢？一个孩子能对母亲说些什么话呢？小卓在他母亲面前向来什么话都不说，他只是默默听她说话，顶多就是点头，或是摇头……但是再怎么说，他毕竟可以听见自己母亲的声音，并能感受母亲温柔的轻抚。亚诺这样暗想着。

“我们爬树好不好？”

“不要！”亚诺气呼呼地吼回去，原本笑嘻嘻的小卓，突然吓得抿紧双唇，“你已经有个爱你的妈妈了，干吗还要爬树偷看别人家的小孩玩耍？”

“噢……可是，你没有妈妈呀！”小卓依旧天真地回应他，“如果我们爬到树上的话……”

就说我爱她吧！没错，贾孟娜姑妈的孩子们经常对她说这句话。“天上的鸟儿啊！请你把这句话带给她吧！”亚诺望着飞鸟，心中这样暗想着，“请你告诉她，我爱她！”

“怎么样？我们上去吧？”小卓一只手已经紧抓着树枝。

“不要！反正我也不需要……”小卓揪着树枝的手忽地松开了，眼中充满疑惑。

“因为我也有妈妈。”

“你有了新妈妈？”

亚诺迟疑了半晌。

“我也不知道算不算！她叫圣母玛丽亚……”

“圣母玛丽亚？她是谁啊？”

“她住在教堂里。我跟你说，他们……”亚诺指指卜家大宅院的高墙，“他们都会上教堂，但是从来都不带我一起去。”

“可是，我知道教堂在哪里。”亚诺的目光亮了起来，眨了又眨，“如果你想去的话，我可以带你去。那可是巴塞罗那最大的教堂。”

小卓一如往常，只要一提起要去某个地方，总是二话不说，像一阵风似的，拔腿就往前冲，不过，这回他得乖乖跟着亚诺走才行。

两人沿着波格利亚街往前跑，然后穿过犹太人群居的毕斯柏街，来到大教堂门口。

“你觉得圣母玛丽亚会在里面吗？”亚诺问身旁的新朋友，一边指着高耸的墙壁上一排排的鹰架。他看见鹰架上有几个工人正使劲地拉着滑轮绳索，试着要把一块硕大的石块吊起来。

“当然啰！”小卓神情笃定地答道，“因为这是教堂嘛！”

“这可不是教堂噢！”他们俩听见有人忽然在背后说。两人回头一看，是个手拿榔头和凿子的壮汉。“这是一座大教堂！”那人正经八百地说，满脸骄傲的神情，似乎颇以身为雕刻师傅的助手为荣，“你们千万不要搞错了，大教堂和教堂是不一样的！”

亚诺面露不悦，狠狠瞪了信口开河的小卓一眼。

“请问哪里才有教堂啊？”小卓追问着已经渐渐走远的壮汉。

“就在那里……”壮汉突然出声回应，手上的凿子指着他们俩刚刚走过的那条街道，“就在圣乔美广场上！”

于是，两个孩子又沿着毕斯柏街跑回圣乔美广场，在那儿，他们看见一幢小小的建筑物，外观与广场边其他房舍完全不同，门楣上布满精致的浮雕，门前还有一小段狭窄的阶梯。两人一起使劲，直接就推开了那扇门。屋子里漆黑且冰凉，两人的眼睛还没来得及适应阴暗，已经先在入口处被一双大手用力抓着肩头，强压着他们跪倒在地。

“我已经说过很多次了，小孩子不准在圣乔美教堂里乱跑啊！”

亚诺和小卓面面相觑，把神父的话当耳边风，心里只想着，这是圣乔美教堂啊！他们对看了一眼，似乎在默默告诉对方：这里也不是圣母玛丽亚的教堂。

神父走开之后，两人赶紧站起来，这才发现，他们身边围绕着六个男孩，全都衣衫褴褛，没穿鞋子，又脏又臭，就跟小卓一样。

“他这个人啊……心眼儿很坏！”其中一个男孩朝着教堂大门口扮了个鬼脸。

“这样吧，你们如果还想再来的话，我们可以带你们从一个秘密入口进来，他不会发现的。”另一个男孩对他们说，“不过，万一你们不小心被逮到了，后果自负噢！”

“不用了，我们无所谓！”亚诺说道，“对了，你们知不知道哪里还有教堂？”

“没有任何教堂会让你们进去！”有个男孩立刻接腔。

“这个我们自己会想办法，不关你们的事！”小卓这样响应他。

“瞧瞧这小鬼……口气挺大的咧！”其中最年长的男孩挂着一脸讥笑，走到小卓身边。接着，他冷不防地拎起小卓瘦小的身子，亚诺在一旁看得心惊胆战，“这个广场上所有的事都归我们管，懂吗？”说完，狠狠推了小卓一把。

小卓心有不甘，正打算出手回击带头的大个儿时，广场另一头突然出现了一幕，顿时吸引了所有人的目光。

“是个犹太小鬼！”其中一个男孩高声大喊。

那群少年夺门而出，往那个犹太小男孩的方向冲过去，那孩子胸前挂着红黄相间的圆盾，格外引人侧目，当发觉那群少年正朝着自己追来时，他吓得拔腿就跑。就在千钧一发之际，犹太小男孩及时进了家门。这时候，有个小男孩跟在亚诺和小卓后面看热闹，他的年纪比小卓更小，当他看到小卓居然胆敢反抗带头的恶少年时，简直吓呆了，一双眼睛睁得比铜板儿还要大。

“这附近还有一座教堂，就在圣乔美教堂后面！”他低声说道，“你们最好趁这个机会赶快溜了，要不然，包老大……”他指了指那个凶悍的少年，此时正带着那帮跟班往回走，“他回来的时候一定会很生气的，到时候，他会把气出在你们身上。每次他没抓到犹太小鬼的时候，火气总是特别大！”

亚诺当下就想拖着小卓往后跑，谁知道愤愤不平的小卓居然有意找那个包老大算账。突然，那群少年朝着他们这头加速跑来，小卓终于改变主意，还是跟着好友一起逃了。

两人朝着海岸方向沿街快跑，后来发现包老大和他那群小喽啰根本没追上来，或许，他们最介意的还是犹太小鬼吧！于是两人放慢速度往前走，就在几乎快走完整条街时，他们看到了另一座教堂。两人驻足在教堂门前的台阶旁，默默对望半晌。小卓使了个眼色，小脑袋随即转向教堂大门。

“我们先等一等吧！”亚诺说。

这时恰好有位老太太从教堂出来，缓缓走下台阶。亚诺毫不迟疑地走上前去。

“这位好心的老太太！”他恭敬地趋前问候，“请问，这座教堂是……”

“圣米盖教堂！”老太太应道，缓慢的脚步继续往前走着。

亚诺叹了口气。

“哪里还有其他教堂啊？”小卓看到好友失望的神情，忍不住插嘴问道。

“就在这条街的转角呀！”

“那又是哪一座教堂呢？”小卓继续追问，这一次，老太太终于停下来看了他一眼。

“那是圣约斯巴士铎教堂。你们为什么对教堂这么有兴趣啊？”

两个孩子没答腔，径自低着头走开了，倒是那位老太太，盯着他们看了好一会儿。

“全部都是男人的教堂。”亚诺咕哝着，“我们必须找到女人的教堂才行，圣母玛丽亚一定就在那里！”

小卓漫步走着，一副若有所思的模样。

“我知道有个教堂……”他终于开口了，“那里都是女人，地点就在城墙尽头，靠近海边，那座教堂叫作……”小卓抓着头想，“我想起来了，叫做圣塔克莱拉教堂。”

“那也不是圣母玛丽亚啊！”

“反正也是女的！我相信你妈妈一定跟她在一起！不然，除了你父亲之外，难道她会跟别的男人在一起吗？”

两人沿着城市街往下走，来到海洋城门，这里是古罗马城墙的起点，雷葛米尔城堡也坐落在此，城堡外有条小路通往圣塔克莱拉修院。过了雷戈米尔城堡，亚诺和小卓往左转进海洋街，这条街的两端分别是布拉特广场和海上圣母教堂，沿街岔出许多小巷弄，每条巷弄都通往波恩广场。两人穿越广场之后，继续沿着圣塔克莱拉街往前走，朝着修院的方向前进。

这两个孩子虽然一心急着要找到圣塔克莱拉教堂，还是经常忍不住停下来看街道两旁的金银铺子里摆放的精致工艺品。巴塞罗那是个繁荣富裕的城市，那些铺子里展现的无数珍品就是最好的证明：纯银打造的餐具、镶着耀眼宝石的金银花瓶和酒杯、项链、手镯、戒指和腰带……数不尽的精美工艺品在盛夏的艳阳下闪耀着光芒。亚诺和小卓总是盯着看，惹得银匠们忍不住出来赶人，有些银匠甚至对他们咆哮怒骂，两个孩子吓得拔腿就跑，只得乖乖继续上路。

两人一路走走停停，来到圣母玛丽亚广场，广场右侧是马约墓园，左侧则是教堂所在。

“圣塔克莱拉教堂那条路是往……”小卓才开口说了半句话，突然顿住了。那个……那个实在太神奇了！

“哇……他们是怎么弄的啊？”亚诺自言自语，不自觉地张大了嘴巴。

前方伫立着一座教堂，那是一幢坚实的建筑物，外观简洁工整，没有巨型窗户，倒是外墙看起来格外厚实。教堂周围的地面，已经铺整得既平坦又干净。人们已在环绕建筑物周边的地上打下数不清的木桩，并用粗绳将木桩连结起来，形成特殊的几何图形。

此外，小教堂的半圆形后殿则竖起十根细长的柱子，高度约莫十六米，透过柱子前的一排排鹰架，雪白的石材隐约可见。

教堂外搭起了一层又一层木造的鹰架，仿佛往上延伸的阶梯。为了看清鹰架的顶端在何处，亚诺得跑到大老远外，伸长了脖子望了又望，这才看见鹰架的顶端比石柱还要高。

“走吧，我们进去看看！”小卓看腻了在鹰架上干活的工人，决定找点别的事做，“我想，这一定也是大教堂！”

“这里不是大教堂！”有人在他们背后接了这么一句。亚诺和小卓相视而笑。两人转身一看，眼前站着一个体格魁梧、满身大汗的男子，肩上还扛着大石头。小卓的笑脸淘气十足，仿佛在质问这个彪形大汉：“不是大教堂，那是什么？”“大教堂是由贵族和官府出钱建造的，但是，这座教堂啊，以后会比大教堂更好也更美！因为这是由老百姓出钱出力打造的。”

这个壮汉说话就像连珠炮似的，肩上沉重的大石头似乎逼得他非得往前走不可；即使如此，他还是对两个孩子露出亲切的笑容。

亚诺和小卓跟着壮汉来到教堂外侧，一旁则是梅诺墓园。

“您需要我们帮忙吗？”亚诺问道。

壮汉喘了口气，回头看着亚诺，依旧是一张笑脸。

“谢谢你呀，孩子！不过，这个忙你还是别帮的好！”

最后，他总算停下脚步，肩上的大石头也落了地。两个孩子好奇地盯着那块大石头，小卓甚至上前用力推了又推，可是，大石头纹丝不动。壮汉忍不住哈哈大笑起来，小卓也跟着笑了。

“既然这不是大教堂……”亚诺突然插上一句，同时指着前方那几根高耸的八角形石柱，“那么，这是什么教堂啊？”

“这是沿海区新盖的教堂，用意是感谢圣母玛丽亚的庇佑……”

亚诺猛地跳起来。

“啊……是圣母玛丽亚吗？”他急切地问，一双眼睛眨个不停。

“是啊，孩子！”壮汉温柔地摸了摸亚诺的头发，“就是圣母玛丽亚，我们的海洋圣母！”

“那么，圣母玛丽亚在哪里？”亚诺又问。

“就在里面呀！目前还在那个小教堂里，但是，当我们这座新教堂完工时，你们看着好了，绝对没有任何一座圣母教堂会比这座更雄伟！”

就在里面哪！亚诺根本没听见壮汉后来说的话。他的圣母就在里面。霎时，一阵嘈杂声使得所有人不由得抬头一探究竟：原来是一大群鸟儿，正从鹰架顶端振翅高飞。

09

正在建造海上圣母教堂的巴塞罗那沿海区，早在加罗温王朝时期，在古罗马城墙外渐渐发展成巴塞罗那的郊区。起初，这一带只是渔民、搬运工人以及穷人聚居的小区。当时就已经有一座小教堂，叫作海沙圣母玛丽亚教堂，所在的地点据说就是303年圣埃拉莉亚的殉道之处。那座小小的海沙圣母玛丽亚教堂，得此名称，就因为教堂主要以巴塞罗那海滩上的细沙建造而成，然而，随着海岸地形改变，城市港口也随之转移到另一边的海岸线上，这一带的港口逐渐失去主导优势。后来，海沙圣母玛丽亚教堂改名为海上圣母教堂，因为，就算教堂已经离海岸线较远了，这一带的百姓还是靠海维生，“海上圣母”这个名称算是最贴切的了。

随着时代的演变，不仅这座海沙建造的小教堂逐渐远离了海岸线，这座不断扩张的城市也被迫开始往城外发展，因为巴塞罗那的新兴资产阶级已经在罗马城墙内找不到落脚之处了。最后，资产阶级选择往巴塞罗那东边发展，因为那一带是港口通往城区必经之地。在这个新兴区域，就在那条海洋街上，银匠们开始进驻，陆续迁入的还有货币交易商、棉商、肉铺、面包坊、酒商、奶酪制造商、制帽师傅、铸剑师傅，以及许多其他领域的工匠。这一带也盖了一座谷物市场，可供外地来的商人在此住宿，而位于圣母教堂后方的波恩广场，后来也成了比武、马术的表演场域。不过，进驻这个新兴沿海区的不只是富有的工匠师傅，许多贵族也搬到这里来了，从波恩广场延伸而下的蒙卡塔尔街上，逐渐盖起一幢幢宽敞豪华的宅邸。

巴塞罗那沿海区变成富庶繁荣的小区之后，对那些富有阔气的商人和贵族来说，那座原本为渔民和穷人而盖的罗马式小教堂，显然太狭小、太寒酸了。然而，当时的巴塞罗那教会和王室却将所有资源投注在大教堂的重建上。

海上圣母教堂的教友们，不分贫富，大家同心为圣母奉献，虽然缺乏教会和王室的支持，他们并未因此而泄气，一再向教会当局申请改建许可，经过多次努力之后，申请通过，于是海上圣母教堂动工了。这座由人民所建、为人民而建的教堂，就在预定为主祭坛的位置立下了基石。而这座教堂和其他由教会主导兴建的教堂不同之处在于：富人出钱，穷人出力。从开始动工、立下了基石那一刻开始，由教友和城市代表组成的委员会，每年必须定期在公证人陪同之下拜见教区长，将教堂的所有钥匙交给这位教区最高领袖。

亚诺静静望着那位搬运大石头的男子。那人依然满身大汗，喘个不停，他看着进行中的教堂工程，脸上露出微笑。

“我可以去看她吗？”亚诺问他。

“你要看圣母吗？”那位男子笑着反问小男孩。

是不是小孩子都不能单独进教堂呢？亚诺自忖。是不是必须有父母陪同？圣乔美教堂的神父到底是怎么说的？

“当然可以啦！圣母最喜欢像你们这样的孩子去看她了。”

亚诺咧嘴笑了，却难掩内心的紧张情绪。他转过头去看着小卓。

“我们进去吧？”他对小卓说道。

“唉……等一下！”男子把两个男孩叫住，“我还得回去干活儿。”说着，他看看那些正在石头堆里敲敲打打的工人。“安禾！”他对着一个约莫十二岁的少年大喊，于是，少年立刻跑了过来，“你带这两个孩子去教堂。你跟神父说，他们要看圣母。”

男子摸了摸亚诺的头，身影逐渐消失在通往海边的路上。亚诺和小卓乖乖跟着那个叫作安禾的少年，不过当少年盯着他们看的时候，两人羞赧地垂下眉眼。

“你们想去看圣母啊？”

少年说话的口气听起来很诚恳。亚诺点点头，接着问他：“你……你认识她吗？”

“当然啰！”安禾呵呵笑着，“她是海上圣母，也是我的圣母。我父亲是船员。”安禾神情骄傲地说着，“你们跟我来吧！”

两个男孩跟着他走到教堂入口处，小卓睁大了眼睛，亚诺却低着头。

“你有母亲吗？”亚诺突然这样问道。

“当然有。”安禾边走边回应。

走在安禾身后的亚诺，总算对小卓露出了笑容。跨进圣母教堂大门之后，亚诺和小卓停了一下，直到双眼适应了教堂内的昏暗才继续往前走。教堂内弥漫着蜡烛和熏香的气味。亚诺想起教堂外那些又高又细的石柱，相较之下，教堂内的石柱完全是另一种风格：低矮、方正，而且粗壮多了。教堂内唯一的光线来自墙上那几扇狭窄、细长的窗子。

“我们走吧！”安禾轻声说。

就在三人正要前往主祭坛时，小卓指了指几个跪在地上的人。当他们从这些人身旁走过时，两个男孩对他们的喃喃自语好奇不已。

“他们在干什么啊？”小卓凑在亚诺耳边问。

“他们在祷告。”亚诺答道。

每次贾孟娜姑妈带着孩子从教堂回到家之后，总会强迫他跪在卧房的十字架前面祷告。

到了主祭坛前，有位身材清瘦的神父朝着他们走过来。小卓赶紧躲到亚诺身后。

“今天怎么会到这里来呀，安禾？”神父低声问着，目光却看向安禾身边的两位男孩。

安禾向神父微微鞠了躬，神父则亲切地跟安禾握了手。

“神父，这两个男孩想看看圣母。”

神父那双在黑暗中闪烁着光芒的眼睛凝视着亚诺。

“你们要看的圣母就在那儿！”他朝着主祭坛方向指去。

亚诺的视线顺着神父指引的方向，看到了一尊体积很小、造型简单的女子石雕像，有个孩子坐在她的右肩上，她的脚下则踩着一艘木船。她的双眼微张，神态安详。那是他的母亲！

“你们俩叫什么名字啊？”神父问。

“我是亚诺·艾斯坦优。”

“我是卓安，但是大家都叫我小卓。”

“你姓什么呀？”

小卓脸上的笑容顿时消失。他根本就不知道自己该姓什么。母亲曾经告诉过他，千万别跟人家说自己姓彭，他那个锅匠父亲知道了会大发雷霆的，但他也不能随母姓。反正，他一直都不需要跟任何人说自己姓什么呀！为什么这位神父偏偏要问他的姓氏？见他一直不回话，神父紧盯着他不放，坚持等他做出回应。

“跟他一样。”小卓终于开了口，“我也姓艾斯坦优。”

亚诺转过头去看着他，眼神中尽是责备。

“所以你们俩是兄弟啊！”

“是……是啊！”小卓吞吞吐吐地回答神父，亚诺则在一旁没出声。

“你们会祷告吗？”

“会。”亚诺答。

“我……我还不会。”小卓在一旁低声说。

“那就叫你哥哥教你。”神父对他说，“你们可以向圣母祷告噢！跟我来！安禾，你帮我带个话给师傅，那边有些石头……”

神父的声音越来越微眇。两个男孩站在主祭坛前等着。

“我们祷告的时候也要跪下来吗？”小卓在亚诺耳边低声问道。

亚诺默默看着小卓刚才指指点点的身影，这时候，小卓盯着主祭坛前铺着红缎的祷告台，亚诺却抓着他的手臂。

“你看，那些人不但跪在地上，“他指着教堂内那些教友，“而且，他们还在祷告。”

“那你呢？”

“我不是来祷告的，我是来跟我的母亲说话的。你跟你母亲说话的时候，不需要跪下来吧？”

小卓望着亚诺。没有，他和母亲说话的时候，并没有跪下来。

“可是，神父并没有说我们可以和圣母说话啊！他只说我们可以祷告……”

“那你就不要跟神父说就好啦！你如果在神父面前提这件事的话，我就跟他说你骗人，你根本不是我弟弟。”

于是，小卓乖乖跟在亚诺身边，默默欣赏着教堂内部那些装饰用的船只。他多么希望自己也能拥有这样一艘船。他不禁纳闷，这些船只能不能浮在水面上。一定可以的；否则，他们制造这些船只干什么？或许，他可以带着其中一艘船到海边，然后……

亚诺的目光始终不离那尊石雕像。他要跟她说些什么呢？天上的飞鸟是否把他的讯息传递给她了呢？他曾经告诉过飞鸟，他爱她，他曾经这样说过好多次了。

“我父亲跟我说过，虽然把我带大的人是那个阿拉伯女人，但是，我什么话都不能跟她说，因为大家都说阿拉伯人不能上天堂。”亚诺继续喃喃低语，“她是个非常善良的人。她没有做错任何事情。一切都是玛格丽姐惹的祸。”

亚诺注视着圣母。她身边围绕着好多燃烧中的蜡烛。微风轻轻拂过那尊石雕像。

“艾碧芭是不是跟你在一起？如果你看见她了，请你告诉她，我也很爱她。虽然她是个阿拉伯女人，但是，你应该不会因为我爱她就不高兴吧？对不对？”

昏暗的教堂内，微风轻轻吹拂着，在数十支烛光映照下，亚诺看着那尊小小的石雕像，她的双唇逐渐漾起笑容。

“小卓！”他赶紧叫身边的好友。

“什么？”

亚诺指着圣母像，可是现在她的双唇……或许她不希望别人看见她微笑？说不定这是个秘密。

“什么事啊？”小卓追问。

“没事，没什么！”

“你们已经祷告了吗？”

安禾和神父的突然出现把两人吓了一跳。

“是的。”亚诺答道。

“我……我还没有。”小卓愧疚地低着头。

“我就知道！”神父慈祥地摸了摸小卓的头，“你呢？你祷告了什么？”

“《圣母经》。”亚诺回答。

“啊！好美的祷告辞啊！好了，我们走吧！”接着，神父带着两人走到教堂门口。

“神父！”已经走出教堂门外的亚诺突然问，“我们可以再回来吗？”

神父笑容可掬地看着他们。

“当然可以，不过，我希望你们下次来的时候，你弟弟已经学会祷告了。”小卓一脸严肃地点着头，神父则在他两颊上轻拍了几下，“你们随时都可以再来，”神父补上一句，“这里永远欢迎你们！”

安禾开始往石堆方向走去。亚诺和小卓在他后面跟着。

“现在呢？你们俩要去哪里？”安禾回头问他们，两个男孩对看了一眼，耸耸肩，“你们不能去工地的，万一被师傅看见了……”

“就是那个背着大石头的人吗？”亚诺打断了安禾的话。

“噢！才不是。”安禾笑着答道，“那个是雷蒙，他是个大力士。大力士就是海边的搬运工人，他们的工作就是把海边的货物搬到商人的仓库去，或是把仓库的存货搬到海边……还有，他们有时候也在海边帮商船装货和卸货。”

“所以，他们并不是帮圣母教堂工作啰？”亚诺问道。

“噢……他们为教堂做的事比任何人都要多。”面带笑容的安禾耐心解释着，“他们都是穷人，虽然没有钱，但是对圣母教堂奉献得比任何人都来得多。因为没有能力捐钱资助教堂工程，所以，大力士公会做了承诺，他们会义务将蒙居克山区采石场的石头搬运到教堂工地。他们就把大石块背在背上……”安禾幽幽地看着前方，“走了大老远的路程，把一块需要好几个人才搬得动的大石头背到这里来。”

亚诺还记得那位大力士放在地上的大石头。

“所以，他们当然是为圣母教堂工作的人！”安禾以坚定的语气说，“他们的贡献比任何人都要多！好了，你们自己去玩吧！”于是，安禾又回工地干活去了。

010

他们为什么还要继续往上造鹰架呢？

亚诺指着圣母教堂后方这样问着。安禾抬头往上看，塞满了面包和奶酪的嘴巴咕哝着一串模糊的句子。小卓开始呵呵笑起来，亚诺也跟着笑了，最后，就连安禾自己都忍不住哈哈大笑，结果一不小心噎住了，笑声变成一连串的咳嗽声。

亚诺和小卓天天到圣母教堂报到，两人进了教堂之后，随即跪下来。因为母亲的鼓励，小卓发奋学习祷告，一再重复念着亚诺教他的祝祷辞。等亚诺回家后，小卓会赶快跑到那扇小窗前面，向母亲叙述自己这一天祷告的内容。除了和圣母教堂的艾柏神父聊天之外，亚诺每天上教堂和他的母亲交谈。现在，他身边多了个低声祷告的小卓。

祷告结束之后，亚诺和小卓走出教堂，这时候，两人总会刻意跑得远远的，然后抬头张望进行中的教堂工程，还有辛勤工作的木工、石匠和泥水匠。然后两人坐在圣母广场等待安禾下工休息，这样他可以和他们俩一起吃点心。艾柏神父总是以慈爱的眼神看着他们，圣母教堂的工人见到他们也会微笑寒暄，甚至连那些驮负大石块的大力士，总会特别转过头来看看这两个坐在圣母教堂门口的孩子。

“为什么鹰架还要继续增加呢？”亚诺再次提问。

三人同时望着教堂后方的部分，那里已经矗立了十根石柱：其中八根石柱绕成一个半圆，另外两根各居两侧的位置。石柱后方已经开始了护墙的建造工程，护墙之间将是教堂的后殿部分。但是，既然已经立了石柱，鹰架却持续往上扩增，乍看之下，实在让人看不出个所以然来，仿佛那群工人都失心疯了，只想一直往上造天梯。

“我也不知道。”安禾回答。

“我看这些鹰架一点都不牢靠。”小卓也加入话题。

“噢！这些鹰架都很牢靠的！”这时候，有个男子语气非常笃定地作了响应。三人同时回头。在一阵谈笑声和咳嗽声交杂之间，三个人并未发觉身后走来一些人，有几位衣着奢华讲究，另外几位身着神父长袍，但是胸前佩挂着镶嵌了珍贵宝石的黄金十字架，手上戴着大戒指，腰带上也绣了金色和银色镶边。

艾柏神父一见到这群人出现在教堂门口，赶紧上前迎接。安禾猛然起身，拼命把嘴里的食物吞下去。刚刚那个突然开口搭腔的人，安禾以前只见过几次，每次都排场浩大。这位先生是贝伦格·孟塔谷，也就是主导圣母教堂工程的建筑大师。

亚诺和小卓也赶紧站起来。艾柏神父走到那群人前面，并且恭敬地吻了主教们手上的大戒指。

“那些鹰架有多牢靠啊？”

小卓的问题使得正要弯腰去吻另一位主教戒指的艾柏神父愣住了。他僵在那儿，眼睛直盯着那个孩子。“你不要说话，也不要多问。”他的眼神这样告诉小卓。其中一位带头的大人物作势要继续往教堂内走，但是，贝伦格·孟塔谷却抓着小卓的肩膀，把这孩子转过来面对着他。

“孩子们常常可以见到我们看不到的部分。”他大声对着同伴们说道，“所以，这孩子会对越来越高的鹰架好奇，我一点都不惊讶。你想知道鹰架为什么要继续往上搭吗？”小卓看了艾柏神父一眼，然后使劲点头，“你看见那些石柱的顶端了吗？以后呢，每根石柱上面都会盖上六面拱顶，而最重要的那一座拱顶将是新教堂后殿上方的那一座。”

“后殿是什么？”亚诺问。

贝伦格面露微笑，然后回头看了一眼。部分同行的大人物仔细聆听着解说，神情就和那两个孩子一样专注。

“一座后殿就像这个样子。”大师将十指弓起，双手交叉在一起并拢，就像个山洞一样。孩子们聚精会神地注视着那双神奇的手。有些站在后面的大人物也伸长了脖子张望，包括艾柏神父在内。“好了，总而言之，在最高点的顶端呢……”大师换了个手势，食指往上一指，“最后会放上一块石头，我们称之为拱心石。首先，我们会把那块拱心石升到最高处的鹰架，就是最上面那一层，看见没？”所有的人一致往天际望去，“拱心石安装完成之后，我们就可以开始拱顶的建造工程了。这就是为什么我们需要建造这么高的鹰架。”

“为什么要这么费功夫呢？”亚诺的问题又把艾柏神父吓了一大跳，虽然他已经很习惯孩子们的童言童语了，“这些都是在教堂里面看不见的东西啊！反正只是在屋顶而已。”

贝伦格忍不住大笑，后面那群人也跟着笑了。艾柏神父急得猛叹气。

“在教堂里当然看得见呀！孩子，教堂现有的屋顶，以后都会拆掉盖新的。到时候，现有的这座小教堂就会焕然一新，更大！更……”

小卓脸上突然出现的不悦神情，让贝伦格大吃一惊。这孩子已经习惯了小教堂的隐密性，还有这里的气味和昏暗，正好适合他静静祷告啊！

“你喜欢海上圣母吗？”贝伦格问他。

小卓看了看亚诺，两人同时点头。

“新教堂完工以后，你们喜欢的圣母将是全世界最灿烂耀眼的圣母！她不再像现在这样置身在阴暗之中，她会拥有世人无法想象的美丽教堂。她也不再困守在那两面厚厚的矮墙围堵起来的狭小空间。以后，她会挺立在高处俯瞰着你们，后面还有通往天庭的石柱和后殿，天庭，那是圣母应有的位置。”

大家仰望着天空。

“没错！”贝伦格·孟塔谷继续说，“新建的海上圣母教堂将会直达天庭。”接着，他在一行人陪同下，走进了圣母教堂，留下艾柏神父和两个孩子望着他们的背影。

“神父！”那群人走远之后，亚诺询问身边的艾柏神父，“当他们把小教堂敲掉的时候，新的大教堂又还没盖好，那么，圣母怎么办？”

“你看见那两面护墙了吗？”神父指着主祭坛后方，那里正在建造两面厚墙，回廊将因此而封闭，“那里会盖起第一座神殿，叫作圣体神殿，将来，耶稣基督的遗体和圣墓以及圣母雕像都将保存在那里，所以，圣母不会受到任何影响的。”

“谁来负责守护圣母呢？”

“你放心，”艾柏神父这次回话总算露出了笑容，“圣母一直都有人守护着。圣体神殿属于大力士公会；他们拥有铁栅栏的钥匙，大家会轮流来看管这个地方。”

亚诺和小卓已经认识了好几个大力士。安禾曾经指着一排扛着大石头的大力士介绍了他们的名字——雷蒙是他们认识的第一位大力士；吉隆身上的肌肉跟他背上的大石块一样坚硬，皮肤黝黑，每次背着大石块的时候，脸上的表情扭曲得令人害怕，但本性却亲切又温柔；另一位也叫雷蒙的大力士，大家给他取了绰号“小子”，他的个头比第一位雷蒙矮一点，但是身形粗壮多了；米盖身材消瘦，看起来似乎搬不动任何大石块，但是，当他一鼓作气，全身肌肉紧绷，这时候，整个人就像是要迸裂了；赛拔斯提亚总是不苟言笑，他的儿子巴斯提亚聂、贝利以及乔摩也是大力士……还有一长串名字，他们都是沿海区的搬运工人，每天利用工作闲暇从采石场搬运大石块到海上圣母教堂，新教堂所需的数千块大石头，全都是他们的贡献。

亚诺想起那些大力士——想起他们驮负着大石块望着圣母教堂的

眼神；想着他们卸下石块后的灿烂笑容，还有他们展现的惊人毅力。亚诺相信，这群人一定会好好守护他的圣母。

不到七天，贝伦格·孟塔谷描述的情景即将成真。

“你们明天一大早就来。”安禾这样交代两个男孩，“他们要把拱心石升上去了。”

隔天一大早，穿梭在鹰架之间的工人后面，一大群看热闹的孩子跟前跟后。现场大概有一百多人，除了工人、大力士，甚至连神父们也来了。艾柏神父换下了长袍，身上穿着便衣，腰间还系了红布条当腰带。

亚诺和小卓混在人群里，兴奋地见人就微笑寒暄。

“孩子们！”有位木工师傅过来对他们说，“待会儿我们要开始升起拱心石的时候，不准你们随便跑来跑去，知道吗？”

两个孩子用力点头。

“拱心石在哪里？”小卓好奇地问那位木工师傅。

接着，两个孩子顺着木工师傅的手指望着鹰架最下层。

“圣母！”一见到那块巨大的圆石，两人异口同声惊呼着。

在场许多人和这两个孩子一样看着那块拱心石，但他们只是安安静静地看着；他们知道，这一天是个非常重要的日子。

“拱心石有六千多公斤。”有人这样告诉他们。

小卓睁大的眼睛像个圆盘似的，直盯着大力士雷蒙。

“不……不是的。”雷蒙大概猜出了小卓心中的想法，所以主动说明，“这块大石头不是我们搬来的。”

雷蒙这么一说，四周传出零星而急促的笑声，但是，笑声马上就停了。亚诺和小卓看着人群逐渐散开，再看着那块巨大的拱心石，然后抬头望着鹰架的最高处；他们要用粗绳把六千多公斤的拱心石吊上三十米高的地方啊！

“万一出了差错的话……”他们听见有人边说边在胸前画着十字。

“那就正好压在我们身上了。”

但是，没有任何人踌躇不前，就连一身特殊打扮的艾柏神父也跃跃欲试，大伙儿互相打气，不时轻拍旁人背部，相互激励。人群和鹰架已将老旧的小教堂包围了。许多人屏息注视着教堂。巴塞罗那的乡亲们逐渐聚集在远处，大家等着观看这项非比寻常的重大工程。

贝伦格·孟塔谷终于出现了。他并没有停下来与人交谈或寒暄，直接走到鹰架下方，立刻向群众解说接下来的流程。大师在忙着交代事项的同时，几位木工师傅在拱心石上绑上大型滑轮。

“各位已经看到了……”贝伦格大声说道，“鹰架的顶层已经装设了滑轮组，我们就靠这个把拱心石拉上去。整套滑轮组，包括鹰架顶端的以及绑在拱心石上面的，总共有三组，每一组又包含三个滑轮。各位都知道，我们无法借助绞车完成这项工程，因为我们必须始终以斜面上升的方式将拱心石拉上去。总共会有三条粗绳绕过滑轮组，升上顶端之后，再回到地面。”大师指着粗绳，身后的一百多人正仔细听着粗绳的移动方式和路径，“我要你们所有的人分成三组，然后在身旁待命。”

木工师傅们开始分配人力。这时候，亚诺和小卓赶紧跑到教堂的后墙边，到了那里，两人乖乖贴墙等着。贝伦格检视过已经分好的三组人马，接着再作指示。

“每一组人马各自负责拉一条粗绳。你们这一组……”他指着其中一组人，“你们这一组的名称叫作‘圣母玛丽亚’。大家跟着我喊一遍‘圣母玛丽亚’！”一群人齐声呐喊：“圣母玛丽亚！”

“你们这一组，‘圣塔克莱拉’！”第二组成员也大声呼喊了自己的组别名称。

“你们这一组是‘圣埃拉莉亚’。接下来我会以组别名称下指令，当我说出‘全体成员’这四个字的时候，那就表示三组同时行动。你们必须一直维持整齐而笔直的队伍，从头到尾对准前面伙伴的背部，并且要专心听从师傅们的指挥。你们千万要记得：始终保持笔直的队伍！现在，大家开始排队。”

每一组都有一位木工师傅负责整队。粗绳已经准备妥当，所有人双手紧握着绳子。贝伦格·孟塔谷不让他们有思考的机会。

“全体成员！你们开始行动了，首先轻轻拉，直到你们感觉到绳子已经绷紧。对了！就是这样……”

亚诺和小卓盯着缓缓移动的队伍。

“全体成员！用力拉！”

孩子们屏息注视着。三组队伍的成员们全部紧盯着伙伴们的后脚跟，大家开始用力拉，他们的手臂、背部和脸部全都紧绷着。亚诺和小卓的目光一直锁定在拱心石上。毫无动静。

“全体成员！再用力！”

这一声洪亮的口令，响彻全场。一个个成员开始涨红了脸，鹰架的木板发出嘎吱声。拱心石已经和地面相隔一个拳头大了。六千公斤啊！

“再用力！”紧盯着拱心石的贝伦格扯着嗓子大喊。

又多了一个拳头的距离。孩子们看呆了，甚至忘了要喘气。

“圣母玛丽亚！再用力一点！再用力！”

亚诺和小卓把视线转移到“圣母玛丽亚”那一组人身上。艾柏神父就是成员之一，此刻正紧闭着双眼，用力拉着绳索。

“对了，就是这样，圣母玛丽亚，继续用力！全体成员！再用力！”

鹰架上的木头依旧嘎吱嘎吱响。亚诺和小卓看了看鹰架，然后看着贝伦格·孟塔谷，这位大师眼中只有拱心石，那块拱心石上升速度非常缓慢。

“继续用力！继续！继续！全体成员一起用力！再用力一点！”

当拱心石已经上升到第一层鹰架的高度时，贝伦格下令三组人马停止再用力，并且让拱心石悬在半空中。

“圣母玛丽亚和圣埃拉莉亚，你们两组人员先停着。”接着，他继续下一个指令，“圣塔克莱拉，你们继续拉！”倾斜的拱心石缓缓滑进第一层鹰架，“现在，全体成员慢慢松手。”

当拱心石终于落在贝伦格脚边的鹰架上那一刻，在场所有的人，包括拉着粗绳的成员们在内，全都停止了呼吸。

“慢慢来！”大师在鹰架上大喊着。

拱心石放下之后，鹰架上的木板平台立刻凹陷成弧形。

“他们就这样停了？”亚诺向小卓咕哝着。

如果就这样停下来了，那么，贝伦格……

贝伦格还在等着。然而，那些鹰架根本无法长时间承受拱心石的重量。无论如何，那块拱心石一定要升到最顶端，正如贝伦格的规划。木工们忙着将粗绳套上第二组滑轮，接着，所有人员再度紧握绳索。再上一层鹰架，再上一层，六千公斤的拱心石终于升上那座拱顶的中心位置。在所有人的共同努力之下，拱心石升上了天际。

这是个漫长而艰难的过程。所有人满身大汗，全身肌肉紧绷。偶尔有人倒下，带队的师傅必须立刻将人拉出队伍，免得被伙伴们踩伤。这时候，有些身强体壮的百姓自愿顶替体力不支的队员，师傅会挑出适合的人选，立刻将空缺补上。

贝伦格站在鹰架最高层指挥行动，站在下层的另一位师傅则将他的命令传递给地上的人员。当拱心石终于升上最高层的鹰架时，有些人脸上原本紧抿的双唇，渐渐漾起了笑容，然而，这才是最艰难的时刻。贝伦格·孟塔谷已经测量过放置拱心石的正确位置。一连好几天，他天天在十根石柱之间以绳索和木桩围成三角形，接着，他从鹰架上端放下铅锤，然后再将绑在木桩上的一条条绳索往上拉，并紧紧固定在鹰架顶端。他日复一日地在羊皮纸上画着草图，然后擦掉，再来一次。如果拱心石未能放在正确的位置上，鹰架将无法承受拱顶的重力，后殿可能因此而坍塌。

最后，经过不知多少回的测量之后，贝伦格终于在鹰架最上层找出了放置拱心石的精确位置。就是那个位置，丝毫偏差都不容许。这个艰难的关卡正考验着所有人的信心和意志力，因为，这一次和前面的情况完全不同，贝伦格不让他们早早就将拱心石放置在鹰架上，反而继续发号施令。

“圣母玛丽亚，再用力一点。不对，圣塔克莱拉，用力拉，好……现在暂停。圣埃拉莉亚！圣塔克莱拉！圣母玛丽亚！往下一点……往上一点……就是现在！”他突然大吼，“全体成员维持同样的力道！现在往下放！慢慢放！慢慢放！慢一点！慢一点！”

霎时，粗绳松脱了。现场一片静默。所有的人仰望着天际，大家看着贝伦格蹲下来检视拱心石的位置。接着，他环抱那个直径两米的巨石，然后站了起来，高举着双手向地面上的人群致意。

当大家甩掉绳索，兴奋狂叫的那一刻，亚诺和小卓似乎感受到贴着背的旧教堂墙壁也被撼动了。许多人累得干脆躺在地上，有些人则紧紧相拥，共享这个充满喜悦的欢乐时刻。聚集在周遭观看全程的数百名群众也乐得欢呼鼓掌，而亚诺则激动得哽咽起来，全身寒毛直竖。

“我好想赶快长大！”那天晚上，亚诺这样对父亲咕哝着。父子俩正躺在草席上，周遭不时传来其他奴隶和学徒的咳嗽声和鼾声。

柏纳暗自揣测儿子这个心愿是怎么冒出来的。那天，亚诺回到家时，情绪异常亢奋，一遍又一遍地诉说着圣母教堂升起拱心石的经过，就连总管昭明都听得兴味盎然。

“儿子，你为什么会这样想呢？”

“所有人都贡献了他们的力量。在圣母教堂，很多小孩会去帮父母或师傅们做事，可是我和卓安……”

柏纳伸手去搂着儿子的肩膀，把他紧紧拥在怀里。确实，除了偶尔帮忙跑跑腿之外，亚诺只能到处闲晃。但是，他能做什么呢？

“你喜欢大力士，对不对？”

当孩子一再叙述那批人把大石块搬运到大教堂的情形之时，柏纳多少可以感受到那份热情。通常，孩子们会一路追随大力士到城门口，然后在那里等着，当大力士们扛着石头回来时，这些孩子会陪着他们沿着海岸往前走，接着从弗拉梅诺斯修院再继续走到圣母教堂。

“是啊！我喜欢大力士。”亚诺答话时，柏纳另一只手伸进草席下摸索着。

“这个你拿着！”他把父子俩逃亡期间使用的旧皮囊交给他，亚诺在阴暗中接下这个装水用的皮囊，“你可以提供清水给大力士喝！你看着好了，他们不但不会拒绝，而且会很感激你的。”

隔天一大早，才刚天亮。小卓照例已经在葛劳家门口等着了。亚诺把皮囊给他看，然后往脖子上一挂，两个孩子就这样直奔海边，来到天使泉，这也是大力士们搬运石头途中唯一的水泉。下一个水泉就是圣母教堂了。

当两个孩子看见一排弯腰背着大石块的大力士拖着缓慢步伐走过来时，两人赶紧爬上一艘停靠在岸边的船。第一位大力士已经来到他们面前，亚诺把手上的皮囊给他看。那位大力士笑了，接着，他停在船的前面，站在甲板上的亚诺正好可以直接把水倒进他嘴里。其他大力士在后面等着；接下来，所有大力士陆续都喝了水。大力士们返回采石场时，身上少了沉重负担，总算可以停下来好好感谢两个孩子提供的清水。

从那天开始，亚诺和小卓成了大力士们的送水人。两人通常会站在天使泉旁边等着，若是碰到商船卸货，或是大力士们停止搬运石头到圣母教堂的日子，两个孩子就在城里到处送水给工作中的大力士们，省得他们还得背着一壶水在身上。

两人只要有空就到圣母教堂观看建造工程，或是去找艾柏神父聊聊天，或是坐在地上看着安禾狼吞虎咽地吃着他的点心。谁都看得出来，这两个孩子望着教堂的眼睛闪烁着明亮的神采！大力士们都这么说，连艾柏神父也这么觉得。

拱心石升上去之后，这两个男孩总算可以见证每根石柱上方各自发展出一座拱顶的过程；木工们已经装上连结拱心石的拱架，而在石柱后方，已经筑起回廊的墙壁以及教堂内的两面护墙。而介于两面护墙之间的，则是艾柏神父跟他们提过的圣体神殿，也是属于大力士们的神殿，圣母就在这里安息着。

回廊墙壁的工程一结束，建造九座拱顶的拱架工程随即展开，拆除旧教堂的工程也开始了。

“后殿的上方呢……”艾神父这样告诉他们，“会加盖屋顶。你们知道会用什么建造那个屋顶吗？”两个孩子猛摇头。“城里所有的陶瓷器皿和瓶罐瑕疵品。首先铺上一层方石，然后整齐地嵌上这些陶瓷瑕疵品，最后再盖上教堂的天花板。”

亚诺早就看过教堂外的石块堆旁边堆了许多陶瓷瓶罐。他曾经问过父亲，那些陶瓷为什么会在教堂外，但是柏纳也答不上来。

“我只知道，”柏纳这样告诉儿子，“所有的陶瓷瑕疵品都会有人来运走。原来，都到你的教堂去了呀！”

就这样，新教堂从旧教堂的后殿开始了初步的格局，而旧教堂的拆除工作也开始了，为了重复使用旧建筑的石块，拆除工程进行得异常谨慎。巴塞罗那的沿海区不会没有教堂的，即使在新旧教堂的建筑工程都在进行期间，老百姓的宗教活动也不会因此中断。然而，那是一种很奇特的感觉。亚诺也跟其他人一样，进了一栋小小的罗马式建筑喇叭口形大门之后，看见原来那个他和圣母交谈的昏暗空间，如今成了装上大窗子的新建后殿。旧教堂好像一个小盒子，装在另一个神奇的大盒子里。大盒子逐渐扩大的同时，小盒子也逐渐萎缩，但是，这个小盒子后面却延伸出如此宏伟高耸的后殿。

011

再怎么说，亚诺的日子不可能只有去圣母教堂以及送水给大力士喝这两件事。为了换取吃住，他必须干活儿，其中一个活儿就是厨娘进城去采买的时候，他得跟着帮忙提东西。

每隔两三天，亚诺总得一大早就陪着艾丝特兰亚出门。艾丝特兰亚是个女黑奴，外八字的脚步总是踉踉跄跄，身上的肥肉还抖个不停。每到出门采买的日子，只要亚诺一出现在厨房门口，女奴二话不说，直接就把一堆东西塞给他：两大篮的面团，那是要送到烤炉房去烤的。至于这两块大面团，一块是给葛劳一家人吃的，那是雪白的小麦面粉揉成的；另一块大面团是给下人吃的，劣等大麦粉掺杂了小米粉、蚕豆粉或鸡豆粉，烤出来的面包又黑又硬。

把大面团送去烤炉房之后，艾丝特兰亚和亚诺便离开制陶工匠小区，过了城墙之后，继续往巴塞罗那市中心前进。刚上路时，亚诺轻松自在地跟在女奴后面，看到她那一身晃来晃去的肥肉，亚诺实在忍俊不禁。

“你在笑什么？”女奴不止一次回头问他。

这时候，亚诺盯着她那张扁平的大圆脸，拼命忍着笑。

“你喜欢笑是吗？那你就笑个够吧！”到了布拉特广场，女奴递给他一袋沉甸甸的小麦，“你再笑啊！怎么不笑啦？”不久后，女奴再递上卜家孩子们要喝的牛奶；到了甘蓝小广场，女奴继续递给他更多干粮、豆类和青菜，还有后来在欧力广场买的橄榄油、野味和鸡肉等，并且，每次递上重物，她总要一再重复问那句话。

从这时候开始，亚诺只能低着头跟着女奴绕着整个巴塞罗那逛了。一年一百六十天的斋戒日，几乎占了全年的一半，每逢斋戒日，女奴的一身肥肉甚至得一路晃到圣母教堂附近的海边，城里仅有的两家鱼摊子就在那里。为了买到最新鲜的鲔鱼、鲟鱼等鱼获，艾丝特兰亚经常就在摊子上跟人吵起来。

“现在，我们去买你吃的鱼！”买到她要的鲜鱼之后，艾丝特兰亚面带微笑地对亚诺说。

两人绕到鱼摊子后，女奴在那儿买了鱼骨和杂碎。两家鱼摊子后面都挤满了人，但是艾丝特兰亚在这里倒是从来不跟任何人争抢。

即使吃的是鱼骨和杂碎，亚诺还是喜欢斋戒日。因为，买鱼骨和杂碎只要绕到鱼摊后面就行，若是买肉的话，亚诺得提着一大堆东西走过大半个巴塞罗那。

葛劳一家子吃的肉都是现宰的新鲜肉类。那些上等好肉，只有在城里才买得到；巴塞罗那禁止输入死亡牲畜。因此，城里肉店里卖的肉品，都是在店里现宰的鲜肉。至于仆佣和奴隶们吃的牲畜杂碎，当然就得出城去买便宜货，来路不明的死亡家畜肉品在市场里堆得像座小山。艾丝特兰亚买了便宜的肉品之后，很满足地笑了，她自己提着那一袋肉，然后两人去烤炉房拿面包，终于结束了这一天的采买行程。返回葛劳家的路上，艾丝特兰亚还是抖着一身肥肉，亚诺则拖着脚步在她后面跟着。

又是个出门采买的早上，艾丝特兰亚和亚诺正在城里采买现宰肉品，肉店就在布拉特广场旁边。突然间，圣乔美教堂的钟声开始响个不停。然而，这一天不是礼拜天，也不是节庆。艾丝特兰亚满脸惊愕，外八字的双脚杵在地上，宛如一座大山挡在那儿。广场上传出呐喊。亚诺没听清楚那个人在喊些什么，不过，大声叫喊的人数越来越多，人们开始从四面八方跑到广场上。亚诺回头看着艾丝特兰亚，已经到了嘴边的问题，根本来不及说出口。他把手上的两大袋食物往地上一放。贩卖干粮的商人迅速收了摊子。群众依然又叫又跑，圣乔美教堂的钟声仍旧响彻云霄。亚诺正打算到圣乔美广场，但是，怎么圣塔克莱拉修院的钟声也响了？他竖起耳朵仔细听着，圣贝雷德波利斯修院和弗拉梅诺斯修院也开始敲钟了！整座城市的钟声都响了！亚诺愣在原地，嘴巴张得好大，眼前只见群众匆忙疾奔。

突然，小卓那张脸出现在面前。小男孩神色慌张，整个人紧张地动个不停。

“全体集合！全体集合！”小卓大喊着。

“什么？”亚诺满脸疑惑地问道。

“全体集合！”小卓凑在他耳边大喊。

“那是什么意思？”

小卓要他住口，指了指总督府旁边的旧城门。

亚诺转过头去望着旧城门，再往城门内一看，有位总督府的总管一身战袍，不但穿上了银色铠甲，腰间还佩戴了好大一支长剑。总管右手握着金色长矛，矛上系着巴塞罗那城的旗帜：艳红的十字架印在雪白的旗子上。在他身后是另一位总管，同样是全副武装。接着，两人走到广场正中央，高举着巴塞罗那城旗，然后同声呐喊：

“全体集合！全体集合！”

钟声依旧此起彼落，百姓们“全体集合”的叫喊声响遍大街小巷。

原本安安静静在一旁观望的小卓突然肆无忌惮地尖叫起来。

艾丝特兰亚终于反应过来，她急忙拉着亚诺离开。然而，亚诺紧盯着广场正中央的两位总管，一身威严的武装打扮，铠甲、长剑在迎风飘扬的旗帜下闪耀着光芒。他用力挣脱女奴的手。

“亚诺，我们走啦！”艾丝特兰亚大声喝斥他。

“我不要！”小卓在一旁煽动，亚诺也壮了胆。

艾丝特兰亚紧抓着亚诺的肩膀，用力摇晃着他。

“我们回去了！这个不干我们的事。”

“女奴，你说什么？”旁边有位妇人看到他们争执，这时候，她上前站在女奴和亚诺之间。“这个男孩是奴隶吗？”艾丝特兰亚摇头否认。“是公民吗？”亚诺点头。“你好大的胆子！女奴，居然敢说‘全体集合’不干这个男孩的事？”艾丝特兰亚结结巴巴，外八字的双脚进退两难，仿佛一只走不动的鸭子。

“你以为你是谁啊？女奴……”另一位妇人挺身质问她，“居然敢否定这个男孩捍卫巴塞罗那权益的荣耀？”

艾丝特兰亚低下了头。万一她的主人知道了会怎么说？主人可是非常重视城市的权益和荣耀的。钟声还在响个不停，小卓赶紧跑去跟那群妇人站在一起，并示意亚诺也加入。

“我们女人是不能加入民兵队的。”第一位妇人对艾丝特兰亚这样说道。

“奴隶们更没有资格。”另一个妇人在一旁帮腔。

“你想想看，如果这些男孩不跟着去的话，有谁能够照顾我们的丈夫？”

艾丝特兰亚根本不敢抬头。

“你再想想看，没有像他们这样的男孩，谁帮我们的丈夫做饭、洗衣、清理武器呢？”

“你该去哪里就赶快去吧！”妇人们这样指使艾丝特兰亚，“这里不是奴隶该来的地方。”

艾丝特兰亚提起了原本由亚诺负责的大包小包，晃着一身肥肉慢慢走开了。小卓看着那群妇人，笑容灿烂。亚诺也一样。

“孩子们，你们快去吧！”妇人们督促他们，“我们的丈夫就靠你们了。”

“记得跟我父亲说一声啊！”亚诺扯着嗓子吩咐才走了三四米的艾丝特兰亚。

小卓发觉亚诺一直盯着缓步离开的女奴，似乎心有疑虑。

“你没听刚刚那群妇人说的话吗？”小卓对他说，“我们应该去照顾巴塞罗那的士兵们。你父亲一定可以理解的。”

亚诺点点头，起初只是轻轻点着，后来变成用力点头。他当然可以理解！他不也是经过一番努力和奋斗才成了巴塞罗那公民的吗？

当两个男孩转过头来望着广场时，他们发现，总督府两位总管举起的两面旗帜旁，多了第三面旗子：那是商人公会的旗帜。掌旗者并未穿上战袍，但是背上背着石弓，腰间佩戴着长剑。不久后，银匠公会的旗帜出现了……就这样，广场上五颜六色的各个公会旗帜逐渐增加：皮毛工人公会、理发师公会、医生公会、木工公会、锅匠公会、制陶工匠公会……

这时候，巴塞罗那的百姓们已经自动在所属公会旗帜下集合，所有百姓都配备了作战规定要求的武器：一把石弓，配上一百支箭，加一把长剑或是长矛。两个钟头之后，巴塞罗那的圣战部队将启程捍卫城市百姓的权益。

在这两个钟头期间，亚诺总算明白了事情的来龙去脉。小卓终于可以好好向他解释。

“巴塞罗那不只是抵抗外敌攻击而已……”小卓说，“假如有人胆敢跟我们作对，巴塞罗那就会出兵攻击对方！”小卓语气非常激动，频频指着广场上的军队和旗帜，毫不保留地展现了他的骄傲，“实在太了不起了！你看着好了，我们可能会在外地待上好几天。我告诉你，如果有哪个百姓受人欺侮，或是城市的权益受到威胁，那是可以投诉的，不过，我不知道要找谁投诉啦！可能是找总督大人或是百人政务委员会吧？如果官府那些大人确定了投诉的事件是真的，就可以召集民兵队，就在广场中央的城旗那边，看到没？召集民兵队的时候，教堂都会鸣钟，大家在整个巴塞罗那沿街大喊‘全体集合’，这时候，所有公会的代表会举起公会旗帜，百姓们找到所属公会旗帜后，自动前往集合。”

这时候，亚诺的双眼早已睁得跟大圆盘似的，他一边听着小卓的解说，不时观望着周遭陆续涌入的人潮。

“接下来呢？他们要干什么？会不会很危险？”亚诺看着民兵队佩戴的武器，忍不住追问。

“通常不会太危险啦！”小卓笑着回答他，“当然，那也要看敌方是谁，如果是什么封主之类的，他们一看到巴塞罗那民兵队的规模，通常会妥协的。”

“所以，那就不会打仗啰？”

“这就要看带领民兵队的总指挥以及封主的做法了。听说，他们上次出兵，把整座城堡都夷平了。如果是这种情况的话，那当然会打仗了，既然有打斗，就会有死伤嘛！你看，那是你姑父。”小卓指着制陶工匠公会的旗帜，“走，我们去那边！”

在制陶工匠公会的旗帜下，全副武装的卜葛劳和另外三位公会代表站在一起，他穿了军靴，一套皮制的铠甲从胸前往下覆盖到小腿部位，腰间也佩戴了长剑。四位公会代表旁边聚集了城里所有的制陶工匠。当葛劳发现亚诺的身影时，他对昭明使了个眼色，接着，卜家总管挡住了两个男孩的去路。

“你们要去哪里？”他盘问两个男孩。

亚诺以哀求的眼神向小卓求助。

“我们来给师傅帮忙！”小卓答道，“我们可以帮忙送饭……或者，他要我们做什么都可以。”

“很抱歉，不用了。”昭明只是冷冷地说了这么一句。

“现在怎么办？”昭明转身离去之后，亚诺着急地问。

“那又怎么样！”小卓这样回他，“你不用担心啦！这里有这么多人，随便都找得到需要我们帮忙的人；再说，就算我们一路偷偷跟着他们，他们也不会知道的。”

于是，两个孩子开始在人群里穿梭着。他们好奇地望着各种长剑、石弓和长矛，两人不时看着精良武器啧啧称奇，偶尔也驻足偷听群众聊天的内容。

“喂！清水呢？清水在哪里呀？”有人在他们背后这样叫着。

亚诺和小卓立刻回过头。一见到微笑着看他们的雷蒙，两个男孩的眼睛立刻亮了起来。在他旁边，还有二十多位全副武装的大力士！

亚诺伸手到背后去抓他的皮囊，偏偏试了几次都没抓到，惹得几位大力士哈哈大笑。

“要为城市效力的时候，一定要有万全的准备才行啊！”大力士们故意开他玩笑。

在红色十字架为标志的城旗带领之下，巴塞罗那的圣战部队出发了，目的地是塔拉戈纳附近的克雷瑟，那座小城的老百姓扣留了巴塞罗那肉贩拥有的牲畜。

“事情有这么严重吗？”亚诺问雷蒙。两个男孩决定跟着雷蒙一起走。

“当然啦！巴塞罗那的肉贩们有权在加泰罗尼亚境内所有地方放牧。没有任何人可以扣留运往巴塞罗那的牲畜，即使国王也不行。我们的孩子必须享有整个王国最好的新鲜肉品！”雷蒙边说边挠着两个男孩的头发，“克雷瑟的封主扣留了畜群，并且要求牧羊人支付放牧的费用。你们知道吗？从塔拉戈纳到巴塞罗那，所有贵族和男爵都要求过路费和放牧费。这种做法，要我们百姓怎么过日子呀？”

“你要是知道艾丝特兰亚买什么样的肉给我们吃的话……”亚诺这样暗想着。小卓看出了好友的心思，对他皱了皱眉头。这件事，亚诺只对小卓说过。他一度想告诉父亲锅子里那些肉是哪里来的，可是，当看到父亲吃得津津有味，看到葛劳家所有的学徒和奴隶抢着把那锅肉吃得精光时，他实在不忍心扫兴，只好噤声吃着自己盘里的食物。

“还有什么别的理由能让圣战部队出征吗？”亚诺问道，刚才一阵恶心作呕，一开口才惊觉自己的口臭。

“当然啰！当巴塞罗那或是任何百姓的权益受到威胁时，圣战部队就会出征。举例来说，若有巴塞罗那乡亲被绑架了，圣战部队就会去解救他。”

就在不停的闲聊当中，亚诺和小卓跟着圣战部队一路沿着海岸往前走，途中遇到的民众，总是默默让路。海面异常平静，仿佛也对民兵队敬畏三分。在艳阳下走了一天之后，当大海披上月亮的银光时，圣战部队已经抵达锡切斯（Sitges）。福诺亚封主在他的城堡里接待了所有公会代表，而圣战部队的其他成员则在城门口扎营过夜。

“会不会打仗啊？”亚诺问。

所有大力士望着他。柴火烧得劈啪作响，划破了深夜的寂静。小卓已经躺下来睡着了，头部靠在雷蒙的大腿上。亚诺突然这么一问，有些大力士不禁面面相觑。会打仗吗？

“不会的。”雷蒙说，“克雷瑟的封主根本没有能力跟我们对抗。”

亚诺一副大失所望的模样。

“说不定会打仗噢！”坐在炉火对面的另一位代表试图满足这孩子的怀想，“许多年前，当我还小的时候，差不多就是你现在这个年纪……”亚诺听得恍了神，差点儿被火烫伤，“曾经召集圣战部队攻打毕斯拔城堡，那位封主扣留了一大群牲畜，就跟现在这位克雷瑟城的封主一样。当时，毕斯拔城堡封主拒绝妥协，决定与圣战部队交战。他大概认为我们这些巴塞罗那老百姓没有作战的能力吧！结果，巴塞罗那攻下了城堡，并且俘虏了封主以及他的卫兵部队，那个地方，完全被夷为平地。”

亚诺想象自己高举着长剑，然后登上城堡发出胜利的欢呼：“哼！谁敢和巴塞罗那圣战部队为敌？”所有大力士看着他兴奋的神情：这孩子盯着火堆发呆，握着木棍的双手不停地颤抖着。“本人亚诺·艾斯坦优……”现场的笑声把他拉回锡切斯的真实世界。

“好了，该去睡觉了。”雷蒙这样劝他，同时抱着熟睡中的小卓站起来。亚诺噘起嘴。“这样你就可以好好做你的战争梦啦！”雷蒙这样安慰他。

夜凉露重，有人特地弄来一条毯子给两个孩子盖上。

隔天一大早，部队继续往克雷瑟前进。他们沿途经过了荷杜鲁、维拉诺瓦、谷柏勒斯、塞谷和巴拉等地，这些都是有城堡的小城。过了巴拉城之后，部队转进内陆，朝着目的地克雷瑟迈进。这个小城距离海岸不远，坐落在山丘上的城堡是一座坚固的石造堡垒，城堡四周则散布着小城老百姓的民房。

再过几个钟头就天黑了。官员和总督大人召集了各公会的代表。巴塞罗那军队进入备战状态，全体队员列队跟随巴塞罗那城旗前进。亚诺和小卓在队伍后面来回穿梭，忙着提供饮水给大力士们，但是，几乎所有人都婉拒了，他们的目光紧盯着城堡。大家一言不发，两个孩子也不敢出声。各公会代表回来了。整个民兵队紧盯着三位谈判代表走向克雷瑟城堡；对方派出的三位代表也走出了城堡，双方就在中途会合。

亚诺和小卓也跟其他人一样，默默观望着谈判的情形。

双方没有交战。克雷瑟封主早就偷偷从城堡后方那条通往海边的小径逃走了，小城官员下令投降。克雷瑟城的百姓归还了牲畜，也释放了被拘禁的牧人，并接受了支付大笔赔偿金的条件，他们也承诺将来一定会尊重巴塞罗那城老百姓的权益。

“克雷瑟投降了！”官员们向民兵队宣布。

一排排的巴塞罗那民兵开始交头接耳。接着，他们卸下了长剑、石弓和长矛，也脱下了沉重的战袍。笑声、欢呼和逗趣的玩笑开始在一排排民兵队伍中蔓延着。

“孩子，拿酒来！”雷蒙这样吩咐他们，“你们俩怎么了？”见到两个孩子愣在原地，雷蒙忍不住关切他们，“你们一定很想看到打仗的场面，对不对？”

两个孩子的表情，足以说明一切。

“如果打仗的话，我们其中任何一个人都可能受伤，甚至死亡。你们希望事情变成这样吗？”亚诺和小卓拼命摇头，“你们应该学会从另一个角度看待这件事情：我们来自加泰罗尼亚王国境内最强大、最重要的城市，所有的人都很怕与我们为敌。”亚诺和小卓睁大了眼睛听着雷蒙的话，“你们也去倒点酒吧！孩子们，为了庆祝这场胜利，你们俩也跟大家一起干杯！”

巴塞罗那城旗光荣返乡，城旗下的两个男孩以自己的城市为荣，也以自己的乡亲为荣，更以身为巴塞罗那人为荣。扣留牲畜、拘禁牧人的几位克雷瑟居民，戴上了手铐脚镣在巴塞罗那街头示众。全城老百姓分布大街小巷，大家等着为凯旋的军队鼓掌喝彩。亚诺和小卓一路跟着民兵队游街，最后，当两个孩子出现在柏纳面前时，做父亲的见到儿子安然归来，一时竟忘了责备他，倒是笑眯眯地听着孩子们叙述新奇有趣的经历。

012

对克雷瑟城堡的征讨安然落幕后，三个月匆匆过去了，然而，亚诺的生活并没有多大的改变。眼看就要满十岁了，到时候就得进入葛劳姑父的工场开始学徒生涯，不过，亚诺依旧天天和小卓穿梭在大街小巷里，继续探索着迷人又新奇的巴塞罗那。两个孩子照常送水给大力士们饮用，看着海上圣母教堂逐日攀高，两人尤其快活，进了教堂里，他们总要恭敬地向圣母祈祷，并将心中的忧伤都向慈悲的圣母倾吐……亚诺深信，微笑的圣母雕像的确听见了他的祈求。

艾柏神父告诉他们，当这座罗马式教堂的主祭坛打掉时，圣母雕像将移往回廊上的圣体神殿，就在新建的主祭坛正后方，神殿两侧各有厚实的护墙，前方以高高的铁栅栏围起来。圣体神殿靠着所有大力士合力维护着，不但有人细心打扫清洁，而且大蜡烛总是燃烧着，时时刻刻照亮了小神殿。那是大力士们的神殿，也是整座教堂最重要的地方，因为耶稣基督的圣体在此安息着……然而，教堂却让出身卑微的渔民们有机会守护这个神圣的所在。艾柏神父还说，海上圣母教堂的回廊和走廊上，另外还有三十三座神殿，全由贵族和富商出资建造，但是这座圣体神殿是属于大力士们的，任何一位年轻的渔工，都可以到这里来向圣母倾诉心中的疑惑。

那天清晨，柏纳正忙着整理放置在草席下的衣物用品，九年前从农庄逃出来时携带的一小袋钱币，以及妹夫平日付给他的微薄薪资，全都藏在那里。他小心存放着这些钱，打算将来给亚诺学艺用的。这时候，昭明突然走进奴隶们的大通铺卧房。柏纳大吃一惊，愣愣地盯着大总管。昭明走进奴隶房，这可是非比寻常的事。

“您怎么……”

“你妹妹去世了。”昭明打断了他的话。

柏纳顿时双腿瘫软，不由自主跌坐在草席上，手上还抓着那袋钱币。

“怎……怎么会这样？这是怎么回事？”他结结巴巴地问。

“师父也不清楚。发现的时候，她的身体早已经冰冷了。”

柏纳放下手中的钱袋，双手掩面饮泣。过了半晌，当他张开双手，抬头望去时，昭明已经不在了。柏纳忍不住哽咽，他想起当年那个跟着他和父亲在田里干活的女孩，那个喂养牲畜时总是不断地哼着轻快小调的女孩。他还记得，父亲偶尔会停下手边的工作，闭上双眼，就为了静静聆听她那天真悦耳的歌声。而如今……

到了午餐时刻，当柏纳把这个不幸消息告诉亚诺时，那孩子竟然无动于衷。

“孩子，你听到我说的话了吗？”

亚诺只是点点头。他已经整整一年没看见贾孟娜姑妈了，只有几次爬到树上时，远远看过她和孩子们一起嬉戏的身影。他在树上，默默流着眼泪，偷偷看他们欢笑嬉闹，而他身边却没有人……他有股冲动想要告诉父亲，他对贾孟娜姑妈的死讯一点也不在乎，因为姑妈根本就不喜欢他。只是，看到父亲眼神中流露的哀戚和悲伤，亚诺还是忍住了。

“父亲……”亚诺走到父亲身旁。

柏纳伸手搂着儿子。

“你不要再哭了！”亚诺靠在父亲胸口低语着。

柏纳紧紧搂着儿子，亚诺也伸出双臂环抱着父亲。

所有家奴和学徒正低头默默吃着午餐，此时却忽然传来凄厉的哀号，声声凄楚，划破天际，仿佛碎了心、断了肠。

“那是请来的哭丧妇！”有个学徒说，“我母亲就是做这个的，说不定那就是她呢！这个城里，没有人比她哭得更来劲儿了。”那学徒一脸得意。

亚诺瞥了父亲一眼；哀号声此起彼落，柏纳发现，儿子吓得缩起肩膀。

“接下来还会没完没了，”他这样告诉儿子，“我听说啊，葛劳请了好多哭丧妇。”

情况果真如此。那整个下午，一直到入夜以后，卜家的大宅院里挤满了人，前来吊唁的各方人士进进出出，几名哭丧妇也得不断地哭号。夜里，父子俩不堪阵阵哀号惊扰，辗转反侧到天明。

“整座巴塞罗那城里的人都知道了。”隔天早上，小卓混在卜家大门口的人群里，一碰见亚诺就跟他说了这件事。亚诺没答腔，只是漠然耸了耸肩。“所有人都会来参加葬礼。”小卓郑重地补上一句。

“为什么？”

“因为葛劳是有钱人嘛！只要参加送葬行列，他就送衣服。”小卓随即向亚诺展示了一件黑色长衫，“就是这件！”他笑嘻嘻地抖着那件黑衫。

接近中午时刻，一大群黑压压的送葬行列启程前往纳萨雷特教堂，此时，制陶工匠公会的成员们已在教堂的圣伊波里多神殿等着了。几名哭丧妇跟在棺木旁，一路哭号，甚至还不时激动地扯着头发。

教堂里挤满了各方人士，包括不同公会的代表、官府的咨询委员以及百人政务委员会的大部分成员。现在，贾孟娜已经死了，再也没有人会在乎艾斯坦优家的这对父子了，即使如此，柏纳还是拉着儿子挤到棺木旁，终于看到妹妹的遗容：她身上穿着葛劳送她的丝麻混纺衣裙，款式简单，但价值不菲。柏纳好不容易挤到棺木旁，没想到，卜家居然不让他好好跟死去的妹妹告别！

就在这时，神父开始了正式的葬礼仪式，亚诺偷偷瞥了瞥那几个面部潮红的表兄妹：约森和赫尼的神态始终稳重而严肃，玛格丽妲则是尽力挺直了身子，下唇却止不住始终微微颤抖。他们失去了母亲，就跟他一样。他们知不知道圣母玛丽亚呢？亚诺暗自忖度。接着，他将目光移到姑父身上，也是一脸肃然。此时，亚诺笃定地认为，卜葛劳一定不会跟孩子提起圣母的。有钱人就是不一样，人家都是这么说的。或许，有钱人会用另一种方式找到新妈妈吧！

果然，他们很快就有了新妈妈。那也难怪，在巴塞罗那，像他这么一个身家富裕的鳏夫，而且前程似锦。守丧期都还没结束呢，葛劳已经开始忙着应付前来提亲作媒的各方人士。他天天忙着与人交涉，一刻都不得闲。为了给孩子们找个后母，他千挑万选，最后选中伊莎蓓，这个年轻女孩毫无姿色可言，然而，她是贵族出身。葛劳仔细评估过所有候选人的条件之后，促使他作出最后决定的关键是她的贵族身份。他看上的是她将带来的嫁妆：不是金银财宝或土地，而是贵族头衔，那可是他梦寐以求却遥不可及的阶级。相较之下，那些一心一意要和富有的葛劳结为姻亲的富商，即使他们奉送再多的嫁妆，也不可能让他心动。不过，城里那些家世显赫的贵族，当然也看不上葛劳这个做陶制品出身的鳏夫，只有伊莎蓓的父亲除外，这个家道中落的穷贵族，看出葛劳有此意图，干脆把女儿嫁给他。两家成亲，各得所求，这桩亲事绝对错不了。

“你要知道啊……”葛劳未来的岳父一派高高在上的姿态，“我女儿是不可能住在陶瓷工场里的！”葛劳点头回应。“还有，她也不可能嫁给一个只会做陶制品的师傅。”这一回，葛劳有意替自己辩解，只是，未来的岳父大手一挥，到了嘴边的话，只好又吞了回去，“我说葛劳啊……我们是贵族，可不能去做陶瓷工匠做的事，懂吗？我们或许不够富有，但是我们永远都不会沦为工匠的！”

我们贵族不能这样不能那样……眼看自己即将成为贵族的一员，葛劳喜不自胜。未来的岳父大人说得对：放眼整座城市，有哪个贵族在经营陶瓷工场的？男爵大人……不久后，无论是生意伙伴们，还是百人政务委员会的同僚们，人人都要尊称他“男爵大人”。但是，贵为加泰罗尼亚男爵，怎么可以经营陶瓷工场呢？

由于葛劳仍是制陶工匠公会代表，昭明轻易就取得了师父资格。两人急着把该办的事情都尽快处理完成，因为葛劳急着要将陶瓷工场转手，一方面是伊莎蓓强力施压，此外，他也怕这些任性骄纵惯了的贵族突然改变心意悔了婚约。这位未来的男爵必须马上退出这个行业。不过短短时间内，昭明成了陶艺师父，葛劳把工场和住家一并转卖给他，并且同意他分期付款。但是，有个问题。

“我有四个孩子呀！”昭明对老东家说，“光是支付这栋房子和工场的分期付款就够吃力了！”昭明顿了一下，葛劳示意他继续说，“我没办法承接您工场里的所有人力，这么多奴隶、职员、学徒，我根本喂不饱这些人啊！我如果要继续经营的话，只能由我和四个孩子包办所有的工作了。”

婚礼的日期已经定了。葛劳从伊莎蓓父亲手中接下一幢位于蒙卡塔尔街上的豪华宅邸，许多巴塞罗那贵族就住在那儿。

“记得啊！”把房子移交给他之后，未来的岳父不忘提醒他，“你踏进教堂结婚的时候，背后可别拖着一间陶瓷工场啊！”

他仔细检视了新家的每一个角落，边看边点头，心里则忙着估算装潢整栋房子的花费。从蒙卡塔尔街进了大门之后便是铺了石板的中庭，正前方是马厩，占了建筑物一楼大部分的空间，位于马厩旁的则是厨房和奴隶们的卧房。中庭右边有一排宏伟气派的露天石阶，由此通往二楼，那就是贵族生活的空间了，客厅和书房就在那里；再上一楼则是贵族与家人的卧室。贵族和家人居住的二楼和三楼，一扇扇尖拱造型的花窗，临窗一看，中庭一览无余。

“好吧！”葛劳告诉这位跟随他多年的老部属，“你可以不必承接这批人力。”

他们当天就签了约。葛劳拿着合约，得意扬扬地去找未来的岳父。

“我已经把工场卖掉了！”他向岳父宣布。

“啊哈！男爵先生！”岳父向他握手道贺。

“现在呢？”告别岳父之后，葛劳暗自琢磨着，“奴隶们不是问题，有些人可以继续留下来，多出来的，就到人力市场转卖。至于职员和学徒……”

葛劳和一些公会会员聊过之后，顺利将这批人力介绍给其他同业。最后就剩下他那个大舅子和小男孩了。柏纳不属于任何公会，也没有职员资格。没有工场会雇用他，因为这是不合法的。那个孩子甚至还没开始学徒生涯。但是，合约还在……总之，他怎么可能要求别人接收艾斯坦优父子？这么一来，大家就会知道这两个逃亡农奴是他的亲戚了。他们姓艾斯坦优，就跟贾孟娜一样。所有的人可能因此知道这两个弃乡逃亡的农奴，而他就要成为贵族了……贵族们不就是最痛恨逃亡农奴的人吗？当年向国王施压要求立法禁止农奴逃跑的不就是贵族吗？他就要变成贵族了，总不能让艾斯坦优父子变成别人闲言闲语的话柄吧？他的岳父又会怎么说？

“你们父子俩跟我一起走。”葛劳这样告诉柏纳。葛劳决定和女贵族再婚之后，柏纳天天都在担心自己的去路。

昭明成了工场的新老板，从此再也不需要听命于葛劳，这时候，他终于可以和柏纳一起坐下来聊聊知心话：“你放心，他不敢对你们怎么样的。我非常清楚，因为他向我坦承过他的想法，不希望外人知道你们的处境。我做了一笔非常划算的交易。柏纳。他急得很，女方一直催促他赶在结婚之前把所有事情办妥。你手上有一份儿子的合约，好好利用这个筹码吧！柏纳。这个人一点良心都没有，你不必对他太客气。你可以拿上法庭告他来威胁他。柏纳，你是个好人，我一直都希望你能够了解，这些年来，我对你的态度……”

柏纳完全可以理解，而且他也把老长官这段话记在心上，现在，他总算有勇气跟妹夫直接交涉了。

“你说什么？”当柏纳直言问及“去哪里”“去干什么”时，葛劳气得当场咆哮，“我去哪里，你们就去哪里！我要你们干什么，你们就干什么！”他边说边挥手，愤怒的神态中透露着紧张不安。

“葛劳，我们不是你的奴隶！”

“你没什么好选择的。”

柏纳清了清嗓子，然后采用了昭明教他的招数。

“我可以上法庭告你！”

葛劳勃然大怒，又瘦又小的身子不断地颤抖着。然而，柏纳面不改色，随即快步离开。上法庭的威胁，依然在他妹夫耳畔回荡着。

他们的工作将是照料葛劳为新宅邸添购的马匹。“你怎么可以让马厩空在那儿呢？”岳父一副不可置信的模样，仿佛葛劳是个无知的小孩。葛劳暗自在心里盘算着费用。“我女儿伊莎蓓一向有骑马的习惯。”贵族岳父最后再补上一句。

对柏纳而言，最重要的是，葛劳付给他和亚诺的薪资还不错；亚诺也开始帮忙照料马匹了。有了这份收入，父子俩总算可以到宅邸外找个属于他们的住处；他和儿子赚的钱应该够让他们生活了。

葛劳本人要求柏纳解除亚诺原有的学徒合约，然后他们签了一份新合约。

获得公民身份后，柏纳还是很少离开工场，难得出门，通常是单独一人，或有亚诺相伴。看来，目前并没有人出面举发他，他的名字已经注册在公民名单上了。如果有事，早就有人找上门了，每当他出门上街时，总会这样安慰自己。他多半往海边走，置身在辛勤工作的渔工群里，眺望着遥远的地平线，海风轻拂，飘来一阵阵海岸特有的咸味，以及船只散发的柏油味。

他用铁棍打倒铸铁房少年学徒，几乎已是十年前的事了。他衷心期盼少年没死……这时候，亚诺和小卓突然出现在他身旁。两个孩子一路疾奔，眼神和笑容一样灿烂。

“我们要有自己的家了。”亚诺兴奋大喊着，“我们就住沿海区吧？”

“我们恐怕只租得起一个房间。”柏纳向儿子解释，但是，那孩子依旧笑得合不拢嘴，仿佛他们即将住进巴塞罗那最豪华的宅邸。

“沿海区的确挺不错的！”柏纳向昭明提起儿子的建议，这位老长官也大表赞同，“你在那一带一定找得到房子。”

于是，三人开始到处寻觅新住处。两个孩子又跑又跳的，柏纳则带着仅有的一点钱跟在后面。他来到这座城市，转眼就快十年了。

走在通往圣母教堂的路上，亚诺和小卓不停地和路人打招呼。

“那是我父亲！”亚诺对着一位扛着大包谷物的大力士高喊着，同时指着走在后面二十米处的柏纳。扛着重物的大力士佝偻着身子，边走边露出微笑。亚诺回头看了看柏纳，接着，他往父亲方向跑去，才跑了几步就停下，因为跟着他跑的小卓停下了。

“我们走吧！”他挥手要小卓过去。

但是，小卓却猛摇头。

“怎么了？小卓……”亚诺只好走回去问他。

小卓低着头。

“他是你父亲。”小卓喃喃低语，“我现在该怎么办？”

他说得没错。大家都当他们俩是兄弟，亚诺一直没想到这一点。

“走啦！你跟我一起来！”亚诺拉着他一起走。

柏纳看着两个孩子慢慢走过来。亚诺拉着忸忸怩怩的小卓。“恭喜你啊！有两个这么乖的孩子。”有个路过的大力士对柏纳这样说。柏纳不禁笑了。一年多来，这两个孩子天天腻在一起，的确就像一对兄弟。小卓的母亲怎么样了？柏纳想象孩子坐在大箱子上，让母亲从小窗子伸手出来摸摸他的头的景象……想到这里，忍不住哽咽。

“父亲……”亚诺一到他面前便开口说。

小卓躲在亚诺后面。

“孩子们！”柏纳打断了儿子的谈话，“我想……”

“父亲，你介不介意也当小卓的父亲？”亚诺一口气问了出来。

柏纳发现小卓在亚诺背后把头埋得低低的。

“小卓，你过来。”柏纳对孩子说，“你愿意当我的儿子吗？”

小卓一听，立刻探出头来。那张小脸，马上漾起灿烂笑容。

“这样就表示愿意？”柏纳问道。

小卓冲上来抱住柏纳的腿。亚诺满脸笑容看着父亲。

“好啦！你们俩去玩吧！”柏纳的声音微微哽咽着。

两个孩子带着柏纳去见了艾柏神父。

“我相信神父一定可以帮我们的。”亚诺这样说，小卓也在一旁猛点头。

“这位是我们的父亲。”小卓走在亚诺前面，见人便抢着介绍身旁的柏纳。

艾柏神父要两个孩子去外头玩，接着，他请柏纳喝了杯甜酒，同时也听听柏纳解释来访的目的。

“我倒是知道有个地方，你们可以住……”神父说，“那对屋主夫妇都是老好人。我说，柏纳，你已经帮亚诺找了差事，每个月可以领一笔很不错的工钱，同时又可以学习技能，马夫永远都会有出路的。可是，另外那个儿子呢？你打算让小卓做什么？”

柏纳皱着眉头，只好把实情一五一十地都跟神父说了。

艾柏神父陪着父子三人来到贝雷夫妇家，两个老人家没有子女，那栋位于海边的两层楼小房子就住着他们老夫妻而已。一楼有个大炉子，楼上有三个房间，老夫妇打算把其中一间租出去。

眼看着柏纳在贝雷夫妇面前数着仅有的那一点钱，艾柏神父双手始终紧抓着小卓的肩膀。他怎么会这么盲目？他怎么没看出这个孩子受了这么多折磨？

艾柏神父拉着孩子往自己身上靠。小卓回过头来，对他咧嘴笑了。

房间很简朴，却非常干净，唯一的陈设就是铺在地上那两张睡觉用的草席，还有从屋外不断传来的涛声。亚诺竖起耳朵听着，圣母教堂工人的敲打声音从后方隐约传来。那天晚餐，他们吃的是贝雷的妻子烹饪的家常菜。亚诺紧盯着那道菜，然后抬起头来，对父亲露出微笑。以后，他再也不必吃艾丝特兰亚端出来的那些难以下咽的饭菜了！父子三人狼吞虎咽，老太太在一旁看着，随时往他们的碗里添菜。

"该去睡觉了！"饱食一顿之后，柏纳心满意足地宣布，"我们明天还得干活儿。"

小卓犹豫了。他看了看柏纳，在大伙儿都离开餐桌之后，他却往门口跑。

"孩子，现在已经不是出门的时候啦！"柏纳当着老夫妇的面喊。

013

“那是我母亲的哥哥以及他的儿子。”伊莎蓓正纳闷着，不过才七匹马，葛劳为什么要多雇两个人？于是，玛格丽妲向继母说明原委。

葛劳已经把话说在前头，关于马匹的事，他是一概不管的，因此，他也从来不涉足宅邸楼下那间宽敞气派的马厩。一切由她做主：马匹是她精挑细选的，马倌赫苏斯是跟着她从娘家一起过来的，此外，她还听从赫苏斯的建议，找来一个经验丰富的马夫托马斯。

不过，四个人照料七匹马，即使对一个惯于劳师动众的男爵夫人而言，还是太多了，所以，当她首度视察马厩时，意外发现这里的艾斯坦优父子，免不了会好奇这两个人的来路。

伊莎蓓示意玛格丽妲继续聊聊这对父子。

“他们是乡下来的佃农，土地的奴隶。”

伊莎蓓没说什么，但已经开始起疑。

玛格丽妲径自说道：“他那个儿子亚诺，就是害死我小弟贾蒙的罪魁祸首。我恨他们！我真搞不懂父亲为什么还把这两个人留在家里。”

“我们以后就会知道了。”男爵夫人随口应道，双眼则盯着柏纳的背影，此刻他正忙着替马匹刷毛。

然而那天晚上，葛劳却没把妻子的牢骚当一回事。

“我认为这样安排并无不妥之处。”他发现妻子已经开始怀疑这两个穷亲戚是逃亡的农奴，不宜多说什么，干脆简单一句话应付了事。

“这要是让我父亲知道……”

“可是，你父亲不会知道这件事的，对不对，伊莎蓓？”葛劳这才发现，妻子已经换上晚宴装。伊莎蓓嫁过来之后，葛劳和他那几个孩子的生活多了一些新习惯，晚餐之前换上晚宴装只是其中一项。这个年轻女孩还不满二十岁，骨瘦如柴，就跟葛劳一样。她毫无姿色可言，也没有贾孟娜那样凹凸有致的丰盈身段，但是，她是贵族，本来就该有一副趾高气扬的姿态，葛劳这样暗想着。“你跟两个逃亡的农奴待在同一个屋檐下，这种事情，你大概不会希望你父亲知道吧？”

男爵夫人怒视着丈夫，气得夺门而出。

尽管男爵夫人和她的继子继女们刻意敌视他，但柏纳对牲畜确实有一套。他懂得对待马匹以及喂食的方式，也知道该怎么去清洁马蹄和蹄楔，必要时也替马匹修整马蹄。他唯一缺乏经验的是妆点马匹的外表。

“他们就希望把马匹打扮得闪亮耀眼嘛！”柏纳有一天在回家的路上这样告诉亚诺，“整匹马必须打理到一尘不染的程度！马毛要一梳再梳，非得把所有细沙都清理干净才行，接着要耐心刷毛，刷到毛色出现光泽为止。”

“那么，鬃毛和马尾巴要怎么处理呢？”

“先修剪，接着绑成辫子，然后佩戴饰品。”

“他们为什么要把马匹弄得这么花哨啊？”

按照规定，亚诺是不准靠近马匹的。平日在马厩里干活，他最喜欢的就是那七匹马了，看着马匹温驯地回应着父亲对它们的细心照料，对他来说是一大享受。当马厩里只剩下父子俩时，柏纳会让儿子去摸摸那些马匹。甚至有几次，所有人都不在，柏纳趁此机会，赶紧让儿子坐上马背，在马厩绕了一小圈。事实上，柏纳平日工作相当繁重，几乎没有时间踏出马具房一步。他必须不断地清洗各种马具。皮制用品都得上油，再用一块布慢慢擦拭，直到油脂完全渗入皮革并展现明亮光泽。他不但得常常清理鞍辔、缰绳、马蹬，还要刷洗毛毯和各种马匹饰品，即使有一根马毛残存都不行……这些工作，都得用手指和指甲慢慢刮出细缝里的污垢。此外，如果还有时间，他就把葛劳租来的那辆马车尽量擦得像一辆新车似的。

几个月来，连马倌赫苏斯都不得不承认，这个乡下来的佃农确实有两把刷子。如今，无论柏纳走进哪一间马厩，马匹都是温和平静地站在原地，甚至会主动亲近他。接着，他会上前去拍拍马匹，轻柔地摸摸它们，或是轻声细语安抚它们。换了托马斯走进马厩时，马匹就开始躁动，使劲甩耳，当马夫对着牲畜大声喝斥时，一匹匹马儿全吓得躲在远远的角落里。托马斯到底是怎么了？他一向都是个模范马夫呀！每当赫苏斯听见他又在马厩里大吼大叫时，内心总是这样纳闷着。

每天早上，柏纳和亚诺父子出门工作之后，小卓就追着贝雷的妻子玛丽欧娜跟前跟后。他会帮忙打扫和整理，陪玛丽欧娜上街采买。接下来，当她开始忙着做午饭时，小卓就会直奔海边去找贝雷。贝雷一辈子捕鱼为生，如今年纪大了，除了公会发放的微薄补助之外，平常也帮人修补船具赚点家用；小卓没事就来陪他，当老先生需要去其他地方拿东西时，小卓也会很勤快地帮忙跑腿。

当然，只要有空，他也会偷偷溜去找母亲。

“今天早上啊……”那天，他这样告诉母亲，“柏纳把房租交给贝雷，没想到，贝雷居然退还他一小笔钱。他说，因为那孩子……噢，那孩子就是我啦！你知道吗？妈妈，他们都叫我‘那孩子’！事情是这样的……贝雷告诉柏纳，因为那孩子天天在家里和海边帮忙打杂，所以他的房租不必付。”

被囚禁在暗室的妇人静静聆听着，同时还伸出手来抚摸着孩子的头。这是多大的改变呀！自从孩子跟艾斯坦优父子住在一起，他已经不再是那个只会默默坐在一旁啜泣的孩子了。过去，他只能苦等母亲无声的抚摸，只能聆听母亲寥寥几句温柔的话语，他拥有的只是一份盲目的母爱。现在，他会说话了，还会叙述有趣的事情，甚至还会笑。

“后来，柏纳把我紧紧抱住……”小卓继续说，“亚诺还恭喜我。”

那只干瘦的手渐渐从孩子的发丝间收了回去。

小卓还在滔滔不绝地讲着。他尽兴地聊着亚诺和柏纳父子，也讲玛丽欧娜和贝雷这对老夫妇，还有他在海边的见闻、碰到的渔民们，以及老贝雷修理的船具……此时，暗室里的妇人已经无心聆听，因为她已耽溺在无尽的喜悦当中，因为，她的儿子已经知道什么是拥抱，那孩子已经懂得幸福的滋味了！

“快回去吧！孩子……”小卓的母亲努力掩饰着内心的激动，突然打断了儿子的话，“他们正在等你回家。”

在那幽闭的暗室里，卓亚娜静静听着她心爱的孩子跳下木箱，然后跑了出去，接着，她想象着孩子翻过屋外围墙，那道她极力想要遗忘的围墙……

此时的她，心中是何感受？多年来，她天天以清水、面包果腹，低矮密闭的暗室角落里，早已布满了她绝望无助的指痕。她望着那扇国王特准才得以开设的小窗，日日因为和孤独、疯狂搏斗而心力交瘁。她还努力熬过各种恶疾的纠缠……这一切，都是为了她心爱的孩子，就为了能够继续抚摸他细软的发丝，就为了能够继续鼓励他，就为了让他知道，他在世上绝非孤单一人。

现在的他已经不再孤单。柏纳紧紧拥抱了他！两人的缘分，仿佛已经一生一世。“好好照顾他呀！柏纳……”她幽幽说道。如今，小卓已经过着幸福的日子，他已经会笑，会跑，还会好多事情。

卓亚娜忽地跌坐在地上。那天，她没吃面包，也没喝水。她知道，她的身体已经不需要这些了。

后来，小卓来过好几趟，她心满意足地聆听着孩子的笑声以及他兴奋愉悦的言谈。小窗偶尔传出音量微弱的简短字句：“对”“不是”“看啊”“快回去了”“你要努力生活啊”……

“快去享受你应有的美好人生吧！”当孩子翻墙离去时，卓亚娜低语着。

面包块已在卓亚娜的囚室里堆成了一座小丘。

“你知道发生什么事了吗？母亲……”小卓把木箱挪到墙边，就在木箱上坐了下来，两条腿还够不着地，“哎呀！你怎么可能会知道嘛！”他坐在木箱上，蜷缩着身子，背靠着墙壁。他知道，就是这个位置，母亲的手伸出来就摸得到他的头。“我跟你说，真的很好玩！昨天葛劳家的一匹马……”

但母亲的手并未伸出窗口。

“母亲？你听我说……我告诉你一件很好玩的事情。葛劳家有匹马……”

小卓又抬头望了望那扇小窗。

“母亲？”

他等了半晌，毫无响应。

“母亲？”

他把耳朵贴在墙上，专注地听了好一会儿，没有任何动静。

“母……亲！”小卓放声呼喊着。

他无助地跪在木箱上。该怎么办才好？母亲一直都不准他探头到窗口的。

“母亲！”他再次呼喊着，终于忍不住起身凑近窗口。

她总是告诫儿子，千万不能看她的脸，永远都不要有这个念头。但是，她没有回应。小卓还是探头在窗口看了看。室内一片漆黑。

他双手攀上小窗子，接着，一只脚踩了上来。窗口太小了！他只能侧身钻进去。

“母亲？”他又喊了一声。

这时候，他紧抓着窗户上沿，两脚蹬上了窗台，然后侧身从窗口钻入，顺势就跳进了屋内。

“母亲？”视线逐渐适应了屋内的阴暗之后，小卓开始轻声呼唤着母亲。

后来，他隐约看见一个小洞，散发着一股令人难以忍受的恶臭，房间的另一头，就在他左侧的墙脚，有一团东西静置在草席上，他定睛一看，那是母亲的身体。

小卓痴痴等着，母亲还是动也不动。

“我想告诉你一件好玩的事……”他一边说，一边走到母亲身旁，这时候，泪水开始汩汩滑下脸庞，“你……你一定会……觉得很好笑的。”他在母亲身旁结结巴巴地说着。

小卓坐在母亲遗体旁边。卓亚娜把头埋在双臂间，仿佛早已料到儿子终究会进来，看来，她生前不愿让儿子见到自己如此落魄不堪的处境，死后也不例外。

“我可以摸你吗？”

那孩子轻抚着母亲的头发，那是一头肮脏、干枯又粗糙的乱发。

“我们终于可以在一起了，你却已经死了！”

此时，小卓忍不住号啕大哭了起来。

柏纳才刚到家，还没进家门就被贝雷和妻子挡了下来，老夫妇焦急地告诉他，小卓那孩子没回来。小卓天天在外头晃荡，柏纳从不过问他去了哪里。大伙儿猜想，这孩子可能去了海上圣母教堂，只是，他们在附近打听了一下，那天下午并没有任何人看到他进出教堂。玛丽欧娜突然捂着嘴。

“他会不会出事了？”老太太噙着泪水说道。

“我们一定会把他找回来的。”柏纳试着安抚她。

小卓一直守着母亲的遗体，他先是抚摸着母亲的头发，接着，他掰开了她紧握的十指……他始终无意去探究母亲的容颜。后来，他站起来，默默注视着那扇小窗。

天色早已漆黑一片。

“小卓……”

小卓再次抬头望着小窗。

“小卓？”他又听见墙壁的另一边有人叫他。

“你是亚诺吗？”

“是啊！发生什么事了？”

亚诺听见屋内传来这样的响应：

“她死了！”

“那你怎么不……”

“我没办法啊！里面又没有木箱，窗户太高了，我爬不上去。”

“那里面真的好臭啊！”亚诺这样告诉父亲。柏纳又敲了几下锅匠庞兹家的大门。那孩子在里头待了一整天，怎么熬过来的呀？柏纳再敲门，这次可就毫不客气用力捶打门板了。他为什么不应门？就在这时候，大门总算开了，门口出现一个彪形大汉，壮硕的身材几乎挤满了整个门框。亚诺吓得倒退一步。

“你们要干什么？”锅匠对着门口的柏纳父子咆哮着，脚上没穿鞋，身上披着长及膝盖的宽松长衫。

“我是柏纳·艾斯坦优，这是我儿子……”柏纳抓着儿子的肩头，顺势把他推上前去，“这孩子跟你儿子是好朋友……”

“我没有儿子！”庞兹气呼呼地驳斥他，作势要把门关上。

“但是你有妻子啊！”柏纳用力抵住正要关上的大门，庞兹听他这么一说，突然收了手，“是这样的，你的妻子……她已经去世了。”

庞兹无动于衷。

“那又怎么样？”他耸了耸肩，一副毫不在乎的模样。

“小卓还在里面，他一直跟母亲在一起……”柏纳刻意以严肃坚定的眼神注视着他，“他出不来。”

“哼！那个小混账……那就一辈子留在里面过日子吧！”

柏纳瞪着人高马大的锅匠，双手紧紧抓着儿子的肩膀。亚诺很想缩到父亲身边，但是眼前的锅匠正直直望向他，于是，他努力挺直身子。

“你打算怎么办？”柏纳依旧不死心。

“我没什么打算。”锅匠答，“明天，房门敲开以后，那个小混账就可以出来啦！”

“你不能让一个孩子整夜待在里头啊……”

“这是我家，我爱怎么做就怎么做！”

“那么，我就去报告官府大人！”柏纳出言威胁，但他心知肚明，这个招数不会奏效的。

庞兹眯着双眼，一言不发，转身进屋。柏纳父子站在敞开的大门前等着，不久后，锅匠拿着粗绳回到大门口，径自把粗绳递给亚诺。

“去把他拉出来吧！”他粗声粗气地对亚诺说，“还有，你跟他说，既然他母亲已经死了，我也不想再看见他出现在这个家里！”

“你怎么可以……”柏纳正打算质问他。

“这几年他都这样混过去了，那就继续混吧！”蛮横的庞兹振振有词，“还有，你们最好识相一点！以后不要再来我家了。”

“那么，小卓的母亲呢？”锅匠正要关上大门时，柏纳赶紧问他。

“当初，国王赦免他母亲的死罪，把她交给我……现在，既然她已经死了，我就把她交还给国王吧！”庞兹随口应道，“我会乖乖交出一笔保证金的。哼！老实说，我根本就不想为了那个婊子浪费那些钱！”

小卓的悲惨遭遇，除了已经知道小卓身世的艾柏神父之外，同声叹息的就只有贝雷老夫妇了。事到如今，柏纳只好告诉两位老人家真相。三人竭尽所能安慰这个骤然丧母的孩子。只是，无论大家怎么劝他，小卓始终沉默不语，以往躁动调皮的他，如今却总是提不起劲，仿佛有千斤重担压在肩头。

“时间会平复所有伤痛的！”有天清晨，柏纳这样告诉儿子，“我们必须耐心等待，目前唯一能做的就是尽量提供我们的关怀和帮助了。”

然而，小卓依旧一言不发，倒是每天夜里号啕大哭。柏纳父子躺在草席上，只能默默听着那叫人心疼的哭声，直到那孩子哭得累了、困了，哭声才渐渐歇息。

“小卓……”那天晚上，柏纳听见亚诺轻声唤他，“小卓！”

那孩子没回应。

“如果你愿意的话，我可以请求圣母也做你的母亲……”

“很好，孩子！”柏纳这样暗想着。亚诺一直不愿意提出这个建议，因为那是他的圣母，他的秘密。当初，他很大方地让小卓分享了自己的父亲……至于圣母，应该还是由他做决定吧！

他已经开口问了，倒是小卓始终没吭声。整个房间陷入一片死寂。

“小卓？”亚诺继续追问。

“我母亲都是这样叫我的。”这是小卓这几天以来开口说的第一句话，躺在草席上的柏纳也突然愣住了，“既然她已经不在了，那么，现在大家就叫我卓安吧！”

“你喜欢就好。你听到我刚刚说的那件关于圣母的事情了吗？小卓……呃，卓安……”亚诺连忙改口叫他的新名字。

“可是，你母亲不会跟你说话，我的会跟我说话。”

“跟他说说飞鸟的事情！”柏纳在儿子耳边低语着。

“但是我看得见圣母，而你却看不到你的母亲。”

卓安沉默以对。

“你怎么知道圣母在听你说话？”他终于开口反问亚诺，“她只是一座石雕像而已，石雕像是不会听人家说话的。”

柏纳屏息等着。

“如果石雕像都不会听人家说话……”亚诺反驳，“为什么所有的人都要对着那些石雕像说话？甚至连艾柏神父也是这样啊！你自己也看见了。难道你认为艾柏神父会搞不清楚这种事情吗？”

“可是，那不是艾柏神父的母亲！”卓安坚称，“他跟我说过，他已经有个母亲了。如果圣母都不跟我说话，我怎么知道她愿不愿意当我的母亲？”

“她会在晚上告诉你的，当你睡着的时候，她会派一群飞鸟带着讯息来找你。”

“飞鸟？”

“嗯……对啦！”亚诺吞吞吐吐的，其实他自己对飞鸟这件事也一知半解，但又不敢去问父亲，“这个说起来很复杂的，以后我……我们的父亲会跟你解释的。”

柏纳忍着忽然涌上的一阵哽咽。房里又是一片寂静，直到卓安总算又出声了：

“亚诺，我们可以现在就去问圣母吗？”

“现在？”

“对，现在！他需要啊，儿子！”柏纳这样暗想着。

“好吗？”

“你也知道，晚上不准进教堂的，艾柏神父……”

“只要我们不出声就好，没有人会发现的。好不好？”

亚诺还是答应了，于是，两个孩子悄悄离开贝雷家，走一小段路就到了海上圣母教堂。

柏纳蜷缩在草席上。这两个孩子会不会被人发现？教堂所有人都爱他们呀！

皎洁月光流泄在鹰架之间，以及施工中的外墙、护墙、拱门、后殿……夜的寂静包围着圣母教堂，只有火堆昭示了巡守员的存在。亚诺和卓安绕着教堂外围走到波恩街。大门已经锁上，而梅诺墓园那一边则是放置建材的地方，巡守员看得最紧。温暖的火堆照亮了施工中的教堂正面外墙。溜进教堂不是什么难事：外墙和护墙的高度从后殿往波恩街上的侧门递减，侧门口摆了几块木板，那就是暂用的入口阶梯了。两个孩子踩着孟塔谷大师亲手画下的施工记号，清清楚楚地指出侧门和阶梯的正确位置。进了教堂之后，两人径直走向回廊上的圣体神殿，坚固的铁栅栏，雕工精美，栅栏内的圣母正等着他们，由大力士们轮流点上的大蜡烛永远闪烁着灿烂的光芒。

两个孩子在胸前画了十字。“你们每次进了教堂就应该这么做。”艾柏神父曾经这样告诉他们。

“他希望你成为他的母亲。”亚诺在心中对圣母这样说道，“他的母亲去世了……我不介意和他一起分享你。”

卓安双手紧抓着铁栏杆，先看看圣母，再转过来看看亚诺，同样的动作，重复了好几次。

“怎么样？”卓安忍不住追问亚诺。

“嘘……安静！”

“父亲说，卓安一定吃了不少苦。他母亲一直被关在一间暗室里，你知道吗？她只能从一扇小小的窗子伸出手来摸他的头，卓安始终看不到他母亲，直到她去世的时候……他终于待在母亲身边了。但是他告诉我，即使这样，他还是没看她，因为母亲不准儿子看她。”

纯蜂蜡制成的蜡烛在烛台上渐渐变短，烟雾缭绕，烛台旁的圣母雕像也模糊了起来，但是亚诺却看见，圣母的双唇漾起了微笑。

“她愿意当你的母亲了。”亚诺转过头去告诉卓安。

“你怎么知道？你不是说她回答你的时候都会……”

“我就是知道！不要再说了。”亚诺断然堵住了他的话。

“如果我去问她……”

“不必了。”亚诺又打断了他。

卓安望着那尊石雕像，他希望自己也能和她说话，就像亚诺那样。她为什么不听他说话，却愿意听他哥哥说话呢？亚诺怎么知道……卓安想象着，总有一天，他一定也会听见她说话的。就在这时候，外面传出声响。

“嘘！”亚诺看了看通往梅诺墓园的侧门。

“谁在那里？”门缝间依稀可见一盏油灯提得高高的。

亚诺随即往波恩街的方向走去，他们就是从那里溜进来的，但是，卓安依旧站在原地，双眼紧盯着已经渐渐接近回廊的油灯。

“我们走啦！”亚诺轻声说，马上拉着他往外走。

到了波恩街上，他们看见好几盏油灯朝他们这边移动。亚诺回头看了看，圣母教堂内已经多了好几盏油灯。

他们无处可躲。巡守员正扯着嗓子互相通报最新状况。他们该怎么办？对了，木材地板！他立刻把卓安推倒在地。小男孩吓得愣住了。亚诺继续推着卓安，两人一起从木板空隙间滑了进去，直到撞上教堂的地基才停下来。卓安就贴在地基上。一盏盏油灯在上方的平台上游移着。巡守员踩在亚诺头顶上方的木板上，急切的脚步声在耳边响个不停，加上巡守员的谈话声，亚诺的心跳仿佛就此停住了。

他们静静等候那几个男子巡视整座教堂。多么漫长的等待，简直就像等了一辈子！亚诺抬头望着上方，试图看出个究竟，每当灯光从木板上闪过时，他却吓得缩进更里头去了。

最后，巡守员总算放弃了。不过，其中两个巡守员曾经站在木材地板上往里头张望了老半天。他们怎么可能会没听见他的心跳声？还有卓安的心跳声！巡守员从平台走了下来。可是……卓安人呢？亚诺回头看弟弟原来躲藏的角落。其中一个巡守员把油灯挂在平台边，另一个渐渐走远了。卓安不在那里！他会跑到哪里去呢？亚诺走到靠近平台边的地基旁。他伸出手来，在漆黑中摸索着。原来那里有个小洞，两座地基之间是一条窄小的地道。

被亚诺推进来的卓安，卡在地基旁不过一会儿，他自己又继续从地道滑了进去。这是一条坡度缓和的地道，一直往主祭坛的方向延伸而去。亚诺推着他从木材地板空隙滑进去。“安静！”哥哥这样交代他好几次。当他的身体在地道里向前滑动时，他什么也听不见，不过，亚诺应该会在他后面的。他听见哥哥一起滑进平台下的小地窖。突然间，空间变得宽敞多了，不但可以让他转个身，甚至可以跪着挺起身来。也就是这时候，卓安才发现自己是孤单一人。他到底在哪里？四周一片漆黑啊！

“亚诺？”他轻声呼唤哥哥。

他的声音在地道里回绕着。这个地方就像是个山洞，而且是在教堂下面！

他又叫了亚诺的名字，接二连三叫了好多次。起初还战战兢兢地轻唤着，后来心急了，索性扯着嗓子嘶吼着，但是依旧没有回应。他可以沿着地道爬回去，只是，地道在哪里？卓安伸长了手，什么也没摸到。他已经滑得太远了。

“亚诺！”他又大喊了一声。

没有回应。卓安哭了起来。这里究竟是什么地方？魔窟，还是地狱？他就在教堂的下面；人家不是都说地狱就在下面吗？如果恶魔出现了怎么办？

亚诺滑进地道。卓安可能去了那里。他不可能爬上地面的。滑了一小段之后，亚诺唤着卓安的名字。外头的巡守员不可能会听见地道里的声音。毫无动静。他继续往前滑。

“小卓！”他大喊，“卓安！”他改口再喊一次。

“这里！”他听见这样的回复。

“这里是哪里？”

“地道的尽头。”

“你还好吧？”

卓安不再发抖了。

“很好。”

“你现在往回走吧！”

“我不能啊！”亚诺一听，无奈地叹了口气，“这个地方就像山洞一样，我不知道出口在哪里呀！”

“你摸着墙壁找找看……不对……不行！”亚诺立刻修正自己的说法，“你什么都别做。听到没有，卓安？说不定地道不止一条，你等我到那里再说吧……卓安，你看得见旁边的状况吗？”

“什么都看不见！”

亚诺可以继续往前滑到卓安所在的位置，只是，如果连他也迷了路怎么办？教堂下面为什么会有山洞呢？啊！他想到办法了……他需要一盏油灯！有了油灯就不怕在地道迷路了。

“卓安，你在那里等着，听见没有？你在那里乖乖等我，不要乱动啊！听见没有？”

“我听见了。你要干什么呀？”

“我出去找一盏油灯就回来。你留在原地等我，知道吗？”

“知……知道了。”卓安结结巴巴地应着。

“你就试着想想自己是在圣母，也就是你的母亲脚下！”亚诺没听见任何回应，“卓安，你听见我说的话了吗？”

他怎么可能会没听见呢？卓安在心中这样想着。亚诺说了“你的母亲”四个字。他听不见圣母说的话，可是亚诺却听得见。圣母也不让他跟她说话。万一亚诺不愿意和他分享母亲，就这样把他锁在那个地狱里怎么办？

“卓安？”

“什么事？”

“乖乖在那里等我啊！”

亚诺费尽九牛二虎之力才爬出窄小的地道，总算又回到波恩街旁木材地板下的小地窖里。他不假思索地拿了巡守员挂在平台边的油灯，然后又往地道里钻。

卓安看见灯光渐渐靠近了。到了地道尽头，亚诺把油灯转成大火。他看见卓安跪在地上，咫尺之外，正是地道出口。卓安望着他，一脸苍白。

“卓安，你别怕！”亚诺赶紧安慰他。

接着，亚诺举起了油灯，把火焰强度再调大一些。这是什么地方呀……这是一座坟墓啊！他们两人在坟墓里。圣母教堂下面居然有这样一个小洞穴，空气格外潮湿，仿佛在冒着水泡似的。穴顶低矮，甚至容不得他们站直身子。亚诺提着油灯照着旁边好几个体积庞大的细颈坛，看起来很像葛劳工场出产的陶罐，但是表面粗糙多了。有些细颈坛已经破裂，坛内的尸骨清晰可见。

卓安吓得浑身发抖，眼睛始终盯着那些尸骨。

“你放心，没事的。”亚诺走过去安抚他。

但是卓安却猛地闪开了。

“怎么……”亚诺问道。

“我们赶快走吧！”卓安哀求他。

没等亚诺回应，卓安径自钻进地道。亚诺跟在他后面，到了平台下的小地窖时，亚诺立刻熄了油灯。四下无人，他们把油灯放回原处，然后两人往贝雷家走去。

“这件事，你千万不能跟任何人说啊！”返家途中，亚诺这样告诉卓安，“知道吗？”

卓安始终没答腔。

014

自从亚诺明确表示圣母也是他的母亲那一刻开始，卓安只要有空就往教堂跑，他双手紧抓着圣体殿堂前的铁栏杆，那张小脸卡在栏杆之间，静静地注视着圣母石雕像，圣母肩上坐着圣婴，脚下则踩着一艘船。

“你这样一头栽进去，将来呀，恐怕是永远出不去了。”有一次，艾柏神父这样对他说。

卓安的小脑袋从栏杆铁条间抽出来，笑嘻嘻地望着神父。神父慈祥地摸摸他的头，然后蹲了下来。

“你爱她吗？”神父指着神殿内的雕像问。

卓安踌躇了半晌。

“嗯……她现在是我的母亲了。”卓安答道，语气中透露的渴望甚于笃定。

霎时，艾柏神父喉头一紧。圣母是多么慈悲呀！他想接话，却哽咽得说不出话来，只能紧紧拥着卓安。

“你向她祷告了吗？”情绪终于平复之后，艾柏神父这样问他。

“没有。我只跟她说话！”艾柏神父以不解的眼神望着他，“真的，我都把心事告诉她。”

此时，神父仰望着圣母石雕像。

“继续跟她说话吧！孩子，不要中断啊……”

那件事情并没有这么难办。艾柏神父考虑再三，决定把目标锁定在那位富有的银匠身上。不久前的年度告解过程中，这位银匠曾为了自己的几段婚外情而懊悔不已。

“既然您是他的母亲……”艾柏神父望着天空低语，“那么，您用点小技巧成全这个孩子，应该不为过吧？是不是这样啊，圣母……”

银匠根本不敢拒绝神父的要求。

“你只是捐点小钱给教会学校嘛！”神父告诉银匠，“虽然只是一笔小钱，却可以帮助一个孩子，也帮助天主……天主会很感谢你的。”

接下来只等柏纳点头了。于是，艾柏神父立刻去找他谈这件事。

“我已经安排好了，教会学校同意让小卓入学。”两人在贝雷家附近的海滩散步，神父向柏纳宣布这个消息。

“我没有这么多钱呀！神父……”柏纳语带歉疚地说。

“放心，不需要花你半毛钱。”

“据我所知，上学都要缴学费啊！”

“没错……不过，那是城里的学校才这样，教会的学校只要……”何必跟他解释这么多呢？“总之，我都安排好了。”两人继续在沙滩上踱着，“他会读书、写字，先学字母，然后再学圣歌和祝祷辞……”柏纳为什么都不吭声呢？“当他满十三岁的时候，就可以上中学了，到时候，他会学拉丁文以及另外七门学科：文法、修辞、辩证法、算术、几何、音乐和天文学。”

“神父，”柏纳终于开口了，“小卓平常都在家里帮忙干活，因为这样，贝雷少收我一人的房租和伙食费。如果这孩子去上学的话……”

“学校会供他伙食的。”柏纳盯着神父，不可思议地摇摇头，看来，神父好像都设想过了。“还有呢……”神父接着说，“我已经和贝雷谈过了，他同意不会多收你房租。”

“这孩子真让你费了不少心思啊！”

“是啊！你会介意吗？”柏纳笑着摇头，“你想想看啊……如果一切顺利的话，小卓将来有机会上大学。不只是国内的大学，甚至有机会出国上学，可以去波隆纳，或去巴黎……”

柏纳乐得哈哈大笑起来。

“我如果拒绝的话，你大概会很失望吧？”艾柏神父点点头。“他不是我的儿子呀！神父……”柏纳继续说，“即使他是我亲生儿子，我也不会牺牲一个来成全另一个。不过，既然这项安排不需要花钱，有何不可？这孩子值得栽培。说不定，他将来真的会去你说的那些地方。”

“我宁可跟你一样，每天跟马匹为伍……”小卓和亚诺正在沙滩上闲荡，就在这里，艾柏神父和柏纳决定了小卓的将来。

“很辛苦哪！小卓……不，卓安。我成天除了刷刷洗洗，还是刷刷洗洗，好不容易把所有东西都擦得闪闪发亮了，马匹出去兜个圈回来，一切又要重头开始。这还不打紧，更糟的是，托马斯动不动就大呼小叫的，没事就丢些辔头或皮带叫我修理。他有一次还甩我耳光呢，父亲正好出现，结果啊……你真该看看那个场面！父亲拿着草耙，把他逼到墙角，尖锐的耙子抵在他胸口。那家伙吓得语无伦次，还拼命求饶。”

“所以我就想跟你们一起工作嘛！”

“唉！最好不要……”亚诺不以为然，“从那时候开始，他是真的不敢碰我，但是无论我做什么，他总是嫌我做得不够好。你知道吗？他偷偷把东西弄脏。我亲眼看到的……”

“太可恶了！你为什么不去跟赫苏斯讲清楚呢？”

“父亲叫我别去说，说了他也不会相信的，因为托马斯是赫苏斯找来的人，他一定替他说话的，而且不管出什么问题，男爵夫人一定会趁机打压我们，她恨死我们了！你看着吧……你在学校里可以学会很多东西，至于我的日子呢，除了刷刷洗洗，就只能继续忍受别人的大吼大叫了。”接着，两个孩子都沉默不语，各自踢弄着细沙，静静望着远方的大海，“把握机会啊！卓安，你要好好把握机会。”亚诺突然开口。同样这句话，柏纳也曾对卓安说过。

卓安很快就入学了。神父带他正式入学那天，老师还当着大家的面恭喜他。他既紧张又高兴，全班同学都盯着他看。如果母亲还活着，那该有多好！他一定会立刻跑去找她，坐在那个木箱上，告诉她，大家是多么热诚地恭贺他：他是最好的孩子，老师这样告诉他，还有，所有人，全班所有学生，大家都注视着他。他从来没当过好孩子。

那天晚上，卓安心满意足地回到家里。贝雷和玛丽欧娜面带笑容，并且一脸期待地听他讲上课的情形，他们还要求他重复念课堂上学过的句子，两个老人家听得欢天喜地，乐得又笑又叫的。后来，听到柏纳和亚诺回来时，三人不约而同望向家门口。卓安本想迎上前去，但是哥哥脸上的神情却让他却步了——亚诺眼眶泛红，显然是哭过；至于柏纳，手搭在儿子肩上，使劲地按着。

“怎么了？”玛丽欧娜上前询问亚诺，正想把他搂进怀里。

然而，柏纳却比了个手势阻止了她。

“就是要忍耐！”柏纳自顾自地说道。

卓安急着找寻哥哥的目光，但是亚诺却望着玛丽欧娜。

他们一直都在忍耐。托马斯虽然不敢招惹柏纳，却不时欺负亚诺。

“他就是故意找茬呀！儿子……”眼看亚诺心中怒火再度燃起，柏纳试着安抚他，“我们不能掉进他的陷阱啊！”

“但是，父亲，我们总不能一辈子这样忍气吞声吧！”亚诺曾经这样向父亲抱怨。

“不会的。我听说赫苏斯已经有好几次发现这种情形了，托马斯工作不认真，赫苏斯其实都看在眼里。马匹被他一碰就发狂撒野、又叫又咬的。你看着吧，儿子，他不久后就会出纰漏的，很快了……”

结果正如柏纳预料，不久后果真出事了。男爵夫人打算让葛劳的孩子学骑马。葛劳虽然不谙马术，也不感兴趣，但也认为两个男孩应该学会骑马。因此，每周好几天，在孩子们上完课之后，伊莎蓓和玛格丽姐乘坐赫苏斯驾驶的马车，两个男孩、家庭教师以及牵着马的马夫托马斯则走在马车后面，一行人浩浩荡荡来到城外的一处空旷草原，赫苏斯就在那里教导两个男孩骑马。

赫苏斯右手拉着缰绳，左手则拿着鞭策马匹用的长鞭子，两位初学马术的小男孩轮流坐上马鞍，骑着马不断地绕圈子，马倌赫苏斯一直控制着马匹的行动，并随时提出纠正和建议。

那天，托马斯站在马车旁观望，视线始终不离那匹马的马嘴。再用力一点，力气只要比平常再大一点就可以。偶尔，马匹总会受惊的。

卜赫尼正坐在那匹马上。

马夫转移视线，静静瞅着小男孩那张脸，满脸尽是惊恐。那孩子对马匹充满畏惧，双手紧紧抓着缰绳。有时候，马匹就是会受惊。

赫苏斯用力甩出手上的长鞭，驱策马匹前进。马匹挨了那一鞭之后，突然脱缰疾奔……

托马斯忍不住微微一笑，但随即收起了笑容。弹簧钩从系着马匹的粗绳上脱落了，受惊的马匹立刻成了脱缰的野马。偷偷溜进马具房里动点手脚，一点都难不倒他，只要把弹簧钩内的绳子割断，马匹轻易就脱缰了。

伊莎蓓和玛格丽妲吓得惊声尖叫，赫苏斯丢下长鞭，试图追上去制止马匹，可惜为时已晚。

赫尼一见到粗绳忽然松脱，随即开始尖叫，并紧紧掐着马匹的脖子不放。这时候，男孩慌乱摆动的双脚刚好就踢在马匹的肋腹部，于是，张着大嘴嘶叫的马匹跑得更快，一路往城门的方向狂奔而去。就在马匹腾空跃起越过一处小土丘时，已经吓得魂飞魄散的赫尼被抛向空中，落地后翻滚了好几圈，最后卡在灌木丛边。

正在马厩里干活的柏纳隐约听见马蹄声似乎渐渐逼近宅邸中庭，紧接着传来的是男爵夫人的叫嚣。那匹马也不似平日那样温驯，踩在石板上的马步格外强劲。柏纳赶紧来到马厩入口处，托马斯正好牵着马进来。马匹暴躁狂怒，一身汗水淋漓，撑大的鼻孔不断地发出哼哼声响。

“怎么……”柏纳正要开口问个清楚。

“男爵夫人要见你儿子！”托马斯对他大吼，同时还粗暴地捶打着马匹。

那女人依旧在马厩外咆哮不已。柏纳再看了一眼那匹可怜的马，它仍在焦躁地跺着脚。

“夫人要见你！”一看到刚从马具房出来的亚诺，托马斯又是粗声粗气地叫嚷着。

亚诺望着父亲，但是柏纳也只能耸耸肩。

父子俩来到中庭。盛怒的男爵夫人手上拿着她骑马时常用的皮鞭，此时，她大声叫唤赫苏斯、家庭教师以及所有家奴，下令所有人立刻在中庭集合。玛格丽妲和约森始终在她身后站着。站在她身边的是赫尼，全身伤痕累累、血迹斑斑，衣服已经被撕裂得破破烂烂。亚诺和柏纳刚到中庭，男爵夫人随即走上前去，当场用皮鞭抽打亚诺的脸。亚诺惊慌地用双手捂住脸。柏纳正想上前理论，被赫苏斯挡住了。

“你看看这个！”马倌把断掉的缰绳和弹簧钩递给柏纳，“看看你儿子干了什么好事！”

柏纳拿着粗绳和弹簧钩，仔细查看着；双手捂着脸颊的亚诺，也盯着这两样东西。他们前一天都检查过呀！亚诺抬头望着父亲时，柏纳的目光却看向站在马厩门口看好戏的托马斯。

“本来是好的！”亚诺激动地大声说道，同时抢过父亲手中的缰绳和弹簧钩，使劲地在赫苏斯面前挥个不停，“本来是好的！”说着，豆大的泪珠不听使唤地溢出了眼眶。

“看哪！他还有脸哭！”突然有人说了这么一句。原来是玛格丽妲，她愤愤不平地指着亚诺。“他就是害你摔成这样的罪魁祸首，居然还敢哭！”她对哥哥赫尼说，“你从马上摔下来都没哭，这个害人精倒是泪汪汪的。”玛格丽妲故意扯谎。

约森和赫尼迟疑了半晌才回应，但一开口就没好话。

“哭吧！哭吧！娘娘腔……”其中一个说。

“对呀！哭大声一点，娘娘腔……”另一个也没放过他。

亚诺看见这两个男孩正指着他恶言羞辱。然而，他的泪水就是止不住！泪水滑过双颊，胸口因为啜泣而不断地起伏波动着。他站着那里，高举着手上那两样东西给大家看，包括在场的家奴们。

“你不要只会哭，既然做错了事情，就应该向大家认错！”语毕，男爵夫人面露冷笑，转过头去看了看身后的继子继女。

认错？亚诺注视着父亲，眼神里尽是疑惑和不解。柏纳坚定的目光投向男爵夫人。玛格丽妲仍旧指着亚诺，不停地和两个哥哥交头接耳。

“我不要！”亚诺坚持不从，“东西本来好好的！”他气愤地把缰绳和弹簧钩摔在地上。

男爵夫人正打算要甩出手中的皮鞭时，柏纳一个箭步上前挡在她面前。这时候，赫苏斯紧抓着柏纳的手臂。

“别乱来！她是贵族。”赫苏斯在他耳边低声说道。

亚诺看看在场的人们，然后转身快跑，把那幢深宅大院远远抛在身后。

了解事情经过之后，葛劳决定辞退柏纳父子。“不行！”伊莎蓓愤怒地咆哮着，“我要那个做父亲的留下来，继续替你的儿女做牛做马。我要他永远记得，他儿子欠我们一个道歉。我就是要那个小鬼公开向你的儿女认错！你把他们辞退，我的目的就永远无法达成了。你派人去跟他说，他儿子如果不认错，就不准回来上工……”伊莎蓓张牙舞爪似的大声嚷嚷个不停，“还有，你跟他说，他只能领一半的工钱，如果他想到别的地方找差事，我们会让整个巴塞罗那的人都知道他们的恶行恶状，他们休想还能赚钱糊口。反正，我就是要那小鬼认错！”

“我们会让整个巴塞罗那的人都知道……”葛劳一听，不禁寒毛直竖。这么多年来，他费尽心思藏着这个穷苦的妻舅，如今……如今他的妻子竟然打算让整个巴塞罗那的人知道有这么个人存在！

“你想想！做事有点分寸吧……”他唯一能说的话，就是这样了。

伊莎蓓气得双眼已见些许血丝，她瞪大了眼睛注视着他。

“我要他们永远抬不起头来！”

葛劳本想开口回应，但随即又闭上了嘴巴。

“分寸，伊莎蓓，做事要有分寸啊！”最后，他还是只能这样说。

葛劳还是接受了妻子的要求。反正，贾孟娜已经去世。提起他们这一家，大家只知道这家姓卜，谁会去提艾斯坦优这个姓氏呢？那天，葛劳走出马厩之后，柏纳无奈地闭上眼睛，静静聆听着马倌吩咐新的工作内容。

“父亲，那条缰绳本来是好的……”那天晚上，亚诺在房里向父亲解释。狭小的房间里，挤着父子三人。“真的！我可以向你们发誓……”柏纳始终默不作声。

“但是，你又不能证明。”已经知道事件始末的卓安，突然接了话。

“你不需要向我发誓呀……”柏纳在心里想着，“但是，我该怎么跟你解释呢？”“我又没有错，为什么要我认错？”当他想起儿子在卜家马厩的激烈反应时，不禁心头一惊。

“父亲！”亚诺执意要说个清楚，“我真的可以发誓……”

“但是……”

柏纳制止了又要插嘴的卓安。

“我相信你就是了，儿子。现在，大家睡觉吧！”

“可是……”亚诺依然不肯罢休。

“好了，睡觉吧！”

亚诺和卓安只好去把房里的大蜡烛吹熄了。直到深夜，当两个孩子已经发出规律的呼吸声时，柏纳仍旧毫无睡意。他该如何告诉儿子，他们要的就是他认错？

“亚诺……”柏纳的声音微微颤抖着，此时，他看见儿子突然停止更衣，呆立在原地望着他，“是这样的，葛劳……葛劳坚持要你认错，否则……”

亚诺用眼神质问父亲。

“否则，你就不能再回去工作……”

柏纳话没说完却住了口，因为他看见儿子眼神中显露出一种前所未有的严肃。柏纳把视线转向卓安，这孩子愣在原地，衣服只穿了一半，嘴巴却张得好大。他想继续往下说，喉咙却发不出声音。

“所以呢？”卓安的问题总算打破了满室的沉默。

“你认为我应该认错吗？”

“亚诺，当初我带着你放弃家乡的一切，就是为了让你可以自由地过一辈子。我放弃了艾斯坦优家族几个世纪以来世代传承的土地和祖产，就是希望你不必再像我以及我的父亲、祖父那样受人奴役……现在，我们居然又陷入同样的处境，被那些所谓的贵族狠狠踩在脚下，但不一样的是：现在我们可以拒绝受人欺凌的命运。孩子，你要学会善用自由啊！那可是我们付出昂贵代价才得到的。只有你才可以为自己做决定！”

“但是，父亲……你有什么建议吗？”

柏纳沉默了好一会儿。

“我如果是你，绝不屈服。”

卓安也兴致勃勃地加入对话：“他们只是加泰罗尼亚的男爵和夫人，有什么了不起？认错……一个人只能向天主认错！”

“那么，我们的生活怎么办呢？”

“这个你就别担心了，孩子。我存了点钱，够我们生活一阵子。我们可以去别的地方找工作，家里养马的又不是只有卜葛劳一个人！”

柏纳当天就采取行动。那天傍晚下了工之后，他开始到处寻觅新工作。这天，他找到一个家有马厩的贵族。这位贵族对他很热络，巴不得他赶快上工。巴塞罗那城里有许多人非常羡慕葛劳，因为卜家的马匹总是光鲜的，如今，负责照料马匹的柏纳找上门来，这位贵族当然张开双臂欢迎他加入了。但是到了隔天，当柏纳再次前往确认新工作时，对方竟然避不见面，而柏纳早已把好消息告诉儿子了。“嗯……他们付的工资太低了。”这天，父子一同吃着晚餐，柏纳随口编了个谎言瞒过儿子的询问。后来，柏纳又找了其他同样拥有马厩的贵族，总是受到类似的待遇——早上还急着想雇用他，到了晚上却冷漠地回绝。

“你找不到任何工作的。”后来，有位贵族家的马倌看到遭到拒绝后一脸颓丧消沉的柏纳，实在于心不忍，决定告诉他实情，“男爵夫人不会让你找到任何工作的。”马倌向柏纳解释，“你来找过我们之后，我家老爷很快就接到男爵夫人派人捎来的讯息，强烈要求不可以雇用你。所以，实在是抱歉！”

“混——账——东——西！”他在那人耳畔慢慢吐出这几个字，音量虽小，语气却相当强硬。马夫托马斯一脸愕然，吓得正想拔腿就跑，然而，在他背后的柏纳已经先掐住了他的脖子，力道越来越强，受制的托马斯终于虚弱地缩起身子。这时候，柏纳总算松了手。“如果所有贵族都会收到男爵夫人的指示，”屡屡遭拒的柏纳，事后冷静地思索着，“那就表示有人一直在跟踪我。”于是，他拜托那位好心的马倌：“请让我从后门出去。”守在前门角落的托马斯，一直没见到他走出来。柏纳悄悄从后面偷袭他。“缰绳会断掉，都是你搞的鬼，对不对？现在，我看你还能变什么花样！”这时候，柏纳再度使劲掐住马夫的脖子。

“你……你能怎么样？反正……”托马斯吞吞吐吐。

“你到底想说什么？”柏纳心一急，又用力掐住托马斯的脖子。马夫挥动着双臂挣扎着，却怎么也挣脱不了。不到几秒钟，柏纳发现托马斯似乎就要晕过去了，立刻松手，再度质问他：“你到底想说什么？”

托马斯用力吸了好几口气才出声。原本惨白的脸，此刻已转换成充满嘲讽的笑容。

“如果你想杀了我，那就请便！”他边说边喘，“你自己清楚得很，即使不是缰绳出问题，其他任何细节都可能出错。反正，男爵夫人就是恨你入骨，而且会永远恨你。你不过是个逃跑的农奴，你的儿子只是个农奴的儿子。像你这种人，别想在巴塞罗那找到差事。这一切都由男爵夫人操控，即使没有我，她还是会找别人跟踪你的！”

柏纳狠狠甩了他一个耳光。托马斯不但没有反击，反而笑得更开心了。

“你已经走投无路啦！柏纳，你儿子非得认错不可！”

“我会去认错道歉的。”这天晚上，亚诺听完父亲的话，紧握双拳，含泪宣布自己的决定，“我们斗不过贵族，而且，我们必须工作才有饭吃。猪猡！猪猡！猪猡！”

柏纳无奈地看着儿子。“到了那里，我们就自由了！”他想起当年自己初见巴塞罗那这座城市的那一刹那，曾经对出生才几个月的儿子许下这个承诺。只是，来了这里，生活怎么还是那么辛苦、那么穷困?

“不行啊！儿子，你别急，我们可以再找其他的……”

“没有用的，父亲，一切都操纵在他们手里。贵族们操纵一切，农地、土地、城市……全部都由他们把持着。”

卓安默默旁观这一幕。“大家应该服从王公贵族们！”学校老师这样教导他们，“真正的自由是在天主的国度，而不是在这个世界。”

“他们不可能操控整个巴塞罗那的。不过是家里养了几匹马的贵族罢了，哪有这么大的能耐呀！我们可以去学习别的技能，儿子，我们将来可以去找别的工作。”

柏纳发现儿子眼中闪过一丝充满希望的光芒，一双眼睛睁得好大，仿佛要把他最后这几句话完全吸纳进去。“我答应过你，亚诺，我答应要让你过自由的日子。我应该给你自由，我以后一定会给你的。你不要轻易就屈服呀，孩子！”

接下来的几天，柏纳天天上街寻找他向儿子承诺的自由。起初，在他每天结束了葛劳家马厩的工作之后，托马斯总会偷偷跟踪他，后来干脆明目张胆地尾随他。不过，马夫后来不再跟踪他了，因为男爵夫人总算了解，工匠、小贩或是建筑商……这些人不在她的势力范围之内了。

“他很难找到差事的！”葛劳安抚着暴跳如雷的妻子。

“你这话什么意思？”

“我的意思就是……他找不到工作的！巴塞罗那政府过去缺乏远见，现在开始尝到苦头了！”男爵夫人似有疑惑，示意丈夫往下说，“最近几年的收成，实在是糟透了！农地过度开垦，谷物欠收，农民自己吃都不够了，哪有多余的谷物可以运到城里来。”

“可是，加泰罗尼亚王国幅员辽阔呀！”男爵夫人提出质疑。

“你别搞错了，亲爱的！加泰罗尼亚王国确实幅员辽阔，但是打从多年前开始，农民已经不再种植我们天天要吃的小麦了。他们现在种的是麻、葡萄、橄榄或是坚果之类的，总之，他们不种植谷物了。这样的转变，最大的受惠者当然是那些农民的封主，对我们这些做生意的商人也有好处，不过，现在的状况已经开始让大家无法忍受了。我们吃的谷物都是从西西里和塞尔坦亚（Cerdaa）进口的，如今，加泰罗尼亚和热那亚王国打起仗来，进口谷物的来源也被切断了。现在情况真的很差，别说柏纳找不到工作，连我们恐怕都会有问题。这一切，都怪那些无能的贵族……”

“你怎么能这样说话呢？”男爵夫人忍不住怒斥丈夫无礼。

“我说，亲爱的……”葛劳神情严肃地回应妻子，“我们是做生意的人，确实也赚了不少钱。我们赚来的钱，一部分要用来投资自己的事业。如今，我们的事业规模已经和十年前不可同日而语了。我们总是顺着时势求新求进步，因此，我们的营收也一直在增加。但是，那些贵族封主就不一样了，他们从来不曾投资过半毛钱在自己的土地上或在耕种方式的翻新上。所以，他们现在依旧使用着古罗马时代的农具，古罗马时代。还有，农地每隔两三年就应该休耕，这样才会有加倍的收成。但是，那些贵族封主根本不在乎农地的未来发展，他们只想不劳而获，也因为这样，整个王国都被拖垮了。”

“事情没有你说的那么严重。”男爵夫人坚持已见。

“你知道现在的小麦价格吗？”男爵夫人没答腔，葛劳不停地摇头，然后才继续说，“一夸特拉[1]现在要价一百枚钱币。你知道合理的价格是多少吗？”这一次，他根本不等妻子回答，“未经碾磨的小麦售价是十枚钱币，磨好的小麦粉是十六枚钱币。如今，一夸特拉的小麦售价已经涨了十倍了！”

“可是，我们……我们还有粮食可以吃吧？”男爵夫人忧心忡忡地问。

“亲爱的，我就把实情告诉你吧！我们当然买得起小麦，如果有买得到的话，我看总有一天，恐怕有钱都买不到了。现在的问题是，虽然小麦的价格已经涨了十倍，但是老百姓的收入并没有改变啊……”

“反正，我们不缺小麦就对了。”男爵夫人急着抢话。

“应该不会，不过……”

“所以，柏纳是找不到工作了！”

“我想应该找不到了，不过……”

“这样就好！我唯一在乎的就是这件事。”男爵夫人说完便掉头走了，因为她再也受不了丈夫的长篇大论。

“不过，更可怕的事情正在逼近我们。”即使男爵夫人已经听不见，葛劳还是把刚刚一直想说的话说完了。

世道艰困的年头。这个借口，柏纳听了不知多少次，他已经不想再听到同样的话了。凡是上门找差事的地方，端出来的理由总是“不景气”。“我都必须辞退一半的学徒了，怎么还会有差事让你做啊？”其中一人这样告诉他。“这个年头不好过啊！我连孩子都养不起啦！”另一人这样说。“你难道不知道吗？”第三位这样斥责他，“现在情况那么差，为了让孩子能吃饱，我已经花掉大半的积蓄了，过去我只要花二十分之一的价格就能买到小麦。”

“这些事情，我怎么会不知道呢？”柏纳暗想。但是，他锲而不

1. 夸特拉（Cuartera），加泰罗尼亚常用的容量单位，相当于七十公升左右。

舍，依旧到处找工作，直到街头渐渐出现了冬季的寒意……到了这时候，有好些地方，他甚至都不敢上门去问了。孩子们吃不饱，为了把粮食留给孩子吃，做父母的只好饿肚子。另外，天花、斑疹、伤寒、白喉等致命的传染病也开始蔓延起来。

亚诺常会趁父亲出门时查看他的钱袋。起初，大约每周查看一次，现在他天天都要打开来看。有时候，甚至一天就看好几次，因此他非常清楚，他们的安全感正在迅速瓦解中。

“自由的代价是什么？”那天，亚诺这样问卓安，当时，两人正在圣母像前面祈祷。

“圣格列高利（San Gregorio）说，基本上，人人生而平等，因此，所有的人本来就是自由的。”卓安的语气非常平静，仿佛在朗读课文似的，“所有人生而自由，但是为了自身的利益，有人自愿屈服于封主，借此让封主照顾他们的生活。他们虽然损失了部分自由，但是生活也因此而获得基本的保障。”

亚诺听着弟弟的解释，眼睛却始终盯着圣母。“你为什么不对我笑了呢？圣格列高利……难道圣格列高利的钱袋也和我父亲的一样空空如也吗？”

“卓安！”

“什么事？”

“你认为我应该怎么做才好？”

“这个应该由你自己做决定才对。”

“可是……你有什么看法呢？”

“我刚刚已经说了。人们原本就是自由的，臣服于封主之下，也是他们自己的决定。”

当天，在他父亲不知情的状况下，亚诺出现在卜葛劳的宅邸。为了回避马厩那群人，他刻意从厨房进去。亚诺在厨房里碰见艾丝特兰亚，臃肿如常，饥荒并没有对她造成任何影响，那张大脸依旧扁平，就跟炉上的锅子一样。

“你去跟主人说，我来见他们了。”亚诺一见到厨娘就这样吩咐她。

胖女奴那两片厚唇马上勾勒出愚蠢至极的讥笑。艾丝特兰亚去通知了葛劳的大总管，然后再由大总管去通报主人。就这样，他们让亚诺站在那儿等了好几个钟头。在此期间，家里所有的仆从都借故到厨房，其实都是来看亚诺的，大多数人一脸讥笑地看着他。另外的少数人见了他，神情难掩哀伤。亚诺默默承受着所有人的目光，面对一脸讥笑的人，他也毫不客气地回以傲慢的神情，只是，嘲讽的笑容并未因此而消失。

虽然少了柏纳，但马夫托马斯毫不迟疑，立刻派人通知柏纳，他儿子已经到卜家去道歉了。“对不起，亚诺！对不起！”得知消息之后，柏纳心情沉痛，一路不断地自责。

漫长的等待，加上被迫立正站好，亚诺的两条腿已经痛得快站不住了。他本想找地方坐下来，但艾丝特兰亚不准他坐下。这时，亚诺被带往葛劳家的客厅。他并未留意屋内的奢华陈设。一进了客厅，首先映入眼帘的便是卜家五口，他们正在客厅最里面等着他：男爵夫妇坐在椅子上，三名子女分站两侧。男性穿着色彩鲜艳的丝绸裤子，上身则是长度及膝的背心，腰间束着金色腰带。两名女性则穿着缀有珍珠和宝石的衣裙。

大总管把亚诺带到客厅正中央，与卜家五口仅仅相隔数步。接着，大总管退到客厅门边待命。

“你有话就说吧！”葛劳冷冷地说，严肃的表情一如往常。

“我来向各位道歉。”

“既然这样，那就快说！”

亚诺正要开口，男爵夫人阻止了他。

“你是这样道歉的呀？就这样站着吗？”

亚诺犹豫了半晌，最后还是跪了下来。此时，玛格丽妲发出一串愚蠢的尖锐笑声，充斥着客厅的每一个角落。

“我在此向大家道歉。”亚诺直视着男爵夫人，清清楚楚地说着每一个字。

男爵夫人逼视着他，仿佛要把他看穿似的。

“这一切都是为了我父亲！”亚诺的眼神这样回应她，“你这个婊子！”

“我们的脚！”男爵夫人尖声大喊，“亲吻我们的脚！”亚诺作势要站起来，但是，男爵夫人又阻止了他。“跪着！”客厅萦绕着她的尖锐喝斥。

亚诺忍辱照办了，他跪爬到卜家五口面前。“这一切都是为了我父亲！我这么做，一切都是为了我父亲……”男爵夫人抬起她那双套着丝缎软鞋的脚，亚诺先在左脚鞋尖上吻了一下，然后再吻了右脚。接着，他默默转向葛劳，双眼紧盯着那双脚，在卜家五口注视之下，乖乖地吻了那双抬到他嘴边的脚。亚诺的两个表弟模仿了父母的做法。然后，亚诺正打算亲吻玛格丽妲的丝缎软鞋时，嘴唇已经凑到鞋面上了，玛格丽妲却突然抽了脚，接着又是一阵尖锐的笑声。亚诺又试了一次，玛格丽妲还是恶意捉弄他。最后，亚诺总算等到玛格丽妲让他吻了她的软鞋，先吻了一边……然后是另一边。

015

巴塞罗那

1334年4月15日

柏纳算了算葛劳付给他的工钱，随即把钱放进袋子里，嘴巴则不停地咕哝着。这些钱应该够用了吧……可恶的热那亚人！这种坐困愁城的日子，究竟什么时候才会结束呢？整个巴塞罗那已经陷入饥荒。

柏纳把钱袋绑在腰际，立刻去找亚诺。这孩子严重营养不良。柏纳看在眼里，既忧心又担心。这是个格外艰困难熬的寒冬啊！不过，至少他们都熬过来了。有多少人可以像他们这么幸运啊！柏纳紧抿着双唇，拨弄着儿子的头发，然后搂着孩子的肩膀。还有多少人会在寒冬中冻死、饿死或病死？多少为人父母的还能像他这样搂着孩子的肩膀？“至少我们还活着！”他心里这样想着。

那天，一艘运送谷物的货船在巴塞罗那港口靠了岸，这是长久以来少数能够突破热那亚舰队封锁的货船之一。巴塞罗那官方以天价购入这批谷物，再以合理价格卖给一般老百姓。这个礼拜五，官方在布拉特广场贩卖小麦，人群从一大清早就开始聚集，为了抢购这得来不易的小麦，有人甚至当场大打出手。

近几个月来，一位加尔默罗修会[1]神父大力抨击城里有钱有权的在上位者，他认为，老百姓饱受饥荒之苦，都是贪官污吏的愚蠢造成的；此外，他还指控官员们私藏小麦。尽管官员努力澄清，但是神父的控诉早已传遍整个教区，甚至已经散布整个城市。因此在那个周五的谷物贩卖会场上，老百姓排山倒海般涌入，拥挤的人群在布拉特广

1. 加尔默罗修会，俗称“圣衣会”，天主教隐修会之一，十二世纪中叶由意大利人贝托尔德创建于巴勒斯坦的加尔默罗山。加尔默罗修会会规相当严格，包括守斋、苦行、不语及与世隔绝等。

场上格外躁动不安，争吵叫骂声频传，混乱的人群甚至往前推挤到负责发售谷物的官员面前的长桌边缘。政府根据谷物数量和城市人口估算了每户限购的额度，在场负责监督贩卖的是布拉特广场的督察——布商贝雷·居佑。

“麦斯特根本就没有家人！”贩卖大会才开始几分钟，有人在人群里大声叫喊，直指那个衣衫褴褛的男子，他身边带了一个衣服比他更破烂的幼童。“他的家人在冬天都死光啦！”人群里有人又加了这么一句。

于是，负责贩卖的官员收回了麦斯特购买的谷物，然而，不绝于耳的指责声在人群中此起彼落：站在另一张长桌前的那个男子根本没有孩子；那个人已经买过了；他没有家人；那个小鬼不是他的小孩，为了买多一点，所以他带了别人家的小孩一起来……

整个广场成了叫骂吵闹的闷锅。人们索性不排队了，秩序乱了之后，争吵更加频繁。这时候，有人突然大喊，要求官员们把私藏的小麦拿出来贩卖，这一喊，立刻唤起了大家的怨恨，人群开始鼓噪，纷纷大声提出同样的要求。愤怒的人群向前推挤，眼看着就要扑向长桌后的官员……国王派来的官兵们与饥饿的人群僵持不下，冲突一触即发。还好，贝雷·居佑当机立断，下令将所有小麦运到广场东侧的总督府存放，当天的贩卖大会因而取消。

柏纳和亚诺只好回到葛劳家继续干活，两人都因为没买到珍贵的粮食而沮丧不已。就在中庭入口处的马厩门口，他们碰见了赫苏斯，于是向马倌详细讲了布拉特广场上发生的种种；父子俩越讲越激愤，不停地大声咒骂着官员无能，同时也愤愤不平地抱怨越来越难熬的饥荒之苦。

站在面向中庭的窗口，男爵夫人静静听着逃乡的农奴和他那个不要脸的儿子的怨言，嘴角泛起一抹幸灾乐祸的奸笑，她忽然想起葛劳出远门之前交代她的事情。这件事当然要做，难道他能不让他那些债务人吃饭吗？

男爵夫人拿着一袋钱，这些钱是用来购买粮食给犯人吃的；那些犯人都是因为向她丈夫借了钱却无法偿还，最后落得被关进监牢的下场。男爵夫人找来家里的总管，交代他差遣柏纳去购买犯人的粮食，并且要他带着儿子亚诺一起去，万一碰到事情，父子俩可以相互照应。

“你要特别提醒他啊！”男爵夫人面带笑容，“这些钱……可是用来买小麦给我丈夫的犯人吃的啊！”

总管遵照指示，一一转告了女主人交代的话，突然接到购买粮食这个任务，父子俩简直无法置信。接了那袋沉甸甸的钱币，两人的惊愕和疑惑更是有增无减。

“买给犯人吃的啊？”离开卜家宅邸之后，亚诺不解地问父亲。

“是啊！”

“父亲，为什么要买给犯人吃呢？”

“这些犯人都欠了葛劳的钱，因为还不起就被关起来了。但是，葛劳有义务提供粮食给这些犯人。”

“如果葛劳不提供粮食会怎么样？”

父子俩正往海滩方向走去。

“他如果不提供粮食的话，犯人就能获得释放，不过，葛劳可不希望事情变成这样。根据法令规定，他必须缴税，还要支付狱卒的工资，而且要花钱购买犯人的粮食。”

“可是……”

“好了，儿子，不要再提这个啦！”

于是，两人就这样一路沉默着回到了家中。

那天下午，为了完成男爵夫人交付的奇怪任务，柏纳父子一同前往监狱。卓安每天到大教堂上学途中必须穿越布拉特广场，父子俩听他讲过广场上的情形，因而得知聚集的群众并未冷静散去。才转进与广场相通的海洋街，两人已经听见群众的呐喊声。大批老百姓聚集在总督府四周，早上临时撤走的小麦就堆放在里面，欠了葛劳债务的那批人也被关在那里。

老百姓在总督府外嚷着要小麦，巴塞罗那的官员们焦急地在总督府里商讨对策。

“叫他们发誓！”其中一位部长提议，“没有发誓就不准买小麦。每一个购买小麦的人必须发誓，他买的数量确实是家人真正所需的分量，并没有违规多买……”

“这样有用吗？”另一位官员提出质疑。

“当然！发誓是何等神圣的一件事啊！”提议的部长答，“难道大家签约、宣示清白或是履行各种义务时不必发誓吗？”

官员们决定就这么做，随即在总督府阳台上宣布这个消息。群众的喧嚣几乎淹没了官员们宣布的解决办法。接着，秩序混乱的老百姓在前面挤成一团，他们高声叫嚷着，为了买到谷物，他们愿意对天主发誓。

小麦再度运回到广场，老百姓的饥饿未曾消减。有些人确实发了誓，有些人却提出质疑。指责、叫嚣和争吵的戏码再次登场。广场上群情激愤，老百姓声声呐喊，要求官员们拿出私藏的小麦。

亚诺和柏纳站在广场边的海洋街口，正对面就是总督府，贩卖小麦的地方就在总督府门口。在他们周围，众人愤怒地呐喊着。

“父亲！”亚诺问，“我们买得到小麦吗？”

“我想应该没问题的，儿子。”柏纳刻意不看儿子。他们怎么能买到小麦呢？那些小麦，只够供应巴塞罗那四分之一的人口啊！

“父亲！”亚诺又问，“为什么犯人有东西吃，而我们却没有？”

置身嘈杂人群里的柏纳，刻意佯装没听见儿子的问题，但他忍不住盯着身旁的儿子：这孩子已经饿了好久，四肢瘦得像细柴，那张消瘦的脸上，一双大眼睛显得格外突兀……这张脸上曾有的纯真笑容，早已不复存在。

“父亲，你有没有听见我的问题啊？”

“我听见了……”柏纳在心里这样回应儿子，“但是，我该如何回答你才好？我怎能告诉你，穷人注定要挨饿？我怎能告诉你，有钱人才有饭吃？有钱人甚至有能力让他们的债务人过得不愁温饱？我该如何告诉你，我们穷人万般不值？穷人的孩子比总督府监狱里的犯人还不值！”柏纳只能无言以对。

“总督府里藏小麦！”在嘈杂的人群里，他突然高喊这句话。“总督府里藏小麦！”接着，柏纳以更洪亮的声音再度呐喊着。在他身旁的几个人惊愕得说不出话来，只是呆呆望着他。才过片刻，已有许多人将注意力转移到这个确定总督府里有小麦的男人。“总督府里当然有小麦！否则，里面的犯人吃什么？”柏纳高举着葛劳家的钱袋，“贵族和有钱人都在花钱买粮食喂养犯人！否则，狱卒们从哪里找粮食喂那群犯人？难道犯人也跟我们一样出来买小麦吗？”

群众纷纷让路给情绪已经失控的柏纳。亚诺跟在后面，试着想把父亲拉回来。

“你在干什么呀，父亲？”

“难道那些狱卒也跟我们一样，对着天主发誓？”

“你到底是怎么了，父亲？”

“狱卒要从哪里弄来那么多小麦去喂那群犯人？为什么犯人饿不着，我们的孩子却吃不饱？”

柏纳慷慨陈辞之后，群众鼓噪得更厉害了。这一次，贩卖小麦的官员还来不及撤走，人群已经蜂拥而上。贝雷·居佑和总督大人差点儿就被群众围殴，幸好有国王派来的官兵及时将他们救回总督府内，才得以保住性命。

这时候，有一小群人赫然发现，渴求以久的珍贵粮食就在眼前，因为……广场上，小麦撒了一地都是，被混乱的人群踩在脚底下。有人想把地上的小麦装回家，小麦还没入袋，人已经被活活踩死……

有人高声呐喊：人民苦于饥荒，官员难辞其咎。于是，激愤的群众分成几路人马，决心要把躲在家里的大官们揪出来。

柏纳也成了激进疯狂的群众中的一员，他被大批愤怒的老百姓推着往前走，嘶吼声越来越激昂。

“父亲！父亲……”

柏纳定睛望着儿子。

“你在这里干什么？”他质问儿子，行进的步伐并未停止。

“我……父亲，你到底是怎么了？”

“快离开这里！这里不是小孩该来的地方。”

“我……我要去哪里啊？”

“这个你拿着。”柏纳将两袋钱币交给儿子：一袋是他自己的积蓄，另一袋是男爵夫人要他拿去给犯人买粮食的钱。

“我拿这个做什么？”亚诺惶恐地问。

“快走！儿子，快走吧！”

亚诺就这样看着父亲的身影消失在人群里。临别一瞥，他最后看见的是父亲眼神中流露的仇恨……

“父亲……你要去哪里啊？”当父亲消失在视线中时，亚诺惊惶无奈地大喊着。

“他去寻找自由了。”有个妇人忽然响应了亚诺的问题，她和他一样，紧盯着街道中的拥挤人潮。

“我们本来就已经自由了！”亚诺坚定地对妇人说。

“哪有需要忍受饥荒的自由啊，孩子……”妇人这样告诉他。

顿失依靠的亚诺，只好哭着往回走……

百姓暴动整整持续了两天。许多官员和贵族的宅邸惨遭劫掠，而愤怒失控的人群，则在城里到处游走，起初是找寻食物，后来却只为寻仇报复。

在那整整两天里，整座巴塞罗那城陷入一片混乱，无能的官员无力应付乱局，直到阿方索国王派遣军队前来镇压，暴乱才算平息。一百名老百姓被捕，另外还有更多人遭罚。在那被捕的百人当中，有十个人被判立即处决。被传唤到法庭作证的多位百姓，大多一眼就指认了右眼旁边有块胎记的柏纳·艾斯坦优——布拉特广场暴动事件的主要嫌犯之一。

016

亚诺一口气跑过整条海洋街，直接回到贝雷家，途中甚至连圣母玛丽亚都不去看一眼。父亲愤怒眼神的烙印仍在他心里，父亲的激愤呐喊仍回荡在他耳畔。他从来没见过父亲这个样子。你究竟是怎么了？父亲……我们真如那妇人所说的，一点都不自由？他走进贝雷家，头也不抬，谁也不看，径自躲在房间里。卓安发现，亚诺在房里默默哭泣。

“整个城市都疯了！”卓安边开房门边嘀咕着，“唉……你怎么了？”

亚诺没答腔。卓安匆匆扫视整个房间。

“父亲呢？”

亚诺一把鼻涕一把眼泪的，举起手来，往城里的方向指着。

“他跟那些人在一起啊？”

“嗯！”亚诺勉强作出回应。

卓安脑海中再度浮现街头暴乱的情景，从主教宅邸回家时，他一路都得小心回避暴动人潮。城里的卫兵们关闭了犹太区的城门，并且守在城门口堵住暴乱人群，那些原本循规蹈矩的小老百姓，现在成了打家劫舍的暴民……柏纳怎么可能跟他们在一起？卓安想象着那群暴民劫掠富人宅邸，拿着珍贵财物扬长而去的画面。不可能的！

“不可能的！”他大声说道，亚诺坐在草席上望着他，“柏纳和那些人不一样啊……怎么可能？”

“我也不知道啊！当时有好多好多人，大家都发疯似的大叫大喊……”

“可是……柏纳？柏纳不可能做出这种事情的，也许他是……唉！我不知道啦！也许他是在找人。”

亚诺无奈地看着卓安，暗想：“你要我怎么告诉你，他是人群中叫得最激动的人，煽动群众的人就是他？你要我怎么告诉你，我自己也不相信事情会这样啊？”

“我不知道！卓安，当时人太多了。”

“那些人到处抢劫呀！亚诺，他们居然攻击城里的高官。”

无言以对，一个眼神足以道尽一切。

两个孩子痴痴等了父亲一整夜。隔天早上，卓安正打算出门上学。

“城里这么乱，你不要去了吧！”亚诺劝他。

这一次，卓安以坚定的眼神作了回应。

“阿方索国王派来的卫兵队已经平息了城里的暴乱。”这天，卓安回到贝雷家之后，只是轻描淡写地一句带过。

这天晚上，柏纳依然没有回家睡觉。

到了早上，出门上学前，卓安向亚诺道别。

“你应该出去走走啦！”他对哥哥说。

“万一他回来了呢？他也只能回这里……”说着，亚诺又哽咽了。

兄弟俩紧紧抱在一起。你在哪里呀，父亲……

倒是老贝雷，他特别帮兄弟俩去打探暴乱的情形，探听消息不难，倒是他回家的步履变得异常艰难。

“我真的很遗憾呀！孩子……”他告诉亚诺，“你父亲已经被逮捕了。”

“他在哪里？”

“就在总督府，可是……”

亚诺夺门而出，直奔总督府。贝雷看了看妻子，无奈地摇摇头，老太太双手掩面。

“总督府做了紧急审判……”贝雷向妻子说明事件经过，“来了一大堆证人，大家几乎都指证柏纳是暴乱煽动者，因为他那个胎记太容易认了。唉！他为什么要这么做呢？他这个人看起来……”

“因为他有两个孩子要养啊！”贝雷的妻子径自打断丈夫的话，泪水早已盈眶。

“那都过去了……”贝雷一脸忧戚地纠正妻子的说法，“政府已经把他和另外九个暴民在布拉特广场公开处决了。”

玛丽欧娜难过地掩面痛哭起来，但随即放下了双手。

“亚诺……”她对着家门大喊，可惜，亚诺早已跑远。

“算了，老太婆，从今天起，他就不再是个孩子了。”

玛丽欧娜默默点头，贝雷立刻上前紧搂着伤心的妻子。

国王下令，立即处决十名暴乱煽动者。情况如此匆促，甚至连筑起断头台的时间都没有，只能在简单的马车上处决犯人。

亚诺一路横冲直撞地跑到布拉特广场。他上气不接下气地望着广场上水泄不通的人潮，然而，背对着他的人群却鸦雀无声，大家都屏息盯着前方。拥挤的人群前面，就在总督府旁边，十具尸体高高吊起。

“不！父亲……”

这一声凄绝的哀叫，响彻整个广场，所有人回头看他。亚诺缓缓穿越广场，人群也自动开道让他过去。他在十具尸体中找寻着……

“你至少让我去通知神父吧！”玛丽欧娜对丈夫说。

“不用了，我已经把这件事情跟神父说了，他会过去处理的。”

亚诺一见到父亲的尸体，当场呕吐起来。围观的好奇群众吓得立刻转过头去。亚诺再抬起头来，注视着父亲那张扭曲的脸，父亲的面色已经发紫甚至变黑，低垂的头歪向一边，睁大的双眼仍显露着垂死挣扎时的惊恐，毫无血色的舌头垂挂在双唇间。亚诺又吐了第二次、第三次……后来吐出来的尽是胆汁。

这时候，他感觉有人搭上他的肩膀。

“孩子，我们回去吧！”搂着他的是艾柏神父。

神父拉着他要往海上圣母教堂方向走，但亚诺就是不肯离开。他回头凝望着自己的父亲，然后闭上双眼。他已经不觉得饿了。此时，这孩子猛然一阵痉挛。艾柏神父不死心，坚持要把他带离这个触目惊心的现场。

“别管我！神父，求求你。”

就在艾柏神父和众人的目光之下，亚诺摇摇晃晃地走了几步，他站在临时断头台旁，双手紧抱着腹部，全身抖个不停。接着，他站在父亲的尸体下，忽然转身看着那个负责看守处决现场的卫兵。

“我可以把他卸下来吗？”

看着呆立在父亲尸体前的亚诺殷切的眼神，卫兵迟疑了半晌。如果被吊死的人是他，他的孩子会怎么做？

“不行！”他必须这样回答。他多么希望自己不要待在这里。他宁可在战场上出生入死，宁可在家里守着孩子……究竟是犯了什么滔天大罪，才会落得这样惨死的下场？那个男人不过是为自己的孩子争口饭吃，为了这个此时此刻站在他面前以眼神质问他的孩子……这个男人和广场上的所有人一样，只是为了养孩子呀！为什么总督大人不到现场来看看这个场面？

“总督大人下令，这些尸体要在广场上展示三天。”

“那么……我就在这里等。”

“接下来，这些尸体会移往城门口示众，借此让所有经过的老百姓引以为戒。”

说完，卫兵随即转身开始巡察现场。

“饿……”卫兵听见那孩子在背后说，“他实在太饿了！”

卫兵巡视一圈，再回到柏纳的尸体前面时，那孩子坐在地上，就在父亲尸体的正下方，双手抱着头，哭得伤心欲绝。卫兵不忍，根本不敢看他。

“我们回去吧！亚诺……”神父再次上前劝他。

亚诺摇头拒绝。艾柏神父正想继续往下说时，却让一声凄厉的惨叫给搅乱了。被处决的其他犯人家属陆续来到广场。犯人们的母亲、妻子、儿女和兄弟群聚在亲人的尸体前，只能以悲痛的沉默面对至亲的死亡。卫兵专注于巡逻任务，不断在记忆中找寻战争叛徒的惨叫声。这时候，已经放学的卓安，回家途中正好经过广场，他好奇地走过去观察被吊死的犯人，一看到如此可怕的惨状，一时惊吓过度，还来不及看见坐在地上的亚诺，已经昏厥倒地。亚诺依然坐在原地，身体前后摆动着。卓安的同学们把他扶了起来，立刻将他送进主教宅邸。因此，亚诺也没见到弟弟。

几个钟头一晃而过，亚诺黯然坐在那儿，好奇、同情甚至咒骂的人群陆续涌入，他都视若无睹。只有巡逻卫兵沉重的脚步来到他面前时，才足以搅乱他的思绪。

“亚诺，当初，我带着你放弃家乡的一切，就是为了让你可以自由地过一辈子。”他父亲不久前才这样对他说过，“我放弃了艾斯坦优家族几个世纪以来世代传承的土地和祖产，就是希望你不必再像我以及我的父亲、祖父那样受人奴役……现在，我们居然又陷入同样的处境，被那些所谓的贵族狠狠踩在脚底下，但不一样的是：现在我们可以拒绝受人欺凌的命运。孩子，你要学会善用自由啊！那可是我们付出昂贵代价才得到的。只有你才可以为自己做决定！”

“我们真的可以拒绝吗？父亲……”卫兵的靴子又在他面前晃过，“有了自由就不会挨饿。你已经不再挨饿了，父亲，那么，你自由了吗？”

“仔细看清楚呀！孩子们……”

那声音……

“这些人都是罪大恶极的犯人哪！你们看仔细了……”这是亚

诺第一次抬头看着对着尸体指指点点的人。男爵夫人和她的三名继子女正注视着柏纳·艾斯坦优扭曲的面容。亚诺的双眼盯着玛格丽妲的双脚，他抬头望着她的脸。三位表亲脸色惨白，男爵夫人却面带微笑地逼视着他。亚诺站了起来，全身颤抖着。“哼！他不配当巴塞罗那的市民！”他听见伊莎蓓这样说。亚诺握紧拳头，手指用力掐在手掌上。他满面通红，下嘴唇不停地颤抖着。男爵夫人依旧一脸讥笑：“唉！一个逃跑的农奴，有什么好期待的？”

亚诺正想扑向男爵夫人时，卫兵冲上前挡在两人中间。亚诺和卫兵撞个正着。

“你怎么了，孩子？”卫兵紧盯着亚诺，“我要是你，不会这么冲动的。”卫兵这样劝他。亚诺试图要溜走，却被卫兵一把揪住手臂。伊莎蓓已经收起了笑容，她挺直了身子，神态傲慢、挑衅。“我要是你，不会这么冲动的，你是在自找死路啊！”亚诺听见卫兵在耳边这样说，他仰头一望。“他都已经死了……”卫兵继续劝他，“但是你还活着呀！孩子，坐下吧！”这时候，卫兵已能感受到亚诺的身体松弛多了，“坐下吧！”

亚诺总算克制住了那股冲动，但卫兵仍旧守在他身旁。

“你们仔细看看这些人啊！孩子们。”男爵夫人脸上重新挂起了笑容，“我们明天还要再来。上吊处决的犯人，尸体都要公开示众，直到腐烂为止。”

亚诺的下嘴唇不由得颤抖得更厉害了。他狠很瞪着眼前的卜家母子四人，直到男爵夫人终于决定转身离去。

“总有一天……总有一天，我会看着你断气的……我要看着你们一个个死在我面前！”亚诺在心中许下承诺。他的满腔怨恨，紧随着男爵夫人以及她的继子继女们，渐渐蔓延了整个布拉特广场。她说隔天还会再来。亚诺抬头凝望着父亲……

“我对天发誓，绝对不让他们再看到父亲的遗体，但是，该怎么办呢？”卫兵的军靴又一次出现在眼前，“父亲，我绝对不会让你吊在这里慢慢腐烂的！”

接下来的几个钟头，亚诺绞尽脑汁苦思各种方法，如何才能把父亲的遗体弄走，只是，每想到一个点子，总被靠近他身旁的卫兵脚步声吓得无影无踪。卫兵看得这么紧，他根本不可能有机会将父亲的遗体卸下来，即使天黑了，广场也会燃起熊熊火炬，火炬……对了，火炬！就在这时候，脸色惨白、双眼红肿充血的卓安，正拖着疲倦的步伐经过广场。亚诺起身唤他，接着，卓安立刻冲进哥哥怀里。

“亚诺……我……”卓安哽咽得说不出话来。

“你听我说，卓安……”亚诺抱着弟弟，急忙说，“不要再哭了。”

“我就是办不到啊！亚诺。”卓安在心中回应，同时也被哥哥说话的语气吓了一跳。“今晚十点，你躲在海洋街和广场交会的转角等我。千万不要被人看见了。你带着……带一条毛毯来，你在贝雷家找一找，越大越好。现在，你赶快走吧！”

“可是……”

“快走吧，卓安！我不希望卫兵看到你……”

亚诺心一横，把弟弟从怀里推开。卓安盯着亚诺的脸，接着，他再看看柏纳。这孩子浑身发抖。

“快走，卓安！”亚诺低声催促他。

那天晚上，夜深人静，广场上看热闹的人群已经散去，只剩下死者家属守在那里，巡逻卫兵也换了班，刚当班的这群卫兵总是在前面几具尸体附近晃来晃去，因为取暖的炉火就在那一排马车绞刑台旁边。现场一片宁静，深夜的寒凉已弥漫四周。亚诺站了起来，并拉起上衣包紧头颈，然后缓步从那群卫兵旁边走过。

“我回去找一条毛毯来取暖。”他这样告诉他们。

其中一个卫兵斜睨了他一眼。

亚诺穿越布拉特广场后，直接来到海洋街口的转角，他在那儿等了好一会儿，心里不断嘀咕着：卓安到底在哪里？约定的时间已经到了，他也该到了呀！亚诺刻意咳了几声。周遭依旧一片寂静。

“卓安？”他还是鼓起勇气喊了弟弟的名字。

突然，一户人家的大门门把边出现一团阴影。

“亚诺吗？”

“当然是我啊！”卓安在几米外大大松了一口气，“除了我还会有谁？你刚才为什么不吭声呢？”

“这里实在太暗了嘛！”卓安随口应了一句。

“你把毛毯带来了吗？”阴影上方多了一团黑影，“很好！我已经跟卫兵说我会找一条毛毯来。现在，我要你裹着毛毯，然后去我的位子坐下来。走路的时候要踮起脚尖，这样看起来个子会高一点。”

“你打算做什么？”

“我要把他烧了。”这时候，卓安已经摸黑来到他身边，“我要你去坐我的位子。我要那些卫兵以为你就是我。记得，你要一直低头坐着……一直坐在我原先坐着的地方，什么事都别做，只要把脸蒙住，坐着不动就好了。不管你看见什么，不管旁边发生什么事，记得，什么事都别做。都听懂了吗？”亚诺不等卓安回应，径自往下说，“整件事情结束的时候，你就是我，你是亚诺·艾斯坦优，而且你父亲只有你这么一个儿子，懂吗？万一卫兵盘问你，你就这样回答……”

“亚诺……”

“怎么样？”

“我……我不敢！”

“为什么？”

“我就是不敢啊！我一定会穿帮的……我只要一看到父亲就……”

“难道你希望看着父亲吊在那里腐烂生蛆吗？难道你希望父亲被吊在城门上任由乌鸦啄食他的遗体？”

亚诺停顿了半晌，好让弟弟想象一下那种可怕的画面。

“难道你希望男爵夫人继续羞辱我们的父亲？即使连他死了都不放过……”

“这样做是不是罪过啊？”卓安突然发问。

亚诺很想看看自己的弟弟，但是深夜的街角一片漆黑，只能隐约看见一团黑影。

“他是被饥饿所逼啊！我也不知道这样做算不算罪过，但是我决不让父亲被吊在那里腐烂。我非这么做不可。如果你想帮我的话，那就披上这条毛毯，坐在那里什么事也别做。你如果不愿意的话……”

就这样，亚诺沿着海洋街往前走，卓安则往布拉特广场前进，他把毛毯裹在身上，眼睛一直盯着柏纳的遗体。十具尸体高高吊起，在卫兵取暖用的那一盆炉火映照下，柏纳仿佛幽灵飘在半空中。卓安不想看他的脸，他不想看到那已经发紫的舌头，然而，眼睛还是背叛了他的心念，视线终究停驻在柏纳脸上。卫兵们看着他慢慢走过来。在此同时，亚诺跑回了贝雷家；他拿了皮囊，倒光里面的清水，往里装满煤油。贝雷和妻子坐在火炉边，始终盯着他的一举一动。

“现在没有我这个人了。”亚诺轻声对他们说，并在他们面前跪了下来，他握着老太太的手，老太太正满脸慈祥地看着他，“卓安会变成我。我父亲只有这么一个儿子……万一出了什么事，请你们好好照顾他。”

“可是亚诺啊……”贝雷才开口说话。“嘘……”亚诺制止了他。

“你到底要做什么呀？孩子……”贝雷追问。

“我非这么做不可！”亚诺回答他的同时也站了起来。

“现在没有我这个人存在了。我是亚诺·艾斯坦优。”卫兵们还在盯着他看。“放火烧尸应该是罪过吧！”卓安暗想。柏纳注视着他。卓安心惊胆战，突然在绞刑现场数米外停下脚步。柏纳在看他！“这都是亚诺的点子呀！”

“你怎么了？孩子……”有个卫兵作势要起身。

“没……没事。”卓安继续朝着那双质问着他的死去的双眼走去。亚诺提着一盏油灯跑出了家门。他去挖了一些烂泥巴，涂得满脸都是。父亲曾多次和他聊起初到这座城市的喜悦；如今，这座城市却无情地置他于死地。他走过莱特街和柯瑞贺立亚街，绕着布拉特广场边走到塔毕涅里亚街街口，那一排马车绞刑台就在旁边。卓安坐在他父亲遗体下方，努力强忍着不听使唤的颤抖。

亚诺把油灯藏在街角，然后背着装满煤油的皮囊爬向那排靠在墙边的马车后方。柏纳在第四辆马车上方，卫兵们依然在另一头围着炉火聊天。他慢慢爬向第一辆马车，当他爬到第二辆后方时，有个妇人看见他了，她睁着号啕大哭后的红肿双眼。亚诺停了下来，但是妇人却将目光移开，继续耽溺在深沉的哀痛情绪中。亚诺继续往前爬到父亲那辆马车绞刑台后面。卓安瞥见了他，但立刻回过头去。

“不要看我！”亚诺在漆黑中低声说，“还有，你不要抖得这么厉害！”

接着，他站起来，伸手去摸了柏纳，这时却忽然传出声响，迫使他又趴回地上。等待片刻之后，他再度行动，又有声响传出，但这次亚诺站在原地不动。卫兵们聊得正起劲。亚诺高举着皮囊，开始将煤油浇淋在父亲的尸体上。父亲的头部实在太高，他只能尽量挤着皮囊从上方泼洒。才一会儿工夫，浓稠的煤油从柏纳的发间汩汩涌出。皮囊里的煤油都泼光以后，亚诺悄悄回到塔毕涅里亚街角。

他只能放手一搏了。亚诺一路把灯火微弱的油灯藏在背后。“我必须一次命中才行。”现在，他也开始发抖了。深呼吸之后，他毫不犹豫地走入广场。柏纳和卓安距他仅有十步之遥。他把油灯调亮，立刻引来目光。油灯的光芒洒在广场上，在他看来，仿佛黎明的朝阳一般。卫兵们望着他。亚诺本想拔腿就跑，但随即发现，没有任何一个卫兵有起身行动的打算。“他们何必自找麻烦呢？难道他们知道我要放火焚烧父亲吗？是的，我要把父亲烧了！”他手上的油灯抖得厉害。虽然卫兵的视线一直盯着他不放，但他仍旧走到了卓安身旁。现场毫无动静。亚诺站在父亲的遗体下方，最后一次凝望他……煤油灯的光泽已经缓和了他脸上原有的惊恐和痛苦神情。

过了半晌，亚诺将油灯抛向尸体，柏纳的尸体立刻燃烧起来。

卫兵们猛地站起来，转过头发现火势，随即往亚诺这边跑。油灯掉落在马车上，车上早已积了一摊柏纳身上滴下来的煤油，于是，火苗一起，马车也立刻烧了起来。

“喂！”亚诺听见卫兵在他后面大喊。

就在亚诺正打算逃跑时，他瞥见卓安仍然坐在马车旁，全身用毛毯包得紧紧的，吓得愣住了。其他死者的家属们默默望着越来越炽烈的火势，依然深陷在哀戚里。

“站住！站住！我以国王之名命令你站住！”

“快走呀！卓安！”亚诺回头大喊，眼看着卫兵就要追上来了。“快走呀！大火快烧到你了……”

他不能把卓安丢在那里不管。淌了一地的煤油已经慢慢流到全身颤抖的弟弟不远处。亚诺正想去拉他一起走，这时候，刚才瞥见他在马车后面爬行的妇人，却突然挡在两人之间。

“快跑呀！”她急切地催促他。

亚诺使劲挣脱了已经上前抓住他的卫兵，火速奔逃。沿着波利亚街跑到诺伍门，一群高声大喊的卫兵们在后面狂追不舍。他们在他后面追得越紧，回去柏纳遗体处灭火的时间就会拖得越晚……亚诺边跑边思忖着。那群卫兵年纪也不小，加上全副武装，根本不可能追上双腿如火势般迅猛的少年。

“以国王之名！”卫兵在后面大喊。

霎时，尖锐的嘶嘶声从他右耳边呼啸而过，亚诺听见一支长矛在他前方落地的声响。一支支长矛如流星般划过亚纳广场上的夜空，未被击中的亚诺铆足了劲跑过柏纳马库斯教堂前，然后转进卡德斯街。卫兵们的叫嚣呐喊渐渐消失在远处。他不能再往前跑了，前方就是诺伍门，一定会有卫兵站哨的。往沿海方向，可以到海上圣母教堂；往山区方向前进，可以通往圣贝雷德波利斯修院，但终究还是会被城墙挡住去路。

他决定往沿海方向去。在圣奥古斯丁修院四周绕了一圈之后，他竟在梅尔卡塔尔区错综复杂的胡同里迷了路；他翻墙而过，踩着附近人家的菜园，始终躲在暗处行动。直到确定卫兵追赶的脚步声已歇，才放慢行走的速度。亚诺沿着瑞克康塔水道往前走，抵达圣塔克莱拉修院旁的尤而海岸，波恩广场就在不远处了，而他的教堂、他的避难所就在广场旁的波恩街上。然而，他正打算踩着木造阶梯进教堂时，眼前一幕不寻常的景象立刻吸引了他的目光：一支大蜡烛被丢在地上，烛光微细如丝，几乎就要熄灭了。亚诺靠着幽微的烛光环顾周遭，随即发现工头倒在地上，已经失去知觉，嘴角依然汩汩淌着鲜血。

他心头一震。怎么会这样？这位工头的职责是巡守海上圣母教堂，将他击昏在地，用意何在？圣母！圣体神殿！大力士们的保险箱！

亚诺不敢这么想。父亲才刚被绞死，他不容许任何人亵渎他仅有的母亲，圣母玛丽亚！他悄悄从门缝钻进教堂，直接往回廊走。回廊左侧两面护墙围起的空间就是圣体神殿。他穿越了教堂，躲在主祭坛后的一根大石柱后面。这时候，他听见圣体神殿传出声响，只是，他还没看见神殿。于是，他溜到第二根大石柱后面，此时，终于可以从石柱间的空隙看见神殿，烛光点点，一如往常。

有个男子爬上了神殿前的铁栅栏。亚诺凝望着他的圣母。一切看来都和平常一样井然有序。那么，究竟是怎么回事？他的视线快速扫视了神殿内部，大力士们的保险箱被人撬开了！窃贼还在攀爬铁栅栏，这时候，亚诺听见钱币落地的哐啷声，那些钱都是大力士们为了妻儿辛苦攒下的！

“小偷！”亚诺大喊，并冲向神殿铁栅栏。

他立刻爬上栅栏，拳头一挥，正好落在男子的胸口。窃贼猛然一惊，失手坠落在地。亚诺没有时间思索下一步……男子迅速起身，狠狠一拳打在男孩脸上。亚诺后脑勺着地，就这样四脚朝天倒在海上圣母教堂的地板上。

017

“他一定是偷了大力士们的保险箱，正想逃跑时不小心摔了下来，晕过去了！”一位王室官员站在昏迷不醒的亚诺旁边，语气坚定地发表了这样的见解。

艾柏神父不停地摇头否认。亚诺怎么可能做出这样的傻事？那是大力士们的保险箱啊！而且保险箱放在圣体神殿内，就在圣母旁边。卫兵们三更半夜来通知了他这件事情。

“不可能的！”神父自言自语。

“事实如此啊！神父……”官员坚持立场，“这孩子身上带着这袋钱。”他高举着那袋葛劳要交给狱卒的钱币，“一个小孩没事身上带着那么多钱干什么？”

“还有他的脸……”有个卫兵加入对话，“如果不是打算偷钱，谁会用泥巴把脸涂成这样啊？”

神父依旧不可置信地摇着头，眼睛直盯着官员手上的钱袋。这孩子三更半夜在这里干什么？他从哪里弄来这袋钱？

“你们要干什么？”神父惊觉那几位官员作势要拉起倒在地上的亚诺。

“我们把他送到牢里去。”

“休想！”神父低声嗫嚅着。

或许……或许这整件事是有原因的。即使有人要偷大力士们的保险箱，那也不可能会是亚诺。亚诺？不可能的。

“这孩子是个小偷啊，神父！”

“他是不是小偷，法庭会有仲裁。”

“我们会让他接受法律制裁的！”官员的语气非常强硬，在此同时，卫兵们已经挟着亚诺的腋下，把他架了起来，“但是，他必须在牢里等候宣判。”

“即使他要坐牢，那也应该关在主教宅邸的牢房。”神父辩驳道，“他犯罪的地方是神圣的宗教场所，因此，他的罪行应该由教会来审判，而不是总督府。”

官员看看卫兵，又看了看仍未清醒的亚诺，然后一脸无奈地命令卫兵将男孩放回地上。两个卫兵只好听命行事，却粗鲁地把亚诺往地上一丢，见到亚诺的脸部重重摔落地上，两人不约而同露出了嘲讽的笑。

艾柏神父怒火中烧，睁大眼睛瞪着两个卫兵。

“把他弄醒！”艾柏神父交代卫兵的同时，掏出了神殿的钥匙，打开铁栅栏之后，他走进神殿内，“我想听听这孩子怎么说。”

他走近大力士们的保险箱一看，三把大锁都被撬开，再仔细查看一番，保险箱内的钱币全被偷光；环顾神殿内部，所有陈设完好如初，并未遭到任何破坏。“这究竟是怎么一回事啊？圣母……”他在心中默问，“你怎么会让亚诺惹出这样的麻烦呢？”这时候，他听见哗啦啦的水声，卫兵们正在往亚诺脸上泼水，于是，他走出神殿，恰好就在此时，几个大力士进了海上圣母教堂，他们已经听说保险箱遭窃一事。

亚诺终于被冰凉的清水冲醒了，一睁开眼便发现自己身旁都是卫兵。他的耳畔又响起波利亚街上长矛凌空飞窜的咻咻声。他在卫兵前面奋力狂奔。他们是怎么追上他的？难道是他中途跌倒了吗？几个卫兵的脸同时凑近。他父亲！父亲起火燃烧了！他必须赶快逃走才行！亚诺立刻起身，并且试图推开其中一名卫兵，但是，眼前这些强壮的卫兵动也不动一下。

看着那孩子拼命想从卫兵手中挣脱的蛮横模样，艾柏神父既失望又沮丧。

“你还想听他说什么吗？神父……”官员故意讽刺，“你不觉得，这样的行为足以说明一切了吗？”官员指着发了疯似的亚诺。

艾柏神父只能掩面长叹，无奈地注视着已被卫兵制伏的亚诺。

“你为什么要这么做？”神父问，“你也知道，这是你的大力士好友们的保险箱。这些钱是用来资助大力士公会的寡妇和孤儿，以及大力士们的丧葬费用……还有，装饰你的母亲——圣母雕像，日夜照亮神殿用的蜡烛……花的也是这笔钱！你为什么要这么做呢？亚诺……”

亚诺一看到神父在场，情绪马上冷静不少，但是，神父在说些什么呀？啊……大力士们的保险箱！那个小偷！那个小偷一拳将他打昏了，可是，后来又发生了什么事？他眨着眼睛环顾四周……那群卫兵后面，好多张熟悉的面孔盯着他，他们都在等着他的答复。他认出老雷蒙以及雷蒙小子，还有老贝、老赵和老卓，大伙儿都踮着脚尖探头望着他，他还看见了老赛父子、巴斯提亚，以及许多他曾经喂他们喝过水，并且一起分享远征克雷瑟城堡这个难忘体验的伙伴们。他们都在指责他！一定是这样！

“我……我没有……”他一开口就结结巴巴的。

那位官员在他眼前晃了晃葛劳的钱袋，亚诺惊愕地摸摸腰际。他刻意没把这袋钱藏在草席下，就怕男爵夫人派人去家里搜查，然后把责任都推到卓安身上……可恶的葛劳！可恶的钱袋！

“你在找这个吧？”官员质问他。

那群大力士开始交头接耳。

“不是我！神父……”亚诺为自己辩解。

那位官员突然纵声大笑，旁边的卫兵们马上也跟着哈哈大笑起来。

“雷蒙，真的不是我！我可以向你发誓……”亚诺直视着大力士老友。

“既然这样，你三更半夜在这里做什么？你为什么想逃跑？为什么涂了满脸的烂泥巴？”

亚诺摸摸自己的脸，烂泥早已干裂。

那个钱袋！官员拿着那袋钱在他面前掂了掂。这时候，越来越多的大力士陆续来到教堂，大伙儿低声聊着保险箱遭窃的事。亚诺凝视着那个钱袋。该死的钱袋！接着，他径自对神父说：

“有个男人半夜在这里……”他告诉神父，“我想抓住他，可是没办法，他实在太强壮了！”

官员的狂笑声震天响，在回廊里荡了好一会儿。

“亚诺，”神父提出要求，“快回答官员刚刚问你的话！”

“我……我不能啊！”此话一出，现场一阵骚动。

艾柏神父只是默默注视着亚诺。这样的说辞，他已经听过多少次了？拒绝坦承自身罪过的教友何其多？“我不能……”他们总是满脸惊恐地这样说，“如果被人知道了……”神父心想：“的确，万一让人知道自己偷窃、通奸或亵渎神明，恐怕难逃被捕的下场，因此，他们总是坚持自己的清白，甚至对天发誓。”

“你可以私下告诉我吗？”神父问他。

亚诺点头同意，于是，神父示意要他进去圣体神殿。

“各位在这里等着。”神父对大家宣布。

“既然事关大力士的保险箱……”卫兵队后方忽然有人出声，“那就应该有个大力士在场才对。”

艾柏神父看着亚诺，点头表示赞同。

“老雷蒙可以吗？”神父提议。

亚诺欣然同意，于是三人一起进了神殿。在那里，亚诺把藏在心里的话一五一十地说了出来。他谈到马夫托马斯故意陷害他的事、父亲找不到工作的经过，还有葛劳的钱袋、男爵夫人交代的工作、街头暴乱、绞刑处决、纵火烧尸……以及深夜的街头逃亡、偷窃保险箱的恶贼、捉贼不成却被打昏的自己。他很恐惧，就怕大家知道那是葛劳的钱袋，也很担心自己会因为放火焚烧父亲的遗体而被捕。

亚诺讲了很久。无从描述那个将他打昏的男人，实在太暗了，他这样告诉神父和老雷蒙，不过，他可以确定的是，那个男人身形高大魁梧。最后，神父和大力士对望了半晌；他们相信这孩子的话句句属实，只是……该如何向神殿外那些已经怨声不断的人群解释，真的不是他偷的？神父凝视着圣母像，再看了看被撬开的保险箱，接着走出神殿。

“我相信这个孩子说的都是实话。”他向聚集在后殿的那群大力士宣布，“我相信他没偷保险箱里的钱；不只如此，他甚至还试图抓贼。”

老雷蒙跟在神父后面，频频点头附和。

“既然这样，“官员反问，“他为什么不能回答我的问题？”

“我知道他的理由。”老雷蒙边说边点头，“理由充分，非常有说服力。如果有人不相信我，可以大声说出来！”没有人吭声。

“现在，请问三位公会代表在哪里？”三位大力士立刻上前站在艾柏神父面前。“你们各有一把保险箱的钥匙，对不对？”三位代表点头。“你们愿意发誓，每次三人一起打开保险箱时，确实都如公会组织规定，有十位会员在场监看？”三位代表当场大声发誓，语气一如神父刚才的问话。“那么，你们可以发誓，最后一次记账时，保险箱里的钱币和账目是符合的？”三位代表再次发誓。“还有你，官员大人，你可以发誓这是男孩带在身上的钱袋吗？”官员点头同意。“你可以发誓，钱袋里现在的钱币数目和你刚刚拿到的时候是一样的吗？”

“你简直就是在侮辱阿方索国王的官员！”

“你到底要不要发誓？”神父对他大吼。

这时，几位大力士走到官员面前，他们用锐利的眼神向他索讨答复。

“我发誓……”

“很好！”艾柏神父继续说，“现在，我去把账簿拿来。如果这孩子真的是窃贼的话，他袋子里的钱币数目应该会跟最后一次记账时一样，或是更多。如果袋子里的钱币数目更少的话，那么，大家就应该相信他。”

大力士们纷纷点头同意。大伙儿以宽容的眼神看着亚诺，在场的人都喝过亚诺的皮囊里装的沁凉清水。

艾柏神父将神殿的钥匙交给老雷蒙，要他去把铁栅栏锁上，接着，神父走回他的卧房去取账簿；根据大力士公会的规定，账簿必须由第三者保存。就他记忆所及，保险箱里的钱币数目应该不会跟葛劳用来给犯人买粮食的钱一样；保险箱里钱币数目大多了！“这个办法应该万无一失了。”神父面带微笑暗想。

艾柏神父回房取账簿的同时，老雷蒙也遵照指示去把神殿铁栅栏锁上。上锁之前，他发现神殿里面有个闪闪发亮的东西，于是他走过去查看了一番，却一直没去碰它。这个发现，他决定暂时放在心上。锁上铁栅栏之后，老雷蒙默默走回人群，静候神父返回教堂。

老雷蒙对另外三位大力士轻声耳语了一会儿，此后四人就在神不知鬼不觉的情况下离开了教堂。

“根据我手上这本账簿，”神父举起账簿，示意三位大力士代表查证账面上的数字，“保险箱里原本存放着七十四元五角。现在，你们数一数袋子里有多少钱。”神父正色要求官员。

打开钱袋之前，官员一个劲儿地摇头。那个袋子里不可能会有七十四元的！

“这里有十三元。”官员公布数目，“可是……”他忍不住愤慨地吼，“这孩子说不定还有其他同伙把钱拿走了啊！”

“如果是这样……那个同伙为什么不干脆把钱都拿走，偏偏留下十三元给亚诺呢？”有位大力士提出质疑，其他大力士纷纷点头。

官员怒视着那群大力士。或许是冲动和紧张作祟，他竟也顾不得自己高高在上的官员立场了，想提出反驳……只是，那又能怎么样？这时候根本没人理会他说些什么，一群大力士已经围在亚诺身边，或是拍拍他的肩膀，或是摸着他的头。

“如果不是这孩子偷的，那是谁偷的呢？”官员大声问道。

“我想我知道钱是谁偷的！”老雷蒙在主祭坛后面这样回答他。

老雷蒙后面还跟着另外两个大力士，他们用力抓着一个身材壮硕的男子。

“一定是他偷的！”人群里有人这样说。

“就是他！就是他！”亚诺大声惊呼。

这个马约卡佬一直是个备受争议的大力士，直到公会代表们发现他居然养了个姘妇，终于将他开除。任何大力士都不得触及婚姻之外的男女关系，大力士们的伴侣也一样。若是违反这个规定，一律逐出大力士公会。

“你这个小鬼在胡说些什么？”马约卡佬大声叫嚷着。

“他指控你偷了大力士们的保险箱。”艾柏神父挺身回应他。

“他骗人！”

神父瞥了老雷蒙一眼，老雷蒙微微点头。

“我也要指控你！”老雷蒙拉大嗓门宣布，手指着马约卡佬。

“你说谎！”

“你到底是不是清白的，我们用圣克雷斯修院的热锅炉测试看看就知道了。”

根据《教会和平法》[1]规定，若是有人被怀疑在教堂里犯下罪行，可以借由一大锅滚烫的热水证明自己的清白。

马约卡佬吓得面色惨白。两位官员和一群卫兵则莫名其妙地盯着神父，但是神父示意要他们别插嘴。有时候，搬出热锅炉测试法未必见效，有些神父甚至会把嫌疑犯带到一锅滚水前……

艾柏神父眯着眼斜睨马约卡佬。

“如果那孩子真的对我说谎，那么，你一定可以忍受滚烫的热水淋过你的双臂和双腿，证明你真的没有偷钱。”

“我是清白的！”马约卡佬气急败坏地大喊。

1.《教会和平法》（Paz y Tregua），11世纪时，加泰罗尼亚教会为抗衡封建贵族宰制农民的权利而制定的规则。

“我已经说过了，你可以证明你的清白。”神父说。

“如果你真的是清白的……”老雷蒙接着说，“你倒是可以好好向大家解释一下，为什么你的短剑会在神殿里？”

马约卡佬猛地转头盯着老雷蒙。

“这……这一定是陷阱！”他慌张地回答，“有人把短剑放在那里，故意要陷害我。就是那个小鬼！一定是他！”

艾柏神父又去打开圣体神殿的铁栅栏，回来时手上多了一支短剑。

“这是你的短剑吧？”他凑在马约卡佬面前，冷冷地问。

“不……不是！”

这时候，公会代表们以及另外几位大力士凑在神父身旁，他们接过短剑，仔细查看一番。

“没错！这是他的短剑。”其中一位代表语气坚定地表示。

六年前，沿海区冲突事件时有所闻，因此，阿方索国王下令禁止大力士以及一般老百姓携带弯刀或类似的武器上工。唯一可使用的是已经变钝的短剑。然而，马约卡佬偏要违抗国王的命令，把他的短剑磨得锋利晶亮，而且到处向人炫耀。后来，公会代表出面警告他，再这样嚣张下去，就把他逐出大力士公会，他这才渐渐停止磨刀。

“骗子！”有个大力士突然高喊。

“小偷！”另一个随即呼应。

“有人偷了我的短剑，故意栽赃！”马约卡佬继续狡辩，使尽蛮力想要挣脱。

这时候，先前与老雷蒙一起悄悄离开教堂的另一位大力士终于出现了。他去了马约卡佬的家里，并且搜出遭窃的钱币。

“钱都在这里！”他将钱袋交给神父，接着，神父再转交给官员。

“正好七十四元五角。”官员立刻清点了钱币数目。

就在官员忙着算钱的时候，一群大力士已经过来将马约卡佬团团围住。这些大力士中从来没有人拥有过这么大一笔钱。因此，钱币清点完毕的那一刹那，这群虎视眈眈的大力士立刻往窃贼身上扑去。咒骂、毒打、脚踹、吐口水……卫兵们袖手旁观，官员也一脸漠然地看着艾柏神父。

“这是上帝的居所啊！”神父大喊，试图制止那群拳打脚踢的大力士，“这里是上帝的居所……”他不断地喊着，费了好大一番功夫，终于挤到已经倒地缩成一团的马约卡佬旁边，“这个人的确是小偷，是坏人……但是，他还是应该接受法律的制裁。你们不能这样目无法纪，居然在这里打人……把他带到主教那里去！”神父指示那位官员立即行动。

就在神父交代官员的同时，有人趁机又踹了马约卡佬一脚。当卫兵正要把他带走时，许多人忍不住再朝他身上吐口水泄愤。

那群卫兵终于押着马约卡佬离开海上圣母教堂，这时候，所有大力士都满面笑容地围在亚诺身边，并且向他道歉。闲聊一会儿之后，大力士们各自回家。最后，再度敞开的圣体神殿内，只剩下艾柏神父、亚诺、三位公会代表，以及十名证人。

神父把钱币放回保险箱内，并在账簿里记下了这天晚上发生的窃盗事件。天色已亮，他派人去找锁匠打造三把新的大锁；他们必须守在这里，直到保险箱再度上锁才能离开。

艾柏神父搂着亚诺。这时候他才想起，这孩子曾经坐在被吊死的柏纳尸体下面……他的脑海闪过熊熊烈火的景象。唉！他还是个孩子。神父凝视着圣母雕像。“如果不是这孩子去放火，柏纳的遗体恐怕就要在城门上腐烂生蛆了……”他在心里对圣母说道，“唉！如今都无所谓了。倒是这个孩子，无依无靠，一无所有；没有父亲，也没有一份可以糊口的差事……”

“我认为……”他当下做出决定，“你们应该让亚诺加入大力士公会。”

老雷蒙脸上泛起笑容。纷扰落幕之后，他和神父一样，脑子里想的也是亚诺的不幸遭遇。不过，在场的其他大力士，包括亚诺自己，全都惊讶地看着神父。

“他还是个孩子。”有位代表说。

“他太瘦弱了！这样怎么背得动重物或大石块呢？”另一位代表提出疑问。

“他的年纪太小啦！”第三位代表这样说。

亚诺看着大家，大眼睛眨个不停。

“你们说的都没错。”神父回答，“但是，即使他这么瘦弱，年纪这么小，为了捍卫你们的钱，他还是勇敢挺身而出啊！要不是他，保险箱早就空了。”

大力士静静看着亚诺。

“我想我们可以试试看……”老雷蒙终于提出他的看法，“如果不适合……”

有人点头赞成。

“好吧！就这样决定了。”其中一位代表作出结论，他看了看另外两位代表，他们也同意这个做法。“我们就让他试试看吧！接下来的三个月里，如果他的工作表现符合要求的话，我们就让他成为正式的大力士。到时候会按工计酬。这个你拿去……”他把马约卡佬的短剑递给亚诺，“这就是你的大力士短剑了。神父，请你记录一下短剑移交一事，免得这孩子以后碰到不必要的麻烦。”

亚诺感到神父正紧紧抓着他的肩头。他一时不知道该说什么才好，只能以笑容感谢大力士们。他……是个大力士了。多么希望父亲能看到这一幕呀！

018

那个人是谁？你认识他吗？孩子……

广场上依然充斥着卫兵们急忙慌乱的脚步声，他们在亚诺后面追赶着，不断地高声命令他停下，然而，卓安根本听不见那些嘈杂声，他耳里只有柏纳的尸体烧起来的劈啪声。

夜班巡官已经来到绞刑台旁，他使劲地摇晃着卓安，一次又一次问他："你认识他吗？"

但是，卓安的双眼始终直视着前方，那个曾经对他慷慨施予父爱的人变成了巨型火炬。

巡官还是不放过他，直到卓安总算转过头来，两眼空茫地望着他，两排牙齿打颤得厉害。

"他是谁？为什么要放火烧了你父亲？"

卓安充耳不闻，全身颤抖起来。

"这孩子是哑巴。"不久前才帮忙亚诺逃离现场，并及时将惊吓过度的卓安从蔓延的火舌中拉开的妇人，此时再度挺身而出。"换了是我，我有这份胆量做同样的事吗？"她暗想，"我也不希望丈夫的遗体就这样吊在城墙上渐渐腐烂，被成群的饥饿禽鸟贪婪地啄食……"没错，那个孩子勇敢地做了在场家属都想做的事，至于那位巡官……他是夜间巡官，不知道亚诺才是死者的儿子，他始终认定这个坐在绞刑台前的孩子才是儿子。妇人上前抱住卓安，温柔地哄着他。

"我一定要查清楚，放火的人到底是谁。"巡官正色说道。

说完，巡官和一旁待命的卫兵同时抬头看着柏纳的尸体。

"查清楚了又怎么样？"妇人喃喃低语，此时，她发现卓安不住地抽搐着，"这孩子吓坏了，也饿坏了！"

卫兵闭上眼睛，心有不忍，然后幽幽地点了点头。又是饥饿！他自己曾经痛失稚龄幼儿：孩子日益消瘦，后来发了高烧，就这样结束了短暂的生命。当时，他的妻子就像眼前的妇人一样，温柔慈爱地搂着孩子……他只能看着无助又无奈的母子，母亲泪流满面，虚弱的稚儿缩在母亲怀里，一如眼前的景象。

“把这孩子带回家去吧！”巡官对妇人说。

“饥饿！又是饥饿！”巡官又一次抬头望着延烧中的柏纳，“可恶的热那亚人！”

巴塞罗那已是拂晓时分。

“卓安！”亚诺一进门就扯着嗓子大喊。

坐在一楼火炉边的贝雷和玛丽欧娜比了个手势要他别出声。

“他在睡觉。”玛丽欧娜告诉他。

广场上那位妇人把卓安送回家，并讲了事情经过。两位老人家细心照顾着受惊挨饿的卓安，终于把他哄睡了。老两口坐在火炉边休息。

“这两个孩子将来怎么办呀？”玛丽欧娜问了身旁的丈夫，“柏纳不在了，那孩子恐怕也没办法在马厩干活了吧？”

“但我们也养不起这两个孩子呀！”贝雷心想。他实在没有能力让他们免费吃住。当贝雷见到亚诺炯亮的眼神时，心里不免纳闷。父亲才刚被绞死。那妇人告诉他们，这孩子居然放火焚尸呀！他这副神采究竟是怎么回事?

“我现在是个大力士了！”亚诺这样告诉他们，一边捧着前一晚的剩菜狼吞虎咽。

两个老人面面相觑，接着，两人望着背对着他们的亚诺，他直接捧着锅子大吃起来。这孩子简直是骨瘦如柴呀！粮食短缺饿坏了这孩子，也饿坏了整个巴塞罗那。如此清瘦的孩子，能扛得起什么东西呀?

“上帝保佑啊！”贝雷轻声说。

“你说什么？”亚诺回头问道，嘴里塞满了食物。

“没什么，孩子，我没说什么。”

“嗯……我得走了。”亚诺随手拿起一片干硬的面包往嘴里塞。两个老人本想问他广场上发生的事情，却又不忍坏了他高昂的兴致；亚诺正打算去和新同事们会合。还是就此打住吧！

“卓安醒来的时候，麻烦你们告诉他这件事。”

每年的航运季节从四月开始，到十月结束。在这段时间，众多的大型船只陆续进出港口，没有任何船东、老板或船长愿意在险峻的巴塞罗那港多停留一刻。

亚诺与大力士们会合之前，独自伫立在海边，远眺着前方的无际汪洋。他经常在这里看海，过去与父亲一同来海边时，他总是站在父亲前方好几步之外的位置。这一天，他看海的视野已经不同以往：他要为父亲而活！港口边停靠了数不清的小渔船，此外，还有几艘刚入港的大型船舰，以及由六艘巨型帆船组成的海上舰队，整个舰队共有二百六十艘小艇，而每艘帆船上各有二十六名负责划桨的橹工。

亚诺对这个舰队早有耳闻，这个舰队由巴塞罗那出资成立，旨在协助国王对抗热那亚舰队的攻击，舰队的总指挥是巴塞罗那王国第四位部长贾席瑞·马盖特。唯有击溃热那亚军队，才能疏通王国的商业与粮食运输管道；因此，巴塞罗那王国决定大力协助阿方索国王。

“你该不会是想打退堂鼓吧？孩子……”有人在亚诺背后说。他回头一看，原来是大力士公会其中一位代表。“走吧！”公会代表示意他往前走到大力士们会合之处。

亚诺跟在他后面。到了会合处，所有大力士都满面笑容地迎接他。

“亚诺，这个和倒水给我们喝可不一样啊！”有位大力士这么说，在场的人全都哈哈大笑起来。

“这个你拿去。”雷蒙递给他一样东西，“这是我们能找到的最小尺寸了。”

亚诺小心翼翼地接过挽具。

“千万别弄坏了！”有位大力士看到亚诺像是捧着宝贝似的，忍不住又逗弄他。

“当然不会！”亚诺笑嘻嘻地看着那位大力士，心想：“我怎么可能会弄坏它呢？”他把挽具挂上颈背，由套在额头上的皮带支撑着，他脸上又漾起笑容。

雷蒙上前帮他把垫子调整到正确的位置。

“好了！”雷蒙在他肩上拍了一下，“现在只要再长个茧就更像样了。”

“什么茧啊？”亚诺刚想问个清楚，但是几位公会代表正好在这时候回来了，大家的注意力随即转移到他们身上。

“他们并没有达成共识。”其中一位代表向大家解释。所有的大力士，包括亚诺在内，大家望着海岸不远处，几位衣着讲究的大人物还在争论不休。“马盖特要求舰队应该先装货；但是，几位商人坚持，刚刚进港的两艘商船必须先卸货。我们只好继续等了。”公会代表宣布。

大伙儿低声叨念着，只好坐在沙滩上耐心等候。亚诺挨着雷蒙坐下来，挽具依然套在额头上。

“可别把它弄坏了啊！亚诺。”雷蒙指着挽具，“还有，别让沙子跑进去，免得你搬货的时候弄得你难受啊！”

“雷蒙，到底出了什么问题啊？”亚诺好奇地问，“谁先装货、卸货，有什么大不了的？”

“问题是，没有人愿意在巴塞罗那港多停留片刻啊！万一刮起暴风雨，船只在风雨中飘摇，难免会遭受重创。”

亚诺扫视了整个港口区，接着，他的视线停留在那群衣冠楚楚的大人物身上，他们仍旧你来我往地吵个不停。

“这个应该由官员来决定呀！不是吗？”

雷蒙噗嗤一笑，伸手去拢了拢亚诺的头发。

“在巴塞罗那，商人最大！皇家舰队还是他们资助的。”

后来，争论平息，双方终于达成协议：大力士们先进城去搬运舰队的军火武器，在此同时，港口的船工们则开始将商船上的货物搬下船。大力士们必须在船工将货物搬运到海滩之前回到港口，这些货物将存放在可靠安全的地方，由大盘商负责批发给其他小商人。接着，船工们将军火武器搬上船，大力士们则继续进城搬运，顺便还要通知城里的盘商到港口来取货。就这样，舰队装货、商船卸货，双方同时进行。接下来的货物批发就是盘商的事情了，除非大力士们还有多出来的时间，他们才会回港口搬运货物。

协议达成之后，港口所有工人立刻行动。成群的大力士则往城里的市立仓库前进，海上舰队的军火就存放在那儿，舰队的所有船员，包括橹工在内，每个人都配备了武器，而船工们则前往刚靠岸的商船卸货，由于码头没有地方存放货物，船工公会和商人公会只好找港务单位安排其他存放处。

卸货用的三角帆小船、舢舨或小艇上，成员通常有三至四人：船工、商会职员，以及奴隶或支领薪资的自由老百姓。圣贝雷的船工公会是城里历史最悠久，也是最富有的船工公会，他们派遣奴隶卸货，但依照公会规定，一艘船上的奴隶数量不能超过两名；才成立不久的圣母玛丽亚公会，财力不及圣贝雷雄厚，多半雇用支薪的自由老百姓。但无论如何，进行货物的装船和卸货时，一旦小艇上载满了货物，过程就会变得格外缓慢且敏感，即使风平浪静时也一样，因为船工们必须对商人保证商品完好无缺，货品数量不能减少，万一有任何差错，贫穷的船工们付不出巨额赔偿，最后只会落得坐牢的下场。

一旦暴风雨侵袭巴塞罗那港，情况又变得更复杂了，不只对船工如此，所有参与海洋运输事业的人都会受影响。首先，船工们可以拒绝在暴风雨中装卸货物——这是风平浪静时他们绝对无法提出的要求，除非有船工自愿上工，但船东必须提供特别优厚的工资才行。然而，暴风雨来袭时，遭受最严重威胁的当属船东、船长，甚至包括船员们。为了应对灾情造成的重大损失，这些人不得在完全卸货之前下船，如果船东与其公证人偷偷下船被人发现了，他们必须再回到船上去。

因此，当船工们开始进行第一艘商船的卸货时，大力士们分批由公会代表带队，将城里的舰队军火和物资搬运到海滩上。亚诺被分派到雷蒙那一组，带队的代表特别对雷蒙使了个眼色，要他关照这个初次上工的孩子。

这群大力士沿着海岸往前走到佛蒙特谷仓门廊前，门口有大批国王军队驻守。亚诺刻意躲在雷蒙身后，但是卫兵们一眼就看见这个置身一群彪形大汉间的瘦小男孩。

“这孩子搬得动什么东西啊？”卫兵嘻皮笑脸地指着他问。

亚诺发现所有卫兵都盯着他看，胃部猛地纠了一下，甚至越来越畏缩了。但是，雷蒙却抓着他的肩膀，将挽具套在他额头上，同样以玩笑的口吻回应卫兵。

“这孩子该干活啦！”雷蒙大声说，“他已经十四岁了，也该挣钱贴补家用了。”

几位卫兵频频点头赞同，随即让他们一行人通关。从卫兵前面走过时，亚诺还是把头垂得低低的。进入佛蒙特谷仓门廊，霎时，一股浓郁的谷物味道扑鼻而来。窗口钻进来的阳光，映照着撒落一地的厚厚一层谷物粉末。果然，才一会儿工夫，亚诺和其他大力士们就被呛得咳声连连。

“热那亚人开战之前，”雷蒙举起手来指着谷仓四周，接着说，“这里可是堆满了谷物豆类。可是现在呀……”

亚诺突然惊觉，谷仓里有好多葛劳工场制造的大型陶瓮，一层又一层地叠放在墙边。

“开始干活吧！”带队的公会代表大声宣布。

谷仓的负责人拿着条列货物的羊皮纸清单，开始对着大型陶瓮指指点点。“我们怎么可能搬得动这一堆装满谷物的陶瓮啊？”亚诺暗想。一个人不可能搬运这么重的东西呀！大力士们以两人为一组，他们将陶瓮以粗绳捆绑之后，再以一根粗木桩穿过粗绳缝隙，借由旁人的协助，慢慢挑起沉重的陶瓮，一步步开始往海岸前进。谷物粉尘又是漫空飘扬，亚诺忍不住又咳起来。终于轮到他取货了，此时，他听见雷蒙说了一句：“让那孩子背最小包的，就让他背盐巴吧！”

谷仓负责人瞅了亚诺一眼，摇摇头，一副不以为然的模样。

“盐巴很昂贵。大力士……”他往雷蒙的方向大喊，“万一这陶瓮摔破了……”

“给他盐巴！”

盛装谷物豆类的陶瓮大约有一米高，而亚诺背的盐罐还不到半米。不过，当雷蒙帮他把盐罐放到背上时，亚诺发现自己的膝盖在发抖！

站在他身后的雷蒙，双手紧紧抓着他的肩膀。

“现在就是你表现能力的时候了！”雷蒙在他耳边轻声说。

亚诺驼着身子上路了，双手紧抓着陶瓮的提耳，头部用力向前挺着，挽具的皮带紧紧勒在前额。

雷蒙看着他全身颤抖着上路，艰难的步履，谨慎而缓慢。谷仓负责人一见这景象，又是一阵猛摇头，卫兵们则默默目视着这群驮负重物的大力士缓步离去。

“这一切都是为了你，父亲！”亚诺咬着牙说。烈日将他的脸晒得滚烫，而身上的重量仿佛要将他劈成两半！“父亲，你看见了没？我已经不是小孩子了……”

雷蒙和其他大力士肩挑装满谷物的陶瓮，紧跟在亚诺后面，他们的眼睛直盯着男孩的双脚不放，大伙儿看了心里都难受。亚诺的双脚始终颤抖着，雷蒙难过地闭上了双眼。“你还被吊在那里吗？”柏纳的尸体被高高吊起的景象，突然出现在亚诺眼前，“任何人都不能羞辱你！尤其是那个巫婆，还有她那几个继子继女。”他奋力挺直了身子，重新迈开步伐向前走。

总算熬到了海滩。雷蒙在他身后露出满足的笑容。所有大力士默默不语。亚诺尚未走到岸边，船工们已经先过来接收盐罐。他迟疑了片刻才让船工们卸下身上的陶瓮。“你看见了吗？父亲……”他望着远方天际喃喃低语。

已经卸下陶瓮的雷蒙在他背上轻拍了几下。

“再来一趟吧？”亚诺神情严肃地问。

他后来又搬了两趟。当亚诺驮着第三个陶瓮抵达海边时，担任公会代表的尤森来到他身旁。

“孩子，今天就到此为止吧！”

“我还可以继续搬的！”亚诺坚称，却得强忍着背部剧烈的疼痛。

“不行！你不能再搬了，我也不能让你流着鲜血走在巴塞罗那大街上，就像一头受伤的牲畜似的……”尤森指着他腋下的丝丝血迹，疼惜的语气就像个父亲。亚诺伸手往背部一摸，果然看到手上沾了血。“我们不是奴隶，我们是自由的人民，自由的工人，人们就该看到我们真实的一面。你不必担心流血这件事……”尤森瞥见亚诺脸上尴尬的神情，继续开导他，“我们当初也是这样！大家都碰过这样一个阻挡我们继续搬运的人。你那脖子后面和背部的伤口，一定要等到结痂长茧才行，不需要太久，顶多几天的时间罢了。你放心，接下来，我可不会让你偷懒的！”尤森递给他一个小瓶子，“回去把伤口清洗干净，然后涂上这个药膏，可以让伤口尽快愈合。”

听了公会代表的话，亚诺的压力顿时消失。这一天，他已经不需要再搬货了。然而，强烈的疼痛和疲惫，加上前一晚熬夜……亚诺只觉得四肢无力。轻声说了几句简单的道别话语之后，亚诺拖着蹒跚步履回家。卓安在门口等他。他在这里等了多久？

“你知道我现在是个大力士了吗？”亚诺问他。

卓安频频点头。他早知道的。他亲眼看着哥哥搬运最后那两趟，咬牙、握拳，踩着始终颤抖的双脚一步步往目的地走去。他不停地祷告，只求哥哥不要倒下，如今看到哥哥沾满血迹的脸庞，他难过得泪如雨下。卓安偷偷擦干眼泪，张开双臂迎接刚到家的哥哥。亚诺浑身无力地跌进弟弟怀里。

“你得帮我在背上涂抹这个药膏。”卓安陪着上楼时，亚诺忽然想起这件事。

除此之外，他已经无法再多说什么。进入房里，他在草席上躺下，双臂一张，两脚一伸，才几秒钟光景，他已经呼呼大睡。卓安怕吵醒他，小心翼翼地用玛丽欧娜提上来的温水替他清理伤口和背部，替他上药。这药膏味道格外浓烈呛鼻，一抹上伤口，亚诺焦躁地翻动了几下，但是并未因此而醒来。

这一夜，辗转难眠的是卓安。他坐在旁边，聆听着哥哥的呼吸声，直到哥哥的气息平稳了，他才慢慢合上眼睛，但是哥哥只要稍微挪动一下身子，他会立刻惊醒。“现在，我们俩该怎么办呢？”卓安反复思考着。他和贝雷以及玛丽欧娜谈过了，亚诺去当大力士挣来的钱，根本不足以支付两人的生活费用。他该怎么办才好?

“去上学！”隔天早上，亚诺发现卓安居然还在家里帮玛丽欧娜做家事，立即正色命令他出门上学。

亚诺前一天想过了：一切应当如常，就像父亲仍在世的时候那样。

玛丽欧娜感到宽慰，微笑着看向兄弟俩。然而，老先生却神情严肃地看了他一眼。唉！他们要如何应付四个人的生活开销呢？玛丽欧娜依旧笑容满面，贝雷却拼命摇头，仿佛想借此驱散妻子的天真无知。

卓安跑着出门了。弟弟的身影消失后，亚诺试着伸展筋骨。可是，他身上连一小块肌肉都动弹不得；身体完全僵硬，难以忍受的刺痛从双脚往上延伸到颈部。不过，他一试再试，年轻的身体终于有了反应，接着，他几口就吃完仅有的一点当早餐的食物，然后顶着阳光上工去了。他面带微笑望着眼前的海岸与汪洋，以及仍然停靠在港口的海上舰队。

雷蒙和尤森先检查了他的背部。

“今天搬一趟就好！”尤森告诉雷蒙，“然后就去神殿。”

亚诺拉下身上的衬衫，转过头去看着雷蒙。

“你已经听见了。”雷蒙对他说。

“可是……”

“听话！亚诺，该怎么做，尤森最清楚不过了。”

的确，尤森早就看出问题了。亚诺才扛上陶瓮不久，伤口就开始流血。

“反正已经流血了，”雷蒙帮他把陶瓮卸下时，亚诺振振有词，“多流几次血有什么关系？”

“结痂长茧，亚诺，一定要等到结痂长茧才行！这不是背部痛不痛或流多少血的问题，而是你非要等到伤口结痂长茧才可以。现在，你回去梳洗干净，抹上药膏，然后到神殿去吧！”亚诺还想争辩，“那可是我们的神殿，也是你的神殿啊！亚诺，一定要认真打扫整理才对。”

“孩子呀……”与雷蒙一起搬运货物的另一位大力士在一旁帮腔，“这座神殿对我们的意义何其重大！我们只不过是港口的搬运工，但是，沿海区却让我们拥有这座贵族和其他有钱的公会都没有的珍贵宝物，那就是圣体神殿，以及海上圣母教堂的钥匙。这样你了解了吧？”亚诺若有所思地点着头，“只有我们大力士才能打理这座神殿。对我们来说，这是无上的光荣啊！你放心，将来搬货、卸货的时间多得是。”

玛丽欧娜帮他处理了伤口，抹上药膏，接着，亚诺直奔圣母教堂。到了教堂，他先去找艾柏神父拿神殿的钥匙，然而，神父却要求他一同先去墓园。

“今天早上，我已经将你父亲下葬了。”神父指着墓园对他说。亚诺看着神父的眼神里尽是疑惑，“我没有通知你，就怕会有卫兵来监视。总督大人决定不让老百姓看到你父亲焦黑的尸体，他怕大家以后会有样学样。我倒是没花多少时间就说服他让我葬了你父亲。”

接着，两人沉默不语地站在墓园前好一阵子。

“我让你一个人独处一会儿吧？”神父后来开口问他。

“我必须去打扫大力士们的神殿。”亚诺边说边擦拭眼泪。

接下来的几天，亚诺每天只搬一趟，然后就去神殿。海上舰队已经出航，商船载运的都是常见的货物：布料、珊瑚、香料、铜、蜡，等等。有一天，亚诺发现自己的背部已经不流血了。尤森检查了他的伤口，确实已经愈合，于是亚诺可以继续搬运大包布料，一路对着所有与他擦身而过的大力士开怀地笑。

不久后，他领到了当大力士的第一份工资。比起他以前在葛劳的马厩里挣的钱只多了一点，他打算把领到的工资全部交给贝雷，另外还从柏纳留下的钱袋里掏出一些钱补上。“这样还是不够！”亚诺数了钱之后，心里这样想着。柏纳以前付的房租比这个数目多上许多。亚诺再把钱袋打开。这个越来越轻的钱袋，恐怕没多久就要见底了。亚诺一手伸进钱袋里，尴尬地看着老房东。贝雷紧抿着双唇。

“等我可以搬运更多货物时……”亚诺告诉他，“我就能挣比较多钱了。”

“这还得等好久。亚诺，你自己也知道，再这样下去，你父亲那个钱袋很快就空了。你也知道，这房子不是我的……不，不是，真的不是我的！”看到亚诺满脸惊讶，贝雷再三澄清，“其实城里大部分的房子都归教会所有，财产所有人是主教或是其他教会高层；我们这些人只是具备永久租借权，每年必须缴上一笔租金。你也很清楚，我平时做点零工赚不了什么钱，大部分年租都得靠收来的租金支付。如果你付不出足够的房租，那我实在……你了解我的意思吗？”

“既然是自由的老百姓，为什么还要像佃农租地耕种那样，被房子绑得死死的？”亚诺不解地摇头问道。

“我们并没有被绑得死死的呀！”贝雷澄清。

“但是，我听说这些房子都是父传子、子传孙，有人甚至还把房子卖了！这我就不懂了……这些人既不是屋主，也不是房奴，究竟是怎么回事？”

“道理很简单的，亚诺。教会非常富有，拥有大批土地和财产，但是教会法则明文规定，神职人员不得贩卖教会资产……”亚诺想插话，贝雷却比个手势要他别开口，“问题就出在国王任命的教会高层人士身上，都是他的好朋友，教宗也从来没有否决过国王任命的教会人事案……”贝雷话匣子一开，滔滔不绝，“这些国王的好朋友本来就等着拿些好处，但因为不能贩卖教会房产，所以就想出了永久租借权这个办法，借此嘲讽教会的规定。”

“所以，你们就跟房客一样。”亚诺说。

“不一样的。房客随时都可能被房东赶出门，永久租借者可就不一样了，只要缴得出租金，没有人能赶我们走的。”

“那你……你可以把房子卖掉吗？”

“可以。这种叫作次级永久租借权。贩卖房子的所得，必须缴纳一部分给主教，就是所谓的转租税，新的次级永久租借者享有和我一样的权利，将来也可以卖房子。不过，有一件事绝对禁止……”亚诺好奇的眼神正等着贝雷的解答，“那就是……房子绝对不可转卖给社会阶级比较高的人。我可以卖房子，就是不能卖给贵族。不过，我想也没有什么贵族会看上咱们这房子吧？你说是不是？”贝雷哈哈笑了起来。亚诺没跟着笑，于是贝雷赶紧收起笑容。两人就这么一言不发地僵在那儿。“所以呢……”过了半晌，贝雷打破僵局，“我必须缴纳年租，光是靠我平常的微薄收入，以及你能负担的房租，恐怕……”

“但是我们能怎么办呢？”亚诺想。以他那少得可怜的工资，什么样的房子也租不起，加上兄弟俩的三餐……不过说实在的，贝雷也没有义务扛起这个重担，老夫妇一向都对他们疼爱有加。

“你……你不用担心。”亚诺吞吞吐吐的，“我们另外找地方住，这样你就……”

“我和玛丽欧娜商量过了……”贝雷径自打断亚诺的话，“如果愿意，你跟卓安可以睡在火炉边……”亚诺的双眼睁得像两个铜板，眨个不停，“这么一来，我们就可以把房间租给别人，收了房租就可以用来缴纳年租。你们俩只要有两张睡觉的草席就够了。你觉得怎么样？”

亚诺的脸庞顿时神采飞扬，他的双唇颤抖着……

“那就这么说定了？”贝雷帮他解决了哽咽难言的窘况。

亚诺紧抿双唇，不断地用力点头。

“让我们为圣母奉献吧！”一位公会代表高声呐喊着。

亚诺的寒毛和双腿立刻竖立了起来。

那天，没有任何商船需要装货、卸货，放眼整个港口，只有寥寥几艘小渔船。和煦的春阳下，大力士们一如往常约在海岸会合。

自从航海季开始以来，大力士们一直苦于无机会空出一天为圣母玛丽亚奉献。

“让我们为圣母奉献！”一群大力士之中，有人大声呼应。亚诺定定地望着同事们，他们原本疲惫的脸庞，立即满是笑容。有人精神为之一振，双臂前后摆动着，一副准备要大展身手的模样。亚诺还记得当初在路旁倒水给大力士们饮用的情景，他们一个个佝偻着身子，咬着牙，吃力地驮着大石头。他有这份能耐吗？强烈的恐惧感使他全身肌肉紧绷；他想模仿其他大力士做点伸展暖身运动，于是手臂也开始前后晃动起来。

“这是你的第一次。”雷蒙上前恭喜他。亚诺没说话，双臂无力地垂挂在腰际。这位小小年纪的大力士，突然闭上了眼睛。“别担心，孩子！”雷蒙拍拍他的肩膀，并示意要他跟着大伙儿一起上路了，“只要心里想着，你在为圣母搬运大石头，其中一部分重量，她会帮你扛起来的。”

亚诺抬头看着雷蒙。

“真的！”面带微笑的雷蒙坚称，“你今天就会亲自体验这件事了。”

成群的大力士从城东的圣塔克莱拉修院出发，走过整个小区，穿越了城墙，然后登上蒙居克山上的皇家采石场。亚诺一路默默走着，每隔一段时间，他总觉得有其他大力士在盯着他看。沿海区和佛蒙特谷仓的门廊已经越来越远。经过天使泉时，亚诺看到一群捧着陶罐的妇女排队等着汲水，其中好多熟悉的面孔，当初他和卓安拿着皮囊去装水时，她们总是好心让兄弟俩插队排到前头。路人热心地向他们打招呼。有些孩子成群结队，又跑又跳，兴奋的尖叫声不断，面带崇拜的表情指着亚诺。大力士们继续往前走，经过船坞门廊，来到位于城西边界的弗拉梅诺斯修院，巴塞罗那城墙的尽头就在此地。城墙的外侧是三座新建的船坞，船坞外围着高墙，大力士们就从墙外小径慢慢上山到采石场。

不过，抵达采石场之前，他们必须先经过卡加莱。还没走近卡加莱，城市垃圾的恶臭早已弥漫四周。

“他们正在排放垃圾。”有人掩鼻说道。

大伙儿点头认同。

“没把垃圾排放出来的话，其实不会这么臭的！”有人补上一句。

卡加莱是城墙旁边那条水道口的贮水池，城里的垃圾和废水都囤积在这里。由于地形的关系，这里的废水始终无法排放到港口，形成一摊死水，后来有位官员决定疏通凿道，从此废水被排放到海中。不过，也就是从这时候开始，卡加莱传出的恶臭比以往有过之而无不及。

大力士们沿着贮水池旁的小路往前走，逐渐来到蒙居克山脚下。

上山前往采石场途中，亚诺默默回头远眺着巴塞罗那城。城市已经好远了，在那好远好远的地方。他怎么可能背着一块大石头走这么长的路？想到这里，他忽然两腿发软，回过神来，他赶紧快跑追上一路始终有说有笑的大力士们。

绕过一个弯道之后，皇家采石场终于出现在他们面前。亚诺惊讶得目瞪口呆！这里简直就像布拉特广场或是其他市场，只差穿梭其中的妇女！在那张大大的长桌后面，国王派来的官员忙着和前来采买石材的人们交涉。长桌旁停放了许多马车，一旁是尚未开凿的岩壁；四周其他岩壁则已经被挖凿得坑坑洞洞，已经切割的石块，在阳光下闪耀着细碎的光芒。不计其数的石匠冒着生命危险开凿大片岩壁，然后在长桌旁把它们切割成较小的尺寸。

大力士们一到采石场，立刻受到大家的热诚欢迎，几位公会代表直接去找官员交涉，其他大力士则忙着与人寒暄、热情拥抱、豪迈握手、畅快说笑，不一会儿，大伙儿干脆拎起水罐或酒罐，痛快地喝起来。

亚诺情不自禁地直盯着石匠们，还有一旁的工人们，随时要依照官员的吩咐将石材装上马车。这里就跟市场一样，人们讨价还价，等候时间久了也会烦躁发牢骚。

“你一定没想到采石场是这样的吧？”

亚诺回头一看，雷蒙正在大口喝水。

他一个劲儿地猛摇头。“这么多石头，都是给谁用的呀？”

“噢！”雷蒙故意惊呼一声，“其实啊……石头的需求很大。大教堂、毕伊广场的圣母教堂、圣塔安娜教堂，还有佩德拉贝斯修道院、皇家船坞、圣塔克莱拉修院、巴塞罗那城墙……所有正在建造或修建的建筑，都需要石材，这还不包括富豪和贵族建造的宅邸。现在已经不时兴木材或砖头啦！石材，大家都要石材！”

“那么，所有的石头都是国王给的吗？”

雷蒙一听，忍不住哈哈大笑起来。

“只有海上圣母教堂的石头才是，那是国王免费提供的。我想佩德拉贝斯修道院也是吧！因为那是皇后下令建造的。除此之外，其他人都得花钱买石材。”

“包括皇家船坞也是啊？”亚诺问，“既然是皇家的……”

雷蒙又是一阵呵呵笑。

“船坞的确是皇家的，”他答，“不过，建造所需的费用，并不是国王付的。”

“那是巴塞罗那城付的吗？”

“也不是。”

“商人付的？”

“也不是。”

“那是谁付的？”亚诺不解地看着雷蒙。

“付钱建造皇家船坞的是……”

“罪人！”有人突然接话，原来是大教堂的脚夫，亚诺以前曾经用皮囊喂他喝过水。

看到一脸惊愕的亚诺，雷蒙和这位脚夫更是乐不可支了。

“罪人？”

“是啊！”雷蒙继续说明缘由，“新建的几座船坞，所有费用都来自犯罪的商人缴纳的罚款。你听着……事情其实非常简单：自从十字军东征之后……咦，你知道十字军东征吧？”亚诺点头，心里想着：他怎么可能会不知道十字军东征呢？“好啦……圣城沦陷之后，教会下令禁止商人与埃及的苏丹通商，但是，我们的商人可不打算就这样乖乖守法，因为最好的商品都在埃及。因此，他们依旧和苏丹通商，但会先缴纳一笔罚款，缴了罚款之后，去埃及做买卖就没事了。后来，阿方索国王下令，这些商人缴纳的罚款，全数用来建造巴塞罗那船坞。”

亚诺本想接话，但是雷蒙比个手势制止了他。公会代表正在召唤他们，因此，他示意要亚诺一起跟上去。

“我们可以直接排在他们前面啊？”亚诺指着后面一大群脚夫。

“当然！”雷蒙边走边说，“我们不像他们需要这么多繁杂的手续，因为我们搬运的石头是免费的，计算数量的方式也很简单：一个大力士，一块大石头。”

“一个大力士，一块大石头。”亚诺自顾自地念着。此时，第一位大力士背着第一块大石头，正好从他身旁经过。他们已经来到石匠们切割石块的地方。亚诺凝视着刚刚擦身而过的大力士，他弓着身子驮负着大石头，全身紧绷着。亚诺面露笑容，然而，他发现所有同事的表情都已转为严肃，不再有人嘻笑玩闹，也没有人闲聊家常了，大家只是盯着地上那堆大石头，挽具早已套在额头上。对了，挽具！亚诺赶紧把它套上。排成一列的大力士，一个个从他身旁走过，他们一言不发，自动围在那堆大石头旁边。亚诺盯着那堆石头，吓得口水都吞完了，胃部也开始抽痛起来。这时候，有位大力士弯腰欠身，工人们抬起一块大石头往他背部一放，石头落在背上的那一刻，大力士的膝盖不停地颤抖着！硬撑了几秒钟之后，他慢慢挺直了身子，迈开步伐，走过亚诺身旁，开始往圣母教堂前进。天哪！那位大力士身材壮硕，块头至少是亚诺的三倍，连他都会双脚发抖，那么亚诺怎么可能……

“亚诺！”公会代表叫他，轮到最后一批要出发了。

现场只剩几位大力士了。雷蒙把他推上前去。

“加油！”雷蒙对他说。

三位公会代表与其中一位石匠交谈了片刻，只见石匠频频摇头。四个人对着一堆石头指指点点，指指这块，又点了那块，最后，四个人只能摇头叹息。亚诺伫立在石堆旁，很想吞口水，可惜喉咙早干了。他在发抖。不行！不能发抖！他搓搓双手，接着，双臂前后摆动着。他绝不能让大家看见他在发抖！

亚诺看到两名工人扛起大石块时，自动走上前去。他驼着背，全身肌肉紧绷。现场一片寂静。两位工人缓缓将石块放下，并帮忙拉着亚诺的双手去抓稳背上的石头。当石头重重压在背上时，亚诺的身子也被压得更低了，他的双脚颤抖着，牙齿咬得紧紧的，双眼用力紧闭。“挺起来！”他似乎听见旁边有人这样说。事实上，现场鸦雀无声，没有人开口说话，但是，看着亚诺颤抖的双腿，所有人都发出沉默的呐喊：挺起来！挺起来！亚诺终于扛着重担缓缓挺直了身子。大家总算松了口气。他能往前走吗？亚诺还在等着，双眼依然紧闭。我可以往前走吗？

他跨出第一步。大石块的重量迫使他踩稳第一步之后，才能继续跨出第二步。如果他停下来的话……如果他停下来，恐怕会整个人趴在地上。

雷蒙鼻头一酸，双手抹去眼角的泪水。

“加油啊！孩子……”有个还在排队等候的脚夫对他大喊。

“加油！小勇士！”

“你可以的！”

“为了圣母玛丽亚，你要加油啊！”

群众的呼喊在采石场的岩壁间回荡着，他们的激励，一路伴随着独自走回城里的亚诺。

然而，独自上路的亚诺并不孤独。比他晚出发的大力士们很快就超前赶过了他，他们从亚诺身旁经过时，总会刻意放慢脚步，就为了对他说些激励的话语，就为了替他加油！

但是亚诺什么话也没听进去。他甚至已经无法思考。他把全副心力放在步伐上：跨出一步，站稳了，再跨出下一步；忍着疼痛，一步接着一步往前走。

走到圣柏川船坞旁的庭园时，他停在那里，许久跨不出下一步。但是，所有大力士都熬过去了呀！这时候，他想起当初和卓安一起喂大力士们喝水时，他们都会找个地方顶住大石头，借此减轻一点重量。于是，他找到了一棵橄榄树，低垂的树枝正好可以顶着他的大石头；如果石头落地，他是不可能再扛起来的。所以，他的双脚说什么也得挺住才行。

“当你停下来时，”雷蒙曾经教过他，“你的双脚务必要完全挺直，否则你就无法继续走了。”

重量虽然减轻了不少，亚诺依然继续活动着双腿。他大大喘了一口气，接着又喘了好多次。其中一部分重量，圣母会帮忙扛起来的，大力士们都是这样对他说的。上帝啊！如果这是真的，这块石头到底有多重啊？他压根儿不敢挪动背部一下。背部痛极了！全身都痛得不得了啊！他休息了好长一段时间。我可以再继续走吗？亚诺环顾四周，只有他孤独一人。大教堂的脚夫们根本不走这条路线，他们选择走别的路。

可以吗？他仰头望天。他聆听着周遭动静，一片静默，接着，他的双手扶着石块，一鼓作气站了起来，双脚向前迈开，一步又一步……

到了卡加莱，他又停下来休息了一会儿。就在这里，他碰见第一批出发的大力士们，已经在返回采石场的途中。没有人开口说话。大家止于彼此相望。亚诺再次咬紧牙根，抓稳背部的大石块。有些大力士看着他，默默点着头，但是没有任何人停下脚步。

“这是他的挑战！”当亚诺已经走远时，有位大力士说。“没错！他必须独自面对才行。”另一位大力士附和着。

经过城墙西端以及弗拉梅诺斯修院之后，亚诺陆续见到巴塞罗那的乡亲们。他们在一旁紧盯着他的双脚！他已经回到城里了！水手、渔夫、妇人、孩童、造船厂的工人、沿海区的木匠……大家默默看着这个驮负大石块的男孩，满身大汗，满面通红。大家凝视着这位年轻大力士的双脚，所有人都在默默激励这双脚继续向前——一步，再一步……

有一群人甚至默默跟在亚诺后面，陪着他走完最后一段路，就这样，经过两个钟头的努力，亚诺在一群乡亲陪伴之下抵达圣母教堂。工人们都停下了手边的工作。艾柏神父、贝雷和玛丽欧娜在教堂前等着他。已经成为专职工人的船工之子安禾，特地走到他身旁。

“加油！”安禾对他大喊，“你办到了！你已经到了！加油！再加油！”

霎时，各层鹰架传出此起彼落的加油声。原本默默跟在亚诺后面的群众，突然也大声欢呼了起来。整座圣母教堂沉浸在欢呼声中：连艾柏神父也跟着群众大声呼喊着。然而，亚诺依然只是看着自己的双脚，一步，再一步……直到他终于抵达堆放大石块的地方，大批学徒和工人随即蜂拥而上。

这时候，亚诺总算才抬起头来，他的身体依旧佝偻，双腿依旧颤抖，但是脸上挂着笑容。大批人群聚集在他身旁，恭喜声不断。亚诺已经看不清究竟是谁在他身边；他只认出了艾柏神父。神父的目光转向墓园，亚诺的视线也依随着他。

“献给你，父亲！”

人群散去之后，亚诺打算效法同事们，立刻折返采石场，有些大力士都已经搬了三趟了。不过，神父叫住他，因为他接到公会代表尤森传达的讯息。

“我要派个工作给你。”神父说，亚诺愣住了，一脸惊讶地盯着他，“去把圣母神殿打扫一下，蜡烛全部点亮，还有，把所有东西收拾整齐。”

“可是……”亚诺指着旁边那堆大石块。

“没有什么可是不可是的。”

019

算是过了格外艰苦的一天。夏至刚过，天黑得晚，大力士们日出而作，日落才得以歇息，天天被商船船东和船长们催促着尽快装货、卸货，因为所有船东都认为自己的船只在巴塞罗那港停泊的时间越短越好。

亚诺拖着疲惫的步伐回到贝雷家，手上拎着挽具。一进家门，八张脸孔同时转过来望着他。贝雷和玛丽欧娜，以及另外一男一女坐在餐桌旁。卓安、一位少年以及两位少女则靠墙坐在地上看着他。大家手上都捧着钵碗。

“亚诺！”贝雷唤他，“来，我给你介绍，他们是新房客贾士铎·施古洛先生，他是位专业的制革匠。”这个男人只是轻轻点个头，塞满食物的嘴巴依然嚼个不停。“这位是他的夫人，艾乌拉丽雅。”妇人倒是对他露出微笑，“还有他的三个孩子：席莫、雅莱迪思和雅莱丝妲。”

早已筋疲力竭的亚诺，仅仅对卓安及施家三兄妹轻轻挥个手，然后接下了玛丽欧娜递给他的钵碗。然而，他突然不自主地又回头看刚认识的三兄妹。那……那眼眸！姐妹俩的眼眸正盯着他。那两双眼眸……那又圆又大的栗色双眸，多么生动有神！姐妹俩同时对他展露笑靥。

“快吃吧！孩子。”

美丽笑靥顿时消失。雅莱迪思和雅莱丝妲低头看着手上的钵碗，亚诺再转头看制革匠，他这会儿已经吃完了，正点头示意坐在火炉边的玛丽欧娜再把钵碗添满。

玛丽欧娜把位子让了出来，亚诺坐定后，开始吃起晚餐；贾士铎坐在他对面，张大了嘴巴嚼着满口的食物。亚诺只要一抬头，总会瞥见制革匠正在注视他。

过了半晌，席莫站起来，把他和两个妹妹的空钵碗交给玛丽欧娜。

“去睡觉了！”贾士铎突然出声。

这时候，制革匠眯着眼睛瞅着亚诺，这个举动让亚诺浑身不自在，他只好一直埋头吃着钵碗里的食物，听着姐妹俩起身的声响，接着是她们几句简短而害羞的告退词。直到姐妹俩的脚步声完全消失了，亚诺才抬起头来。贾士铎对他的注意力也消退了。

“她们怎么样？”那天晚上，亚诺追问已经先在火炉边躺下的卓安。

“谁啊？”卓安不解地问。

“制革匠那两个女儿啊！”

“什么怎么样？她们很正常啊！”卓安两手一摊，一副无所谓的模样，只是置身黑暗中的哥哥根本看不见。“我觉得她们就是很普通的女孩子啊！”他幽幽地说，“不过……其实我也不知道！他们根本不让我跟她们俩说话。她们那个哥哥甚至不让我跟她们握手，我都把手伸出去了，他竟然一个箭步挡在中间。”

但是，亚诺根本没听进这段话。如此迷人的栗色明眸，哪里是普通！况且，她们还对他笑了。姐妹俩都笑了。

隔日清晨，贝雷和玛丽欧娜早早就下楼。亚诺和卓安已经把睡觉的草席收好。不久后，制革匠和他儿子也下来了。母女三人没跟着，因为贾士铎不准她们在男孩们出门前下楼。亚诺匆匆出门，心里依然惦记着躲在房里的那两双明眸。

“你今天就去打理神殿吧！”亚诺才到海边，其中一位公会代表就这样吩咐他。亚诺前一天颤抖着双腿搬完最后一批货，这位代表全看在眼里了。

亚诺顺从地点点头。他已经不介意被派去打理神殿了。因为，他已经向大家展现了自己身为大力士的实力，虽然他尚未达到雷蒙或其他大力士的程度，几位公会代表对他已经相当肯定，对他的工作表现也非常满意。大家都喜欢他。再说，那两双栗色明眸……恐怕也让他无法专心上工吧！此外，他也很疲倦，因为前一晚在火炉边没睡好。他从旧教堂大门进了仍在施工中的圣母教堂。贾士铎·施古洛就是不让他看她们一眼。为什么他连看看一般的少女都不行？今天早上，一定是他不准姐妹俩下楼的。突然，亚诺绊到一条绳索，差点儿就摔跤。绳索缠住他的脚踝，他踉踉跄跄地往前冲了几米，直到一双大手揪住他。这时候，亚诺的脚踝扭了一下，他痛得连声唉叫。

"唉！"他听见那个揪住他的男人对他说，"小心点啊！看看你闯了什么祸了！"

亚诺的脚踝疼痛不已，但还是低头看着地上。地上那些按照贝伦格·孟塔谷指示而排列的绳索和木桩，全被弄乱了。但是，这个人不可能是他吧！亚诺缓缓转过头来看着身旁这个扶着他的男子。不可能是大师本人！当他与贝伦格·孟塔谷面对面时，立刻羞红了脸。接着，他发现工人们都暂停了工作，所有目光都盯着他看。

"我……"亚诺结结巴巴地说，"如果您同意的话，我……"他指着脚边的一团绳索，"我……我可以帮忙……我……我很抱歉……大师！"

贝伦格·孟塔谷脸上的神情立刻缓和了下来，他依旧搀着亚诺的手臂。

"你就是那个大力士啊！"孟塔谷笑着说，亚诺点点头，"我看到过你好几次了。"

孟塔谷笑得更开怀了。现场的工人偷偷松了口气。亚诺又低头看看脚边凌乱的绳索。

"对不起！"

"我们能拿他怎么办呢？"大师应了这么一句，马上指示在场的工人们，“你们来整理一下吧！”然后对亚诺说，“来，我们找个地方坐下来。痛吗？”

“您别麻烦了！”亚诺强忍着疼痛，试图弯腰解开绳索。

“你等等。”

贝伦格·孟塔谷要求亚诺挺直身子站好，接着，他跪下来替这位年轻的大力士解开了缠绕脚踝的绳索。亚诺根本不敢低头看大师，只好看着前方，在场的工人看到这一幕，全都目瞪口呆。一位大师跪在一个年轻大力士面前！

“我们都应该好好照顾这些人啊！”孟塔谷替亚诺解开绳索之后，对现场的工人大声说道，“没有他们，我们哪来的石头？来，跟我来，我们找个地方坐下。还痛吗？”亚诺摇摇头，不过，他走路还是瘸着脚，其实是不想再麻烦大师。孟塔谷使劲搀扶着他走到一旁横放在地上的石柱边，两人一起坐了下来。“我跟你说个秘密。”大师才刚坐定就这样告诉他。亚诺吃惊地望着孟塔谷。大师要跟他说个秘密！大师。今天是什么日子啊？“有一天，我试着去搬动你从采石场扛回来的石块，结果……我费了九牛二虎之力才挪动了一下。”孟塔谷猛摇头，“我恐怕连扛着那块大石头走上两步路的能耐都没有。这座教堂，多亏你们出力啊！”大师望着教堂建筑说，亚诺不禁打了个寒战，“将来，我们的子子孙孙看着这座教堂时，他们会提起的不是我贝伦格·孟塔谷，而是你，孩子！”

亚诺内心激动得几乎哽咽。大师啊！他在说些什么啊？一个大力士怎能与伟大的贝伦格·孟塔谷相提并论？他可是一手打造圣母教堂和曼雷沙大教堂的大师。他才是真正的大人物啊！

“还会痛吗？”大师不忘关切他的脚伤。

“不会……嗯……有一点。只是小小的扭伤而已，没什么。”

“你要好好保重。”孟塔谷拍拍他的背，“我们需要你辛苦搬运的石块。教堂距离完工阶段，还有好长一段路要走。”

亚诺顺着大师的目光，环顾教堂。

“你喜欢这座教堂吗？”孟塔谷突然这样问他。

他喜欢吗？从来没有人问过他呀！他看着教堂慢慢筑起，那些高墙、后殿，以及庄严而细致的石柱，但是……他喜欢吗？

“大家都说这是全世界最好的圣母教堂！”最后，他做了这样的响应。

孟塔谷转过头来看着亚诺，嘴角泛起微笑。他该如何告诉这个孩子，一个单纯的大力士，如果连主教或贵族都无法洞悉他的建筑理念，这座教堂怎能称得上是最好的？

“你叫什么名字？”

“我叫亚诺。”

“很好，亚诺，我不知道这座教堂是不是世上最好的。”亚诺早已忘了脚踝的痛楚，倒是一脸好奇地注视着大师，“但我可以确定，这座教堂将是独一无二的，独一无二无关最好或最差，就是独一无二！”

孟塔谷空茫的眼神环视着施工中的教堂，继续说：

“你大概听说过法国、隆巴地亚（Lombardia）、热那亚、比萨、佛罗伦萨这些地方吧？”亚诺点头响应，他怎么可能不知道这些敌国？“好啦，这些地方也建造了许多教堂，那些可都是华丽宏伟的大教堂，精工雕琢，金碧辉煌。那些地区的王储们都希望自己王国境内的教堂是世界上最雄伟、最美丽的。”

“那我们呢？难道我们不希望这样吗？”

“答案是肯定的，也是否定的。”亚诺摇头晃脑的，一副不解的模样，孟塔谷看看他，忍不住笑了，“我说给你听，看看你能不能理解：我们当然希望能够建造有史以来最好的教堂，不过，我们企图以不同的方式来达成这个目标；我们希望这座海上圣母教堂成为所有加泰罗尼亚乡亲的心灵归属之处，同样的，我们希望能赋予这座教堂的是所有教友的虔诚信念，以及这里的地方特色：也就是海洋与阳光。你懂我的意思吗？”

亚诺思索了片刻，最后还是摇摇头。

“至少你很诚实！”大师哈哈大笑，“外国那些王储建造教堂是为了彰显个人荣耀，我们的教堂是为老百姓而建的。对了，我好几次看到，你们有时候不是独力背运重物，而是两人合力用木桩肩挑，对吧？”

“没错，太重的东西一个人背不动的。”

“如果木桩太长，会怎么样？”

“嗯……那恐怕会断掉。”

“王储们建造的教堂，也是同样的道理……不，我的意思不是说教堂会断掉。”看到亚诺惊愕的神情，大师赶紧解释，“我是说，因为他们要求的教堂建筑必须是雄伟、高耸、加长，所以教堂内部就变得非常狭窄。很高、很长，但很狭窄，懂吗？”这一次，亚诺终于点头了，“我们的教堂风格恰恰相反，没有这么长，也没有这么高，但是非常宽敞，因为我们希望所有加泰罗尼亚乡亲都能齐聚在圣母面前。将来教堂完工时，你就能亲自体验：这里的空间足以容纳所有教友，不分阶级，人人都能进来，而我们运用的唯一装饰，就是阳光，地中海的灿烂阳光。我们不需要其他赘饰，只要有空间和阳光就够了。”孟塔谷举起手来指了指后殿，然后又指着洒了一地的阳光，“这座教堂是属于所有老百姓的，而不只是为了颂扬某个王储的丰功伟业。”

“大师……”有个工人走近他们，原来他们已经将地上的绳索和木桩整理完毕，特别过来请示大师。

“现在你都懂了吧？”

属于所有老百姓！

“我懂了，大师！”

“记得，对于这座教堂来说，你辛辛苦苦搬运的石头，就是价值非凡的金块啊！”孟塔谷起身时，再次关切他，“脚还痛吗？”

亚诺直摇头，因为他早已忘了自己的脚踝了。

那天早上，因为没和其他大力士一起上工，亚诺就提早回家了。他快速打扫完神殿，点亮蜡烛，也换掉了已经烧尽的残烛，然后向圣母祷告片刻。艾柏神父看他跑着离开了圣母教堂，没多久，玛丽欧娜也看着他跑进屋。

“发生什么事啦？”老太太问他，“你这么早在这里干什么？”

亚诺立刻在屋里扫视一圈：她们果然在那里。母亲带着两个女儿，坐在桌边做女红。母女三人望着他。

“亚诺！”玛丽欧娜又叫了他一声，“我说……你到底怎么了？”

老太太发现这孩子脸红了。

“没……没事啊！”真糟糕！他实在想不出任何借口。他怎么会这么笨呢？大家都在盯着他。她们正注视着靠在门边、气喘如牛的他。“没……没事啊！”他重复了同一句话，“因为今天我……我今天收工比较早。”

玛丽欧娜没好气地笑着，然后转过头去看母女三人。女孩们的母亲艾乌拉丽雅也忍不住笑了。

“既然你今天收工得早……”玛丽欧娜这一开口，硬是打断了他的思绪，“那就去帮我提点水回来吧！”

她多看了他一眼。提着水桶前往天使泉的路上，亚诺反复想着。她该不是想对他说些什么吧？亚诺晃着手上的水桶，一定就是这样。

不过，他始终没有机会证实这件事。如果艾乌拉丽雅不在，那么亚诺看见的就是老是露出寥寥几颗黑牙的贾士铎，倘若父母都不在，席莫一定在姐妹俩旁边监视着。接连好几天，亚诺只能用眼角偷偷瞄着姐妹俩。有时候，他抓住机会，得以正眼多看那两张脸庞好几秒。好清秀的两张脸，下巴尖翘，两颊圆润，鼻子又直又挺，两排整齐洁白的贝齿，还有那教人难忘的栗色大眼睛。好几次，灿烂阳光钻进贝雷家，姐妹俩如黑色大理石般的秀发，在阳光下闪烁着丝缎般的光泽，亚诺冲动得几乎要上前去触摸。另外还有少数几次难得的机会，他的目光甚至移到雅莱迪思颈部以下，即使罩着宽松的长袍，姐姐的胸部已然隐约浮现。当时，亚诺忽然觉得一股寒战窜流全身，要不是有人在一旁监视，他的视线一定会紧盯着少女的身段继续往下移动。

贾士铎·施古洛只要一饿肚子就会暴躁动怒，原本就尖酸刻薄的个性，这时候简直让人无法忍受。儿子席莫跟着他一起工作，是个制革学徒。贾士铎最挂念的，无非就是这两个女儿了，因为他拿不出像样的嫁妆，就怕女儿因此嫁不到好丈夫。不过，姐妹俩生得花容月貌，贾士铎始终相信，这两个女儿一定能够觅得金龟婿。这么一来，家里少了两张嘴巴吃饭，他的负担就少多了。

因此，贾士铎心里总是盘算着，这两个丫头一定要保持完璧之身，绝不容许任何人破坏这两个女孩的端庄气质。他一再交代妻子艾乌拉丽雅和儿子席莫，唯有这样，雅莱迪思和雅莱丝妲才能找到好人家。因此，这三个人把姐妹俩看得紧紧的，贾士铎和艾乌拉丽雅非常确信两个女儿都在他们掌握之中，但是席莫可不这么想，他们一家和亚诺、卓安同住一个屋檐下的时间越久，他对两个妹妹就越不放心。

卓安成了教会学校里最优秀的学生。他在很短的时间内就学会了拉丁文，学校的老师们对这个稳重、聪明又有见解的学生赞赏有加，更重要的是，这个孩子非常虔诚；由他的个性和学业表现来看，大家一致认为他将来在教会必然大有可为。卓安渐渐取得了贾士铎夫妇的尊重和信任，他们夫妻俩偶尔会加入贝雷和玛丽欧娜的行列，四个人兴致勃勃地聆听卓安讲解《旧约圣经》的故事。以拉丁文写成的旧约，只有神父们才看得懂的，而在这栋海边的简陋小屋里，他们居然可以享受这些神圣的词句、远古的故事，以及上帝的讯息，这全都要归功于这个品学兼优的少年。

不过，亚诺可就不像卓安这么幸运了。他非但没有赢得尊重，席莫对他甚至充满了妒忌和恶意。不过是个大力士！提起亚诺为圣母教堂辛苦搬运石块的奉献，沿海区的百姓们很少有人不竖起大拇指的！“听说，就连大师贝伦格·孟塔谷都在他身边跪下了。”制革工场里另一个学徒这样对席莫说，同时还兴奋地又叫又跳的。席莫想到这位伟大的建筑大师，就连贵族和主教都敬他三分，居然跪在亚诺脚边！谈起这位大师的时候，就连他父亲都不敢出声。而当大师高声一喊……当他高声一喊时，所有人都会发抖的。亚诺每天晚上回到家里时，席莫总在一旁默默观察他。他总是最后一个到家的。亚诺回到家时，一身疲惫，汗水淋漓，手上拿着搬运用的挽具，然而……他总是面带笑容。席莫心想，当他下工回家时，脸上可曾有过笑容？有一次，他在路上巧遇正在搬运石块前往圣母教堂的亚诺，这个大力士的双腿、双臂和胸膛，看起来就像是铁打的。席莫看了看那块大石头，再看看那张线条紧绷的脸庞。他居然这时候也面带微笑？

因此，当席莫受命看管两个妹妹时，只要亚诺或卓安出现，他一定默默退下，姐妹俩也乐得享受这段父母不在身边监视的自由自在的时光。

“我们去海边散步吧！”那天，雅莱丝姐心血来潮，突然提出这个建议。

席莫不答应。到海边散步？万一被父亲撞见了……

“好啊！”亚诺满口答应了。

“嗯！一定很不错！”卓安在一旁帮腔。

席莫一路不吭声。五个人走出屋外，席莫走在最后头，雅莱迪思和亚诺并肩走着，雅莱丝姐则和卓安一起。两个女孩的长发迎风飘扬，宽松的长袍贴着她们的身躯，尖挺的胸部、平坦的小腹以及双腿之间……就这样大大方方地现了形。

五个人默默往前踱着，或是远眺碧海，或是踢着细沙，直到他们碰到一群刚下工的大力士。亚诺对他们挥手打招呼。

“我可以把你介绍给他们认识吗？”亚诺询问雅莱迪思。

雅莱迪思看了看那群男人，大家的目光都集中在她身上。他们在看什么？海风轻轻吹着，长袍紧贴着她的胸部和乳头。老天爷啊！这些人的目光简直就要穿透那层薄衫了！她羞得满脸通红，拼命摇头拒绝，可是亚诺早已向那群人走去。雅莱迪思掉头就走，正在半途中的亚诺一脸愕然。

“赶快追上她呀，亚诺！”有位大力士对他大喊。

“别让她跑掉啦！”另外一位大力士劝他。

“她长得可真标致呀！”第三位大力士这样说。

亚诺赶紧跑到雅莱迪思身边。

“怎么了？”

女孩没答腔。她一路低头走着，双臂环抱胸前，不过，她并没有往回家的方向走。于是，两人在温柔的涛声相伴之下，继续默默往前走着。

020

那天晚上，大家聚在火炉边吃晚餐，雅莱迪思特别让亚诺多看她一秒，那一秒，她那双美丽的栗色大眼睛注视着他。

那一秒亚诺又听见了沙滩上潮浪拍岸的声音……他将视线转移到其他人身上，就怕有人会发现他的放肆。贾士铎正和贝雷聊得口沫横飞，看来，似乎没有人将注意力放在他身上。没有人像他一样，听见了阵阵涛声。

当亚诺将目光移回雅莱迪思身上时，她却低着头，无聊地翻弄着钵碗里的食物。

“快吃！丫头……”制革匠贾士铎看见女儿的汤匙搅个不停，却一口食物也没往嘴里送，火气立刻就上来了，“食物不是让你这样玩的！”

贾士铎的怒声喝斥把亚诺拉回了现实，接下来的晚餐期间，雅莱迪思再也不看亚诺一眼，甚至刻意回避他的眼神。

隔了几天，雅莱迪思那双大眼睛才又默默盯着亚诺。好几次机会难得，两人四目相接，亚诺目不转睛地望着雅莱迪思那双栗色明眸，然而，她却忸忸怩怩地闪躲着他的目光。

“再见了，雅莱迪思！”有天早上，正要出门去海岸上工的亚诺随口说了这么一句。

当时，房里恰巧只有他们俩。亚诺正要把门关上时，内心却有股莫名的动力驱使他回头再看少女一眼。她就在那里，挺直了身子站在火炉边，多么清丽娇美的少女啊！那双栗色明眸，大大方方地勾摄着他的魂魄。

终于……终于等到这一刻！亚诺羞红了脸，眉眼垂得好低好低。他惊惶失措，本想把门关上，才掩上一半，又情不自禁地回眸一望；雅莱迪思还站在那儿，栗色大眼睛正在召唤着他，而她那灿烂笑容，仿佛一朵绽放的春花。雅莱迪思对他笑了。

突然间，亚诺抓着门闩的手打滑了，慌乱失衡的身体，差点儿跌在地上。他不敢再看她，急忙转身离去，一路踩着轻盈的脚步往海岸走去，留下依然敞开的大门……

“他居然难为情。”这天晚上，趁着父母和哥哥尚未进房休息，雅莱迪思和妹妹雅莱丝妲讲起悄悄话。

“他为什么难为情？”妹妹问，“他是个大力士呢，在港口工作，还替圣母搬运大石头！你只是一个小女孩而已，他可是大男人。”妹妹语气里有浓浓的崇拜之情。

“你才是小女孩！”雅莱迪思驳斥妹妹。

“对，你都是成年女子了。”雅莱丝妲赌气地翻身背对着姐姐，她顶嘴的口气，就跟母亲责备姐妹俩不懂事的时候一样。

“算了，随你爱怎么说！”

“你都是成年女子了。难道我不是吗？”雅莱迪思想起母亲、母亲的女性朋友们，以及父亲。或许……或许她妹妹说得没错。像亚诺这么一个为海上圣母教堂奉献而闻名巴塞罗那的大力士，为什么会难为情？难道只是因为她这个小女孩盯着他看？

“他真的难为情啊！我非常确定，他是真的难为情！”隔天晚上，雅莱迪思坚持自己的看法。

“你真啰嗦！亚诺为什么要难为情啊？”

“我也不知道啊！”雅莱迪思答，“可是他就是这样，一看到我就难为情。我看他的时候，他也难为情，变得不知所措，满脸通红，然后故意躲避……”

“我看你是疯了。”

“也许吧！不过……”雅莱迪思非常清楚自己在说些什么。妹妹前一晚的质疑还说得过去，但现在她可有十足的把握。她亲自证实了这件事。她私下观察亚诺的行动，正好碰到适当的机会，当时四下无人，于是，她走近他身旁，借此也能闻闻他身上的味道。“嘿！亚诺。”只是一句简单的招呼，然而，那双温柔的大眼睛如此贴近，几乎要碰触他的脸庞了……亚诺又是满脸通红，他回避着那双眼眸，闪躲着她的躯体。亚诺走远之后，雅莱迪思得意地笑了，她为刚刚才发现的新能力自豪。“明天你自己看看就知道了。”她自信满满地告诉妹妹。

因为妹妹在一旁观看，雅莱迪思决定使尽浑身解数去挑逗他，绝对不能有任何失误。到了早上，亚诺照常准备出门上工，雅莱迪思却抢先一步倚在门边，故意挡住他的去路。这个计策，她在前一晚已经模拟过一千零一次了。

“你为什么都不跟我讲话？”她娇嗔道，栗色双眸温柔地盯着他的眼睛。

这个大胆的举动，连她自己都很惊讶。虽然只是个简单的句子，她却偷偷练习了好多遍，就怕到时候说得结结巴巴。如果亚诺回话，她恐怕会不知如何是好，偏偏她的满足感却是由此而来。亚诺知道雅莱丝姐就在后面看着，只能红着脸看雅莱迪思。他出不了门，也不敢回头去看雅莱丝姐。

“我是……我……”

“你，你，你……”雅莱迪思打断他的话，神态更放肆了，“你都在躲我！以前我们还会谈天、说笑，现在呢，每次我想跟你说话的时候……”

咄咄逼人的雅莱迪思刻意抬头挺胸，年轻的胸部在罩衫下更加丰满了。即使隔了层厚罩衫，那对乳头依旧尖挺如标靶。亚诺呆呆地看着那迷人的胸部，即使皇家采石场壮观的岩壁就在眼前，恐怕也无法将他的目光从雅莱迪思身上移开。他突然觉得背部发冷。

“丫头！”

正要下楼的艾乌拉丽雅扯着嗓子找女儿，这一喊，立刻把这三个人拉回现实。雅莱迪思随即开了门，径自溜到门外的大街上。亚诺回头看了看瞠目结舌的雅莱丝姐，火速跑出家门。雅莱迪思早已不见人影。

这天晚上，姐妹俩依旧各执己见，早上的全新体验并未让她们得出结论，所以谁也不愿意妥协。不过，雅莱迪思倒是觉得，虽然她不知道该如何向妹妹解释，但她非常确定，她的身体具有驾驭亚诺的能力。那种感觉让她非常满足，简直是彻头彻尾的畅快。她不禁暗自忖度，是否所有的男人都会有同样的反应？不过，她无法想象自己面对的是亚诺之外的男人。她从来没想过要在卓安或哥哥的学徒朋友们面前做出类似举动。只有亚诺，只消想象那情景……她的内心便开始奔放起来。

“那孩子到底是怎么了？”公会代表尤森忧心忡忡地问雷蒙。

“我也不知道。”雷蒙神色凝重地回答。

两位大力士默默望着前方那群船工，他们正和亚诺僵持不下，因为这位少年大力士坚持要搬运最重、最大的货物。亚诺最后如愿背了最大的那包，尤森、雷蒙以及其他同事却看着他那颤抖着双脚踩着艰难的步伐，双唇用力抿着，脸部涨得红通通的。

“他这是硬撑啊！撑不了太久的……”尤森感叹。

“他还年轻。”雷蒙试着替亚诺说话。

“再年轻也撑不了啊！”

大家都发现了这件事。亚诺总是要求搬运最重的货物或石块，仿佛不要命似的。搬完一趟，立即跑着回去，再要求搬运最重的货物。如此卖命忙了一天之后，疲惫不堪的他拖着沉重的步伐回到贝雷家。

“你怎么了，孩子？”隔天，正好和他一起搬货到市立仓库的雷蒙忍不住问他。

亚诺没答话。雷蒙很纳闷，这孩子沉默不语，究竟是不愿意说，还是因为某种缘故而不能说。亚诺背上驮负着重物，那张脸又因为用力而涨红。

“你如果有什么问题，我可以……”

“没事！我没事！”亚诺终于开口。但是，他怎能告诉雷蒙，自己因为雅莱迪思而欲火焚身？他要如何解释，唯有加诸在他的背上的重量越来越多，才能够让他暂时忘记她的明眸、她的笑靥、她的双峰以及她的肉体？他怎能告诉雷蒙，每当雅莱迪思捉弄他时，他总是意乱情迷，眼里尽是一丝不挂的她？这时候，亚诺忽然想起神父提过男女关系的禁忌。“那是罪过！罪过！”神父用坚定的语气这样告诫着教友们。他该如何启齿，他就是希望自己回家时已经筋疲力竭，一倒在草席上就能呼呼大睡，而不是偷偷遐想着那个美丽少女的诱人胴体？“没事……我没事！”他重复说，“谢谢你！雷蒙。”

“他迟早会倒下去的。”那天收工时，尤森还是很担忧亚诺的状况。

这一次，雷蒙已经不敢再多说什么了。

“你不觉得自己做得太过分了吗？”有天晚上，雅莱丝妲这样问姐姐。

“为什么？”

“如果父亲知道的话……”

“知道什么？”

“知道你喜欢亚诺。”

“我哪里喜欢亚诺啦？我只是……只是……我就是高兴！雅莱丝妲，我喜欢这样，我喜欢他看我的样子……”

“那就表示你喜欢他嘛！”妹妹坚持自己的看法。

“才不是。这该怎么说呢？每次我看见他看我的模样，每次我看到他脸红的时候……那种感觉，就像一条小虫子在我全身钻来钻去一样。”

“你就是喜欢他。”

“才不是！你赶快睡觉啦！小丫头懂什么？快睡觉了。”

“你喜欢他，你喜欢他，你喜欢他……”

雅莱迪思决定不再回应，但是，她真的喜欢他吗？她只是很享受被人注视以及受人爱慕的感觉。她就是喜欢亚诺紧盯着她身体的那种感觉；只要她稍微挑逗他，他会马上手足无措，他越慌，她越乐。这样算是喜欢吗？雅莱迪思也想把这件事弄清楚，只是没一会儿工夫，她的思绪又飘回挑逗亚诺的满足和乐趣上了，就这样满心欢喜地进入了梦乡。

有天早上，雷蒙正要离开海边，恰巧碰见刚从贝雷家出来的卓安。

“唉……你哥哥到底是怎么了？”雷蒙甚至没打招呼，见了卓安劈头就问了这么一句。

卓安思索半晌。

“我想，他大概是爱上雅莱迪思了，就是制革匠贾士铎的女儿。”

雷蒙突然哈哈大笑起来。

“原来是这样啊！可见他是爱得发狂了！”雷蒙说，“他再这样下去的话，连小命都会送上的。他不能这样蛮干啊！他还没有这种体力。他当然不会是第一个倒下去的大力士，不过，你哥哥还那么年轻，总不能现在就把身体搞垮。卓安，你还是想想办法吧！”

那天晚上，卓安和哥哥谈起这件事。

“亚诺，你究竟是怎么了？”卓安躺在草席上，试着问出个所以然来。

亚诺没出声。

“你有什么心事，应该告诉我呀！我是你弟弟，而且我想……我很想帮你。过去，你一直都在帮我。这一次，你就让我分担你的难题吧！”

卓安没再多说什么，他让哥哥自己做决定。

“这个……就是雅莱迪思的事情。”他终于松口承认了，卓安没接话，他刻意让哥哥继续往下说，“我也不知道我跟这个女孩到底是怎么回事！卓安，自从那次在海边散步之后……我们之间的感觉就不太一样了。她看我的样子就好像……唉！我也不知道该怎么说。还有……”

“还有什么？”哥哥突然噤声不语，卓安反而急着追问下文。

“不行！除了她的眼神之外，我什么都不能告诉他！”这时候，亚诺的脑海里正好浮现出雅莱迪思的胸部，于是，他决定什么都不说。

“没什么。”

“既然这样，你的问题出在哪里呢？”

“我……我老是胡思乱想的，我看见她一丝不挂的样子……不，不是这样！我是说，我很想看见她一丝不挂的样子。我很想……”

其实，卓安曾经就这个问题询问过学校的师长们，只是，他们并不知道问题的来源是他的哥哥，他怕哥哥掉入诱惑的陷阱，甚至因此误入歧途，所以，他特别针对这个议题查阅了大量神学书籍，并且深入探索了女人妖惑男人的天性。

“这不能怪你。”卓安对哥哥说。

“真的吗？”

“真的。”躺在壁炉边的卓安轻声向哥哥解释，“坏心眼儿是世人的四种心病之一，而女人的恶毒心思又是世间最可怕的。”卓安把师长的解释转述给哥哥听。

“另外三种心病是什么？”

“贪婪、无知，以及冷漠或无法为善。”

“可是，雅莱迪思跟所谓的坏心眼儿有什么关系？”

“女人本性邪恶，并且以引诱男人误入歧途为乐。”

“为什么会这样呢？”

“因为女人就像流动的空气一样，飘忽不定。她们永远飘来飘去，就像一阵风。”卓安还记得老师在做这个比喻时，特地张开了双臂，不停地震动，还像一只大鸟似的在他头上拍动着双臂。“其次呢……”卓安继续引用师长的说法，“女人天生就没什么判断力，因此，她们也不懂得如何克制邪恶本性。”

这些都是卓安在书上读过的内容，事实上，他还阅读了更多相关的篇章，只是他无法一一详加解释。所有的智者一致认定，女人天性冰冷淡漠，而众所周知的是，冰冷的东西起火燃烧时，火力更猛。大家都知道，女人绝对是男人的对比，由此可见，女人是难以理解又荒谬的。由身形来看，女人上半身纤细，下半身宽阔；男人刚好相反，肩膀宽阔，颈短厚实，自胸膛以下却是结实精瘦。女人降生世间后第一个会说的字是“e”，这是个代表争吵的字母；而男人会说的第一个字是“a”，这是所有字母之首，与“e”刚好是对立的。

“不可能！雅莱迪思不是这样的人！”亚诺反驳了弟弟的说法。

“你别搞错了，除了以童贞之身生下耶稣的圣母之外，天下所有的女人都一样。就连你们大力士公会也订立严格的规定呀！他们不是也禁止通奸吗？谁要是藏了情妇或是跟妓女同居，绝对会被逐出公会的，不是吗？”

这一次，亚诺确实无话可说了。他不懂智者或哲人的论述道理何在，他也不知道卓安是从哪些书上看来的，他可以不理会那些艰深的哲理……但是，大力士公会的教诲，他不能漠视。卓安提到的禁令，他都非常清楚。公会代表们已经提醒过他，务必遵守公会规定，否则将遭受逐出公会的严格惩罚。连大力士公会都这样规定，那是一定不会错的！

可是，亚诺实在困惑不已。

“既然这样，那该怎么办呢？按照你的说法，天下的女人都一样坏……”

“首先，男人必须跟她们结婚。”卓安抢了哥哥的话，“结了婚之后，我们就照着教会的教导去做。”

结婚！结婚啊……他从来没有动过这个念头，不过……如果这是唯一的解决办法的话……

“结婚之后，又该怎么办？”亚诺说话的声音微微颤抖着，因为，与雅莱迪思携手共度人生的假设让他激动不已。

卓安再度搬出教会学校师长的教诲：

“根据以下几个原则，一个好丈夫应当尽量控制妻子邪恶的本性。首先，妻子应当受丈夫驾驭，完全屈服于他，这就是《创世纪》里所说的‘Sub potestate viri eris’。其次是《传道书》里提到的‘Mulier si primatum habuerit, contraria est viro suo’，意思是说，若是女人在家中掌权，必然与丈夫作对。此外，圣经《箴言》也提到‘Qui delicate nutrit servum suum, inveniet contumacem’，意思是说，一个人应当小心应付那些应该服侍他的人，女人就是其中之一，因为，在应有的谦虚、屈服和顺从之中，女人常会兴起反抗之心。无论如何，女人的邪恶本性难以根除，当她犯错时，做丈夫的应该惩罚她，使她感到羞耻和恐惧。让一个女人改过，应当从她年轻的时候就开始，到她年老时就来不及了。”

亚诺静静听着弟弟的长篇大论。

“卓安！”弟弟终于说完了，他也忍不住提出心中的疑问，“你认为……我可以跟雅莱迪思结婚吗？”

“当然可以！不过，你应该再等一段时间，等你赚的钱够养家的时候再说吧！总之，你可以先跟她父亲谈谈这个婚事，免得他把女儿许配给别人了。”

亚诺想起贾士铎·施古洛那几颗零零落落的黑牙，根本就是无法超越的障碍啊！卓安大概猜出了哥哥的恐惧。

“你一定要去跟他谈。”他再次强调。

“你会帮我吗？”

“当然！”

这时候，贝雷家的壁炉边恢复了深夜的宁静。

“卓安！”亚诺打破满室静默。

“什么事？”

“谢谢你！”

“没什么。”卓安答。

兄弟俩试着入睡，但两人都无法成眠。亚诺默默想着自己和渴望已久的雅莱迪思结婚，内心澎湃不已。卓安则沉浸在回忆里，思念着被囚禁暗室多年的母亲。锅匠庞兹这么做是对的吗？邪淫是女人的天性。女人就应该臣服于男人，男人应该惩罚女人。锅匠这么做是有道理的？他怎能一方面保留对母亲那种悲惨的回忆，同时又提出挞伐女人的建议？卓安还记得，母亲的手从暗室小窗口伸出来摸着他的头发。他想起自己曾经感受过的仇恨，他对锅匠庞兹的憎恨……但是，难道锅匠这样做是对的？

接下来的几天，兄弟俩都不敢对脾气暴躁的贾士铎提起半个字，带着一家大小在贝雷家租房子，这件事只会提醒这位制革匠自己有多么卑微、贫穷，居然连一栋房子都没有！因此，贾士铎回到家里时，火暴脾气更是有增无减，偏偏兄弟俩只有这时候才有机会找他谈婚事，不过，每次听见贾士铎的怒吼和叫嚣之后，兄弟俩总是吓得立刻打消念头。

这段时间，亚诺的目光依旧天天紧随着雅莱迪思的身影。他盯着她看，眼里、心里都是她，无时无刻不是想着她……但是，只要贾士铎一出现在面前，亚诺马上就会回过神来；这时候，他的内心除了恐惧，别无其他。

然而，神父们和大力士公会再怎么谆谆教诲，当雅莱迪思在家里落单时，亚诺还是忍不住眼巴巴地盯着她看。他看着她，脑海里尽是她的影像：那对硬挺的乳头，还有丰满的胸部……雅莱迪思从头到脚都让他心荡神迷。“你将成为我的妻子！总有一天，你会是我的妻子……”想到这里，他开始全身发热。想象着她一丝不挂的样子，他的心思在她身上那些神秘的禁忌部位游荡着……除了艾碧芭伤痕累累的身躯之外，他从未看过赤裸的女身。

有时候，雅莱迪思明明可以蹲下来捡东西，却在亚诺面前弯下腰来，刻意把自己的腰臀展现给他看。只要逮到机会，她一定把长袍下摆撩到膝盖以上，露出光溜溜的两条美腿；偶尔，她的双手撑在腰后，一副腰酸背痛的模样，同时也展现了那平坦紧实的小腹。接着，雅莱迪思或是嫣然一笑，或是装做一副被亚诺看见而慌乱不已的神态。在她的身影消失之后，亚诺的脑海里再也抹不掉刚刚看到的景象了。

日子就这样一天天过去，亚诺时时刻刻都想找机会跟贾士铎提亲。

“真是活见鬼了！你们俩杵在那儿干什么？”有一回，兄弟俩站在制革匠面前，正想跟他谈谈雅莱迪思的婚事，贾士铎这么一吼，兄弟俩吓得把话又吞了回去。

当制革匠没好气地从他们身边走过时，卓安堆了满脸的笑，顿时消失。

“你去跟他说吧！”后来再度撞见贾士铎时，亚诺怂恿弟弟上场。

贾士铎一个人坐在楼下的餐桌旁。卓安走过去，在制革匠对面坐下来。他清了清嗓子，正要开口时，制革匠扬起眼角瞄着他。

“嗯……贾士铎……”卓安吞吞吐吐地起了头。

“这个混蛋小子！我非把他活活宰了不可！”制革匠咬牙切齿地谩骂着，口水从疏漏的牙缝四溅横飞。“席莫！”卓安转过头去看躲在墙脚的亚诺，兄弟俩都满脸无奈。过了半晌，席莫出现在盛怒的父亲面前。“你这个混账！这个缝线怎么会缝成这副德行？”贾士铎对着儿子叫嚣怒骂，同时把一件皮革制品往儿子脸上砸过去。

卓安站起来，默默避开父子争吵的场面。

不过，兄弟俩并没有放弃。

后来又有一次，卓安发现制革匠饱食晚餐后心情大好，甚至还出门到海边散步，见此大好机会，兄弟俩鼓起勇气上前去提亲。

“贾士铎！”

“干什么？”制革匠随口问，依旧自顾自往前走。

“至少，他已经愿意让我们开口说话了。”兄弟俩这样想。

“我想……我想跟你谈谈雅莱迪思……”

一听到女儿的名字，贾士铎戛然止步，然后走到卓安面前，臭气熏天的口气往卓安脸上呼呼地吹，那股臭味就跟茅坑没两样。

“她怎么了？”贾士铎一向对卓安客气有礼。他认为这个年轻人够严谨，又上进。卓安忽然提起雅莱迪思的名字，贾士铎直觉事情不太对，总觉得女儿大概做错了什么。

“没什么，她没事。”卓安这样告诉他。

“怎么会没事？”贾士铎一脸慌张地说，眼睛直盯着卓安，“如果没事，那么……你为什么要跟我谈雅莱迪思？快说实话，她到底做了什么？”

“没什么，她没事，真的！”

“没事？那你呢？”贾士铎转而逼问一旁的亚诺，“你有什么话要说？你知不知道雅莱迪思做了什么？”

“我……没有啊！”亚诺结结巴巴，惹得贾士铎疑心更重了。

“快说！”

“没事……没……没事……”

“艾乌拉丽雅！”才踏进贝雷家，贾士铎立刻像发了疯似的大声叫唤妻子。

那天晚上，因为兄弟俩寥寥几句话，艾乌拉丽雅一整晚都承受着贾士铎的谩骂和毒打，气急败坏的制革匠硬要逼不知情的妻子说出实情。

兄弟俩后来又试了两次，最后都无疾而终。几个礼拜过去了，事情依旧没着落，情绪低落的亚诺只好去找艾柏神父，神父听了亚诺的烦恼之后，当场面带笑容地允诺了这位年轻大力士，他会去跟贾士铎谈这门婚事的。

“很抱歉，亚诺！”一个礼拜过后，艾柏神父向亚诺宣布了提亲的结果，为了这件事，神父特别把兄弟俩约在海边见面，“贾士铎·施古洛不愿意把女儿嫁给你。”

“为什么呢？”卓安问，“亚诺是个正直善良的好人啊！”

“如果是您的话……您会把女儿嫁给沿海区的奴隶搬运工吗？”当时，制革匠这样回答神父，“更何况，他还是连个房间都租不起的奴隶。”

艾柏神父试着说服制革匠。

“我们沿海区已经没有奴隶了！那是好久以前的事情了。你也知道，现在是不准雇用奴隶的。”

“他的工作跟奴隶没两样。”

“这也是好久以前的事，现在情况不一样了！”神父继续努力帮亚诺说尽好话，“而且……”他补上一句，“我会送你女儿一份好嫁妆的。”原本已经不愿意再谈的贾士铎·施古洛，突然回过头来看着神父，“那份嫁妆，够他们买栋房子……”

贾士铎再次打断神父：

“我女儿不需要这种有钱人搞出来的把戏！您把那份嫁妆留给别人用吧！”

听了艾柏神父的话，亚诺无奈地望着远方的大海。月光映在海面上，闪烁着点点光芒，柔和夜色下，白浪缓缓推向岸边。

艾柏神父默默听着海岸涛声。如果亚诺问起被拒绝的理由呢？他该怎么说才好？

“为什么？”亚诺茫然望着远洋，喃喃吐出了这个问句。

“这个……贾士铎·施古洛……他是个怪人！”唉！还有什么比接下来这句话更伤这位年轻人的心？“他一心想把女儿嫁给贵族！真是荒唐！区区一个制革匠，居然妄想把女儿嫁给贵族？”

贵族？这孩子会相信这样的说法吗？在贵族面前，人人自认卑微。海浪依旧缓缓拍岸，仿佛也在等着亚诺的回应。

啜泣声打乱了海边原有的静谧。

神父搂着亚诺的肩膀，他发现这孩子全身都在颤抖着。接着，他也把卓安搂过来，三个人就这样望着远方的大海。

“你以后会碰到另一个好女人的。”沉默多时之后，神父安慰亚诺。

“但毕竟不是她了……”亚诺这样想。

PART 03

第三部

激情的奴隶

021

1339年7月第二个周日

海上圣母教堂

巴塞罗那

贾士铎·施古洛拒绝将女儿嫁给亚诺这个年轻大力士之后，四年的时光匆匆消逝。回绝了亚诺的提亲没几个月，贾士铎将雅莱迪思嫁给了一个死了妻子的制革老师傅。一见少女如此惊人美貌，这个好色邪淫的富有鳏夫，欣然接受了施家拿不出嫁妆的事实。在出嫁之前，雅莱迪思始终由母亲陪在身边看管着。

另一方面，亚诺已经长成十八岁的青年了，高大结实，俊秀挺拔。这四年期间，他把生命完全奉献给大力士公会、海上圣母教堂以及弟弟卓安：他依然坚持搬运最大、最重的货物，并对教会各种活动虔诚投入。不过，他的婚事一直没着落，公会代表们很担心，像他这样一个身强力壮的年轻人，若不及早成亲，万一落入肉体欲望的诱惑，恐怕会被逐出公会。而一个十八岁的青年，很容易就会犯下这种错误。

然而，亚诺已对女色毫无兴趣。就在神父对他宣布贾士铎拒绝亲事的那一刻，远眺汪洋的亚诺忆起曾经出现在自己生命中的所有女子：从未谋面的亲生母亲、曾经疼爱他后来讨厌他的贾孟娜姑妈、痛苦地躺在血泊中死去的艾碧芭——多少个夜晚，他依然梦见葛劳的皮鞭残酷无情地抽打着她赤裸的身躯。还有始终待他如奴隶的艾丝特兰亚、在他最落魄时仍不断嘲笑他的玛格丽妲，以及雅莱迪思……该怎么形容雅莱迪思呢？因为她，他总算发现一个男人的内在本质，只是，他后来把这些都抛诸脑后了。

“我必须好好照顾弟弟。”每当公会代表们问起他的终身大事，他总是这样回答，“你们也知道，我弟弟已经把自己奉献给教会，全心全意服侍天主，我怎能不好好照顾他呢？”

听他这么一说，所有公会代表只能闭口噤声。

亚诺就这样度过了四年，生活平静且平淡，他的所有心思都专注于工作和海上圣母教堂，以及好好培养卓安这个弟弟。

对巴塞罗那来说，1339年7月的第二个周日是个意义重大的日子。1336年1月，仁慈的阿方索国王在封地首都驾崩了，同年复活节过后，其子贝德罗在萨拉戈沙（Zaragoza）登基，新国王的封号是加泰罗尼亚贝德罗三世、亚拉岗四世暨瓦伦西亚二世。

从1336年到1339年这将近四年的时间，新国王从未视察过加泰罗尼亚王国的首邑巴塞罗那，所有贵族和商人都对新国王冷落这座重要商港大城的态度担忧不已。不过，新国王向来敌视商人，这已是众所皆知的事。贝德罗三世乃阿方索国王与首任王后所生。这位早逝的德瑞莎王后，不幸在阿方索国王登基之前去世了，国王后来再娶卡斯提亚公主蕾欧诺，这位野心勃勃、手段残酷的新王后，后来生了两位王子。

阿方索国王虽以征服塞尔坦亚（Cerdaa）王国的功绩为人称道，不过，他这个人个性软弱，容易听信谗言。因此，居心叵测的蕾欧诺王后，很快就替自己的两个儿子争取到了最重要的属地和封号。她接下来的目标，便是钳制德瑞莎王后所生的两位王子，也是阿方索国王所有王位的继承人。阿方索国王在位的八年期间，蕾欧诺王后想尽办法要加害年幼的贝德罗王子以及他的弟弟——封号为乌尔赫伯爵的海默王子。当时有两位出身巴塞罗那的贵族，一位是贝德罗的教父蒙卡塔尔，另一位宫廷策士维拉诺瓦，两人秘密协助身陷危险处境的两位小王子；后来，两位贵族甚至向阿方索国王献策，建议两位年幼的王子逃亡到外地，以免惨遭毒死的厄运。于是，贝德罗和海默逃出宫外，然后藏身在亚拉岗王国的哈嘉山区。此后，兄弟俩获得亚拉岗王国的贵族支持，并在王国首府萨拉戈沙寻得庇护，接受大主教的严密保护。

因为这个缘故，贝德罗的登基大典打破了亚拉岗与加泰罗尼亚两个王国统一以来的传统。倘若亚拉岗王国应该在萨拉戈沙宣誓效忠国王的话，加泰罗尼亚王国就应在巴塞罗那举行这个仪式。直到贝德罗登基为王时，加泰罗尼亚王国受命先在巴塞罗那宣誓效忠国王，登基大典却是后来才在萨拉戈沙举行。因为，国王如果径自在萨拉戈沙登基，尚未宣誓效忠王国宪法和管辖的加泰罗尼亚，就不算是他的封地了。

巴塞罗那伯爵，也就是加泰罗尼亚王子，他在所有加泰罗尼亚贵族当中，只算是“同僚之首”（primus inter pares），因此，他只是代贵族宣读誓词：“吾等向国王陛下宣誓，加泰罗尼亚接受陛下为国王与统治者之事实，并期望陛下永远尊重加泰罗尼亚之自由与法律；否则，吾等无法效忠陛下。”贝德罗登基之前，加泰罗尼亚的贵族们特别前往萨拉戈沙，请求他按照先例先到巴塞罗那接受宣誓。不过，新国王拒绝了这个请求。于是加泰罗尼亚贵族们愤而退出了登基大典。然而，国王无论如何都必须接受加泰罗尼亚人宣誓效忠才行，但因为贝德罗对前来抗议的贵族以及巴塞罗那执政高层相当不满，所以他最后决定改在莱里达（Lrida）举行这个仪式，那是1336年6月的事。

1339年7月的第二个周日，贝德罗国王首度造访巴塞罗那这个被冷落已久的城市。因国王驾临，巴塞罗那举行了三个重要活动：贝德罗的妻舅，也就是马约卡国王海默三世宣誓效忠仪式；加泰罗尼亚整个教区高级神职人员的宗教大会；另外就是将殉道者圣埃拉莉亚的圣骨从圣母教堂移至大教堂。

前两个活动并不让一般民众参与。海默三世特别要求，他的宣誓效忠仪式不得在大庭广众面前举行，必须在隐密的王宫神殿内，而且只有少数几位贵族获邀到场观礼。

不过，第三个活动倒是让整个巴塞罗那沸腾了起来。贵族、神职人员以及所有老百姓都为之雀跃不已，有人欢喜看热闹，有人全程都参与，享有特权的高官大臣们，甚至和国王以及皇室成员同坐在大教堂里望弥撒，弥撒结束后，游行队伍前往圣母教堂，然后再一路护送圣埃拉莉亚的遗骨到大教堂。

从大教堂到圣母教堂，整个游行路线都挤满了老百姓，大家都想对难得一见的国王欢呼致意。这时候的圣母教堂已经盖好了多角形后殿，正在建造第二个拱顶的肋拱，教堂还有一小部分仍维持原有的罗马式建筑风格。

圣埃拉莉亚在罗马时代殉道。起初，她的遗体葬在罗马墓园，君士坦丁大帝准许基督教信仰之后，谕令建造了海沙圣母教堂，圣埃拉莉亚的遗骨便迁移此处安放。阿拉伯人入侵西班牙时，当时的教堂主事者决定将圣者的遗骨另藏他处。公元801年，法国国王路易一世收复了巴塞罗那，当时的主教弗洛铎决定找寻圣埃拉莉亚的遗骨。圣骨寻获之后，一直就存放在圣母教堂的小箱子内。

即使周围造了许多鹰架，并且堆放着石块以及建筑材料，圣母教堂依然为此盛会展现了磅礴的气势。海洋区的副主教罗塞偕同参与这项建筑工程的所有工作人员、本地贵族们、工程赞助者，以及所有教士盛装出席，此时正静候皇室成员到来。五彩缤纷的华丽衣裳，简直让人眼花缭乱。七月早晨的朝阳，穿过了拱顶以及未完工的大窗子，洒了满堂的璀璨阳光，把教堂内的镀金装饰和金属映照得光芒四射。

阳光也映照在亚诺细心擦亮的短剑上，因为这群出身卑微的大力士，此刻就站在那些重要人士旁边。包括亚诺在内的一部分大力士，负责守在圣母神殿前，另外一批大力士则驻守在教堂大门口。

这些曾经是奴隶的大力士，因为能够为圣母教堂贡献心力而满怀喜悦，亚诺则为过去四年的努力投入而备感慰藉。驻守教堂最重要的神殿以及大门的是他们，这天将在主祭坛举行特别弥撒，而负责保存耶稣陵墓钥匙的是大力士公会最受敬重的代表。游行时，负责扛圣母像以及其他圣者雕像的也是他们。

那天早上，国王卫队在场维持秩序，但是亚诺与大力士同僚们却得以直接进入，他们知道，挤在一旁等着亲睹国王风采的无数乡亲有多羡慕他们。像他这样一个卑微的港口工人，竟然可以和贵族、富商一起走进圣母教堂！当亚诺穿越教堂大厅，正打算前往圣母神殿时，他和卜葛劳、伊莎蓓以及三个表亲碰个正着，卜氏一家身穿丝缎华服，黄金、宝石等昂贵行头全戴上了。

亚诺踌躇半晌。卜氏一家五人正盯着他看，他低着头从他们身边走过。

"亚诺！"才刚走过玛格丽妲身旁，他忽然听见有人叫他。难道他们把父亲逼上绝路还不够吗？难道他们这时候还想在他的教堂里羞辱他吗？"亚诺！"他又听见了呼唤声。

抬头一看，眼前出现的是贝伦格·孟塔谷。卜氏一家子就在大师旁边。

"大人！"大师对着海洋区副主教说，"容我为您介绍，这位是亚诺……"

"艾……艾斯坦优！"亚诺结结巴巴地说出自己的姓氏。

"他就是我跟您提过许多次的大力士。不容易啊！他还是个孩子的时候，就已经开始替圣母搬运大石头了。"

副主教点头赞许，然后伸出手来，让亚诺亲吻他的戒指。孟塔谷在亚诺背上轻轻拍了几下。亚诺瞥见葛劳一家子在副主教和大师面前恭敬地鞠躬致意，可是两位大人物对他们视而不见，早已快步走开了。亚诺抛下目瞪口呆的一家人，抬头挺胸往回廊方向走去，来到他与其他大力士同僚驻守的圣母神殿前，他的步伐与眼神同样坚定。

群众的欢呼声宣告了国王与皇室成员已经抵达，有贝德罗三世、马约卡国王海默三世、贝德罗的妻子玛丽亚王后、贝德罗的祖母艾丽森妲王太后、三位王子，以及马约卡王后，也就是贝德罗的妹妹。此外，罗马教皇特使罗德斯红衣主教、塔拉戈纳大主教、教区的主教们和高级神职人员，还有贵族和骑士等，一行人浩浩荡荡地沿着海洋街来到圣母教堂。巴塞罗那从来不曾有过如此盛大的场面！

登基近四年不曾到访的贝德罗三世，期望能让巴塞罗那老百姓留下深刻印象。这个港口大城市的乡亲们确实感动极了。两位国王、红衣主教以及大主教，在主教和贵族们撑起的华盖下走完全程。在圣母教堂的主祭坛前，这四人从海洋区副主教手中接过装有圣者遗骨的小箱子。国王本人捧着小箱子，一路在华盖遮蔽下从圣母教堂走到大教堂，从此以后，圣埃拉莉亚的遗骨就存放在大教堂主祭坛下方，一个为她特别设置的小神殿里。

022

圣埃拉莉亚的圣骨隆重下葬之后，国王特别在王宫设宴庆祝。在这场皇家盛宴上，与贝德罗国王同桌共餐的有红衣主教、马约卡国王与王后、亚拉岗王后、王太后、三位小王子，以及另外几位高级神职人员，总共二十五人。其他餐桌旁则坐着首度获邀参加宫廷宴的贵族，以及众多的骑士。然而，设宴庆祝的不只是国王，整个巴塞罗那狂欢了八天！

一大早，亚诺和卓安就去了教堂望弥撒，接着参加了绕城一周的宗教游行。然后，他们也和其他人一样，在城里的大街小巷里随性游逛，欣赏着波恩广场上的比武竞赛表演，在这儿，许多贵族和骑士迫不及待地想要展现自己的战术和武艺。只见他们一身挺拔地伫立着，身上佩戴着精良的武器，或是骑着骏马，手执长矛，快马加鞭地冲向对手。兄弟俩看得目眩神迷，眼睛盯着海战模拟演出。“离开大海之后，这些东西看起来大多了！”亚诺低声对卓安说，一手指着前面那些装置在马车上游街展示的木桩和帆船。接着，亚诺决定玩玩纸牌赌点小钱，卓安以责备的眼神看了他一眼，不过，当哥哥玩起九柱戏[1]时，卓安倒是乐得一起上场大展身手，这位年轻的神学学生展现了惊人的灵敏度，轻易就把木桩接二连三击倒在地。

不过，卓安最钟爱的娱乐却是聆听街头的吟游诗人说书，尤其是加泰罗尼亚战争英雄们的英勇事迹。“他讲的是海默一世的事迹。”卓安对身旁的亚诺说，两人一同聆听了海默一世征服瓦伦西亚的历史。“这个呢，讲的是伯纳·戴斯克洛[2]的故事……”卓安给哥哥解释。后来，吟游诗人讲了贝德罗大帝征服西西里王国的经过，以及他横越法国进攻加泰罗尼亚等战争故事。

“我们今天一定要去一趟尤尔广场！”逛了一整天之后，卓安突然这么说。

“为什么？”

“我听说，那里有个瓦伦西亚来的吟游诗人，他对雷蒙·孟塔涅[3]所写的《战争编年史》如数家珍。”亚诺以不解的眼神看着弟弟，“噢……雷蒙·孟塔涅是个著名的编年史专家，征服雅典公国的战役中，他曾经是敌后突袭部队的指挥官。他在七年前写下这部战争纪事，我相信内容一定很精彩的，嗯……至少很真实嘛！”

---

1. 九柱戏，保龄球的前身。

2. 伯纳·戴斯克洛（Bernat Desclot），十三世纪的加泰罗尼亚历史学家，著有史上第一部亚拉岗王朝历史全集，共四大册。

3. 雷蒙·孟塔涅（Ramon Montaner），十三世纪的加泰罗尼亚战士兼作家。

尤尔广场位于圣母教堂和圣塔克莱拉修院之间，广场人山人海。人们坐在地上闲聊，眼睛却盯着瓦伦西亚说书人即将出现的地方。这位说书人名气非常响亮，连一些贵族也慕名前来聆听。贵族们不仅带着家人，自备椅子，甚至还有奴隶随侍在侧。“放心，他们不在这里。”卓安瞥见哥哥正在偷偷观望那群贵族，刻意轻声安抚他。亚诺跟他说了在圣母教堂遇见卜氏一家人的经过。兄弟俩在一群已经等候多时的大力士旁边找到了好位子。亚诺在地上坐定后，依旧频频回头观望那群携家带眷的贵族，在满场席地而坐的老百姓当中，这些有椅子坐的贵族显得特别醒目。

“你应该学习宽恕了！”卓安在哥哥耳畔低语着，亚诺没答话，却以格外严厉的眼神回看了他一眼，“一个好的基督徒……”

“卓安！”亚诺突然打断弟弟的话，“永远不可能！我永远不会忘记那个恶毒女人是怎么羞辱我父亲的！”

就在这时候，说书人出现了，现场群众鼓掌欢迎。这位名叫马帝·沙提瓦的说书人，身材高瘦，动作敏捷而优雅，一上场就比了手势要大家安静。

“我今天要跟各位说的故事是关于六千个加泰罗尼亚人如何东征，并且征服了土耳其人、拜占庭人，以及其他许多与之为敌的好战民族。”

尤尔广场再度响起热烈掌声；亚诺与卓安也跟着用力鼓掌。

“我现在就告诉各位，当年，我们的总指挥罗杰·戴佛洛以及无数加泰罗尼亚士兵参加了一场宴会……”这时候，有人在台下高喊：“叛徒！”因此而引发了此起彼落的谩骂声。“我要向各位讲述，最后，加泰罗尼亚人如何为他们惨遭谋杀的首领进行复仇行动。我会让各位知道，他们如何将东方夷为平地，最终将它变成了尸横遍野、满目疮痍的人间炼狱。这是一段关于加泰罗尼亚敌后突击队的历史，事件发生在1305年，罗杰·戴佛洛指挥军队出海作战……”

这位瓦伦西亚说书人深谙吸引群众注意力的诀窍。他的手势相当丰富，搭配肢体表演，还有两名助手在他身后配合说书内容展示相关图画。尤其特别的是，他总是强迫群众加入演出。

“现在，我们回头谈谈西泽大帝……”他这样开始了罗杰·戴佛洛之死这段历史，“当年，西泽大帝由戴佛洛带领的三百名骑兵以及一千名步兵随行，浩浩荡荡开拔到安德里诺波里斯（Andrinpolis），他受邀到此参加儿子米格利为他举办的致敬宴会。”此时，说书人走到台下前排一位衣着相当讲究的贵族面前，并要求这位贵族扮演罗杰·戴佛洛的角色。“我们如果要让群众参与演出的话……”说书人的老师曾经这样指点他，“最好的选择就是贵族！因为他们有能力赏你很多钱。”就在群众面前，这位罗杰·戴佛洛由两位助手簇拥上台……戴佛洛在安德里诺波里斯安然度过六天之后，米格利九世找来波斯野战军首领吉尔刚和土耳其大军将领梅立格，以及八千名精良骑兵。

瓦伦西亚说书人在台上来回走动着。台下的群众又开始鼓噪起来，有人激动地站了起来，一副要为罗杰·戴佛洛声张正义的模样，一旁的同伴们只好赶紧拉住他们。说书人作势刺死了“罗杰·戴佛洛”，扮演戴佛洛的贵族随即倒地。群众大声叫嚣，激愤扬言要替这位加泰罗尼亚将领复仇！卓安趁机观察了身旁的亚诺，他发现哥哥神态冷静，双眼紧盯着躺在地上的贵族。八千名波斯和土耳其大军歼灭了戴佛洛旗下的一千三百名加泰罗尼亚士兵。两名助手在台上不断地比画对打。

“当时，只有三个人幸免于难……”说书人大声说道，“雷蒙·戴亚尔格、恩普里斯城堡骑士以及雷蒙·戴窦斯……”

故事继续进展到加泰罗尼亚人的复仇行动，加泰罗尼亚大军夷平了德拉西亚[1]、希腊的加尔西迪亚、德沙利亚以及马其顿。当说书人提

---

1 德拉西亚（Tracia），古地名，位于巴尔干半岛，范围包括目前的保加利亚、希腊以及土耳其的欧陆部分。

起这几个地名时，现场的巴塞罗那老百姓总是振奋不已。“就让加泰罗尼亚人的复仇折磨你吧！”群众一次又一次地呐喊着。现场所有百姓都参与演出了敌后突击队远征雅典公国的战役。在那场战役中，加泰罗尼亚大军歼灭了二万名敌军，而带兵有功的罗杰·戴劳尔将军则因此与索拉封主遗孀结婚，并获赠索拉城堡。这时候，说书人又找了一位贵族扮演戴劳尔，并在前排的群众中挑了一名女子扮演那位封主遗孀。

“就这样……”说书人让贵族和女子手牵手，“加泰罗尼亚人瓜分了德巴斯城[1]和雅典公国内的所有城镇和城堡，他们掳走了大批希腊女子送给敌后突击队员为妻。”

就在说书人叙述这段历史的同时，两位助手也忙着在台下的人群里挑选多位男女加入演出。乐于参与演出的大有人在：他们已经征服了雅典公国，并且为罗杰·戴佛洛之死完成了复仇大计！身材魁梧壮硕的大力士们立刻引起两位助手的注意。在这群大力士当中，唯一的单身汉就是亚诺，因此，同事们纷纷推举他出列，两名助手也顺应民意挑选了他，现场立刻响起热烈掌声。亚诺只好上台。

这位年轻大力士和一群人排排站在台上扮演敌后突击队，这时候，有名女子在人群中站了起来，她睁着一双栗色大眼睛，盯着台上这位年轻大力士。两位助手看见了她。谁能够忽略她的存在？这名女子，如此娇艳，如此年轻，分明就是上台的最佳人选。当两名助手点名她上台时，有个老头却紧紧抓着她的手臂，并强迫她坐下来，群众见状，反而轰然大笑。年轻女子硬是不肯顺从老头的要求。两名助手看了看台上的说书人，于是，说书人比了个手势。不必害怕得罪某个观众，这是他向老师学来的诀窍之一，如果这样能够炒热现场气氛的话，得罪一个人又何妨？群众讥笑着扫兴的老头。此时，老头已经激动地站了起来，依旧与年轻女子僵持着。

---

1. 德巴斯城（Tebas），古希腊地名。

“她是我的妻子！”他对着打算强行带走年轻女子的助手说。

“战败者没有妻子！”说书人在台上大喊，“雅典公国的所有女人都属于加泰罗尼亚大军！”

老头踌躇了半晌，两位助手趁机拉走年轻女子，就在群众欢呼声中，终于让她和台上一排女人站在一起。

说书人继续滔滔不绝地讲述着敌后突击队员掳掠雅典女子的经过，只要他一提起某段战地姻缘，现场群众必定发出兴奋的欢呼声。这时候，站在台上的亚诺和雅莱迪思则注视着对方。“我们已经多久没见了？亚诺……”那双栗色大眼睛这样问着，“多少年就这样过去了？”亚诺望着台下的大力士们，这些同事面带笑容地看着他，并且频频挥手为他打气。不过，亚诺倒是刻意回避了卓安的目光。“看着我呀！亚诺……”雅莱迪思没出声，然而，她那急切的激情，已如狂潮般涌向亚诺。亚诺早已迷失在那双栗色眼眸里。说书人拉起女孩的手，并将她带离队伍，然后高举亚诺的手，再将雅莱迪思的手放在这位年轻大力士手上。

这时候，现场气氛更热烈了。以亚诺和雅莱迪思为首的一对对男女在台上排排站，面对着台下的群众。年轻女孩全身颤抖着，轻轻握紧了亚诺的手，而这位年轻大力士则偷偷瞥着在台下盯着他看的老头。

“就这样，“说书人指着台上的一对对男女，“加泰罗尼亚敌后突击队在雅典公国安家落户，在那个遥远的东方，继续传承着伟大的加泰罗尼亚精神。”

尤尔广场响起热烈掌声。雅莱迪思把亚诺的手握得更紧了。两人凝立相视。“请你带我走吧！亚诺……”那双栗色眼眸这样哀求着。霎时，亚诺惊觉他的手落了空。雅莱迪思已经消失了，老头揪着她的长发，拖着她往圣母教堂方向走去，现场群众又是一阵哄笑。

“大爷，赏几枚钱币吧！”说书人走近老头。

老头愤愤地吐了口水，继续拖着雅莱迪思往前走。

“你这个婊子！为什么要做这种丢人现眼的事情？”

这个年迈的制革师傅狠狠甩了妻子好几个巴掌，但是雅莱迪思根本不以为意。

“我……我也不知道啊！现场的群众、热烈的欢呼声……突然间，我就觉得自己身在东方了……我怎么可以把这种机会让给别人呢？”

“你身在东方？你这个婊子！”

制革师傅抓起一条皮鞭，这时候，雅莱迪思总算把亚诺抛诸脑后。

“求求你啊！老包，拜托你！我也不知道自己为什么会这么做！我可以向你发誓。请你原谅我，求求你！请你原谅我！”雅莱迪思跪在丈夫面前，始终不敢抬头。老头握着皮鞭的手一直抖着。

“从现在开始，不准你踏出家门一步，除非有我的允许！”老头气呼呼地咆哮着。

雅莱迪思没吭声，也不敢挪动身子，直到老头的脚步声在门外的大街上渐渐遁去。

四年前，她父亲把她许配给这个制革师傅。因为拿不出任何嫁妆，这个老头就是贾士铎能替女儿找到的最好对象了：一个死了妻子的制革老师傅，没有子女。“总有一天，他的财产都会由你来继承。”这就是他给女儿的解释。只是，贾士铎·施古洛并没有告诉女儿，因为这桩婚事，他可以跃升制革师傅等级，从此就要飞黄腾达了！但是，他没跟女儿说这些，婚事由他决定，女儿不需要知道这些细节。

举行婚礼当天，老头等不及婚宴结束，早就急着把年轻妻子带回房里。老头那双皱纹满布的颤抖双手剥去雅莱迪思的衣服，他用力吸吮着年轻娇妻的乳头，嘴角不停地淌着口水。当那双长满硬茧的粗糙双手初次碰触她的一刹那，雅莱迪思吓得浑身发抖。他把她压倒在床上，手伸进了她的双腿间……然后他趴在妻子身上，喘得又急又快，身体抖动得厉害，直到他大大叹了口气，然后睡着了……

隔天早上，在那个年迈、笨拙且瘦弱的躯体压制下，雅莱迪思失去了童贞。除了恶心，她已经没有其他感受了。

雅莱迪思每次有事到楼下工场时，总会趁机多看看丈夫那些年轻学徒。他们为什么不看她呢？她倒是大大方方盯着他们看。她的栗色大眼睛紧盯着那些年轻男孩们的结实肌肉，一颗颗如珍珠般的汗水挂在额头上，然后滑过脸颊、颈部，最后流向强壮的胸膛。雅莱迪思的欲望随着那些敲打皮革的手臂舞动着，一次又一次，一次又一次……然而，她丈夫已经清清楚楚地订下严格规定："谁要是敢看我的妻子，初犯者鞭打十下，再犯者二十下，第三次又犯，不给饭吃！"每天夜里，雅莱迪思总要自问，她青春肉体应该享有的欢愉在哪里？她所委身的衰老男人根本不可能提供任何美妙的鱼水之欢啊！

有时候，老师傅会在夜里伸出那双粗糙的手搓摩着她，偶尔甚至会强迫她替他手淫。然后，老头总是累得呼呼大睡。就在某一天夜里，雅莱迪思悄悄起床，她蹑手蹑脚，就怕惊醒了丈夫，不过，熟睡的老头连动也不动一下。

她下楼到工场里。幽暗中那一张张工作台是她最感兴趣的，她在工作台间缓缓踱着，手指摸着光洁的木板。你们不喜欢我吗？你们不想要我吗？雅莱迪思一边想着那群年轻学徒，双手则从木板纸面移回自己身上，她抚摸着自己的胸部，然后是臀部……就在这时候，墙角的微光引起了她的注意。那是工场旁的学徒寝室房门窥视孔。雅莱迪思凑进那个小孔，然后突然弹开。她浑身发抖，再次凑近那个小孔。所有学徒都一丝不挂！她真怕自己的急促呼吸声会惊动他们。其中一个学徒甚至躺在草席上摸着自己的命根子！

"你意淫的对象是谁啊？"最靠近墙边的学徒问，"是不是老师父的年轻娇妻啊？"

另一位学徒没答腔，只是一次又一次地搓摩着。雅莱迪思满身大汗，她不知不觉地把手伸进了双腿之间，然后，她看着那个心里正想着她的少年，终于体验了极乐欢愉。她甚至比少年更早达到高潮……

她跌坐在地上，背部靠着学徒寝室外那面墙壁。

隔天早上，雅莱迪思从那位学徒的工作台前走过，浑身散发着爱欲气息。她不自觉地在工作台前停下脚步。最后，年轻学徒总算抬头看了她半晌。她知道这个年轻人自慰时心里想的是她，于是，她看着他，嫣然一笑。

那天下午，雅莱迪思被丈夫叫到工场去。老师父站在那位年轻学徒后面等着她。

“我说，亲爱的……”雅莱迪思一到面前，老师父随即开口。“你也知道，我最不喜欢有人来扰乱学徒的注意力了。”

雅莱迪思看着那位年轻人的背部，十道渗血的细痕在背上交错着。她没吭声。那天晚上，她没去楼下工场，隔天夜里也没有，但后来她恢复了夜里下楼的秘密行动，夜复一夜，她爱抚着自己的身体，想象着那是亚诺的双手……他很孤单。他的眼神是这样告诉她的。他应该属于她的！

023

巴塞罗那依然沉浸在节庆的欢乐氛围里。

这是一幢简陋的房子，但与其他大力士的家相比，公会代表巴托罗莫的住家还算体面了。巴家的房子和其他大力士的住家一样，大多位于圣母教堂、波恩广场或尤尔广场附近通往海边的窄巷里。巴家一楼是砖造旧建筑，屋里有个火炉，二楼是后来加盖的，使用的建材是木头。

亚诺看着巴太太准备的一桌丰盛佳肴，口水咽个不停：香气扑鼻的白面包、牛肉炖蔬菜、油煎猪排，还有火炉上那一大锅海鲜饭！饭里还加了黑胡椒、肉桂粉以及番红花这些珍贵香料。此外，桌上还摆着蜂蜜酒、奶酪和糕饼。

“我们今天是庆祝什么事啊？”亚诺坐在桌边好奇地问，卓安坐在他对面，而他的左手边是巴托罗莫，右手边坐着艾柏神父。

“你等会儿就知道了。”神父回答。

亚诺看了看卓安，但是坐在对面的弟弟就是噤声不语。

“你等会儿就知道啦！”巴托罗莫重复了同样一句话，“现在，先开动吧！”

亚诺没办法，只能耸耸肩，这时候，巴家大女儿端着装满了炖肉的钵碗及半条白面包走近他身旁。

“这是我女儿玛丽亚。”巴托罗莫对他说。

亚诺微微侧着头，全副心思都集中在那个钵碗上。四个男人的饭菜都送上了之后，神父做了餐前祈祷，接着，大家默默吃着碗里的食物。巴太太和女儿，以及家中另外四个小孩则席地用餐，六个人分享同一锅食物。

亚诺满足地嚼着牛肉炖蔬菜。多么特别的味道啊！黑胡椒、肉桂和番红花，这些可都是贵族和富商们才吃得到的香料。“当船工们卸下的货物刚好是香料时，”有一天，其他大力士曾经在海岸上这样告诉他，“我们总要默默祈祷！万一这些香料掉进海里，或是不小心弄坏了袋子的话，我们根本就赔不起啊！只有等着坐牢的份了。”他撕了一小块面包往嘴里塞，然后喝了一口蜂蜜酒……但是，为什么大家老是盯着他看呢？他非常确定，餐桌边的另外三个人一直在偷偷观望他。他瞥见卓安始终低头看着钵碗。亚诺还是将注意力转回美味的炖肉，一口、两口、三口……突然间，他抬头一望——卓安和神父正比画着手脚。

“好啦……到底是怎么回事？”亚诺把汤匙放回餐桌上。

巴托罗莫皱着眉头。“我们还能怎么办呢？”他的表情仿佛在对另外三人这样说。

“你弟弟决定进入方济教会，正式成为神职人员。”艾柏神父总算开口说话了。

“原来是这样啊！”亚诺随即举起酒杯，笑容满面地对着卓安说，“恭喜你。”

然而，卓安并未跟着举杯，神父和巴托罗莫也毫无反应。亚诺的酒杯就这样高高悬在半空中。究竟发生什么事了？除了那四个专心吃饭的年幼孩子之外，在场的其他人都盯着他！

亚诺把酒杯放回桌上。

“怎么了？”他直接询问弟弟。

“我不能去当教士。”亚诺一听，脸色都变了，“我不想留下你一个人生活。我很愿意献身教会，除非……除非你身边有个好女人，一个为你生儿育女的贤妻良母。”

卓安说着这段话的同时，双眼看着巴托罗莫那个一直低着头的女儿。

亚诺叹了口气。

“你也该成家了。”艾柏神父也在一旁搭腔。

“你不能一个人过日子啊！”卓安重申。

“你如果愿意接受我的女儿玛丽亚成为你的妻子，我会感到非常荣幸的……”巴托罗莫停顿了一下，看了看娇羞地挨在母亲身旁的女儿，“你是个正直又勤奋的好男人，身体健康，工作认真。我很愿意把女儿许配给你，而且会送上一笔好嫁妆，够你买栋房子。另外，你也知道的，结了婚的大力士，工资比较优厚。”

亚诺不敢再正眼看巴托罗莫。

“我们已经帮你物色了好久，大家一致认为，玛丽亚是最适合你的女孩子。”艾柏神父说。

亚诺凝视着神父。

“只要是个好基督徒就应该成家，为这个世界生儿育女……”卓安这样对他说。

亚诺注视着对面的弟弟，不过，卓安的话还没说完，坐在亚诺左边的巴托罗莫先开了口：“你就别考虑太多了，孩子！”

“你如果不成家，我就不进方济教会！”卓安补上一句。

“你结婚成家的话，我们大家都会很高兴的。”神父说。

“你如果迟迟不愿意成家，大力士公会恐怕会对你有负面的看法，而且，你弟弟在教会的前途也会受到影响。”

没有人再开口说话了。亚诺抿着双唇。事关大力士公会！这么一来，他已经找不到借口了。

“怎么样啊，哥哥？”卓安问他。

亚诺凝视着卓安，这才发现，卓安已经不再是他当年认识的那个小孩子了。眼前的卓安，正以严肃的眼神质问着他。他怎么会一直没发觉呢？当年那个喜欢傻笑，那个带着他认识大街小巷，那个坐在箱子上等着母亲轻抚头发的孩子，早已是尘封的记忆了。这四年来，两人交谈的时间真是少之又少啊！他总是忙着工作，忙着搬运船货，回到家的时候都天黑了，加上筋疲力尽，连说话的意愿都没有。确实啊！眼前的卓安已经不再是当年的小卓了。

“你真的会因为我而放弃进入教会吗？”

霎时，屋里仿佛只剩下兄弟俩。

“是的。”

只有他们兄弟俩，卓安和他。

“我们为了这件事辛苦了好久。”

“是啊！”

亚诺托腮苦思了半晌。大力士公会……巴托罗莫是代表之一。同事们会怎么说？他不能毁了卓安的前途，尤其是付出这么多努力之后。此外，假如卓安离家了，他一个人怎么生活？他转过头去看了看玛丽亚。

巴托罗莫对女儿使了个眼色，于是，玛丽亚羞怯地走了过来。

亚诺看着眼前这个单纯的少女，顶着一头鬈发，一副善良乖巧的模样。

“这丫头今年十五岁了。”玛丽亚刚在餐桌旁站定，巴托罗莫就急着对他说道。在四个男人的注视下，玛丽亚紧张地揪着裙子，始终低头看着地板。“玛丽亚！”父亲又唤她一声。

少女慢慢抬起来头来，羞红了脸，双手紧握着。

这时候，反而是亚诺移开了目光。看到这情景，巴托罗莫忐忑不安。少女轻叹了一声。她哭了吗？他实在无意伤她的心。

“好吧！”亚诺宣布。

卓安立刻高举着酒杯，巴托罗莫与艾柏神父马上举杯响应。亚诺也举起酒杯。

“我真的好高兴啊！”卓安对哥哥说道。

“这一杯敬准新人！”巴托罗莫高声欢呼着。

一年之中竟有一百六十天！根据教会的规定，基督徒一年之中有一百六十天必须进行斋戒，这时候，所有的女人，包括雅莱迪思在内，都得到圣母教堂附近的沿海区买鱼。

你到底在哪里？每次看到港口里停泊的商船，雅莱迪思总要往海岸望了又望，看着船工们忙着装货、卸货。你到底在哪里？亚诺。有一天，她总算看见了他，那一身紧绷的肌肉，仿佛皮肉都要绽开了！天啊！雅莱迪思不禁打了个哆嗦，然后暗自盘算着还有几个钟头才天黑，等夜深人静，年迈的丈夫呼呼大睡时，她就能偷偷溜到楼下的工场，与他欢愉共处。正因为斋戒日的规定，经常需要买鱼的雅莱迪思终于摸清了大力士们的工作状况：不需要搬运船货时，他们就利用时间搬运大石头到圣母教堂，由于每个人脚程不同，搬完第一趟之后，大力士们可以各自返回采石场继续下一趟，无须等候其他人一起上路。

那天早上，亚诺正在返回采石场的路上。单独一人。时值炎热盛夏，他把挽具拎在手上。而且，打着赤膊！雅莱迪思看着他从鱼摊前走过。艳阳映照着他满身的汗水，他一路面带微笑，与他擦身而过的人，无论是相识或陌生，他总是微笑致意。雅莱迪思脱离了排队买鱼的行列。亚诺！她差点儿就要出声唤他。亚诺……她叫不出口。排队等着买鱼的妇人们盯着她看。排在她后面的老妇人指了指空出来的位子，雅莱迪思示意她递补上去。她该如何转移这群好奇妇女的注意力呢？她装出一副想要呕吐的模样。有人好心上前帮助她，但被雅莱迪思婉拒了。在场的妇人都笑了。她又做了个想要呕吐的动作，然后快步跑着离开了，几位孕妇则笑着对她指指点点。

亚诺正要前往蒙居克山的采石场。她要如何追上他呢？雅莱迪思沿着海洋街一路跑到布拉特广场，到广场之后，左转前往总督府旁的古罗马城墙口，然后直走到波格利亚街口。她非得追上他不可。路人一直盯着她看。有人认出她了吗？那又怎么样！亚诺单独上路。雅莱迪思穿越了波格利亚城门，转进前往蒙居克山那条路。他一定会在那里的……

“亚诺！”这一次，她总算喊了出来。

亚诺立刻停下脚步，回头一看，有个女子正向他跑来。

“雅莱迪思！你在这里干什么？”

雅莱迪思喘个不停。她这下该跟他说些什么呢？

“发生什么事了吗？雅莱迪思……”

该说什么才好？

她弯着腰，抱着肚子，又是一副要吐的样子。装个样子有何不可？亚诺走到她身旁，然后伸出双手搀扶着她。如此单纯的肢体接触，却让她不自主地颤抖起来。

“你怎么了？”

啊……这双手！这双手用力扶住了她，把她整个人夹在他腋下。雅莱迪思抬起头来，见到的是亚诺的厚实胸膛，淌着汗水，散发着他的体味。

“你到底怎么了？”亚诺又问了一次，并试着将她的身子扶正。

雅莱迪思就趁这个时候，一把抱住了他。

“天啊！”她喃喃低语着。

她把脸紧贴着他的脖子，忘情地吻着他，舔他的汗水。

“你……你这是干什么？”

亚诺试图摆脱她，但她却粘得更紧。

前方转角处传出人声。是其他的大力士！他要如何向他们解释？说不定正好就是巴托罗莫呀！他们一定会把他逐出公会的！亚诺一把揽住雅莱迪思的腰部，迅速将她拉到树丛后躲好，并捂住了她的嘴。

人声缓缓接近，然后渐渐远去，不过，亚诺并没有留意那是谁的说话声。他坐在地上，雅莱迪思则坐在他腿上。亚诺一手揽着她的腰，另一手捂着她的嘴。这女孩正注视着他，那双迷人的栗色眼眸啊！亚诺突然惊觉，他正把她抱在怀里。他的手紧抓着雅莱迪思的腰腹，而她的酥胸……她的酥胸正贴着他的胸膛喘息着。曾经有过多少个夜晚，他梦想着拥她入怀？曾经有多少个夜晚，他遐想着她的肉体？雅莱迪思并未挣脱，她只是睁着那双迷人的栗色大眼睛，望着他。

他松开了捂着她嘴的手。

“我需要你！”她的双唇轻轻吐出这句话。

接着，那双朱唇吻上了他的唇，如此甜美，如此柔嫩，几乎让人窒息！

那是她的味道！亚诺打了个哆嗦。

雅莱迪思颤抖着。

她的味道、她的肉体……她的欲望！

这时候，两人已经不再言语……

那天夜里，雅莱迪思无须下楼去偷窥年轻学徒了。

024

玛丽亚和亚诺在圣母教堂完婚已经过了差不多两个月了，教堂的正式婚礼由艾柏神父主持，在场观礼的包括大力士公会的所有成员、贝雷和玛丽欧娜，还有已经完成削发仪式并正式穿上方济会教士服的卓安。由于大力士公会给已婚的亚诺增加了工资，于是小两口在海边买了幢小房子，家具都是玛丽亚娘家置办的，还有新婚夫妻需要的所有物品，也都由他们一手包办了。亚诺什么事都不需要动手或操心。房子、家具、锅碗瓢盆、衣服、食物……全部由玛丽亚和她母亲打点妥当，因为母女俩坚持亚诺回到家里就该好好休息。新婚初夜，玛丽亚将贞操献给丈夫，不见激情，但也毫不忸怩。隔天清晨，曙光初露，亚诺才睁开眼睛，就看到早餐已经备妥在桌上：鸡蛋、牛奶、腊肠和面包。中午也重复着同样的情景，以及晚上，还有隔天。玛丽亚总是按时送上亚诺的三餐。她替他脱鞋，替他净身，并小心翼翼地帮他处理伤口。玛丽亚在床上总是顺从地迎合丈夫。日子一天天过去了，亚诺拥有一个男人梦寐以求的一切：可口的食物、干净的衣裳，还有一个年轻美丽的女性肉体，总是顺从又体贴地满足他的需求。是的，亚诺。不会，亚诺。玛丽亚从不与他争辩。倘若他需要蜡烛，玛丽亚会立刻替他拿来。亚诺断然拒绝的事，玛丽亚绝口不再提起。如果他要呼吸，玛丽亚会替他送上新鲜空气……

暴雨骤至。天色突然暗下来，风雨横扫整个港湾，乌云悬在大海上空。亚诺和巴托罗莫在海边碰面时，两人都淋得像落汤鸡似的。为了避开这场危险的暴风雨，所有船只早已迅速离开巴塞罗那港，改停靠沙洛港[1]。采石场也因大雨而关闭。这一天，大力士不必上工了。

“你好吗，孩子？”巴托罗莫关切女婿近况。

“很好，非常好……不过……”

“有什么问题吗？”

“也没什么啦！只是……我实在不习惯玛丽亚把我照顾得这么周到。”

“我们就是这样教她的呀！”巴托罗莫自豪地说。

“实在太周到了！”

“我不是跟你说了嘛！你把她娶回家，绝对不会让你后悔的！”巴托罗莫盯着亚诺，“放心，你会习惯的。你就好好享受妻子的服侍吧！”

这时候，他们刚好来到女人街，一条通往海边的窄巷。巷子里，二十多个女子在雨中穿梭着，或年轻或年老，或貌美或丑陋，或健康或病态，总之，都是贫穷女子。

“你看到那些女人没有？”巴托罗莫突然指着在窄巷里徘徊的女人，“你知道她们在等什么吗？”亚诺摇头，“像今天这种狂风暴雨的日子，当渔船上那些尚未成家的船长已经无计可施时，当这些未婚的船长必须祈求天主、圣母保佑他们安度这场灾难时，他们只有一个办法。船员们都知道这个办法，也要求未婚船长必须这么做：这时候，未婚船长会在所有船员面前大声对上帝发誓，如果渔船和所有船员都能安然度过这场暴风雨的话，他就迎娶登陆后碰见的第一个女子。这样你懂了吧？亚诺……”亚诺再次观望着窄巷里的二十多个女子，全都焦躁地来回踱着，不时张望着远方的海平面，“女人生来就为了找个归宿，为了服侍男人。我们就是这样教育玛丽亚的，我们交给你的，就是这样一个女子。”

---

1. 沙洛港（Salou），位于加泰罗尼亚第二大城塔拉戈纳附近，中古世纪的重要商港，目前以观光业为主，距离巴塞罗那约 110 公里。

日子继续一天天过下去，玛丽亚依旧痴情地照顾着亚诺，但是他的心里却只有雅莱迪思。

“那些大石头在你的背部刮出好多伤口啊！”玛丽亚在亚诺的肩胛骨部位轻轻抹上药膏。

亚诺没答腔。

“今天晚上，我帮你把挽具检查一下吧！那些石头怎么会刮出这样的伤痕呢？”

亚诺还是没出声。他回到家里的时候，天都黑了。玛丽亚帮他脱了鞋，然后送上一壶酒，接着，她要他坐下来，好替他按摩一下背部，就像她母亲那样天天替刚下工的父亲按摩。亚诺默默听她说话。这些伤痕，与他搬运的圣母教堂石块毫不相干，也不是挽具出了问题。她在清洗、抹药的是羞耻的伤痕，那是另一个亚诺无法启齿的女人抓搔的痕迹。

“那些石头啊……把你们的背部弄得满是伤痕。”他的妻子又说着同样的话。

亚诺喝了一口酒，此时，他终于感受到玛丽亚的双手正轻柔地抚摸着他的背。

在丈夫把她叫到楼下工场去见识胆敢看她的学徒身上的鞭痕之后，雅莱迪思只能偷窥工场里那些年轻人了。后来她多次发现，入夜后有些女人从外头爬墙进入后院，学徒们就在那里等着。这些年轻人精通各种制革材料、工具和技术，因此，为了方便和这些女人私通，他们以轻巧细致的皮革制作了一种阳具套子。这么一来，再多的深夜激情云雨，也不会让这些女人怀上身孕。雅莱迪思轻易就溜进了学徒们的宿舍，她要求这些年轻人也帮她做几个这样的套子；她和亚诺的爱欲交欢，从此不再有后顾之忧了。

雅莱迪思告诉亚诺，用这些套子，他们就不必担心生孩子的问题，于是，他看着她慢慢把自己的阳具套进皮套子。这些油脂会不会一直留在他的命根子上？这种违反自然法则的行为会不会受到惩罚？玛丽亚的肚皮始终没有动静。她是个身体健康的年轻女子啊！是不是亚诺犯了违反自然之罪而造成妻子无法怀孕？或是上帝惩罚他，不准他拥有子嗣？巴托罗莫一直想要个孙子。艾柏神父和卓安也期望见到亚诺成为一个父亲。整个大力士公会都在等着这对新婚夫妇的好消息。男人们和亚诺打趣，要他多加油，而大力士们的妻子则经常找玛丽亚聊天、献策，并告诉她养育儿女有多么美好。

亚诺也很想有个自己的孩子。

“我不希望你再给我戴上那个玩意儿！”有一回，雅莱迪思在通往采石场的中途拦下亚诺，他提出严正抗议。

雅莱迪思可不想让步。

“我不想失去你！”她对亚诺说，“你如果要弃我而去，我会先你一步抛弃那个老头儿，然后把我们的事公开。所有人都会知道我们之间的关系，你会因此身败名裂，被逐出公会，甚至有可能被逐出这座城市，到时候，你就只剩下我一个人了。我会永远跟着你的。我无法想象，没有你的日子要怎么过，被迫留在一个好色无能的老头身边已经够可悲的了。”

“你打算毁了我这一生吗？你怎么能对我做出这样的事情？”

“因为我知道，在你的内心深处，你是深爱着我的。”雅莱迪思语气坚定地说，“事实上，我只是帮你跨出你一直不敢踏出去的一步而已。”

两人隐身在蒙居克山坡的树丛里，雅莱迪思将皮套滑入情人的命根子。亚诺眼睁睁地任由她摆布。她说的话都是真的吗？他的内心深处真的渴望与雅莱迪思共度未来？他真的愿意抛下妻子与一切，和她远走天涯？这个让他意志崩溃的女人，究竟打着什么主意？亚诺很想把卓安母亲的遭遇告诉她。他想，或许可以借此让她明白，如果她抖出两人之间的奸情，那个老头可以休了她，并且将她终生监禁。然而，他终究没开口，反而饥渴地扑在她身上，一次又一次……雅莱迪思随着亚诺的推进频率而喘息着。只是，这位年轻的大力士却只听见自己内心的恐惧：他的妻子玛丽亚、他的工作、大力士公会、卓安，还有玛丽亚，他亵渎了圣母玛丽亚，他的圣母……

025

端坐在宝座上的贝德罗国王，幽幽举起一只手。站在国王右手边的是他的叔父和弟弟，以及两位王子贝德罗和海默，而站在左边的则是德拉诺瓦伯爵和欧特·德·蒙卡塔尔神父。此时的国王正等着策士们安静下来。贝德罗国王与群臣此刻正在瓦伦西亚的皇宫里，就在不久前，他接见了马约卡的海默国王派来的特使贝利·雷蒙·柯多勒。根据柯多勒的说法，马约卡国王已经决定向频频挑衅的法国宣战，因此，他以贝德罗国王诸侯国的身份，请求贝德罗国王于来年（1341年）4月21日派兵前往佩皮尼昂（Perpin）协助应战。

那天的一整个早上，贝德罗国王和他的这群策士一直在研议这个诸侯国提出的请求。假如他不出面协助马约卡作战的话，马约卡可以公然否定诸侯国的地位，从此成为自由王国。但是，如果真要协助这场对抗法国之战——在场的人一致同意——那就会落入马约卡国王设好的圈套：加泰罗尼亚军队大举进入佩皮尼昂的同时，海默国王恐将倒戈，并与法国国王结盟，连手攻打加泰罗尼亚。

现场安静下来之后，国王对身旁的策士们说：

“这件事情，你们都经过了深思熟虑，大家也尽力找出回绝马约卡国王协战请求的最佳方式。我想，我们已经找出可行的好办法：我们去巴塞罗那召开议会，并要求马约卡国王必须到巴塞罗那出席3月

25日的议会，按照规定，这是他的义务。接下来会怎么样呢？他可能会来，但也可能拒绝出席。他如果来了，也按照规定完成了应有的程序，那么，我们就必须答应他提出的请求……”在场有些策士开始惶惶不安起来；假如马约卡国王出席议会，他们将对法国作战，同时还要应付对抗热那亚之战。有人甚至毫不掩饰地高声反对，但是，贝德罗国王挥手要大家冷静下来，只见他面带笑容，语调激昂：“接着，我们将询问各个诸侯国的意见，由他们来决定我们该怎么做。”这时候，有些策士听出国王的用意，脸上露出笑容，另外还有一些人频频点头。加泰罗尼亚的议会拥有政治决策权，是否参战一事，应由议会决定。到时候，拒绝协助诸侯国对法作战的责任不在国王，而是加泰罗尼亚议会。“如果他不出席议会……”贝德罗国王继续说，“那么，他就违反了诸侯国应该遵守的规定，在这种情形下，我们也没有义务要协助他对法国作战了。”

巴塞罗那，1341年

贵族、神职人员以及王国的各地代表，加泰罗尼亚议会的三大主要成员，已经陆续涌入加泰罗尼亚首都。此时，巴塞罗那的大街小巷处处可见来自埃及或大马士革的鲜艳绸缎衣衫，或是英格兰或布鲁塞尔高级羊毛布料裁制的服装，还有难得一见的黑麻长衫……这些奢华的衣装全都用金线或银线镶了边，并且绣着美丽的图案。

然而，马约卡的海默国王仍未抵达。从好几天前开始，总督大人下令，为了迎接可能到访的马约卡国王，所有船员、大力士以及港区的工人皆应投入相关的准备工作。巴塞罗那港口并不适合迎接地位尊贵的大人物，总不能让他们跟所有商人一样，由船工划着小舢舨载上岸边。因此，每逢重要人物抵达巴塞罗那港时，从岸边到船舶停靠的入港处，船工们必须将舢舨一一排列整齐，然后在这列舢舨上筑起一座桥，好让王公贵族们以雍容华贵之姿踏上巴塞罗那海滩。

所有的大力士，包诺亚诺在内，天天忙着搬运造桥所需的木板到海边。海滩上挤满了老百姓，还有前来出席议会的贵族们，大家翘首远眺着海平面，努力找寻着海默国王舰队的踪影。巴塞罗那议会已经成了热门话题，马约卡国王请求协助作战一事，以及贝德罗国王的因应对策，全都成了巴塞罗那百姓的闲聊话题。

“照这样看来……”那天，亚诺到圣体神殿去更换大蜡烛时，忍不住向艾柏神父提出心中的疑问，“如果这座城市所有的老百姓都知道贝德罗国王的想法，海默国王不可能会不知道的。既然这样，为什么还要等他来呢？”

“所以，他是不会来的。”神父答道，同时忙着检视神殿内的各项细节。

“接下来呢？”

神父突然站住不动，一副忧心忡忡的神情。

“我最怕的是，加泰罗尼亚恐怕要和马约卡打仗了。”

“又一场战争？”

“是啊！大家都知道，国王一心一意要收复海默一世瓜分给不同继位者的各个王国。自从王国分裂之后，马约卡的历任国王始终处心积虑要密谋叛变。就在五十多年前，贝德罗大帝费了好大一番功夫在巴尼萨尔斯山谷征服了联手叛乱的法国和马约卡军队。后来，贝德罗大帝接连攻下了马约卡、胡西壅（Roselln）和塞尔坦亚，但是，教皇强迫他将这些地方归还海默二世。”神父停顿了半晌，并转过头来看着亚诺，“一定会打仗的，亚诺。什么时候？什么原因？我不知道，但是，一定会打仗的。”

马约卡的海默国王并未如期出席议会。国王再宽限他三天，但是，三天过去了，海默国王的舰队仍未出现在巴塞罗那港。

“现在你应该知道可能会打仗的原因了吧！”艾柏神父后来这样告诉亚诺，“我还是说不上来什么时候会打仗，但是，我们现在已经看得出来为什么要打仗了。”

议会一结束，贝德罗三世下令，立刻着手控诉马约卡不服从诸侯国规定的法定程序；此外，他还一并罗列了胡西壅和塞尔坦亚等伯爵领地私自铸造加泰罗尼亚钱币的罪状。按照王国法律规定，皇家货币只准在巴塞罗那铸造。

马约卡的海默国王依旧不予回应，但是，由巴塞罗那总督德瑞尔主导的取消马约卡诸侯国资格法定程序，却在如火如荼地进行中。当海默国王的几位大臣向他禀报可能导致的后果时，马约卡国王这才开始觉得事态严重：他现有的王国和领地，可能全部被征收！于是，海默国王向法国国王和教皇求助，请他们去和他的妻舅贝德罗国王交涉。

一向偏袒马约卡的教皇，特别为海默国王向贝德罗国王申请了通行证，他要求贝德罗国王务必提供绝对安全的环境，好让海默国王能够安心抵达巴塞罗那为自己辩解。贝德罗国王无法拒绝教皇的要求，只好同意发出通行证，同时还要求瓦伦西亚派出四支舰队，全程保护马约卡国王的航海安全。

当马约卡国王的舰队出现在远方的海平面时，所有巴塞罗那百姓都涌进港口。梅尔瑟指挥的瓦伦西亚舰队全副武装，正在等着同样也在备战状态的海默三世舰队。巴塞罗那总督早已下令沿海区所有工人投入造桥工程。船工们忙着排列舢舨，其他工人则开始将造桥所需的木板搬到舢舨上。

马约卡国王的舰队正式下锚停泊之后，一群船工急忙登上皇家船舰。

“这是怎么回事？”眼看着马约卡舰队上的皇家军旗依旧迎风飞扬，却只有一个人踏上船工的接驳舢舨，有位大力士忍不住喃喃低问。

亚诺一脸错愕，一如身旁的其他同事。众人的目光，全都落在紧盯着舢舨逐渐靠岸的总督大人身上。

跨下木桥的只有一个人：艾沃子爵，这位来自胡西壅的贵族，一身华服，全副武装，一路缓步走在木桥上。

总督大人上前迎接，当场就在沙滩上听取了艾沃子爵的解释，胡西壅贵族边说边指着弗拉梅诺斯修院，接着又频频指着马约卡国王的舰队。会谈结束后，子爵随即返回皇家船舰，而总督大人的身影则消失在返回城里的路上。不久后，总督大人带着贝德罗国王的指示回到沙滩上。

“各位！马约卡的海默国王……”总督对着在场群众高喊，“海默国王与他的妻子康丝坦莎王后，也就是我们敬爱的贝德罗国王之妹，他们决定留宿弗拉梅诺斯修院。我们必须立刻动工建造一座坚固的木桥，两侧要以木板围起来，并且要加盖屋顶，木桥的建造始于舰队停泊处，一直要延伸到国王与王后留宿的客房房门前。”

此话一出，海滩上的群众开始隐隐骚动起来，然而，总督大人严厉的神色立刻平息了现场的耳语。大多数沿海区工人的目光不约而同转往矗立海岸线上的弗拉梅诺斯修院。

“他们真是疯了！”亚诺听见某位大力士说。

“万一刮起暴风雨……”另一人在一旁接话，“木桥一定会被吹垮的。”

“木桥两侧封闭，还加设屋顶！马约卡国王为什么要求建造这样一座桥？”

亚诺回过头去看着总督大人，这时候，建筑大师贝伦格·孟塔谷也来到沙滩上。总督大人指着弗拉梅诺斯修院给大师看，然后右手朝着大海方向比画着一条想象中的木桥路线。

亚诺和其他大力士、船工、木工、捻缝工、铁匠、缆绳工人等默默听完总督大人的解说，此时，孟塔谷大师倒是一副若有所思的模样。

贝德罗国王已经下令暂停圣母教堂和大教堂的工程，所有工人必须全力投入木桥的建造工作。孟塔谷大师指挥工人们拆除了圣母教堂外的部分鹰架，就在拆除后的当天早上，大力士们开始将建材搬往弗拉梅诺斯修院。

“真是太愚蠢了！”扛着大木桩的亚诺，忍不住向雷蒙发起牢骚，“我们辛辛苦苦搬运大石头到圣母教堂，现在居然要停工，就为了任性骄纵的……”

“住口！”雷蒙斥责他，“我们乖乖遵照国王的命令行事就对了。国王这样决定，一定有他的道理。”

始终接受瓦伦西亚舰队严密护卫的马约卡国王舰队，在众多用力划桨的橹工努力之下，总算移动到弗拉梅诺斯修院前方不远处。泥水匠和木工们着手在修道院面向大海的墙边搭设鹰架，在此同时，大力士们则不断地往返于圣母教堂和弗拉梅诺斯修院之间，一趟又一趟地搬运着工程所需的木材和木桩。

到了傍晚，大伙儿总算收工了。亚诺带着一肚子怨气回到家里。

“我们的国王从来没有做过这么疯狂的事情啊！他居然答应建造一座这么费工的奇怪木桥，就为了满足一个叛徒的任性要求？”

不过，当玛丽亚的双手开始在他背上按摩时，他的抱怨和思绪顿时终止了。

“你的伤口已经好多了。”妻子说，“听说，有人喜欢用天竺葵搭配膏药来治疗伤口，但是，我们家一向都用千日红。我祖母就是用千日红治疗祖父的伤口，母亲也是这样处理父亲的伤口……”

亚诺紧闭双眼。千日红疗效好？他已经好几天没和雅莱迪思见面了，这才是他伤口好转的原因！

“你的肌肉为什么要绷得这么紧呢？”玛丽亚的责备打断了他的思绪，“放轻松！你应该把身体放轻松，这样才可以……”

他依然听不进她说的话。为什么要放轻松？就为了治疗另一个女人的抓痕？她至少应该为这件事生气才对呀……

然而，玛丽亚并未疾言厉色对待他，那天晚上，她依旧柔情似水——紧紧依偎在他身旁，温柔地献上自己的肉体和情意。雅莱迪思从来不知温柔为何物。他们的激情云雨，简直就像两头猛兽在交媾！亚诺接受了妻子的柔情，但是双眼紧闭。他有什么脸看她？妻子爱抚着他的躯体……也爱抚着他的灵魂，她更将欢愉传递给他……欢愉越激越，他就越痛苦。

黎明时刻，亚诺起床准备前往弗拉梅诺斯修院上工，这时候，玛丽亚早已在楼下升起了炉火替他做好早餐。

接下来的三天造桥工程期间，马约卡国王与其随行人员始终没有离开船舰。负责护卫任务的瓦伦西亚舰队也毫无动静。弗拉梅诺斯修院前的鹰架搭设完成之后，一大群船工总算可以开始搬运建材。亚诺不眠不休地工作，他不能歇息，只要他一停下来，仿佛玛丽亚温柔的双手又开始爱抚着他几天前才被雅莱迪思抓得搔痕密布的躯体……一艘艘小舢舨在海边漂浮着，船工们奋力摇桨，不断地将一堆堆木板载运到巴塞罗那港尽头，贝伦格·孟塔谷则站在舢舨上指挥工程，只见他那艘小舢舨不断在港口海岸间来回游移着，就为了确定工人们打下的一根根木桩够稳固。

工程进行到第三天，两侧封闭，桥上加盖，逾五十米长的木桥，稳稳地横亘在巴塞罗那港。马约卡皇家舰队慢慢移动到木桥入口处，过了半晌，亚诺和在场所有人总算听见了国王和随行人员踩在木桥上的脚步声。许多人抬起头来，大大松了一口气。

在弗拉梅诺斯修院安顿下来之后，海默国王派了特使传话给贝德罗国王，他和康丝坦莎王后因为久留船舰，不堪海上寒风吹袭，两人身体有恙，而康丝坦莎王后特别央求哥哥能去探视她。国王正打算要去探望妹妹时，贝德罗王子却带着一位方济会的修士求见陛下。

“有事快说吧！修士……”国王的情绪因探访妹妹的行程被迫延宕而略显不耐烦。

卓安缩着身子，即使比国王高出一个头，这会儿也只能把头垂得低低的。“国王个头非常小。”卓安曾听人这样说过，“所以，他从来不在朝臣面前站着说话。”然而，此时此刻，国王的双眼，正好逼视着缩首低头的卓安，仿佛要把他看穿似的。

卓安吞吞吐吐地说不出话来。

“你快说呀！”海默王子在一旁催促他。

卓安紧张得直冒汗，黑色长袍逐渐粘在身上。万一这个消息不确切呢？此时他才初次思考起这个问题。这件事，是他从那位跟着海默国王一起登陆的老修士口中听来的，听完就立刻赶来禀报。他一路狂奔到王宫大门口，甚至因为不愿透露讯息内容而和卫兵吵了起来，后来，他总算见到贝德罗王子，但是现在……万一事情不是真的呢？万一这只是马约卡国王的另一个诡计呢？

“你到底是说还是不说呀，我的老天爷？”国王忍不住怒吼。

卓安一鼓作气，几乎屏息说完了整段话。

“陛下！您千万不要去探望康丝坦莎王后，这是马约卡海默国王设下的陷阱。他以妻子生病体弱为借口要求您前往探视，事实上，他已经吩咐门房，一旦您和两位王子进入，立刻封锁通道。这么一来，再也没有其他人能够进入王后下榻的房间。同时，十几位全副武装的精英部队已经等着要俘虏陛下，然后将您押往船舰，返回马约卡……到时候，海默国王会将您囚禁在亚拉洛王宫里，直到他得到一心想夺取的土地，才会将您释放。”

总算说出口了！

贝德罗国王眯着双眼质问他：“为什么像你这样一个年轻修士会知道这些事情？”

“这是陛下的亲戚贝伦格尔修士告诉我的。”

“贝伦格尔修士？”

贝德罗王子默默点头附和，这时候，国王似乎想起了这位亲戚。

“这位贝伦格尔修士……”卓安继续说，“他聆听了一位心生悔意的叛徒告解，他也希望能亲自向您禀报这件事，但因年事已高，所以找我跑腿传话。”

“正因为如此，所以他要求建造封闭的木桥啊……”海默王子也加入谈话，“如果我们在弗拉梅诺斯修院被绑架了，根本不会有人知道。”

“而且轻而易举！”贝德罗王子在一旁频频点头，语气格外激动。

“你们也知道的……”国王对两位王子说，“如果我的妹妹生病了，而她又在我管辖范围的领土之内，在这种情况下，我不能不去看她。”卓安在一旁低头聆听着。国王停顿了半晌。“我会将今晚的探视行程延后，不过，我需要……你在听我说话吗？修士……”卓安突然吓了一大跳，“我需要这位忏悔者公开坦承叛变的行为。如果只是秘密的告解，我还是得去探视王后的。快去办事吧！”

卓安赶紧跑回弗拉梅诺斯修院，然后将国王的请求转告了贝伦格尔修士。当天晚上，贝德罗国王并未前往探视马约卡王后，为了避免对方起疑心，他谎称自己眼部附近的皮肤受到感染，而且不断出血，必须躺在床上休息几天，而这几天的时间，正好可以让贝伦格尔修士去说服那位忏悔的告解人。

再次受托传话的卓安，这次毫不迟疑地转述了重要讯息。

“贝伦格尔修士的那位忏悔告解人，正是陛下您的妹妹。”卓安开门见山，“康丝坦莎王后要求您无论如何要将她接到王宫来。在这里，远离了海默国王的威吓，而且有您的庇护，她会把密谋叛变的过程详细叙述给您听的。”

为了达成康丝坦莎王后前往王宫的愿望，海默王子在一群卫兵陪同下去了弗拉梅诺斯修院。一见到带兵前来的王子，修道院里的修士们纷纷让行。不久后，虽然马约卡国王百般不愿意，康丝坦莎王后依然如愿前往王宫。

又过了没多久，马约卡国王也前往王宫求见其妻舅贝德罗国王。

“因为教皇明令指示……”贝德罗国王对妹夫说，“我会批准您的航海通行证。您的妻子将留在这里接受我的保护，请您立刻离开我的王国！”

马约卡的海默国王率领舰队离开后，国王立刻指示德瑞尔总督加速取消妹夫诸侯国资格的程序。不久之后，总督大人宣判，马约卡国王意图叛变，因此其诸侯领地将转为贝德罗国王所有。这么一来，为了收回土地，贝德罗国王已有充分理由向马约卡国王宣战。

同时，因为即将收复昔日王国土地而兴奋不已的贝德罗国王，特地找来那位揭穿叛变诡计的年轻修士。

“你为我们立了大功……”这一次，国王是坐在宝座上接见他的，“我要好好答谢你！”

卓安早已得知国王的想法；已经有人事先告诉过他了。他也断断续续地思考着这件事。他现在穿着一身方济会修士服，完全是因为当初师长们如此安排，但是，进入弗拉梅诺斯修院之后，这位年轻修士却大失所望：书籍在哪里？智慧在哪里？做学问的地方在哪里？最后，他去找了弗拉梅诺斯修院院长，而院长却语气平和地提醒他方济会的创立者亚西西的圣方济提到的三大宗旨：

“极度简朴，绝对贫穷，以及谦卑为怀。所有的方济会修士都应该这样生活才对。”

但是卓安渴望学习、阅读和研究。师长们也曾经确切地告诉他，研读神学也是亲近上帝的途径之一。因此，每当碰见道明会修士，卓安总会露出钦羡嫉妒的眼神。道明会主要宗旨是研究哲学和神学，并且创建了好几所大学。卓安希望能够加入道明会，更期盼有朝一日能够进入盛名远扬的波隆纳大学就读。

“就这么安排吧！”听了卓安的解释之后，国王做了这样的裁示，年轻修士兴奋得全身寒毛直竖，“我们相信，您将来一定会回国贡献自己的才学，并以您的神学知识和智能为国王和百姓服务。”

026

1343年5月

海上圣母教堂

巴塞罗那

巴塞罗那总督谴责海默三世已是近两年前的事情了。霎时，整座城市的钟声响彻云霄，亚诺身在尚未筑起围墙的圣母教堂内，胆战心惊地聆听着持续不断的钟声。国王已对马约卡宣战，城里处处是贵族和战士。此时，轮到看守圣母神殿的亚诺，默默观察着涌入圣母教堂里的大批人群，以及外头的广场上挤不进来的群众。巴塞罗那城里所有的教堂都举行了为加泰罗尼亚士兵祈福的弥撒。

亚诺一身疲惫。国王把所有武器都运到巴塞罗那来了，从好几天前，大力士们必须天天努力赶工。一百一十七艘船！人们从来没见过这么多船只：二十二艘巨型战舰、七艘用来运输马匹的大型货船以及满载士兵的八艘船舰。其他则是中小型船只。海面上布满了桅杆，以及不断进出港口的船只。

这些目前忙着载运武器的船舰当中，其中必定有这么一艘，一年前载着身穿黑色道明会教士服的卓安去了波隆纳。当时，亚诺一路送他到海岸边。卓安上了船，背向远方的汪洋，对着岸上的哥哥微笑着。亚诺看着他上船，看着船舰起锚离港，突然心头一揪，泪水不听使唤地滑落两颊。他真的只剩下自己一个人了。

日子就这么过下来。亚诺环顾周遭。整座城市的教堂钟声依旧此起彼落。贵族、教士、士兵、商人、工匠以及一般老百姓，全都涌进圣母教堂；在他身旁，他的公会同僚们则是挺直了身子站着。但是，他却感到如此孤单！他的梦想、他的生活，就像原有的罗马式旧教堂，已颓败倾圮。那些早已不存在了！新的教堂里，不见任何旧有的罗马式小教堂遗迹。亚诺所在的位置，正好可以浏览宽敞的教堂大厅以及错落其中的八角形石柱，石柱上方还有几座拱顶。至于教堂的外墙部分，一块块石头仍在往上堆砌之中，仿佛要直入天际。

亚诺往上一看。第二座拱顶已经架构完成，目前的建筑进度是两侧的教堂正厅。内殿的拱顶已经建造完成。下一个可望完工的是长方形的中央正厅拱顶，屋顶尚未铺设完成，看起来就像一大片蜘蛛网，随时等着自投罗网的猎物。亚诺望着那密密麻麻的肋拱，竟然失神了。有谁比他更清楚自投罗网的滋味？雅莱迪思天天缠着他不放。“我就把事情一五一十都告诉你的公会！”每当亚诺犹豫不定时，她就会这样威胁他，于是，他也就一而再，再而三地犯下不该犯的错。亚诺转过头去看了看他的大力士同僚们。万一他们知道的话……他的岳父巴托罗莫就站在那里，还有他的好友兼贵人雷蒙，他们会怎么说？他甚至可能因此而失去卓安！

仿佛连圣母玛丽亚都要背弃他了。两侧的教堂正厅护墙建好之后，城里的贵族和商人也着手打点起回廊上那些圣殿，天天忙着检视盾形纹章的图案、圣殿内的壁画、石棺以及各种石雕等等。

每当亚诺去向圣母寻求心灵慰藉时，总会见到某个富商或贵族在教堂里巡视圣殿工程。他总觉得自己的教堂好像被人抢走了。通常，这些人骤然出现在教堂，接着姿态高傲地停驻在十一座圣殿前，睁大了眼睛检视圣殿工程的各项细节。

亚诺总是低着头从这些贵族和富商身旁走过。他只是个搬石头的工人，他只想跪在圣母前面诚心祈求，希望自己能早日摆脱那张混乱的情网。

全城弥撒仪式结束之后，所有巴塞罗那老百姓随即转往港口。准备带兵参战的贝德罗三世已在多位大臣、男爵簇拥下来到港口。在场的还有海默王子，他将留守加泰罗尼亚，带兵抵御马约卡盟国从边界的进攻。其他人则与国王一起前往马约卡岛战场，包括贝德罗王子、舰队总指挥蒙卡塔尔，以及许许多多声望卓著的贵族、骑士们，各自带着自己的军力和人马向战场挺进。

玛丽亚凑巧在教堂外碰见亚诺，她兴奋地指着那一群高官显要：“国王！国王。亚诺，快看啊！你看看那气势，他的宝剑呢？好小的一把剑啊！还有那个贵族……那是谁啊？亚诺，你认识他吗？你看那些宝剑，还有那些武器……”

玛丽亚拉着亚诺一直走到海岸另一头的弗拉梅诺斯修院。那儿不见任何贵族和皇家士兵，倒是有一大群全身肮脏、衣衫褴褛的男人，没有盾牌或武器，更别提宝剑了。他们穿着宽松的长衫，腿上绑着护腿，头戴皮帽，肩上都扛着即将搬上船舰的木桩。

“这是军队吗？”玛丽亚低声问着身旁的丈夫。

“没错，他们是敌后突击队。”

夫妻俩一言不发，神情严肃地和其他巴塞罗那乡亲站在一起，默默观望着贝德罗国王雇用的这群佣兵。他们是拜占庭的征服者。就连刚刚才对贵族的精致宝剑和武器赞叹不已的妇孺，此刻看着这群民兵，正如玛丽亚那样，大家与有荣焉。这些人赤足赤膊突袭敌后，最有力的武器就是本身的灵敏和机智。谁会因为那身破烂衣服而取笑他们？

亚诺听说，西西里军队确实曾在战场上取笑这些民兵。这些衣衫褴褛的徒步民兵，岂是骑着骏马的贵族军队的对手？然而，这支敌后突击队却击溃了西西里军队，最后征服了西西里岛。法国军队也曾经嘲笑他们……这些都是加泰罗尼亚人津津乐道的战场轶闻。亚诺也曾经多次听人聊起。

“据说，”他在玛丽亚耳旁轻声说，“曾经有几个法国骑士俘虏了一名敌后突击队员，把他押到卡洛斯·沙勒诺王子面前。这位法国王子极尽刻薄，用尽所有难听的字眼羞辱这位看起来贫穷、肮脏又可悲的民兵，他甚至还嘲笑加泰罗尼亚军队。”夫妻俩目不转睛地盯着继续扛着木桩上船的民兵。“没想到，这个敌后突击队员竟然当着王子的面，扬言挑战法国部队里最精锐的士兵。这个赤脚民兵，手上只有长矛，而他的法国对手却骑着骏马，而且全副武装……”亚诺停顿了半晌，但是，玛丽亚却转过头来盯着他，示意他往下说，“法国军队取笑这个加泰罗尼亚民兵简直不知好歹，不过，他们也接受了这个挑战。于是，一大群法国军队转移到附近的旷野，就在那儿，我们这位民兵击败了法国士兵，他先宰杀了马匹，接着轻易就征服了不擅下马作战的骑士。就在他掐着骑士的脖子时，沙勒诺王子下令释放他。”

“没错！”有人在他们背后帮腔，“他们打起仗来，简直是魔鬼部队。”

这时候，亚诺发现玛丽亚正挨着他，紧紧抓着他的手臂，双眼紧盯着那群民兵。“你在找寻什么？庇护吗？你如果知道……我甚至无法面对自己的弱点！你以为，这些民兵发起狠来会比我伤你更重、更深吗？他们是战场上的魔鬼部队！”亚诺注视着他们：这群即将征战沙场的男人，即使抛下了家人和故乡，他们也是如此满足、如此喜悦！为什么……为什么他不去效法他们呢？

民兵登船将会持续好几个钟头。玛丽亚已经回家去了，亚诺也在海岸的拥挤人群里逛够了；无论走到哪里，总是会碰见同事。

“他们为什么要这么急呢？”他指着那些载满士兵、不断进进出出的船舰，询问刚才巧遇的雷蒙。

“你看了就知道。”雷蒙回答他。

就在这时候，亚诺听见了马嘶声，短促的第一声之后，逐渐传出数百声不绝于耳的马嘶声。原本在城墙外等候的马匹，现在该轮到它们上船了。

“我们走吧！”雷蒙对他说，“这里很快就会跟战场一样混乱嘈杂。”

就在两人正要走出海岸时，第一批即将上船的马匹由马夫们骑到了海岸边。一匹匹壮硕的战驹凌空挥蹄，龇牙嘶叫，连马夫们都穷于应付。

“这些马匹知道要上战场啦！”雷蒙说。

“它们知道啊？”

“当然！只要上船就表示要打仗了嘛！你看……”亚诺的目光移往海上：四艘大型货船，吃水仍浅，缓缓靠向岸边，船尾渐渐打开了，下水滑道随即落入海中。“至于那些搞不清楚状况的马匹呢……”雷蒙继续说，“情绪也会受其他马匹的影响。”

才一眨眼工夫，海岸上已经挤满了马。放眼望去，数百匹，每一匹都是壮硕精良的战驹。马夫和随从们在海岸上来回奔波，个个忙着安抚躁动不安的马匹。只是，马匹的狂嘶更强烈，已到了震耳欲聋的地步。

“他们在等什么？”亚诺大声问道。

此时，雷蒙又指了指那几艘货船。好几位随从已经站在海里，水深及胸，他们正慢慢牵着马匹过海，然后上船。

“这些人都是经验丰富的专家。马匹只要上了船就好控制了。”

的确如此。不过，牵着马匹从海岸走到下水滑道这一段却是一大挑战。果然，马匹的狂嘶又是震天响。

然而，这只是个警讯而已。

马群涉水之后，溅起大片水花，顿时，只见浪花飞扬的模糊场景。马夫的随从们奋力将马匹赶往货船内，甚至用力地往马匹身上抽皮鞭。这么一来，更加躁动的马群又踩出了漫空四溅的水花，马群推挤狂嘶，皮鞭抽打不断，费了好大一番功夫，总算才把所有马匹推进货船里。港口终于恢复平静。货船的下水滑道缓缓拉起，静待出航。

接着，舰队总指挥蒙卡塔尔下令起锚，一百一十七艘船陆续离港。亚诺和雷蒙伫立在海岸上。

“他们走了……”雷蒙幽幽地说，“他们要去征服马约卡了。”

亚诺点着头。没错，他们都走了，独自远赴沙场，趁此把生命中的各种问题和苦难抛诸脑后。他们以英雄的姿态离乡，抱着战死沙场的决心，没错，他们心中的悬念只有战争。亚诺多么希望自己也在船上啊！

那年的6月21日，贝德罗三世头戴王冠，一身精致华丽的服装，他坐在马约卡大教堂里，以马约卡国王的身份聆听弥撒。海默三世已经弃守逃亡到另一块领土胡西雍。

胜利的消息传回巴塞罗那，甚至传遍了整个伊比利半岛：贝德罗国王决心收复领土的计划，已经踏出了胜利的第一步。如今，仍待收复的领土仅剩塞尔坦亚，以及比利牛斯山另一侧的胡西雍。

马约卡战役持续了一个月，亚诺始终无法忘怀皇家舰队从巴塞罗那离港的景象。当舰队逐渐消失在远方的汪洋时，人群渐渐散去，各自返回家中。他呢？他为什么要回家？就为了接受他没有资格享有的温柔和服侍吗？他呆坐在沙滩上，直到海平面上的最后一盏渔火也熄了。“他们真幸运，可以抛下所有的问题。”他在心中一次又一次地默念着。战事进行的那个月，雅莱迪思依旧在蒙居克山路上拦截他，而当他事后面对玛丽亚的殷勤服侍时，脑海中总会一次次浮现那批敌后突击队员振奋呼喊、豪迈欢笑的景象。总有一天会东窗事发。就在不久前，雅莱迪思扑在他身上忘我地呻吟着，当时正巧有人路过，那人还朝树丛叫喊了几声。两人惊愕地静默了好一会儿。接着，她噗嗤一笑，又往他身上扑了过去。倘若被发现，大力士公会一定会严厉谴责他，并将他逐出公会。到时候，他该怎么办？他要靠什么过日子？

1343年6月29日，巴塞罗那全城百姓齐聚罗布雷加特河口，准备迎接凯旋的皇家舰队。这时亚诺早已暗自作了决定。国王必然再度远征塞尔坦亚和胡西雍，唯有收复这两块领土，才能实现他对子民许下的承诺，而他，亚诺·艾斯坦优，将成为远征军队的一员。他必须躲避雅莱迪思！或许，她会从此忘了他，而当他返乡时……想到这里，他不禁打了个寒战：那是一场战争呀！多少人将战死沙场啊！但是，说不定他能安然返乡，然后和玛丽亚展开新生活，从此摆脱雅莱迪思的纠缠。

贝德罗三世下令，舰队的船只必须分批入港，而且要依照顺序：首先是国王舰队，接着是贝德罗王子的船队，然后是搭载总指挥蒙卡塔尔神父的船舰。

于是，当国王舰队入港时，其他船只就在海上等候着，为了接受齐聚沿海区的民众欢呼致意，国王舰队特别在海岸线上折返来回。

当国王的船舰越来越接近时，亚诺听见周遭的群众不断地激昂欢呼着。大力士们以及船工们站在海岸待命，随时准备搭造国王上岸所需的木桥。而在他们旁边一起等候的还有巴塞罗那政府的三位代表，以及各个公会的代表。船工们正要着手准备木板时，三位政府代表却要他们再等一等。

发生什么事了吗？亚诺偷偷看向其他的大力士。如果不搭木桥，国王要怎么上岸？

“国王不应该登陆。”政府代表葛罗尼对另一位代表圣克利蒙说，“军队应该直接转战胡西壅，免得海默国王趁这个机会找法国结盟。”

在场的代表们频频点头。亚诺的目光游移到缓缓航行在海岸线上的国王舰队。倘若国王不登陆，倘若军队直接转战胡西壅……他突然觉得两腿发软。国王必须登陆才行！

连国王的策士德拉诺瓦伯爵都支持这个意见。亚诺一脸恼怒地望着他。

接着，三位巴塞罗那政府代表、德拉诺瓦伯爵以及另外几位高官，一行人坐着舢舨前往国王的船舰。亚诺听见一旁的同事们也支持这个做法：“不能让马约卡国王趁这个机会重新整顿武力啊！”

政府代表一行人与国王的会谈持续了好几个钟头。群众仍然聚集在沙滩上，等候国王作出最后的决定。

木桥终究没有搭起来。不过，军队并未直接转战胡西壅和塞尔坦亚。国王决定暂停作战，因为现实条件并不允许：他没有继续作战的财力；绝大部分骑士已在航行途中损失了坐骑，所以他们非登陆不可；最后，国王也必须重新整顿武力和装备，才能继续征战他方。政府请求国王给予数日的时间准备庆祝国王凯旋。不过，国王却否决了这项请求，他指示政府高层，直到所有领土收复时才可以举办庆祝活动。因此，1343年6月29日，贝德罗三世在巴塞罗那登陆时，就跟一般船员一样，由接驳的舢舨搭载上岸。

但是，亚诺该如何向玛丽亚提起他想从军的意愿呢？他并不在乎雅莱迪思怎么想，只是万一她将两人的奸情公诸于世怎么办？但是话说回来，假如他真要去从军，她又何必做出这种伤人伤己的事情？亚诺想起卓安和他母亲。偷情通奸的下场就是这样，雅莱迪思自己心里明白得很，可是玛丽亚……他该怎么去跟玛丽亚说呢？

他试着找机会开口。当妻子替他按摩背部时，他很想把远行从军的决定告诉她。“我要去打仗了。”他可以这样告诉她。就这么简单的一句话：“我要去打仗了。”她恐怕会哭得伤心欲绝。可怜的玛丽亚，难道她做错了什么？他试着想在她端上热腾腾的饭菜时提起这件事，但是她那温柔的双眸却让他开不了口。“你怎么了？”见他神情有异，她体贴地问他。他甚至想在两人云雨交欢后告诉她，但是柔情似水的玛丽亚正爱抚着他……

这段时间，巴塞罗那民情沸腾。老百姓急切地希望国王尽快征战塞尔坦亚和胡西壅，但是国王却迟迟没有行动。大批骑士要求王室为作战的兵力以及毁损的马匹和武器支付费用，然而，国库已空，国王无力支付，只好让大部分骑士各自返乡。

于是，国王组成了加泰罗尼亚民兵自卫队，他决定号召老百姓为他作战。在国王的谕令之下，整个加泰罗尼亚地区教堂持续鸣钟，响亮的钟声召来民众，神父们则在布道坛前鼓吹老百姓踊跃从军。“贵族们已经背弃了加泰罗尼亚军队！”艾柏神父慷慨激昂地说个不停，“没有军力，国王要如何捍卫加泰罗尼亚？”假如马约卡知道贝德罗国王已经无兵可用，势必会联合法国进攻加泰罗尼亚。“这样的情况已有先例！”艾柏神父的激动陈辞响彻圣母教堂，“当时，加泰罗尼亚成功击退了敌军。现在呢？难道大家就这样等着海默国王大举入侵吗？”

亚诺注视着圣母石雕像以及圣母肩上的圣婴。假如他们有个孩子，那该有多好！假如他们有个孩子，这些见不得人的事情一定不会发生的。假如他们有个孩子，雅莱迪思大概也不会对他这么残忍。假如他们有个孩子……

“我刚刚向圣母许了愿……”神父还在主祭坛前大力鼓吹从军，亚诺却突然低声对玛丽亚说，“我决定去从军，希望她能赐给我们一个孩子。”

玛丽亚注视着他，然后望着前方的圣母像，她握着他的手，紧紧握着。

“你不能这么做！”当亚诺提起这个决定时，雅莱迪思慌张地喊，亚诺试图捂住她的嘴，但她却继续大叫，“你不能就这样丢下我！我要把事情抖出来让所有的人知道……”

“那又怎么样呢，雅莱迪思？”亚诺径自打断她的话，“我都到前线打仗去了，你把事情抖出来，只会毁了你自己！”

两人躲在树丛后，默默相视。雅莱迪思的下唇开始颤抖起来。多么美丽诱人的双唇啊！亚诺本想伸手去抚摸她那已经挂着两行泪水的脸颊，但还是打消了念头。

“再见了，雅莱迪思！”

“你不能这样丢下我啊！”她啜泣着。

亚诺转过头去看她。雅莱迪思已经跪倒在地，双手掩面。亚诺一直沉默不语，她只好抬头望着他。

“你为什么要这样对我？”她终于忍不住放声大哭。

亚诺看着雅莱迪思脸上的泪水，她全身都在颤抖着。亚诺咬着唇，目光移往山顶，那是他这些年搬运石头的地方。都到了这个地步了，何必再伤害她呢？于是，他张开双臂。

“我非这么做不可！”

雅莱迪思跪爬到他的脚边，抱住了他的腿。

“我非这么做不可呀，雅莱迪思！”亚诺复述了同一句话，接着往后退了几步。

然后，他转个身，就这样头也不回地下山了。

027

她们都是妓女，那一身鲜艳的衣装大剌剌地宣告了她们的身份。雅莱迪思踌躇了半晌，不知道该不该走过去，但是，那一锅香喷喷的蔬菜炖肉，到底是难以抵挡的诱惑啊！她实在饿得发慌，而且憔悴疲累。那几个年轻女孩，年纪与她相仿，围在炉火边有说有笑。她们看见她在帐篷附近徘徊，就招手叫她过来。雅莱迪思低头打量自己：一身破衣裳，又脏又臭。那几个妓女又对她招手。她们身上的丝绸衣裙，在艳阳映照下显得更加艳丽耀眼。这一路，没有人请她吃过东西。她这一路狼狈地拖着艰难的步履走来，难道没有试过向沿路见到的所有帐篷或炭火堆旁的人们乞讨过食物吗？有谁好心怜悯她了？他们只当她是个恬不知耻的乞丐。她确实乞求他们施舍，即使是一小片面包、一小块肉，或是一点青菜都好。她甚至对他们伸出手来。然而，他们只是耻笑她。那几个女孩一定是出卖肉体的婊子，但是，她们却慷慨地邀她一起分享食物。

国王颁布命令，所有军队应赶往王国北部的费格拉斯（Figueras）

集合，包括仍为王室效命的贵族们，以及从加泰罗尼亚各地号召而来的民兵自卫队，而从道德煎熬中解脱的亚诺，带着父亲留下来的石弓和一把简单的罗马短剑，已与巴塞罗那民兵队前往该地待命。

不过，贝德罗国王这道谕令，不仅在费格拉斯集结了一千两百名骑兵以及四千名步兵，并且还招来了另类部队：军人亲属，其中大部分是敌后突击队员的家属；敌后突击队和游牧民族没两样，所以总是带着家人四处征讨。这里还有做各种买卖的商人，他们正等着收购军队掠夺的战利品；此外，奴隶中介商、教士、赌徒、窃贼、妓女、只能捡拾动物腐肉的贫民……这些人形成了一支惊人的杂牌军，他们跟着军队移动，自有一套生存法则，生活宛如寄生虫，却往往比真正的军队残酷得多。

雅莱迪思只是那支杂牌军的一员。亚诺告别的话语，仍在她耳畔回荡着。她也再次想起，丈夫布满硬茧的粗糙双手是如何粗暴地直捣她的私密部位。她的记忆里，依然混杂着那个年迈的制革师傅急切的呻吟。那个老头钻进她两腿间，贪婪地咬着她的下体。雅莱迪思像一具死尸般地瘫在那里。老头又咬了一口，这次更用力、更贪婪，仿佛要把年轻娇妻欠他的温存都要回来。雅莱迪思夹紧双腿。“你为什么要丢下我啊，亚诺！”雅莱迪思这样暗想着，好色的老包正压在她身上，双手使劲要掰开她的腿，打算进入她体内。她让步了，大大方方地张开双腿，内心的委屈和苦楚仿佛都涌上了喉咙。她忍住了恶心想吐的冲动。老头趴在她身上，仿佛一只爬虫类动物。她侧过头，呕吐在床铺上。老头甚至没发觉她吐了。他继续在她体内用力推进，双手辅助着疲软的命根子，头部抵在她的酥胸上，用力咬着她的乳头。完事后，他倒在她身旁，随即呼呼大睡。隔天一大早，雅莱迪思收拾了简单的行李，小包袱里藏着她从丈夫那儿偷来的一点钱，又塞了一点食物，然后，她若无其事地出了门，就跟平常上街没两样。

她一路走到圣贝雷德波利斯修院，接着离开巴塞罗那城区，走上通往费格拉斯的罗马公路。走出城门时，她始终低着头，刻意避开驻守卫兵的目光；再抬起头来时，眼里尽是蔚蓝晴空，于是，她满怀喜悦踏上崭新的未来，一路对着迎面而来的旅人展露愉悦的笑容。亚诺也抛弃了他的妻子，这件事，她已经查证过了。他一定是因为玛丽亚的缘故才远走他乡的！他不可能会喜欢那个女人！当他们偷情欢爱时……她可以感受到这一点！她真替那个女人感到难过。没错，他是骗不了她的，他爱的是她，雅莱迪思！当他再次见到她的时候啊……雅莱迪思想象着亚诺张开双臂奔向她的情景。他们可以远走高飞！是的，他们可以一起远走高飞……直到永远！

上路后的前几个钟头，雅莱迪思一直以轻快的步伐跟在一群农民后面，他们刚在城里卖掉了收成的谷物，现在正打算回乡。她向这群农民解释自己正要去找从军的丈夫，因为她发现自己怀孕了，而她当初曾经承诺过，一定会让他在上战场之前得知这个好消息。她从这群农民口中得知，沿着通往吉隆纳（Gerona）的公路往前走，大概还要四五天的路程才到费格拉斯。当然，其中好几位牙齿已经全掉光、佝偻着身子背着空篮子的老农妇，倒也在路途中给了她一些建议。这些年老瘦弱的赤脚老农妇，一路没停过，体力好得不可思议。

“一个女人家单独走在这种路上，不太好噢！”其中一位老农妇边说边摇头。

“不好！真的不好啊！”另一个老农妇在一旁帮腔。

静默了几秒钟，两个老农妇总算喘过来气。

“尤其是年轻貌美的女孩子，更不好！”刚才帮腔的老妇接着说。

“真的！真的是这样啊！”另一位农妇点头附和。

“会有什么问题啊？”雅莱迪思一脸天真地问，“这一路上都是人，而且都是跟你们一样的好人啊！”

她又等了半晌，才等到赶路赶得气喘吁吁的老农妇答话。

“没错，这段路上人是很多，因为很多是住在巴塞罗那附近农村的乡亲，就跟我们一样。但是，再往前走的话……”老农妇依旧低头看着路面，“农村越来越偏远，路上也没别的城市了，到时候，路上没什么人影，很危险的！”

这一次，另一位老农妇不再帮腔了；不过，隔了好一会儿，她倒是主动对雅莱迪思说：“当你单独上路的时候，千万别让人看见。即使听到一点点风吹草动，你也应该躲起来。还有，千万别让部队给碰见了！”

“连骑士也不行吗？”雅莱迪思问。

“尤其是这些人，最糟糕了！”另一位老农妇大声说。

“你要是听见了骑士的马蹄声，那就赶快躲起来，然后求上帝保佑吧！”

这一回，两位老农妇一口气说了一串话，无须停下喘气，倒像是有一肚子气。雅莱迪思那副无法置信的表情大概太明显了，惹得两位老农妇忍不住又苦口婆心地规劝她。

“我说，小姑娘啊！”其中一位老农妇才刚开口，另一位老农妇还不知下文就频频点着头，“我要是你的话，就回城里去，老老实实地等着丈夫回家。路上很危险的，尤其是国王的部队更糟糕！路上是没有法纪的，没有人执法，也没有人害怕犯法，反正不会受到制裁嘛！国王为了打仗已经伤透了脑筋，早就不管这些了。”

雅莱迪思跟在两位老农妇旁边走着，脑子里还在思索着刚刚那段话。碰到骑士就该躲起来？为什么要这么做呢？她在丈夫的制革工场里见过的所有骑士，对她都是彬彬有礼呀！工场里常有贩卖皮革材料的商人出入，她也从来没听他们提过王国的公路上有抢劫掳掠的犯罪事件。不过，远渡重洋到埃及经商的商人在航海途中遭洗劫的恐怖传闻，她倒是听过不少。她丈夫曾经跟她提过，打从两百多年前开始，国王特别制定法律维护加泰罗尼亚的公路安全，若是有人胆敢在皇家公路为非作歹，将会受到相当严厉的法律制裁。“唯有公路安全，商业才会繁荣！”她丈夫这样说，“假如国王无法保障加泰罗尼亚的公路安全，那么，我们要如何将产品卖到外地去呢？”当时，丈夫把她当成一无所知的小女孩，不厌其烦地详细叙述了相关规定。他说，两百多年前，教会率先祭出了捍卫公路安全的法规，违规者立刻逐出教会。主教们甚至要求，从周六的晚祷时刻到周一清晨，以及所有宗教节日期间，教区内的民众不得攻击敌人。教会这项法规起初是为了保护教士们的行路安全，后来则扩大到维护多数民众的安全和财产：商品、农作物和牲畜、耕种的农具和农民的屋舍、小镇居民、妇女、橄榄、红酒……后来，阿方索一世决定扩大执行这项公路和平法规，所有公路、小径皆纳入适用范围，而在这些地方作奸犯科者，将与违逆君主同罪。

雅莱迪思看着两位沉默不语的老农妇，背上驮着大篮子，赤足依旧往前踩着。谁有这种天大的胆子，敢在公路上触犯王法？哪个天主教徒会冒着被逐出教会的危险，胆敢在加泰罗尼亚公路上做出违法之事？雅莱迪思脑子里正在想着这些事的同时，那群农民已经转往圣安德烈斯的路上了。

“再见啦！小姑娘。”两位老农妇向她道别，“我们两个老太婆的话，你可要听进去啊！”另一位老农妇最后还提醒她：“如果你决定继续往前走的话，千万要小心谨慎。不要走进任何小镇或城市，万一让人看见，心存歹念的人会跟踪你的。农庄可以考虑，不过，你要先看看，里头要有小孩和妇女的农庄你才进去。”

雅莱迪思望着这群农民越走越远，已经落后的两位老农妇，吃力地追赶其他人。不到几分钟，路上只剩下她单独一人。在此之前，一路有那群农民相伴，大伙儿边走边聊，雅莱迪思也因此不再胡思乱想，也没有时间对自己匆促决定出走后的日子赋予太多幻想。然而，当同路伙伴们的谈笑声逐渐遁匿时，雅莱迪思突然觉得好孤单。前方长路迢迢，她举起手来抵在额头上，借此遮蔽高高挂在天上的刺目艳阳，顶上一片蔚蓝晴空，不见一丝浮云，广阔的地平线以及丰饶的加泰罗尼亚大地一览无余。

或许，当那群农民远去之后，孤单并非这个年轻女孩唯一的感受，宽阔晴空，广袤大地……这都是雅莱迪思未曾见过的风景。她静静眺望着远方，看得竟也入迷了。雅莱迪思凝望着地平线的另一端，据说，费格拉斯就在那里。她忽觉双腿瘫软。她转身回望，周遭毫无动静。她已经远离了巴塞罗那，眼前尽是陌生大地。雅莱迪思再次仰望着顶上那片既陌生又叫她眩惑的蓝天。她找寻着城市的气息、皮革的气味、群众的喧嚣以及繁华大城的扰攘。她终究是孤单一人。一刹那，两位老农妇的殷切嘱咐又在她耳畔响起。她努力张望着远方的巴塞罗那。还要走五六天。她要在哪里过夜？她能吃什么果腹？她掂了掂身上的小包袱。万一她碰到了老农妇提到的那些状况呢？她该怎么办？若是真的碰上了骑士或坏人，她能怎么应付？艳阳依旧高照。雅莱迪思再次远眺着传说中的费格拉斯，亚诺就在那里了。

她一路谨慎，如履薄冰，小心应付着路上的所有风吹草动。到了蒙卡塔尔城附近，同名的城堡矗立在山头，山下绵延着一片广阔平原，日正当头，前方的路上挤满了赶路的农人和商人。雅莱迪思混进人群里，当她跟着大家走到城门口时，突然想起了老农妇交代过的注意事项，于是，她绕过城外的田野，继续上路。

此时的雅莱迪思，迈着大步向前走着，原有的恐惧却逐渐消失了。到了蒙卡塔尔城北方时，她在路上碰见了一些农夫和商人，大多和她一样徒步赶路，有些驾着马车，还有一些人骑着骡子或驴子。所有路人热络地相互问好，这时候，雅莱迪思也乐得享受一路的温暖人情。她照旧跟着人群往前走，跟着一群赶往里波莱特的商人同行。同路的商人协助她越过了贝索斯河，但是，过了河之后，那群商人随即转进左边那条路，继续前往里波莱特。雅莱迪思又落了单，独自走过罗马河谷之后，她碰到贝索斯河的典型河段：河水湍急，水位正值年度高峰，根本无法涉水过河。

雅莱迪思看着河里的激流，然后看了看那个在河岸边懒散歇息的船工。那个男人不怀好意地朝她一笑，露出了一口黑砖似的牙齿。雅莱迪思别无选择，如果要继续赶路，那就得找这个满口黑牙的船工载她过河。于是，她一手束紧了领口，另一只手则紧抓着小包袱，缓缓走上前去。所有人都赞美她那莲步轻摇的体态美极了，所有看过她走路的女人都想模仿她这副娇态。这个男人，从头到脚尽是漆黑脏污！他会不会偷了她的小包袱呢？不会的！她会有感觉的。没什么好怕的。船工身上的长袍沾满了污泥，简直就像一张皱了的羊皮纸。他的双脚呢？老天爷啊！那双黑炭似的双脚，根本看不到脚指甲在哪里！且慢，尽量慢慢来！“老天爷！怎么会有这么可怕的男人呀！”雅莱迪思暗想着。

“我想过河。”她对船工说。

船工扬起眼角，先盯着雅莱迪思的胸部，然后又看了看她那双栗色大眼睛。

“嗯！”船工就吭了这么一声，他肆无忌惮地盯着她丰满的胸部。

“你没听到我说话吗？”

“嗯！”船工还是这样应着，目光没有丝毫移转。

贝索斯河湍急的水流声填满了周遭的寂静。雅莱迪思已经发现船工一直盯着她的胸部。她屏息观望，胸部却因此而挺得更高，而船工那双充满血丝的眼睛继续在她身上的每个部位游移着。

孤单的雅莱迪思，迷失在加泰罗尼亚内陆，此刻的她，站在这条她从未听过的河流旁，独自面对着一个身材魁梧、眼神淫秽的陌生男人。她环顾四周，不见任何人影。在她左手边数公里外有间杂乱破旧的小茅舍，里面散放着木桩和杂物。茅舍门前堆放着各种废弃物，旁边的铁制三角架下，火堆炽烈地燃烧着。雅莱迪思根本不敢想象锅里煮的食物是什么，但是，那股味道已经让她反感作呕。

“我必须赶上国王的部队。”她的声音微颤。

“嗯！”船工随口应道。

“我丈夫是国王麾下的军官。”她随便扯了个谎，刻意提高音量，“我已经怀孕了，所以我必须赶在他上战场之前告诉他这件事。”

"嗯！"船工又露出他那口骇人的黑牙。

满口黑牙的嘴角开始淌着口水，然后船工揪着衣袖抹干了嘴角。

"你到底会不会说话呀？"

"会。"船工眯着双眼答道，"国王的军官通常很快就会战死沙场噢！"

雅莱迪思没看见他走过来。船工用力甩了她一耳光。雅莱迪思的身子兜转了半圈，然后跌落在船工脚边。

接着，男人弯下腰，一把揪住她的头发，然后拖着她往小茅舍走。雅莱迪思使尽蛮力掐住男人的手臂，她看着自己的指甲深陷在他的肌肉里……但是，男人就是不放手。她试图站起来，但是踉踉跄跄地走了几步之后，还是跌倒在地。她不死心，再次用手掐住男人的大腿，企图借此制止他。船工用力扯开她的手，然后在她肚皮上狠狠踢了几下。

进了小茅舍里，雅莱迪思好不容易喘了口气，却被推倒在泥地上，身体仿佛被一根粗壮的木桩压住了，耳边则响起了船工淫秽的喘息声……

为了等待粮食运达以及另外几支民兵队从王国各地赶来会合，贝德罗国王决定带着皇家部队在费格拉斯的某家客店暂住。贝德罗王子已经率领骑士部队驻扎在佩雷拉达，而海默王子则和其他贵族，包括艾瑟利卡封主、卢纳伯爵等人，他们各自率领旗下部队，分头驻守在费格拉斯附近。

亚诺·艾斯坦优是皇家部队的一员。二十二岁的他，继续体验着他未曾想象过的军旅生活。这支皇家部队有两千多名士兵，大伙儿依然沉浸在马约卡战役的胜利喜悦之中，整支部队士气高昂，战斗热情旺盛，大家都等不及要投入即将登场的胡西壅之役。除了固定的操演和训练之外，所有士兵无所事事，不是赌博，就是聊天，要不就是一群人聚在一块儿谈古论今。

亚诺多半和另外三名来自巴塞罗那的年轻人在一起，四个战场新手，经常结伴在营区闲逛。四个年轻人总是看着威猛的战驹赞叹不已，还有那些永远擦得闪闪发亮的精良武器，整齐地放置在军营前，静静等着上场杀敌。不过，军营里不只是令人眼花缭乱的骏马和武器而已。脏乱、恶臭，以及数千人丢弃的腐蚀废物引来的飞蝇蚊虫，这是军营的另一种景况。为了解决众多士兵的排泄问题，皇家部队的军官们下令挖凿了一条与附近小溪相通的小沟渠，希望借此将军营士兵的排泄物排放到河里。然而，那条小溪后来却干涸了，成堆的排泄物和废弃物挤在溪口，腐烂生蛆，那股浓烈的恶臭简直让人无法忍受。

有天早上，亚诺照例和三位战友在营区散步，这时有匹正好回营的骏马朝着他们疾驰而来。那匹骏马正打算返回马厩觅食，并让主人卸下沉重的武器配备。然而，当骑士驾着马匹来到军营前方时，马儿突然扬蹄猛踢，所幸无人受到波及，只是，骑士的配备在军营前散落一地。被迫止步的骏马这时完全背离了主人的意愿，反而勇猛蛮横地向前冲。

亚诺和三位战友见状，立刻退到一旁，不幸的是，马匹突然转向奔跑，就这样迎头撞上四人当中年纪最小的朝明。被撞倒在地的朝明毫发无伤。骑士并不在意，随即扬长而去。然而，小小年纪的朝明却因此惹了麻烦，因为他正好跌落在一群正在聚赌的士兵群里。其中一名老兵已经输了一大笔钱，几乎把他从军赚来的薪资都输光了，朝明这么一搅和，老兵立刻火冒三丈。于是，这位手气不顺的老兵站起来，一副要将朝明碎尸万段的狠样。老兵身材相当壮硕，一头乱发和满脸络腮胡又长又脏，一直赌输的火气写在脸上，如果这时候上战场，再勇猛的敌军恐怕都会吓得落荒而逃。

老兵往朝明两侧腋下一抓，一把将瘦小的他举到面前。朝明一头雾水，根本搞不清楚状况。前后不过几秒钟的工夫，有匹马撞上他，他跌倒在地；现在，又有一个气急败坏的人朝着他叫嚣怒骂，甚至还抓着他猛甩耳光，朝明的嘴角渗出了丝丝鲜血。

亚诺眼看着朝明腾空的双腿踢个不停。

“把他放下来！你这个猪猡！”此话一出，连亚诺自己也吓了一跳。

这时候，原本站在亚诺和老兵周围的人纷纷走开。朝明也是一脸错愕，已经不再踢腿。老兵决定先对付那个胆敢羞辱他的家伙，于是松了手，无辜的朝明再度跌倒在地。霎时，亚诺发现自己成了众人围观的对象。他和那个怒火中烧的老兵都是。他也在气头上，忍不住就羞辱了那个老兵……只是，他为什么用了“猪猡”这个字眼呢？

“他……他又没有错！”亚诺指着朝明，结结巴巴地替自己辩白。

老兵一声不吭，直接就像一头斗牛似的冲向亚诺；他的头部朝着亚诺胸部猛撞，然后抓起他，用力往围观人群里丢。亚诺惊觉一股刺痛，胸口仿佛就要迸裂了。他每天呼吸的恶臭空气仿佛突然消失。他张嘴吸气，试图起身，但是一只大脚踩在他脸上，硬是把他压回地上。他的头部发出阵阵剧痛，气也喘不过来，好不容易吸了一口气，又被踩上一脚，这一次，那只大脚踩在肾脏部位，他痛得蜷缩起身子。老兵毫不留情地朝着他猛踢，亚诺紧闭着双眼，整个人在地上缩成一团。

当老兵终于停止拳打脚踢时，亚诺以为那个疯子大概会将他大卸八块。这时他忍着全身剧痛，似乎听见那个疯子说了话。

倒在地上缩成一团的亚诺，忍痛竖起了耳朵仔细听。

此时，他终于听见了。

接着，他又听见了。

后来又一次，一次又一次地重复着。他睁开眼睛，看着围观人群对着他指指点点，并且不断地取笑他。亚诺的耳边响起了父亲的话：“我抛弃一切，就为了让你成为自由的人。”在他的混乱思绪里，当下的场景与遥远的记忆交错混杂着：他看到父亲被悬吊在布拉特广场上……满脸鲜血的亚诺站了起来。他回想起自己搬运第一块大石头到圣母教堂的情景……老兵往他背上揍了一拳。当年，他靠着自己的背部，努力将一块块大石头驮运到教堂边，当时的疼痛、苦难，以及卸下石块时的骄傲……

“猪猡！”

大胡子惊愕地往后退了一步。这一声撼人的怒吼，响彻整个军营。

“笨蛋农夫大老粗！”老兵扯着嗓子朝亚诺大吼。

没有一块大石头比这一句“猪猡”更沉重。没有任何一块石头……亚诺扑向那个老兵，用力揪住了他，两人在沙地上扭打成一团。亚诺抢先一步站起来，但他并未出拳，倒是揪住老兵的头发和腰间的皮带，仿佛操弄着木偶似的，一举将他抛向围观的群众。

大胡子在人堆中落地，现场发出轰然巨响。

然而，这样的勇猛力道并没有吓退大胡子。这个惯于打斗拼搏的老兵，在短短几秒钟之内再度站上火线。亚诺伫立原地，等着迎战老兵攻击。这一次，老兵没有扑向他，倒是用力挥了一拳，但是亚诺很机警地闪过了——他用力抓住老兵的手臂，然后反转到背后，再将他推倒在数米外的地上。然而亚诺的攻击始终未对老兵造成肢体伤害，于是顽强的老兵一再起身反击。

最后，当老兵以为对手又要将他丢掷出去时，亚诺出乎意料地朝着他的脸上挥拳，大力士这重重一拳，总算发泄了内心的所有愤怒。

叫嚣、呐喊终于平息，军营回归平静。倒在亚诺脚边的大胡子已经失去知觉，而亚诺忍着一身疼痛，依旧握拳等着，仿佛仍在备战状态。“你千万不要起来！”他看着老兵暗想，“看在老天爷的份上，你千万别起来！”

老兵吃力地挪动着身子，试图支撑起来。“不准起来！”亚诺的右脚踩在老兵的脸上，把他压回地面，“不准起来！你这个婊子养的！”老兵终于无力再战，围观的人群也渐渐散去。

“年轻人！”现场传出一个颇具权威感的声音，亚诺转身一看，正是那位造成这场打斗风波的骑士，他依然全副武装，“你过来！”

亚诺松开拳头，乖乖走上前去。

“我叫艾希蒙·德斯帕卡，是国王陛下贝德罗三世的御前侍卫，我要你加入我的部队。马上去找我的军官报到吧！”

028

三个女孩默不吭声，面面相觑，凝望着雅莱迪思，她就像一只饿虎似的扑向锅子，跪在锅边，屏息猛吃，双手伸进汤里捞着仅剩的一点青菜和肉块，偶尔抬起头来看看站在一旁盯着她的三个女孩。其中最年轻的那个女孩，顶着一头又长又卷的飘逸金发，身穿水蓝色洋装，她抿着唇，看了看另外两个女孩：她们不也都有过同样的遭遇吗？她似乎用眼神这样问着。两个女伴以认同的眼神响应了她，三个女孩从雅莱迪思身旁走开了。

当三个女孩决定走开时，金发女孩回头往帐篷内看了一眼。帐篷遮蔽了七月的炽烈艳阳，棚内有另外四名女子，年纪比外头这三个女孩大一些。坐在矮凳上的老鸨，双眼始终盯着狼吞虎咽的雅莱迪思。当衣衫褴褛的雅莱迪思刚出现在棚外时，老鸨才见她第一眼，随即示意要女孩们让她吃点东西，从那一刻起，她的目光就没有离开过雅莱迪思：这女孩一身破破烂烂的衣服，又脏又臭，不过，可真是个美人胚子……而且正值青春年华。这样一个女孩子，来这种地方干什么？这女孩不像是游民或乞丐，也不是妓女；是不是做这一行的，她早有本事凭直觉一眼识破。没错，这女孩全身脏兮兮的；她穿的是宽松的长袍，一撮撮凌乱、油腻的头发披散在肩上……确实如此。然而，她却有一口雪白的贝齿。这个年轻女孩没挨过饿，她够健康，从未罹患过那些会造成牙齿变黑的疾病。她到这种地方来干什么？一定是在躲避什么，但是，她究竟是在躲什么？

老鸨对棚内其中一个女子使了个眼色。

“去把她洗干净，帮她整理一下仪容。”她轻声交代那名女子。

老鸨注视着雅莱迪思，面露微笑，频频点头。

雅莱迪思实在无法抗拒。“你该洗个澡啦！”当雅莱迪思吃完那锅炖菜时，棚内有个妓女走了出来，对她说。洗澡啊！她有几天没梳洗了？她们在帐篷内准备了澡盆，盆里装了干净的清水，雅莱迪思坐在澡盆里，双腿屈膝。刚才在棚外看着她大吃炖菜的三个年轻女孩，此刻正忙着帮她净身。让她们帮忙洗个澡有什么不好呢？她总不能以那副落魄潦倒的德行出现在亚诺面前呀！她总算来到这里了！为什么不让她们帮她洗个澡呢？她也让女孩们替她更衣。她们特别替她找了一件比较朴素的洋装，但即使如此……“那些抛头露面的女人，身上穿的一定是鲜艳的服装。”小时候，她母亲曾经这样告诉她，她却把一个妓女误认为贵族夫人，还刻意退到一旁让那名女子先走。“那么，如何分辨贵族夫人和妓女呢？”雅莱迪思问母亲。“国王下令，妓女们衣着颜色务必要鲜艳抢眼，但是，不准穿戴披风或大衣，即使在寒冷的冬天也一样。所以，辨认妓女很容易：她们的肩膀上从来不披戴任何衣物！”

雅莱迪思回想起自己的衣着。与她相同阶级的妇女们，她认识的那些工匠的妻子，从来没穿过色彩鲜艳的衣服，这也是国王的规定。然而，那些鲜艳的布料多漂亮啊！可是，她怎么能穿这样的衣服出现在亚诺面前呢？士兵会把她误认为……她举起手臂，打量着自己的侧身。

“喜欢吗？”

雅莱迪思回头一看，老鸨正站在帐篷口。那个名叫安东妮雅的金发女孩帮她穿好衣服之后，在老鸨指示下离开了帐篷。

“嗯……喜欢……不好啦……”雅莱迪思又低头看了看自己身上的衣裳。那是一件粉绿色的洋装。她们难道没有什么会让男人却步的衣服吗？如果有，让她穿上，那就没有人会以为她是妓女了。

老鸨把她从头到脚打量了一番。果然没有看走眼。这玲珑有致的丰满身段，任何一个军官见了都会神魂颠倒。还有那双眼睛……两个女人，四目相视。好一双明眸大眼。好美丽的栗色。然而，眼神却透露着一丝哀愁。

“姑娘，你怎么会来这个地方呀？”

“我来找我丈夫。他跟着部队去打仗，离开家门前却不知道自己要做父亲了。我希望在他上战场之前，把这个好消息告诉他。”

雅莱迪思说得流畅极了，说辞就和她对贝索斯那群商人说的一模一样。当时，她惨遭船夫强暴之后，愤怒而轻蔑地嘲笑船夫，接着却不知所措地坐在地上哭泣，被羞辱的船夫气不过，拖着她到河边，压着她的头浸在水里。世界已经不存在了，阳光已经不再照耀大地，船夫的呻吟渗透在她的思绪里，粗暴地混杂着她的回忆和无助……当那群商人出现时，一见到狼狈不堪的她，立刻伸出援手，船夫吓得落荒而逃。

“真可恶！这种事情，非告进总督府不可！”那群商人替她打抱不平。

但是，她要怎么跟总督府说呢？说不定她丈夫已经找人调查她的下落了呢？万一她被找到了怎么办？说不定还得打官司，可她不能现身呀……

“不……不用了。我在赶路。我必须在军队出征胡西瘗之前赶到军营才行。”她向那群商人解释，她已经怀了身孕，而丈夫还不知道这个喜讯，“我会跟丈夫说这件事，由他决定怎么做吧！”

那群商人一路送她到吉隆纳。雅莱迪思在城外的圣菲力教堂前与他们分别。看着她单独站在教堂前，一副狼狈落魄的模样，最年长的那位商人忍不住摇头叹息。雅莱迪思谨记老农妇的告诫：绝不能进入任何小镇或城市，因此，她并未前往居民多达六千人的城市吉隆纳。她站在圣菲力教堂前远眺吉隆纳，隐约可见圣母教堂的屋顶，以及施工中的大教堂。大教堂旁边是主教宅邸，接着是高耸入天的吉隆尼拉塔，一座捍卫吉隆纳的坚固城堡。她凝望着远方的吉隆纳城，不久后，她再度上路，继续往费格拉斯前进。

雅莱迪思回顾着这一路的辛酸，老鸨始终直视着她，并惊觉这个年轻女孩在发抖！

自从部队驻守费格拉斯以来，已经有数百人跟着来到此地。雅莱迪思只是其中之一，一个饱受饥饿之苦的落魄女孩。她已经不记得那些人的长相了。他们好心施舍她面包和开水，有人分了一些蔬菜给她。那是位于吉隆纳和费格拉斯之间庞东斯城堡下，那群人打算沿着福洛维亚河往北走。在那儿，那群旅人与她分享食物，其中两人在深夜强暴了她。无所谓了！雅莱迪思在记忆中搜寻着亚诺的面容，那是她最大的慰藉。隔天，她像头老牛似的拖着步伐继续赶路。途中，她往回走了几步去找那群人，他们已经不再愿意施舍食物，甚至不再与她交谈，就这样，她勉强撑持，终于来到军营外。

而现在，那个女人在看什么？她的目光一直盯着……她的肚子！雅莱迪思这才发现，剪裁合身的洋装把她的腹部裹得紧紧的，她的肚子，紧实而平坦。她开始局促不安起来，低下了头。

老鸨露出得意的微笑，但是低着头的雅莱迪思并未看见。这种沉默的告解，她见过多少次了？年轻的姑娘们编造各种说辞，偏偏又连说谎的本事都没有。那些女孩总是紧张地低下头来，就像眼前的雅莱迪思一样。她看过多少怀孕的女人啊？几十个？甚至几百个？有哪个怀孕的女人拥有如此紧实平坦的小腹？流产了吗？有可能，但是，因为孩子掉了而跋涉千山万水寻觅将上沙场的丈夫，实在不可思议。

“你穿着这身衣服去皇家军营，恐怕不太好啊！”听见老鸨这句话，雅莱迪思立刻抬起头来，“做我们这一行的是不准进军营的！如果你愿意，我倒是可以帮你找到你丈夫。”

“您……您愿意帮我啊？为什么要帮我呢？”

“我不是早就在帮你了吗？给你吃的，给你洗澡，还让你换上干净的衣服……难道我们是疯了不成？”雅莱迪思点着头。她们对她的关照，实在周到得离谱，想到这里，她不禁打了个寒战。“你为什么觉得奇怪呢？”老鸨问。雅莱迪思支支吾吾地答不上来。“没错，我们是抛头露面的欢场女子，但这不表示我们没良心啊！唉！如果有人在多年前帮我一把的话……”老鸨的眼神突然空茫起来，中断的句子就这么悬着，“算了，反正也无所谓了！总之，就看你了，你如果愿意，我就去帮你找人。我在军营里人脉广，找个人不是什么难事。”

雅莱迪思暗自斟酌着该不该接受帮忙。有何不可呢？老鸨心里盘算的是她以后会有哪些好处。除掉那个丈夫有何困难？在军营打一架就成了……许多军人欠了她人情，只要她一句话，他们就会帮她处理妥当。到时候，这女孩能投靠谁呢？她就这么孤孤单单一个人。还是得来找她帮忙吧！如果真的怀孕了，那也不成问题。只要手上有几个钱，什么问题不能解决的！

“那我就先谢谢您了！”雅莱迪思决定接受协助。

事情成了。这女孩是她的人了。

“你丈夫叫什么名字？打哪儿来的？”

“他是跟着巴塞罗那的民兵自卫队一起来的，他叫亚诺，亚诺·艾斯坦优。”老鸨突然颤抖了起来，“您怎么了？”雅莱迪思问。

老鸨急忙找小矮凳，然后坐下来。她的额头冒着汗。

“没事！”她终于回应了，“可能是天气太热了，你把扇子拿来给我！”

这怎么可能！雅莱迪思去拿扇子时，老鸨自言自语道。她的心脏噗咚噗咚跳得厉害！亚诺·艾斯坦优！不可能。

“你描述一下丈夫的模样吧！”老鸨坐在矮凳上，手上的扇子摇个不停。

“噢！他很好认的。他是港口的大力士，年轻、强壮、高大、英俊，右眼旁边有个胎记。”

老鸨依然默默摇着扇子。她的眼神飘到好远好远的地方：那个叫作纳瓦克雷斯的小村子，那场婚宴，那张草席，以及那座城堡……还有罗伦·巴耶拉，所有的羞辱、饥饿、痛苦……这是多少年前的事了？二十年了吧？没错，至少有二十年了，或许更久。如今……

雅莱迪思打断她的沉思：

“您认识他吗？”

“不……不认识。”

她可曾认识他？事实上，她几乎已经不记得他了。当时，她也只是个年轻女孩呀！

“您会帮我找到他吗？”雅莱迪思又问。

“当我见到他的时候，又有谁能帮我啊？”她需要独处。

“我会的。”她做出承诺，示意雅莱迪思离开帐篷。

雅莱迪思离开之后，芙兰希丝卡忍不住双手掩面。亚诺！她甚至已经忘了他；她不得不忘了他，如今，事隔二十年之后……假如那女孩说的都是真的，那么，肚子里的孩子就是……她的孙子！她当年却曾经想过要弄死他。二十年了！他现在会是什么样子？雅莱迪思说了，他是个强壮、高大、英俊的年轻人。她已经不记得他了，连他在襁褓中的模样都忘了。她在铸铁房替孩子找到一个温暖的角落，后来却连看孩子一眼的机会都没有。“那些混账东西！我只是个少女，他们竟然排队轮流强暴我！”眼泪夺眶而出，缓缓滑落她的脸颊。她有多久没掉泪了？二十年了，这二十年来，她没掉过一滴泪。“那孩子跟着柏纳比较好。”她当年是这么想的。柏纳带着孩子逃跑后，卡德琳娜夫人狠狠扇了她几个耳光，于是，她逃走了，先在军人堆里混日子，然后在垃圾堆里捡破烂，跟着一大群和她一样贫困的可怜人捡拾腐烂生蛆的食物果腹。后来，她碰见了另一个少女，两个女孩开始到处偷东西。她当时相当清瘦，却是个非常漂亮的女孩。没有人特别去注意她。或许有的……有人好心把打算留着自己吃的食物送给她。美丽少女笑着道谢，炯亮的双眼闪烁着迷人光彩。他们把她带到溪里洗澡，他们用泥沙刷洗她的皮肤，直到她喊痛叫冷才住手。后来，他们把她交给巴耶拉大爷城堡里的一位军官。她做这一行，就从那里开始。“我练就了强硬的韧性，孩子，我的韧性刚强，甚至连心都像铁打的一样。你父亲是怎么说我的？说我不管你的死活吗？”

就在那天晚上，国王军营里军官和士兵们正好在帐篷里打牌，芙兰希丝卡趁机进去打探亚诺的消息。

“你是说那个大力士啊？”其中一个军官回答，“我当然认识他！所有的人都认识他。”芙兰希丝卡满脸疑惑地侧着头。“听说，他打垮了一个人见人怕的老兵。”军官说，“国王陛下的侍卫德斯帕卡还网罗他成为私人军队的一员。他的眼睛旁边有个胎记。你知道吗？他使用短剑的功夫实在了不得。他后来又跟人搏斗了几次，没有人是他的对手。跟他交手，绝对值得！”军官脸上露出讥笑，“你怎么会对他有兴趣啊？”军官不怀好意的讥笑，这下更张扬了。

他既然想歪了，那就干脆让他去胡思乱想吧！芙兰希丝卡这样想。她也实在找不到别的说辞去解释。于是，她故作俏皮地对那位军官挤眉弄眼。

“对他来说，你太老啦！”那个军官取笑她。

芙兰希丝卡可不是省油的灯。

“你去帮我把他找来，你该有的好处，少不了的！”

“带到哪里？这里吗？”

万一雅莱迪思根本就是说谎呢？她看人的第一印象向来不出错的。

“不行，不能带到这里来。”

雅莱迪思来到了芙兰希丝卡的帐篷外。这天晚上的夜色格外迷人，星光满天，橙黄色的圆月照亮了夜空。雅莱迪思凝望着天上的星月，她看着许多男人进出帐篷，怀里必定拥着年轻女孩。然后，这些人走进一间小茅舍，在里头待了好一阵子才出来，有些人纵声大笑，有些人默默不语。同样的场景，一次次重复上演着。每次办完事，那些女人总会去雅莱迪思洗澡用过的瓦盆里清洗私处，她们抬头看她，一副毫不在乎的模样，就像她曾经看过的那个女子一样，母亲甚至不让她多看一眼。

“为什么不把她们抓去关起来呢？”当时，雅莱迪思问母亲。

艾乌拉丽雅看着女儿，心里琢磨着，不知道孩子是否成熟到足以理解她的解释。

“不行，谁都不能把她们抓去关起来，国王和教会都允许她们从事这个行业。”雅莱迪思一副不可置信的模样看着母亲，“真的是这样啊！女儿，真的。教会说，这些抛头露面的烟花女不能以世间的法律来惩罚她们，上帝会以神的法规来处置她们的。”做母亲该如何向一个纯真的少女解释，教会容许妓女营业，最大的用意其实是避免婚外情或通奸等男女关系？艾乌拉丽雅定定望着女儿。不行！她还太小，还不该让她知道世间有不合理的男女关系。

那个一头金色鬈发的年轻妓女安东妮雅，此刻就在瓦盆边，满面笑容地看着她。雅莱迪思只是勉强挤出一丝尴尬笑容，无意打扰她继续进行手边的事。

母亲还跟她说了些什么？她努力想着，试图借此转移自己的注意力。母亲说，这些妓女不能住在城里、小镇或是善良百姓聚居的地方。她们必须聆听神父讲道，借此改过向善，弥补空虚心灵。她们只能在每周一和每周五使用公共澡堂，这两天的澡堂也开放给犹太人和阿拉伯人使用。她母亲还说，妓女赚来的钱可以捐作慈善用途，但是绝不能在主祭坛前奉献给教会。

安东妮雅脚踩在瓦盆里，一手撩起裙子，另一只手清洗着自己的身体。她依然笑嘻嘻地看着雅莱迪思。她频频弯腰，以手汲水，不断地清洗两腿之间的私处。她一直看着雅莱迪思，并且始终面带微笑。雅莱迪思也试着以笑容回应她，并且努力不让自己的视线下移到那月光下的私密部位。

她为什么一直对她微笑？她本该是个纯真少女，却已经沦落风尘。几年前，就在她父亲回绝亚诺的提亲之后，她母亲带着她和妹妹去了圣贝德罗女修道院。“让她们好好看个清楚！”制革匠这样吩咐妻子。修院门廊上罗列了一道又一道门，门上锁了铰链，然后再将铰链钉在地砖上，甚至拉往中庭固定。贝德罗国王特别给圣贝德罗女修道院院长一项特权：若有女子未守贞操，院长可自行下令女子离开她居住的教区，女子的住家会被查封上锁，而女子本人则被带往修院门廊。门廊上一排囚房，竟是女修道院院长主持建造的！

“所有被逐出家门的人都关在这里吗？”雅莱迪思问，那时她想起了住进贝雷家之前，全家被赶出家门，宛如过街老鼠。就因为付不出房租，一家人被迫离开原来的住所。

“不是的，女儿！”她母亲答，“被关在这里的都是不守贞节妇道的女人。”

雅莱迪思还记得当时的情景。母亲跟她说这段话时，眯着一双锐利的眼睛直视着她。

抛开那份不愉快的回忆后，雅莱迪思又转过头去看着安东妮雅，还有她那金色的阴部，卷翘的金色阴毛，就跟头上的金色鬈发一样。如果安东妮雅被送到圣贝德罗女修道院，他们会怎么处置她呢？

芙兰希丝卡走出帐篷外找人。“丫头！”她朝着安东妮雅大喊。雅莱迪思眼看着安东妮雅吓得立刻从瓦盆里跳出来，穿上鞋子，然后急急忙忙跑进帐篷内。接着，她注视着正要转身回帐篷内的芙兰希丝卡，老鸨也盯着她看。那个眼神后面到底隐藏了什么秘密？

艾希蒙·德斯帕卡是国王陛下贝德罗三世的御前侍卫，论地位，他当然是个重要人物，他的权力等级可比他的个子高多了。每当他下了战驹，卸下战袍，威风八面的沙场将领顿时成了又瘦又矮的普通男子。不过是个瘦弱的男人而已，亚诺暗自下了这个结论，同时又怕被这个位高权重的贵族看穿自己的心思。

德斯帕卡拥有一支敌后突击队，那是他出资组成的部队。不过，每次他看着这群人的时候，总是免不了心生疑虑。这群佣兵的忠诚度何在？就在那份薪资上，只是为了那份薪资而已。因此，他一直希望能再组一支禁卫军，而亚诺那场打斗确实让他印象深刻。

“你会使用什么武器？”德斯帕卡这样问他，这位年轻大力士随即展示了父亲遗留给他的石弓，“嗯……我就知道，所有的加泰罗尼亚人都懂得使用石弓，这算是必备的技能了。你还会使用什么武器？”

亚诺摇头。

“那把短剑呢？”德斯帕卡指了指亚诺腰际佩戴的武器，接着，当亚诺向他展示这把古罗马短剑时，他突然仰头大笑起来，“你这把短剑啊……”德斯帕卡依然笑个不停，“你拿着这把短剑，恐怕只能割破少女的处女膜！你得拿一把真正锋利的剑受训才行。”

德斯帕卡在放置武器的大篮子里翻找了一会儿，最后抽出一把大砍刀，比亚诺那把大力士短剑大多了，也长多了。亚诺用手指去触了一下刀刃。从那一刻起，亚诺天天向德斯帕卡的禁卫军报到，持续不断地接受大砍刀的实战训练。德斯帕卡的禁卫军也提供了一套色彩鲜艳的军服给他，包括铠甲和天天必定擦得光可鉴人的头盔，还有一双长及小腿肚的军靴。亚诺的训练过程相当严格，受训的项目包含各项作战方法。亚诺接受完整训练之后，正式成为德斯帕卡麾下的精英部队成员。而且，每天总是有人找他挑战，与人决斗成了家常便饭似的戏码。

这日复一日的打斗挑战，也让亚诺打响了名号。士兵们都知道有这么一号人物。每到行军空当，亚诺总觉得大家都盯着他看，而且对他指指点点。如此引人注目，感觉好奇怪呀！

德斯帕卡手下的军官笑着响应战友提出的问题。

“我也可以在她那里找个女孩共度良宵吗？”这是军官亟欲厘清的疑问。

“当然！老鸨对你手下那个士兵可有兴趣了！你根本无法想象她那双眼睛闪闪发亮的样子……”

两人哈哈大笑起来。

“我应该把他带到哪里去呢？”

为了这次会面，芙兰希丝卡特地找了一家位于费格拉斯城外的小客店。

“你什么都别问，乖乖跟着我走就是了。”军官这样吩咐亚诺，“有人想见你一面。”

两位军官带着他到客店，再把他带往芙兰希丝卡预先安排好的小房间。两人把亚诺推进房里，随即锁上房门，并在门外守着。亚诺转身想开门出去，他拼命敲门。

“这是怎么回事？”他大声喊，“到底发生什么事了？”

亚诺静静聆听了半晌。这究竟是怎么回事？霎时，他惊觉房里不只自己一个人，立刻转过身来。芙兰希丝卡倚着窗边站着，默默观望着他，屋内光线幽微，墙上只挂了一盏蜡烛；女人虽然站在暗处，但她身上的鲜绿洋装依旧抢眼。居然是个烟花女！行军扎营时，他曾经多次在火堆旁听着战友们吹嘘花钱买春的经验，每个人总要吹捧自己碰到的妓女，一个比一个年轻，一个比一个美艳，而且，一个比一个风骚！听战友们谈起这些，亚诺总是默默低下头来：他决定远赴沙场，就是为了躲避女人啊！或许，这个玩笑只是战友们捉弄他的把戏而已？他对女人总是一副兴趣缺缺的模样，面对他的沉默，战友们还多次朝着他丢刺棒逗弄他。

“这是什么样的玩笑？”他质问芙兰希丝卡，“你到底想对我怎么样？”

她还没看清他的长相。都怪烛光太微弱了，但是他的声音……他的声音听起来已经是成年男子啦！而且，身材相当高大，果真就像那个女孩叙述的那样。她惊觉自己的膝盖微微颤抖着，双腿开始瘫软……那是她的儿子啊！

芙兰希丝卡先清了清嗓子才开口。

“你放心！我不是来找你打仗的。而且，再怎么样……”芙兰希丝卡停顿了一下，“屋里就只有我们两个人。你想，我一个弱女子，能对你这个高大强壮的年轻人怎么样啊？”

“既然这样，外头那两个人为什么笑得这么暧昧？”亚诺站在门边问道。

“他们爱怎么笑，就由他们去吧！人心险恶，总是喜欢挑坏处想。假如我跟他们说实话，假如我把今天见你的真正理由告诉他们，这两个人大概就不会这样想入非非了吧？”

“一个妓女和一个男人关在小客店的房间里，人家还能怎么想？大家对妓女有什么好期待的？”

他说话的语气非常严厉，而且充满敌意。芙兰希丝卡可不是省油的灯。

“我们妓女也是人哪！”她故意提高音量，“圣奥古斯丁曾经写过这么一句话，只有上帝可以审判娼妓。”

“难不成你把我弄到这里来是为了谈上帝？”

“当然不是。”芙兰希丝卡走近他身旁，她得好好端详那张脸，“我把你找来，是为了跟你谈谈你的妻子。”

亚诺踌躇了。那张脸长得真俊。

“发生什么事了？这怎么可能……”

“你的妻子怀孕了。”

“玛丽亚？”

“是雅莱迪思……”芙兰希丝卡不假思索地提出更正，但是……他刚刚说的是玛丽亚吗？

“雅莱迪思？”

芙兰希丝卡看着眼前的年轻人颤抖着身子。这是什么意思？

“你们在里面聊什么呀？”门外的两名军官大声问着，哈哈大笑的同时还用力敲门，“到底怎么了？老板娘，这个年轻人是不是太有男子气概啦？”

亚诺和芙兰希丝卡面面相觑。接着，她比了个手势，要他离门边远一点。亚诺乖乖照办了。两人开始压低音量说话。

“你刚刚说的是玛丽亚？”芙兰希丝卡靠在窗边低声问道。

“是的，我的妻子名叫玛丽亚。”

“那么……那个雅莱迪思又是谁？她跟我说她是……”

亚诺摇头否认。他的眼中是否出现了一丝哀愁？芙兰希丝卡这样自忖。亚诺好像泄了气的皮球似的：他的双臂无力地低垂着，刚才又直又挺的脖子，现在似乎无力支撑头部的重量。然而，他却一直不回话。芙兰希丝卡心中感到刺痛。儿子，发生什么事了？

“那个雅莱迪思是谁？”她继续追问。

亚诺还是频频摇头。他放弃了一切：玛丽亚、他的工作、他的圣母……如今，她居然又出现了！而且还怀孕了！所有人恐怕都会知道他们之间的不正当关系。到时候，他还有什么脸可以回巴塞罗那？他该如何重返工作岗位？他有什么资格回家？

芙兰希丝卡转过头去望着窗外。外面一片漆黑。他为什么露出这么痛苦的神情？她这辈子见过落魄的男人、绝望的女人。她亲眼目睹过死亡和悲惨、疾病和焦虑……但是，她从来不曾像此刻这么难过。

“我认为，她根本就没说实话。”她忍着哽咽，喉咙隐隐作痛，眼睛依旧看着漆黑的窗外。她发现亚诺走过来了。

“你这话什么意思？”

“我的意思是说，她根本就没有怀孕，是骗人的。”

“那又怎么样！”亚诺喃喃自语。

她跟过来了，这样就够棘手的了。她跟着他，就是死缠着他不放。他放弃一切来从军，到头来，还是白忙一场。

“我可以帮你。”

“你为什么要帮我？”

芙兰希丝卡转过身去。她差点儿就碰到他了。她可以伸手去摸他的。她可以闻闻他身上的味道。因为你是我的儿子呀！她大可这样告诉他的，时机也正好……但是，谁知道柏纳在他面前是怎么说她这个母亲的？得知自己的母亲是妓女，对这个年轻人有什么好处？芙兰希丝卡伸出颤抖的手。亚诺没有回避。说了有什么好处？一个表情，胜过千言万语。二十多年过去了，她在儿子面前，不过是个妓女而已。

“因为她骗了我。”她这样回答，“我收留了她，还供她吃穿。我最讨厌人家骗我了。你看起来挺老实的，我看她八成也想骗你吧！”

亚诺直视她的双眼。那又怎么样？脱离了丈夫，远离了巴塞罗那，雅莱迪思爱怎么说都行，再说，这个女人……为什么他在她面前好像特别平静？

亚诺低下头来，开始从头说起……

029

国王贝德罗三世已经在费格拉斯扎营六天。1343年6月28日，国王下令出征，所有军队启程前往胡西壅。

“你得再等一阵子才行。”芙兰希丝卡这样告诉雅莱迪思，一边也忙着交代女孩们收起帐篷，准备跟着军队上路了，“国王规定，行军途中，任何士兵都不能脱队的。或许要等他们下一次扎营吧……”

雅莱迪思睁着那双大眼睛，像是在质问她。

“我已经托人带口信给他啦！”芙兰希丝卡加了一句，一副满不在乎的样子，“你要跟我们一起走吗？”

雅莱迪思点点头。

“那就帮忙收拾东西吧！”芙兰希丝卡吩咐她。

一千两百名骑着战驹的士兵，加上四千名徒步前进的军团，个个都是全副武装，预计作战八天，军队浩浩荡荡地从费格拉斯出发，半天后来到拉胡格拉（La Junquera）。军队后面跟着一长串队伍，数不清的马车和骡子，以及一大群各式各样的人。抵达拉胡格拉之后，国王下令扎营。教皇的新特使，一位奥思定修会的神父带来一封海默三世的信。贝德罗三世征服马约卡之后，海默三世找到教宗寻求协助。许多神父、主教以及红衣主教曾试着向贝德罗三世求情调解，最后都功败垂成。

一如既往，国王并不理会新任的教宗特使。军队在拉胡格拉扎营过夜。是时候了吧？芙兰希丝卡静静观察着正在帮其他女孩做饭的雅莱迪思。不行，还不是时候。她暗自下了这个结论。距离巴塞罗那越远，距离雅莱迪思过去的生活越久，芙兰希丝卡的胜算就越大。“我们还得再等一等。”雅莱迪思又问起亚诺的事情，芙兰希丝卡还是这样回答。

隔天早上，国王下令军队再度上路。

“前进巴尼萨尔斯（Panissars）！全体进入备战状态，兵分四组，上战场了！”

国王的谕令随即传遍军营。亚诺听到这个消息时，正和德斯帕卡的私人军队同僚在一起。有人兴奋大叫，有人交头接耳，大伙儿脸上都带着骄傲的神情。前进巴尼萨尔斯！征战胡西蕹，这可是从加泰罗尼亚跨入比利牛斯山重要的一大步。就在拉胡格拉不远处，那天晚上，随着军队迁徙的眷属帐篷里，大家都在聊着巴尼萨尔斯的光荣战役。

没错，就是他们加泰罗尼亚人，他们的父亲和祖父那一辈的加泰罗尼亚人击败了法国人。只有他们加泰罗尼亚人办得到！多年前，贝德罗大帝未经教宗同意而征服了西西里，因此被教宗逐出教会。法国国王腓力三世以基督教徒之名，发动了宣示主权之战，在一群叛徒的协助之下，法国军队越过了比利牛斯山，节节进逼。

贝德罗大帝被迫让出部分王权，亚拉岗王国的贵族和骑士们纷纷背弃国王，各自带兵返乡。

“我们只能靠自己了！”有人在夜里登高一呼。

“还有罗杰·德·劳利亚（Roger de Lluria）！”

无兵可用的贝德罗大帝，只能眼睁睁看着法国军队入侵加泰罗尼亚，他正等待着由劳利亚担任总指挥的西西里军队前来支持作战。与此同时，贝德罗大帝指示驻守防御吉隆纳的卡多纳子爵，在劳利亚的军队抵达加泰罗尼亚之前，务必要奋力抵抗法军的攻击。卡多纳子爵遵照指示守住了吉隆纳，直到国王准许弃守才终于对法军投降。

劳利亚的军队抵达之后，彻底击溃法国大军，此时，法国军队也因瘟疫蔓延而军力受到重挫。

“那是因为法国军队攻下吉隆纳之后，亵渎了圣纳西斯的圣墓！”有人插嘴说道。

根据当地老一辈的人说，当时，数百万只苍蝇从圣墓里飞窜而出，法国军队因此而感染瘟疫。恶疾在法国军队中迅速蔓延。海战惨遭击溃，陆上又遭瘟疫侵袭，为了免除一场大屠杀浩劫，腓力三世提出和解的要求。

进入巴尼萨尔斯之后，亚诺听见敌后突击队欢呼声此起彼落。他举起手遮蔽烈日强光，仰望着前方的山区，山林里传出一阵阵军队的叫喊声。同样就在那座山林里，就在贝德罗大帝和贵族们的见证之下，劳利亚带领军队歼灭了数百名法国士兵。隔天，腓力三世在佩皮尼昂去世，法国攻占加泰罗尼亚的战事就此落幕。

作战期间，敌后突击队一路叫嚣，朝并没有出现的敌人挑战；或许，他们一直谨记父亲或祖父们叙述过的五十年前那场战役。

平时不上战场，这群衣衫褴褛的莽汉就在山林里讨生活，他们在阿拉伯人的农地里偷窃农作物，根本不把基督教国王与摩尔首领订下的协议放在眼里，始终我行我素。从费格拉斯到拉胡格拉这段路程，亚诺确实看到了他们桀骜不驯的一面，如今，他再次目睹同样的情况：国王将军队分成四组，其中三组军队秩序井然，听命行事，但是敌后突击队混乱无章，叫嚣、咒骂、大笑，甚至戏谑，他们嘲笑躲在暗处的敌人，并扬言总有一天要把他们揪出来。

“难道他们没有首领吗？”亚诺忍不住发问，因为德斯帕卡已经下令军队暂停前进，他却看到乱哄哄的敌后突击队继续往前走。

“他们看起来像是群龙无首，对不对？”在他身旁立正待命的老兵回答他。

“嗯……看起来是这样。”

“不过，他们其实有首领的，只是并不要求手下服从命令。他们的首领跟我们的不一样……”老兵指了指德斯帕卡，然后，他假装面前有只苍蝇，伸出手来用力挥呀挥。旁边几位士兵，包括亚诺在内，全都被他逗得呵呵笑。“有这种气势才叫首领嘛！”接着，老兵收起玩笑口吻，正色说，“在他们的军队里，没有谁是天王老子，也没有谁是高高在上的贵族大人。军队里最重要的人物就是他们的‘老大’。”亚诺看着那群敌后突击队，队员们陆续从他身边走过。“算了，你就别白费心思了吧！”老兵说，“你认不出来的。他们和队员们的衣着没什么两样，但是，大家都知道‘老大’是谁。能够成为‘老大’的人，必须拥有四项特质：领导军队的智慧；胆识过人，并且要懂得激发队员们的作战勇气；具备擅长指挥调度的领袖特质；最重要的是，绝对忠诚。”

“大家都说，他也具备同样的特质。”亚诺指着不远处的德斯帕卡。

“没错，但是，他成为领袖，并没有经过讨论，也没有人敢议论。成为敌后突击队的‘老大’可不一样了；必须有十二位资深‘老大’以性命宣誓，保证新任的‘老大’符合资格。在那个世界里，没有所谓的贵族，‘老大’要和其他人一样宣誓的；更重要的是，大家互相忠诚。”

一旁的士兵们听着这段话，不约而同微笑点头。亚诺回头望着敌后突击队，不禁纳闷：这群人如何在背负重物的情况下，仅以简单的长矛就能刺死一匹马？

“在‘老大’领导群之下呢……”老兵继续解释，“就是队员了。他们个个都是骁勇善战的高手，勇气十足，利落灵巧，而且忠心耿耿，而队员的遴选方式也一样，十二位资深队员宣誓，新任候选队员确实符合资格。”

“以性命宣誓？”亚诺问。

“没错，以性命宣誓。”老兵答。

亚诺无法想象的是，这群毫无秩序的混乱部队，甚至拒绝服从国王的命令。贝德罗三世已经下令，越过巴尼萨尔斯山谷之后，军队应该往胡西塰的首都佩皮尼昂前进；然而，大军才越过巴尼萨尔斯，敌后突击队脱了队，朝着矗立在山丘上的贝雅谷尔达城堡前进。

亚诺和皇家军队的士兵们就这样看着这群突击队脱离队伍，然后登上贝雅谷尔达山丘。他们仍旧一路叫喊。德斯帕卡回头望着国王，陛下也默默看着突击队往山头冲。

贝德罗三世也束手无策啊！他要怎么去阻挡这群佣兵呢？国王掉转马匹，继续往佩皮尼昂前进。德斯帕卡由此看出了端倪：国王默许攻打贝雅谷尔达城堡这个行动，既然敌后突击队是由国王花钱聘雇的，如果他放任突击队进攻城堡，足见有利可图。因此，当皇室大军浩浩荡荡地往佩皮尼昂前进时，德斯帕卡却带着自己的军队，跟在敌后突击队后面攻上了城堡。

城堡很快就被加泰罗尼亚部队包围了，接下来的一天一夜，这群佣兵轮流砍伐木材，然后建造了进攻城堡所需的各项工具：攀墙突击用的阶梯，还有一组体积庞大的攻墙槌，粗重的树干架在轮子上，借由几条绳索控制方向，树干上包裹着皮革，以免树干刮伤了操纵攻墙槌的队员们。

亚诺负责贝雅谷尔达城堡外的巡逻任务。该如何进攻一座城呢？他们必须打赤膊爬上城墙才行，但是，守在城墙上的敌军轻易就能将他们击落在城垛上。敌军就在城墙上。他看见他们正在探头张望着。有时候，他总觉得有人在盯着他看。敌军看起来非常平静，而自觉敌暗我明的亚诺却忍不住发抖。

“敌军看起来非常有把握的样子。”亚诺对身旁一位老兵说。

“你千万别被骗了！”老兵答，“其实，他们在城堡里面，比我们更没把握。而且，他们已经看见敌后突击队了。”

敌后突击队，又是敌后突击队！亚诺回过头去看着那群人。他们不眠不休地打造攻城所需的工具，现在看来，几乎都已准备妥当。没有人嘻笑谈天了，大家都默默忙着做自己手边的工作。

“敌军有城墙保护着，为什么还这么怕突击队呢？”亚诺问老兵。

老兵露出笑容。

“你一定没看过他们打仗对不对？”亚诺摇头，“你等着看吧！到时候你就知道原因了。”

亚诺坐在地上打盹，等了一整夜，在几支火把映照下，突击队员仍在熬夜赶制攻城器具。

破晓时分，朝阳才刚从东方冒出边儿，德斯帕卡命令军队立刻整队备战。天色依旧微暗。亚诺暗自找寻着突击队的踪影。这一次，他们服从命令，已经在城墙边整队待命。亚诺抬头看了看突击队上方的城堡。在幽暗的天色下，依稀可见敌军的身影；看来，他们也是竟夜未眠，忙着准备应战。亚诺不禁打了个寒战。他进了城堡要做什么？清晨的空气异常冷冽，然而，他那紧抓着石弓的双手却直冒汗。四周一片静寂。他有可能会战死的。巡逻的一整天，城堡上的敌军偷偷观望他好几次，他们看着他，一个出身卑微的大力士；那些曾经出现在城堡上的模糊面孔……那些人可能会取了他的性命。他们就在那里！他们在等着他。他全身发抖，双脚抖个不停，而且，他使尽了力气才勉强咬住频频打颤的牙齿。他握着石弓贴在胸前，免得让人看出自己的双手在颤抖。军官已经交代他，攻击行动开始后，他负责以石弓对着城堡发射小石块。问题是……他能不能前进到那一堆石块所在的位置？他到得了吗？亚诺紧盯着石堆。他非到那里不可。拿起石块，射击敌军，躲避攻击，然后继续攻击。

一声惊天呐喊划破了漫天寂静。

攻击令！小石块！亚诺正要冲向石堆，但是，军官却揪住了他的肩膀。

“还不到时候！”军官告诉他。

“可是……”

“还不到时候！”军官再次强调，“你看！”

军官指着敌后突击队。

又是一声震天响的叫嚣：“醒醒吧！铁人们！”

亚诺呆呆望着那群佣兵。霎时，全体突击队员齐声呐喊。

“醒醒吧！铁人们……醒醒吧！铁人们！”

这时候，他们开始敲击着手上的长矛和刺刀，金属撞击声甚至淹没了他们的高声呐喊。

“醒醒吧！铁人们！”

此时，钢铁开始苏醒了——双方的武器不断地猛力碰撞着。声声巨响传来，亚诺吓得直打寒战。火花渐渐增加，从零星几点，终至漫天火光，明亮的光晕团团围绕着敌后突击队。

亚诺忽然惊觉，自己竟抓着石弓凌空挥舞着。

“醒醒吧！铁人们！”他跟着大喊。此时的他已经不再冒汗，不再发抖，“醒醒吧！铁人们！”

他望着那一道道城墙，如此坚固的城墙，仿佛就要被突击队的呐喊击溃。地面上不断发出轰隆脚步声，周遭的火光越来越炽烈。突然间，号角声响起，呐喊也变成了令人战栗的叫嚣。

“攻啊！攻啊！”

“现在可以行动了。”军官对他大喊，顺手把他往前一推，在他前方，已有数百人勇往直前。

亚诺冲到城墙下的石堆旁，一起行动的还包括军官和一群弩弓手。他瞄准了突击队预先搭设的攀墙阶梯，任何妨碍突击队进攻行动的敌军都是他的目标。他射中了两名敌军，石块击中了铠甲未能覆盖的部位，两名士兵就在乱箭飞舞的城墙上消失了。

一群突击队已经成功登上城墙，这时候，军官拍了拍亚诺的肩膀，示意他暂时停止行动。攻墙槌根本没派上用场。就在突击队登上城墙的同时，城门突然开了，好几名骑士快马冲出城门，免得战败沦为战俘。其中两名骑士被加泰罗尼亚弩弓手射中落马，其他人则顺利逃脱。敌军已无将领，城堡内有些居民自动投降。德斯帕卡带了几名骑士骑马进入，并且歼灭了几名顽强抵抗的居民。接着，徒步作战的军队也跑进城堡。

越过城墙之后，背着石弓、手持短剑的亚诺，顿时愣在原地。他已经不需要武器了。城堡中庭横尸遍地，而逃过死劫的人全都跪在地上，苦苦哀求着横行中庭的骑士们刀下留情。突击队继续他们的杀戮行动，有人在碉堡上杀了敌军，有人则在中庭的尸堆里找寻幸存的活口，然后再狠狠补上一刀。那种惨状，实在叫亚诺不忍直视。有个突击队队员甚至走到他身边，并递上一大把箭给他；有些箭依然完好，大部分却沾满了鲜血，有些甚至还粘连着血肉。亚诺踌躇了。那位突击队员年岁已高，干瘦的身材就像那些细细的长箭，他看亚诺迟迟不接手，似乎非常讶异，然后已经满口无牙的他张嘴大笑，转而将那把箭交给了另一位士兵。

“你在干什么？”这位士兵过来问亚诺，“难道你要德斯帕卡亲手替你把箭准备好吗？把这些箭清理干净！”于是，士兵把那一大把箭丢在他脚边。

攻击行动不过几个钟头就落幕了。幸存的人全被集中囚禁在一起。当天晚上，他们就会被当成奴隶卖给随军迁徙的人口贩子。德斯帕卡的军队继续赶往佩皮尼昂与皇家军队会合。他们带走了伤兵，却把十七名战死的加泰罗尼亚士兵留在城堡，离开前，他们放了一把火，一座城堡就这样烧得精光。

030

德斯帕卡带着军队赶上了，驻扎在“骄傲之城”恩拿（Elna）城郊，距离佩皮尼昂仅有十公里左右，国王决定在此扎营过夜，在此同时，教皇再派了一位主教前来为马约卡的海默国王交涉，可惜还是无功而返。

国王虽未反对德斯帕卡带领敌后突击队拿下贝雅谷尔达城堡，不过，行军前往恩拿城途中，他倒是一路力阻其他骑士带兵掠夺尼督莱勒斯城堡。然而，当国王抵达城堡时，骑士们早已将整座城堡蹂躏殆尽，并屠杀了堡内居民，最后还放火烧了那个地方。

来到恩拿城外，却没有人胆敢对这座城市轻举妄动。

所有军队在城外扎营生火，大伙儿望着城内家家户户的灯火闪闪。恩拿城城门大开，摆明了要挑衅加泰罗尼亚军队。

“为什么……”亚诺坐在火堆旁，正想问个清楚。

“你说骄傲之城啊？”有位老兵打断了他的问话。

“是啊！为什么大家如此敬畏这座城市呢？他们为什么连城门都不关上啊？”

“对我们来说，骄傲之城是最沉痛的良心谴责……我们加泰罗尼亚人对不起这座城市。他们很清楚，我们不会攻进城里的。”说到这里，老兵住了口。亚诺已经学会尊重士兵们的叙述方式。他知道，这些人催逼不得，否则，他们恐怕会满脸不屑地瞪着他，就此不再往下说了。所有老兵都喜欢聊聊他们的回忆，或是他们听过的事迹，或真或假，夸张与否……总之，他们偶尔就喜欢故意卖个关子。等了半晌，老兵总算又开口了。“对抗法国的战役期间，恩拿城还在我们的版图之内。当时，贝德罗大帝承诺保卫这座城市，于是就派了一批骑士前往抵御法国军队。没想到，那批骑士背叛了恩拿城，眼看法国军队攻城在即，他们竟然连夜弃守逃离，这座城市就这样沦陷了。”老兵朝火堆吐口水，“法国军队入侵之后，亵渎教堂，残杀幼童，强暴妇女，并且杀光了城里的男人，只有一个人免于一死……恩拿城的大屠杀一直是我们沉重的良知包袱。没有任何加泰罗尼亚人敢踏进城内一步。”

亚诺再转过头去看了看敞开的城门。他观察着四周的军营，每个营队都有人默默凝望着远处的恩拿城。

“那个没被法军杀死的叛徒是谁？”亚诺还是没忍住，打破了不插嘴发问的原则。

老兵坐在火堆对面回应他。

“一个名叫巴斯塔·罗塞庸的士兵。”这一次，亚诺耐心等候着，直到老兵决定继续往下说，“多年前，法国军队得以穿越山区进攻加泰罗尼亚，就是靠这名士兵带路……”

入夜后，所有军队在阴暗的恩拿城外进入梦乡。

军营外，跟着军队迁徙的好几百人大多也睡了。芙兰希丝卡注视着雅莱迪思。这里会是理想的地点吗？恩拿城大屠杀事件已在所有帐篷和火堆旁流传过了，因此，这次的扎营一反常态，嘈杂人声减少许多。她自己也好几次盯着骄傲之城敞开的城门。没错，他们正身处一个不安全的环境。在恩拿城里里外外，任何一个加泰罗尼亚人都是不受欢迎的。雅莱迪思已经离家很远了。而且，她还是孤孤单单一个人。

“你的亚诺已经死了！”她把雅莱迪思叫来后，这样说道。

雅莱迪思佝偻的身子越来越低。芙兰希丝卡看着绿色洋装下的身体越缩越小。雅莱迪思双手掩面，一声号啕悲泣，划破了驻扎地不寻常的漫天静默。

“这……怎么会这样？”大哭了好一会儿之后，她终于开口问。

“你骗我！”芙兰希丝卡冷若冰霜，只给了这么一个简短的回应。

雅莱迪思泪眼汪汪地盯着芙兰希丝卡，她仍在啜泣，身体颤抖着。她低下了头。

“你骗我！”芙兰希丝卡又说了一遍。雅莱迪思没答腔，“你想知道他是怎么死的吗？你丈夫杀的！你真正的丈夫，那个制革匠！”

老包？不可能！雅莱迪思抬起头来。那个老头不可能……

“你那个丈夫跑去军营指控亚诺，说他把你绑架了……”芙兰希丝卡这一开口，突然打断了雅莱迪思的思绪。老鸨想看看这女孩的反应。亚诺说过，她很怕那个制革匠丈夫。“那个年轻人矢口否认，但你丈夫却对他撂下狠话。”雅莱迪思很想插上一句，老包能对谁撂什么狠话呀？“他花钱买通了一个军官，这位军官就故意找亚诺挑衅决斗……”芙兰希丝卡比了个手势，不许她插嘴，“你难道不知道吗？一个年老体弱的人虽然已经无法跟人比武决斗，但是，他可以花钱找人替他做这件事啊！你的亚诺为了捍卫自己的尊严，就这样被打死了！”

雅莱迪思彻底绝望了。芙兰希丝卡看着她全身颤抖着，双腿逐渐瘫软，最后跌跪在地。但是，芙兰希丝卡并未因此心生怜悯。

“据我了解，你丈夫到处在找你。”

雅莱迪思再次掩面啜泣。

“你必须尽快离开！安东妮雅会把你的旧衣服准备好。”

那就是她要的眼神了——恐惧、惊慌！

雅莱迪思脑海中突然浮现出一个个问题。她能做什么？她要去哪里？巴塞罗那远在世界的另一头，更重要的是，她在那里还拥有什么？亚诺已经死了！从巴塞罗那跋涉到费格拉斯这段艰辛的旅程，仿佛闪电掠过她的心头，她从头到脚只感受到恐惧、无助、羞耻……以及痛苦。而且，老包还在找她！

“不……”雅莱迪思吞吞吐吐地说着，“我不能！”

“我可不想惹麻烦啊！”芙兰希丝卡神情严肃地回应她。

“您要保护我啊！”她苦苦哀求，“我没有地方可去，没有人可以投靠！”

她不断啜泣着。雅莱迪思跪在芙兰希丝卡面前，许久不敢抬头。

“我不能收留你，因为你还怀着孕。”

“这个也是假的！”雅莱迪思大声说道。

她已经爬到芙兰希丝卡脚边，然而，老鸨依然不为所动。

“我收留你，你拿什么来换？”

“您要我做什么都可以！”雅莱迪思激动地喊着。芙兰希丝卡脸上闪过一丝窃笑，这正是她期望听到的承诺。曾经有多少女孩子，就像雅莱迪思这样成了她窑子里的姑娘？“您要我做什么都可以！”雅莱迪思又说了一遍，“请您收留我，别让我丈夫找到我，您要我做什么，我都愿意！”

“你也知道我们是做哪一行的……”老鸨依然不松口。

那又怎么样？亚诺已经死了。她已经一无所有，什么都没了……只剩下那个到处找她的丈夫。

“请您让我躲在这里！我发誓，您要我做牛做马，我都愿意！”雅莱迪思再次重申。

芙兰希丝卡规定，雅莱迪思绝不能和士兵打交道。亚诺在军营里，到底是个有名气的人。

“你以后只能偷偷接客。”隔天，大家正准备继续上路，老鸨这样对雅莱迪思说，“我可不希望你丈夫……”雅莱迪思没等她把话说完，径自频频点头，“还有，在这场战争结束之前，你千万不能让人看见！”雅莱迪思依然顺从地点着头。

就在那天晚上，芙兰希丝卡派人带了口信给亚诺：“事情已经解决，她不会再去纠缠你。”

隔天，军队并未前往马约卡国王的藏匿地佩皮尼昂。贝德罗三世决定改往海岸方向前进，目的地是卡涅（Canet）城。马约卡战败之后，海默国王流亡海外，当时，卡涅城统治者雷蒙子爵拥有的贝维尔城堡被加泰罗尼亚王国征服，战败的雷蒙子爵向国王宣誓，愿将城堡献给国王，以此换取自由。

卡涅城的子爵确实依照誓约交出了城堡，因此，贝德罗国王和军队得以在城堡养精蓄锐，并享受着当地乡亲慷慨招待的丰富食物，因为这些百姓们认定，这批加泰罗尼亚军队应该很快就会启程前往佩皮尼昂。国王则趁这个时候挑选了精英部队，组成一支先锋部队。

停留卡涅城期间，贝德罗三世又接见了一位新的和解说客，这次是个位高权重的红衣主教。国王依旧不理会和解要求。红衣主教打道回府之后，国王随即和一群策士研商进攻佩皮尼昂的计策。在此期间，国王正等着经由海路运来的军需补给，物品运达之后储藏在卡涅城堡内。加泰罗尼亚军队在城堡停留了六天，其间顺势攻下位于卡涅和佩皮尼昂之间的几座城堡和堡垒。

在国王命令之下，来自曼雷沙（Manresa）的民兵自卫队攻下了海上圣母城堡，另外几支军队进攻了索比拉城堡，至于德斯帕卡以及他带领的敌后突击队，他们则联合了另外几位骑士，连手攻下胡塞优城堡（Castell-Rosell）。

胡塞优城堡的防卫并不像贝雅谷尔达城堡那样容易攻破，靠着胡西蹇的财力支持，这座城堡早已建造了坚固的城墙。军队在城墙外高声宣战，敌后突击队同时用力撞击着手中的长矛，亟欲上场作战的士兵们扯着嗓子叫嚣着。攻破这座堡垒并非易事；他们使尽了全力，不断地用攻城锤撞击城墙才成功。

弓箭手是最后一批进入城堡的军队。这一仗，完全不同于攻打贝雅谷尔达城堡。城堡内的士兵和百姓，包括老弱妇孺，皆以生命捍卫着自己的家园。在城堡内，亚诺经历了残忍血腥的肉搏战。

他收起石弓，掏出短剑。他的周遭有数百人正在拼搏决斗。突然，一把长剑凌空划过的咻咻声将他带进战局。他凭直觉闪过身子，长剑滑进他的腋下。这时候，亚诺一手揪住那只握着长剑的手腕，另一只手上的短剑则用力刺上一刀。他的动作已经熟练到了自动反应的程度，因为他在德斯帕卡的军队里已接受过无数次相同的训练。他们教他如何搏斗，教他如何杀人，但是，从来没有人教过他要如何用短剑刺入一个人的腹部。对手身上的铠甲抵挡了他的短剑，虽然他用力揪住城堡卫兵的手腕，但长剑依然在空中猛力挥动着，亚诺的肩膀因此被划出了一道伤口。

仅仅几秒钟的光景而已，短短几秒钟就足以让他领略杀人的技巧。

亚诺握紧短剑，凶狠地刺了进去。短剑穿透铠甲，深入对手的胃部。卫兵手上的长剑已经失去了力道，但依然在空中胡乱挥舞着。亚诺的短剑继续往上方切割。他的手感受到内脏的温热。对手的身体僵硬地挺直着，短剑切开了整个腹部，长剑掉落在地，接着，对手也瘫倒在地。在他面前，对手微微颤抖的双唇渐渐开启。他想说些什么吗？虽然周遭充斥着打斗的叫嚣，亚诺依然能听见卫兵垂死的呻吟。他在想什么？他是否已经见到了死亡的幽影？那用力撑大的双眼似乎在警告亚诺……就在这时候，亚诺回头一看，另一个城堡卫兵正要扑向他。

这一次，亚诺不再迟疑。他的短剑以迅雷不及掩耳的速度在新对手颈部划上一刀。他已经不再思索。他成了杀人不手软的残忍刽子手。他与人厮杀，大声叫嚣，与人打斗，然后将短剑刺进对手的血肉里，一次又一次，脸上丝毫不见痛苦的神情。

他浸淫在杀戮游戏之中。

胡塞优城堡总算弃甲投降，此时，亚诺看见自己满身鲜血，全身不停颤抖着。

他环顾四周，见到遍地横躺的尸体，这才让他回想起刚才那场杀戮。他根本没有机会好好端详对手的面容。他不容自己的灵魂里出现一丝痛苦和怜悯。就从关键的那一刻起，所有对手的面容，他都视而不见了，他的双眼已被鲜血蒙蔽，他蛮横地宣示着入侵他人城池的权力，以残酷凶狠的手段争取了胜利的荣耀。亚诺早已不记得那些惨死在他短剑之下的模糊面孔了。

八月中旬，军队驻扎在位于卡涅城堡和海岸之间的某个地方。八月四日那天，亚诺参与了攻打胡塞优城堡之战。攻下城堡两天后，贝德罗三世下令移师，而接下来的一周，由于种种不利于进攻佩皮尼昂的因素使然，这批加泰罗尼亚军队只能侵略胡西壅首府邻近地区。他们乱刀砍伐当地的葡萄园、橄榄树以及山林里的大片树林，国王下令砍树，借此妨碍敌军的前进，不过，什么树都能砍，唯独无花果树不行，这大概是国王任性的一面吧。加泰罗尼亚大军所到之处，所有磨坊和粮仓皆遭焚毁，军队刻意破坏种满作物的农田。但是，他们始终未能攻进胡西壅首府，以及海默国王的藏身地——佩皮尼昂。

1343年8月15日

军中弥撒

全体军队齐聚海岸向圣母玛丽亚礼拜祈福。贝德罗三世最后还是向教皇的施压低头，同意与马约卡的海默国王协商和解。消息传遍整个军队。亚诺无心聆听神父的演说；没几个人听得进去，军队里大部分的士兵脸上只有后悔的神情。就连圣母也抚慰不了亚诺心灵的创伤。他杀了好多人，砍了许多树。他在农夫们惊吓的眼神注视之下，无情地捣毁了葡萄园和农田。他摧毁了原本美好的城市以及许多幸福的家庭。亚诺想起当初在圣母教堂听到的激昂陈辞："加泰罗尼亚需要你们！贝德罗国王需要你们！勇敢出征上战场吧！"打了什么仗了？只是残酷屠杀罢了。在一场又一场的冲突里，丧命的尽是可怜老百姓、忠贞的士兵……还有无辜的孩童们，下一个冬季恐怕会因粮食短缺而挨饿。这是什么战争？战争只是为了满足搬弄是非的主教和红衣主教，以及狡猾精明的国王？神父继续滔滔不绝地说教，但是亚诺已经听不见他的只言片语。他们的残酷杀戮为何而来？那些丧命的人又是为何而死？

弥撒终于结束。解散后的士兵们，各自组成一个个小团体。

"那他承诺的打仗酬劳和战利品呢？"

"唉！可惜啊……佩皮尼昂这座城市很富有。"亚诺听见有人这么说。

"国王拿什么支付士兵的作战酬劳啊？他连以前的都付不出来……"

亚诺漫步游走在不同的士兵小团体之间。他在乎作战酬劳吗？不，他在乎的是那些孩童的眼神。那个孩子，紧握着姐姐的手，惊恐地看着亚诺和一群士兵践踏了他家的菜园，并抢走足以供应全家过冬的谷物。为什么？那孩子纯真的眼神这样问着。难道我们做错了什么吗？说不定孩子平时就负责照料菜园，于是，他们泪眼汪汪地望着惨遭破坏的菜圃，直到加泰罗尼亚大军完全摧毁他们仅有的一块土地……当一切结束时，亚诺甚至没有勇气回头看他们。

军队解散返乡。条条加泰罗尼亚公路上尽是一批批归乡的军人，后面则跟着成群的小偷、妓女和商人，因为没能捞到原本期待的好处，个个难掩落寞神情。

巴塞罗那已经不远了。不同地区组成的民兵自卫队各自返回故乡。有些人决定转往他乡发展。亚诺发现战友们的脚步越来越轻盈，有些士兵脸上绽放着愉快的笑容。他们要回家了。玛丽亚的面容一路伴随着他。“事情已经解决了。”负责带来口信的人这样告诉他，“雅莱迪思不会再去纠缠你了。”这就是他唯一的期望，也是他唯一想逃避的事情。

玛丽亚开始对他展露笑颜了。

031

1348年3月底

巴塞罗那

黎明晨曦初露，亚诺与其他大力士已经站在海边待命，等着昨夜入港的马约卡舰队卸货。公会代表们正忙着分配人力。海上风平浪静，朵朵浪花轻吻着沙滩，似乎正在呼唤着巴塞罗那百姓开始美好的一天。金色阳光洒在海面的波纹上，这群正等着船工卸货的大力士，恰好趁机欣赏眼前的海天美景，大伙儿陶醉地远眺着天际，心情也随着海浪翩然起舞。

“好奇怪呀！”有人突然这样说，“他们没卸货。”

大家的视线立刻移往停泊港口的舰队。船工们已经搭着舢舨到了船舰旁，有些人空手回到海岸上。另外一些船工则扯着大嗓门和甲板上的船员们交谈，一些船员甚至跳入海中，然后登上船工们的小舢舨。总之，就是没有人着手卸货。

“瘟疫！”第一批搭着舢舨回航的船工们，对着海岸大声叫喊着，“瘟疫从马约卡传到这里来啦！”

亚诺惊愕地打了个寒战。这片如此美丽的海洋，怎么可能捎来这样的噩耗？如果是漫天阴霾、风雨大作的天气还说得过去……但是，这天早上，眼前的一切美得如梦似幻呀！最近几个月来，巴塞罗那坊间最热门的话题，就是瘟疫：这场瘟疫在远东造成了大浩劫，然后蔓延到西方，已经夺走了许多人命。

“大概不会传到巴塞罗那来吧！”有人说，“那得越过整个地中海。”

“嗯，海洋会保护我们的。”其他人也肯定这种说法。

这几个月来，百姓始终相信：瘟疫不会传到巴塞罗那的！

马约卡……亚诺暗想着。已经传到马约卡了。恶疾已经穿越了广阔的地中海。

“瘟疫！瘟疫来了！”船工上岸后一再重复。

大力士们围着船工们探听更多讯息。这时候，舰队船长搭着一艘小舢舨登陆了。

“带我去见总督和官员们！”船长一上岸便吩咐旁人，“快点！”

公会代表们立刻照办。其他人则围着刚上岸的船员们。“已经死了好几百人了！”他们说，“太可怕了！大家都无能为力。儿童、妇女、男人、富翁、穷人、贵族、平民……无一幸免，连牲畜都遭殃。病死的尸体堆在街道旁，就这样任其腐烂，政府的官员们也无计可施。染上瘟疫的人，痛苦的惨叫声让人惊心动魄，发病不到两天就死了。”有些大力士已经跑回城里去通报消息，一时人心惶惶。亚诺在一旁静静听着，身子缩得紧紧的。听说，染了瘟疫的人脖子上、腋下或鼠蹊部会长出大脓包，脓包越来越大，最后甚至会破裂。

消息很快就传遍了大街小巷，许多人赶往海岸打探详情，然后又急忙跑回家去。

整个巴塞罗那成了各种流言谣传的大熔炉："脓包裂开以后，魔鬼会跑出来。感染瘟疫的人会发疯，而且乱咬人，这种病就是这样传染的。还有，病人的眼睛和生殖器官还会裂开。病人没死以前就要丢进火里烧掉，如果不这样做，瘟疫就会传染给别人。我看过瘟疫病人哪！”只要有人聊起类似的内容，立刻就会成为众人注意的焦点，接着，人们会将他团团围住，就为了聆听有关瘟疫的故事。然后，恐惧融合了想象，各种说法就在百姓口中流传着。城市官员们谨慎以对，要求百姓们做好清洁卫生，于是，许多人开始勤跑公共澡堂……还有教堂。弥撒、祈福、宗教游行：这一切都阻挡不了逐渐逼近的恶疾，经过一个月的焦虑煎熬，瘟疫还是传到了巴塞罗那。

首先发病的是个在船坞工作的捻缝工人。几位大夫来替他看诊，但顶多只能看着病人的症状去对照书上所写的内容。

“尺寸大约是小橘子的大小。”其中一位医生指着病人脖子上的脓包说道。

“发黑、变硬，而且是温热的。”另一位大夫摸了脓包后补充解释。

“准备湿凉的毛巾给病人退烧。”

“必须引出脓血才行！这么一来，脓包周围才不会有出血现象。”

“嗯……这得把脓包切开！”有位医生这样附和。

其他医生退到一旁，静静观望着主张切开脓包的大夫准备动手。

“书上说，脓包不能切开呀！”有位医生提出异议。

“有什么关系？”另一位大夫响应，“反正只是个捻缝工人而已。我们就试试腋下和鼠蹊部吧！”

病人身上的这两个部位也长了温热的大脓包。在痛苦的哀叫声中，病人大量出血，仅存的微弱生机，就在一群大夫忙着切割脓包时消失了。

同一天又出现了几个新病例。隔天又多了一些，接下来更多。巴塞罗那老百姓全躲在家里不敢出门，有些人就在痛苦的折磨中死在家里。另外还有人发病后，因为家人害怕被传染，竟遭遗弃街头，忧病交迫，加速死亡。政府颁布新规定，凡是家中有人感染瘟疫者，大门上一律以白色石灰画上十字作为记号。官员们再三强调做好个人卫生，避免与病人接触，同时官方也下令，病人遗体皆以火化处理。百姓们用力刷洗身体，甚至把皮肤都搓破了，另外有些人则竭尽所能避开瘟疫病人。然而，出乎医生们和官员们意料之外的是，百姓们对跳蚤依旧不以为意，正因为如此，瘟疫仍然继续蔓延着。

疫情爆发几周以来，亚诺和玛丽亚也和其他人一样，天天到圣母教堂参加祈福弥撒。他们已经痛失好几位亲近好友，包括他们敬爱的艾柏神父。瘟疫也夺走了贝雷和玛丽欧娜这对老夫妇的生命。主教特别安排了祈福游行，将沿着整座城市周边绕行一遍；游行队伍从大教堂出发后，沿着海洋街走到圣母教堂，在此与华盖遮蔽下的海上圣母会合，然后继续走完全程。

圣母雕像已在圣母教堂等候，依然由大力士们扛着。大力士们相视无言，仿佛在默默询问着那些缺席的大力士。没有人开口响应。大家只是紧抿双唇，低头不语。亚诺还记得过去几次举行重要的宗教游行时，大伙儿抢着要扛圣母像，有人甚至大打出手。公会代表们必须出面安排顺序，让大家轮流上场，而如今……他们竟然缺人手，连圣母像都抬不起来。已经死了这么多人了吗？圣母啊！这场瘟疫浩劫还要持续多久？百姓的祈祷声从海洋街另一头传来。亚诺看着前方的游行队伍：人人都低着头，拖着沉重的步履。过去总是忙着巴结主教、极尽奢华之能事的贵族们都到哪里去了？治理城市的五位大臣当中，已有四人死于瘟疫。四分之三的百人政务委员会成员也进了鬼门关。其他的贵族早已逃离巴塞罗那。大力士们默默扛起圣母像，跟在主教后面，祈福游行正式开始。队伍从圣母教堂行进到波恩广场，接着继续走到圣塔克莱拉修院。来到圣塔克莱拉修院时，浓烈的焚尸味甚至盖过神父们用力摇晃的熏香；许多百姓再也无法平静祈祷，忍不住悲痛大哭起来。队伍往前走到圣达尼城门之后，左转往新城门以及圣贝雷德波利斯修院方向前进。途中，有人看见了遗弃路旁的尸体，大家的视线也刻意避开了坐在路旁或在画了白色十字的家门前等死的瘟疫患者。“圣母啊！”亚诺忍耐着肩头沉重的负担，“世间为什么有这么多不幸呢？”队伍从圣贝雷德波利斯修院继续走到圣安娜城门，在此左转往海边方向走到彩虹区，然后回到了大教堂。

不过，老百姓却开始质疑教堂和官方的应变和效率。人们不断祈祷，甚至到了筋疲力尽的地步，而瘟疫却依然四处流窜。

“唉！大家都说这是世界末日了。”那天，亚诺一进家门就这样哀叹着，“整个巴塞罗那都进入疯狂状态了。街上好多自虐赎罪的人，又叫又喊的……”玛丽亚一直背对着他，亚诺坐了下来，等着妻子来帮他脱鞋，于是，他继续说，“街上有好几百人光着上身，他们高声大喊着，最后的审判快到了，大声坦承自己犯过的罪，还拿着皮鞭在自己背上用力抽打。有些人都已经皮开肉绽了，还是继续打……”玛丽亚已经跪在他面前，亚诺轻抚着她的发丝。她的额头发烫，怎么会……

亚诺赶紧托起妻子的下巴。不可能！不能是她！玛丽亚抬起头来，一双呆滞的眼眸望着他。她一直冒汗，满脸通红。亚诺试着把她的头抬高一点，但她却露出痛苦的表情。

“你不可以！”亚诺激动大叫。

跪在地上的玛丽亚，手上拿着丈夫的草鞋，她凝视着亚诺，止不住的泪水滑落两颊。

“天啊！你不可以。天啊！”亚诺跪倒在她身旁。

“你……快走吧！亚诺。”玛丽亚结结巴巴地说着，“你不能跟我在一起。”

亚诺想抱住她，但是，才刚碰触她的肩膀，玛丽亚又露出痛苦的神情。

“来！”亚诺轻柔地扶起妻子，不断啜泣的玛丽亚，依然坚持要他尽快离开，“我怎么能抛下你？你是我拥有的一切……我只有你啊！没有你，我要怎么办呀？有些人后来康复了。玛丽亚，你会好起来的！一定会，你一定会好起来的！”亚诺努力安抚着妻子，并将她带到卧房，让她上床躺着。这时候，他总算能好好端详她的脖子，那一向白皙细嫩的美丽颈部，现在却逐渐变黑。“找个医生来呀！”他立刻开窗，然后探头到阳台上大喊着。

似乎没有人听见他的叫喊。然而，就在当天夜里，当玛丽亚脖子上的脓包开始发黑时，早已有人悄悄在他家门上画了白色十字。

亚诺唯一能做的就是用湿凉的毛巾敷在玛丽亚额头上。躺在床上的妻子却不断哆嗦。只消轻轻移动一下，都是难以忍受的疼痛，她那无声的哀号，让亚诺焦急心痛得寒毛直竖。玛丽亚茫然的眼神盯着天花板。亚诺眼睁睁看着她脖子上脓包越来越大，皮肤越来越黑。“我爱你，玛丽亚！曾经有多少次，我一直想对你说这句话！”他跪在床边，握着妻子的手，就这样过了一夜，他和她一起颤抖，一起冒汗，每当玛丽亚抽搐时，他必定祈求天主哀怜。

他找出家里最好的床单包裹着她的遗体，静候收尸的马车从门前经过。他绝不将她弃置在路旁，他要亲手将她交给官方。当听见疲惫的马蹄声逐渐接近时，他赶紧抱着玛丽亚的遗体站在路边等着。

“再见了！”他轻吻着亡妻的额头。两位负责收尸的官方人员，戴着手套，脸部蒙上厚布，他们惊愕地看着亚诺掀开床单，并且深情地亲吻了玛丽亚。没有人愿意靠近瘟疫病人，即便是挚爱的亲人也一样，许多人甚至要求收尸者直接到病床上抬走死者。亚诺亲手将深爱的妻子交给官方，两位收尸人员深受感动，因此也格外谨慎地将玛丽亚的遗体轻轻放在尸体堆上。

亚诺含泪望着收尸的马车消失在街道尽头。他将是下一个躺在收尸马车上的人。他走进屋内，坐下来静静等待死神到访，巴不得赶快到另一个世界与玛丽亚相聚。整整三天，亚诺等着瘟疫找上他，他不时摸着自己的脖子，努力搜索着肿块。脓包并未出现，亚诺最后认定，上帝暂时还不打算召唤他。

亚诺总算出了家门，他在海滩上漫步踱着，踢着涌上这座倒霉城市岸边的海浪。他在巴塞罗那城里随意闲逛，冷眼旁观着街边的瘟疫病人，听着从一扇扇窗口传出的悲凄啜泣。不知怎么的，他又来到圣母教堂。教堂的工程早已中断，一座座鹰架上空无一人，堆在地上的石头无人雕凿，不过，一直有人陆续进入教堂。他也进去了。虔诚的教徒们聚集在未完工的主祭坛前，或站或跪，人人都在祈祷着。虽然后殿的屋顶仍未完工，然而，为了驱散焚尸味而燃烧的浓郁熏香，却为教堂增添了浓厚的宗教气氛。当亚诺走近他的圣母像时，有位神父正对着主祭坛前一群自虐赎罪的教徒说教。

“各位知道吗？我们的教皇已经宣示一项训令，造成这场流行疾病的犹太人无罪！瘟疫只是上帝对基督徒的一项考验而已。”主祭坛前的群众立刻引起骚动。“大家祈祷吧！”神父继续说，“你们要向天主祈求……”

许多人在愤愤不平的叫嚣声中离开了圣母教堂。

亚诺并未理会神父的说教，径自走向圣母神殿。犹太人？犹太人和瘟疫有何相干？他的圣母依旧在那儿等着他。大力士们的大蜡烛依旧伴随着她。是谁点燃蜡烛的？不过，亚诺几乎看不见圣母的面容了：浓密的熏香烟雾四处弥漫。他看不见圣母微笑的面容。他很想祈祷，却办不到。“母亲啊！你为什么要让这么多悲惨的遗憾发生呢？”他想起深爱的玛丽亚，以及她承受的苦痛和折磨，不禁泪如雨下。那是一种惩罚，但是接受惩罚的人应该是他才对，他和雅莱迪思私通，犯了罪的人是他呀！

“孩子，你怎么了？”亚诺听见有人在背后这样问他。回头一看，原来是刚才在主祭坛前对那群自虐赎罪的教徒说教的那位神父。“你好啊！亚诺。”他转过头来之后，神父认出他是圣母教堂有名的大力士。“你怎么了？”神父再次关切地问。

“玛丽亚……”

神父点点头。

“让我们为她祷告吧！”

“不，神父！”亚诺反对，“还不需要。”

“亚诺，只有在上帝那里，你才能找到安慰啊！”

安慰？他要如何凭空找到安慰？亚诺努力找寻着圣母的面容，但被浓烟挡住了。

“让我们祈祷吧……”神父坚持。

“犹太人那件事……到底是怎么回事啊？”亚诺打断了神父的话，借此替自己解围。

“整个欧洲都认定瘟疫是犹太人造成的。”亚诺望着神父，眼神里充满疑问，“据说，在日内瓦的奇蘧城堡里，好几个犹太人已经坦承，一位来自莎华（Savoy）的犹太人拿着犹太教士调配的药水在井水里下毒，瘟疫因此而蔓延。”

“这是真的吗？”亚诺问他。

“当然不是。教皇都已经宣布犹太人无罪了，不过，人们一心一意只想找到罪魁祸首。我们现在祷告吧？”

“神父，请您替我祷告吧！”

亚诺走出圣母教堂。广场四周围着大约二十位自虐赎罪的教徒。“忏悔吧！”他们边喊边以皮鞭抽打自己的背部。“世界末日到了！”另外一群人在一旁大声叫喊之后，还朝他们脸上吐口水。亚诺看见教徒们背部已经渗出鲜血，而一双光溜溜的腿上，苦行带从大腿往下紧紧捆绑着。他静静观察着教徒们的脸部神情，一双双茫然的眼睛正盯着他看。他急忙跑向蒙卡塔尔街，直到叫嚣呐喊终于消失。他总算在这里找到了平静……但是，似乎有点不对劲。那些大门！蒙卡塔尔街上的一幢幢豪华宅邸，只有极少数的气派大门上画了白色十字。亚诺来到卜家宅邸前。卜家大门也没有白色十字；门窗紧闭，屋内不见任何人影走动。他多么希望瘟疫找上他们，他恨不得他们也能感受玛丽亚受过的折磨和痛苦。亚诺突然快速跑开了，神色比刚才躲避激进教徒时更慌张。

到了蒙卡塔尔街和卡德斯街转角时，亚诺又碰见一群情绪激动的百姓，这一次，百姓们甚至带着棍棒、长剑和弓箭。“大家都疯了！”亚诺心里这样想着，同时也刻意避开人群。就在不久前，全城的所有教堂才举行过弥撒，教皇颁布的训令，显然并未安抚群众的激愤和恼怒。“前进犹太区！”群众这样高喊着，“异教徒！杀人犯！”自虐赎罪的教徒们也来凑热闹，依旧不停鞭打着自已的背部，即使已经鲜血直流，在群众包围下反而鞭打得更起劲了。

亚诺一言不发地跟在混乱人群后面，他赫然发现，人群里甚至混杂了好几个瘟疫病患。整个巴塞罗那的百姓都挤进犹太区了，群众从四面八方涌进，意图包围犹太区。有一群人守在北边的主教宅邸旁。另一群人在西边的古罗马城墙前等着。有些人开始沿着毕斯柏街往前走，因为街道尽头正好连接了犹太区的东侧，剩下的就是亚诺跟着的这群人，他们在南边的波格利亚街，这里也是犹太区的入口处。群众的叫嚣呐喊震耳欲聋。全城老百姓同仇敌忾，虽然他们暂时只能在城门前高声叫喊，但依旧奋力挥舞着手中的棍棒和弓箭。

亚诺好不容易穿过拥挤人群，挤进圣乔美教堂前的台阶，这座教堂，正是他当年和小卓被驱赶的地方，当时，他正在四处寻觅被他称作母亲的圣母玛丽亚。圣乔美教堂正好在犹太区南侧城墙对面，站在台阶上，亚诺终于可以看清现场的状况。国王派来的卫兵部队，由总督大人领军，严阵保卫犹太区的安全。攻击行动开始之前，一群百姓代表上前与总督大人谈判，总督就在犹太区的入口旁，城门半掩，必要时，军队随时可退守到犹太区内；自虐的激进教徒在一旁叫嚣、乱舞，骚动不安的群众持续危言恐吓犹太人，虽然连半个犹太人影也没见到。

“军队不会撤走的啦！”亚诺听见有位妇人语气肯定地说。

“犹太人是国王的财产，他们的靠山是国王，”有人在一旁附和，“如果犹太人都死光了，国王就少了税收啰！”

“而且，国王放出的高利贷也收不回来了……”

“不只是这样呢……”另外有人来搭腔，“如果犹太人遭受攻击，国王和王室造访巴塞罗那期间，犹太人就无法提供精致家具供他使用了。”

“唉呀！到时候，那些贵族只好睡地板了！”有人笑道。

亚诺也忍不住跟着笑了。

“总督大人一定会尽力捍卫国王的利益。”妇人说。

确实如此。总督大人并未让步，谈判结束之后，他立刻带领军队进入犹太区，打算紧锁城门。这个结果正好是群众早已预期的，而在城门尚未完全关闭时，靠近城墙边的群众及时扑上前去，霎时，棍棒、弓箭和石头飞越犹太区城墙，宛如暴雨骤至。攻击行动就此展开。

亚诺看着被仇恨蒙蔽的混乱人群，胡乱推挤着犹太区的城门和城墙。现场不见任何指挥调度的领袖。唯一还算有点秩序的是激进教徒的叫嚣，这些人将背部抵在城墙上用力摩擦，继续以皮破血流的方式凌虐自己，而这样的举动，更激励了愤怒群众翻墙杀死异教徒的决心。许多企图爬上城墙的百姓，纷纷倒在国王卫兵部队的长剑之下，不过，仍有大批群众突破卫兵封锁，顺利翻越城墙，得以进入区内与犹太人正面对决。

亚诺在教堂台阶上停留了大约两个钟头。打斗拼搏的嘶吼让他回想起从军的岁月：在贝雅谷尔达城堡以及胡塞优城堡。看着在城墙边倒地不起的百姓，他仿佛又见到那些死在他手下的敌军；鲜血的腥味将他带回胡西壅，让他想起那场荒谬征战的所有谎言，想起雅莱迪思，还有玛丽亚……亚诺离开了教堂前的台阶，因为第二阶段的杀戮已经开始进行。

他朝着海边的方向走去，心里想着玛丽亚，以及他离乡从军的种种因素。然而，他的思绪却突然被打断了。此时，他正来到古罗马城墙的雷戈米尔堡垒前，附近传来的声声呐喊，迫使他回到现实。

“异教徒！”

“杀人犯！”

亚诺碰到一群百姓，二十来人，个个手持棍棒或尖刀，他们霸占了整条街道，正朝着好几个不小心在家门口被他们抓到的犹太人叫嚣。他们为什么就不能安安分分地为死去的亲人哭泣？亚诺并未停下脚步，他只想在激愤的人群中突围而出，继续往海边走。当亚诺正在用力推挤人群时，他的视线不经意地飘向那几个被群众包围的犹太人：那是一户人家的家门口，门把边站着浑身沾了鲜血的阿拉伯奴隶，试图以肉身保护后面三个身穿黑衣、胸前挂着黄色圆盾的小孩。突然间，亚诺冲到奴隶和暴民之间。现场立刻安静下来，三个孩子探出惊慌的小脸蛋。亚诺看着那三个孩子；他一直觉得遗憾，始终没让玛丽亚生个一儿半女。一颗石头正朝着其中一个孩子的头部飞来。阿拉伯奴隶挡下了，石头打中他的腹部，他痛得弯下腰来。那张小脸蛋直盯着亚诺。他深爱的妻子最喜欢孩子了：无论是基督徒、阿拉伯人还是犹太人，只要是孩子，她都喜欢。在海边，在街上，她经常望着孩子出神……她的眼神紧跟着孩子，然后总是转过头来看着他。

“走开！”亚诺听见背后有人出声。

他又看了看那三个孩子饱受惊吓的眼眸。

“你们想对这几个孩子干什么？”他大声问道。

几个手持尖刀的男子杵在他面前。

“他们是犹太人！”他们异口同声说。

“就因为这样，你们就想杀了他们？难道你们攻击他们的父母还不够吗？”

“犹太人在井水里下毒！”其中一个男子回答，“他们杀死耶稣！他们为了异教仪式而杀害基督徒的孩子们！没错，他们还把孩子的心挖了出来……而且，他们还偷了圣饼！”亚诺已经听不进男子说的话。他嗅到犹太区传来的血腥味，还有胡塞优城堡的腥臭！亚诺用力揪住最近处的男子肩膀，狠狠在他脸上打了一拳，趁机夺下他手上的尖刀，再把他丢回那群同伙中。

“不准任何人伤害这几个孩子！”

那几个暴民睁大眼睛看着亚诺灵活地耍弄着尖刀，看着他拿着尖刀在他们面前闪过，还有，他那严厉骇人的眼神。

“不准任何人伤害这几个孩子！”他重复说道，“你们有种就去犹太区！去找卫兵决斗，去找大人挑衅……”

“他们会杀了您的！”躲在他背后的阿拉伯奴隶忧心忡忡地提醒他。

“异教徒！”群众对着他大喊。

“犹太人！”

在军中，他们教他如何先发制人，出其不意地出手攻击，不要让对手有任何喘息的机会，而且要让对手心生恐惧。亚诺手上的尖刀迅速朝着对手猛刺。第一个暴民腹部挨了一刀，立即蜷缩着身子，其他同伙随即上前扶住他。尖刀锋利的刀刃接连划过好几个暴民的胸膛。这时候，一个倒地的对手趁机刺伤了亚诺的小腿肚。亚诺怒视着他，一把揪住他的头发，将他的头部往后一扯，在他脖子上划过一刀。大量鲜血汩汩涌出。三个男子已经倒地，其他人则开始撤退。“当你处于劣势时，走为上策。”这是军中前辈给过的忠告。亚诺作势要再度出手攻击，那些暴民吓得往后倒退，结果狼狈地撞成一堆。他紧盯着前方，左手指使阿拉伯奴隶靠近他，他感觉到孩子们已经在他脚边颤抖着，于是开始往海边方向移动，他一路倒着走，视线始终不离那群暴民。

“你们有种就去犹太区逞凶斗狠吧！”他朝着那群暴民大喊，同时指示孩子们往前走。

过了雷戈米尔堡垒的古城门之后，他们开始拼命往前跑。亚诺没有多做解释，但坚持不让孩子们返回犹太区。

他该把这几个孩子藏在哪里呢？亚诺带着他们来到圣母教堂前，却突然在教堂大门口停了下来。教堂建筑尚未完工，无论他们躲在哪里，外面都看得见的。

“您……您该不会是想把孩子藏在天主教堂里吧？”阿拉伯奴隶气喘吁吁地问道。

“不是的。”亚诺说，“不过，距离教堂很近就是了。”

“您为什么不让我们回家呢？”有个小女孩的声音向他提问，这女孩显然是其中年纪最大的，也是一路奔跑的过程当中体力最好的。

亚诺摸了摸小腿肚，伤口涌出大量鲜血。

“因为你们的家已经成了群众攻击的目标。”他这样回复小女孩的问题，“大家都把瘟疫怪罪在你们头上。他们说，是因为你们在井水里下毒才会这样。”没有人答腔。“我觉得很遗憾！”亚诺又加上一句。

阿拉伯奴隶首先做出反应。

“我们不能留在这里！”他这么一说，亚诺只好停止检视小腿肚上的伤口，“您觉得怎么做最好，就照您的意思去做吧！总之，请您把这几个孩子藏好。”

“那你呢？”亚诺问他。

“我必须把这件事通报给孩子的家人。我要怎么样才能找到您？”

“你找不到的。”亚诺心想，这个时候根本无法向他展示罗马古墓的密道啊，“这样吧！我去跟你碰面。半夜的时候，你到海边去，那里有家新开的鱼店，你就在鱼店对面等我。”奴隶点头同意，在他正要离去时，亚诺又补充说，“如果你接连三个晚上都没出现的话，我就认定你已经死了。”

阿拉伯奴隶又是频频点头，那双乌黑的大眼睛凝视着亚诺。

“谢谢您！”奴隶说了这么一句，然后朝着犹太区急奔而去。

三个孩子当中最年幼的那个本想跟阿拉伯奴隶一起走，却被亚诺紧紧揪住了肩膀。

第一天夜里，阿拉伯奴隶并未出现在约定地点。亚诺在三更半夜的海边等了一个多钟头。他听见远处的犹太区传来打斗嘶吼的声响，漆黑的夜空，已被不断延烧的熊熊烈火染红了。等候期间，他总算可以好好思考这些疯狂日子里发生的一切。他把三个犹太小孩藏在圣母教堂主祭坛地底下的罗马古墓里，正好就在他的圣母脚下。古墓的入口是他当年和小卓一起发现的。当时，面向波恩广场的门前阶梯尚未建好，拼花木质地板反而比较方便进去。不过，教堂巡守队在附近街道巡逻了近一个钟头，逼得他们必须静静蹲伏在角落，伺机钻进台阶下的古墓入口。

三个孩子默不吭声地跟在他后头，直到进入阴暗的隧道时，亚诺才告诉他们这是什么地方，并告诫他们千万不能随便乱摸，否则恐怕会惹上意想不到的麻烦。这时候，三个孩子突然伤心地大哭起来，但亚诺并不知道该如何回应孩子们的哭泣。如果玛丽亚在这里，她一定有办法安慰他们。

“这些只是死人而已啊！”他不知所措地对孩子们大吼，“又不是瘟疫，有什么好怕的？你们宁愿活着在这里跟死人为伍，还是到外面去送死呢？”孩子们的哭声渐渐停歇，“现在，我得出去找些蜡烛、清水和一点吃的，乖乖在这里待着，知道吗？”

“知道了。”女孩出声回答。

“你们听好了……我可是为了你们赌上了自己的性命。而且，万一被人发现我把三个犹太小孩藏在圣母教堂地下，我这条命恐怕就没了。如果我回来的时候发现你们不在，我从此就不管你们死活了，懂吗？所以，你们自己说，要在这里等我，还是要出去？”

“我们在这里等。”女孩语气坚定地答道。

亚诺回到空无一人的家里，洗澡，并处理腿上的刀伤。他敷好药，然后包扎伤口，把旧皮囊装满水，找出油灯，还拿了一大块硬面包和腊肉，接着，他一路瘸着走回圣母教堂。

三个孩子在隧道尽头等着他。亚诺点燃了油灯，眼前出现三个满脸惊吓的小孩，即使他极力安抚，孩子们脸上始终挤不出一丝笑容。女孩搂着另外两个小男孩。三个孩子都是黑发，乌溜溜的长发整齐干净，三个都是健康结实的孩子，个个都有雪白的贝齿，而且长相都很俊俏，那个女孩尤其漂亮。

“你们是姐弟吗？”亚诺突然想到这个问题。

“我们两个是姐弟。”答话还是那个女孩，手指着个儿最小的男孩，“他是邻居家的小孩。”

“很好。我想，我们一起逃过劫难，相处了这么久，也该自我介绍一下了……我叫亚诺。”

女孩欣然为之——她叫芮琦，弟弟名叫尤赛夫，邻居的小孩叫作萨伍。在微弱的油灯下，亚诺继续提出其他问题。这三个孩子分别是十三岁、六岁和十一岁。他们都在巴塞罗那出生，和父母住在犹太区。至于那个奴隶，他们管他叫撒哈特，属于芮琦父母所有。她还说，如果撒哈特说过会去海边，他一定会去的，他从来没有骗过他们。

“好啦！”聊了这么多之后，亚诺决定换个话题，“既然来了，我想，这个地方值得好好参观一下。我已经好久好久没来这里了，我来的时候大概像你们这么大，不过，我想应该不会有人搬走吧！”只有他一个人笑得出来。他跪在地上，然后慢慢爬着将油灯移到洞穴中间。三个孩子依然蹲伏在原处，面带惊恐地望着敞开的坟墓和人骨。“这是我见过最精彩的地方了！”他试图缓和孩子们的恐惧，“而且，绝对不会有人找到这里来，我们可以安心等着……”

“如果他们杀死了我们的父母，那怎么办呢？”芮琦突然打断了他的话。

“你不要胡思乱想！我相信他们不会有事的。你们看！来，到这里来！这里有个空出来的地方，没有坟墓，正好可以让我们大家一起躺下来休息。来吧！”孩子们没有反应，亚诺必须一再用眼色催促他们行动。

孩子们总算挪动了身子，四个人聚在那个小空间里，虽然坐下来仍嫌拥挤，但总算碰触不到任何坟墓了。这个罗马古墓依旧和亚诺第一次看见时一模一样，坟墓造型特殊，有的是铺了瓦片的加长型金字塔，有的则是巨型的双耳细颈陶罐造型，遗体就放在罐子里。亚诺将油灯挂在其中一处陶罐坟墓上，然后拿出装满清水的皮囊、面包和腊肉给孩子们。三个孩子大口喝水，只吃了面包。

“因为那个不是洁食。”芮琦指着腊肉说。

“洁食？”

芮琦特地向他解释洁食的意义，以及犹太人食用肉类之前必须进行的宗教仪式，两人聊得尽兴，聊到两个小男孩竟然倒在芮琦的裙摆上睡着了。于是，为了不吵醒两个男孩，两人尽量放低了音量。接着，女孩问他：“你不相信那些人说的话吧？”

“什么？”

“就是……我们犹太人在井水里下毒的事情啊！”

亚诺迟疑了几秒钟才回答。

“有没有犹太人死于瘟疫呢？”他这样反问。

“很多啊！”

“所以啊，我不相信！”他坚定地说，“我根本不相信他们的话。”

芮琦睡着之后，亚诺溜出隧道，再度前往海边。

百姓攻击犹太区的激烈对峙整整持续了两天，在此期间，军力薄弱的国王卫兵部队与犹太区居民连手抵抗暴民袭击。但是，声称为了捍卫基督教而战的百姓越来越疯狂，手段越来越残暴，甚至公然抢劫和屠杀。最后，国王加派兵力镇压，城里总算渐渐恢复正常。

第三天晚上，跟着主人一起抵抗暴民的撒哈特，终于来到海边和亚诺碰面。

“撒哈特！”他听见有人在暗处叫他。

“你……你在这里做什么？”阿拉伯奴隶满脸惊讶地看着朝着他跑过来的芮琦。

“那个基督徒病得很严重。”

“他该不是……”

“不是！”心急的芮琦打断了他的话，“不是瘟疫！他身上没有脓包。是他的腿！他的伤口受到感染，正在发高烧，已经不能走了。”

“其他人呢？”奴隶问。

“都很好。那么……”

“大家都平安，在家里等你们。”

芮琦带着阿拉伯奴隶来到圣母教堂门前。

“这里吗？”奴隶困惑地看着女孩指着的台阶。

“嘘！别出声。”芮琦对他说，“跟我来。”

两人弯腰钻进隧道里，一直爬到罗马古墓。为了把亚诺弄出那个地方，大家都必须帮忙才行：撒哈特抓着亚诺的双手往后爬，孩子们则抓着他的双脚用力往前推。亚诺已经完全失去知觉。后来，他们一行五个人，奴隶把亚诺扛在肩上，三个孩子则穿上撒哈特预先准备的衣服，乔装成天主教徒的小孩，一路躲躲藏藏地回到了犹太区。当他们来到城门前，却见到国王派来的一群卫兵在城门口守着。撒哈特向军官解释孩子们真正的身份，以及他们没有佩戴黄色圆盾的原因。至于亚诺，他的确是个天主教徒，但是他正在发高烧，必须尽快看医生才行，军官也证实了撒哈特的说法，他上前摸了亚诺的额头，却立刻收手，仿佛亚诺是个瘟疫病人似的。然而，卫兵们打开犹太区城门让他们进入的真正原因，是阿拉伯奴隶趁机偷偷塞给军官的那一大包钱币。

032

“不准伤害这些孩子！父亲，你在哪里？为什么，父亲？总督府里有谷粮。我爱你，玛丽亚……”

当昏迷不醒的亚诺开始呓语不断时，撒哈特立刻差遣孩子们去把哈斯戴找来，他是芮琦和尤赛夫的父亲，撒哈特必须找他来帮忙，因为亚诺梦见自己正和胡西壅的军队作战，激动地手脚胡乱挥舞，恐怕会使腿上的伤口裂开，阿拉伯奴隶急忙找来主人帮忙制伏他。主仆两人在床尾看守着亚诺，奴隶女仆则忙着在病人额头敷上湿布巾。一个礼拜过去了，亚诺接受着犹太医生们最好的治疗看护以及葛雷斯卡司一家人和奴隶们的细心照顾，尤其是撒哈特，日日夜夜守在病人旁边。

“伤口已经不要紧了。”医生们下了这样的诊断结论，“不过，感染的情况非常严重，全身都受到了影响。”

“他会活下来吧？”哈斯戴焦急地问。

“这个人身体非常强壮。”医生们只说了这么一句就离开了葛家。

“总督府里有小麦！”亚诺又开始大喊，全身因为高烧而不断冒汗。

“要不是有他……”撒哈特说，“我们恐怕都死了。”

“我知道。”站在他身旁的哈斯戴回答。

“他为什么要这么做呢？他是个基督徒啊！”

“他是个心地善良的好人！”

每到夜晚，当亚诺终于安然入睡时，家里大大小小也休息了，撒哈特总是朝着圣城麦加的方向跪在地上，虔诚地为这位基督徒救命恩人祈福。白天，他耐心喂亚诺喝水、吃药。芮琦和尤赛夫经常探头进来张望，只有亚诺平静入睡时，撒哈特才让他们进入房里。

“他是个战士。”有一次，尤赛夫非常肯定地说，睁大的双眼就像铜板。

“我相信他一定是的。”撒哈特回应他。

“可是，他说他是个大力士！”芮琦纠正他们的说法。

“在古墓里的时候，他跟我们说他是战士啊！说不定他是个大力士战士！”

“他会这么说，是因为不想听你啰嗦！”

“我认为他是个大力士。”哈斯戴也加入这个话题，“既然他都这么说了……”

“他是战士！”小男孩坚持己见。

“我也不知道他是不是啊，尤赛夫……”奴隶抚着小男孩柔软的黑发，“这样吧，等他好起来，让他自己跟我们说个清楚，好不好？”

“他会好起来吗？”

“当然！你什么时候看过一个战士只因为腿上一点小伤就死掉的？”

孩子们离开房间之后，撒哈特走到亚诺身旁，伸手摸了摸他的额头，还在发高烧。“孩子能够安然无恙，多亏有你挺身相助啊！基督徒……究竟是什么动机促使你冒着生命危险去营救一个奴隶和三个犹太小孩呢？你要活下来，你一定要活下来啊！我还想跟你说说话，好好向你道谢。再说，哈斯戴非常富有，他一定会好好补偿你的。”

又过了几天，亚诺的情况开始好转。有天早上，撒哈特发现他的高烧已经稍微减退。

“真主安拉！您听到我的祈求了……”

哈斯戴亲自上前摸了亚诺的额头，脸上露出愉快的笑容。

“他一定会好起来的！”哈斯戴信心满满地向孩子们保证。

“他会跟我说他打仗的故事吗？”

“孩子，我想他大概不会……”

话还没说完，尤赛夫当场就开始模仿起亚诺挥刀对付那群暴民的英姿。突然间，小男孩身体失去平衡，差点儿跌倒，还好姐姐及时抓住了他的手臂。

“尤赛夫！”芮琦大声喝斥他。

当大伙儿回头再看病人时，躺在床上的亚诺已经睁开眼睛。尤赛夫惊愕得不知所措。

“你觉得怎么样啊？”哈斯戴上前问他。

亚诺试着开口答话，却因为口干舌燥而说不出话来。撒哈特立刻喂他喝了一杯水。

“我很好。”喝了水之后，他终于出声了，“孩子们呢？”

哈斯戴马上将尤赛夫和芮琦推向床头。亚诺嘴角泛起了微笑。

“你们好啊！”亚诺向他们问好。

“您好！”孩子也问候他。

“萨伍怎么样了？”

“他很好。”哈斯戴回答，“你别操心了，现在还是好好休息吧！孩子们，我们走吧！”

“等您好起来，可以跟我讲讲打仗的故事吗？”尤赛夫被父亲和姐姐推出房间前，忍不住问了他。

亚诺点点头，勉强挤出笑容。

接下来的一周，高烧终于完全退了，腿上的伤口也渐渐愈合。亚诺和撒哈特多次交谈，大力士强烈感受到这位阿拉伯奴隶的诚挚和细心。

“真是谢谢你了！”亚诺开口向撒哈特道谢。

“你已经谢过我了啊！记得吗？为什么……你为什么要这么做呢？”

“因为孩子的眼神，我的妻子一定不会容许我袖手旁观的。”

“玛丽亚吗？”撒哈特还记得亚诺昏迷梦呓时，多次喊着这个名字。

“是的。”亚诺回答。

“要不要我去通知她，你人在这里？”亚诺紧抿着嘴唇，频频摇头，“或是你要我去通知其他人？”亚诺霎时露出哀戚的神情，奴隶甚至不忍心多看一眼。

“暴乱最后的结果如何？”后来，亚诺决定转移话题。

“两百名男女被杀害，还有许多民宅被抢或被烧。”

“唉！真是一场不幸的灾难啊！”

“没这么严重！”撒哈特突然这么说，亚诺惊愕地盯着他，“巴塞罗那的犹太区算是很幸运了。从东方到卡斯提亚王国，许多犹太人惨遭无情屠杀。超过三百个犹太小区被完全破坏，只留下满目疮痍。在日耳曼，国王甚至允许百姓屠杀犹太人。你可以想象，如果你们的国王也让暴民杀进犹太区，会是什么景象？”亚诺紧闭双眼，不停地摇头，“在美因兹，六千名犹太人被丢进火炉里烧死，在史特拉斯堡，两千名犹太人被丢进犹太墓园的焚尸堆集体屠杀，其中包括许多妇女和儿童，两千人同时被烧死……”

孩子们只有在哈斯戴探望亚诺时才能跟着进去房里，而且要谨守不能打扰病人的规矩。有一天，亚诺终于可以下床了，他在房里走了几步，哈斯戴突然单独出现在门口。这个犹太人，高而清瘦，一头浓密的乌黑长发，眼神深邃，有个尖挺的鹰勾鼻。进了房间之后，他在亚诺对面坐了下来。

“你应该知道……”他说话的语气格外严肃，“我想你大概知道吧……”他更正了自己的说法，“你们的神父禁止基督徒和犹太人共同生活。”

“这个你不必担心，哈斯戴，等我可以正常走路的时候……”

“不不不，”犹太人急忙澄清，“我的意思不是要你离开这个家。如果不是你冒着生命危险救下我的孩子，他们早就没命了。我拥有的一切都属于你，我真心诚意感激你，你想在这里住多久都可以！如果你能留下来，我和家人都会非常高兴的。只有一点，我必须提醒你，尤其是你如果决定留下来，我们必须非常谨慎才行。我不会让犹太区里任何一个人知道你住在我家，所以你尽管放心。这件事还得由你自己决定，但是我再次强调，如果你能继续留在我们身边的话，我们会觉得非常荣幸，非常幸福。现在，就看你怎么说了。”

“我不留下来的话，谁给你儿子讲打仗的故事呢？”

哈斯戴笑逐颜开，立刻紧紧握住亚诺的手。

胡塞优城堡是一座庄严坚固的堡垒……在葛家的后花园里，小小年纪的尤赛夫坐在亚诺面前的地上，双腿交叠，睁大了眼睛，一次又一次沉醉在大力士的战争故事里，他全神贯注于围城经过，惊惶地聆听着血腥搏斗，为攻城胜利而展露笑颜。

“城堡的卫兵们个个都英勇奋战，”亚诺对男孩说，“但是，我们这些由贝德罗国王领军的士兵更优秀……”

胡塞优城堡的故事结束之后，尤赛夫坚持要他继续说些别的故事。亚诺干脆把亲身经历和道听途说的战争故事全告诉他了。“我从军的岁月里，其实只攻打过两座城堡啊！”亚诺一度想对小男孩坦承，“其他的日子，我们都在掠夺民家、破坏谷仓和作物……只有无花果树得以幸免。”

“尤赛夫，你喜欢吃无花果吗？”亚诺问他，脑中浮现的是遍地横陈的树木枝干。

“够啦，尤赛夫！”刚到后花园的哈斯戴提醒缠着亚诺不放的小儿子，“该去睡觉了！”尤赛夫乖乖听了父亲的话，立刻起身道晚安。

“你刚才为什么突然问孩子喜不喜欢吃无花果呢？”

“唉！说来话长。”

哈斯戴没搭腔，径自坐在亚诺面前的椅子上。“告诉我吧！”他的眼神这样说。

“当时，我们摧毁了一切……”简单叙述从军的经过之后，亚诺不由得感叹，“唯有无花果例外。很荒谬，对不对？我们把广大农地上的所有作物破坏殆尽，独留一棵无花果树，那棵树伫立在孤寂的大地上，仿佛在质问：‘你们究竟在干什么？’”

亚诺已经沉浸在回忆里，哈斯戴不敢出声打扰他。

“那是一场毫无意义的战争！”大力士终于又开了口。

“不过，那场战争来年，”哈斯戴说，“国王收复了胡西壅。马约卡的海默国王跪在他面前认输，并交出了军队。或许，你参与的那一场战争就是为了……”

“为了让农民、儿童和贫苦的百姓活活饿死！”亚诺愤慨地打断哈斯戴的话，“或许，那场战争让海默国王的军队无法储备军力，但是我敢向你保证，若真要削弱敌军势力的话，枉死的老百姓会更多！我们只是让贵族玩弄于股掌之间的玩具而已。只要是他们做了决定的事，无论牺牲多少人命都无所谓。”

哈斯戴叹了口气。

“我告诉你，亚诺，我们犹太人是国王的财产。我们是他的财产……”

“我上战场是为了捍卫国家，最后竟变成焚烧农民谷仓的盗匪！”

接着，两人默默不语，各自沉浸在不平的情绪里。

“好啦！”亚诺率先打破沉默，“现在你终于知道无花果的故事了。”

哈斯戴站了起来，在亚诺的肩膀上轻拍了几下。然后，他邀亚诺一起进屋里去。

“夜深露重，天凉了！咱们进去吧！”

尤赛夫不来捣乱的时候，亚诺和芮琦总爱坐在葛家的小花园里聊天。他们俩不聊战争；亚诺讲给芮琦听的是他的大力士生活，以及圣母教堂的种种。

“我们不信仰耶稣，也不相信弥赛亚。弥赛亚还没来。我们犹太人还在等待他的来临。”有一次，芮琦这样告诉他。

“听说，你们犹太人杀死了耶稣？”

“才没有。”女孩瞪着大眼睛反驳，“反而是我们犹太人总是惨遭屠杀，无论到哪里都被人驱逐。”

“我又听说啊……”亚诺继续追问，“复活节的时候，你们犹太人会杀死基督徒儿童，并且会吃他的心脏和四肢，以此完成宗教仪式。”

芮琦拼命摇头。

“真是胡说八道！你也看到了，不属于洁食的肉类，我们都不吃的，而且，我们的宗教也禁食血液。你说，我们会去吃一个小孩的心脏和手脚吗？再说，你也认识我父亲和萨伍的父亲，你认为他们有可能去吃一个小孩吗？”

亚诺想起了哈斯戴的脸庞，仿佛又听见他充满智慧的话语，想起这位犹太人的温文有礼，还有当他凝视孩子时，脸上以及眼神散发出的慈祥和亲切。这样一个人，怎么可能生吞小孩心脏？

“那么，圣饼呢？”亚诺再提问，“据说，你们犹太人偷窃圣饼，然后捣碎，折磨圣体，借此重现耶稣受难……”

芮琦的双手挥个不停。

“我们犹太人不相信化……化……”她一脸不高兴的模样，因为她老是把父亲教她的这个名词说得结结巴巴的，“化体！”她再说一次，终于咬字清楚了。

“什么？”

“就是化……化体！对你们来说，圣饼代表耶稣基督的圣体。我们犹太人不相信这个的。对犹太人来说，你们的圣饼就只是一块面粉做成的饼而已。大费周章去偷饼回来捣碎？哪个犹太人会去做这么无聊的事啊？”

“所以……那几项指控都不是真的？”

“当然不是啰！”

亚诺宁可相信芮琦。眼前这位女孩，纯净明亮的大眼睛眨呀眨，似乎在哀求他抛却基督徒对犹太人的偏见和诽谤。

“但是你们犹太人是高利贷者！这一点你们不能否认吧？”

芮琦正要开口，她父亲却先出声了。

“不是的，我们不是高利贷者。”哈斯戴走了过来，然后坐在女儿身边，“至少我们不像外面的人所说的那样。”亚诺静静等着哈斯戴更详尽的解释，“我跟你说……直到大约一个世纪前，也就是1230年，基督徒也借钱收利息。当时，基督徒和犹太人都是这种做法。但是，你们的教皇圣格列高利九世后来颁布教谕，严禁基督徒借钱收利息，从那时候开始，犹太人和另外几个自治地区的人民，例如隆巴地就是其中之一，只剩我们这些人还继续把钱借出去赚利息。在此之前的一千两百年期间，你们基督徒一直这样，直到最近一百年才‘正式’停止。”哈斯戴特别强调“正式”那两个字，“结果，我们倒成了放高利贷的人了。”

“你刚刚说‘正式’？”

“没错！那只是纸面上的情况。许多基督徒依然透过我们犹太人放高利贷。我希望能够尽量向你解释清楚我们的做法。无论哪个时代，无论在什么地方，我们犹太人一直直接隶属于国王所有。曾经有很长一段时间，犹太民族被许多国家驱逐出境。起初是被逐出我们的祖国，接着是埃及，到了后来的1183年，我们被逐出法国。过了几年，1290年，我们被迫离开英国……犹太民族必须在不同国家之间不断地迁徙。到了新的国家之后，应该国国王的要求，犹太人必须承诺：个人所有财产和物品，全归国王所有，以此换取定居该国的许可。而各国的国王，就像你们国王这样，他们通常会把犹太民族列为财产，并要求我们拿出大笔金钱资助作战，以及供他个人花费。我们如果不努力多赚点钱的话，根本无法满足国王对我们的无理要求，恐怕又要沦落到被驱赶的下场了。”

“但是，你们并没有借钱给国王吧？”亚诺追问。

“没有！你知道为什么吗？”亚诺摇头回应，“因为各国的君主从来不把钱还给我们。相反，他们还变本加厉，向我们借更多钱去支付打仗或他个人的花费。有时候，除了平常固定的大笔捐款之外，我们偶尔还得借钱给国王，只是，就只能当是送给他了。”

“你们不能拒绝国王吗？”

“那么他可能会把我们赶出这个国家，或者更糟……碰到类似前几天基督徒集体攻击犹太区的状况，如果我们平常不迎合他，这时候他恐怕不会出面保护犹太人。到时候，所有犹太人可能都难逃一死了。”这一次，亚诺深有同感，默默点头，芮琦则满意地望着他，因为她父亲总算说服了这个大力士。毕竟他自己也目睹了愤怒激进的巴塞罗那百姓攻击犹太人的情景。“还有，你要知道，我们不借钱给基督徒，除非他们是商人或从事买卖的生意。大约一百年前，当时的国王海默一世颁布一项谕令，任何犹太商人开出的收据或借款证明，倘若开立对象不是商人的话，一律视为无效。所以，我们不能开立收据或借款证明给非商人的基督徒，否则借出去的钱大概收不回来了。”

“这有什么差别吗？”

“差别太大了，亚诺！表面上，基督徒们一向以遵守教会禁止借钱收利息的规定而自豪，私底下根本不是这么一回事。大家都在想办法钻漏洞，所以，同样是高利贷，他们却换了个不一样的名称，其实是换汤不换药。你看……在教会禁止高利贷之前，基督徒的经商模式就跟现在的犹太人做法一样：富有多金的基督徒把钱借给其他基督徒或商人，还钱的时候得加付一笔利息。”

“那么，禁止高利贷之后的做法呢？”

“很简单，做法还是跟以前一样，基督徒想办法回避教会规定就是了。你要知道，把钱借出去却得不到好处，没有任何基督徒愿意做这样的事。但是，既然教会立法严禁，总不能冒险触法。因此基督徒们创造了一个新的行业，叫作贸易商。你听过这个名词吗？”

“听过啊！”亚诺回答，“每次有商船入港的时候，港口里总有一大堆贸易商出现，只是，我始终不了解他们到底是做什么的。”

“他们做的事情很简单！贸易商也就是伪装的高利贷者。有个生意人，通常是个货币兑换商，他把钱交给一个商人去买卖货物。商人结算这笔生意的时候，除了必须归还货币兑换商当初交给他的那笔钱之外，还要交出部分利润所得。这就是借钱赚利息嘛！只是换了个名称而已。基督徒以钱赚钱，这是教会禁止的事情：因为用钱赚来的钱，不算是劳力所得。其实，这一百年来，基督徒一直在做禁令颁布之前同样的事情，只是换了名称罢了。结果是……我们犹太人借钱给人做生意就是高利贷者，基督徒借由贸易的方式借钱赚利息，居然就不算……”

“两者之间没有任何差异吗？”

“只有一点不一样：做贸易的人，把钱借出去之后，还要承受做生意的风险，万一商人一去不回，或是购买的商品没了，例如被海盗抢走之类的，那么，拿出去的钱就收不回来了。借贷就没有这样的风险，因为借钱的商人依法必须归还本金加利息，但事实上，有些商人还不了钱，还是继续做他的生意，我们只好认了。商人们喜欢去做贸易，但是犹太人还是要努力争取高利贷的机会，因为如果赚的钱不够，我们就无法满足国王的要求。这样你了解了吧？”

“基督徒不能靠借钱赚利息，却借由贸易达到了同样的目的。”

亚诺自言自语地下了结论。

“没错！你们教会禁止的并不是赚利息这件事，而是因为利息并非靠劳力赚取的利润所得。事实上，基督徒们还是有公然借贷的行为，借钱给他们的是国王、贵族或骑士，而且必须付利息。教会认为这些高利贷的利润所得将作为战争用途，所以收取利息是合法的。”

“但是，以钱赚钱的只有货币兑换商而已，”亚诺提出辩驳，“不能因为这样就怪罪所有的基督徒吧……”

“你不要搞错了，亚诺！”哈斯戴挥着双手，面带微笑地纠正他，“货币兑换商收取基督徒的存款，然后把这笔钱交给贸易商，贸易商交出买卖赚取的利润，正好就是一般基督徒的存款利息啊！这件事情的运作过程当中，出面的是货币兑换商，但是钱来自一般基督徒百姓的存款。亚诺，你要知道，有些事实是恒久不变的：有钱的人想要更多钱。有钱人从不把钱白白送人的，永远不会。高利贷也好，贸易也好，管他叫什么名目。总之，人们不会把手上任何东西白白送人。然而，唯一背负高利贷者这个恶名的，却只有我们犹太人。”

两人这么一聊，竟然聊到了天黑，这是个典型的地中海夜晚，星光满天，万里无云。他们坐在葛家的后花园里，静静享受着眼前的宁静和祥和。后来，家人请他们进屋晚餐，对亚诺来说，他和这些犹太人相处也有一段日子了，这是他第一次接触这群信仰不同的人，他们是如此善良、宽厚。这天晚上，亚诺总算能够毫无顾忌地享用葛家餐桌上美味丰盛的犹太料理了。

033

时光缓缓流逝，状况也变得让大家越来越难受。传到犹太区的瘟疫相关消息令人振奋：感染病例已经逐渐减少。然而，那也表示亚诺该回家的时候到了。离开葛家的前夕，亚诺和哈斯戴坐在后花园里。他们很想同往日一样畅谈、闲聊，只是，现场的氛围充满了离别的伤感，两人断断续续的交谈之间，总是刻意回避着对方的目光。

“撒哈特是你的了。”哈斯戴突然冒出这么一句，同时将一份证明文件递给亚诺。

“我要一个奴隶干什么？海上运输恢复之前，我连自己都养不活，拿什么来养个奴隶？再说，大力士公会也不准奴隶加入……我不需要撒哈特。”

“你当然需要他！”哈斯戴笑着回答他，“他欠你一份恩情。打从芮琦和尤赛夫出生以后，撒哈特一直把这两个孩子当成自己的儿女在照顾，而且我非常确定，他就像个父亲一样深爱着这两个孩子。你对两个孩子的救命之恩，撒哈特和我今生无以回报。为了报答你，我们想了一个能帮你改善生活状况的方法。为了实现这个目标，你需要撒哈特，而他也非常乐意帮助你。”

“你们要改善我的生活状况？”

“我们两人会一起帮你变成有钱人。”

亚诺微笑以对。

“我只是一个卑微的大力士。金钱、财富……那是属于贵族和商人的。”

“所以，我们也帮你改行经商啊！资本由我来提供。只要你小心谨慎，并且照着撒哈特的指示去做，我相信你很快就会晋升富翁阶级了。”亚诺望着他，静静等候他进一步说明，“你也知道，”哈斯戴继续说，“瘟疫四处蔓延，虽然许多病例被隔绝了，结果还是造成了重大损失。没有人知道巴塞罗那的确切死亡人数。但大家都知道的是，治理城市的五位大臣中，其中四人已经死于瘟疫。可见情况有多可怕！好了，重点来了——瘟疫大流行期间，许多巴塞罗那的货币兑换商染病去世。我知道这件事，因为我和他们常有业务往来，现在，好多人已经不在了。我想，如果你有兴趣的话，或许可以投入货币兑换这个行业。”

“做生意也好，货币兑换也好，我对这些全都一窍不通。”亚诺急着插话，“各行各业的师傅都需要通过验证的。我什么都不懂啊！”

“货币兑换商不需要验证。”哈斯戴回答他，“据我所知，有人要求国王颁布相关规定，但他至今仍未公布。货币兑换商是个很自由的行业，只要你有张桌子当作柜子就行了。至于相关的知识和技巧，撒哈特知道的已经绰绰有余。经营货币兑换的所有相关事宜，他一清二楚。他跟着我一起做生意很多年了，我当年把他买下来，也是因为他是个不可多得的经商人才。你如果放手让他做，好好跟着学，经商致富一定没问题！他虽然只是个奴隶，却是个绝对值得信任的人。再说，因为你救了我儿女的命，他一定会忠心耿耿为你卖力，他对那两个孩子视如己出，也是他最爱的两个人了。”接着，哈斯戴眯着小眼睛问，“可以吧？”

“我不知道……”亚诺很迟疑。

“你放心，无论你需要什么，我会全力帮你，所有知道你英勇救人的犹太人也都会帮你。我们犹太人是个懂得感恩的民族。亚诺，撒哈特认识我在各地的业务代表，包括地中海地区、欧洲，甚至东方的埃及。你有丰富的创业资源，而且我们都会帮你。亚诺，这是不可多得的好机会啊！你不会有问题的。”

亚诺半信半疑地答应了，接着，哈斯戴开始一一叙述早已设想好的各项原则。第一项：绝不能让任何人知道亚诺创业是犹太人在背后赞助，那会让他招致反感的。哈斯戴递给他一份文件，证明亚诺的创业资金全部来自佩皮尼昂的一位寡妇。

“如果有人在你面前问起的话，”哈斯戴告诉他，“你就充耳不闻吧！假使那个人坚持要问个清楚，你就说你继承了一大笔钱。你会需要很多钱的！”犹太商人继续说，“首先，你必须向巴塞罗那官方申请营业登记，这时候，你得缴纳一千银元的保证金；接着你得在货币兑换商聚集的小区买栋房子，也就是坎维斯老街和坎维斯新街附近；买了房子之后，你还得装修；最后，你必须有一大笔钱在手上，这样才能开始营业。”

货币兑换商！姑且一试有何不可呢？他过去的生命留下了什么？挚爱的亲友全都死于瘟疫。哈斯戴似乎非常有把握，只要有撒哈特在一旁协助，货币兑换这一行一定会成功。他甚至无法想象货币兑换商的生活情形；他很快就会变成有钱人，哈斯戴这样向他保证。有钱人都过什么样的日子呢？这时候，他想起了葛劳，也是他过去认识的唯一有钱人，突然觉得一阵反胃。不行！他绝不能变成葛劳那个样子。

他拿着哈斯戴交给他的一千银元去办了货币兑换商的营业登记，并且向官方发誓，将来一定会如实呈报所有伪造钱币——关于这一点，他不禁惶然自问，万一撒哈特刚好不在的话，他哪有能力分辨钱币真伪呀——发现伪造钱币之后，还得用每个货币兑换商必备的特殊剪刀将伪币剪成两半。他也将好几本厚重的账簿办理了注册登记，就在巴塞罗那全城仍陷入淋巴腺鼠疫恐慌之时，亚诺终于取得了从事货币兑换的执照，按照规定，他在完成登记后数日之内就必须开始营业。

哈斯戴建议的第二项原则和撒哈特有关：

“你绝对不能让任何人知道撒哈特是我送你的礼物。撒哈特在货币兑换这一行很有名，万一让人知道这件事，你会有麻烦的。即使身为基督徒，你还是能跟犹太人做生意，不过，你千万不能让人觉得你是犹太人的好朋友。关于撒哈特，另外还有个问题是你应该知道的：尽量别让货币兑换商同业知道他换了主人。过去，有数百人曾向我提出转卖撒哈特的请求，甚至还出了高价，但我一概婉拒，不只因为他能力好，也因为他实在太疼爱我的子女了。那些商人不会懂这些的。总之，我们已经考虑过了，就让撒哈特变成基督徒。”

“他会愿意吗？”亚诺忍不住插嘴问。

“他愿意。我们犹太人不准拥有基督徒奴隶，若有奴隶受洗为基督徒的话，我们就必须放人，或是将他转卖给其他基督徒。”

“其他的兑换商同业会相信这样的信仰改变吗？”

“一场瘟疫大流行足以打乱任何一个信仰。”

“撒哈特打算做这么大的牺牲吗？”

“是的。”

哈斯戴和撒哈特早已谈过这件事，两人并未把对方当成主人和奴隶，却像两个深交多年的老友那样诚恳交心。

“你可以吗？”哈斯戴问他。

“可以。”撒哈特答，“崇高无上的真主安拉！他会理解的。你也知道，在基督教国家里，我们的信仰是被禁止的。所以，我们只能偷偷在心里默念《古兰经》。既然这样，就让天主教堂的圣水浇到我头上也没关系。”

“亚诺是个虔诚的基督徒。”哈斯戴强调，“万一他知道你默念《古兰经》的话……”

“他永远不会知道的，我们奴隶比任何人更清楚伪装的技巧。放心，我对你并没有用上这个技巧。但是，跟着你之前，我在别的地方也当过好久的奴隶了。我们的生活经常得靠伪装帮点小忙。”

至于第三项原则，那是哈斯戴和撒哈特之间的秘密协议。

“我不知道该说什么才好，撒哈特。”犹太主人哽咽着，“对于你所做的决定，我万分感激！我和我的孩子会永远记得你这份恩情。”

“我才应该好好感谢你们才对。”

“我想你也很清楚，接下来有很多事情够你忙的了。”

“我想也是。”

“不要做香料生意！纺织品、油或蜡也不行。”哈斯戴提出创业建议，撒哈特深有同感，频频点头，“在社会状况恢复正常之前，整个加泰罗尼亚都没有进口商品的市场。做奴隶生意，撒哈特，进口奴隶吧！经过这场瘟疫，加泰罗尼亚最需要的是人力。直到现在，我们一直没机会做奴隶生意。拜占庭、巴勒斯坦、希腊的罗多斯岛以及塞浦路斯……你可以在这些地方找到许多奴隶。当然啦！西西里的奴隶市场也是一个选择。据我所知，西西里市场贩卖的多是土耳其和鞑靼奴隶。不过，如果是我的话，我宁可从奴隶的祖国直接进口。反正我们在各地都有代表，你可以好好运用这个资源。不久的将来，你的新主人很快就会累积一笔可观的财富了。”

“万一他拒绝做买卖奴隶的生意呢？他看起来实在不像那种人……”

“没错，他是个善良的好人……”哈斯戴也认同撒哈特的疑虑，“个性一丝不苟，出身寒微，却相当慷慨大方。他确实有可能会拒绝经营奴隶生意。对策就是：你不要把奴隶进口到巴塞罗那来，这样亚诺就看不见了嘛！你直接把奴隶进口到佩皮尼昂、塔拉戈纳（Tarragona）或沙洛港这些地方，或者，你光是进口到马约卡就可以了。马约卡是地中海地区最重要的奴隶市场之一。巴塞罗那这个市场，你让别人去做吧！卡斯提亚王国也是个奴隶需求很高的地方。总之，在亚诺摸清楚做生意的窍门前，这段时间他赚的钱也够多了。我会亲自向他提出建议，创业初期应该花心思好好认识各种钱币、货币兑换的专业知识、各种商品市场、主要的进出口路线和货品项目。他忙着学习的这段时间，撒哈特，你正好可以去做奴隶生意啊！你想想嘛！我们又不是特别聪明的人，既然我们能想到要做奴隶生意，别的有钱人说不定早就看准进出口奴隶的市场了。这是个赚钱的大好时机，但是不会持续太久。市场总有一天会饱和的。你要好好把握时间啊！”

“你会帮我吧？”

“你需要什么协助，尽管提出来。我会写信通知各地的代表，请他们全力配合你的业务。”

“还有，账册怎么办？账簿明细一定会列出奴隶的数目，亚诺查账会发现的！”

哈斯戴对他露出了暧昧的微笑。

“这点小事，我相信你一定有办法处理。”

034

“这一栋！”亚诺指着一幢两层楼的小房子，大门深锁，门上画了白色十字。撒哈特已经受洗为基督徒，并且有了个新名字“吉良”，他在一旁轻轻点着头。“可以吗？”亚诺问他。

吉良还是点头，这次嘴角还泛起了微笑。

亚诺望着眼前的小屋，无法置信地频频摇头。他不过才指着房子而已，吉良居然就这样同意了。心中的愿望竟然这么容易就达成，这辈子还是头一回。此后的人生，是不是一直就这么顺遂呢？他又忍不住摇起头来。

“怎么了？主人。”亚诺没好气地瞪了他一眼。都跟他说过多少次了，不许叫他主人。但是这个阿拉伯人执意不改。他告诉亚诺，该有的架式就该端上来。吉良盯着亚诺不放：“难道你不喜欢这房子吗？主人……”

“喜欢……我当然喜欢这房子呀！合适吗？”

“当然合适！没有比这个更好的选择了。你看……”吉良指着前方，“这栋房子正好就在货币兑换商聚集的两条街交会的街角，还有哪一栋房子比这栋更适合的？”

亚诺望着吉良指给他看的位置。左侧是通往海边的坎维斯老街；坎维斯新街则在他们正前方往前延伸。不过，亚诺并非因为货币兑换商聚集的这两条街而看上这栋房子，他过去甚至从未发现这两条街上多的是货币兑换商，虽然他曾在两条街上流连过不下数百次。这栋小屋坐落于圣母玛丽亚广场边界，正对着将来完工后的圣母教堂大门。

“嗯，好预兆！”亚诺喃喃自语。

“你说什么，主人？”

亚诺又狠狠瞪了吉良一眼，他实在无法忍受吉良老是用那个字眼叫他。

“现在就只有你跟我两个人，端什么架式？搞什么排场？”他一脸不悦地说着，“又没有人在听我们讲话！”

“你要想想啊！当你变成货币兑换商以后，听你讲话、注视着你的人，比你想象中还要多得多。所以，你应该赶快习惯这个称呼才对。”

就在当天早上，亚诺独自在海边闲逛，看船看海，在此同时，吉良已经着手调查那栋小屋的屋主，正如他所预料的，这栋房子属于教会所有。房子的永久租借人已经去世，若能再找个货币兑换商入住的话，就再好不过了。

那天下午，主仆两人进去看了屋内的格局。楼上有三个小房间，他们打算装潢其中两间，两人各有独立的卧房。楼下有个厨房，出口通向后院的小菜圃。厨房由一片薄墙隔开，旁边是个采光好、面向街道的客厅，接下来那几天，吉良陆续在客厅里摆设了厨柜、油灯，还有一张气派十足的木制长桌，长桌后方摆了两张椅子，前面则摆了四张。

“还少一样东西。”有一天，吉良突然这样说，说完就出门去了。

落单的亚诺站在他的货币兑换长桌旁。这张木桌的色泽漂亮极了！亚诺把桌子重复擦拭了好几遍。

“你挑个自己喜欢的位子吧！”已经回来的吉良对他说。

亚诺选了右边的位子。吉良立刻调换了椅子；他把附有把手、铺了红缎的椅子摆到右边。亚诺坐在他专属的椅子上，环顾眼前这空空荡荡的房间。好奇怪的感觉啊！几个月前，他还在海边搬货。如今……他还从来没坐过这样的椅子。长桌的另一端零散地放着一沓账簿，他们去买这些账簿时，吉良告诉他，那可是撕不破的羊皮纸。他们还买了羽毛笔、墨水、秤、好几个保管钱币用的保险箱，以及一把专门用来剪伪币的大剪刀。

吉良从袋子里掏出一堆钱，亚诺这辈子还没看过这么多钱。

“这些钱是哪来的啊？”亚诺忍不住问。

“都是你的呀！”

亚诺皱起眉头，没好气地看了看挂在吉良腰带上的钱袋。

“你要这些钱吗？”吉良作势要把钱袋递给他。

“我不要！”

买齐开业必备的物品之后，吉良还贡献了他的私人收藏品：一只精致绝美的象牙算盘！那是哈斯戴多年前送给他的礼物。亚诺拿起算盘，把象牙珠子从一边拨弄到另一边。吉良是怎么说的？首先要学会快速拨弄象牙珠子，然后就可以算出数目。亚诺拜托吉良的示范动作再放慢一些，因此，阿拉伯奴隶遵照主人要求，慢慢解释算盘的用法和功能。但是，他究竟在说些什么呀？

最后，亚诺还是放弃了复杂的算盘，索性好好整理桌子吧！账册摆在他的位子前面……不，应该放在吉良的位子前面才对。记账这件事，还是由他来做比较妥当。至于保险箱，倒是可以放在他这边。保险箱旁边摆着大剪刀，羽毛笔、墨水、算盘则和账册放在一起。

摆设刚完成，吉良正好进了屋子。

“你觉得怎么样？”亚诺伸手指着长桌，面带笑容地问。

“非常好！”吉良也笑着响应他，“不过，光是这样，恐怕不会有顾客上门，更别提还要他们把钱存在这里了。”亚诺立刻收起了笑容，“别担心，只是缺了一样东西而已。我刚才出门，就是为了买那个东西。”

吉良拿出一包东西，亚诺小心翼翼地拆开。原来是一块昂贵的红缎桌布，四角还有流苏缀饰。

“就是这个！”吉良对他说，“这张桌子就缺这个东西。凡是经过合格注册、缴了一千银元保证金的货币兑换商，这块红缎桌布就是公认的标记。若是没有按照规定完成所有程序，依法不得铺上红缎桌布。因此，你如果没铺上这个，没有人会把钱存在这里的。”

从那天起，亚诺和吉良便全心全意投入新事业，而大力士出身的亚诺也遵循哈斯戴的建议，努力学习这项行业的相关知识。

“一个货币兑换商要学会的第一个本事呀……”吉良开口说，他和亚诺一起坐在长桌旁，眼角余光不时瞟向门口，随时注意着是否有客人上门，“就是认识各种货币。”

吉良站了起来，绕过长桌，站在亚诺面前，并将钱袋放在他面前。

“现在，你好好看清楚。”吉良边说边从袋子拿出钱币，“这个你知道吧？”亚诺点点头，“这是加泰罗尼亚银币，全都在巴塞罗那铸造的，铸造厂就离这里不远……”

“我的钱袋里曾经有过几枚银币，”亚诺急着搭腔，“不过，以前倒是背了不少，重死了！看来，国王似乎只放心大力士来搬运这些银币。”

吉良微笑点头，随即又从袋子里掏出另一枚钱币。

“这个呢……”他把钱币放在刚才那枚加泰罗尼亚银币旁边，“这是亚拉岗王国的弗罗林金币。”

“我还从来不曾拥有过金币！”亚诺拿起弗罗林金币端详着。

“放心，你以后会有很多金币的！”亚诺半信半疑地盯着吉良，不过，这个阿拉伯人倒是非常严肃地点头确认，“这是巴塞罗那的特恩古钱币。”吉良把钱币放在桌上，赶在亚诺开口插嘴前先掏出了另一枚钱币。“做我们这一行啊……”他说，“经手的钱币种类非常多，你应该全部都要认得才行。这些是阿拉伯人的钱币……”吉良在亚诺面前继续摆上一排钱币，“这是法兰西钱币；这是卡斯提亚金币；这是佛罗伦萨铸造的弗罗林金币；这是热那亚铸造的热那亚钱币；这是威尼斯的杜卡多钱币；这是马赛钱币；这些是加泰罗尼亚通用的其他钱币……”

“圣母玛丽亚！”当吉良终于介绍完各种钱币时，亚诺忍不住惊呼。

“这里所有的钱币你都应该要认得呀！”吉良再次强调。

亚诺把那一长串的钱币浏览了一遍又一遍，然后无奈地叹气。

“还有别的吗？”亚诺沮丧地望着吉良。

“还有很多。不过，这些是比较常用的。”

“那么，货币怎么兑换呢？”

这时候，叹气的换成了阿拉伯奴隶。

“货币兑换可是复杂多了！”亚诺示意他继续说，“好啦，既然要兑换货币，那就得谈谈使用的计算单位：英镑和马克用于大笔交易；日常所用的则是货币和工资。”亚诺点头回应，他以前经常听人提起“货币”和“工资”这两个名词，反而不讲等值的钱币数目，“当你收到了钱币之后，你必须依照计算单位算出它的价值，然后将它转换成你要的货币。”

亚诺绞尽脑汁去理解吉良的解释。

“那要怎么知道钱币价值是多少呢？”

“你必须定期去海洋领事馆查看最新的钱币价值，只有在那里才能看到最新的公定货币兑换率。”

“会有变动啊？”亚诺不可置信地一阵摇头。他根本不认得那堆钱币，也不知道如何兑换，没想到，兑换率居然还有变动！

“货币兑换率是经常在变动的。”吉良回答，“货币兑换商一定要能够掌握汇率波动，因为我们的利润就是这么来的。你到时候就知道了。做我们这一行的主要业务就是货币买卖……”

“货币还能买呀？”

“是啊！货币可以买，也可以卖的。你可以用银币买进金币，或是以金币买回银币，只要是现今流通的货币，都可以这样玩。不管是在巴塞罗那，还是在国外，只要懂得操作货币兑换，都有利润可图。”

亚诺双手挥个不停，露出一副无能为力的模样。

“道理其实非常简单。”吉良继续解释，“我跟你说，在加泰罗尼亚，弗罗林金币和银币之间的兑换率是由国王决定的，按照国王的说法是十三比一；也就是说，一枚弗罗林金币可兑换十三枚银币。但是，在佛罗伦萨或威尼斯，根本没有人理会国王这种说法，在那里，一枚金币换不到十三枚银币。国王在这里设定兑换率是政治因素使然。但在佛罗伦萨那些地方，金币和银币之间的兑换率是根据货币真正的价值而定的。这么一来，如果有人拥有大笔加泰罗尼亚银币，他到国外兑换的金币会比在加泰罗尼亚兑换的数目还要多。然后，他拿着国外兑换的金币，回来以后可以兑换数目较多的银币。”

“但是，不是每个人都可以这样做的……”亚诺反驳他。

“大家都这么做啊！有能力的人都会这么做的。当然，手上只有十枚或百枚银币的人就别提了。但是，很多人拥有的钱币不止这个数目啊！”两人互看了一眼，“像我们就是。”说完，吉良两手一摊。

亚诺花了一段时间认真研究各种钱币和货币兑换的技巧，接下来，吉良开始向他解释进出口贸易的路线和商品。

“以目前的贸易来说，”吉良说道，“主要的路线是经由克里特岛到塞浦路斯，再从那里转往贝鲁特、大马士革或埃及的亚利山德里亚港，虽然国王已经下令禁止与埃及通商……”

“既然这样，那要如何去埃及做生意呢？”亚诺好奇地问，同时还不停拨弄着算盘。

“当然用钱来解决，有钱能使鬼推磨。”

亚诺这才想起，建造皇家船坞的资金，正是来自与埃及通商的商人缴纳的罚金。

“我们不能只在地中海地区做生意吗？”

“不行。我们必须和全世界通商才行，包括卡斯提亚王国、法国、法兰德斯……不过，我们主要还是在地中海地区做生意。各个地区的经商差异主要在于商品不同，在法国、英国和法兰德斯，我们购买的是纺织品，尤其是高级布料，同时也将加泰罗尼亚的廉价亚麻布料卖给他们。到了东方的叙利亚和埃及，我们买的是香料……”

“胡椒！”亚诺突然插嘴。

“对，像胡椒就是其中一项。但是，你千万别搞错了，如果有人跟你提到他做的是香料生意，那就表示还有蜡烛、糖……甚至象牙都包括在内。假如他说他做的是香料细粉生意，那就是我们一般认定的香料，如肉桂、胡椒、肉豆蔻等。”

“你刚刚说蜡烛……我们也进口蜡烛啊？怎么可能？你上次才说我们还出口蜂蜜呢……”

“没错啊！”吉良急着解释，“我们出口蜂蜜，但是进口蜡烛。本地的蜂蜜产量够多，但是教堂消耗的蜡烛更多。”亚诺立刻想起了他当大力士的工作职责之一，就是要让海洋圣母雕像前的大蜡烛时时刻刻都要保持燃烧的状态。“蜡烛多是经由拜占庭从达西亚[1]进口。至于其他的主要进出口货品呢……”吉良继续说，“大多是粮食。许多年前，我们只进口小麦，如今，我们必须进口各种谷物，包括小麦、稻米、小米、大麦等，而出口的产品则有橄榄油、坚果、番红花、火腿和蜂蜜，还有腌肉……”

就在这时候，有客人上门了，亚诺和吉良随即停止交谈。男子在两人面前坐下来，双方简短寒暄之后，那人拿出一笔数目庞大的货

---

1. 达西亚（Dacia），古罗马帝国地名，位于现今的罗马尼亚。

币。吉良非常高兴，他并不认识这位客人，所以这是个好预兆。他们创业后的第一位客户，并不是哈斯戴转介过来的客人。亚诺非常认真地接待客户，他计算钱币的数目，然后检查钱币的真伪，虽然是一枚枚递给吉良辨认的，然后在账册上记下存款数目。当他在专心记账时，吉良偷偷在一旁观察。他写的字已经好看多了，由此可见，他确实付出了努力。当年，卜家的家教曾经教他识字，不过，他已经好多年没写过字了。

等待航海季节来临期间，亚诺和吉良能做的也只是先把贸易合约准备好。他们购买了打算要出口的货物，并且和其他商人见面签约，并商讨租船事宜，他们还讨论了货船回航时应该载运何种产品。

“和我们签约的那些商人，他们赚的是什么？”有一天，亚诺这样问吉良。

“那就要看是哪一方面的贸易了。以一般的贸易项目来说，他们可以分得四分之一的营业利润。如果是货币贸易的话，例如进出口金币或银币，那就不到四分之一了。”

“这些人在遥远的异国都做些什么事呢？”亚诺边问边努力想象着那些地方会是什么样子，“那些都是不同的国家，讲不同的语言……生活中的一切应该很不一样吧？”

“没错，但是你要知道，在我刚才提到的那些城市里，”吉良回答他，“都设有加泰罗尼亚领事馆，就像巴塞罗那的海洋领事馆一样。”他这样解释着，“那些城市都有驻当地的领事，这些领事一律由巴塞罗那城任命，当加泰罗尼亚商人与当地居民或官方产生纠纷时，领事馆会给予司法和商业方面的协助。所有领事馆都有谷物交易市场。那是个四周筑有高墙的地方，可供加泰罗尼亚商人栖身，甚至可供商人们暂时储存货物之用。每一座谷物交易市场形同海外的加泰罗尼亚。这些领事馆都享有治外法权；在馆内发号施令的是领事，并不是驻在国的政府。”

“为什么会这样呢？”

“因为各国政府都对商业交流有兴趣啊！这么一来，他们可以收取更多税金，把国库填得满满的。商业是另一个世界啊，亚诺！尽管我们跟阿拉伯人打过仗，但从上一个世纪开始，我们在北非的突尼斯就已经设立领事馆了。而且，你要知道，至今没有任何一个阿拉伯人敢在加泰罗尼亚谷物交易市场撒野。”

亚诺·艾斯坦优经营的货币兑换铺子逐渐上了轨道。许多加泰罗尼亚货币兑换商死于瘟疫，对幸存的投资者来说，吉良就是投资的保证，于是，他们也乐得把藏在家里的货币都拿出来。然而，业务蒸蒸日上之际，吉良却夜夜辗转难眠。“把他们运到马约卡去卖。”这是哈斯戴给他的建议，目的是避免亚诺发现他在做奴隶进口生意。吉良确实也照做了。偏偏时局这么坏！他躺在床上，早已暗自抱怨了无数次。他好不容易在航海季节进入尾声时找到一艘商船，当时已经是十月初。拜占庭、巴勒斯坦、希腊的罗多斯岛以及塞浦路斯：这是四位贸易商即将前往的目的地，他们代表的是巴塞罗那货币兑换商亚诺·艾斯坦优，各自持有吉良叫亚诺签了名的票据。亚诺甚至连看都没看就签了名。四位贸易商的职责是在当地购买奴隶，然后转运马约卡。吉良又换了个姿势。

只是，政治局势的变化完全搅乱了他原有的盘算：即使教皇居中调解，贝德罗三世在初次进攻塞尔坦亚和胡西壅一年后，还是征服了这两个地方。1344年7月15日，宣布投降的海默三世交出了大部分领土，并摘下皇冠，跪在妹夫贝德罗三世面前恳求怜悯和原谅。贝德罗国王同意赐给他蒙佩里耳封地，以及欧梅拉迪斯和卡尔拉迪斯的子爵封地与头衔，不过，贝德罗总算收复了祖先的失土：马约卡、胡西壅和塞尔坦亚。

岂知，投降之后的海默，居然召集了一支由六十位骑士和三百名步兵组成的军队，再次返回塞尔坦亚挑战他的大舅子国王。这次贝德罗三世并未亲自带兵作战，他只派了几位将领代他出征。马约卡的退位国王海默还是吃了败仗，狼狈地逃往教廷求助，始终与他关系友好的教皇收留了他。在教会的庇护下，海默使出最后一个计策：海默三世将蒙佩里耳封地卖给法国国王腓力六世，换得一万两千面黄金盾牌；他以这一大笔财富，加上从教会借来的钱，给那不勒斯王国的胡安娜女王提供的舰队装备了强大武器。1349年，海默三世的舰队在马约卡登陆。

满载奴隶的船只预定1349年初回航。为了这笔生意，吉良投入一大笔资金，万一有什么差错，亚诺将因此名声败坏，即使有哈斯戴在背后撑腰，以后恐怕再难与各地代表合作了。票据上签的是他的名字，虽然有哈斯戴当担保人，但是在商言商，无法兑现的票据是做生意的大忌。他们和遥远的各国代表之间的关系虽以信任为基础，但那种信任是不长眼睛的。第一次做买卖就失手的货币兑换商，谁会期望他将来大有作为？

“唉！连他都跟我说要尽量避免马约卡那条航行路线。”那天，吉良在葛家的后花园对哈斯戴这样说，这个犹太富商是他唯一能够吐露实情的对象了。

两人刻意回避彼此的目光，然而，两人心知肚明，他们正在琢磨同一件事情：四艘满载奴隶的船只。这一大笔生意，要是出了差错，连哈斯戴都可能会破产啊！

“假如海默国王无法遵守他投降时承诺的约定，”吉良说话的同时，也努力搜寻着哈斯戴的目光，“加泰罗尼亚的商业会有什么影响呢？”

哈斯戴并未回应。他还能说些什么呢？

“或许，你的贸易商会选择别的港口登陆吧。”沉默了好一会儿的哈斯戴，终于开口说了这么一句。

“巴塞罗那吗？”吉良边问边摇头。

“谁都没料到事情会变成这样啊！”哈斯戴试图安慰吉良。

亚诺对他的儿女有救命之恩。他为什么不能尽量往好的地方想呢？

1349年5月，贝德罗国王派遣加泰罗尼亚军队前往马约卡，那是航海的尖峰时期，也是贸易的旺季。

“还好，我们并没有派出任何船只驶往马约卡……”有一天，亚诺突然这样说。

吉良只能无奈地点头回应。

“如果我们真的派船去了马约卡，”亚诺忍不住又问，“会有什么后果？”

“什么意思？”

“我们收了客户的钱，然后拿了这笔钱去投资贸易。如果我们派了船去马约卡，海默国王恐怕会征用船只，到时候，我们钱也没了，货也没了，客户的存款恐怕也无法归还。这时候，会有什么后果？”

“宣告破产啊！”吉良没好气地回答。

“啊……宣告破产？”

“如果货币兑换商无法归还存款的话，官方会给予兑换商六个月的还钱期限。假如期限过了仍无法偿还，官方就会宣告兑换商‘破产’，兑换商的所有资产都会被冻结。然后，官方会卖掉这些资产以偿还存款户的损失。”

“我根本没有任何财产啊！”

“如果兑换商的资产出售所得无法偿清债务的话，”吉良继续解释规则，“那么，官方会在兑换商的铺子前将他斩首示众，以此警惕其他货币兑换商。”

亚诺惊愕得说不出话来。

吉良没有勇气正眼看他。亚诺何其无辜，他做错了什么？

“你放心！”吉良赶紧安抚主人，“我们不会到那种地步的。”

035

马约卡战争仍未停歇，但是亚诺的日子却快活得很。货币兑换铺子里没有客人时，他喜欢走出门外，悠哉地倚在门边。疫情结束后，圣母教堂又活络起来。他和小卓儿时熟悉的那座浪漫小教堂已经不存在了，新教堂的工程进展到大门部分。亚诺可以一直这样倚在门边看着泥水匠们堆砌石块，一边回想着当初搬运石头的情景。圣母教堂象征了亚诺生命中的一切：那里有他的母亲，他也在那儿加入大力士公会……这座教堂甚至还成了他藏匿三个犹太孩子的秘密所在。偶尔收到弟弟来信，更增添他的喜悦。卓安的来信都非常简短，内容不外乎向亚诺报告自己身体健康、课业相当繁重等。

前方出现一位扛着大石块的大力士。仅有少数大力士得以在瘟疫中幸存。他的岳父、对他恩重如山的雷蒙，以及许多同事都去世了。当时，亚诺和几位同事在海边伤心地大哭了好久。

“塞拔斯提亚……”亚诺认出了一位大力士，喃喃念着他的名字。

“啊……你说什么？”吉良在他背后问。

亚诺并没有回头。

“塞拔斯提亚。”他又说了一遍，“那个扛着大石块的男人，他叫塞拔斯提亚。”

塞拔斯提亚从他面前经过时，挥手向亚诺打了招呼，沉重的石块压在肩上，他只能紧抿着嘴唇，头也不回地缓缓往前走去。

“多年来，我也一直做着同样的事情。”亚诺语带哽咽地说，吉良并没有搭腔，“我搬运第一块大石头到圣母教堂时，才十四岁。”这时候，另一位大力士正好经过，亚诺主动跟他打了招呼，“我当时以为自己的身体大概会裂成两半，脊椎骨恐怕会断掉，没想到，当我到达终点时，竟是一股难以言喻的满足……天啊！”

“你们的圣母一定非常好，所以人们才会乐于为她出力。”吉良在一旁说。

两人就这样默默望着一群大力士从面前走过。

一群大力士一早就进了亚诺的铺子。

“我们需要钱！”已经成了公会代表的塞拔斯提亚，开门见山说明了来意，“保险箱已经空了，但是我们非常需要用钱，干活的机会目前少之又少，而且工资又低。经过一场瘟疫，公会成员连日子都过不下去，我实在不忍心还叫他们缴钱啊！”

亚诺看看吉良，这个阿拉伯人端坐在他身旁，面无表情。

“情况这么糟啊？”亚诺问。

“是啊！你根本想象不到。食物都涨价了，我们大力士赚的那一点微薄工资，根本无法养家糊口，更别提那些寡妇和孤儿了。我们非得帮他们不可啊！亚诺，我们真的很需要钱。你借给我们的钱，我们半毛钱都不会少还你的！”

“这个我知道。”

亚诺又转过头去看着吉良，希望能征求他的首肯。他哪里懂得借贷的业务啊？到现在，上门的客人都是来存款的，从来没有人找他们借钱。

吉良双手掩面，接着叹了口气。

“如果不行的话，那就……”塞拔斯提亚已经开始打退堂鼓。

“可以！”吉良打断了他的话。这场战争已经持续了两个月，始终没有传来关于奴隶生意的任何消息。反正事情都到了这个地步，借他们一点钱有什么关系？万一出了什么差错，可能会破产的人是哈斯戴。就让亚诺借钱给他们吧！“只要我的主人觉得可以就……”

“可以！”亚诺立刻满口答应。

亚诺清点了大力士公会借贷的数目，然后郑重其事地把钱交给塞拔斯提亚。吉良看着两人站起来，各自按捺着内心的激动，两人的手在长桌上方紧紧握着，仿佛从此直到永远。

到了开战后的第三个月，吉良已经开始不再有任何期望，就在这时候，四位贸易商一起回到了巴塞罗那。其中一人在西西里短暂停留期间，得知马约卡战争已经开打，于是他在那里等待更多加泰罗尼亚船队入港，因为另外三位贸易商的船只也在其中。会合之后，所有船长和贸易商一致决定避开马约卡，于是，四艘船转往加泰罗尼亚第二大城佩皮尼昂，并在当地卖掉了所有奴隶。四位贸易商遵照吉良的嘱咐，绝对不能出现在亚诺的铺子里；因此，他们约定在卡德斯街的谷物交易市场见面，贸易商们扣掉了他们应得的四分之一利润所得，将剩下的四分之三交给了吉良。这笔钱可是天大的数目啊！由于加泰罗尼亚亟需人力，所有奴隶都以高价卖出。

贸易商们离去之后，独自在谷物交易市场的吉良，忍不住一再亲吻着手上的票据。

他本想直接返回铺子，来到布拉特广场时，他却改变了心意，决定转往犹太区。他将这个好消息转告哈斯戴之后，一路面带微笑地走到圣母教堂。

走进铺子时，吉良发现亚诺正和塞拔斯提亚以及一位神父在谈话。

“吉良！”亚诺立刻招呼他，“我跟你介绍一下……这位是胡立·安德鲁神父，他是来接替艾柏神父的。”

吉良在神父面前忸忸怩怩地行了礼。又来借钱了，他暗想。

“事情不是你想的那样！”亚诺对他说。他摸摸身上的巨额票据，不由自主地露出了微笑。想再借钱有什么关系？反正亚诺现在很富有。想到这里，他不禁又露出了笑容，只是，亚诺却误会了他的微笑。“事情比你想象的还要糟糕！”亚诺神情严肃地说，“还有什么事会比借钱给教会更糟糕的？”吉良在心里这样嘀咕。他先问候了大力士公会代表。“我们碰到了一个很难解决的问题。”亚诺对他说。

三个男人不约而同盯着眼前这个阿拉伯人。“除非吉良接受才可以。”当神父提出请求时，亚诺特别强调必须征求这位阿拉伯奴隶的同意。

“我曾经跟你提过雷蒙这个人吗？”吉良摇头，“雷蒙是我生命中非常重要的贵人……他帮了我很多忙。”吉良恭敬地站着聆听，完全遵守奴隶的规矩，“雷蒙和他的妻子双双死于瘟疫，留下一个年幼的女儿，而公会目前根本没有能力安置她，所以，他们向我提出要求……”

“你为什么要问我呢，主人？”

这时候，在一旁等候的胡立·安德鲁神父，立刻转过头去盯着亚诺。

“教会的慈善之家已经应付不了……”亚诺继续说，“他们每天光是分送食物给贫民就已经忙不过来了，这场瘟疫让许多人陷入三餐不继的困境。”

“你到底想说什么呢，主人？”

“他们提议由我来收养这个小女孩。”

吉良又摸了摸那张票据。“你要收养二十个小孩都行！”他暗想。

“只要你愿意就可以啊！”他只能这样响应主人。

“但是我完全不懂得如何照顾小孩呀！”亚诺突然说道。

“你只要给他们爱和温暖，有个可以栖身的房子，这样就可以了。”塞拔斯提亚急忙插嘴，“房子你已经有了，至于爱和温暖嘛……我觉得你绰绰有余！”

“你会帮我吧？”亚诺根本无心聆听塞拔斯提亚的话，他只想探询吉良的意思。

“我会服从你所有指示的。”

“我不要你服从什么，我是请求你帮忙！”

“你这么说，我感到非常荣幸，也很高兴。你放心！”吉良向他承诺，“当你需要我帮忙的时候，我都会诚心诚意帮你的。”

这个六岁的小女孩名叫海儿。三个多月前，她终于忘却了父母因瘟疫双双病故的悲伤。从那时候起，铺子里再也听不见大把钱币的叮叮当当声，或是羽毛笔在羊皮纸上书写的沙沙声。屋子里充满小女孩的欢笑声和跑跳声。有时候，小女孩会趁着照顾她的女奴不注意，偷偷跑到前头来嬉闹，此时，坐在长桌后方的亚诺和吉良会训她一顿，但是过了半晌，主仆两人总会忍不住相视而笑。

朵娜是吉良买来照顾海儿的女奴，刚来的时候，亚诺并没有给她好脸色。

“不要再给我买奴隶了！”吉良找他商量这件事的时候，他气呼呼地大声驳斥。

这时候，这个衣衫褴褛、全身肮脏的瘦削女孩，却开始号啕大哭起来。

“她去别的地方会比留在这里好吗？”吉良质问亚诺，“你如果这么不喜欢买奴隶，让她恢复自由之身，到时候，她还不是得卖给别人。她需要糊口……而我们也需要有个女人来照顾这个小女孩啊！”女奴跪在亚诺面前，但亚诺却想立刻走开。“你要知道……如果你把她退回去的话，”吉良闭上双眼，“这个女孩会有多可怜吗？”

就这样，亚诺不情不愿地接受了这个女奴。

除了女奴这件事之外，关于贩卖奴隶的巨额利润，吉良也找到了解决办法。他以巴塞罗那经销代表的名义付了一笔钱给哈斯戴，然后将剩下的巨额款项交给哈斯戴相当信任的一位犹太人。

有天早上，这位名叫亚伯拉罕·利瓦伊的犹太人出现在亚诺的货币兑换铺子里。这位身形瘦削的高个儿，蓄着稀疏的白胡须，身穿一袭黑色大礼服，将胸前的黄色圆盾衬托得更醒目。吉良先和利瓦伊寒暄一番，然后将他介绍给亚诺认识。这个犹太人在长桌前坐定之后，立即掏出巨额票据递给亚诺。

“我想把这些钱存在这里，亚诺先生！”他说。

亚诺看了票据上的数字之后，双眼突然睁得跟大圆盘似的。亚诺把票据交给吉良，神色紧张地要他仔细看看那张票据。

“可……可是……”当吉良故意装出一副惊讶的模样时，亚诺开始结结巴巴地说，“这笔钱可是大数目。您为什么想要存在我这儿，而不去找您的……”

“犹太教友？”利瓦伊主动帮他接话，“我一向很信任撒哈特。我想，虽然换了名字……”他停下来看了阿拉伯人一眼，“但他的工作能力是不会改变的！我打算出国，这一趟远行的时间会持续很久，所以，我希望您和撒哈特能帮我处理这笔钱。”

“依照我们的存款规定，您存在这里的钱，期满后可获得存款数目四分之一的利息，是这样吧？吉良……”阿拉伯人点头认同，“您希望我们如何支付利息呢？既然您要出远门，我们该跟谁联络呢？”

“他怎么会想要问这样的问题啊？”吉良暗想。他压根儿没想过这个，所以也没告诉亚伯拉罕该怎么回应，不过，眼前这个犹太人倒是从容应付下了。

“期满后利息加入存款继续存着吧！”他这样回答亚诺，“您不必替我担心。我没有孩子，也没有家人，出这趟远门，也不需要花什么钱。将来有一天，当我需要用钱的时候，我或许会派人来提领存款的。总之，我会主动和您联络。您不介意吧？”

“我怎么会介意呢？”亚诺急忙澄清，吉良偷偷松了一口气，“既然您觉得这样做比较好，我们完全配合。”

存款手续完成之后，利瓦伊站了起来。

“我得去犹太区向几位朋友辞行，先走一步了。”

“我陪您去吧！”吉良用眼神探询亚诺的意见，亚诺点头同意了。

走出铺子之后，吉良和犹太人直接去找了公证人。利瓦伊将刚刚拿到的存款文件交给公证人，并且完成了放弃提领这笔巨额存款的法定手续。吉良将文件藏在衣衫里，慢慢走回铺子。接下来就是时间点的问题了，他边走边想。形式上而言，那笔钱属于那个犹太人，就像亚诺在账册上的记录一样，但是，从此以后不会有任何人来提领，因为利瓦伊已经放弃了这笔存款。因此，这笔巨款最终会变成亚诺所有。

那天晚上，确定亚诺入睡之后，吉良悄悄下楼。他抽出墙壁上一块松动的石块。将用布巾包好的文件塞进墙内，再把石块放回原位。他打算以后找个圣母教堂的泥水匠来把这片墙壁修补一下。在他老实说出巨款的来龙去脉之前，亚诺的这笔资产就存放在这儿吧！剩下的就是时间问题了。

只是，这时间恐怕比他预期的要漫长许多。吉良某天沿着海岸走到海洋领事馆办事时，有了这样的领悟。巴塞罗那仍持续从外地进口奴隶；船工们忙着将一批批奴隶载运上岸，每艘三角帆小船上都挤满了等待出售的人力。除了适合粗重工作的成年男人和青少年之外，还有妇女和儿童，这些妇孺的悲戚哀号，任何人听了都会于心不忍。

“你听清楚了，吉良！永远不能做这种生意！”亚诺对他说，“即使我们的事业陷入艰难处境，也不能把钱拿给贸易商去经营奴隶进口。如果要做这种事，我宁可宣告破产，就让官方将我砍头示众吧！”

接着，他们看着那艘商船立刻驶离了巴塞罗那港。

“这艘船为什么就这样离开了呢？”亚诺不假思索地问，“他们为什么不趁机载运其他货品回去呢？”

吉良转过头去看着他，微微摇头。

“这艘船很快就会回来的。”他的语气非常肯定，“船只是驶到公海上……继续‘卸货’。”吉良语带哽咽地向主人做了解释。

亚诺一言不发地望着扬帆而去的商船。

“有多少人会丧命？”沉默许久之后，亚诺终于开口问道。

“很多……太多了！”吉良回答他时，脑中浮现了一艘类似的船只……

“永远不能做这种生意，吉良！记住，永远不可以！”

036

1354年1月1日

海上圣母教堂广场

巴塞罗那

除了圣母教堂前面，还有什么地方更适合呢？亚诺这样想，他正在家里的窗前看着巴塞罗那全城百姓从各方涌进广场和邻近街道，有人爬上了施工用的鹰架，教堂内也挤满了人……大家的目光都锁定在那座国王即将踏上的高台。贝德罗三世没选布拉特广场，也没指定大教堂，甚至舍弃了由他自己下令建造的皇家船坞。他选择了圣母教堂，一座属于全民的教堂，也是一座集结了所有老百姓的努力、奉献和牺牲而建造起来的教堂。

“放眼整个加泰罗尼亚，没有任何地方比这里更能代表巴塞罗那百姓的信念了！”那天早上，亚诺这样告诉吉良，当时，两人正在观看工人们赶工搭建高台，“国王非常清楚这一点，所以他选了这里！”

亚诺的肩膀因为激动而颤抖着。他这一生的发展，始终不离这座教堂的周边范围。

“我们又要多花钱啰！”吉良自顾自嘀咕着。

亚诺转过头去看他，本想驳斥他，然而，吉良的目光始终盯着那座高台，亚诺没辙，索性也不再多说什么。

自从开了这间货币兑换铺子，五年岁月悠悠已过。亚诺已经三十三岁，幸福无虞……并且富有，非常富有。他过着朴素的生活，但他的账册里累积的财富却非常惊人。

"我们去吃早餐吧！"他搭着吉良的肩膀说。

楼下的厨房里，朵娜已经在等着他们，海儿则在一旁帮忙摆上杯盘。

女奴继续准备早餐，海儿一见到两人下楼，立刻迎上前去。

"大家都在谈论国王要来的事情。"女孩兴奋地大声说着，"我们可以去看他吗？他的骑士也会来吗？"

吉良在餐桌旁坐了下来，随即叹了口气。

"他来要求我们缴更多钱。"吉良对女孩说。

"吉良！"亚诺以责备的眼神看着他，海儿则是一脸困惑。

"是这样啊！"吉良替自己辩解。

"不不不，不是这样的，海儿。"亚诺端着满面笑容对女孩说，"国王是来要求我们帮忙征服撒丁尼亚岛！"

"帮忙出钱吗？"女孩提问之后，顽皮地对吉良眨了眨眼睛。

亚诺先看了女孩一眼，然后又看了看吉良，两人都对他露出嘲讽的笑容。这个女孩长得真快呀！转眼间，都快长成亭亭玉立的少女了，她美丽、聪慧，任谁都抵挡不了她那迷人的魅力。

"帮忙出钱吗？"女孩又问了一次，亚诺的思绪也被打断了。

"打仗都是很花钱的。"亚诺也不得不承认。

"哈！我说得没错吧！"吉良双手一摊。

朵娜开始在他们的钵碗里盛上食物。

"你为什么不跟海儿解释……"朵娜把大家的早餐都盛好之后，亚诺继续同样的话题，"事实上，战争期间我们不但没多花钱，反而还赚了钱？”

海儿睁大眼睛望着吉良。

吉良支支吾吾的。

“这三年来，我们一直在付特别税。”吉良终于开口说话，但他拒绝认同亚诺的论调，“战争持续了三年，所有费用都是我们巴塞罗那百姓支付的。”

海儿抿着嘴唇微笑，转过头去看着亚诺。

“的确是这样。”亚诺同意了吉良的说法，“三年前，加泰罗尼亚与威尼斯、拜占庭签订共同抵抗热那亚王国的战争合约。我们的目的是收复科西嘉岛和撒丁尼亚岛，根据亚纳尼合约（Tratado de Agnani），这两个地方应该是加泰罗尼亚的领地，却被热那亚人霸占了。六十八艘战舰。”亚诺不自觉地提高了音量，“六十八艘战舰，其中二十三艘是加泰罗尼亚的船舰，剩下的则来自威尼斯和希腊。我们的舰队在博斯普鲁斯海峡与热那亚舰队的六十五艘战舰交火。”

“结果呢？”亚诺突然停顿了下来，使得海儿忍不住追问。

“没有胜负。我们的总指挥在这次战役中捐躯，二十三艘加泰罗尼亚战舰只剩下十艘。后来怎么样了，吉良？”吉良使劲摇头，“你跟她说吧，吉良！”亚诺态度坚持。

吉良叹息着。

“拜占庭人背叛了我们。”他说，“因为不想继续打仗，他们和热那亚签订秘密协议，并且让热那亚垄断了商业市场。”

“还有呢？”亚诺在一旁提醒他。

“我们损失了地中海地区最重要的一条经商路线。”

“也就是说，我们因此损失了赚钱的机会？”

“没错。”

海儿专注地聆听着这段对话，偶尔看看亚诺，有时望着吉良，就连守在炉子旁边的朵娜都听得入神。

“我们损失了很多钱吗？”

“是的。”

“比我们交给国王的钱还要多吗？”

“没错。”

“唯有将地中海地区纳入加泰罗尼亚王国版图，我们才能够安安稳稳地做生意。”亚诺下了这样的结论。

“拜占庭人后来怎么样了呢？”海儿好奇地问。

“第二年，国王派遣一支由五十艘船组成的舰队出征，终于在撒丁尼亚岛击败了热那亚军队。舰队的总指挥下令拦截了三十三艘敌军的船舰，并且击沉了另外五艘船。八千名热那亚士兵死于这场战争，三千二百名士兵被俘，但是只有四十名加泰罗尼亚士兵牺牲了生命！至于拜占庭人……”亚诺看着海儿那双因好奇而更炯亮的眼睛，“他们的态度立刻有了转变，再度让我们的商船停靠该国各大港口。”

“缴了三年的特别税，我们现在还继续缴。”吉良刻意做了补充。

“既然国王已经收复了撒丁尼亚岛，我们和拜占庭也恢复了通商，王室为什么还继续征收特别税呢？”海儿问。

“在撒丁尼亚岛，有个名叫埃布尔瑞亚的法官串通岛上的贵族们造反，所以，贝德罗国王必须派兵平息暴动。”

“我们的国王啊……”吉良在一旁搭腔，“一定要维持各个经商路线畅通才行，这样他才收得到税金啊！撒丁尼亚岛百姓顽强又粗暴，国王恐怕很难统治那个地方吧！”

国王不忘在百姓面前展现奢华铺张的排场。不过，他那矮小的身躯即使站上高台，许多老百姓就算辛辛苦苦伸长脖子，还是很难见到陛下尊容。他穿上了最体面的行头，一袭亮面的胭脂红长袍，缀以珍贵的宝石，在冬日阳光下闪烁着耀眼光芒。为了这个特殊的场合，国王还特别戴上黄金打造的皇冠，当然还有他经常佩戴在腰际的短剑。随行的贵族和朝臣也不让国王专美于前，个个穿戴华丽出现在百姓面前。

国王站在高台上对百姓演说，全场欢呼连连。百姓们兴奋不已，什么时候有哪个国王对子民讲述过国事？国王谈到加泰罗尼亚的现况、他的所有封地，以及他兴趣所在。他也谈到埃布尔瑞亚在撒丁尼亚岛的叛乱，以及当地人民的暴动。在圣母玛丽亚的注视之下，国王继续撩拨着群众激愤的情绪，直到他终于提出人民协助作战的要求。倘若他要求百姓送出年轻强壮的儿子上沙场，大家也会欣然照办。

所有巴塞罗那百姓都缴了税金，亚诺也缴了货币兑换商应缴的金额。接着，国王带领了一支由百艘船组成的舰队出征塞尔坦亚。

国王军队离开巴塞罗那之后，城市回归正常，亚诺也重新投入货币交易的经营，并忙着养育海儿，得空则到圣母教堂祷告，并且协助上门借贷的人们。

吉良不得不习惯这种有别于其他货币兑换商的经营方式，他最熟悉的哈斯戴也得这么做。起初，他坚决反对亚诺把钱借给那么多登门借贷的工人。

“难道他们都没还钱吗？”亚诺反问他。

“这些都是无息借贷啊！”吉良说，“这些钱都应该生出利润才对。”

“没错，你也说过很多次，我们应该去买栋宽敞的大宅邸，好让大家住得舒服一点。但是，吉良，一栋大宅邸要多少钱才买得到啊？那个数目远超过我借给这些人的钱，这个你应该很清楚吧？”

吉良无言以对。因为，事情确实如此。亚诺在这栋小屋里过着俭朴的生活，唯有海儿的教育花费，他倒是从不吝惜。这个女孩除了到一位富商友人家里上家教，也去圣母教堂上课。不久前，教堂的工程委员会到亚诺的铺子里借钱。

“我已经有了属于我的神殿了。”工程委员会提议他资助圣母教堂回廊上的神殿工程时，亚诺这样回答他们，“属于大力士们的圣体神殿就是我的神殿，永远都是！所以……”他边说边打开保险箱，“你们需要多少钱？”

你们需要多少钱？你要借多少？这些钱够用吗……吉良不得不勉强去习惯这样的问话，直到人们在路上总是主动招呼他，他才接受了这样的做法；当他在海边散步时，人们对他微笑，甚至热诚地向他道谢。“或许，亚诺这样做是对的。”他开始有了这样的想法。亚诺总是慷慨助人，然而，如果不是这样的个性，他当初怎么可能挺身营救素不相识的阿拉伯奴隶和三个犹太小孩？他如果不是这样的个性，芮琦和尤赛夫恐怕早就没命了。他为什么有了钱就必须改变这样的个性呢？如今，吉良也和亚诺一样，总是对着迎面而来的人们展露微笑，也开始向那些在路上礼让他的陌生人打招呼。

不过这些年来，亚诺有些态度还是让吉良伤透了脑筋。他依然强烈反对介入奴隶进口贸易，这是可以理解的，但是吉良经常扪心自问：他为什么连一些和奴隶无关的生意都不愿介入呢？

前几次碰到这种情况时，亚诺总是提出一些很笼统的批评。

“我不确定……”

“我不喜欢！”

“我不清楚……”

后来，吉良终于对他这样的反应不耐烦了。

“这是一笔好生意啊！亚诺。”登门拜访的商人离去后，吉良忍不住对他发牢骚，“到底是怎么回事？有些明明是利润丰厚的生意，你怎么也拒绝了呢？我真的不懂啊！我知道，我没有什么资格这样说话。”

“你当然有资格！”亚诺急忙澄清，但并未转过头去看他，两人就这样并肩坐在长桌边，“对不起！事情是这样的……”吉良耐着性子等待下文，“事情是这样的，只要是跟卜葛劳有关的生意，我都不做。我的名字永远不会跟他有牵连！”

亚诺空茫的眼神望着前方。

“哪天有空可以跟我说说事情的缘由吗？”

“当然！”这时候，亚诺转过头来看着吉良，随即向他娓娓道出那段尘封已久的往事。

吉良早就认识卜葛劳这个人，因为葛劳和哈斯戴曾有生意上的往来。不过，吉良纳闷的是，亚诺不愿意和葛劳有任何往来，但这位男爵倒是很乐意和他做生意。听了亚诺的话，吉良不禁要问：难道他们两人对彼此的观感不一样吗？

“为什么会这样呢？”那天，吉良把亚诺和葛劳的恩怨大致向哈斯戴叙述之后，他询问犹太富商的看法。

“因为许多人都不愿意和卜葛劳共事。我和他也已经很久没有生意往来了，另外还有很多人跟我一样。这个人啊，一心一意只想攀附权贵，偏偏他又不是真正的贵族出身。以前，当他还是个单纯的制陶师傅时，倒也是个值得信任的人；现在呢……现在他的目标早就转移到别的地方了，当年他再婚的时候，根本不知道事情会变成这样吧！”哈斯戴摇头叹息，“想要当个贵族，就必须生来就是贵族，必须端得出那股自然天成的贵气。这种事情，无关好坏或对错。但是，只有天生就有那种贵气的贵族才撑得起那种气派和架势，也只有他们才懂得过与不及的后果。贵族们高傲自大，生来就只懂得使唤别人，即使破产了也一样。卜葛劳能够继续当个贵族，完全是靠金钱在撑场面。他花了好大一笔钱给女儿玛格丽妲办嫁妆，几乎因此而破产。而且，这件事还传遍了整个巴塞罗那！大家都在背后取笑他，他的妻子也清楚得很。原本生活单纯的制陶师傅，住在蒙卡塔尔街那种豪华宅邸，他能干什么？但是，越多人在背后取笑他，他就偏偏要挥霍越多钱来展示他的权力。如果连钱都没有了，卜葛劳还能干什么？”

“你的意思是？”

“我没什么特别的意思，但是，换了是我，我也不会跟他做生意的。就这点来看，虽然你的主人另有不同的动机，但是他的决定是对的。”

从那天开始，只要有人提起卜葛劳这个人，吉良必定竖起耳朵仔细听，包括在海洋领事馆的货币交易市场，或是买卖进出口商品时。大伙谈论商场近况时，总会提起这位制陶师傅出身的男爵。

“关于卜家那个儿子赫尼……”那天，吉良和亚诺一起离开货币交易市场，两人正在沙滩上看海时，吉良突然提起卜家儿子，亚诺一听见这个名字，立刻转过头来看他，“据说，卜赫尼为了追随国王去马约卡，借了一大笔钱。”他的眼神是否乍然一亮？吉良注视着亚诺。亚诺没出声。但是，他的眼神不是已经发亮了吗？“你要我继续说吗？”

亚诺默不作声，后来，他还是点头了。他眯着双眼，双唇微微抿着，接着自顾自地点头了好一会儿。

“你愿意授权让我做我认为合适的决定吗？”吉良问他。

“我不会授权让你做决定……我是拜托你做决定，吉良，拜托你！”

于是，吉良运用这些年来在商场上学到的技巧，小心翼翼地开始他的计划。卜家的儿子，也就是卜赫尼骑士，他落到必须借贷参战的地步，对贵族而言，那就意味着做父亲的已经没有能力支付这笔费用。吉良暗自忖度着：这种借贷要求的利息非常高；这是基督徒唯一能够收取利息的合法借贷。为什么一个做父亲的会让儿子去支付这样的高额利息？除非他是真的拿不出这笔钱……那个叫伊莎蓓的贵族继母呢？那个曾经把亚诺和他父亲逼到绝境，那个逼迫亚诺跪地求饶的悍妇……她怎能容许这么不光彩的事情发生？

吉良花了好几个月布线，他向所有朋友探听，也询问那些曾经欠过他人情的旧识，并写信问各地的经销代表：加泰罗尼亚男爵兼商人卜葛劳，目前的财务状况究竟如何？他们知道的有哪些？关于他的消息、他的生意、他的财务……以及他解决问题的方式？

航海季节已近尾声时，船只陆续回到巴塞罗那港，吉良也开始接收各地经销代表的回函。真是天大的好消息啊！有一天晚上，铺子已经关门，吉良却依然坐在长桌旁。

“我还有点事情要处理。”他告诉亚诺。

“什么事情？”

“我明天再告诉你。”

隔天早上，早餐开始之前，两人坐在铺子里的长桌前，吉良告诉亚诺整件事情。

“卜葛劳目前陷入了财务困境。”亚诺的双眼是不是又发亮了？“所有货币兑换商和贸易商的说法都一样：卜葛劳的财富已经蒸发掉了。”

“这说不定只是谣传呢？”亚诺突然插上一句。

“这个你拿去看看。”吉良把各地经销代表的回函递给他，“这些信可以证明：卜葛劳已经落入隆巴地人手里了。”

亚诺想着他印象中的隆巴地人：包括财力雄厚的佛罗伦萨或比萨货币兑换商、贸易商，以及各地经销代表。他们始终是个封闭的团体，唯利是图，而且只和自己人做生意。他们垄断了高级布料的生意：羊毛织品、锦缎、佛罗伦萨塔夫绸……以及其他许多产品。隆巴地人从来不对任何人伸出援手，他们如果愿意让出部分市场或生意，唯一的目的是避免被逐出加泰罗尼亚。依靠他们做生意绝对不是好事。亚诺翻阅了那份文件，然后把它放回桌上。

“你有什么想法？”

“你想要怎么做？”

“你已经知道的，我要他破产！”

“据说，葛劳年事已高，他的事业目前都是由子女和妻子经营。你想想看哪！他现在的财务状况根本就是岌岌可危，只要有点闪失，事业全部崩垮，到时候怎么会有能力行使贵族应尽的义务！最后的下场恐怕是一无所有。”

“把他的债务都承接下来。”亚诺冷冷地说，脸上毫无表情，“务必谨慎处理这件事。我要成为他的债权人，但是我不想让人知道。你想办法弄垮他其中一项事业……不，不对，不是一项……”他提出更正，“全部！”亚诺激动地奋力捶桌，连厚重的账簿都被震得挪位了，“你想尽办法弄垮他的一切！”这次他放低音量，但咬牙切齿，“我就是要他一无所有！”

1355年9月20日

巴塞罗那港口

带领舰队出征撒丁尼亚岛的国王贝德罗三世凯旋归国，巴塞罗那全城百姓几乎都涌到海边迎接。国王在群众的欢呼声中下了船，然后踏上特别搭建的木桥在弗拉梅诺斯修院前登陆。贵族和士兵也紧随国王之后上岸，终于回到了欢庆凯旋的巴塞罗那。

亚诺和吉良这天没做生意，两人跟着群众一起到海边迎接舰队归来，然后带着海儿一起上街体验各种庆祝活动；他们谈笑、歌唱、漫舞，听有趣的故事，享受可口的甜食，直到夕阳西下，九月的夜晚渐有凉意，三人决定回家。

“朵娜！”亚诺才打开大门，海儿就扯着嗓子呼唤女奴。

女孩高高兴兴地进屋，一路仍旧不停地大声叫喊着朵娜，但是，到了厨房门口，她却突然停了下来。亚诺和吉良面面相觑，怎么了？难道女奴发生什么事了吗？

主仆两人一起进了厨房。

“怎么……”亚诺搂着海儿的肩，正要开口问她。

“我想，用这样的大呼小叫迎接一个这么久没见面的亲人，不太合适吧，亚诺。”男子说话的声音似曾相识。

亚诺往旁边挪了一些，但手依然搭在海儿肩上。

“卓安！”他迟疑了几秒钟之后，终于大声喊出这个名字。

海儿看着亚诺朝那人走去，他张开双臂，说话结结巴巴，径自走向那个刚刚吓到她的黑衣男子。吉良上前搂着站在厨房门边的女孩。

“那是他弟弟。”阿拉伯人在女孩耳畔低声说。

朵娜躲在厨房的角落里。

“天啊！”亚诺抱着卓安大叫着，“天啊！天啊！天啊！”他嘴上不断惊叹着，同时一遍又一遍地抱着双脚悬空的弟弟打转。

卓安脸上挂着笑容，好不容易才挣脱亚诺的拥抱。

“再这样，我的身体就要散了。”

但是亚诺根本听不进他说的话。

“你为什么没通知我呢？”他揪着弟弟的肩膀问，“让我好好看看你。你变了好多呀！”十三年了。卓安很想这样说，但是亚诺不让他有开口的机会。“怎么会突然回巴塞罗那呢？”

“我回来是……”

“你为什么不通知我呢？”

亚诺激动地摇晃着弟弟的身体。

“你回来就留在这里了吧？就说是吧！求你了！”

吉良和海儿忍不住笑了出来。眼前这位神父也面带笑容望着他们。

“好了……够了！”卓安大声说，用力挣脱哥哥之后，刻意退后了一步，“够了！你这样抓着我，我会喘不过气来的。”

两人之间的距离，正好适合亚诺好好端详他。只有那双眼睛，依然是当年卓安离开巴塞罗那时的眼神：灵活生动、炯炯有神。除此之外，他几乎秃头了，瘦骨嶙峋……那件黑色的修士袍挂在肩上，显得身子更单薄。他只比亚诺小两岁，看起来却比哥哥苍老。

“你都没吃东西吗？如果我寄给你的钱不够用……”

“够用！”卓安立刻澄清，“非常够用了。你寄来的钱，给我提供了相当丰足的粮食……精神粮食！书本都是很昂贵的，亚诺！”

“你应该告诉我，好让我多寄点钱给你呀！”

卓安连忙挥手表示不需要，他在餐桌旁坐了下来，看着吉良和海儿。

“好了，你也该跟我介绍一下你的养女。我还记得你上一封家书里的描述，现在看来，她已经长大许多了。”

亚诺示意要海儿过来，于是女孩战战兢兢地走到卓安面前，她低着头，在神父严肃的眼神检视之下，紧张地微微颤抖着。卓安总算把女孩上上下下仔细打量过了，接着，亚诺向弟弟介绍了吉良。

“这位就是吉良。”亚诺说，“我在信里已经跟你提过许多关于他的事情了。”

卓安始终没有伸出手来握手的意思，吉良只好把手缩回去。

“基督徒该尽的义务，你都做到了吗？”

“是的……”

“卓安神父。”卓安替他补上这句。

“卓安神父！”吉良老老实实地跟着念了一遍。

“那位是朵娜。”亚诺急忙插入谈话。

卓安只是轻轻点了头，但是看都没看女奴一眼。

“好啦！”卓安看着海儿，并示意要她坐下，“你是雷蒙的女儿，是吧？你父亲是个了不起的人，工作勤奋，信仰虔诚，就像所有的大力士一样。”卓安看了看亚诺，“当亚诺把你父亲的死讯告诉我时，我替他祷告了很久。孩子，你今年几岁啊？”

亚诺吩咐朵娜将晚餐端上桌来，他也在餐桌旁坐下。这时他发现吉良还一直站在一旁，似乎因为家里有了客人而不好意思跟大伙儿坐在一起。

“你坐下来吧！吉良。”亚诺这样要求他，“都是一家人，你客气什么？”

卓安毫无反应。

晚餐在一片静默中进行着。海儿异常沉默，意外出现的客人似乎带走了她原本的活泼个性。至于卓安，用餐非常节制，食量很小。

“你倒是说说看吧，卓安……”用餐结束后，亚诺对弟弟说，“你这些年来都好吗？这趟回来是为了什么呢？”

“国王刚好要回国，我就趁机跟着回来了。我本来只是搭船到撒丁尼亚岛，到了那里才听到打胜仗的消息，所以就跟着舰队一起回到巴塞罗那。”

“你见到国王了吗？”

“他并没有接见我。”

海儿托辞告退，然后吉良也请求告退回房。两人严谨地向卓安神父道了晚安。兄弟俩的闲聊一直持续到隔天清晨，两人喝着甜酒，尽情地诉说着别离十三年的思念……

037

为了让亚诺一家子能过寻常的平静日子，卓安决定住进圣塔卡德琳娜修道院。

“那才是我该去的地方。”他这样告诉哥哥，“不过，我每天都会回来看你们的。”

前一天晚餐期间，海儿和吉良拘谨别扭的举止，亚诺其实都看在眼里了。因此，卓安做了这个决定，他也就不再坚持弟弟非住在家里不可。

“你知道你弟弟跟我说了些什么吗？”中午吃过午饭后，大伙儿起身离开餐桌，这时候，吉良凑近亚诺耳边说，“他问我……我们要给海儿置办什么样的嫁妆？”

接着，吉良不动声色地望着家中这位掌上明珠，这孩子正在帮朵娜收拾餐桌。把她嫁出去吗？但是她还小呀……不，也不小了，都是个亭亭玉立的少女了！吉良转过头去看了看亚诺。两人从来不曾像现在这样仔细地打量这个女孩。

“唉！当年刚来家里的那个小女孩，到哪里去了？”

两人又是目不转睛地盯着海儿：这女孩灵巧、美丽、稳重又有自信。

海儿一边收拾着桌上的钵碗，偶尔也抬头看看吉良和亚诺。

她已具有成熟女子的迷人身段；凹凸有致的曲线，丰满尖挺的胸部在长衫下若隐若现……她已经十四岁了。

海儿再度抬起头来盯着两人。这一回她的脸上没有笑容。一向顽皮的她，这时候显得有些惊惶失措，但是过了半晌，她又恢复了活泼的本性。

“你们两个到底在看什么？”她质问主仆两人，“难道你们今天不用干活吗？”她站在他们面前，一脸严肃。

亚诺和吉良不约而同频频点头。此事毋庸置疑：她已经从小女孩变成小妇人了。

“她将来会有公主等级的嫁妆！”已经在铺子的长桌旁坐定的亚诺，幽幽地对吉良说，“大笔金钱，美丽华服，外加一栋房子……不，是一幢豪华宅邸！”说到这里，他突然转过头去问吉良，“卜家的事情进展得怎么样了？”

“唉！她总有一天会离开我们的。”吉良没理会亚诺的询问，倒是喃喃自语，一副怅然若失的模样。

主仆两人一时安静了下来。

“她将来会给我们生孙子。”亚诺总算忍不住打破了沉默。

“你别说傻话了！她会替将来的夫婿生几个孩子是真的。但是，像我这种做奴隶的，连孩子都没有，哪来的孙子呀？”

“我跟你说过多少次了？你随时可以恢复自由身。”

“我恢复了自由身又能怎么样？我现在过的日子，好得很！倒是海儿……她居然到了该嫁人的时候了。唉！我也不知道是怎么回事，老实说，不管将来是谁娶她，我恐怕对那个人都不会有好感的。”

“我也是啊！”亚诺喃喃说道。

两人面面相觑，先是相视而笑，接着不约而同地哈哈大笑起来。

“唉……你还没回答我的问题。”两人的笑声散去，亚诺想起刚才询问的事情，“卜家那件事进行得怎么样？我打算把卜家那幢宅邸送给海儿当嫁妆！”

“我已经联络了比萨的菲力波·戴西欧。世上唯一能替我们处理这件事的人，除了菲力波之外，没有别人了。”

“你怎么跟他说的？”

“我告诉他，如果有必要的话，找几艘海盗船来‘协助’也无妨。总之，就是不能让卜家的贸易商船返回巴塞罗那；反之，从巴塞罗那出发的卜家商船，也不能让他们抵达目的地。”

“他有回音吗？”

“菲力波？这个人从来不给回音的。他不做书面联系，也不让任何人替他带口信，内行人都知道的……反正耐心等到航海期结束就是了。只剩下不到一个月了，到时候，如果卜家的商船没回来，他们就无法向国王履行义务。到这个地步，他们就彻底破产了。”

“我们买下了卜家的债权吗？”

“你现在是卜葛劳最主要的债权人。”

“他们现在一定很难熬……”亚诺喃喃自语着。

“你最近没碰见他们吗？”听到吉良这么问，亚诺立刻转过头来盯着他，“好久以前，卜家人天天在海边流连。起初只有男爵夫人带着一个继子，现在呢，从撒丁尼亚岛回国的赫尼也跟着一起去了。他们在海边一待就是好几个钟头，个个神情殷切地盯着海平面，期盼他们等待多日的商船桅杆出现在海面上……只要见到任何船只的踪影，卜家人一定急急忙忙地跑去港口边守候，直到发现入港的船只并不是他们的商船，男爵夫人总会气得破口大骂。我以为你都知道这些事呢……”

“不，我不知道有这样的情形。”亚诺停顿了半晌，“只要我们的商船一进港，立刻知会我一声。“

“我们有好几艘商船一起返港了！”那天早上，刚从海洋领事馆回来的吉良，一进门就向亚诺报告了这个好消息。

“他们也在海边吗？”

“当然！心急的男爵夫人在沙滩上频频往前挪步，连鞋子都被海水沾湿了。”说到这里，吉良突然住口，“对不起！我多嘴了。”

亚诺面露笑容。

“没关系，我没事的。”他这样安慰吉良。

接着，亚诺转身上楼，回到房里，他慢条斯理地换上最体面的衣服。这一身行头，还是吉良费尽唇舌劝他买回来的。

“我说，像你这样一个有头有脸的人啊……”当时，吉良这样对他说，“不能老是随便套一件破旧的长衫就到海洋领事馆去！国王明令规定，人人皆应仪容整齐，你们的圣人也是这样说的呀！圣文生就是一个例子。”

当时，亚诺连忙要吉良别再唠叨了，不过，他倒是接受了置装的建议。亚诺先穿上极品丝绸裁制的白色长背心，袖口和下摆皆有真皮滚边，接着再套上长度及膝、红色丝绸滚边的铠甲，然后穿上黑色长袜及丝绸缝制的黑鞋。腰上系着宽版腰带，镶嵌着满满的黄金和珍珠。衣服都穿戴妥当了，亚诺最后披上一件精美的斗篷，那是吉良特别托人从遥远的异国带回来的，貂皮滚边加上镶嵌黄金和宝石，使得这件斗篷显得高贵耀眼。

吉良一看到盛装的亚诺出现在长桌前，频频点头称赞。海儿一副欲言又止的模样，最后还是什么也没说。她默默看着亚诺走出家门。她冲向家门口，望着他逐渐往海岸走去，身上的斗篷迎着海风轻盈飘扬，斗篷上镶嵌的宝石在阳光下闪烁着光芒。

“亚诺到底要去哪里啊？”海儿回到长桌前，挑了吉良正对面的位子坐下来。

“他要去收债。”

“应该是很重要的一笔债务啰！”

“没错，海儿，那可是一大笔债务。”吉良笑着回答她，“不过，他今天去接收的只是第一笔而已。”

海儿开始把玩起桌上的象牙算盘。曾经多少回，她躲在厨房里，偷偷探头看着亚诺拨弄着这副算盘算账。他的神情严肃而专注，十指在象牙珠子间快速移动着，偶尔还要停下来记账。想到这里，海儿突然觉得背脊窜起一股寒战。

“你怎么了？”吉良问她。

“没……没事。”

为什么不干脆把实情告诉他？吉良应该可以理解她的感受吧？海儿自忖。偏偏朵娜就不行，每当海儿躲在厨房偷看亚诺时，女奴看在眼里，总是在一旁窃笑。富商艾斯卡勒斯宅邸的课堂上，和她一起上课的怀春少女们聊的都是这个话题。有些女孩甚至已经订了亲，她们总是滔滔不绝地夸赞未来的夫婿有多么优异。海儿默默倾听女孩们的闲聊，当同学们追问她是否也有心上人时，她只能避重就轻地否认。她怎么能跟大家畅谈亚诺这个人？他对她的爱慕之意浑然不觉。亚诺已经三十三岁，而她才刚满十四岁。不过，一起上课的某个女孩被许配给比亚诺更年长的男人。海儿好想找个人倾吐这些心事。她的女同学们评论男人时，聊的不外乎是金钱、事业、英俊外表、男子气概或慷慨大方的特点等，但是，成就非凡的亚诺甚至超越了女孩们谈论的所有男人！海儿在海边常遇见的大力士们告诉她，亚诺曾经是贝德罗国王麾下最英勇的战士之一。海儿老早就发现，家里有一口大箱子，箱子底层收藏着亚诺用过的各式武器，包括他的石弓和短剑。偶尔，她会偷偷拿出这些东西，一边轻抚着老旧的武器，同时想象着被敌人团团包围的亚诺奋战突围的英姿。

吉良紧盯着面前的海儿。女孩的指尖在算盘的象牙珠子上滑动着。她看起来心平气和，眼神空茫。论财富？亚诺有的是。这是所有巴塞罗那人都知道的事。至于他的善心……

“你真的没事吗？”吉良再度关切。

海儿一时羞红了脸。朵娜经常对她说，任何人都可以看出她的心思，她的双唇、她的眼眸、她的容颜……处处都烙印着亚诺的名字。这么说来，吉良是否也读出她的心事了？

“没事……”海儿重申，“我真的没事！”

于是，吉良继续拨着算盘算账，海儿面带微笑地望着他。她的笑容里是否带着一丝哀愁？这个女孩究竟有什么心事？或许卓安修士说得没错：这女孩已经到了该嫁人的年纪，却天天跟两个老大不小的男人守在家里。

这时候，海儿摸着算盘的手缩了回去。

“吉良……”

“什么事啊？”

海儿没吭声。

“没……没事！”她最后只说了这么一句，随即起身。

吉良看着她缓步走开，他总觉得女孩怪怪的，但是，或许事情就像卓安修士说的那样吧！

他逐步走近他们。他已经来到岸边，这时候，有几艘船已经入港，包括三艘商船和一艘捕鲸船。那艘捕鲸船是他名下的资产。伊莎蓓穿着一身黑衣，一手按着头上的帽子，身边跟着继子约森和赫尼，母子三人全都背对着他，眼巴巴地望着入港的船只。“你们没什么好指望的了！”亚诺想。

一身贵重行头的亚诺一出现，在场的所有大力士、船工和贸易商全都惊愕地哑了口。

“转过头来看我呀，老妖婆！”亚诺在岸边等着，“快看我呀！

你上次正眼看我……”此时，男爵夫人慢慢回过头来，她身旁的两个继子也转过头来，亚诺用力深呼吸，“你上次正眼看我时，我父亲的尸体就吊在我头顶上方。”

现场的大力士和船工们纷纷交头接耳。

“亚诺，有什么事吗？”有位公会代表上前问他。

亚诺只是摇摇头，目光始终紧盯着男爵夫人。人群逐渐散去，最后，现场只剩下他和男爵夫人，以及她的继子。

亚诺再次深深吸了口气。他狠狠瞪着伊莎蓓，过了半晌，他的目光移转到两位表哥身上，然后他望着入港的船只，嘴角逐渐上扬。

男爵夫人紧抿着双唇，她顺着亚诺的视线，望着无边无际的汪洋，再回头看他时，他早已转身离去，斗篷上的宝石在远处依旧闪烁着刺目的光芒。

卓安仍旧忙着替海儿撮合亲事，并且提出了几个不错的人选。这事儿对他来说，根本就是轻而易举。只要提起海儿的嫁妆，贵族和富商们闻之即来，只是……该如何跟海儿开口呢？卓安自愿去跟女孩提这件事，不过，当亚诺把事情告诉吉良时，这位阿拉伯忠仆却坚决反对。

“这件事情应该由你去说才对啊！”吉良说，“怎么能让一个连她都觉得生疏的修士去说呢？”

打从吉良说了这段话之后，只要有海儿在场，亚诺的目光一定跟着女孩打转。难道他就真的了解她吗？虽然同住一个屋檐下这么多年，但真正替她打点生活起居的人却是吉良。他只是享受着有个孩子在家的温暖气氛，以及喜欢听她的笑声和看她玩闹。他从来不曾正经八百地跟这孩子谈过正事。如今，每当他想要走到女孩身边，要她一起到海边散步，或是去他永不厌倦的圣母教堂时，每当他有意跟她谈谈严肃的议题时，亚诺总觉得眼前这个亭亭玉立的少女竟是如此陌生……于是，他迟疑着，直到女孩一脸困惑地盯着他，然后惊讶的脸庞又露出甜美的笑容。当年那个骑在他肩头的小丫头到哪里去了？

“这些人，我一个都不想嫁！”她断然回绝了亲事。

亚诺和吉良相视无言。这件事，终究得由他来解决。

“唉！你得帮帮我才行啊！”亚诺向吉良求助。

事实上，当主仆两人坐在长桌前开始提起婚事时，坐在对面的海儿闻之眼睛一亮。但是，两人逐一介绍了卓安提出的五名人选后，她却一个劲儿地猛摇头。

“可是，丫头啊！”吉良忍不住开口，“你总得选一个吧！我们提出的这些人选，可是所有黄花闺女求之不得的如意郎君。”

海儿还是猛摇头。

“可是，这些人我都不喜欢！”

“看来，我们得想想别的办法了。”吉良一脸无奈地对亚诺说。

亚诺望着眼前的海儿。女孩快要哭出来了，她刻意撇开脸，但是下嘴唇隐隐抖动着，越来越急促的呼吸逼得她身子微微前倾。像她这样一个少女，为什么一听到有人提亲便有这么激烈的反应呢？横亘在三人之间的沉默显得格外漫长。最后，海儿抬头看着亚诺，几乎是目不转睛地逼视他。这件事为什么会让她这么难受？

“我们会继续物色适当的人选，一定会找到你喜欢的对象。”吉良赶紧打圆场，“你看这样好吗，海儿？”

女孩点头，然后起身离去，留下两个无计可施的大男人。

亚诺沉重地叹了一口气。

“我就知道，跟她提这件事可没那么容易。”

吉良没接话。他的目光依旧停留在厨房门口，海儿的身影刚刚就在那儿消失了。究竟是怎么一回事？他们家这个丫头到底隐藏了什么心事？当她一听到要谈婚事的时候，明明开心地笑了，他看见她眼神发亮了呀！怎么后来却是这样……

“你看着好了，卓安一听到这样的结果，肯定没有好脸色。”

吉良侧着头盯着亚诺，却一直没吭声。谁会在乎那个修士怎么想啊？

“你说得没错。最好的办法就是继续物色适当的人选。”

亚诺转过头去看着卓安。

“拜托！”他对弟弟说，“现在真的不是时候。”

他这时候到圣母教堂来，就是为了让自己冷静思考。外面的世界有太多让人烦心的琐事，但是在这座教堂里，有他的圣母相伴，加上不绝于耳的施工敲打声，还有工人们亲切的笑容，亚诺觉得愉快极了。不过，他还是被卓安撞见了，而且卓安还在他背上拍了一下。卓安左一声“海儿”，右一声“海儿”，张口闭口都是海儿。再说，海儿的婚事，根本不需要他这样操心啊！

“她老是不肯结婚的原因是什么？”卓安锲而不舍。

“现在不是谈这件事的时候，卓安！”亚诺态度坚持。

“为什么？”

“因为我们刚刚卷入另一场战争。”修士大吃一惊，“你还不知道吗？卡斯提亚王国的暴君贝德罗最近向我们宣战了。”

“为什么？”

“因为他很久前就想对加泰罗尼亚宣战了！”亚诺愤慨地频频挥拳，“双方交战起因是我们的舰队总指挥巴瑞尤斯，他在圣路卡尔（Sanlcar）海岸俘虏了两艘运送橄榄油的热那亚商船。卡斯提亚王国要求释放这两艘商船，由于我们的舰队总指挥置之不理，暴君贝德罗因此向加泰罗尼亚宣战。这个卡斯提亚国王可是危险人物啊！”亚诺喃喃说道，“据我所知，他这个‘暴君’的别号其来有自。这个人不仅手段残暴，而且有仇必报。你知道吗？卓安，我们现在要同时迎战热那亚和卡斯提亚！你觉得这时候我们还会有闲工夫去琢磨丫头的婚事吗？”卓安一时语塞。兄弟俩此刻就在正厅第三座拱顶的拱心石正下方，拱顶周围建了绵密的鹰架。“你还记得这个吧？”亚诺指了指拱心石。卓安抬头一望，然后点头。当年，拱心石升至拱顶时，他们还是小孩。亚诺沉默了半晌，然后说："加泰罗尼亚承受不起这么多战事的。我们目前还在支付撒丁尼亚岛战争的费用。现在又多了一场战争！"

"我一直以为你们商人都非常支持国王四处征战。"

"倒也未必，卡斯提亚对我们的经商航线毫无帮助，打仗只是劳民伤财。时局艰难啊！卓安，吉良说得果然没错！"一听到那个阿拉伯人的名字，卓安不自觉地皱起眉头，"加泰罗尼亚忙着征服撒丁尼亚岛的时候，科西嘉人民却趁机叛乱。国王才离开科西嘉岛没多久，人民就造反了。我们正在跟两个强权作战，而国王已经耗尽所有资源，连巴塞罗那的官员们都快被逼疯了！"

两人慢慢踱往主祭坛。

"我不懂你的意思？"

"我的意思是，国库已经应付不了了！即使如此，国王坚持继续各项重大工程，像是皇家船坞、新城墙……"

"但是这些都是必要的建设呀！"卓安急着提出个人见解。

"船坞大概是有必要的，但是，国王在瘟疫之后决定建造新城墙，这是毫无意义的决策。巴塞罗那并不需要扩建城墙！"

"那么……"

"国王还是继续耗用资源。为了新城墙的工程，城墙附近的居民被迫捐款，理由是：他们总有一天会需要城墙的庇护；此外，国王还特别为了这项建设制定新的税赋制度：每年提取税金总额的十四分之一作为建设城墙专用。至于皇家船坞的建设经费，纯粹从各地领事馆收取的罚金中支取。唉！现在，又有一场新的战争开始了。"

"巴塞罗那很富有啊！"

"早就好景不再啦！卓安，问题就出在这里。为了获取这座城市的经济资源，国王甚至不吝赋予巴塞罗那多项特权，但是，王室支出如此庞大，巴塞罗那的官员们只好想办法筹集财源。他们调高了肉品和酒类的税金。你知道税金总收入够支付多少市府预算吗？"卓安摇头，“一半，只够支付一半的预算而已！现在的情况恐怕更糟糕。市府的债务会拖垮我们的，卓安，我们所有人都会受连累的。”

“海儿的事情怎么办？”离开圣母教堂前，卓安又提起女孩的婚事。

“她喜欢怎么样，就由着她吧！卓安，她喜欢就好。”

“可是……”

“没什么好可是的！就这么决定了。”

“敲门！”亚诺这样吩咐他。

吉良抓着门环在木质门板上敲了几下，震耳的咚咚声回荡在杳无人迹的街道上。无人应门。

“再敲！”

吉良又叩了几次门，一次、两次、三次……七次、八次，到第九次，窥视孔终于打开了。

“什么事啊？”窥视孔内出现一双眼睛，“什么事情这么急啊？你们是谁啊？”

海儿紧抓着亚诺的手臂，她发现他的肌肉绷得好紧。

“开门！”亚诺喝令。

“来的是谁？”

“亚诺·艾斯坦优……”吉良肃然回应道，“本栋建筑以及屋内所有陈设和包括奴隶在内的仆从的主人。”

“亚诺·艾斯坦优，本栋建筑……的主人……”吉良这段话在亚诺耳畔萦绕着。已经过了多久了？二十年了吧？或是二十二年了？窥视孔内，那双眼睛还在犹豫着。

“开门！”吉良朝着门内叫嚣着。

亚诺抬头望天，心中想着父亲。

“怎么了？”海儿见他不太对劲，正想关切他。

“没什么，没事！”亚诺笑着回答，这时候，仆从出入的边门打开了。

吉良比个手势请他进去。

“大门！吉良，叫他们开大门！”

吉良自行进入，站在门外的亚诺和海儿听见他正在喝令仆人打开大门。

“你在看我吗，父亲？你还记得吗？就是在这里，他们把那袋钱交给你，而你却遗失了钱袋……但是，当时的你能怎么办呢？”亚诺的脑海里，此时又浮现了布拉特广场上的混乱场面。群众的呐喊，父亲的嘶吼……所有人齐声追讨粮食！忆及沉痛的过往，亚诺忍不住悲从中来。几扇大门接连打开，亚诺昂首跨入卜家宅邸。

几位奴隶站在入口的中庭等着。中庭右侧，一排露天石阶通往贵族居住的楼层。亚诺没往楼上看，海儿倒是愣愣望着那一扇扇气派恢弘的大窗。大门正对面的马厩前，几名马夫定定站着。天啊！一股寒战在亚诺全身流窜着，他急忙往海儿身上靠着。一直抬头望着大窗的女孩终于回过神来。

“这个你拿着吧！”吉良把一卷羊皮纸文件交给亚诺。

亚诺没接手。他知道那是什么，吉良前一天就把文件交给他了，其中的内容他已经记得一清二楚。那是卜葛劳的财产清单，总督府判定以此偿付他积欠亚诺的债务：宅邸、奴隶……亚诺查看了奴隶名单，可惜已经找不到艾丝特兰亚的名字。此外还包括卜家在巴塞罗那城外的几笔房产和土地，但是，亚诺不打算接收纳瓦克雷斯那栋老旧房舍，好让卜氏一家子可以在那里栖身。珠宝、几匹骏马、马具、马车、昂贵华服、锅碗瓢盆、地毯、家具……凡是宅邸内的所有物品，都列在那份财产清单之内。

他再度望着马厩入口，接着，视线游移到铺石中庭……然后是露天石阶。

“我们要上去吗？”吉良问他。

“我们上去吧！带我去见你家主人……卜葛劳！”亚诺转身去吩

咐一旁的奴隶。

于是，一行人进了宅邸，海儿和吉良四处张望着，亚诺则始终直视前方。奴隶把他们带到主客厅。

“报上我的名字！”开门进入客厅之前，亚诺这样吩咐吉良。

“亚诺·艾斯坦优到了！”吉良边开门边大喊着。

亚诺已经不记得这间主客厅是什么样子了。孩提时代，即使从这儿……跪爬过，他也没抬头看过厅内的陈设。此时此刻，他更没有心思去看。伊莎蓓坐在大窗旁的摇椅上，约森和赫尼分别站在两侧。约森和他妹妹一样，早已结了婚。赫尼依然单身。亚诺环顾四周，却不见约森的家人在场。旁边的另一张摇椅上，年迈的卜葛劳坐在那儿，呆滞地淌着口水。

伊莎蓓怒目逼视着他。

亚诺站在客厅中央的豪华长桌旁，这张桌子比他铺子里那张长桌还要大上一倍。在他身后，海儿和吉良并肩站着。客厅门边，一大群奴隶挤在那儿探看。

“吉良，那双鞋子是我的！”亚诺指着伊莎蓓那双脚，“把那双鞋脱下来。”

“遵命，主人！”

海儿惊愕地转过头去望着吉良。主人？她当然知道吉良的身份，但是她从来没听过他这样称呼亚诺呀！

吉良使了个眼色，叫来两个挤在门边的奴隶，接着，三人一起走到伊莎蓓面前。男爵夫人依旧态度高傲地瞪着亚诺。

其中一个奴隶跪了下来，正当他伸出手时，伊莎蓓抢先脱了鞋，往地上一甩……她那双锐利凶狠的眼睛，始终不曾从亚诺脸上移开。

“我要你收拾这栋房子里所有的鞋子，然后堆在中庭放火烧了！”亚诺冷冷地说。

“遵命，主人！”

男爵夫人眼神中的傲慢未曾稍减。

“这些椅子！”亚诺指着卜氏夫妇端坐的摇椅，“全部搬到中庭去！”

“遵命，主人！”

葛劳由两个儿子搀扶着，缓缓站了起来。男爵夫人则在奴隶们动手之前急忙起身。奴隶们搬走了客厅内所有的椅子，连藏在角落那张也不例外。

然而，男爵夫人仍旧瞪着他。

“那件洋装是我的！”

她是不是发抖了？

“难道你……”搀扶着老父的卜赫尼正打算开口。

“那件洋装是我的！”亚诺没让赫尼把话说完，再度重复刚刚那句话，双眼始终怒视着伊莎蓓。

她在发抖吗？

“母亲！”这时候，约森出声了，“您去把衣服换下来吧！”

“吉良！”亚诺喊着。

“母亲！拜托您！”

吉良走到男爵夫人身旁。

她在发抖！

“母亲！”

“脱掉这身衣服，你要我穿什么？”伊莎蓓高声驳斥继子。

伊莎蓓再次转过头来注视着亚诺，浑身颤抖。吉良全看在眼里。“你真的要我脱掉这身衣服吗？”她的眼神在质问他。

亚诺眉头紧锁，渐渐地，伊莎蓓缓缓低头看着地上，终于号啕大哭起来。

亚诺对吉良使了个眼色，让伊莎蓓声嘶力竭地哭了一阵子。

“就在今天晚上……”亚诺再次对吉良下令，“我要见到这栋房子空无一物！你告诉他们，他们可以搬回纳瓦克雷斯，从此不准离开那个地方！”约森和赫尼盯着他看，伊莎蓓仍然低头啜泣着，“我对那些土地一点兴趣也没有。你拿一些奴隶穿的衣服给他们，但是，统统不准穿鞋！所有的鞋子，全部给我烧掉！这栋房子里的东西全部拿去卖掉，然后把房子锁上。”

亚诺转过头去，一眼就看见海儿的脸。他竟然忘了她也在现场。海儿愣住了。他拉着女孩的手臂，快步往门外走。

“你可以把门锁上了！”离开前，他对那位先前替他们开门的老仆人这样说。

两人默默走到兑换铺子门前，但亚诺没进家门，倒先停下了脚步。

“我们到海边散散步吧？”

海儿点头赞同。

“你已经把他们欠你的债都讨回来了吧？”来到海边时，海儿这样问他。

两人继续往前踱着。

“那笔债，我永远讨不回来了，海儿！”沉默半晌之后，亚诺才喃喃答道，“永远也讨不回来了！”

038

1359年6月9日

巴塞罗那

亚诺在铺子里埋首工作。此时正值航海尖峰期，事业蒸蒸日上的亚诺，他已经跃居全城富豪之一。不过，他仍旧和养女海儿、女奴朵娜，以及事业左右手吉良住在坎维斯老街口的小房子里。吉良多次劝他搬进卜家宅邸，亚诺总是充耳不闻。闲置的大宅院，就这样大门深锁了四年。此外，海儿也和亚诺一样顽固，登门说媒的人不知有多少，偏偏她就是不肯点头。

“你为什么老是想把我嫁出去？”那天，海儿瞪着一双泪眼质问亚诺。

“我……我……”亚诺吞吞吐吐，“我根本不希望你出嫁呀！”

海儿继续啜泣着，她靠在他肩上哭得更伤心了。

“别担心！”亚诺轻柔地抚着海儿的头，“我绝对不会逼你做你不愿意的事情。”

于是，海儿就继续和亚诺一起生活着。

六月九日那天，教堂的钟声忽然响彻云霄。亚诺立刻放下手边的工作。没多久，响亮的钟声甚至更频繁了。

“全体集合！”亚诺径自说道。

他随即走出门外。圣母教堂的工人们急急忙忙下了鹰架。一群泥水匠和石匠从教堂大门疾奔而出，街上尽是神色慌张的人群，大家嘴里异口同声：“全体集合！”

就在此时，吉良匆匆忙忙地跑了回来，一副惶惶不安的模样。

“打仗了！”他大喊着。

“城里在召唤民兵自卫队！”亚诺说道。

“不不不……不是！”吉良停下来喘了口气，“不是城里在召唤民兵！而是整个巴塞罗那地区，包括十公里之内的所有城堡和城镇。不只是巴塞罗那城而已！”

这么说来，这此起彼落的钟声，不仅来自城里的教堂，还有从城外的各城镇传来的。

“国王已经颁布了紧急令……”吉良继续说，“不是城里的总督颁布的，是国王！我们要打仗了！敌人来攻打我们了！卡斯提亚王国的贝德罗国王率领军队打过来啦……”

“攻打巴塞罗那吗？”亚诺连忙问。

“是啊！他们朝着巴塞罗那打过来了。”

两人赶紧回到屋里。

稍后再踏出家门时，亚诺带着收藏多年的武器，一如当年征战沙场的装备，沿着海洋街快步前往布拉特广场。然而，他发现人群的行走方向却刚好相反。

“怎么回事？”亚诺拦下某个路人，抓着他的手臂追问最新情况。

“到海边集合！”男子用力挣脱了亚诺的手，大声说，“所有人都到海边集合！”

“要打海战啊？”亚诺和吉良困惑不解地询问对方。

总之，两人还是跟着大批人群赶往海边。

沙滩上早已挤满巴塞罗那百姓，人人随身带着作战的武器，一致遥望着西方的海平面。“全体集合”的呼喊声已渐渐褪去，群集的老百姓全都静默不语。

为了遮挡六月的艳阳，吉良举起手来挡在额头上，接着，他开始默默计算起船只的数量：一艘、两艘、三艘……

蓝天下的碧海，风平浪静。

“我们会被敌人打败的！”亚诺听见背后有人说。

“他们会把整座城市夷为平地的！”

“我们拿什么来抵抗这样一支强大的军队啊？”

二十七艘、二十八艘……吉良继续数着。

“我们会被击垮的！”亚诺在心中这样告诉自己。他曾经多次和其他商人聊起，巴塞罗那是个完全没有海防的城市。从圣塔克莱拉到弗拉梅诺斯修院，绵长的海岸线门户大开，敌人若从海路进攻，这座城市根本毫无防御能力。

“三十九艘、四十艘……敌军有四十艘船。”吉良惊呼着。

三十艘巨型帆船加上十艘舢舨，全都配备了强大武力。这是“暴君”贝德罗摆出的阵仗。四十艘武装船只载运着大批征战经验丰富的战士，与之对抗的却是一群临时集结的民兵。倘若敌军抢滩成功，这座城市很快就会沦陷。亚诺想到城里的老弱妇孺，也想到海儿……毫无招架之力的老百姓恐怕会遭到敌军蹂躏啊！卡斯提亚大军可能会烧杀掠夺、强暴妇女。海儿！海儿怎么办？想到养女的安危，满心焦虑的亚诺无力地倚在吉良身上。这孩子正值豆蔻年华，而且出落得如此标致。他忍不住想象海儿落入卡斯提亚军人手中的情形，她尖叫求助的可怜的模样……到时候，他又会身在何处呢？

人群继续往海边涌入。国王陛下也来到港口，开始指挥作战。

“国王驾到！”有人高喊着。

国王来了又能怎么样？亚诺差点忍不住要出声反驳。

三个月来，国王一直在城里筹备军力保卫马约卡，起因是暴君贝德罗扬言将出兵攻打这个小王国。然而，巴塞罗那港口至今只停靠了十艘帆船，因为舰队其他船只仍在途中。舰队船只都还没到齐，居然就要在港口打仗了！

亚诺远眺着逐渐进逼的敌军舰队，只能无奈地摇头叹息。这个国家从三年前开始卷入战争，时战时和。暴君贝德罗先侵略了瓦伦西亚王国，然后又进攻亚拉岗王国，就在那场战争中，暴君攻下塔拉索纳城，亚拉岗王国岌岌可危。后来，教会介入战事，红衣主教拉尤希暂时接管了塔拉索纳（Tarazona）城，并且负责仲裁城市统治权最后应该归属哪一位国王。交战双方并签署了停战一年的协议，不过，慕西亚（Murcia）和瓦伦西亚两个王国之间的边界，并不受此项协议约束。

停战期间，贝德罗国王说服了当时与卡斯提亚王国结盟的同父异母的弟弟费蓝秘密叛变，于是，费蓝王子攻下了慕西亚王国，版图迅速扩张到卡塔尔荷纳（Cartagena）港。

同样也在这个海岸，贝德罗国王下令装备十艘船舰，并要求巴塞罗那以及附近城镇的百姓赶赴海边，然后登上船舰，与为数不多的士兵并肩作战。所有船只，无论大小，或是渔船，或是商船，全部都必须出海迎战卡斯提亚舰队。

"真是疯狂啊！"吉良看着大批百姓纷纷驾船出港，忍不住提出批评，"这些小船要是真的碰上敌军舰队，准是被撞成两截！"

卡斯提亚舰队离港口还有一大段距离。

"卡斯提亚人手下绝不留情的！"亚诺听见背后有人说，"这些人大概会把我们杀得片甲不留。"

暴君贝德罗不会有丝毫怜悯之心的。人如其名，他的残暴已是众所皆知：他先下令处决了自己的庶出兄弟——塞维亚的费德里戈亲王以及毕尔包的胡安亲王；一年之后，他又处死长期遭拘禁的姑母丽欧诺。这样一个无情手刃自己亲人的国王，何来怜悯之心？贝德罗国王与马约卡国王海默长期不合，即使这位妹夫一再背叛、宣战，贝德罗国王也没有因此而置海默于死地。

"安排陆上作战应该会比较好吧！"吉良在亚诺耳边说，"海战根本没有胜算呀！等到卡斯提亚舰队逼近外海堤防时，我们就完了。"

亚诺点头赞同。为什么国王会打算以海战捍卫这座城市呢？吉良说得一点都没错，当卡斯提亚舰队逼近外海堤防时……

"外海堤防！"亚诺突然叫喊，"我们停靠港口的是什么样的船？"

"你想干什么？"

“外海堤防呀！吉良，你还不懂我的意思吗？我们的船是什么样的船？”

“就是那艘捕鲸船啊！”吉良指着港口一艘拥有庞大载运量的大船。

“走吧！我们不能再浪费时间了。”

亚诺立即跑向海岸，一大群老百姓也跟他一样，急急忙忙冲到海边。到了海边，亚诺回头看了看吉良，示意他留在原地。

巴塞罗那海岸已经成了兵民混杂的一片人海，水深及腰，有人企图爬上渔船，有人则在原地等着小舢舨将他们载送到停靠港口的军舰。

亚诺看见前方有艘舢舨逐渐驶近。

“我们走吧！”站在海水中的亚诺朝吉良大喊，同时努力突围走向那艘舢舨。

两人到了舢舨前，已经满载的舢舨船工认出了亚诺，特别挪出位子给他们。

“送我到那艘捕鲸船那儿！”船工下令开船时，亚诺立刻提出这个要求。

“我们要先去舰队。这是国王的圣旨……”

“送我去那艘捕鲸船！”亚诺态度强硬。船工只能摇头，舢舨上的其他人开始抱怨连连。“你们都闭嘴！”亚诺怒声喝斥，“你们都知道我的为人。我必须登上那艘捕鲸船！巴塞罗那……还有你们家人的安危，就靠那艘捕鲸船了。你们所有人的家人性命，都靠那艘船了！”

船工望着那艘庞大的捕鲸船。只是多走一段而已，有何不可？亚诺·艾斯坦优有什么理由诓骗他呢？

“开往捕鲸船！”船工这样命令两名划桨手。

在亚诺和吉良紧紧抓牢了捕鲸船船长抛下的绳缆阶梯之后，船工随即下令小舢舨继续朝着舰队开去。

“所有划桨手立刻就位！”尚未踏上甲板的亚诺，急着交代船长。

船长马上指示划桨手各就各位。

“我们要做什么？”船长问道。

“把船开到外海堤防。”亚诺回答。

吉良在一旁点头附和。

“真主安拉会保佑你安然无恙的！”

但是，吉良了解亚诺的用意，皇家部队和巴塞罗那老百姓却非如此。当他们看着没有任何士兵登船的捕鲸船渐渐开往外海时，有人愤愤不平地怒喊：“他就只想保护自己的船！”

“犹太鬼！”另一人大骂。

“叛徒！”

许多老百姓陆续加入谩骂的行列，才一会儿工夫，海岸上的人群齐声辱骂亚诺。亚诺·艾斯坦优到底想干什么？大力士和船工们心中这样纳闷着，大家眼看着那艘捕鲸船缓缓前进，上百支船桨划着海水，不断地用力划着。

亚诺和吉良站在船头，时时刻刻紧盯着节节进逼的卡斯提亚舰队。然而，就在捕鲸船行进到加泰罗尼亚军舰附近时，一支支利箭如急雨般飞射过来，迫使两人不得不趴在甲板上。捕鲸船驶离加泰罗尼亚舰队之后，两人再次伫立船头监看动静

“我们一定会平安度过这场危机的。”亚诺这样告诉吉良，“巴塞罗那绝对不能落入那个暴君手里。”

所谓的外海堤防，其实是一排装载着海沙的船只，整齐排列在沿海地带，借此阻挡狂潮侵袭，放眼整个巴塞罗那港，这就是唯一的屏障了。当然，这儿也因为水深，成为大船入港的唯一途径，大型船舰若不取道于此，恐怕难免中途搁浅的下场。

此时的亚诺和吉良已经逐渐接近外海堤防，海边数千名百姓的恶言谩骂终于远遁。加泰罗尼亚百姓的怒骂叫嚣，甚至掩盖了全城的教

堂钟声！

“我们会平安度过这场危机的。”亚诺这样告诉自己。接着，他吩咐船长下令收桨。当上百支船桨同时收回时，捕鲸船开始缓缓滑向外海堤防，这时候，海岸上的辱骂和叫嚣渐渐平息，终至一片静寂。卡斯提亚舰队继续逼近。在幽眇的教堂钟声中，亚诺隐约听见捕鲸船船底搁浅的声响。

“一定会成功的！”亚诺坚定地说。

一旁的吉良用力抓着亚诺的手臂。这还是他第一次以这样的肢体接触表达他的支持。

捕鲸船继续往前滑行，行进速度相当缓慢。亚诺注视着船长。“我们已经在入港通道了吗？”他扬起眉梢，只消一个眼神，船长就领会了他的疑问。船长默默点头回应。就在亚诺要他下令收桨时，他总算了解了亚诺的想法。

这时候，所有巴塞罗那百姓都明白了。

“现在！”亚诺大喊，“立刻调头！”

船长马上下令。船桨再度滑入海水中，接着，捕鲸船缓缓转向，直到船头和船尾卡上了入港通道的两侧高墙上。

这艘庞大的捕鲸船卡住了。

吉良再次紧紧抓住亚诺的手臂。两人定定相视，亚诺激动地抱紧吉良，在此同时，海滩上、军舰上，震天响的欢呼声骤然四起。

巴塞罗那港的入口就这样被封锁了。

海滩上，已经全副武装备战的国王也目睹了捕鲸船横亘外海堤防的经过。随侍一旁的贵族和骑士们，默默观望着这一幕。

“全体人员前往舰队那边！”国王终于出声下达这道命令。

由于亚诺的捕鲸船横亘在外海堤防入口处，暴君贝德罗只好在外海重新安排战略。贝德罗国王也在外海堤防内侧准备应战，就在天黑之前，两支应战舰队成立了，一支是海战舰队，包含了四十艘武装船舰；另一支是临时组成的舰队，只有十艘船舰以及十几艘老百姓提供的小型商船和渔船。从圣塔克莱拉修院一直到弗拉梅诺斯修院，这两支舰队占踞了整条海岸线。

这一天，两军并未交战。贝德罗三世派了五艘船舰停在亚诺的捕鲸船附近，入夜之后，皇家部队在皎洁月光映照下登上了捕鲸船。

“看来，这场战争会在我们附近开打。”吉良这样告诉亚诺，两人正缩在甲板上的角落里，免得成为卡斯提亚弓箭手的射击目标。

“我们已经成了巴塞罗那的一道御敌城墙了，你要知道，所有的战争都是从城墙附近开始打起来的。”

这时候，有位皇家部队军官走过来。

“亚诺·艾斯坦优吗？”军官问道，亚诺举手回应，“国王陛下准许您下船！”

“我带领的这批人呢？他们怎么办？”

“您是指那些负责划桨的苦役吗？”即使夜色幽暗，亚诺和吉良却看出了军官脸上的惊讶神情。国王怎么可能在乎这一百多名卖力划桨的苦工呢？“他们留在这里，应该还派得上用场的。”军官边说边往回走。

“既然这样，”亚诺说，“我决定留在船上，这是我的船，而那些人都是我的手下。”

军官耸了耸肩，继续指挥士兵。

“你想下船吗？”亚诺这样问吉良。

“难道我不是你的手下吗？”

“不是，你自己清楚得很。”两人沉默了半晌，此时，他们看见前方黑影幢幢，并听见士兵快速行走的脚步声。“你知道，很久以前，你就已经不是奴隶了。”亚诺继续说，“只要你说一声，我马上就给你恢复自由身份的证明。”

好几名士兵已经站在他们面前。

“您也跟其他人一起去喝几杯吧！”有位士兵在亚诺耳边低语

着，并试图霸占他的位子。

“在这艘船上，我们爱去哪里就去哪里！”亚诺没好气地回他一句。

士兵倾身凑到两人面前。

“很抱歉！冒犯了您……”士兵向亚诺道歉，“所有人都非常感激您。”

士兵径自在甲板上找位子坐下。

“你希望什么时候恢复自由身份呢？”亚诺继续追问。

“我根本不知道自由的滋味是什么。”

两人又是一阵静默。后来，五艘船舰上的所有士兵都登上了捕鲸船，并占有了船上所有空间，黑夜开始变得格外难熬。亚诺和吉良忍受着不绝于耳的咳嗽声和闲聊低语，好不容易才进入梦乡。

黎明时刻，暴君贝德罗下令攻击。卡斯提亚舰队已经驶近外海堤防，船上的皇家部队开始发射利箭，并在甲板上架设了几支小型火枪，以此发射石块，此外，他们也装设了攻城炮。加泰罗尼亚舰队在堤防内侧开火反击。整条海岸线成了交战火线，尤其是亚诺的捕鲸船附近，更是战火连天。贝德罗三世下令，绝不容许加泰罗尼亚军队登上捕鲸船，因此加派好几艘船舰前往护卫，其中还包括皇家船舰。

漫天飞窜的箭雨在两军之间呼啸穿梭着，许多士兵不幸被击中身亡。当捕鲸船上的士兵也开始发射利箭时，亚诺想起他在贝雅谷尔达城堡作战时刺耳的飞箭狂啸声。

一阵哈哈大笑声将他的思绪拉回现实。谁在交战时刻还笑得出来？巴塞罗那正值生死攸关的艰难时刻，许多百姓恐怕性命难保。在这种时候，怎么还有人笑得出来？亚诺和吉良面面相觑。没错，的确是笑声。阵阵纵声大笑，越来越张狂。两人找了个隐密安全的地方观战。许多位居二线和三线的加泰罗尼亚船只上的船员们，不断地讥笑卡斯提亚军队，他们朝着敌军叫嚣、挑衅，极尽嘲讽之事。

卡斯提亚军队频频以火枪发射石块，然而，功夫不足，大多数石块落入海水中。有些落海的大石块甚至激起了大树一般高的巨浪。亚诺和吉良相视而笑。舰队上的士兵和百姓继续嘲笑卡斯提亚军队，远在沙滩上观战的巴塞罗那百姓们，更是笑声不断。

就这样，一整天，加泰罗尼亚人不断地嘲笑枪法奇差无比的卡斯提亚部队。

“我可不想待在暴君贝德罗的船舰上啊！”吉良对亚诺说。

“可不是嘛！”亚诺笑道，“我实在无法想象，这些军队究竟是怎么训练出来的。”

那天晚上的景况，完全不同于前一夜。亚诺和吉良忙着照料捕鲸船上的伤兵，先帮他们处理伤口，然后再协助他们登上舢舨，让舢舨把他们载上岸接受治疗。连捕鲸船都难逃卡斯提亚箭雨袭击！后来，又有一批士兵在深夜登上捕鲸船，情况大致稳定时，黑夜将尽，为了应付更多未知的状况，亚诺和吉良赶紧趁天亮前歇息片刻。

在加泰罗尼亚军队的叫嚣、辱骂和讥笑声中，天边的曙光渐渐浮现。

亚诺已经用尽所有利箭，于是他决定和吉良躲在一旁观战。

“你看！”吉良突然说，“卡斯提亚舰队比昨天前进了许多。”

确实如此。卡斯提亚国王决定采取速战速决的策略，于是直接瞄准捕鲸船快速前进。

“你快叫所有士兵别再笑了！”紧盯着卡斯提亚舰队的吉良神色凝重地说。

贝德罗三世加派军力防卫捕鲸船，皇家船舰也尽可能驶近外海堤防边。双方再度交战，亚诺和吉良未能参与作战，干脆静观战局变化；皇家船舰就挨在捕鲸船旁边，他们几乎可以伸手去触摸船身了，而国王和身边一群骑士的身影，也是清晰可见。

皇家船舰和捕鲸船紧密并列，分别停泊在外海堤防两侧。卡斯提亚舰队船头的火枪开火攻击。亚诺和吉良转过头去看了看皇家船舰。船舰并未受损。国王和一群随从依旧站在甲板上，捕鲸船看起来毫无异样。

“那是大炮吗？”亚诺指着贝德罗三世正在检视的大口径炮管。

“没错。”吉良答道。

亚诺曾经看着一大群士兵费力地将这口大炮搬移到船舰上。

“大炮也能放在船舰上啊？”

“是啊！”吉良答道。

“这大概是他们第一次将大炮搬上船舰吧？”亚诺径自说着，密切注意国王是否命令炮兵展开行动，“我从来没见过呢……”

“我也没有。”

两人的对话被迫中断。大炮发出轰隆巨响，发射了一块巨石。亚诺和吉良随即转过头去看卡斯提亚舰队。

“太好了！”见到卡斯提亚战舰遭巨石击中，两人异口同声大喊。

所有加泰罗尼亚船舰欢呼声不断。

国王下令，大炮再装上巨石。军舰桅杆突然倒塌，卡斯提亚军队措手不及，根本无暇再以船头的火枪反击。

接下来的炮击再中目标，卡斯提亚船舰终于被击沉了。

卡斯提亚大军节节败退，开始远离外海堤防区域。

加泰罗尼亚大炮继续攻击，卡斯提亚舰队只好加速逃窜，几个钟头之后，国王下令撤守，准备出发前往马约卡的伊比萨。

亚诺和吉良以及皇家部队几名军官一起观望卡斯提亚舰队撤守巴塞罗那海域。城里的教堂钟声再度响起。

“现在，我们得让这艘搁浅的捕鲸船再动起来才行。”亚诺说。

“这件事，交给我们就行了！”有人在他背后回答。亚诺转头一看，说话的人是个刚刚登上捕鲸船的军官，“国王陛下正在皇家船舰上等您。”

国王花了两个晚上的时间才搞清楚亚诺·艾斯坦优是何许人。“他非常富有！”巴塞罗那代表们这样禀报国王，“这个人财力惊人哪！陛下……”城市代表们禀报得越多，国王对亚诺这个人就越感兴趣：出身低贱的大力士，曾经在艾希蒙·德帕斯卡麾下作战，还有他对圣母教堂的奉献。然而，当国王听见他是个鳏夫时，两只耳朵顿时竖得高高的。“富有的鳏夫啊！”国王这样想，“如果我们可以借此摆脱那个……”

“来人是亚诺·艾斯坦优……”国王的一位摄政枢机主教高声介绍，“巴塞罗那公民……”

国王端坐在甲板上的一张椅子上，身旁围绕着一大群贵族、骑士、策士，以及巴塞罗那的城市代表们。吉良留在甲板的栏杆旁，静静站在人群后方观望着。

亚诺作势要跪地拜见，但是国王示意要他站着。

“对于你的果敢行动，我们都感到非常钦佩。”国王说，“你的胆量和智慧，正是我们赢得这场战争的重要关键啊！”

国王停顿了半晌，亚诺忐忑不安。他到底是应该开口说话，还是应该默默等候？在场的人都盯着他。

“我们呢……”国王继续说，“为了答谢你的重大贡献，我们决定重赏你。”

现在呢？这时候是不是应该开口了？国王要赏他什么？他拥有的一切早已远远超过他的需要了。

“我们决定让你跟我的养女爱丽诺成亲，她拥有蒙普男爵夫人的封号和封地。”

现场一阵骚动，大家耳语不断，有人鼓掌叫好。成亲？他刚刚是说成亲吗？亚诺回头找寻吉良的身影，偏偏就是寻不着。贵族和骑士们面带微笑望着他。国王刚刚是说成亲吗？

“你有什么不满意的吗，男爵先生？”见他频频回头张望，国王忍不住探问。

亚诺立刻转过头来看着国王。男爵先生？成亲？他要这些干什么？亚诺迟迟未作回应，贵族和骑士们也噤声等候。国王定睛注视着他。他刚刚说了“爱丽诺”这个名字吗？他的养女？他不能……他千万不能惹恼国王呀！

“不……我的意思是说，是的，陛下！”他吞吞吐吐地做出回应，“多谢国王厚爱！”

“就这么决定了！”

贝德罗三世站起来，身边围绕着大批亲近朝臣。有些人走过亚诺身旁时，特地拍拍他的背，嘴里咕哝着模糊的道贺词句。亚诺独自伫立在原地，原本簇拥而上的朝臣终于散去。他回头望着依旧站在甲板栏杆旁的吉良。

亚诺站在原地，朝着吉良两手一摊。然而，这位阿拉伯人却使劲挥手要他跟上国王一行人，然后又身手敏捷地缩回甲板角落躲起来。

亚诺上岸时，现场群众高声欢呼迎接他的盛况，不亚于国王驾到的场面。他的英勇事迹在整座城市之间流传，百姓们美言推崇他，衷心祝贺他，有人热情地在他背上轻拍着，有人激动地揪着他的手臂。大家都想挤到这位救世英雄身边，但是亚诺却看不见任何人的脸庞，也听不见任何人的话语。众人眼中的他，诸事顺遂，生活幸福，国王还把养女许配给他。一大群巴塞罗那乡亲簇拥着他，从海边一路回到店铺门口，直到他进了家门，大批群众仍守在门口不停地高呼他的名字！

亚诺一进屋，海儿立刻扑进他怀里。已经先到家的吉良则端坐在长桌前，他并没有跟大家提起那件事情。卓安也坐在长桌旁，面带一如往常的沉郁神情，默默地观望着刚进门的哥哥。

当亚诺使劲挣脱海儿的拥抱时，女孩一脸错愕。卓安上前道贺，亚诺也并未理会。最后，他无力地跌坐在吉良旁边那张椅子上。大伙儿只能静静注视着他，谁都不敢多说什么。

“你到底怎么了？”卓安终于鼓起勇气问个究竟。

“国王居然要我成亲！”亚诺激动地抱头大喊，“国王把他的养女许配给我，还打算封我为男爵。他说，这是他用来答谢我替他拯救了这座城市的贺礼……他居然要我成亲！”

卓安思索了半晌，侧着头，然后笑了。

“你有什么好抱怨的呢？”他问哥哥。

亚诺没好气地瞅了他一眼。站在卓安身旁的海儿，却开始隐隐颤抖起来。女孩的反应，只有靠在厨房门边的朵娜看在眼里，因此女奴急忙跑过来搀扶她，让她站稳。

“到底是什么事让你这么不高兴呢？”卓安继续追问。亚诺连看都没看他一眼。海儿听见修士接下来那句话时，胃部猛地一阵翻搅。“要你成亲有什么不对啊？何况对方还是国王的养女。你很快就会成为加泰罗尼亚的男爵了。”

海儿深怕自己会当场呕吐，神色慌张地和朵娜冲进厨房。

“海儿怎么了？”亚诺问。

卓安迟疑了一会儿才回应。

“我就明白告诉你吧！”他这样说，“她该找个归宿了！你们父女俩都该成亲了！还好，国王的脑袋比你清楚多了。”

“卓安，拜托你别再说了！”亚诺满脸疲惫地哀求弟弟。

卓安双手一摊，无奈地起身走开了。

“你去看看海儿怎么了。”亚诺交代身旁的吉良。

“我也不清楚她究竟是怎么了。”几分钟后，吉良回到长桌前，“不过，朵娜叫我不必担心。她说只是女人的小毛病而已……”

亚诺突然转过头去瞪着他。

“不要在我面前提‘女人’两个字！”

“我说亚诺啊！国王下的圣旨，我们总不能不服从啊！接下来这段时间，说不定我们会想出解决的办法。”

偏偏接下来已经没什么时间了。贝德罗三世打算继续追击卡斯提亚国王，已敲定6月23日率领舰队出航前往马约卡。他下令所有军力和船舰必须在出发日之前在巴塞罗那港集合，并指示在出兵之前办妥养女爱丽诺和富商亚诺的婚礼。这项安排，王室代表已经到亚诺的兑换铺子来知会过了。

“我只剩下九天的时间了！”王室官员才刚走，亚诺就忍不住向吉良抱怨，“说不定更短。”

这位芳名爱丽诺的女子会是什么样的人呢？光是想到这一点，亚诺就担心得夜不成眠。她老不老？美不美？个性亲切爽朗，抑或狂妄自大，就像他认识的所有贵族一样？他吩咐卓安去查个清楚。

“你办得到的。去问个清楚，对方到底是什么样的女人？我心里七上八下的，总是忍不住要猜想自己即将结婚的对象是什么模样！”

“听说……”卓安当天下午就到铺子里回报哥哥要他探听的讯息，“她是某位王储的私生女，那位王储大概是国王的表叔之类的，但是没有人敢去追查究竟是哪一位王储。她母亲生她的时候难产去世，因此从小被王室收养。”

“可是，卓安，她……她到底是什么样的人呢？”心急的亚诺打断了卓安的叙述。

“她今年二十六岁，面貌姣好。”

“个性呢？”

“她就是贵族嘛！”卓安只应了这么一句。

卓安心想，何必把所有关于爱丽诺的传言都告诉他呢？她确实面貌姣好，大家都这样说，只是，那张漂亮的脸总是一副愤世嫉俗的模样，仿佛全世界都跟她有仇。她是个任性受宠的女人，高傲自大，野心十足。国王曾经撮合她嫁给一位贵族，但是前阵子刚成了寡妇，因为膝下没有子嗣，于是又返回王宫。这桩婚事，能让亚诺更飞黄腾达吗？或是王室故意愚弄他？知情的旁观者都在一旁看笑话。国王再也受不了爱丽诺了，干脆趁此把她嫁给这位巴塞罗那财力最雄厚的富商。国王显然成了大赢家：他不但因此摆脱了爱丽诺，并且和富有的亚诺搭上了关系。这些事……何必都告诉亚诺呢？

“你说‘她就是贵族’……这话是什么意思？”

“没什么呀！”卓安刻意回避了亚诺的目光，“她是个贵族，是个女贵族，而她的个性，就是所有女贵族那个样子嘛！”

另一方面，爱丽诺也找人调查了亚诺，得知未来夫婿的出身后，她心中那把怒火烧得更炽烈了——这男人早年是个搬运石头的大力士，从事这项低贱工作的多是沿海区的奴隶或工人。国王怎能把她嫁给一个出身如此卑微的大力士？他是个富商，没错，他非常富有，大家都这样告诉她。但是，她哪里会稀罕他那几个钱啊？她住在王宫里，生活无虞，要什么有什么。后来当她得知亚诺居然是农奴的儿子时，她决定晋见国王，回绝这桩婚事。国王怎能把她这位王储之女许配给这样的贱民？

然而，贝德罗三世不但没接见她，反而指定了婚期，就在6月21日，也就是他率领舰队出兵马约卡的前两天。

他隔天就要结婚了，婚礼将在王宫附属的圣塔雅嘉塔教堂举行。

“那是一座很小的教堂。”卓安向他说明，“这座教堂是本世纪初海默二世应王后要求而建造的。”

所以，这将是一场只有近亲好友观礼的私密婚礼。陪同亚诺出席婚礼的恐怕只有卓安一人。海儿拒绝参加婚礼。自从他宣布婚事，这女孩总是刻意回避他，在他面前也变得沉默寡言，有时则面无表情地盯着他看。

那天午后，亚诺决定找海儿陪他出去走走。

“去哪里？”海儿随口一问。

去哪里好呢？

“我也不知道……不然，就去圣母教堂吧！你父亲最喜欢这座教堂了，你知道吗？我就是在那儿认识他的。”

海儿答应了。两人走出家门，然后朝着未完成的圣母教堂大门走去。泥水匠们已经开始忙着堆砌那两座八边形尖塔，木工师傅们则忙着在三角楣和门框侧柱上凿孔。亚诺和海儿走进教堂。教堂正厅第三个拱顶的肋拱结构已逐渐往上方扩展，在施工用的鹰架屏障之下，仿佛一张慢慢编织的蜘蛛网。

亚诺强烈地感觉到身旁这个女孩已经长大。她几乎跟他一般高，美丽的秀发垂落在肩头。她身上散发着香味，一股宜人的青草香。在教堂里施工的大部分工人都偷偷爱慕着她，亚诺全看在眼里。

“你为什么不愿意参加我的婚礼呢？”亚诺突然问。

海儿没答腔，她的视线在教堂里游移着。

“他们甚至不让我在这座教堂举行婚礼！”亚诺喃喃低语。

女孩依旧默不作声。

“海儿……”亚诺停顿了一下，期望女孩会转过头来看他，“我真的很希望你能够参加我的婚礼。你也很清楚，这场婚事非我所愿，但是国王……唉！圣旨难违，我就是百般不愿意也只能勉强接受，对吧？”海儿点了点头，“再说，我如果不接受国王的安排，我们一家人的日子也会不好过吧？”

海儿的眉眼垂得低低的。她心中有千言万语，多么希望能够一股脑儿全告诉他……但是，她实在无法拒绝他的要求，她就是无法拒绝他提出的任何要求。

“谢谢你！”亚诺对她说，“如果没有你的话……我真不知道日子该怎么过呀！”

海儿顿时打了个寒战。这不是她要求的那种温情。这是爱情！她为什么要答应陪他出来散心呢？接着，她的视线幽幽转往圣母教堂的后殿。

“你知道吗？卓安和我亲眼看着拱心石缓缓升上去。”亚诺见她凝望着后殿，突然提起童年往事，“当时我们俩都还是小孩。”

这时候，玻璃师傅们正忙着装设后殿的下层彩绘玻璃，上层部分已经完成，尖拱的顶端连着一扇小小的圆花窗。师傅们豪气地切割玻璃，细心地把五颜六色的玻璃拼接成设计图案。屋外的阳光，就从这些彩色玻璃穿透到教堂里。

“少年时期，”亚诺继续说，“我很幸运地遇见了建筑大师贝伦格·孟塔谷，还跟他聊过一次。我记得他曾经说过，我们加泰罗尼亚人的教堂不需要华丽缀饰，只要有空间和阳光就可以了。当时，他就指着你现在看着的后殿，一束阳光洒入教堂，长长的光束一直延伸到主祭坛上。那时候，我跟他说我能够理解他的理念，其实，我根本无法领会他说的境界。”海儿终于转过头来看着他，“我当时太年轻了嘛！”他替自己找了个借口，“而他是个鼎鼎有名的建筑大师，伟大的贝伦格·孟塔谷。不过，现在我已经能够理解他的意思了。”亚诺凑近海儿，并伸出手来指着后殿上方的圆花窗，很高很高的上方。海儿努力隐藏着身体微微的颤抖，因为亚诺偶尔会不经意碰触她。“你看到阳光折射到教堂里了吧？”这时候，亚诺的手开始往下方移动到主祭坛，就像当年的孟塔谷一样，不过，他们此时在教堂所见的已是五彩缤纷的光线。海儿循着亚诺的手势望过去。“你仔细看，这些彩色玻璃把户外的地中海阳光都变成鲜活明亮的彩色光线了，红光、黄光、绿光……还有你看不见的白光和蓝光。因为太阳的位置在天空持续移动着，教堂里的彩色光线每个钟头都不一样，而石块呈现的色调也时时变化着。大师说得果然没错啊！这座教堂，每一天、每小时都是崭新的殿堂，虽然石块是死的，但阳光是活的，因此，教堂每天都能展现新貌，绝对没有重复的光影！”

两人盯着彩色光线，看得入迷了。

最后，亚诺搂着海儿的肩膀，把她往自己身上揽。

“不要离开我，海儿，求求你！”

隔天清晨，在阴暗、局促的圣塔雅嘉塔教堂里，一对新人举行了婚礼，婚礼进行期间，海儿始终努力忍着泪水。

另一方面，亚诺和爱丽诺神情严肃地站在主教面前。爱丽诺甚至如僵尸般一动不动，两眼直视前方。婚礼开始后不久，亚诺好几次转过头去看她，但是爱丽诺毫无反应，依旧盯着前方，他只好偷偷用眼角余光去瞄她了。

039

亚诺大喜当天，婚礼才结束，刚出炉的蒙普男爵和夫人就决定启程前往蒙普城堡。婚礼之后，卓安替男爵夫人的总管传话询问亚诺：亚诺打算让爱丽诺在哪里就寝？卧室可比他铺子里那张俗气的长桌大一点？还有她的仆从、她的奴隶，他们要睡哪里？亚诺为了封住她的口，只好同意当天就去城堡，但有个条件，卓安必须同行。

“为什么要我跟着去呢？”卓安不解地问。

“因为我总觉得，我一定会需要你帮忙。”

爱丽诺和她的总管骑马上路，她身穿骑马装，双腿合并侧坐在马背上，由马夫牵着马匹往前走。她的文书官和两位贴身婢女则骑着母骡，旁边跟着十来个奴隶，个个牵着驮负男爵夫人大批家当的骡子。

亚诺租了一辆运货的马车。

当男爵夫人一见到那辆马车，她的双眼燃起熊熊怒火，简直可以点燃油灯。那辆凌乱的马车由两匹骡子拉着，车上稀稀落落地摆着亚诺、卓安和海儿的几件简单行李。那是男爵夫人第一次正眼看亚诺以及他的家人。他们已经结婚，并在主教面前许下了婚姻誓约，还有国王和王后在场观礼……但是，在此之前，两人的视线从未有过交集。

在国王派遣的卫兵护送之下，他们离开了巴塞罗那。亚诺和海儿坐在马车上，卓安步行跟在马车旁。男爵夫人一直急着赶路，巴不得早点抵达城堡。他们终于在夕阳西下之前看见了城堡。

城堡矗立在一座山丘上，原为一座小型碉堡，堡主是一位亚拉岗王国的贵族。当亚诺一行人来到城堡外时，一百多个农奴和奴隶立刻群集追随着未来的主人，边走边打探马车上那位贵气的盛装男人究竟是何方神圣？

“现在呢？我们为什么要停下来啊？”当男爵夫人下令全体暂停前进时，海儿纳闷地问。

亚诺一副不知其然的表情。

“因为原堡主必须将城堡交给我们。”卓安在一旁答道。

“我们不能先进去，再让他把城堡交给我们吗？”亚诺随口问。

“不行。根据加泰罗尼亚王国的规定，正确的交接程序是这样的：这位亚拉岗贵族应该带着家人和仆从先离开城堡，再将城堡交出来。”这时候，坚固而笨重的城堡大门缓缓推开，接着亚拉岗贵族走出来，随后是他的家人和仆役。当他走到男爵夫人面前时，立刻把手上的东西递给了她。“接收钥匙的人应该是你才对！”卓安这样告诉亚诺。

“我要这座城堡干什么？”

一群新任随从走过马车旁的那一刻，刚交出城堡的亚拉岗贵族对亚诺这家人投以嘲讽的眼神。海儿当场羞红了脸，连仆役都大胆地盯着她看。

“你不能让他们这么放肆！”卓安忍不住告诫哥哥，“你现在是他们的主人。他们应该尊敬你，向你效忠才对。”

“我跟你说，卓安……”亚诺打断了弟弟的话，“我们得弄清楚一件事，我根本不想要什么城堡，也不想当任何人的主人。当然，我也不打算一直待在这个地方，等到这里的一切都上了轨道之后，我就回巴塞罗那去。如果男爵夫人想住在城堡里，那就请便！整座城堡都是她的。”

这时候，海儿的脸上露出了久违的笑容。

“你不能离开这里！”卓安当场否定了他的想法。

海儿的笑容顿时消失，但是亚诺并未因此而罢休。

“什么叫作我不能离开这里？我爱怎么做就怎么做！难道我不是男爵吗？其他男爵不也是经常为了追随国王而离家好几个月吗？”

“但是他们是上战场啊！”

“就凭我赚的钱……卓安，凭我缴的大笔税金，贡献绝不少于其他人。我认为，与其像其他贵族那样四处奔波借贷，不如好好经营事业，对吧？”接着，他望着前方的城堡，“现在呢？我们到底在这里琢磨什么？反正已经交接了，而且我也累了。”

“还少了一道程序……”卓安正打算解释清楚。

“我说，你和你那一大套规定啊！”亚诺抢着说话，“你们道明会为什么要学这么多法律和规定呢？现在到底还缺哪……”

“亚诺与爱丽诺，蒙普男爵暨夫人！”洪亮的叫声在山谷间回荡着。在场的人都抬起头来，伸长了脖子，凝视着城堡尖塔顶端——爱丽诺的总管就站在那里，双手像号角似的拢在嘴边，声嘶力竭地高喊着：“亚诺与爱丽诺，蒙普男爵暨夫人！亚诺与爱丽诺，蒙普男爵暨夫人……”

“这就是我说还缺少的一道程序，宣布接收城堡！”卓安在一旁补充。

随从们开始大步前进。

“起码他们还念了我的名字。”

总管还在用力高喊着。

“他们如果没念出你的名字，那就不合法了。”卓安在一旁解释。

亚诺本想接话的，但最后只是摇摇头而已。

城堡内的建筑格局，就如常见的城堡那样，在高墙内毫无计划地扩建，于是，尖塔四周出现了杂乱无章的建筑群，除了宽敞的客厅、厨房和储藏室之外，楼上还有卧房。此外，一旁还有仍在进行中的建筑工程，盖好的房子将用来安顿大批仆役和驻守城堡的几位卫兵。负责接待男爵夫人与其随侍人员的是侍卫军官，这个五短身材、身形臃肿、邋遢肮脏的男人，似乎非常高兴自己有此荣幸。

"带我去看看贵族老爷的房间！"爱丽诺跋扈地对他大喊。

军官战战兢兢地向夫人指了指前方一排石造阶梯，简单的扶手也由石材建成。夫人在军官的带领下踏上楼梯，她的总管、文书官和两名婢女则紧随在后。这时候，有人看了看亚诺。

艾斯坦优家的三个人留在客厅里，一群奴隶也在那里守着爱丽诺的大批家当。

"或许你应该也……"卓安正打算向哥哥提出建议。

"卓安，这不干你的事！"亚诺驳斥他。

接下来的时间，他仔细观察了客厅：挑高的天花板、巨大的壁炉、气派十足的摇椅和十字烛台，还有一张足够十几个人同时围坐的大桌子。不久后，爱丽诺的总管在石阶上出现了。不过，他并未下楼到客厅来，却在距离客厅有三层阶梯的地方停下脚步。

"男爵夫人有交代……"总管挺着下巴大声宣布，"夫人今晚非常疲倦，不许任何人打扰她。"

就在总管正打算转身上楼时，亚诺把他叫住了。

"喂！"亚诺厉声大吼，总管迅速回过头来，"你去跟你家夫人说，叫她不必担心，没有人会去打扰她，永远都不会……"他低声说了最后那句。海儿睁大了眼睛，惊愕地捂着嘴。总管正想转身离去，亚诺又把他叫住了。"喂！"依旧是粗暴地对他大吼，"我们的房间在哪里？"总管耸耸肩，"侍卫军官在哪里？"

"他在夫人那里。"

"那你就上楼去你们夫人那里，把那个军官给我叫下来！你最好动作快一点，否则我割了你的命根子，看你还威风什么！"

总管紧抓着楼梯扶手，似乎半信半疑。那个安然坐在破旧马车上的老实人亚诺哪去了？亚诺眯着双眼，缓缓走向石阶，接着，他抽出身上那把大力士专用的短剑，那是他为了婚礼特别佩戴的。总管没看见刀锋已钝，亚诺才往前走了三步，他已经快步往楼上跑去。

亚诺转身一看，海儿在嗤嗤地笑，卓安则一脸苦笑。不过，笑的可不只他们两个——在场守着爱丽诺家当的奴隶们看到这一幕，忍不住也频频窃笑起来。

“还有你们！”亚诺对着这批奴隶大声说，“去把马车上的行李搬到我们房里去！”

他们在城堡里一住就是一个多月。亚诺试图将名下新增的资产整理清楚。然而，清算男爵领地财产的工作不知做了多少回，最后总是叹息着放弃。破损的账册、模糊的数字、草率的记录……怎么算都算不清，完全是一笔糊涂账。

才在蒙普城堡待了一个礼拜，亚诺就动起返回巴塞罗那的念头，干脆把这笔资产交由专人管理。不过，他后来还是决定多住一段时日，趁机好好认识这个地方。只是，他并不是忙着接待到城堡来进贡、巴结爱丽诺的其他贵族，倒是探访了住在他领地范围内的农奴。

在海儿的陪伴下，亚诺满心好奇地去了农地。他在巴塞罗那听说的那些情形是否属实？他们这些住在大城里的商人，做生意盘算时往往需要了解各地传来的风声。亚诺早就听说了，1348年那场瘟疫吞噬了许多农民的生命，农地几乎无人耕作，到了1358年，偏偏又来一场蝗虫灾害，收成的状况进一步恶化。农作物欠收也使得许多商人被迫经营其他商品。

“老天爷啊！”亚诺造访第一个农奴时，忍不住在他背后发出一阵惊呼，而农奴则急忙跑进农庄里叫家人出来拜见新主人。

海儿也像亚诺一样，神情惊愕地盯着破败的农舍，四周环境非常脏乱。接着，那个一身脏污的农奴领着一个妇人和两个小孩走出屋外。一家四口一字排开站在亚诺和海儿面前，然后，身手笨拙地向主人鞠躬致意。他们眼神里充满了恐惧，身上的衣服破破烂烂，而那两个孩子……那两个孩子瘦弱得几乎站不住，他们的双腿简直就像麦秆一样细！

“这是你全部的家人吗？”亚诺问。

农奴点头的同时，农庄里传出微弱哭声。亚诺蹙着眉头，于是，农奴开始慢慢摇着头，他眼里的恐惧逐渐转为忧伤。

“我的妻子没有奶水啊，老爷！”

亚诺看了看妇人。如此干瘦的身材怎么会有奶水？喂奶总要胸脯啊！

“这一带难道没有人可以……”

没等亚诺问完话，农奴抢先回了话。

“到处都一样啊！老爷，许多孩子都夭折了！”

亚诺瞥见海儿难过地举起手来捂住嘴。

“带我去看看你的农庄吧！我想看看你的粮仓、马厩、住家，还有农田。”

“老爷，我们实在付不起更高的佃租了。”

妇人已经跪倒在地，并开始爬向亚诺和海儿。

亚诺走到她身旁，抓着她的手臂将她搀扶起来。亚诺这个举动却让妇人吓得直发抖。

“怎么了？”

这时，两个孩子开始号啕大哭。

“您不要处罚他们啊！老爷，我求求您……”农奴冲到亚诺身旁哀求着，“真的！我们真的付不起更高的佃租啊！您要罚就罚我吧！老爷……”

亚诺松开了妇人的手臂，往后退了几步，回到已经目瞪口呆的海儿身边。

“我不会处罚他们的。”亚诺说，“我也不会处罚你或你的家人。我并不打算要求你缴更高的佃租，只是想看看你的农庄而已。你去叫你的妻子起来吧！”

起初是恐惧，接着是忧伤，现在是惊讶。农奴夫妇俩凹陷的双眼讶异地紧盯着亚诺。“难道这样就成了上帝的化身了吗？”亚诺暗想着。以前的主人究竟做了什么？为什么这家人会有如此激烈的反应？他们有个孩子已经奄奄一息，心里还得担心有人来收取更高的佃租……

粮仓里空空如也，马厩也一样。农地宛如荒原，耕作用的农具已经破损，至于住家就更别提了。那个奄奄一息的孩子如果没有饿死，恐怕迟早也会病死。亚诺根本不敢去碰那个孩子，他看起来……看起来好像轻轻一碰就会碎裂似的。亚诺拿起腰间的钱袋，掏出几枚钱币。他把钱币递给农奴，却觉得给得太少，伸手又掏出好几枚。

“我希望这个孩子可以活下来。”他边说边把钱币放在桌上，“我希望你和你的妻儿三餐吃得像样一点。这些钱是给你们的，懂吗？除了你们一家人之外，谁都不准拿走这些钱，如果有任何问题，你到城堡来找我。”

农奴夫妇像两座雕像似的呆立在原地，目光紧紧锁定桌上那堆钱币。就连送亚诺走出屋外时，夫妇俩仍不时回头看了又看。

返回城堡途中，亚诺始终低头沉思，一言不发。海儿陪在旁边，也是一路无言。

“走到哪里都是一样的，卓安！”那天晚上，兄弟俩在城堡外散步时，亚诺对弟弟说，“有些人就是会白白占人便宜，许多无人居住的农庄，或是因为农奴病死，或是逃往他乡，总之，都被人霸占了。不过，这能怪他们贪心吗？世道这么差，农地种不出作物，这些霸占而来的林地和草原，居然成了他们唯一的生计。但是，那些不占人土地的老实人就可怜了，日子真是凄惨！农地成了不毛之地，一家大小最后都会饿死。”

“还不只这样。”卓安补充说明，“据我了解，那些贵族封臣正打算逼迫农奴签订capbreus……”

“什么是capbreus？”

“这是一份要求农奴遵守佃租制度的文件，无论农作欠收或丰收，农奴们都必须缴纳封地订下的佃租。如今，许多农奴不是病死就是饿死，侥幸存活下来的少数农奴，为了达成丰收时期的收成量，他们必须比以前更卖力耕作才行。”

亚诺连续几夜做了噩梦，总是被梦中那几张两颊深陷的面容吓醒。夜半惊醒之后，他就再也睡不着了。白天，他遍访封地里的农庄，并且慷慨资助贫穷农奴。他怎么能允许这种惨状继续出现呢？这些农奴家庭的命运就取决于他了。当然，农奴们都有主人，但他们的主人都是亚诺的封臣。假如亚诺要求封臣们缴纳租金和税金，这些贵族必定转而压榨可怜的农民，让他们缴纳更高的佃租，以前那位亚拉岗贵族就是如此草率地管理名下的封地，完全没有考虑农民的处境。

这些农民都是奴隶，土地的奴隶，他名下土地的奴隶。亚诺在床上蜷缩着。他们竟然是他的奴隶！这一大群饱受饥饿之苦的男女老幼，没有人在乎他们的死活，一生只能辛勤耕作到皮绽肉开，至死方休。亚诺想起那些到城堡来拜见爱丽诺的贵族，个个身强体壮，衣着光鲜，神情愉悦极了！他们怎能任由农奴悲苦度日，而自己却过着奢华舒适的生活？他怎么能做这种事情？

亚诺非常大方。他四处掏钱资助需要救济的农奴，贫困百姓的凄苦让他忧伤痛心，但他的施舍却换来孩童的笑颜，也让一直陪在他身边的海儿展露笑容。但是，这样的救济方式绝非长久之计。他如果继续这样到处给钱，得到好处的还是坐收佃租的贵族。因为他们不需要向亚诺缴纳租税金，却依旧会想尽办法压榨可怜的农奴。可是，亚诺又能怎么办呢？

亚诺每天早上怀着越来越低落的情绪起床，爱丽诺的心情倒是一天比一天快活了。

“她召集所有贵族、农奴和本地乡亲来参加八月圣母节！”卓安向哥哥解释，身为道明会修士，男爵夫人自动跟他提了这件事。

“她用意何在呢？”

“她的用意是要大家向她致敬……不，向你们俩致敬！”卓安急忙修正自己的说法。亚诺让他继续说。“根据法律规定……”卓安双手一摊，脸上的表情似乎在告诉哥哥，是你要我继续说的，“根据法律规定，任何一位贵族在任何时候，皆可要求所属封臣向他宣誓效忠和致敬。你们不久前才入主城堡，尚未公开接受群众致敬是很正常的。不过，爱丽诺急着想办这场集会。”

“你的意思是说，所有人都会来吗？”

“像这一类的公开集会，贵族和骑士们并没有义务出席，因为他们通常会私下拜见新任的封主，并借此表达效忠之意，而这件事只要在封主上任后一年一个月又一天之内完成就行了。爱丽诺已经跟贵族提过这件事，目前看来，贵族们似乎都会出席。再怎么说，她到底是国王的养女。谁都不愿意去得罪这样一个人吧！”

“那么……国王养女的丈夫呢？”

卓安没回答。然而，他的眼神里藏着他没说出口的话……亚诺太熟悉那个眼神了。

“卓安，你是不是还有话要跟我说？”

卓安修士还是没出声，只是不停地摇头。

爱丽诺下令尽快在城堡前的空地赶工搭建临时讲台，她天天梦想着八月圣母节那天的盛况。国王接受贵族和百姓欢呼致意的热烈场面，她不知看过多少回了。如今总算轮到她上场，她一定会像个高高在上的王后。即使身旁有个亚诺又怎么样？大家认识的是她，大家要来致敬的也是她，她——可是国王的养女。

集会日期一天天逼近，她也越来越焦虑、紧张，甚至对亚诺露出微笑，虽然是在较远的地方抛出浅浅的一笑，但是，她确实对他笑了。

亚诺迟疑了半晌，嘴角也微微上扬了一下。

“我为什么要对他笑呢？”爱丽诺默默自忖，她紧握双拳，“真窝囊！”她忍不住责备自己，“你为什么会在一个粗俗的货币兑换商、一个逃亡农奴的儿子面前这么不争气？”他们住进蒙普城堡已经一个半月，亚诺却从来没靠近过她。他到底算不算是个男人？偶尔，她趁着四下无人，偷偷地观察亚诺强壮结实的身材。到了晚上，她独守空闺，只能私自想象这个体格壮硕的男人狂野地扑在她身上的情景……她有多久不曾体验这样的激情了？而这个男人，居然对她不理不睬！他哪来这天大的胆子？爱丽诺气得紧咬着下唇。“他总有一天会来找我的。”她这样告诉自己。

八月圣母节那天，爱丽诺清早就起床了。她站在卧房的窗前往外看，城堡前的空地上已经按照她的指示搭起了讲台。农奴们在空地上集合；许多人甚至连夜赶路，因为他们的贵族主人规定不准迟到。不过，现场还不见任何贵族现身。

040

灿烂的阳光预告了今天会是个晴朗炎热的日子。蔚蓝晴空，万里无云，就像近四十年前柏纳·艾斯坦优成亲的那个晴天一样，天空仿佛蓝色拱顶，笼罩着聚集在城堡外的数千名农奴。集会时间已近，爱丽诺穿上最体面的昂贵华服，只见她神色紧张地在蒙普城堡宽敞的客厅来回踱步。就差贵族和骑士了！卓安穿着他那件黑色修士袍，悠闲地坐在椅子上休息，而亚诺和海儿则像事不关己一般，听着爱丽诺的声声哀叹，两人偶尔会偷偷交换着嘲弄促狭的眼神。

贵族们终于来了。一见到贵客抵达，爱丽诺的佣人就跟女主人一样焦躁，通报时该有的规矩和礼仪都省了，直接就冲进城堡客厅报告了这个消息。男爵夫人从窗口探头望去，当她看到那群贵族出现在城堡外的广场时，顿时喜形于色。她封地范围内的所有贵族和骑士，人人竭尽所能盛装出席这次集会。对照那一大片灰暗、破烂的农奴长袍，贵族们奢华的服装、腰际的宝剑，以及闪亮的宝石，显得格外耀眼。一匹匹骏马由马夫们牵往城堡后方的空地，这时候，原本温驯的马匹开始发出一阵阵刺耳的嘶叫，打破了满场的寂静。贵族们的仆佣忙着拿出自备的豪华座椅，椅垫全铺着鲜艳的丝缎，一张张贵重的椅子陆续摆放在广场上，再过不久，所有贵族和骑士将在这里向新任封主公开致敬。大批农奴渐渐往后移动，自动和这一排权贵的豪华座椅保持明显的距离。

爱丽诺再探头望了望窗外，见到了广场上新增的奢华排场之后，脸上又露出得意的笑容。最后，她在一群家臣跟随之下抵达广场，当她在台上坐定时，举目遥望一大群等着向她致敬的农奴和贵族，此时，她觉得自己就像个真正的王后。

爱丽诺的文书官担任这次集会的司仪，典礼揭开序幕之后，他先朗读了贝德罗三世颁布的法令，将蒙普城堡以及辖区内封地、百姓、租税等赠予王室养女爱丽诺作为嫁妆……当文书官正在朗读法令内容时，在一旁聆听的爱丽诺神情格外愉快，她觉得自己备受瞩目，也受人妒忌，甚至遭人憎恨。可不是吗？现在，臣服于国王的这些贵族必定当她是眼中钉。过去，他们一向只对王子效忠。但是，自从她成了蒙普男爵夫人开始，国王和这些贵族之间多了她这一关。反观此时的亚诺，他对文书官朗读的法令内容丝毫不感兴趣，倒是频频向台下那些曾经受他资助的农民微笑答礼。

台下一大片灰扑扑的俭朴农民里，有两名衣着鲜艳的女子特别醒目，两人的打扮，完全符合烟花女应守的规定：其中一位已现老态；另一位正值中年，但是容貌艳丽，体态诱人，举手投足之间展现的娇娆，大大方方地宣示了她从事的特殊行业。

“贵族们与骑士们！”文书官对着台下大喊，这一次，倒是引起了亚诺的注意，“各位愿意在此向蒙普男爵暨夫人亚诺与爱丽诺致敬吗？”

“不愿意！”

一句否定的回应，有如利刃般划过天际。被摘除蒙普城堡堡主头衔的亚拉岗贵族已经站了起来，他以坚定强硬的语气否决了文书官的呼吁。一阵阵耳语开始在贵族群里蔓延开来。卓安轻轻摇头，仿佛早就知道这样的情况会发生；海儿喃喃自语着，对于那些贵族的反应纳闷不已；亚诺正踌躇着该如何回应，至于爱丽诺，端着一张惨白的脸坐在那儿，仿佛一尊蜡像。

文书官回头看着台上，他正在等候夫人的指示，但迟迟没有得到回应，只好再重复同样的问题：“各位拒绝向男爵暨夫人致敬吗？”

“我们严正拒绝！”亚拉岗贵族自信满满地驳斥，“即使国王也不能强迫我们向一个出身比我们低的人致敬。这是法律！”卓安神情黯然地点着头。他一直不忍心把这个事实告诉亚诺。贵族们毫不客气地玩弄了爱丽诺的权力欲。“亚诺·艾斯坦优这个人……”亚拉岗贵族继续扯着大嗓门对文书官说，“他只是个巴塞罗那公民，而且是个逃亡农奴的儿子。我们怎么可能向一个逃亡农奴的儿子公开致敬？即使国王赐给他男爵爵位也一样！”

年纪较轻的烟花女踮起脚尖往台上看。引发她强烈好奇心的是坐在台前那一排衣着讲究的贵族，不过，当她听见亚拉岗贵族提到亚诺这个名字，还说他是巴塞罗那公民，而且是个逃亡农奴的儿子时，她感到双腿瘫软。

台下群众不断交头接耳，文书官再回头看了看爱丽诺。亚诺也转过头去看着她，不过，这位王室养女始终一脸木然。她已经吓呆了。她的情绪从最初的惊愕变成了愤怒，原本惨白的面容，如今变得通红。她气得直发抖，双手紧抓着椅子的扶手，仿佛就要掐进木头里似的。

“你为什么跟我说他已经死了呢，芙兰希丝卡？”年纪较轻的妓女雅莱迪思这样问道。

“他是我儿子啊！雅莱迪思。”

“亚诺是你儿子？”

芙兰希丝卡边摇头边比了个手势要她降低音量。绝对不能让人知道亚诺是个烟花女的儿子。还好，周遭群众的注意力全都集中在贵族之间的争吵上。

对立的僵局似乎愈演愈烈。眼看着两位主角迟迟不回应，卓安决定出面。

“各位说得很有道理！”他站在盛怒无言的男爵夫人身后说，“各位的确可以拒绝公开致敬，不过，这并不表示大家可以借此免除向封主服务、尽义务的职责。这是法令明文规定的。各位应该都很清楚吧？”

这位道明会修士言之有理，亚拉岗贵族也清楚得很，于是，他转过头去看了看身边的其他贵族……这时候，亚诺示意卓安到他身边来。

“他们这样的做法到底意味着什么？”亚诺低声问他。

“这意味着他们要捍卫自己的荣耀。他们不愿意……”

“向一个比自己出身低的人致敬！”亚诺帮他把话说完，“你也知道，我根本不在乎这些。”

“他们可以不愿意向你致敬，也可以拒绝屈居在你之下当个封地子民。但是，法令规定他们必须向你提供服务，并行使应尽的义务。

而且，他们必须承认自己的土地和爵位是由你管辖的。”

“这种情况，是不是就和他们逼迫农奴签订协议一样？”

“差不多就是那样。”

“我们愿意签订协议。”此时，亚拉岗贵族作出回应。

亚诺根本没理会亚拉岗贵族的响应，甚至连看都没看他一眼。亚诺心里正在琢磨着；解除农奴悲苦命运的时候到了。卓安依旧弯着腰凑在他身边。爱丽诺已经在状况外。她那双眼睛直直地望着前方，空洞的眼神已经全然呆滞。

“这样是不是意味着……”亚诺询问身旁的卓安，“他们虽然不承认我是男爵，但是，我依然能对他们下令，而他们必须服从我的命令？”

“没错！他们要求的只是捍卫自己的荣耀罢了。”

“很好！”亚诺突然站起来，并挥手把文书官叫过来，“你看到贵族和农民之间的空地了吧？”他问，“我要你站在那里，我接下来说的每一句话，你都尽量大声重复一次。我希望在场所有人都能清清楚楚地听见我说的话！”正当文书官走向贵族后方的空地时，亚诺向亚拉岗贵族抛出了嘲讽的笑容。

“本人亚诺，蒙普男爵……”

亚诺停下来等着文书官大声复诵他的话：“本人亚诺，蒙普男爵……”

“本人宣布禁止本人封地内有任何不公平、不合理的虐待之事发生……”

“本人宣布禁止……”

“你不能这样做！”有位贵族大喊一句，打断了才刚开口的文书官。

听到贵族这么说，亚诺看了看卓安，弟弟给了他一个肯定的表情。

“我当然可以这么做！”亚诺只回了这一句，卓安则在旁边点头。

“那么，我们就去晋见国王，请他主持公道！”另一位贵族说。

亚诺无所谓地耸耸肩。卓安走到他身旁。

“你有没有想过，你现在给了这些农民无限希望，万一这些贵族去求见国王之后，你宣布的禁令完全被推翻，这些可怜的老百姓怎么办？”

“卓安，”亚诺以前所未有的自信回答弟弟，“或许我对荣耀这种玩意儿一无所知，我也不懂贵族或骑士那些规矩，但是，我对我的账册里那些国王欠下的贷款数字一清二楚；还有……”他面带微笑地做了补充，“自从我和他的养女结婚之后，为了进攻马约卡，他积欠的贷款比过去多了好几倍。这些数字，我比谁都清楚。我敢向你保证，国王绝对不会对我宣布的禁令有任何意见。”

亚诺看了文书官一眼，示意要他继续。

“本人宣布禁止本人封地内有任何不公平、不合理的虐待之事发生……”文书官大声喊着。

“本人宣布废除封主继承农奴财产的权利。”亚诺慢慢念着一字一句，好让文书官可以清楚地复诵他的命令。在场老百姓默默听着，脸上的神情又惊又喜。“本人宣布，即使农奴发生婚外情，封主不得因此继承农奴的半数财产。已婚无子女的农奴去世时，封主不得接收其资产。本人禁止封主任意虐打农奴或侵占农奴资产。”除了亚诺的宣示之外，全场一片静默，连文书官都忘了复述命令，直到有些听不清字句的百姓提出疑问，他才回过神来。芙兰希丝卡紧抓着雅莱迪思的手臂。“本人宣布废除农奴必须为火灾事故负责的规定。本人也宣布废除封主得以享有新娘初夜的权利！”

当群众激动地聆听着一连串的重大宣示时，站在台上那个做儿子的却看不到他在台下的母亲，一个年老的妇人，她的手从雅莱迪思的手臂上松开，然后，双手捂住脸庞。就在这一瞬间，雅莱迪思都明白了。泪水不听使唤地在她的眼眶里打转，她把老鸨紧紧拥入怀里。同时，站在台前的贵族和骑士们听了亚诺解放农奴的宣言之后，一群人正在七嘴八舌地讨论应对措施。

“本人宣布，封主不得迫使农民无酬工作，也不能支付不合理薪资。本人在此宣布，所有农民可以自由烘焙面包、放牧牲畜，以及铸造个人所需的马具。本人宣布，所有的妇女和母亲，你们有权拒绝为封主的儿女哺乳！”沉缅在回忆中的老妇人，此时已经泪流不止，“所有妇女有权拒绝为封主做免费帮佣。所有农民，你们从此不需要在圣诞节送礼给封主，也不必再免费帮封主耕作农地了！”

这时，亚诺停顿了半晌。他看看台下那群愁容满面的贵族，然后望着一大群等着他把话说完的农民。还少了一项！百姓们都知道他还少提了一项，看着亚诺突然停下来，所有农民都焦躁不安地等着。还少了一项！

“本人在此宣布，你们大家都自由了！”亚诺终于大声喊出最后一项。

亚拉岗贵族发出怒吼，紧握的拳头朝着亚诺的方向猛挥个不停。这时，贵族们起而效尤，现场怒骂声不断。

“我们自由了！”老妇人也跟着周遭百姓一起欢呼。

“今天，在这个部分贵族拒绝向国王养女公开致敬的日子，所有隶属蒙普男爵暨夫人封地辖区内的农民，你们将与当今加泰罗尼亚新王国境内所有农民一样，你们自由了！你们是农民，但是你们不再是土地的奴隶了！还有你的子子孙孙，从此不再是奴隶了！”

“还有你们的母亲……”芙兰希丝卡喃喃自语，“还有你们的母亲，也不再是奴隶了！”说完，她又号啕大哭起来，被她紧紧抓着手臂的雅莱迪思为她心疼不已。

兴奋的群众一时蜂拥而上，亚诺被迫快速离开现场。卓安搀扶着已经无法行走的爱丽诺，海儿则跟在他们两人后面，极力忍着似乎要从胸口迸出的激动情绪。

在亚诺一行人返回城堡后，广场上的人潮也陆续散去。贵族们达成协议，决定去找国王讨回公道，讨论结束之后，各自骑马飞奔而去。这些盛气凌人的贵族，一路快马疾奔，农民们必须闪到路旁躲开这些怒气冲冲的骑士。不过，走在返乡路上的农民们，个个脸上都带着满足的笑容。

宁静的广场上只剩下两个女子。

“你当初为什么要骗我呢？”雅莱迪思问。

这一次，老妇人总算回过头来看她。

“因为你配不上他……他不应该跟你在一起的。你没有做他妻子的命。”芙兰希丝卡的语气非常坚定，沙哑的嗓音异常冷静地吐出每个字句。

“你真的觉得我配不上他吗？”雅莱迪思追问。

芙兰希丝卡擦干脸上的泪水，重新打起精神，多年来惯有的精力和笃定再次出现在她身上。

“你难道没看见他现在是什么身份和地位吗？你难道没听到他刚才宣布的那些重大事项吗？你自己想想，如果跟你在一起，他能有今天这种局面吗？”

“所以，关于我丈夫以及决斗的事……”

“都是骗你的。”

“还有我丈夫派人到处找我……”

“也是骗你的。”雅莱迪思蹙着眉头，盯着芙兰希丝卡。

“你也骗了我呀！你不记得啦？”老妇人没好气地瞪了她一眼。

“我有我的用意呀！”

“我也是啊！”

“你的用意就是拖我下海……现在我终于懂了。”

“不全然是这样，不过，你说的也没有错就是了。我说，你有什么好抱怨的？自从你跟了我以后，你又骗了多少无辜的女孩呀？”

“如果不是因为你，事情也不会这样。”

“我可要提醒你啊……当初是你自己作的决定。”雅莱迪思迟疑了一下，“好多像我这样的人是别无选择的。”

“我当年的处境有多艰难呀！芙兰希丝卡，长途跋涉到费格拉斯，一路吃尽苦头，到头来……为的是什么？”

“你现在不愁吃穿，过的日子比今天在场的大多数贵族还要优渥，你什么都不缺啊！”

“我缺少的是我的尊严。”

芙兰希丝卡用力挺直了年迈的身躯，然后转过身去面对着雅莱迪思。

“我说……雅莱迪思，我不懂什么尊严不尊严这些事情。当初是你把自己卖给我的。我年轻的时候，被人毫不留情地剥夺了大好人生。我很无奈，因为没有人让我做选择。今天，我总算把我这辈子的伤痛全都哭出来了，泪水流过了，这样就够了。我们就是过现在该过的日子罢了，回忆过去一路走来的过程，对你、对我都没什么用处。有人要为尊严去拼斗，那就让他们去厮杀吧！那种情况，你今天也看到了。在我们周遭那些老百姓，谁提到尊严的事情了？”

“或许现在就会了！因为已经禁止虐待农奴……”

“你不要弄错了，那些可怜的百姓还是过一样的苦日子。我们是吃了多少苦才能走到今天的？你不要再去想什么尊严不尊严的，那不是我们这些小老百姓能谈的事情。”

雅莱迪思环顾周遭，她望着逐渐远去的农民们。没错，他们已经摆脱了被封主虐待的梦魇，然而，他们依旧是生活贫困、有着无奈的人生的同样一群人，他们的孩子依旧骨瘦如柴、衣不蔽体、没有鞋穿……雅莱迪思点头赞同，转身紧紧抱住芙兰希丝卡。

041

你休想就这样把我丢在这里!

爱丽诺怒气冲冲地走下楼。亚诺在客厅里，他坐在大桌旁，正忙着签署解除其名下遭滥用或废耕农地的合约的文件。“签完这些文件，我就会离开这里！”他这样告诉卓安。海儿和卓安这时候就站在亚诺身后，默默看着他签字。

亚诺签署完文件后，接下来要面对的是爱丽诺。这还是夫妇俩婚后第一次交谈。亚诺并没有站起来。

“你要我留在这里做什么？”

“你把我一个人留在这个大家都瞧不起我的地方，又是什么居心？”

“我把话说得更明白一点好了——你一直缠着我不放，到底用意何在？”

“你是我丈夫啊！”她扯着尖锐的嗓门大叫。这件事她已经在心里琢磨了千百回，她不能留在这里，但是也不能回王宫。亚诺露出不悦的神情。“你如果就这样走了，你如果就这样丢下我一个人……”爱丽诺继续说，“我就去找国王讨回公道！”

最后这句话在亚诺脑海里萦绕不去。“我就去找国王讨回公道！”贵族们一再出言恐吓他。他自认一定可以解决贵族对他的恶意攻讦，但是，他看了看自己刚刚签署的文件。如果他的妻子爱丽诺，这位出身王室的国王养女，如果她也联合其他贵族一起对付他的话……

“签下你的名字！”他把文件递给妻子。

“我为什么要签名？你突然撤销了这些废耕土地的合约，我们连租税都没得收了！”

“你签了名，然后到巴塞罗那去住蒙卡塔尔街上的大宅邸，根本不需要收租税。你会有足够的钱可以花。”

爱丽诺走到大桌旁，拿起羽毛笔，然后倾身看着桌上的文件。

“谁能向我保证你刚刚的承诺一定会兑现？”她抬头看着亚诺，突然这么一问。

“那栋房子够大，我难得会见到你一面。这就是最好的保证。你的日子过得越好，我的麻烦就越少。这样的保证够不够好啊？我能做到的就是这样了。”

爱丽诺看了看亚诺身后。那个女孩是在微笑吧？

“他们也跟我们住在一起吗？”她拿着羽毛笔指着亚诺后面的卓安和海儿。

“是的。”

“她也是吗？”

海儿与爱丽诺冷眼对望。

“难道我说得还不够清楚吗？爱丽诺，你到底签不签名？”

于是，她签下了自己的名字。

亚诺没等爱丽诺收拾好所有家当，当天傍晚趁着8月暑气渐消，随即启程返回巴塞罗那。他和当初移居城堡时一样，还是租了一辆马车运送行李。

马车穿越城堡大门时，谁都没有回头去看那个地方。

“我们为什么要跟她一起住呢？”返乡途中，海儿突然这样问。

“我不能跟国王作对呀，海儿！我们如果不跟她住，谁都不知道王室会有什么样的反应。”

海儿沉默了半晌，一副若有所思的样子。

“所以你才提出这么优厚的条件？”

“不是……这个嘛……也算是！但是，主要的原因还是为了农奴们着想，不希望她拿这件事做文章。理论上，国王确实同意我们收取租税作为生活的费用，事实上，我们根本没收税金，即使有也少得可怜。她如果去找国王投诉，说我执意断了租税的来源，国王若是被惹恼了，说不定会撤销我签署的文件。”

“国王？国王为什么要这么做呢？”

“你应该知道的，许多年前，国王曾经颁布诏书，对农奴提出极尽严苛的要求，他甚至很无情地对待当年将城市献给他的地方望族。教会和贵族还要求制定法律严罚逃跑的农奴……他也照办了。”

“想不到他会这么做啊……”

“国王也是个贵族啊！海儿……他只是个排名最前面的贵族罢了。”

那天晚上，他们在蒙卡塔尔城外的一座农庄过夜。亚诺很慷慨地付了一大笔住宿费给农庄主人。隔天，大家起了个大早，趁着艳阳高照之前，赶路回到了巴塞罗那。

“状况实在太糟糕啦，吉良！”大伙儿互相寒暄、闲聊片刻之后，主仆俩终于有机会独处，“整个王国的现况比我们想象的更惨！当地的真实状况根本不会传到城里，必须亲自去看看农民的处境才知道，那种惨状实在让人无法忍受。”

“其实，我从很久以前就开始做预防措施了。”吉良这个回应，可把亚诺吓了一大跳，“目前的情况已经深陷危机，而且老早以前就出现迹象了。这一点，我们以前也曾经聊过的。我们的货币在货币市场里持续贬值，但是国王并没有采取任何对策，而我们在加泰罗尼亚却必须承受完全不合理的兑换率。政府目前的财务负债情形是巴塞罗那建城以来最严重的，老百姓在这里存钱已经没有利润可言，大家纷纷把钱转往其他更可靠的地方去了。”

“那么，我们的状况呢？”

“还好，我们不受影响。在国外的比萨、佛罗伦萨，甚至在热那亚，这些地方的货币市场还算健全。”这时候，主仆俩沉默了好一会儿。“贾斯堤欧已经宣布破产了！”吉良突然这样说，“他的苦日子开始了！”

亚诺想起了这位货币兑换商，圆圆胖胖的身材，总是满身大汗，态度相当随和。

“他怎么了？”

“他太大意了！客户纷纷要求提领存款，他根本应付不来。”

“他手上的资金够吗？”

“我想应该是不够吧！”

8月29日那天，国王率军风光登陆马约卡，被击溃的暴君贝德罗随即从伊比萨落魄窜逃。8月底，爱丽诺回到巴塞罗那，艾斯坦优一家人正式迁入蒙卡塔尔街上的大宅邸，包括原先不愿同住的吉良。两个月之后，国王公开宣布将蒙普城堡交给一位亚拉岗贵族。做此宣布的前一天，国王贝德罗三世派遣的特使到亚诺的铺子要求借贷。贷款到手之后，国王立即收回将城堡交给亚拉岗贵族的决定，亚诺得以继续拥有蒙普城堡。

又过了两个月，宣布破产已经六个月的贾斯堤欧，在他位于坎维斯广场的兑换铺子前被斩首示众。城里所有兑换商被迫到场观看。亚诺亲眼目睹了贾斯堤欧的头颅被刽子手狠狠砍下来。他也想和其他人一样紧闭双眼，只是他实在做不到。他必须亲眼看着这一幕。这血淋淋的一幕足为警惕，当一股鲜血从断头台上汩汩流下时，他告诉自己，永远不要忘了谨慎经营的原则。

042

他看见了她的微笑。亚诺眼中的圣母依然对他微笑着，他的人生和圣母一样，也对他笑盈盈的。他已经四十岁了，虽然不景气，但是他的事业依旧兴隆，营收获利相当可观，而他也将部分收入用来捐助穷人或资助圣母教堂的工程。时间证明了吉良的看法是对的：借贷的老百姓，是能慢慢偿还债务的。至于亚诺钟爱的海上圣母教堂，仍然继续扩建着第三座拱顶，八边形的钟楼已在大门上方矗立。圣母教堂里挤满了精于各项工艺的师傅：大理石石匠、木雕师、画家、玻璃师傅、木工以及铸铁匠，甚至还有管风琴师傅。亚诺专注地看着琴师工作。这座宏伟的大教堂里将来会响起什么样的音乐呢？他经常这样自问。副主教尤尔去世之后，目前负责管理教堂的是孟堤瑞克神父，亚诺与这位神父往来相当密切。建筑大师贝伦格·孟塔谷以及他的接班人雷蒙·德斯普也都去世了，而指挥教堂扩建工程的重任目前落在梅捷身上。

亚诺不仅在圣母教堂一言九鼎，他的财力以及男爵头衔也让他交游日渐广阔，官府里位高权重的官员、各行各业的公会代表以及“百人政务委员会”的成员，都是和他称兄道弟的好朋友。他是货币交易市场里的意见领袖，也是其他生意人追随的标杆。

“你应该接受这项职务才对！”吉良劝他。

亚诺考虑了好久。巴塞罗那的海洋领事馆希望他担任一项领事职务：商业纠纷仲裁官，这项要职堪称巴塞罗那层级最高的商业代表，拥有独立的仲裁权，不受任何管辖，举凡港区的各种商业或劳资纠纷等，都由仲裁官审理。

“我不知道自己能不能胜任。”

“没有人比你更适合了，亚诺，你要听我的话！”吉良积极劝进，“你可以胜任！我相信你一定可以胜任的。”

就在原领事任期结束时，亚诺接下了新职务。

圣母教堂相关事务、他的生意，以及担任海洋领事的各项职责……虽然工作繁重，大力士出身的亚诺倒也得心应手，却没看出蒙卡塔尔街上的家衍生了新问题。

亚诺实践了他对爱丽诺许下的承诺，但是他也坚持当初提出的要求，夫妻俩在同一个屋檐下各自生活，能不碰面就尽量回避，因此，两人的关系始终疏离且冷淡。另一方面，海儿已届双十年华，依然拒绝出嫁。“已经有亚诺陪在身边，我为什么要嫁人？没有我陪在他身边，他的日子要怎么过？谁来替他脱鞋？谁会在家门口迎接他？谁陪他聊天，听他讲工作上的各种恼人问题？难道是爱丽诺吗，还是天天埋首书堆的卓安？或是已经跟他相处一整天的吉良？”这些问题，经常在海儿脑海里盘旋。

日复一日，海儿总是焦急地等亚诺回家。听见大门的门环叮咚作响时，她总是兴奋地屏息以待，当知道亚诺就要进门时，她会一口气跑到楼梯口，端着一张迷人的笑颜迎接他。她天天就期待这一刻。因为亚诺白天出门工作时，她的生活既单调又难熬。

“我不要石鸡！”厨房里传出尖锐的怒吼，“今天吃牛肉！”

海儿转过头去，直盯着伫立在厨房门口的男爵夫人。亚诺最爱吃的就是石鸡了。那是海儿特别跟着朵娜到市场里买回来的。她亲手挑了石鸡，然后小心翼翼地晾在厨房里，天天仔细观察着石鸡的变化。好不容易晾晒到最适合烹饪的状况，海儿决定这天烹饪石鸡，一大早就到厨房做准备。

“可是……”海儿试图力争。

“牛肉！”爱丽诺立刻打断她的话，锐利的目光毫不客气地逼视着她。

海儿转过头去看了看朵娜，女奴也只能无奈地耸耸肩。

“这个家里该吃什么，由我决定！”男爵夫人刻意对厨房里所有家奴宣示，“在这个家里，做主的人是我！”

大声嚷完之后，男爵夫人随即掉头走开。

那天，爱丽诺一直在等着看争执之后会有什么结果。那丫头会去找亚诺投诉，还是忍着不说？海儿也在思索这件事：她该不该把这件事告诉亚诺呢？如果说了，对她又有什么好处？假如亚诺替她撑腰，一定会跑去跟爱丽诺理论，但是，家里的女主人确实是男爵夫人呀！

万一亚诺不站在她这边呢？她突然觉得胃部猛地纠成一团。亚诺曾经跟她说过，绝对不可以违逆国王。如果爱丽诺为了这件事在国王面前抱怨，亚诺会怎么说？

那天晚上，爱丽诺得意洋洋地对海儿露出轻蔑的笑容，因为男爵夫人发现亚诺对她的态度一如往常，并没有多说什么话。后来，男爵夫人经常挂在脸上的讥笑，成了海儿挥之不去的烦扰。爱丽诺发现，这丫头喜欢跟着家奴上市场、进厨房。于是，她吩咐几个家奴守在厨房门口。“男爵夫人交代，不希望别人打扰她！”当海儿打算进厨房时，家奴们这样告诉她。日子一天天过去，爱丽诺对付海儿的伎俩也越来越多了。

全是看在国王的份上，他们不能违逆国王。海儿将这句话牢记在心，一次又一次地告诫自己。爱丽诺虽然已经出嫁，但她毕竟是国王的养女，随时都能进宫。所以，她决定不去招惹爱丽诺！

可惜事情并不像海儿想象的那么简单。在家里耍点小伎俩，并不能满足爱丽诺。当她看见亚诺一回到家，海儿立即扑进他怀里时，爱丽诺因胜利产生的喜悦顿时尽失。他们两人不但有说有笑，而且还搂搂抱抱。当亚诺娓娓讲述一整天发生的各种事件、货币交易市场以及货船上的种种纷争时，海儿就坐在他脚边专心聆听着。那个位置，不是应该由她这位正牌夫人去坐才对吗？每晚吃过晚餐后，海儿总是挽着亚诺的手，一起靠在窗边观赏夜空中的闪亮星辰。站在他们身后的爱丽诺，愤怒地紧握拳头，手指在掌心里越掐越深，直到疼痛让她回过神来，这时，她会猛然起身回房。

她在满室的孤独里思考着自己的处境。自从他们结婚以来，亚诺始终没碰过她一下。她轻抚着自己的胴体，还有酥胸……依旧紧实、坚挺呀！接着是臀部，然后来到两腿之间……当欢愉正要涌现时，她总会突然惊觉现实的窘境——那个丫头……那个丫头取代了她的位子！

“假如我丈夫突然死了会怎么样？”

她在摆着书籍的书桌前坐定之后，开门见山提出了问题。接着，她不停地咳嗽，那间办公室里到处堆满书籍、档案，全都积了厚厚的灰尘。

艾瑞亚神色冷静地打量着眼前这位客人。许多人向爱丽诺推荐他，因为他是全巴塞罗那最优秀的律师，也是加泰罗尼亚宪法专家。

“据我所知，您和丈夫并没有孩子，对吧？”爱丽诺皱起眉头。“我必须弄清楚这件事。”他战战兢兢地说着。这位律师佝偻着身子，一脸敦厚，加上白发白胡须，让人觉得很放心。

“没有，我没有孩子。”

“我想，您要问的应该是关于财产的部分吧！”

爱丽诺紧张地挪了挪椅子。

“是的。”她终于回答。

“您的丈夫去世时，您的嫁妆可以全部归还。至于您丈夫的个人财产部分，他可以按照自己的意愿立下遗嘱预做安排。”

“我什么都拿不到呀？”

“您享有一年的受益权，也就是一年的守丧期。”

“只有这样？”

这尖声一吼吓到了老律师艾瑞亚。这个女人到底在想什么？

“这个呢……要怪就得怪您的养父贝德罗国王了！”老律师语气淡漠。

“您这话什么意思？”

“在您的养父登基之前，海默一世制定的加泰罗尼亚法规认定，遗孀只要不悖离妇道，都能享有已故丈夫的遗产。但是，巴塞罗那和佩皮尼昂的商人们特别吝惜自己的财产，连死后都舍不得让妻子享用，因此，他们连手说服国王修改法规，改为遗孀仅有一年的遗产受益权。您的养父不但答应修改法规，甚至宣布整个王国都必须遵守这个新规定。”

爱丽诺已经听不进任何话，没等律师说完，她已经站了起来。她又开始咳个不停，目光则在办公室里游移着。他堆了这么多书干什么？老律师这时候也起身了。

“您如果还需要……”

已经转身离去的爱丽诺没答腔，只是轻轻举起手道别。

事情终于厘清了：她必须和亚诺生个儿子才能保障她的未来。亚诺履行了他的承诺，爱丽诺也确实因此体验了不曾有过的生活方式：奢华度日，还有数不尽的珍贵珠宝，这都是她过去在王室经常见到却遥不可及的富贵人生。如今，她要什么就有什么，但是万一亚诺突然死了呢？她要生个孩子才行，但是亚诺一直不碰她，都是因为那个小妖精！如果那个小妖精不在……如果那个小妖精就这么消失了……亚诺就是她的人了！难道她会连一个农奴的儿子都诱惑不了吗？

几天后，爱丽诺把卓安找过来，艾斯坦优一家人当中，爱丽诺只和这位道明会修士有往来。

“我不相信！”卓安惊呼。

“是真的呀，卓安修士！”爱丽诺掩面泣诉着，“自从我们结婚以来，他都没碰过我一下！”

卓安也知道亚诺和爱丽诺之间并没有爱情，而且婚后一直分房。但是，那又怎么样呢？反正也没有人为了爱情结婚，而大部分贵族夫妇也都分房睡。不过，假如亚诺连碰都没碰过爱丽诺，那么，他们徒有婚姻之名，却没有夫妻之实啊！

“您跟他谈过这件事吗？”卓安问她。

爱丽诺放下双手，露出一双哭红的眼睛。

“我不敢啊！我也不知道如何开口。而且我觉得……”爱丽诺吞吞吐吐的，故意吊卓安的胃口。

“您觉得怎么样？”

“我觉得亚诺对海儿的关爱，远超过对自己妻子的关心。”

“您也知道，亚诺非常疼爱那个孩子。”

“我说的不是那种疼爱呀！卓安修士……”爱丽诺突然放低音量。坐在摇椅上的卓安立刻挺直身子。“我知道，您一定会觉得难以置信，但是我真的认为，那个女孩迷恋着我的丈夫。卓安修士，这就好像眼睁睁让魔鬼住在家里一样啊！”爱丽诺刻意抖着声音说话，“卓安修士，我身为一个女人，唯一能做的就是遵照教会的规定，遵守已婚女子应守的妇道，但是，每次看见自己的丈夫和那个小妖精在我面前打情骂俏，我……我实在不知道该怎么办才好啊！”

就是这样，所以海儿不愿意嫁人！真的是这样吗？卓安开始仔细回想：他们两人总是腻在一起，简直就像连体婴！还有他们的眼神和笑声……他怎么会这么笨！居然没看出来……那个阿拉伯人一定知道这件事，所以才一直替她说话。

“我实在不知道该跟您说什么才好。”卓安自觉愧疚。

“我倒是有个计划。不过，我需要您的帮忙，尤其是您的建议……”

043

卓安聆听着爱丽诺的计划，冷汗窜流全身。

“我必须考虑考虑。”当爱丽诺一再重申自己的婚姻处境有多么悲惨时，卓安只能这样回答她。

那天下午，卓安把自己关在房里。他还借故避开了晚餐。他刻意要回避亚诺和海儿。他刻意要逃避爱丽诺探询的眼神。卓安修士看着整齐摆放在书架上的神学书籍。这一排排的书籍，应该能够解答他的疑惑才对。离乡求学的那几年，他一直思念着家乡的哥哥。然而，这份手足之情却隐隐出现丝丝裂痕，就像他身上的修士袍上淡淡的绉褶……那是在他生命中最艰困的时刻，一种混杂着羡慕和嫉妒的复杂情感。当时，笑容爽朗、一脸机灵的亚诺，信誓旦旦地宣称他听见了圣母对他说话。想起当年自己努力想听见圣母说话的情景，卓安修士不禁面露不悦。现在他已经知道，那样的神迹几乎是不可能的，只有极少数蒙受上帝赐福的圣人才能达到这种境界。他多年来用功苦读，严守戒律，就是希望自己能成为那极少数的圣人之一；他禁食求道，甚至赔上健康……可惜一切都是徒劳。

卓安修士翻阅了英玛禾（Hincmaro）主教的著作，也查看了伟大的教皇圣利昂（san Leon Magno）、格拉西亚诺大师（Graciano）、圣保禄的书信，以及其他神学著作。

这些谈论神学的典籍一致认为，夫妻之间，唯有透过肉体接触，才算是符合了基督教会要求的婚姻。没有肉体结合的夫妻，婚姻就不存在。

卓安在波隆纳大学受教于格拉西亚诺，这位大师针对婚姻也提出了相同的理论，他认为所谓完整的婚姻，理应是婚礼仪式、男女双方在祭坛前的承诺，以及男女的结合。就连圣保禄都在他著名的《厄弗所书》中提到：“爱妻子就是爱自己；因为没有人会憎恨自己的肉体；不但不恨，而且还会滋养它、照顾它，就像耶稣基督滋养、照顾教会一样。正因为如此，一个男人终将离开父母，他将与妻子结合，两人的肉体将结为一体。这是何等浩大的奥秘；这一切，我都是为基督和教会所言。”

直到入夜时分，卓安修士依旧为了找寻伟人的理论和教诲而埋首书堆。他究竟要找什么？他再度翻开其中一本典籍。他要否认事实到何时？爱丽诺说得没错：没有肉体关系，没有肉体结合，这样不算是婚姻。“你为什么跟她没有性关系？你这样是犯了罪的。教会不会承认你的婚姻的！”在大蜡烛的映照下，他再把格拉西亚诺的论述慢慢地读了一遍，手指逐字挪移，期盼能在字里行间读出字面上不存在的讯息。“她是王室养女。国王把自己的养女托付给你，你却从来没和她有过肉体关系。假如国王知道了这件事，他会怎么说？就算你有再多的钱……此举形同背叛国王啊！是他把爱丽诺许配给你的，是他亲手将她带到祭坛前交给你的，而你……你却辜负了国王的一番美意。还有主教……主教会怎么说呢？”他继续查看格拉西亚诺的论述。这一切皆因一个任性骄纵、不愿嫁为人妇的女孩而起。

卓安就这样孜孜矻矻地查阅群籍，只是，在这好几个钟头期间，他的心思总是耽溺在爱丽诺提出的计划里，同时，他也努力想找出其他的变通方式。他应该直接去找哥哥谈这件事的。于是，他开始想象自己与亚诺面对面坐着的情景，或许站着会比较好，对，还是两人都站着好了……“你应该和爱丽诺行房。你这样做是有罪的。”他应该会这样对哥哥说吧！万一哥哥因此而勃然大怒呢？亚诺可是加泰罗尼亚的男爵，而且贵为海洋领事。他有什么资格去跟哥哥说那些话？他再回到书本里。他不该收那个女孩当养女的！那个女孩正是所有问题的根源。如果爱丽诺说得没错，亚诺一定是永远偏袒海儿的。海儿是罪魁祸首，事情会演变成这种情况，都是她造成的。她拒绝了所有婚事，就为了继续在亚诺面前卖弄风情。哪个男人抵挡得了这样的诱惑？她是个恶魔！一个化身女子的恶魔，她是诱惑，也是罪恶。既然恶魔是她，为什么拿手足之情当赌注的人会是他呢？恶魔是她呀！一切过错都在她呀！唯有基督能够抵挡诱惑。亚诺不是上帝，他只是个男人。为什么男人必须为了恶魔而受罪呢？

卓安又埋进书海里，直到终于找到他要的论述：

“各位可以看看我们是多么容易就堕落沉沦，人性本恶，不需要外在因素的影响，卑贱已然形成，若非慈悲的上帝帮助我们遏制了堕落的倾向，恐怕人人都会坠入邪恶的深渊。让我们一起读下面这则故事。有个纯真的孩童，一直由沙漠中的隐士圣者抚养，从未接触过女性，后来，他被送回城里与父母团聚。回到父母所在的大城时，他好奇地询问：他看到一些凑在他身边的新奇玩意儿，那是什么东西？事实上，他看见的是精心打扮的美丽女子，却以为那是新奇的玩意儿；隐士圣者答复他，那些玩意儿是魔鬼，足以搅乱世人的心窍。回到了孩童的父母家里，隐士圣者谈到一路的见闻，他们这样问孩子：‘你一路上看见了好多新奇又漂亮的玩意儿，最喜欢的是什么？’那孩子这样答道：‘在看见的所有漂亮玩意儿当中，我最喜欢的是搅乱世人心窍的魔鬼。’于是，隐士圣者们纷纷告诫孩童：‘噢！真是卑劣可耻啊！跟你说过多少次了？也让你读过许多文章，都说世上最邪恶的就是魔鬼，她们的妖言恶行会使家庭变成地狱，你为什么见到魔鬼还这么欢喜？’据说，那孩子是这么回答的：‘虽然魔鬼都很邪恶，也做了许多坏事，而且她们都下了地狱。但是我不在乎她们的邪恶，更不在乎沦落地狱，因为地狱里有好多跟她们一样的魔鬼呀！现在我知道了，地狱里的魔鬼并不像圣者说的那么糟糕；现在我知道了，留在地狱还不错，因为地狱里有好多美丽的魔鬼，我应该留在那里才对。上帝保佑，希望我能与魔鬼同在。’”

卓安修士读完这段文字，合上书本，这时候，曙光已露。他不想冒险。他不想成为那个必须和一个喜欢魔鬼的孩子争辩的圣者。他也不想当面斥责哥哥是卑劣可耻之徒。那些书本已经说得够清楚了，那些书本……都算是亚诺买给他的。他只有一个选择。他跪在房里的祷告台前，头顶上方是钉在十字架上的耶稣像，他虔诚地祷告着。

那天晚上，就在逐渐进入梦乡之际，他觉得自己似乎闻到了怪味，一股血腥味充斥了整个房间，几乎让他喘不过气来……

圣马可节当天，百人政务委员会全体成员和巴塞罗那各公会代表一致推举蒙普男爵——亚诺·艾斯坦优为海洋领事馆领事，按照规定，当选领事的亚诺和第二领事以及城里的各公会代表，必须绕行巴塞罗那城区以接受群众致意，然后回到沿海区海洋领事馆的货币交易市场，而圣母教堂和亚诺的铺子仅有数米远。

领事馆的卫兵们在入口处向新领事行礼致敬。随从们先行进入领事馆，接着，巴塞罗那官员将领事馆所有权交给新任领事。官员才刚离开，亚诺就开始执行新职务：有位商人前来陈情，一位年轻船工在卸货时，不小心把他的进口胡椒掉落在海水里，因此，他要求船工赔偿损失。落海的胡椒也搬到仲裁所来了，亚诺还亲自尝了淹过水的胡椒。

他耐心聆听着商人、船工以及在场目击者的说法，双方都据理力争。他私下认识那位商人，也认识年轻的船工。这位船工不久前才到他铺子里借贷，前阵子结了婚。亚诺当时还恭贺他新婚愉快，也祝福他一切顺利。

“我在此裁决……”他的声音微微颤抖着，“船工应该按照胡椒进口价格赔偿商人的损失。此项裁决之依据……”亚诺念着文书官递过来的判决书，“可参见海洋领事法第六十二章。”他不久前才借过钱。前阵子才结婚，一如沿海区的所有年轻人，他的婚礼也在圣母教堂举行。他的妻子该不会已经怀孕了吧？亚诺还记得他祝贺船工新婚愉快那天，年轻妻子的眼神散发着幸福的光彩。他清了清嗓子。“你……你有……”他又清了几下嗓子，“你有钱吗？”亚诺刻意回避了年轻人的目光。这个年轻人不久前才找他借贷。钱都用来买房子了吗？还是买了新衣服？或是用来添购家具或新船？年轻人否定的答复在他耳畔回荡着。

“那么……我判你……”他一时语塞，喉咙莫名其妙哽住了，“我判你入狱服刑，直到还清赔偿金额为止。”

他去坐牢，无法工作赚钱，哪有能力偿还商人的损失？他的妻子会不会已经怀孕了？亚诺忘了在桌上敲下木槌。领事馆的卫兵们紧盯着桌上的木槌。他回过神来，终于在桌上用力敲了一下。年轻人被押到领事馆的地牢里。亚诺难过地低下头来。

“你非这么做不可！”当其他人都退下时，文书官这样告诉亚诺。

亚诺默不作声，他坐在文书官右边，正好就在那张气派的大桌中央。

“你看看这个……”文书官把厚厚的海洋领事法则放在他面前，“这里清清楚楚列出了判处入狱的原则：‘以此展现您的权威，无论大小或强弱。’你是海洋领事，所以你应该展现你的权威。我们的繁荣，我们的城市，靠的就是这个。”

还好，那天没有再出现其他被判入狱服刑的案件，不过，亚诺还是忙着处理了许多纠纷。海洋领事管辖的事务非常繁杂，进出口商品的价格、水手的薪资、船只和商品的安全……凡是与海洋运输相关的事务都包含在内。接任这项职务之后，亚诺成了不受总督管辖的当权者。宣布各项判决，裁定债务纠纷，判处当事人入狱服刑，一切都有他专属的卫兵部队执行命令。

当亚诺正忙于判处年轻船工入狱服刑时，爱丽诺则找来一个名叫菲力普·彭兹的男子。彭兹是爱丽诺在上一段婚姻期间认识的骑士，后来曾经几次来找爱丽诺帮他向亚诺求情，因为他积欠亚诺大笔贷款，一直无力偿还。

“我已经替您说尽好话啦！菲力普先生……”爱丽诺假惺惺地对他扯谎，“但是他根本不为所动啊！我看，他大概最近就会要求您偿还贷款吧！”

彭兹身材魁梧，浓密的金色落腮胡盖住了大半张脸，一双小眼睛显得更细小了。他听到男爵夫人这么一说，吓得脸色惨白。如果亚诺要求他偿还贷款，他连仅剩的一小块土地都留不住了……恐怕还会失去他的战驹！没有土地、没有战驹，落到这种地步，他还算是个骑士吗？

彭兹突然跪了下来。

“求求您啊！夫人……”他低声下气哀求着，“我相信只要您再去帮我说个情，您的丈夫应该会宽限一段时日。他如果这时候对我提出偿还贷款的要求，我这辈子就完了！看在我们过去的交情上，您就帮我这个忙吧！”

爱丽诺冷冷地看着跪在她面前一再苦苦哀求的骑士，佯装出一副若有所思的模样。

“您就先起来吧！”她说，“有个办法，或许行得通……”

“拜托您啊！夫人……”彭兹站起来之前，又哀求了一次。

“不过，风险很大啊！”

“那有什么问题，我什么都不怕！我都跟国王一起上过战场。”

“事关绑架一个女孩子！”爱丽诺冷不防地冒出这么一句。

“我……我不懂您的意思。”骑士沉默了半晌之后，结结巴巴地说。

“我的意思，您清楚得很。”爱丽诺没好气地驳斥他，“就是绑架一个女孩，然后……强暴她！”

“这、这可是会判死罪的！”

“不一定。”

爱丽诺已经听说了。她一直不想开口问，现在更不愿意，但是这个想了又想的计划，还是需要这位道明会修士为她释疑。

“我们找个人强暴她！”她终于说出心中的计划。卓安的双眼顿时睁得像铜板似的。“就是要强暴她。”惊愕不已的卓安双手掩面。“据我了解，”爱丽诺继续说，“根据加泰罗尼亚宪法，如果被强暴的女孩或其父母同意婚事的话，强暴者就无罪。”卓安依旧捂着脸，哑口无言。“是这样没错吧？卓安修士，是不是这样？”爱丽诺追问着一直不吭声的卓安。

“是的，不过……”

“到底是或不是呢？”

“是这样没错。”卓安确认了她的问题，“强暴案件如果没有产生暴力伤害就不定罪，如果因此致人于死地，那是当然要接受法律制裁的。不过，假如双方对结婚有共识，或是强暴者提出受害女子愿意接受的夫婿人选，那就不需要接受刑罚。”

爱丽诺忍不住窃笑，但随即又收起笑容，因为卓安转过头来看着她，打算劝她打消这个念头。爱丽诺再度摆出受辱妻子的姿态。

“唉！我也不知道怎么办呀！但是，我告诉您，只要能够让丈夫回到我的身边，即使不择手段也在所不惜。所以，我们还是找个人绑架她……”她再度重申，“找个人绑架她，然后把她嫁给那个人。”卓安猛摇头。“这有什么差别呢？”爱丽诺坚持己见，“这么一来，我们就可以把海儿嫁出去啦！她不愿意也不行了……要不是亚诺这样盲目地被这个年轻女孩迷惑，我们也不需要使出这种手段呀！到时候，只要亚诺不反对，就由您出面安排她的婚事吧！我们唯一想做的，只是想断除这个女孩对我丈夫的不良影响而已。海儿未来的丈夫，由我们来挑选，婚事也由我们来办，不需要征求亚诺的同意。这件事绝对不能让亚诺知道，他会发疯的，为了这个丫头，他什么事都做得出来。您认不认识跟亚诺财力、地位相当，而且愿意接受老处女当媳妇的家长？越富有越好，若是贵族更好！您认识这样的人吗？当初国王安排我的婚事，也是从来不问我意见的。”

卓安最后还是接受了爱丽诺的理由，她看准了修士的弱点，一遍又一遍地重申自己艰难的处境，以及在那个家里衍生的罪恶。卓安答应会好好考虑这件事情，他确实思考了许久……菲力普·彭兹是他同意的人选，虽然不够理想，但他还是接受了。

“不一定有罪！”爱丽诺又重复了一遍。

骑士们都必须熟读加泰罗尼亚宪法的。

“您认为那个女孩会同意结婚吗？她为什么不干脆好好出嫁呢？”

“她的监护人会同意的。”

“那为什么不风风光光地把她嫁出去呢？”

“这个不干您的事！”爱丽诺毫不客气地堵了他的口。“这场婚事，”她暗想，“由我和那个小修士来操心就行了。”

“您要我绑架那个女孩，然后强暴她，但是您又说这不干我的事……夫人，您看错人啦！我虽然欠了债，但好歹也是个骑士。”

“我说的那个女孩是我家的养女。”彭兹惊愕得目瞪口呆，“没错，我说的就是我家的养女，海儿·艾斯坦优。”

彭兹记得亚诺家这个养女。他曾经在亚诺的兑换铺子见过她一次，后来有一次他登门拜访爱丽诺时，两人还聊得很愉快。

“您要我绑架并强暴自己家里的养女？”

“我说，菲力普先生，我的话应该说得够明白了吧！我向您保证，您绝对不会因此受到任何法律制裁的。”

“这么做目的何在呢？”

“不管什么目的，反正是我的事情。好啦，您怎么说呢？”

“我有什么好处？”

“嫁妆会多到够让你还清贷款，而且，您绝对可以相信我，我丈夫给这养女的嫁妆，一定是大手笔。还有，这件事之后，您和我的交情又更进一步了……您也知道，我是国王身边的人。”

“男爵老爷呢？”

“男爵那方面，由我来打点。”

“我不懂……”

“您只要懂这个就够了：您希望破产、名声败坏、陷入困境，还是赢得我的支持？”彭兹坐了下来，“菲力普先生，您可以破产，也可以致富。您如果拒绝的话，男爵明天就会正式提出偿债要求，我非常确定，到时候，您的土地、武器和马匹全部都会被没收的。”

044

熬过十天焦急不安的日子之后，亚诺终于有了海儿的消息。这十天来，他把全部心力投注在调查海儿无故失踪这件事情上。他去官府里找过总督和官员们，指示他们全力调查事情的真相。他提供高额赏金，希望有人早日通报海儿的下落，不管是生是死……他努力祷告了好几遍。最后，爱丽诺获得一位商人的讯息，那人来找过亚诺几次，这项讯息证实了亚诺的猜测：海儿被一个名叫菲力普·彭兹的骑士绑架了，这个人向亚诺借了一大笔钱，他把海儿藏匿在巴塞罗那北方的一座农庄里。

亚诺派遣领事馆卫兵前往该地带回人质，他则在圣母教堂继续向他亲爱的圣母祈祷。

没有人敢上前打扰他，就连工人们也暂停敲敲打打。亚诺跪在那尊对他一生意义重大的圣母石雕像前面，他试图抛开这十天来一直困扰他的惊恐景象，但是恐惧未消，脑海里倒开始萦绕着菲力普·彭兹那张脸。

菲力普·彭兹把海儿掳走，把她带到家里，塞住她的嘴巴，并狠狠毒打了她一顿，直到女孩不支倒地，这才制伏了她。彭兹把女孩装进麻布袋里，然后将她抬上运送马具的马车后座，马车由家仆驾驶，他自己则坐在装着女孩的麻布袋旁边。表面上看来，他们这辆马车就像正要去采购或修理辔头或马鞍的装备，因此，当他们通过城门时，并未引起旁人侧目。抵达农庄之后，彭兹把女孩带往庄内那座坚固的瞭望塔；将她松绑之后，他便一次又一次狂暴地凌辱她的肉体，海儿的绝色美貌，更唤起了他宛若山洪倾泄的色欲，任她再怎么顽强抵抗，也守不住自己最珍惜的贞操。彭兹答应过卓安，玷污女孩时，绝不能褪去她身上的衣物，侵犯她的动作应有分寸，务必点到为止。然而，色欲熏心的骑士，一见到海儿娇美的容颜，立刻把修士交代的话忘得一干二净。

身在圣母教堂的亚诺，一想到海儿可能会遭遇的各种伤害，他心痛得泪流满面，只是，他并不知道，海儿所受的苦，远超过他的想象。

领事馆卫兵队进入教堂时，所有工人都停下了手边的工作。立正行礼的军官以洪亮的声音报告结果，完全遵照领事馆法庭上的规定。

“报告领事大人，您的女儿确实被菲力普·彭兹骑士绑架了。”

“你们跟他谈过了吗？”

“报告大人，没有。他挟持人质躲在坚固的瞭望塔里，还说此事无关商业纠纷案件，我们无权干涉，所以拒绝和我们交谈。”

“你们知不知道那孩子情况怎么样？”

军官低头不语。

亚诺的指甲紧紧掐着祷告台。

“他说我没有权力？我就让他好好看看……”他咬牙切齿地说，“什么叫作权力！”

海儿被绑架的消息迅速传遍各个角落。隔天清晨，巴塞罗那所有教堂不断敲钟，老百姓异口同声高喊着“全体集合”的口号：大家一定要去把这位巴塞罗那女孩救回来！

一如往常发生重大事件时的情况，布拉特广场上挤满巴塞罗那民兵队，以及所有公会的成员。城里的公会，全都来了，各自举着公会旗帜，随身佩戴简单武器的成员们自动在所属公会旗帜下集合。这天早上，亚诺换掉平日为了展现身份地位而穿着的高贵行头，他再次披上当年远赴沙场的战袍。他依然带着父亲遗留下来的石弓，虽是旧物，他却经常拿出来当宝物一样摸了又摸。腰间当然也要佩上那把曾经歼灭许多敌人的短剑。

当亚诺来到广场时，现场已经聚集了三千多人。旗手们高举着旗帜。人们在震耳欲聋的“全体集合”呼喊声中凌空挥舞着刀剑与弓箭。亚诺神情相当冷静。站在亚诺身后的卓安与爱丽诺，惊恐的面容已经惨白。亚诺在人山人海中寻寻觅觅着，兑换商并没有公会。

“这个场面也在您的预料之中吗？”卓安在嘈杂声中偷偷问了爱丽诺。

爱丽诺空茫的眼神望着拥挤的人群。所有巴塞罗那人都声援亚诺，他们挥动着手中的武器，愤慨地叫嚣着。这一切，全都是为了那个妖精。

亚诺看见那面旗帜。他慢慢往前走，群众自动让路，方便他去和大力士们会合。

“这个场面也在您的预料之中吗？”卓安又问了一次，两人看着亚诺的背影，爱丽诺没回应，“他们会去找您的骑士算账的。他们会破坏他的农地，摧毁他的农庄，然后……”

“然后怎么样？那又怎么样？”爱丽诺无动于衷地说着，眼睛依然看着前方。

“我会因此失去哥哥呀！或许我们还来得及补救。照这种情形来看，后果一定不堪设想……”卓安心想。

“您去跟他谈一谈吧！”卓安还是不死心。

“您疯了，卓安修士！”

“如果他不答应婚事怎么办？如果菲力普·彭兹把事情都抖出来怎么办？趁着民兵自卫队还没出发，您就先去跟他谈一谈吧！拜托，爱丽诺！看在上帝的份上，您去跟他谈吧！”

“上帝？”这时候，爱丽诺终于转过头来看着卓安，“那么，您就跟您的上帝谈一谈好了，卓安修士！”

接着，两人也走到大力士公会的旗帜前。吉良已经站在那儿，身为奴隶的他，规规矩矩地遵照规定，未持任何武器。

亚诺一看到爱丽诺现身，皱着眉头瞥了她一眼。

“她也算是我的养女啊！”她振振有词。

此时，官员们发号施令，巴塞罗那民兵队出发了，官府与各公会的旗帜引领着三千多人，就为了对付一个骑士。

队伍行进途中，一百多位从属亚诺的农奴也加入民兵队的阵容，这些农民手持弓箭，自愿为这位慷慨宽厚的主人效力。亚诺观察了民兵队伍，确定没有任何贵族或骑士同行。

亚诺神情严肃地跟着大力士们往前走。卓安试图向上帝祷告，本是轻而易举的事，现在却一直被心事干扰着。他和爱丽诺都没想到亚诺居然能够召集民兵队伍，三千多人同为一位巴塞罗那女孩声讨正义，激愤的呐喊已使卓安听不见其他声响。许多人在出发前特别亲吻了自己心爱的女儿，还有人捧着妻子的脸庞说："巴塞罗那必须捍卫所有百姓，尤其是妇女！"

"这些人一定会毫不留情地摧毁彭兹的土地，仿佛被绑架的是他们自己的女儿……"卓安默默在心中忖度，"他们会严厉批判他，甚至不给他发言的机会就将他处死。"卓安看了看亚诺，默默踩着步伐往前走，神情严肃凝重。

傍晚时分，巴塞罗那民兵队已经踏上彭兹的土地，队伍在山脚下停了下来，骑士的农庄就在不远前的山丘上。农庄外观非常简朴，简直就跟一般农奴的房舍没有两样，唯一特殊之处是矗立在一旁的瞭望塔。卓安探头望了望那座农庄，然后他的视线转往等候官员下令行动的民兵队。他看了看爱丽诺，她却刻意回避他的目光。三千名全副武装的民兵，就为了攻打一座小小的农庄！

卓安回过神来，随即跑去找亚诺和吉良，他们正和官员们讨论该不该采取行动，当卓安发现大多数人都同意直接攻打农庄时，紧张得胃部一阵绞痛。

官员们开始指示各公会代表准备行动。卓安盯着爱丽诺，只见她神情冷峻，茫然的目光盯着前方的农庄。他慢慢走到亚诺身旁。他有话想说，偏偏开不了口。吉良站在他旁边，身子挺得笔直，看他的眼神透露着些许轻蔑。公会代表们开始调度兵力。即将行动的耳语在民兵之间流传着。火炬点燃了，长剑铿锵作响，弓弦完全紧绷。卓安再望着山丘上的农庄，又看看阵容庞大的民兵队。全体已进入备战状态。他们手下不会留情的。巴塞罗那从不轻言妥协。亚诺仿佛沙场上的战士，朝着彭兹的农庄前进，手里紧握着短剑。卓安再看了爱丽诺一眼，她依然无动于衷。

“不行！”卓安见到亚诺已经背着他往前走去，突然高声呐喊。

他突然这么一喊，原本低声耳语的民兵顿时安静下来。农庄门口出现一匹马的身影；菲力普·彭兹牵着那匹马，缓缓走向他们。

“逮捕他！”有位官员下令。

“不行！”卓安大喊，所有人回头看他，亚诺的眼神也在质问他，“自愿投降的人，不需要拘捕。”

“你怎么了？修士，”其中一位官员上前责备他，“难不成巴塞罗那民兵队是由你来指挥的？”

卓安以哀求的眼神向亚诺求助。

“自愿投降的人，不需要拘捕他。”他对哥哥重复同样一句话。

“让他投降吧！”亚诺还是让步了。

菲力普·彭兹一到，首先看了看自己的两位共犯。然后走到领军的一排大人物面前，其中包括亚诺和几位政府官员。

“巴塞罗那的乡亲们！”彭兹大声喊着，好让在场所有的民兵都能听见他的话，“我知道你们今天到这里来的原因，我也知道，你们是为了一位巴塞罗那女子而来索讨正义。你们要抓的人是我，我就在这里！我承认我做了坏事，但是，在你们将我的农庄夷为平地之前，请各位给我一个机会，让我把话说清楚。”

“那你就快说吧！”其中一位官员表态允许。

“确实，我强行绑架了海儿·艾斯坦优，并且夺走了她的贞操……”巴塞罗那民兵队一阵鼓噪，菲力普·彭兹被迫停下，亚诺的双手紧握着石弓，“我的行为，可能会让我付出生命作为代价，我知道犯下了这样的罪行会受到什么样的惩罚。但是，我做了这件事，如果让我的生命重来，我还是会这么做，因为我深爱着这个女孩，我不忍心看着花样年华的她，居然没有丈夫疼爱……于是，我的感情凌驾了理智，身为贝德罗国王的骑士，我的行为确实就像疯狂求爱的一头猛兽。”卓安可以感受到民兵队员的专注，同时，他也默默期许骑士接下来的言谈不要出错，“我的行为有如禽兽，所以，我在此主动向大家认错，但我希望自己能够继续当个骑士，因此，我愿意和海儿结婚，我愿意爱她一生一世。各位可以批判我！我无意触犯法律，但是，与其看着她和别人结婚，我宁可知法犯法，即使一死也在所不惜！”

说完之后，菲力普·彭兹抬头挺胸端坐在马鞍上，面不改色地承受着三千名巴塞罗那民兵惊愕的眼神。

“赞美上帝！”卓安突然开口大喊。

亚诺满脸狐疑地望着他。大家转过头来盯着这位道明会修士，包括爱丽诺在内。

“这是怎么回事？”亚诺问。

“亚诺！”卓安抓着哥哥的手臂，为了让在场的人都听得见，他刻意提高说话的音量，“事情变成这个地步，其实都是我们的错！”亚诺猛然一惊。“这些年来，我们默许了海儿的任性，因为我们的纵容，她没有实践一个年轻美丽的女孩应该完成的结婚生子义务。这是上帝的规定，而我们不能成为否定天主理念的人啊！”亚诺试图反驳，但是卓安比了个手势要他住口，“我深感愧疚。这些年来，我一直有罪恶感，我知道自己不该如此纵容一个任性的女孩，我深感愧疚，因为她的任性而为，她的人生完全不符合天主教教会神圣的规范。而这位骑士……”他指着菲力普·彭兹，“这位骑士就像是上帝伸出来的一只手，他是天主派来帮助我们的人，他完成了我们无力达成的事。没错！这些年来，我一直深感愧疚，因为我发现，慈悲慷慨的你以财富庇护着这个女孩，却任由上帝赋予她的美貌和青春逐渐枯萎。我不希望再为一位骑士的死而感到愧疚，这位骑士，以他的宝贵生命作为代价，却替我们完成了我们该做的事。关于这门亲事，如果你要问我意见如何，我会建议你接受的。”

亚诺沉默良久。民兵队全体成员都在等着他的回应。卓安趁机回头看了看爱丽诺，他依稀看见她的嘴角已扬起得意的笑容。

“你的意思是说，这一切都是我的错？”亚诺质问卓安。

“是我的错，亚诺，都是我的错。我早该提醒你教会的法规，以及上帝的美意……但是，我没有做自己该做的事，我觉得很抱歉！”

吉良的双眼已经燃起炽烈怒火。

“女孩的意愿如何？”亚诺质问彭兹。

“我是贝德罗国王的骑士。”彭兹答道，“国王制定的法令，并未论及一个适婚女子的意愿。”民兵队员们开始交头接耳，“本人菲力普·彭兹，加泰罗尼亚骑士，正式提出结婚的请求。如果你亚诺·艾斯坦优，加泰罗尼亚男爵暨海洋领事，不答应这件婚事的话，那就将我绳之以法；如果你答应的话，女孩的意愿根本不重要。”

民兵队又是一阵骚动。女儿的亲事由父亲决定，无须顾及她的意愿，这就是法律。

“这件事跟她的意愿没有关系啊！亚诺，”卓安压低了音量对哥哥说，“事关你的义务，这是你该做的事。任何一门婚事都一样，没有人会去问女儿的意见。婚事的决定总要以女儿将来的幸福为考虑。这个男人夺走了海儿的贞操，海儿的意愿已经完全不重要了。如果不嫁给他，海儿这辈子恐怕都得活在痛苦的深渊里。这件事就由你决定了，亚诺，你可以让一个骑士因此被处死，也可以让这件事有个圆满的解决方式。”

亚诺环顾周遭，急着找寻着亲人的身影。吉良的目光紧盯着骑士，眼神里充满憎恨。亚诺看到了妻子爱丽诺，依旧是一派王室的尊贵姿态。夫妻俩互看一眼，亚诺从她的神情看出了她的意见。爱丽诺同意。最后，他转向卓安。

“这是我们应守的法规。”卓安告诉他。

亚诺盯着骑士。然后再看看民兵队。大家已经卸下了武器，浩浩荡荡三千人大军，没有一个人看起来有打仗的意愿。大家都在等待亚诺的决定。那是加泰罗尼亚的法律，也是女人应该遵从的法则。就算杀死骑士、救出海儿，那又怎么样？一个被绑架、被玷污的女孩子，后半生会过什么样的日子？在修道院隐居一生？

“我同意。”

现场一片静默。亚诺的决定迅速在民兵队里传开了。有人公开称赞他的做法。有人兴奋大喊。越来越多人加入庆贺的行列，最后，整个民兵队齐声欢呼！

卓安与爱丽诺的目光短暂交错。

就在不到一百米外，那个被囚禁在农庄瞭望塔里的女孩还不知道，她的未来，有人刚刚在众目睽睽之下替她决定了。他们为什么不上来？他们为什么不进攻？他们究竟要如何对付那个无耻之徒？他们在呼喊什么？

“亚诺！那些人在呼喊什么？”

045

民兵队的欢呼呐喊使他不得不相信刚刚听见的话是真的。“我同意！”吉良用力抿着双唇。有人在他背上拍了一下，然后又跟着群众一起欢呼去了。“我同意！”吉良注视着亚诺，然后再盯着那位骑士。他的神情轻松多了。像他这样一个奴隶能做什么？他又看了看菲力普·彭兹；那张脸挂着笑容。“海儿·艾斯坦优已经是我的人了。”他是这么说的，“海儿·艾斯坦优已经是我的人了！”亚诺怎么可以……

有人把装了烧酒的皮囊递到他嘴边，吉良面露嫌恶地把它挪开。

“兄弟，你不喝酒啊？”他听见有人这样问道。

他的目光嵌在亚诺身上。公会代表们向仍然骑在马上的彭兹祝贺。现场的人尽情谈笑酣饮。

“你不喝酒吗，兄弟？”又有人在背后问他。

吉良推开那个手持皮囊的男子，目光搜寻着亚诺的身影。公会代表们正在恭喜他。被众人团团包围的亚诺，仍努力探出头来看了看吉良。

现场的大批群众，包括卓安在内，大伙儿推着亚诺走向骑士的农庄，但是亚诺依然不断回头看着吉良。

这时候，民兵队全体成员已经开始庆祝这场婚事。他们在炉子里生起了火，大家围着炉火大声唱歌。

“让我们为领事以及他的养女找到幸福归宿庆祝一下吧！”又有人递上装着烧酒的皮囊。

亚诺的身影已经消失在通往农庄的路上。

吉良厌烦地甩开了皮囊。

“怎么，你不跟大家一起庆祝啊？”

吉良默默看着他。接着，他转身走开，踏上返回巴塞罗那的路。民兵队的嘈杂声渐渐歇止。吉良独自走在返回城里的路上，他拖着沉重的脚步，也拖着沉重的心情，还有一个卑微奴隶的无力感，他就这样沉重地走向巴塞罗那。

亚诺拒绝了农庄老女仆用颤抖的双手端上来的干酪。公会代表们和官员们全挤在二楼，那儿有个以石材砌成的大炉灶。亚诺在拥挤的人群中找寻吉良的身影。大家畅快谈笑，不断地要求老女仆送上更多干酪和烧酒。卓安和爱丽诺站在炉灶旁，当亚诺盯着他们看时，两人都刻意避开他的视线。

突然，二楼的另一边引起了骚动。

彭兹揪着海儿的手臂，两人一起走进二楼大厅。亚诺看着她用力甩开骑士的手，朝着他狂奔而来。她的嘴角漾起微笑。海儿早早就张开双臂奔向亚诺，到了他面前，当她正打算拥抱他时，却突然僵住了，她的双臂缓缓落下……

亚诺看到她面颊上似乎有淤青。

“怎么了，亚诺？”

亚诺回过头去向卓安求助，但是他弟弟却一直低着头。在场的人都在等着他开口。

“菲力普·彭兹骑士依据加泰罗尼亚宪法，关于你的贞操……”亚诺终于鼓起勇气跟她说。

海儿伫立在原地，泪水开始从她的两颊滑下来。亚诺正想举起右手替她拭泪，却又收了手，任由那两行泪水滑落颈间。

“你父亲……”彭兹在后面抢着插嘴，才刚开口，就看见亚诺示意他闭嘴，“海洋领事已经当着全体民兵队答应了我们的婚事。”彭兹趁着亚诺出言制止、甚至反悔之前，一口气把话说完。

“这是真的吗？”海儿问。

“我多么希望能够拥抱你、亲吻你，永远把你留在身边……只有这些愿望才是真的。这是一个父亲应有的感受吗？”亚诺心想。

“是的，海儿。”

海儿脸上已经没有泪水。彭兹走到女孩身边，再度紧抓着她的手臂。她没有挣扎。有人在亚诺背后率先起哄，大家一起高声欢呼着。亚诺和海儿依然注视着对方。祝福新人的道贺声不绝于耳。这时候，亚诺已经泪流满面。或许他弟弟说得没错，或许卓安看出了连他自己都不知道的盲点。他曾经在圣母面前发过誓，此生绝不再背叛妻子，即使有个不称职的妻子，他也不会再对别的女人动情。

“父亲？”海儿伸出手来替他拭泪。

当海儿的手碰触到他的脸颊时，亚诺不禁颤抖起来。

他立刻别过头去，避开了海儿的手。

同样在那一刻，在孤寂的暗夜里，在通往巴塞罗那的路上，有个奴隶抬头望着夜空，霎时，他仿佛听见那个他一手带大并视如己出的女孩凄厉地哀号着。他生来就是个奴隶，一辈子都是奴隶。他已经学会默默关爱他人，也学会隐藏自己的情绪。一个奴隶不算是一个人，因此，在那属于他的孤独里，他学会了冷静看待世间的人与事。他看出那两人彼此爱慕，他为此向他信仰的两个神祈祷，希望这两位有情人能够挣脱重重枷锁，最终成为紧紧相依的眷属。

吉良终于忍不住大哭起来。奴隶是不准哭泣的……

吉良始终没有再踏入巴塞罗那城门。当他回到城外时，已是深夜时分，圣达尼城门早已关闭。他们就这样抢走了他疼爱的女孩。亚诺或许并不自觉，但是他把这女孩当成奴隶一样卖掉了。他在巴塞罗那还能做什么？他怎么忍心坐在那张海儿曾经坐过的椅子上？他怎能漫步重访他和女孩一起走过的地方？她曾经陪着他聊天说笑，她曾经与他分享怀春少女的心事……除了日夜思念她，他在巴塞罗那还能做什么？继续跟着那个已经摧毁梦想的人，他还有什么前景可堪期待？

于是，吉良继续沿着海岸线往前走，两天之后，他抵达加泰罗尼亚第二大商港沙洛港。他站在港边眺望着无际汪洋，以及遥远的地平线。宜人的海风轻轻吹拂着，让他想起热那亚的童年和母亲，以及在他被卖给一个商人之后和他分离的兄弟们。起初，他跟着商人学做生意，后来商人带着他一起到国外经商，当时正值热那亚与加泰罗尼亚交战期间，主仆俩遭加泰罗尼亚军队俘虏。吉良数度被转卖，直到遇见哈斯戴，这位犹太商人一眼就看出他过人的经商才能。吉良依旧望着前方的汪洋、船只以及人来人往的码头……为什么不干脆回热那亚算了？

“下一艘开往比萨的船只何时出航？”年轻人戒慎恐惧地把文件交还给他。起初，年轻人端出一副轻蔑怠慢的姿态，当他是个又脏又臭的普通奴隶。但是当吉良报上自己的姓名时，年轻人立刻想起他父亲经常挂在嘴边的话：“那个名叫吉良的人，可是海洋领事亚诺·艾斯坦优最器重的左右手。”

“我必须写一封信，需要纸笔，还有一个安静的角落。”吉良对年轻人说。

“我决定接受你的建议，恢复自由之身。”他这样写着，“我将启程前往热那亚，途中会经过比萨，我仍将以你的奴隶之名完成这段旅程，抵达热那亚之后，我会静候申请恢复自由的回函。”还有什么话好说？难道要告诉他，没有海儿，他活不下去？而他的主人兼挚友亚诺却可以？这些事，何必再提？“我要去寻找自己的根，以及我的家人。”他再补上一段，“你和哈斯戴是我这一生最好的两个朋友。请代我多多关照他。你对我的情义，我会永远铭记在心。愿真主安拉和圣母保佑你。我会为你祈祷的。”

当吉良打算搭乘的船只停靠沙洛港那天，年轻人也带着吉良的信出发到巴塞罗那去了。

亚诺在吉良那封要求恢复自由之身的信函上慢慢签下了名字，他读着信，脑中却浮现一幕幕过往的情景：瘟疫蔓延、暴民攻击、一起创业、日复一日的辛勤工作、两人的诚恳交谈、珍贵友谊，以及美好时光……他的手颤抖得越来越厉害。当他签下名字时，羽毛笔突然折断了。促使吉良决定求去的真正原因，两人心里都明白得很。

亚诺回到货币交易所之后，差人将回函送往比萨，并随函附上一小笔资金。

“我们不等亚诺吗？”卓安走进餐厅时，见到爱丽诺已在餐桌旁坐定，不禁这样问道。

“您想用餐吗？”卓安点头，“您如果想吃晚餐，最好就现在吃吧！”

卓安坐在爱丽诺对面，就在长形餐桌的角落位置。两个佣人忙着送上面包、美酒、热汤，以及配有甜椒和洋葱的腌鹅肉。

“您刚刚不是说您想用餐吗？”爱丽诺发现卓安修士一口都没

吃，只是不断翻弄着盘中的食物，忍不住关切他。

卓安抬起头来，没吭声，只是盯着自己的嫂子。那天的晚餐期间，卓安就只问了那么一句话。

回到房里待了几个钟头之后，卓安听见宅邸内有人走动。家中几位仆人忙着迎接亚诺。他们送来晚餐，亚诺却回绝了，就像卓安决定等他回来一起吃晚餐那三天一样。亚诺拒绝用餐，宁可独自坐在客厅里，神情是如此疲惫……

卓安先听见仆人回房的脚步声，然后听见亚诺缓慢的步伐先停在他的房门前，然后再走向自己的寝室。他如果现在走出房门，能跟哥哥说什么？等候哥哥回来一起吃晚餐的那三个晚上，他试图跟哥哥交谈，然而，亚诺始终封闭自己，对弟弟的问题，一概以寥寥几字回复。“你还好吧？”“嗯！”“交易所工作很忙吗？”“不会。”“一切都顺利吧？”无言。“圣母教堂的情形呢？”“很好。”站在漆黑的房里，卓安掩面叹息。亚诺的脚步声已经消失。他能跟哥哥谈什么？谈她吗？他怎么能忍受听着哥哥亲口说他爱她？

卓安目睹了海儿为亚诺拭泪的情景。“父亲？”他听见她这样说。他目睹了亚诺颤抖的模样。当时卓安突然回头，看到的却是面带微笑的爱丽诺。总要见到他身心饱受折磨才能了解这一切……但是，他该如何向哥哥坦承事实？他该如何告诉哥哥，罪魁祸首就是他？亚诺泪流满面的样子，再次浮现在卓安的脑海里。他对她的爱如此之深？他忘得了她吗？卓安夜夜长跪祈祷到天明，只是，连上帝也抚慰不了他沉痛、懊悔的心情。

“我想离开巴塞罗那。”

道明会修道院院长观察着眼前的卓安。这位修士瘦骨嶙峋，双眼凹陷，一双耳朵略呈青紫色，黑色修士袍显得更宽松了。

“卓安修士，你认为自己可以胜任宗教法庭法官的职务吗？”

“是的。”卓安语气坚定，修道院院长再把他从头到脚打量了一番，“我只要离开巴塞罗那，元气就会恢复了。”

“但愿如此。你下个礼拜就到北方去吧！”

卓安的目的地是以农牧为主的小乡镇，地处偏僻的山谷间，居民对于宗教法庭法官总是心怀恐惧。卓安的出现，并没有让居民改观。回溯百余年前，在雷蒙·潘亚福获教皇任命为亚拉岗王国的宗教法庭法官之后，这些乡镇的居民随即饱受黑衣修士调查之苦，至今依然如此。遭控诉的案件大多是因异教邪说而起，而边界地区则是最早受异教邪说影响的地区，在这些地方，甚至有贵族因此而遭处决。卓安修士即将执行宗教法官职务的地方，就在北方的边界地区。

“大人！”小镇的公会代表们到场迎接他，并且恭恭敬敬地对他鞠躬致意。

“我不是什么大人！”卓安如此回应，并示意要他们抬起头来，“叫我卓安修士就可以了。”

只是，同样的场景一再重复上演。新任宗教法庭法官、陪同到任的文书官以及教廷卫兵已经抵达的消息，立刻在小镇上传开了。小镇居民聚集在镇上的小广场上。卓安默默观察着人群，其中有四个人一直无法抬头挺胸。他们始终低着头，神情局促不安，反而格外引人注目。除此之外，广场上的人群看起来泰然自若，但是卓安知道，他们冷静的眼神背后隐藏着不可告人之事。他们究竟有多少秘密？

接受小镇居民的公开欢迎致意之后，紧接而来的便是安排住所：小镇提供了镇上最好的房子供他居住，餐桌上摆满美味的食物，丰盛的程度，远超过小镇居民们平日的饮食。

“我平时只需要一小块干酪，加上面包和水就够了。其他的食物就送去给我的手下吃吧！”他在餐桌旁坐定之后，再次重申自己的用餐原则。

所谓最好的房子，也不过是一般民房。看起来老旧、简单，却是石造的房子，不像镇上大多数民房，多是以半焦黑的木材搭建的简陋屋舍。屋内有一张桌子加上几张椅子，摆在炉子旁边，这就是全部的家具了。

“大人应该累了吧！”

卓安看着眼前的干酪。他们一行人在碎石满布的崎岖道路上步行了数小时，不但要忍受清晨的冷冽，脚上还沾满污泥。餐桌下，卓安的左脚叠在右脚上，偶尔往上抬起，借此减轻小腿的疼痛。

“我不是什么大人！”他一脸漠然地重申，“我也不累。上帝保护子民，从来不觉得疲惫。我先吃点东西，然后就要开始工作了。你们去通知所有居民到广场上集合！”

从巴塞罗那出发之前，卓安先去圣卡德琳娜修道院借了教皇格列高利九世的著作，并且仔细研读了宗教法庭法官行使职务的程序。

“罪人们！你们悔悟的时候到了！”第一个步骤是对全体居民讲道。七十多位居民聚集在广场上，低头听着卓安说出第一句话，“熊熊烈火正在等着你们。”起初，他也怀疑自己有没有能力在众人面前讲道，然而事情比他预想的容易多了，因为他已经发现自己具有震慑这群农民的力量。“你们没有一个人能够侥幸躲过上帝的监督！上帝绝不容许他的子民中有害群之马。”他们必须出面认错。他必须揪出所有的异教邪说，那是他的职责所在，揭发不为人知的罪过，那些只有邻人、朋友和妻子才知道的秘事。

“上帝无所不知。他对你们每个人的作为一清二楚。他一直在监督你们。秘密犯下罪过的人，将会永远烈火焚身，因为，一个人若容许自己犯下的罪过，罪加一等；犯下罪过可以寻求宽恕，但是，如果隐藏罪过的话……”这时候，卓安观察着台下的人群——有点动静了，那是鬼鬼祟祟的眼神！第一批受审的就是这批人了。“那些隐藏罪过的人……”卓安再度停顿下来，直到他看见人群因为他的威吓而屈服，“隐藏罪过的人，永远无法获得宽恕！”

恐惧！烈火！痛苦！罪恶！惩罚……黑衣修士慷慨陈辞，高声列举了一长串罪状，卓安的初次集会讲道，已经恫吓到全体居民的魂魄。

“你们有三天的恩典期。”卓安以此作为结语，“这段时间，自动告解认错的人将获特别恩典，惩罚可望减轻。三天之后，一律依法严办。”结束讲道之后，卓安交代卫兵司令，“你去调查一下那个金发女子，以及那个赤脚的男人，还有那个系着黑腰带的男子。另外，还有那个带着小孩的年轻女子……”卓安最后还低声补了一句，“如果这几个人没有自动告解的话，到时候你就随便抓一些人，连同他们几个，一起带来见我。”

三天的恩典期内，卓安面无表情，一直坐在桌边等着，旁边则坐着文书官，几名卫兵无事可做，只能不时变换站姿，时间就在沉默中缓缓流逝。

自动前来告解认罪的只有四个人：两个没去望弥撒的男人，一个多次顶撞丈夫的女子，另外是个小孩，一来就躲在门边，睁着一双大眼睛探头望了又望。

有人从背后推他一把，但是这孩子拒绝进门，就在门口僵持着。

“孩子，你进来！”卓安对他说。

小男孩吓得往后退了一步，但是背后那只手再次将他往前推进屋内，并立刻把门关上。

“你今年几岁了？”卓安问他。

小男孩看了看站在一旁的卫兵，然后又看了看文书官，最后，他盯着卓安。

“我……我今年九岁。”小男孩结结巴巴地报上年龄。

“你叫什么名字？”

“安丰。”

“靠过来一点，安丰。你有什么话要跟我们说？”

“我……我……我两个月前捡了邻居菜园里的四季豆。”

“是捡来的吗？”卓安问道。

小男孩低下头来。

“是偷来的。”男孩答道，音量微弱得几乎听不见。

卓安从草席睡垫上站了起来，然后吹熄油灯。小镇早已沉睡，他自己却仍在试图培养睡意。他闭上双眼，正要入睡时，脑中又出现亚诺泪流满面的景象，于是，睡意尽失。他需要灯火。他一次又一次试图入睡，最后总是不得不起身，有时猛然坐起，有时一身热汗，有时则带着困扰他已久的思绪缓缓站了起来。

他需要灯火。他确定灯里还有煤油。

亚诺悲伤的面容在幽暗的角落隐隐浮现。

他又躺回草席上。屋里好冷。这屋子一直都很冷。他望着跳动的灯火，以及环绕灯火四周的光影。卧室唯一的一扇窗少了窗板，寒风大剌剌地往屋内吹。“每个人都有不可告人之事；而我的……”

他在毛毯下蜷缩着，强迫自己闭上眼睛。

天为什么还不亮？天亮了，又是崭新的一天，而三天的恩典期也结束了。

卓安终于打了个盹，只是，不到半个钟头他又惊醒，而且满身大汗。

油灯继续燃着。火影轻盈地舞动着。小镇依然一片寂静。为什么还没天亮呢？

他裹着毛毯，走到窗边。

一个寻常的小镇。又是一个等待天明的夜晚。

多么期望明天到来……

那天早上，一群镇上的居民被卫兵带到卓安的住所前，并在门前排队等着。她说她叫蓓蕾。卓安掩饰了自己对排在第四位的金发女子的特别注目。前三人都没盘问出任何问题。蓓蕾站在卓安和文书官前面，中间隔了张长桌，炉子里的柴火劈啪作响，屋里没有其他人。卫兵们在屋外守着。霎时，卓安扬起锐利的目光，女子吓得全身颤抖。

“蓓蕾，你心里藏着事情，对不对？上帝可是一直监督着我们。”卓安语气坚定地说，蓓蕾一直低头看地上，“看着我。我要你抬起头来看着我！难道你希望永远被烈火焚身吗？看着我！有没有孩子？”

女子慢慢抬起头来。

“有，可是……”她结结巴巴的。

“可是你的孩子并不是罪人。”卓安打断了她的话，“到底是谁，蓓蕾？”女子欲言又止，“到底是谁，蓓蕾？”

“她亵渎上帝。”她终于做出回应。

“是谁亵渎上帝？”

文书官已经准备做记录。

“她……”卓安静静等着，已经没有转圜的余地了，“我听见她生气的时候亵渎了上帝……”蓓蕾又低下头盯着地面，“她是我丈夫的姐姐玛尔妲，她一生气就会说出很难听的话。”

文书官振笔疾书。

“还有其他的吗，蓓蕾？”

这一次，女子倒是很冷静地抬起头来。

“没有了。”

“真的吗？”

“我向您发誓！您一定要相信我啊！”

只有那个系着黑腰带的男子是个错误的判断。赤脚男子举发了两个未守戒律的牧羊人，他看见他们在大斋期偷偷吃了肉。那个带着孩子的女孩是个年轻寡妇，她举发了自己的邻居，一个不断利诱勾引她的已婚男人……他甚至抚摸了她的胸部。

“那你呢？你就任他这样放肆吗？”卓安问她，“难道你也喜欢这样？”

年轻寡妇当场号啕大哭。

“你觉得很愉快吗？”卓安继续追问。

“我们需要过日子呀！”她抱起孩子，边啜泣边说道。

文书官写下年轻寡妇的姓名。卓安紧盯着她不放。“他给了你什么？”他暗想，“他施舍你干面包了吗？你的尊严就这么廉价吗？”

“说实话！”卓安指着她大声喝令。

又有两个人举发了邻居的恶行。都是异教徒，两人对此非常确信。

“你的邻居做了什么让你出面举发他的坏事？”卓安这样暗想，“你非常清楚，被举发的人永远都不会知道检举人是谁。如果我判他有罪的话，对你有什么好处？难道你会因此得到一小块地吗？”

“你的邻居叫什么名字？”

“安东，他是个面包师傅。”

文书官记下了名字。

卓安结束问话时，已是入夜时分；这时他把军官和文书官叫了进来，指示两人隔天一大早就把他点名的人带到宗教法庭来，天一亮就来。

依旧是孤寂的黑夜，寒凉的空气，跳动的烛火……还有萦绕不去的回忆。卓安终究还是起床了。

一个是恶言亵渎，一个是邪淫好色，还有一个是崇拜恶魔。“天一亮，你们就是我的了。”他咬牙切齿地说。那个恶魔崇拜者是真有其事吗？许多人举发了类似的案件，至今只有一件成立。这次会是真的吗？他该怎么审问才好？

他觉得疲惫不堪，于是再度躺回草席上，闭上了双眼。嗯！一个恶魔的崇拜者呀……

“你愿意对着四位圣人的经书发誓吗？”微弱的曙光才刚从低矮

的窗子钻进屋里，卓安已经开始了这一天的审判。

男子点头赞同。

“我知道你犯了罪！”卓安口气坚定地宣布。

卓安这么一问，被两名卫兵围堵在长桌前的男子惊慌得面无血色。一滴滴汗水不断冒出，像额前挂了一串串珍珠似的。

“你叫什么名字？”

男子低声回复了“贾斯柏”这个名字。

“我知道你犯了罪，贾斯柏！”

男子开始支支吾吾了起来。

“我……我……”

“说实话！”卓安大大提高了音量。

“我……”

“鞭刑伺候！直到他说实话为止。”卓安站了起来，气得握拳捶桌。

其中一名卫兵抽出了皮鞭，男子立刻跪在长桌前。

“不要啊！我求求您，不要鞭打我呀！”

“说实话！”

这时候，卫兵手上的皮鞭往他背上抽了一下。

“说实话！”卓安对他咆哮着。

“我……我没有犯错呀！都是那个女人，是她来迷惑我的！”男子说话的语气急切、慌乱，“她丈夫根本管不住她。”卓安面不改色地听着，“她找上我，而且一直跟着我，我们做过几次，但是……但是我不会再这样做了！我不会再跟她见面了！我可以向您发誓。”

“你跟她发生肉体关系了吗？”

“是……是的。”

“几次？”

“我不知道。”

“四次？五次？还是十次？”

"四次。没错，就是四次。"

"那个女人叫什么名字？"

文书官记下了名字。

"你还犯了什么其他的罪？"

"没有……真的没有了。我向您发誓！"

"你不要随便发誓啊！"卓安刻意拖长了尾音，"鞭刑伺候！"

鞭打了十下之后，男子坦承自己和那名女子通奸，并且趁着到城里的市场采买时召妓买春。此外，他曾经恶言亵渎，说过谎，并且犯了数不清的小过错。又鞭打了五下之后，他总算记起了那个年轻寡妇。

"本人在此宣布……"卓安大声宣示，"明天，在广场上举行的大型弥撒，你务必准时出现，我将会进行宣判。"

男子根本没有时间提出反驳。仍跪在地上的他，硬是被两名卫兵直接拖出了屋外。

玛尔妲，那个名叫蓓蕾的女教友的大姑，倒是不需要怎么盘问就认了罪，交代她隔天到广场上参加弥撒听取宣判结果之后，卓安差遣她回去，接着，他转过头去看了看文书官。

"去把安东·锡农带进来。"卓安看了名单之后，随即向军官下令。

一看到这个魔鬼崇拜者踏进屋里，卓安立即挺直了腰背。这个男子有个鹰勾鼻，额头光亮，有双深邃的黑眼睛。

卓安想听听他的声音。

"你愿意对着四位圣人的经书发誓吗？"

"愿意。"

"你叫什么名字？"男子在长桌前站定之后，卓安这样问他。

"安东·锡农。"

这个身材瘦小的男子，有点轻微的驼背，站在两名高大的卫兵中间，神情略显怯懦地回答着卓安的盘问。

"你一直都叫这个名字吗？"

男子踌躇了。卓安正在等着他回复。

“在这个镇上，大伙儿都是叫我这个名字。”他总算开了口。

“出了这个小镇呢？”

“出了这个小镇，我有别的名字。”

卓安和安东注视着对方。这个瘦小的男子倒是一直没有避开卓安的目光。

“是不是基督教名字呢？”

安东摇头否认了。卓安不禁露出微笑。他应该如何开始盘问？就说他知道他犯了罪？这个老奸巨猾的犹太人不会上这种当的。这件事，显然整个镇上没有半个人知道，否则，早该有好多人来举发了。这个叫锡农的人，脑筋一定非常灵活。卓安默默观察着他，心想，在这个名字掩饰之下，他究竟藏着什么不为人知的秘密？为什么他家每到夜里就特别明亮？

卓安站了起来，然后走到屋外。文书官和卫兵都不敢妄动。当他把门关上时，挤在屋前看热闹的群众都吓呆了。卓安没理会群众的反应，径自转向军官问道：

“屋内那位受审者的家人在不在现场？”

军官指出了一名妇人和两名少年，母子三人正朝着他们张望。一定有什么事情不对劲……

“那个男人靠什么维生？他家里怎么样？当你们通知他到法庭受审时，他的反应如何？”

“他是个面包师傅。”军官答道，“面包坊就开在他家楼下。至于他家里嘛……很正常，干干净净的。我们去通知他受审的时候，并没有碰到他本人。我们是跟他的妻子说的。”

“他当时不在面包坊？”

“不在。”

“你们是按照我的吩咐一大早就去的吗？”

“是的，卓安修士。”

“我好几次在夜里被惊醒。”邻居曾经这样说过，而且是“被惊醒”的。他是个面包师傅，面包师傅通常在天亮以前就得起床了，“难道你都不睡觉吗？锡农，如果你天亮以前就得起床的话……”卓安又看了看面包师傅的家人，母子三人和看热闹的好奇群众有点距离。卓安环顾周遭动静，过了半晌，他转身回到屋里。文书官、卫兵和受审的犹太人，依旧留在原地等着。

卓安凑近男子面前，几乎就贴上他的脸了。接着，卓安回到自己的位子坐下。

“把他的衣服脱光。”卓安对卫兵下令。

“我是行过割礼的犹太人！我已经承认了呀……”

“把他的衣服脱光！”

卫兵们来到锡农身边，在他们扑向受审者之前，这个犹太人的眼神让卓安深信，他的判断是对的。

“现在……”犹太人已经一丝不挂，“你有什么话要说？”

男子尴尬慌张，似乎摆什么姿势都不对。

“我不知道你这话是什么意思。”

“我的意思是，”卓安降低了音量，清清楚楚地说着每一个字，“你的脸部和颈部都很脏，但是，从胸部以下的肌肤格外白净。我的意思是，你的双手又黑又脏，你的上臂却如此雪白。我的意思是，你的双脚和脚踝都这么脏，偏偏两条腿却那么干净！”

“这些肮脏的部位都是露在衣服外面啊！有衣服遮住的地方当然会比较干净。”锡农提出辩驳。

“干净到连面粉都没有吗，面包师傅？你该不会想告诉我，面包师傅的衣服不会沾上面粉吧？你该不会想说服我，你在烤炉房里都穿着密不透风的冬衣在工作吧？你手臂上的面粉在哪里？今天是星期一，锡农，你今天祈求上帝宽恕了吗？”

“是的。”

卓安用力拍桌，同时站了起来。

“但是你今天也举行了异教的净身仪式！”他指着锡农咆哮。

“没有！”锡农低声否定。

“我们会查清楚的，锡农。把他囚禁起来，然后把他的妻子和小孩带进来！”

“不……不要！”卫兵挟着他的双臂拖往地窖，“他们跟这件事一点关系也没有。”

“站住！”卓安下令之后，卫兵立刻止步，并将锡农转过身来面对法官，“他们跟什么事没关系，锡农？你说，他们跟什么事没关系？”

为了不让家人受到连累，锡农终于认罪了。接着，卓安下令立刻逮捕锡农以及他的家人。

当卓安来到广场时，天都还没亮。

“他都不睡觉吗？”卫兵碰了碰战友的手臂，这样问道。

“没错，他晚上都不睡觉。”另一名卫兵答，“我还常常听见他整晚在屋子里走来走去！”

两名卫兵看了看卓安，这位修士正在为弥撒所需的文件做最后一次检查。他身上的黑袍又脏又皱，看起来一点都不像主持弥撒该有的装束。

“我跟你说，他不但不睡觉，而且还不吃东西。”其中一名卫兵这样说。

“他活在仇恨里！”军官在一旁听到他们的对话，忍不住插进这么一句。

黎明时刻，百姓陆续出现在广场上。遭受指控的罪犯在最前面自成一列，卫兵们在一旁守着；九岁的小男孩安丰也是那一排罪犯其中之一。

卓安按照应有的程序主持了宣判仪式。他念着每一个罪犯的罪状和惩罚。宽恕期之内坦承罪行者，可获最轻微的惩罚：前往吉隆纳大教堂朝圣。安丰被判义务劳役，每周一天到他行窃的邻居果园去帮忙，为期一个月。当他正在念着贾斯柏的刑罚时，人群中传出的呐喊打断了他的宣判。

“婊子！”有个男子追打着那个曾经和贾斯柏通奸的女子。卫兵上前拉住那名激动的男子。“原来这就是你一直不愿意告诉我的罪行？”被卫兵挡住的男子依旧大喊大叫。

直到这个气愤的丈夫终于住口，卓安做出宣判：

“每个礼拜天你必须穿着悔罪衣跪在教堂前面，从日出跪到日落，为期三年。至于你呢……”卓安转向那名女子。

“我要求行使处罚她的权利！”女子的丈夫大喊着。

卓安看了看那名女子。“你有子女吗？”他一度想这样问她。如果她的子女必须爬上箱子，透过一扇小窗子去跟他们的母亲交谈，那对孩子将是多大的伤害？然而，那个做丈夫的确实有这个权利……

“至于你……”卓安继续说，“我将你交给一般司法机构，他们会根据你丈夫的要求做出符合加泰罗尼亚法律的裁决。”

最后，卓安做出了真正重大的宣判。

“安东·锡农！你和你的家人将接受宗教大法官的审判！”

“走了！”放上简单的行李后，卓安督促骡子赶紧上路。

这位道明会修士默默向小镇告别，他的声音仿佛仍然回荡在那个小广场上。今天他会到另一个小镇，然后还有一个接一个不同的乡镇。“所有乡镇的老百姓……”他暗想，“他们会满怀恐惧地注视我，聆听我的话语。接着，他会来举发乡亲或是邻居，一条条罪状就这样浮现。我必须调查这些事项，我必须解读他们的行为、神情和感受，从中找出他们犯下的罪。”

“加紧赶路呀，军官！我希望中午以前能够抵达！”

PART
04

第四部

命运的奴隶

“他们一定偷偷溜出来了。”一旁有人语气非常肯定。

“那么，孩童呢？”另一人加入谈话，“他们一定也会绑架基督徒小孩，然后把孩子钉在十字架上，并且吃了孩子的心脏……”

“还会喝他的鲜血。”有人在一旁补充。

亚诺无法将目光从那群愤怒的贵族身上移开。他们怎么会说出这样的话？他和爱丽诺又是四目交会，她面露讥笑。

“你的朋友噢！”她以讽刺的语调对丈夫说。

就在此时，整座圣母教堂充斥着复仇的叫嚣。“前进犹太区”的叫嚣混杂着“异教徒”“亵渎上帝”的怒吼。亚诺眼看着人群迅速挤向教堂出口，贵族们在后面跟着。

“你动作不快一点的话，”爱丽诺在一旁说，“会被挡在犹太区外面的。”

亚诺转过头去瞪了妻子一眼，然后回头注视着圣母。群众的叫嚣呐喊已在海洋街逐渐沉寂。

“你的心里怎么会有这么多仇恨呢？爱丽诺，难道你对这个世界连一点美好的期望都没有吗？”

“没有，亚诺。你也知道，我一直得不到我想要的，特别是你送给你那些犹太朋友的那个。”

“你在说什么呀？”

“我说的是你，亚诺，就是你！你自己心里明白得很，你从来没有履行过婚姻的义务。”

亚诺想起自己多次拒绝爱丽诺趋前示好的情景。起初，他怕伤了她的自尊，尽量婉言推托，后来他厌倦了，索性断然拒绝。

“国王强迫我娶你为妻，但他并未要求我非得满足你的需求不可。”亚诺驳斥妻子。

“国王没这样要求你……”她冷冷地响应，“但是教会是这样要求的呀！”

“即使上帝也不能强迫我跟你同房！”

听到丈夫这么说，爱丽诺怒视着他，然后缓缓转过头去望着主祭坛。教堂里只剩下他们两人，以及一直默默听着他们夫妻争执的三位神父。亚诺也转过头去看三位神父。当夫妻俩四目相接时，爱丽诺愤愤地眯着双眼。

她没有再出声。亚诺随即转身离去，径自往圣母教堂大门走去。

“你赶快去找你的犹太情妇吧！”爱丽诺在他背后吼着。

一股寒战从亚诺背脊猛然蹿起。

那年，亚诺再度荣膺海洋领事这项要职。他穿着一身华丽昂贵的行头，快步往犹太区走去。震耳欲聋的群众叫嚣怒吼声从海洋街中段一直蔓延到布拉特广场，甚至延续到圣乔美教堂。群众矢言复仇，一个个拿着石块砸向犹太住户的大门，毫不在乎门口有国王卫兵驻守着。虽然街头一片混乱，亚诺还是轻易来到了犹太区入口。

“报告领事大人，目前任何人都不准进入犹太区。”驻守军官这样告诉他，“我们正在等候国王代理人——贝德罗三世的儿子胡安王子下达指令。”

后来，大家终于等到胡安王子的命令。隔天早上，王子将巴塞罗那城内所有的犹太人拘禁在犹太教堂里，不准供应饮水和食物，直到抓出亵渎圣饼的罪魁祸首为止。

“五千人哪！”亚诺在货币交易中心的办公室里得知这个消息时，忍不住怨叹起来。五千人挤在一座教堂里，没有饮水！没有食物！幼童们怎么办？刚出生的婴儿怎么办？王子究竟想怎么样？怎么会有如此窝囊的做法，居然等着某个犹太人自动出面承认自己亵渎了圣饼？谁会愚蠢到自动出面背负死罪？

亚诺气得用力拍桌，替他捎来消息的仆人吓得不敢动弹。

“去把卫兵找来！”亚诺当场下令。

海洋领事大人带着六名全副武装的卫兵，在街巷里疾行。犹太区住户门口仍有国王卫兵驻守着，家家户户的大门却是半掩着。原本聚集在门口的群众已经散去，倒有百余名好奇民众，不顾驻守卫兵的喝斥，仍然探头往门内看。

“谁是这里的总指挥？”亚诺质问守在门口的军官。

“总督大人在里面。”军官指了指里面。

“你去请他出来。”

总督没多久就现身了。

“亚诺，有什么事吗？”总督一见他，立刻跟他握手致意。

“我想跟里面的犹太人谈一谈。”

“王子已经下令……”

“我知道。”亚诺立刻打断了他，“正因为如此，我更需要跟他们谈一谈。我有很多生意都跟犹太人有关联啊！我必须跟他们谈谈才行。”

“可是王子……”总督才刚开口，又被亚诺堵住了。

“王子还得靠犹太人过日子。犹太人每年都得付大笔金钱给国王，就因为他们属于国王。”总督点头附和，“王子一心一意想要揪出亵渎事件的祸首，但是，你应该不能否认，王子更应该弄清楚犹太人在商业方面的贡献。万一事态严重的话……你要知道，全年的总税收当中，犹太人缴纳的金额占了大部分。”

总督当然非常清楚这种情况，立刻让亚诺一行人进入区内。

“他们都在犹太教堂里。”总督特别告知。

“我知道，我早就知道了。”

那座犹太教堂，即使不挤进全部犹太人就已经像个大闷锅。亚诺快步往前走着，这时候，他看见一群身穿黑色长袍的修士在犹太人的住家里穿梭着，正忙着调查屋内的所有物品，就为了找出沾血的圣饼。

到了犹太教堂门口，另一位王室卫兵上前挡住亚诺。

“我要找哈斯戴·葛雷斯卡司。”

这位执勤卫兵军官有意回绝亚诺的要求，但是旁边的另一名卫兵示意要他放行。

在教堂门口等候哈斯戴期间，亚诺又回头看了看犹太区的现况。所有的住家，大门或是敞开，或是半掩，一眼望去，尽是凄凉。修士们在犹太人住家里进进出出，偶尔从住家里拿出物品给其他修士们查看一番，修士们看过之后，摇摇头，随后就把物品往地上一摔。犹太人的私人物品就这样被丢了满地。“亵渎上帝的人到底是谁呢？”亚诺心想。

“大人！”有人在背后叫他。

亚诺转身一看，眼前出现的正是哈斯戴。他注视着那双熟悉的眼眸，因为住家和隐私遭受无情的掠夺、侵犯而红肿的眼眸。亚诺命令所有卫兵都退下。领事馆卫兵服从了命令，但是王室卫兵却依然在一旁监视着他们。

“难不成你们连领事馆的公事都想听啊？”亚诺质问他们，“你们跟我的卫兵一起退下！我们要谈的是领事馆机密要事。”

王室卫兵悻悻然退下了。亚诺和哈斯戴定定望着对方。

“我多么希望能够给你一个拥抱啊！”确定四下无人之后，亚诺告诉哈斯戴。

“还是不要吧！”

“你们的情况怎么样？”

“很糟糕！亚诺，情况很糟糕……我们这些老人勉强撑着，年轻人也尽量忍着，但是年幼的孩子们已经好几个钟头没得吃、没得喝了，甚至还有好几个刚出生的婴儿。万一做母亲的连奶都没得喂了……唉！虽然才几个钟头而已，但是人的身体不是铁打的，吃不消的……”

“我可以帮得上忙吗？”

“我们也试着想跟他们交涉，但是总督根本不肯见我们。你也知道，办法只有一个，就是用钱买回我们的自由。”

“我要凑多少？”

哈斯戴的眼神制止他往下说。五千个犹太人的性命，要花多少钱去买啊?

“拜托你!亚诺,我们犹太区恐怕不保了。”

亚诺伸出手去握了他的手。

“我们就靠你帮忙了。”哈斯戴离去之前,再一次恳求亚诺。

亚诺又看了看那群忙进忙出的修士。他们是否找到了沾血的圣饼?大批物品,包括家具在内,就这样凌乱地堆放在犹太区街头。离去时,亚诺在门口向总督道了谢。这天下午,他应该在领事馆里仲裁纠纷的,但是,有什么事比人的生命更重要?更何况是一整个小区的人?亚诺做过各种商品的交易——布料、香料、谷物、牲畜、船只和金银,他甚至很清楚奴隶的价码,但是,一个好友的价值呢?

亚诺离开犹太区之后,左转进入新巴尼斯街;他穿越布拉特广场,然后到卡德斯街与蒙卡塔尔街交会的转角,就在他的宅邸附近,他却突然停下脚步。回家做什么?回去和爱丽诺冰冷相对吗?他转过身,回到海洋街上,往自己的兑换铺子走去。打从他同意海儿的婚事那天开始……从那天起,爱丽诺就想尽办法巴着他不放。他一开始就看穿了她的矫情。她怎么可能突然变了个样?她连一声“亲爱的”都没对他说过!她对他的事业从来不关心,也不在乎他吃了什么,甚至连个简单的嘘寒问暖都没有。确定了虚情假意的招数无法奏效之后,爱丽诺决定正面出击。“我是个女人!”有一天,她这样说。亚诺回应她的眼神想必不是太友善,因为她后来就没再开口了。直到几天前:“我们必须履行婚姻的义务,我们这样是有罪的。”

“你什么时候变得这么热心,居然想要解救我啊?”亚诺回复她。

爱丽诺不死心,最后决定去找圣母教堂主事神父之一——安德瑞神父,把他们的婚姻状况全告诉了神父。神父倒是真的很希望教友们能够得救,何况,亚诺还是他最关爱的教徒之一。面对神父的直言询问,亚诺也无法为自己辩解。

“我就是办不到！神父。”他在圣母教堂里回答他。

确实如此。把海儿嫁给彭兹骑士之后，亚诺努力想要忘记这个女孩，这样有什么不好呢？应该让她去组成一个属于她的家庭了。但是，他却孤单了。所有他深爱的人都从生命中消失。他也可以生养孩子，跟孩子们嬉戏，甚至在孩子身上找到他不曾有过的幸福，只可惜这些梦想只能和爱丽诺一起实现。然而，当他看到她虚情假意地粘上来，在家里追着他不放时……当他听见她与过往彻底不同的虚伪语调时，他知道，所有梦想终究是遥不可及。

“你这话是什么意思呀，孩子？”安德瑞神父问他。

“神父，国王强迫我和爱丽诺结婚。但是，他从来没问过我喜不喜欢他的养女啊！”

“这……男爵夫人……”

“男爵夫人在我眼里一点吸引力都没有，神父。我的身体在抗拒呀！”

“我可以推荐一位很不错的医生给你。”

亚诺无奈地笑了。

“不用了，神父，真的不用了，我的问题不是您想的那样。生理方面，我健康得很，只是……”

“那么你就应该努力履行婚姻的义务才对呀！我们敬爱的圣母在等着……”

亚诺耐着性子聆听神父的长篇大论，并想象着爱丽诺编造的连篇谎话。人们会怎么想？

“我说，神父……”他还是打断了神父的谈话，“我无法强迫我的身体去爱一个我不爱的女人。”神父作势要接腔，但是亚诺用眼色封住了他的口，“我曾经发誓要对妻子忠贞，这一点我做到了，没有人可以拿这件事来指控我。我到教堂祈祷的次数非常频繁，我也定期资助圣母教堂……我想，我对这座教堂的奉献，应该足以弥补我身体方面无能为力的弱点吧！”

神父原本挥个不停的手，突然悬着不动了。

“孩子……”

“神父，您觉得呢？”

神父努力想要找出更多神学理论来支持自己的说法。但是，他终究是一无所获，最后只能匆匆忙忙地跟着教堂里的工人一起离开。亚诺独自留在教堂里，他还是去找了他亲爱的圣母，并且跪了下来：

“我就是思念她呀，圣母！你为什么要让我把她嫁给彭兹呢？”

海儿嫁给彭兹之后，亚诺再也没见过她。两人结婚才几个月，彭兹突然去世，当时，他想去安慰守寡的海儿，但是她却不愿意见他。

“或许这样比较好。”亚诺告诉自己。他在圣母面前立下的誓约，如今的考验比过往更加艰难了：他必须忠贞对待一个他不爱，也无法去爱的女人。而且，他还抛弃了唯一能让他幸福的人……

“找到圣饼了吗？”亚诺询问总督，此时，两人正面对面坐在紧邻布拉特广场的总督府里。

“没有。”总督回答。

“我已经跟官员们谈过了。”亚诺对他说，“他们都同意我的看法，囚禁整个犹太区居民恐怕会对巴塞罗那的商业造成非常严重的影响，我们的航运尖峰期才刚开始。你如果去一趟港口，就会看到许多船只正等着出航。船只载运了许多犹太商人的货品。他们现在只有两种做法：卸货，或是等着贸易商跟着一起上船启航。但是问题来了——并不是所有的货品都是犹太商人的，其中也有基督徒商人的货品。”

“为什么不干脆就全都卸货算了？”

“但是这么一来，基督徒商人的运输费用就会增加。”

总督两手一摊，一副无所谓的模样。

“那就把基督徒商人的货品集中由几艘商船载运，犹太人的商品也集中载运，这样不是很好吗？”

亚诺摇摇头。

“行不通的，并不是所有的商船都开往同样的目的地！你也知道，航运期非常短。如果商船不赶快出航的话，所有货品的到货时间都会延误，而商船也无法准时回航。这么一来，商船恐怕会损失好几趟载运航程，货品也会因此而短缺。到时候，我们大家都会蒙受损失。”“你也一样。”亚诺暗想，“另一方面，船只一直停靠在巴塞罗那港也很危险，万一刮起暴风雨的话……”

“你有什么建议？”

“释放所有犹太人！命令修士们停止搜查犹太人的住家，并且归还犹太人的私人财产！还有……”亚诺心想。

“要求犹太小区缴纳罚款！”

“老百姓要求的是揪出罪魁祸首，王子已经做过承诺，一定会抓到元凶。事情非同小可，这可是亵渎圣饼。”

“亵渎圣饼……”亚诺打断了总督的话，“恐怕会比其他罪行付出更昂贵的代价。”他何必争辩这些？不管沾血的圣饼有没有出现，犹太人早已被认定是罪人。亚诺迟迟不接话，总督等得皱起了眉头。“你为什么不去试试看呢？如果我们能够这样解决的话，反正付钱的是犹太人，否则今年的贸易恐怕会很惨，到时候，我们大家都要付出代价的。”

忙碌的工人、喧嚣的敲打声以及漫天飞扬的尘灰……亚诺置身圣母教堂里，他抬起头来望着教堂正厅四座拱顶中的第二座，拱心石已经稳稳固定了。巨大的拱心石雕刻着圣母领报图，屈膝跪地的圣母身披镶了金边的红色斗篷，正从天使口中得知自己将为人母的好消息。那鲜艳的色彩，绯红、宝蓝……尤其是亮丽的金色，吸引着亚诺的目光。多么美好的一幅景象！总督评估了亚诺的建议，最后决定采用。

两万五千镑，外加十五名罪犯！这是总督与胡安王子交涉之后得到的答复。

“十五名罪犯？因为四个疯子的无理诬陷，你们居然要处死十五个人？”

总督突然握拳捶桌。

“那些疯子是为了天主教会！”

“你心里明白得很，根本不是这样。”

两人面面相觑。

“没有罪犯！”亚诺说。

“这是不可能的！王子……”

“没有罪犯！两万五千镑已经是一大笔钱了。”

亚诺离开总督府后，在街上漫步游走。他该如何向哈斯戴开口？难道真要告诉他，他们小区里将有十五人为此偿命？然而，他的脑海里立刻浮现了五千人挤在犹太教堂的景象，没有饮水，没有食物……

“我什么时候可以得到答复？”他询问总督。

“王子正在打猎。”

打猎！五千人因为他的一道命令挤在教堂里受苦，他却在享受打猎之乐！从巴塞罗那到王子的封地吉隆纳，骑马不过是三个钟头的路程，亚诺却等到隔天下午才接到总督的通知。

“三万五千镑，外加五名罪犯！”

一千镑换回一条犹太人的性命。“或许这就是一条人命的价值。”亚诺想。

“四万镑，没有罪犯！”

“不行。”

“那么，我去晋见国王。”

“你也知道，国王为了和卡斯提亚之间的战事，烦恼的事情已经够多了，所以才会让他儿子代理某些职务啊！”

“四万五千镑，就是不能有罪犯！”

“不行，亚诺，不可能的……”

“你快去问他！”亚诺脱口而出，“我拜托你！”他自知失言，立刻改了口。

犹太教堂传出的恶臭，亚诺在教堂外数米处就闻到了。犹太区的街道景象更是惨不忍睹，家具和私人物品堆得到处都是。住家内部频频传来黑衣修士们为了找寻圣体而掀墙翻地的敲打声。见到哈斯戴的那一刻，亚诺强作镇定。这一次，哈斯戴旁边还跟着两位犹太神学博士以及小区的几位长老。哈斯戴的双眼红肿。是不是教堂内的尿臭所致？或是他已预知亚诺接下来要告诉他的坏消息？

教堂内传出的呻吟从未休止，亚诺发现，面前这几个人正努力呼吸着新鲜空气。教堂里面究竟是什么景象？他们默默看了下犹太区街道上的惨状，原本正畅快地深呼吸，一时竟都喘不过气来了。

“他们要人出面顶罪。”亚诺告诉面前这五位已经恢复顺畅呼吸的犹太人，“原本要求的十五个人，现在减为五人，我希望……”

“我们已经不能再等了，亚诺·艾斯坦优。”其中一位犹太神学博士打断了他的话，“今天已经有个老先生去世了。他的病情越来越严重，但是医生们根本束手无策，就连替他滋润干裂的双唇都做不到。他们不准我们替他下葬。你知道这会有什么后果吧？”亚诺默默点头，“到了明天，他的尸体会开始腐臭，到时候……”

“在犹太教堂里，”哈斯戴抢着说话，“我们根本动弹不得，人们根本无法起身解决大小便。年轻的母亲们已经没有奶水了。大家互相帮忙，还有奶水的母亲为自己的婴儿哺乳，也为别人的孩子喂奶，因为孩子们又饿又渴……如果还要继续这样的日子，五名罪犯大概是最轻微的人命损失了。”

“外加四万五千镑。”亚诺补上一句。

“如果我们大家可能因此而丧命，谁还在乎钱呢？”另一位犹太神学博士说。

“那么……”亚诺探询他们的意思。

“你继续替我们争取吧，亚诺！”哈斯戴这样恳求他。

再加一万镑，王子来信如此要求。亚诺隔天早上接获总督的通知：三名罪犯！

“那是三条人命呀！”亚诺与总督起了争执。

“他们是犹太人，亚诺！只是犹太人而已！这些异教徒只是王室的财产。若不是国王宽宏大量，他们早就死光了。如今，国王决定只处死三名罪犯，算是大恩大德了。他们总得为亵渎圣饼付出代价，国王也必须呼应人民的要求啊！”

“他什么时候开始在乎人民的感受了？”亚诺在内心暗想着。

“再说，”总督继续说，“这么一来，领事馆可能会碰到的问题也一并解决了。”

已故老人的尸体、年轻母亲干瘦的胸部、稚嫩幼儿的哭号，还有不断的呻吟及难忍的恶臭，这一切促使亚诺终于点头同意。坐在摇椅上的总督松了一口气，背部往后一靠。

“但是有两个条件。”亚诺突然这么一说，总督的神情再度紧绷，“第一，三名罪犯由他们自己推选。”总督表示同意，“第二，应该要有一份主教签字通过的正式文件，借此抚平教友们的不满情绪。”

“这个我老早就准备了，亚诺。你以为我希望再看到犹太区大屠杀那样的场面吗？”

游行队伍就从犹太区出发。犹太区内，住家的门窗已经关上，街道上人迹杳然，到处是成堆的家具。犹太教堂内一片寂静，教堂外却传来阵阵喧嚣，一大群百姓挤在主教四周。主教一身华丽长袍，在地中海的艳阳下显得格外耀眼。此外，数不清的神父和黑衣修士们则在波格利亚街上等着，横隔在他们和百姓中间的是两排王室卫兵。

当三名罪犯出现在犹太区城门口时，现场顿时响起震天响的叫嚣。愤怒的百姓用力挥拳，当卫兵们上前护卫三名罪犯时，恶言谩骂像出鞘短剑一样锐利。这三个犹太罪犯全都上了手镣脚铐，被带到以巴塞罗那主教为首的两列教会人士中间，接着，游行队伍正式上路。即使有王室卫兵和道明会修士同行，沿途的百姓们仍旧肆无忌惮地朝着三名罪犯丢掷石块、吐口水。

亚诺在圣母教堂祈祷着。他已经把消息带到犹太区了，当时，到犹太教堂门口来见他的同样是哈斯戴以及那几位犹太法学博士和长老。

“三名罪犯！”他强迫自己抬头正视面前这几位犹太朋友，“你们可以……你们可以自行推选。”

他们几人都默不作声，只是茫然地望着犹太区的街道，听着不断从教堂内传出的呻吟和哀叹。亚诺终究无法继续为犹太人求情，只能匆匆向总督告退。“就这样牺牲了三条无辜的性命……你我都很明白，亵渎圣体一事，根本就是捏造的。”

亚诺听见人群的叫喊声已经蔓延了整条海洋街。圣母教堂里耳语不断，嘈杂的叫吼声穿越了尚未完工的大门，钻过了木材搭建的鹰架，甚至抵达高处的拱顶。三个无辜的人！“他们是怎么选出来的？是犹太法学博士指名的，或是自愿牺牲？”难道那个眼神……是在向他告别？亚诺浑身颤抖着；他的膝盖瘫软了，必须扶着祷告台才挺得住。游行队伍已经逐渐接近圣母教堂。群众的叫嚣越来越刺耳。亚诺站了起来，回头望着面向圣母广场的教堂大门。游行队伍没多久就会进来了。他留在教堂内，眼睛直盯着外面的广场，直到群众的谩骂声变得如此真实。

亚诺直奔教堂大门口。没有人听见他的狂叫，没有人听见他的哭号。当他看见哈斯戴拖着脚步忍受群众羞辱唾弃时，没有人看见他跪倒在地。哈斯戴从圣母教堂前走过时，他的目光一直停留在那个跪在地上握拳捶地的男子。亚诺没看见他，只是不停地捶打着地面，直到游行队伍渐渐远去，直到地面染上腥红。这时候，有人在他面前跪下来，并且温柔地握着他的双手。

“我父亲并不希望你为他感到愧疚。”亚诺抬起头来，眼前出现的是芮琦。

“他们……他们会把他杀了。”

“没错。”

亚诺看着那个已经长大的女孩。就在这里，就在教堂下面，他曾在多年前将她藏匿于此。当时的芮琦不哭不闹，即使身处险境，一身犹太人装束、胸前挂着黄色圆盾的小女孩始终很镇定。

“我们必须要坚强才行。”女孩对他说的这句话，正是他当年对她说过的话。

“为什么？芮琦，为什么是他？”

“他是为了我，为了尤赛夫，为了我的孩子，也为了尤赛夫的孩子，还有他的朋友们。他自愿为巴塞罗那的所有犹太人牺牲。他说，他已经老了，也活够了。”

亚诺靠着芮琦的协助才站了起来，然后在她搀扶之下，继续循着群众的叫嚣声走去。

三人被活活烧死。他们被捆绑在木桩上，下方铺着木头和碎柴，点火后，现场基督徒们的复仇怒吼未曾歇止。当火势逐渐吞噬他的身体时，哈斯戴突然仰头望天。这时候，芮琦终于忍不住痛哭起来，她抱着亚诺，躲在他怀里啜泣着。他们距离愤怒的群众还有一段距离。

亚诺抱着哈斯戴的女儿，双眼盯着全身已成火炬的好友。他看起来像是流血了，但是，火势很快就吞噬了他的躯体。群众的叫嚣终于平息，只剩下愤怒的拳头仍在挥舞着……就在这时，他的视线被迫往右移动。主教和宗教法庭的大法官就站在大约五十米外，就在他们旁边，爱丽诺伸长了手臂对他指指点点，嘴巴也说个不停。旁边还站着另一位女士，衣着华丽，亚诺一开始并没有认出她来。当爱丽诺指着丈夫大呼小叫时，亚诺的目光与宗教法庭大法官的视线有了短暂的接触。

“就是她！那个犹太女人就是他的情妇。你们看看这两个人！你们看呀！他抱她抱得多紧！”

确实，正好就在那一刻，亚诺紧紧抱着那个在他怀里哭泣的犹太女子，熊熊烈火在群众的欢呼声中蹿入天际。亚诺不忍目睹这一幕惨状，于是将视线移往爱丽诺所在的位置。当他在她脸上看到了深沉的仇恨以及恶意复仇带来的快感时，顿时惊恐不已。也就在这时候，他听到妻子身旁那位女子的笑声，那充满了嘲讽的笑声绝无仅有，那是亚诺自童年至今仍无法淡忘的笑声：那是卜家的玛格丽妲。

047

在这场谋划多时的复仇大计中，爱丽诺并非单打独斗。这场控诉亚诺和犹太女子芮琦的复仇大计，才刚起头而已。

亚诺·艾斯坦优成为蒙普男爵的决定，已在贵族圈里引起不少争议，而他解放农奴的大胆作风，尤其让其他贵族觉得反感。有些贵族因此被逼得非得认真经营封地不可，因为亚诺那个奴隶出身的男爵居然大声疾呼废除部分贵族的封地！在这一大批与亚诺对立的贵族当中，其中一位是乔默·巴耶拉，纳瓦克雷斯封主的儿子，正是芙兰希丝卡当年喂哺母乳的小男婴。至于巴耶拉身边这位，他的住家、财富和豪奢生活，全被亚诺剥夺了——他就是卜赫尼，目前住在祖父留在纳瓦克雷斯的老房子里。这栋老旧的房子与他度过大半生的蒙卡塔尔街大宅邸根本无法相比。这两个落魄贵族聚在一块儿，总要为自己的贫穷哀声叹气，接着就兴起了复仇的念头。两人策划已久的复仇计划正是开花结果的时候，如果赫尼的妹妹玛格丽妲所言不假。

亚诺要求到场作证的水手保持安静，他转向那位中断审判的海洋领事馆法警。

“有位军官带着几名宗教法庭卫兵，他们要见您。”法警凑在他耳旁低语。

“他们有什么事吗？”亚诺问道。法警一副不知情的模样。

“叫他们等到审判结束再说吧！”亚诺做了吩咐，示意水手继续说下去。

有位水手在出航期间死于意外，船东只愿意支付两个月的薪资作为补偿。水手的遗孀手上那份丈夫的工作合约，并不是长达数月的长期聘雇合约，结果水手在合约期才过半不久，就在公海死于船难。

“你继续说吧！”亚诺指示作证水手往下说，目光却落在已故水手的遗孀和三名幼子身上。

“没有任何水手签的是长达数月的聘雇合约……”

突然，领事馆法庭的门被猛力推开。一名军官带着六名全副武装的宗教法庭卫兵，看都不看就把法警推到一边，一行人径自往厅内走。

“亚诺·艾斯坦优？”问话的军官直视着亚诺。

“这是怎么回事？”亚诺气得当场咆哮，“你们好大胆！居然敢来干扰法庭？”

军官往前走到亚诺面前。

“你就是亚诺·艾斯坦优，海洋领事暨蒙普男爵？”

“您说的正是，军官。”亚诺连忙抢话，“但是……”

“根据宗教法庭的命令，您被捕了，跟我走吧！”

领事馆卫兵要上前护卫领事大人，不过亚诺使了个眼色让他们别轻举妄动。

“请各位先退下。”亚诺这样要求宗教法庭的军官。

军官迟疑了半晌。领事神情镇定，比着手势要他们尽量往门口移动，最后，军官妥协了，决定站在门边监视，好让亚诺继续审理水手的案件。

“我在此宣判，已故水手的遗孀胜诉。”他非常冷静地念着最后裁决，“遗孀和三名幼子应获得水手在整个航海期间应得的所有薪资为赔偿，而不是船东认定的只有两个月薪资。以上。”

亚诺握拳拍桌定案，接着站起来，走到宗教法庭军官面前。

“我们可以走了。”他说。

亚诺·艾斯坦优被捕的消息很快就在巴塞罗那大街小巷中传开了，然后在贵族、商人或农奴口耳相传之下，几乎传遍整个加泰罗尼亚。

几天之后，加泰罗尼亚北方的一个小村子里，当那位正在恫吓村民的宗教法庭法官从一位军官口中得知这个消息时，一时惊愕得说不出话来。

卓安盯着那位军官。

“我看应该是真的。”军官说。

法官转过头去看着前面那群村民。他要跟这些村民说什么？亚诺被捕？

他再转过头去看着军官，军官默默点着头。

亚诺？

台下的村民开始骚动起来。卓安试图继续审判，但是他一个字都说不出口。他又一次盯着军官看，这一次，他看见军官咧嘴笑了。

“您不打算继续审问吗？卓安修士……”军官问他，“一群罪人正在等着您。”

卓安看了看台下的村民。

“我们到巴塞罗那去！”他对卫兵下了这道命令。

返回巴塞罗那城途中，卓安经过亚诺的封地，他特地脱队去看了那一大片土地，这片土地如今在亚拉岗贵族和其他骑士的经营之下，又见亚诺当初亟欲解决的滥垦或废耕问题。“听说，举发亚诺的人就是男爵夫人。”有人告诉卓安。

卓安没在亚诺的封地多停留。启程返回巴塞罗那途中，卓安没跟任何人开口说过话，就连与他合作密切的文书官也没听他说过半个字。然而，他这一路上倒是仔细听着旁人的谈话。

“听说，他好像是以异教徒的罪名被逮捕的。”一位卫兵刻意提高音量，好让卓安也能听清楚。

“一个宗教法庭法官的哥哥，怎么会这样？”另一个卫兵大声惊呼。

“尼克劳·艾摩力一定会使尽手段逼他说实话的。”军官也加入了谈话。

卓安当然记得尼克劳·艾摩力这个人。当他决定成为宗教法庭法官时，尼克劳·艾摩力曾经多次祝贺他。

“卓安修士，我们一定要努力打击异教邪说！我们一定要揪出人们善良面目下隐藏的罪行。”

而他确实也这么做了。“无须迟疑，尽管毒打他们，直到他们乖乖说实话为止。”他确实照着艾摩力的交代去做了，一直不断地刑讯百姓。他们会用什么样的手段虐待亚诺，逼他承认自己是异教徒？

卓安加紧赶路。沾了污泥的宽松黑袍不断拍打着他的双脚。

“依照他这个罪名，我看他恐怕没什么好下场了……”卜赫尼说，同时在屋里不停地来回踱步，“想当初，我有享用不尽的……”

“金钱、女人和权力！”男爵忍不住替他接了话。

但是，赫尼并未理会他。

“我的父母和弟弟去世时，贫病交迫，吃不饱、穿不暖，简直跟农奴没两样，而我……”

“而你只是个没有任何下属可以为国王作战的骑士！”男爵没好气地替他说完这句已经重复了上千次的老话。

卜赫尼在乔默·巴耶拉面前停下了脚步。

“你觉得这件事很可笑吗？”

在纳瓦克雷斯的高塔里，巴耶拉坐在他的摇椅上一动不动，他一直面无表情地看着赫尼在这里踱来踱去。

“没错。”过了半晌，他终于答腔，“简直是可笑极了！跟我比起来，你痛恨亚诺·艾斯坦优的理由幼稚得可笑！”

乔默·巴耶拉抬头望着塔顶。

“你能不能别再这样走来走去？”

“你的军官还要多久才会到啊？”赫尼依旧在塔里来回踱着。

两人正在等候军官确认玛格丽妲在前一封信中提到的讯息。落难到纳瓦克雷斯的卜赫尼说服了妹妹，当爱丽诺在卜家原有的宅邸日日独守空闺时，玛格丽妲可以逐步打入男爵夫人的生活圈子，进而取得她的信任。后来，向爱丽诺通报亚诺行踪的人，正是居心叵测的玛格丽妲。捏造亚诺与芮琦有婚外情的人也是玛格丽妲。亚诺因为与犹太女子有不正当的关系而被捕，早已是巴耶拉和卜赫尼预料中的事。

“宗教法庭已经逮捕了亚诺·艾斯坦优。”军官一抵达就进入塔内报告这个消息。

“这么说来，玛格丽妲说的果然没……”赫尼当场脱口而出。

“闭嘴！”坐在摇椅上的巴耶拉喝斥他，“军官，你继续说！”

“他是三天前被逮捕的，当时，他正在领事馆里仲裁纠纷。”

“他们以什么罪名逮捕他？”巴耶拉男爵继续追问。

“目前还不清楚。有人说他的罪名是异教徒，另外一些人说他是因为信仰犹太教被捕，还有人说是因为他和犹太女子有不正当的关系。现在被关在主教宅邸的地牢里。至于巴塞罗那百姓对这件事的看法，支持他和反对他的各居半数，但是，不管支持或反对，大家都挤在他的兑换铺子前要求提领存款。我亲眼看到的，人们甚至为了领钱而大打出手。”

“他们有钱让客户提领吗？”

“目前还有，不过大家都知道，亚诺·艾斯坦优让许多家无恒产的穷人借贷，如果这些贷款都收不回来的话……人们想到这点心更慌了，因此才为了领钱而发生肢体冲突——百姓们怀疑，艾斯坦优的偿付能力恐怕撑不了多久。总之，现场一片混乱啊！”

乔默·巴耶拉和卜赫尼互看了一眼。

“哼！他很快就会破产了。”卜赫尼自信满满地说。

“去把那个当年给我喂奶的臭婊子找出来！”巴耶拉男爵对军官下令，“然后把她关进城堡的地牢。”

卜赫尼也在一旁帮腔，大声督促着军官尽快行动。

“当初根本就不该让我喝她那该死的奶水！”赫尼曾经几次听到巴耶拉男爵这样抱怨，“她那该死的奶水应该给自己儿子亚诺·艾斯坦优喝。当他正在享受荣华富贵以及国王恩宠的时候，我却要承受他那婊子娘传染的恶疾！”

因为罹患癫痫，乔默·巴耶拉必须去找主教陈情，再三说明自己并非恶魔缠身才得了这个怪病。不过，宗教法庭非常确定的是，芙兰希丝卡一定是个该死的恶魔。

“我想看看我哥哥！”卓安才抵达主教宅邸，立刻向尼克劳·艾摩力提出了这项请求。

宗教法庭大法官眯起了他那双原本就细小的眼睛。

“你应该让他坦承罪行，并且让他忏悔。”

“他犯了什么罪？”

尼克劳·艾摩力突然站起来。

“你要我告诉你他犯了什么罪？你自己也是个优秀的宗教法官，怎么……难道你是想帮助自己的哥哥不成？”卓安低下头来，“我只能告诉你，事态非常严重。只要你答应见他是为了让他认罪，我就让你去看他。”

鞭刑十下！十五下，二十五下……这几年来，他下过多少类似的命令？“直到他说实话为止！”这是他经常对卫兵军官说的话。而如今……如今他们却要他逼迫自己的哥哥吐实认罪。他要如何办到？卓安很想回答，但是一直开不了口，只能在一旁猛搓手。

“这是你的义务啊！”艾摩力提醒他。

“他是我的哥哥，是我唯一的亲人……”

“你有教会。你还有我们这些信仰基督的弟兄们呀！”艾摩力停顿片刻之后，继续说，“卓安修士，我一直在这里等着，因为我知道你一定会来的。你如果不能答应我的要求，那我只好亲自审理这个案子了。”

当他闻到主教宅邸地牢发出的恶臭时，忍不住露出嫌恶的表情。卓安走在阴暗的地道里，不时听见墙壁渗出的水滴滴答答地落下，还有老鼠在脚边乱窜。他吓得浑身发抖，这个地方就像艾摩力的恫吓一样恐怖：“那我只好亲自审理这个案子了。”亚诺到底犯了什么罪？他该如何告诉宗教大法官，他自己也犯了不该犯的错……

狱卒打开地牢铁门，迎接卓安的是一片漆黑及一阵恶臭。里面好几具黑影在晃动，嵌在墙上的链条嘎吱作响。这幅惨不忍睹的景象，让他突然一阵反胃，连胆汁都涌了上来。“他在那里。”狱卒指了指蜷缩在墙脚的黑影，然后径自离开了地牢。背后传来铁门关上的声音，又把卓安吓了一大跳。他站在地牢入口处，周遭一片幽暗；唯一一扇铁窗在墙壁上方，只有几丝幽微光线隐隐渗入。狱卒离开后，墙上的链条又是一阵嘎吱作响。地牢里有十几个幽影缓缓晃动着。他们都是如此平静，究竟是不知事态严重，还是已经死心绝望？卓安在臆想的同时，一声声哀叹和呻吟让他越来越难受。他走近其中一团黑影，本以为狱卒指给他看的就是这个，上前蹲下一看，凑上来的却是一张老妪的脸，牙齿全都掉光了。

他往后跌坐在地上。老妪端详了他好一会儿，随后又躲回阴暗里。

“亚诺？”卓安坐在地上轻声唤着。接着，他一次又一次高声大喊，直到有了回应。

“卓安？”

他赶紧往那个声音冲过去。然后，他在那团黑影前蹲下来，双手捧着哥哥的头，将他拢进怀里。

“我的天啊！这……他们到底是怎么折磨你的？你还好吧？”卓安不停地轻抚着亚诺；他那粗糙的头发，以及明显凹陷的双颊……“他们没让你吃东西吗？”

“有的，”亚诺回答，“一片硬面包，还有水。”

当卓安无意间碰触到亚诺脚踝上的大铁环时，立刻把手缩回去。

“你可以帮帮我吗？”亚诺突然开口，卓安没吭声，“你也是教会的一分子。你曾经多次跟我提过，那个宗教法庭大法官很器重你。这不是人过的日子呀！卓安，我不知道自己能在这里撑多久，我一直在等你来。”

“我已经尽快赶回来了。”

“你和那个大法官谈过了吗？”

“是的。”即使置身黑暗中，卓安还是别过头去。

兄弟俩都默不作声。

“结果呢？”亚诺还是忍不住问了。

“亚诺，你究竟做了什么？”

亚诺的手突然紧抓着卓安的手臂。

“你怎么可以有这样的想法？”

“我必须知道事情的真相啊，亚诺！我必须弄清楚他们以什么罪名指控你，这样我才能帮你呀！你也知道，这种事情都是秘密举发的。尼克劳·艾摩力根本就不肯告诉我。”

“那么，他到底跟你说了什么？”

“什么也没说。”卓安回答，“在我见到你之前，我也不想跟他多说什么。我必须了解大概是什么样的指控，这样我才能想办法说服艾摩力。”

“你去问爱丽诺吧！”亚诺脑海中又浮现妻子站在被活活烧死

的无辜者前面，对他指指点点的嘴脸，“哈斯戴死了。”他幽幽地说道。

“爱丽诺？”

“你觉得奇怪吗？”

卓安突然失去重心，必须抓住亚诺才稳住了脚步。

“卓安，你怎么了？”亚诺用力扶住弟弟。

“这个地方……看你这个样子……我……我只是头有点晕。”

“你快走吧！”亚诺随即吩咐弟弟，“与其在这里安慰我，不如到外头去帮我想办法吧！”

卓安站起来，但是两腿发软。

“嗯！我想也是。”

他叫来狱卒，然后离开了地牢。痴肥的狱卒领着他走出地道。他身上刚好有几枚钱币。

“这个你拿着。”他说，狱卒一言不发地把钱收下，“明天你得对我哥哥好一点。”在他脚步间穿梭的鼠群是他得到的唯一回应，“你听见我的话了吗？”他继续追问。最后，他听见的只是怒斥鼠群的叫嚣，在地牢通道间萦绕不去。

他需要钱。卓安离开主教宅邸之后，立刻赶往亚诺的兑换铺子，到了以后才发现，大批群众在铺子前挤成一团。卓安往后退了几步。

“他弟弟在那里！”有人忽然大喊。

好几个人立刻朝着他冲过来。卓安本想拔腿就跑，但当他发现人们自动止步时，马上改变了主意。人们怎么可能会攻击一个道明会修士呢？他刻意抬头挺胸，迈着大步往前走。

“修士，你哥哥到底发生什么事了？”有人趋前追问卓安。

卓安当场面露愠色。

“我是卓安修士，宗教法庭的法官！”提到自己的职称时，他还刻意提高了音量，“你可以叫我法官大人。”

卓安扬起眉梢，直视着那人的双眼。“你呢？你犯了什么罪行？”他默默质问他。男子接连后退了好几步。卓安继续往铺子走去，人群也自动让行。

“我是卓安修士，宗教法庭的法官！”他对着紧闭的店门大声喊着。

迎接他的是亚诺的三位员工。铺子里一片凌乱，一本本账册散放在铺着红缎的长桌上。亚诺要是看到这种情景的话……

“我需要钱。”他对三位员工说。

三个人同时露出无法置信的神情。

“我们也需要钱啊！”最年长的那位员工说。他叫雷米吉，进铺子工作，递补吉良的职位。

“你说什么？”

“卓安修士，我们现在连一分钱都没有！”雷米吉靠在桌边，用力晃动着寂静的保险箱，“一分都没有啊！卓安修士。”

“我哥哥居然没有钱？”

“他没有现金。您以为那一大群人会没事聚集在外面吗？他们要提领存款！他们已经闹了好几天了，我们也不堪其扰啊！亚诺还是非常富有的。”雷米吉试图安抚他，“但是，他的钱都用在投资、借贷、贸易、做生意……”

“你们不能要求贷款人还钱吗？”

“我们的贷款大户是国王，您也知道，国库一直闹穷呀！”

“难道就没有别人可以偿还贷款了吗？”

“有的，还有很多，但那些都是一时收不回来的贷款。您也知道，亚诺把钱借给许多穷人，他们真的还不起。即使如此，在他们知道亚诺的状况之后，许多人特意赶来还钱，虽然数目不大，但已经是他们手边仅有的钱了。那一点钱，根本不够去补足钱币贬值的损失差额。”

卓安看了看门口，然后举起手来指着。

“那他们呢？他们为什么可以要求提领存款？”

“原则上是不行的。大家既然把钱存在这里，就必须同意让亚诺把钱用来投资，可是钱的事情最敏感了，宗教法庭……”

卓安示意雷米吉不必在乎他那一身黑袍。狱卒怒斥鼠群的叫嚣，霎时又在他耳边响起。

“我需要钱啊！”他在心里大喊着。

“我已经跟您说过了，我们没有钱。”雷米吉是这样告诉他的。

“但是我真的需要钱啊！”卓安重申，“亚诺需要钱。”

“亚诺需要钱，更重要的是……”卓安看着门口，心里不停地嘀咕着，“亚诺需要平静。这个丑闻可能会重创他的声誉，人们会认为他恐怕要破产，所以从此淡忘他的存在。我们需要支持呀！”

“难道没有办法可以安抚这些人吗？我们没有东西可以变卖吗？”

“我们可以把贸易转让给其他同业。”雷米吉回答，“但是亚诺不在，没有他的许可……”

“由我核准行不行？”

雷米吉惊愕地盯着卓安。

“事态紧急呀，雷米吉！”

“我想应该可以的。”经过深思熟虑之后，雷米吉同意了，“事实上，我们不会有金钱上的损失。纯粹只是业务转让而已。再说，少了亚诺的参与，他们也会比较放心吧！不过，您得提供书面核准给我才行。”

卓安在雷米吉准备好的文件上签了字。

“你想办法去弄来一笔现金，我明天一早就来拿。”卓安一边签字，一边说，“我们需要现金。必要时，贱价变卖现有的任何东西都可以，总之，就是要筹到一笔现金。”

卓安一踏出铺子大门，喧嚣的群众立刻安静了下来。雷米吉开始联系贸易商。当天巴塞罗那港最后一艘离港的商船，将把亚诺的转让同意书送往地中海地区的业务代表。雷米吉够明快够机警，隔天就满足了不少存款户的需求，而这些人也开始四处宣扬：亚诺的生意又有起色了。

048

近一个礼拜以来，亚诺第一次喝到干净的水，并且吃了不是硬面包的其他食物。狱卒命令他站起来，然后一脚把他踹开，拿来一桶水把他蹲了好久的角落冲洗了一遍。“清水比冲洗排泄物更重要！”亚诺心想。接下来的几秒钟内，他听见哗啦啦的水声夹杂着肥胖的狱卒急促的喘息声。就连那个宛如死尸般的老妪，平日总是把头埋在碎布堆里，这时候也抬起头来看着亚诺。

“把水桶留下来！”当狱卒正打算离开时，亚诺提出这个要求。

亚诺看过他露出狠毒的目光逼视囚犯的嘴脸。那个臃肿痴肥的狱卒伸出了手臂，恰好悬在伫立不动的亚诺面前。他往地上吐了口水，然后把水桶扔在地上。走出地牢之前，他又狠狠踹了一个在旁观望他们的囚犯。

地上的水逐渐流干了之后，亚诺再次席地而坐。他听见外面响起了钟声。幽微的阳光勉强从铁窗钻进来。幽幽眇眇的钟声，就是他与世界唯一的联系了。亚诺抬头望着那扇小铁窗，然后竖起耳朵用力听着。圣母教堂已见宏大格局，但是还没有盖钟楼。然而，凿石钻木的声响，工人们扯嗓交谈……倒是远远就听得见的。当那些声音隐约传进地牢时，天啊！这些声响，那丝丝阳光，让他重温了当初为海上圣母奉献心力的感受。亚诺依然记得自己背到圣母教堂的第一块大石头的沉重分量。那是多久以前的事了？如今人事已非！当时，他只是个孩子，那个把圣母当作自己不曾谋面的母亲的孩子……

至少……亚诺这样告诉自己，至少他救了芮琦，至少她不必承受和他一样的审判和厄运。当他看见爱丽诺和玛格丽姐对他们指指点点时，当下就决定帮助芮琦和她的家人逃出犹太区。至于他们去了哪里，连他也不知道。

“我要你去找海儿。”那天，他对再度前来探视的卓安说。

站在哥哥前方的卓安，当场愣住了。

“你听见我的话了吗，卓安？”亚诺站起来，他想走到弟弟身旁，脚镣却使他前进不得，卓安依然杵在原地，“卓安，你听见我说的话了吗？”

“是……是的，我听见了。”卓安上前去抱了亚诺，“但是……”他支支吾吾的。

“卓安，我必须见她一面。”亚诺抓着弟弟的肩膀，轻轻摇了他几下，“我不希望自己死去之前错过和她说话的机会。”

“天啊！你不要说这种话。”

“事实就是如此，卓安。我可能会死在这里，孤零零的一个人……我不希望死前错失了再见海儿一面的机会，这是……”

“可是，你要我怎么跟她说呢？有什么事这么紧急呢？”

“她的宽恕，卓安，我需要她的宽恕！还有，替我告诉她，我爱她！”卓安试图摆脱哥哥的手，却被亚诺挡下，“你非常了解我，你是上帝身边的人。你是知道的，我从来没有伤害过任何人，只有……只有那个女孩除外。”

卓安的肩膀终于获得解放。接着，他突然跪在哥哥面前。

“你不是……”他欲言又止。

“我只有你一个人了，卓安。”亚诺也在弟弟面前跪了下来，“你一定要帮我这个忙。你从来不让我失望的，现在也不会的。我目前拥有的，就只有你一个人了，卓安！”

卓安默不作声。

“她的丈夫呢？”卓安突然开口问道，“说不定他不准……”

“他已经死了！”亚诺答复弟弟的疑问，“当他忽然停止偿还贷款时，我去打听了他的情况。他追随国王出征，战死在沙场上。”

“但是……”卓安又开口了。

“卓安，我的生命被妻子束缚着，我被自己立下的誓约束缚着，因为这个誓约，我恐怕无法在有生之年和海儿结合。但是，我必须见她一面。我必须向她表白自己的情感，虽然我们不能在一起……”亚诺的情绪渐渐平复了，他向弟弟提出了另一项请求，“还有，你到铺子去看看，我想知道业务状况。”

卓安叹了口气。那天早上，他去了亚诺的兑换铺子，雷米吉交给他一袋钱币。

“我们做了赔本生意。”雷米吉幽幽地说。

所有交易都赔本。卓安答应亚诺去找他一心思念的海儿，离开地牢之前，卓安在门口又塞了一些钱币给狱卒。

“他跟我要了一个水桶。”

只要亚诺用得上，一个水桶算什么？卓安再塞了一枚钱币。

“我希望那个水桶随时保持清洁。”狱卒没答腔，径自把钱收好，然后往地道走去，“里面有个人死了。”卓安补上一句。

狱卒还是没出声，只是耸耸肩而已。

卓安并没有立刻离开主教宅邸。出了地牢，他去找尼克劳·艾摩力。在他的年轻岁月里，他曾经多少次流连此地，并以自己的神职为傲？如今换成另一批年轻人在此走动，一身光鲜的修士、神父们，毫不掩饰地露出满脸狐的神色疑盯着他看。

“他认罪了吗？”

他答应亚诺，一定会去找海儿的。

“他到底认罪了没有？”大法官又问了一次。

卓安整晚熬夜准备了说辞，到头来却一句也派不上用场。

“他如果认罪的话，会有什么刑罚？”

“我跟你说过了，事态非常严重的。”

“我哥哥非常富有！”

卓安勉力承受着艾摩力锐利的眼神。

“难道你有意收买神圣的宗教吗？你……你是个宗教法庭法官啊！”

“罚款也是常见的刑罚方式之一啊！我敢打包票，如果您让亚诺缴纳罚款的话……”

“你自己清楚得很，该不该罚款，那也得看犯罪的严重程度啊！他被举发的罪状……”

“爱丽诺不可能平白无故举发他的。”卓安突然插上这么一句。

大法官从椅子上站起来，双手撑在桌上，怒气冲冲地瞪着他。

“那么，”大法官说话的音量提高了许多，“你们兄弟俩都认为是国王的养女举发的了？国王的养女。如果你哥哥没有什么见不得人的行为，你们俩怎么会想到是她告的状？连自己的妻子都不信任的，究竟是什么样的人？为什么不是商场上的竞争对手？或是员工、邻居？身为海洋领事的亚诺，宣判过多少案件？为什么不是被他判过刑罚的人？回答我！卓安修士，为什么会是男爵夫人？你哥哥究竟隐藏了什么罪行？他怎么知道是她？”

卓安坐在椅子上畏缩着。曾经多少次，他自己也采用了同样的逼供方式？曾经多少次，他也是这样咄咄逼人，就为了……为什么亚诺会知道举发他的人是爱丽诺？难道真的是……

“亚诺并不知道举发他的人是自己的妻子。”卓安说了谎，“知道的人是我。”

尼克劳·艾摩力高举着双手。

“你知道？你为什么会知道？卓安修士。”

“她恨他！不……不是……”卓安意图修正自己的说法，但是艾摩力已经抢先一步。

“为什么？”大法官咆哮着，“为什么国王的养女会憎恨自己的丈夫？为什么一个好女人、一个敬畏上帝的基督教徒，居然会憎恨自己的丈夫？这个做丈夫的究竟做了什么坏事，竟能挑起妻子的怨恨？女人生来就是要服从丈夫，这是上帝的教诲，也是天经地义的事。男人打了妻子，妻子不会因此而恨他。女人应当服侍自己的丈夫，满足丈夫的需求，她们应该照顾丈夫、顺从丈夫，但是绝对不可有憎恨之心。卓安修士，你是不是知道内情？”

卓安咬紧牙根。他不能再开口了。他觉得自己已经彻底溃败。

“你是个宗教法庭的法官。我郑重要求你，把你所知道的事情都告诉我！”艾摩力朝着他叫嚣。

卓安依旧无言。

“你不能纵容罪行。隐藏罪行比犯下罪行更不可原谅！”

卓安脑海中顿时浮现，曾经在数不清的小乡镇广场上，多少百姓在他的厉言谩骂中自惭形秽。

“卓安修士！”艾摩力缓缓叫着他的名字，并举起手来指着他，“我要他明天就从实招来！还有，你最好虔诚祈祷，别让自己受连累了。噢！对了，卓安修士，”卓安正要离开时，艾摩力又补了一句，“把你身上那件黑袍换掉吧！已经有人来找我抱怨了，确实也该换了。”

艾摩力还特别指了指卓安的黑袍。离开大法官办公室之后，卓安边走边低头看着身上那件沾了污泥、又脏又皱的黑袍，差点就撞上了正在办公室外等候的两位骑士。两位骑士旁边还有三位全副武装的男子，押着两位套着手铐的女子，一位是年长的老妇人，另一位较年轻，她那张脸……

“你还在这里呀？卓安修士。”尼克劳·艾摩力走出办公室外迎接两位骑士。

卓安不敢再逗留，马上离开了那里。

乔默·巴耶拉和卜赫尼走进了尼克劳·艾摩力的办公室，芙兰希丝卡和雅莱迪思在大法官注视之下，紧接着也进来了。

“据我们所知，”巴耶拉做了自我介绍，在扶手椅坐定之后，随即切入正题，“您已经逮捕了亚诺·艾斯坦优？”

卜赫尼一直扭着衣角玩个不停。

“是的。”艾摩力冷冷地答道，“这已经是公开的消息了。”

“他的罪名是什么？”卜赫尼突然开口问道，随即挨了巴耶拉谴责的目光。“你不要说话，除非大法官问你话，否则你最好把嘴巴闭上。”巴耶拉男爵已经多次这样交代过。

艾摩力转过头去看着卜赫尼。

“难道您不知道，这是不能公开的秘密？”

“请您原谅卜骑士啊！”巴耶拉介入缓颊，“不过，您也看得出来，我们真的很关切这件事。我们一知道有人举发亚诺·艾斯坦优，就决定出面力挺这件事。”

坐在椅子上的大法官，随即挺直了身子。一位是国王的养女，加上三位圣母教堂的神父，他们都听见了亚诺·艾斯坦优在教堂里大声辱骂，当时，他和妻子起了争执……如今又多了一位贵族和一位骑士。能有这么多证词的案件，还真不多见。他示意两人继续说。

“我们认为亚诺·艾斯坦优是恶魔的化身。”艾摩力面不改色地听着，“这个人是杀人犯和巫婆生出来的孩子。他父亲柏纳·艾斯坦优当年在巴耶拉城堡杀死了一个少年学徒，然后偷偷带着儿子亚诺逃亡他乡。我父亲早知道那个婴儿是个罪孽，还特别把他囚禁在密室，免得他危害别人。当年在布拉特广场教唆群众暴动的人，就是柏纳·艾斯坦优，您还记得这件事吧？他就是在那里被处死的。”

“后来，他儿子还放火烧了他的尸体！”卜赫尼这时候又忍不住开了口。

艾摩力这次倒是吓了一跳。巴耶拉又对赫尼递去责备的眼神。

“他放火烧尸？”艾摩力问。

“是啊！我亲眼看见的。”卜赫尼扯了谎，那只是继母转诉给他听的场景。

“你们举发他了吗？”

“我……”巴耶拉男爵有意加入谈话，但是艾摩力却示意要他别插嘴，“我、我当时年纪还小嘛！我怕他也会放火把我烧死啊！”

艾摩力举起手来摸着下巴，借此掩饰自己的窃笑。接着他示意巴耶拉继续说。

“至于他的母亲，就是外头那个老妇人，她根本就是个巫婆！她现在是个老鸨，但是，当年我吃的是她的奶水，因此染上了恶疾，她那该死的奶水，应该喂给她儿子吃的！”艾摩力睁大了眼睛听着男爵的告白。这位纳瓦克雷斯贵族似乎也发现了。“您别担心！”男爵立刻说，“当初，恶疾症状一出现，我的父母就带着我去见了主教。您尽管放心，我的家族里没有任何一位成员是恶魔，出问题的是那该死的奶水！”

“您说她是个老鸨啊？”

“是的，您可以去查证。她使用的名字是芙兰希丝卡。”

“另外那个女子呢？”

“她自愿要跟那个老巫婆一起来。”

“她也是个巫婆吗？”

“这个就要由您来确认了。”

艾摩力思索了半晌。

“还有吗？”他问。

“还有！”卜赫尼兴冲冲地接了话，“亚诺害死了我弟弟贾蒙，就因为我弟弟不愿意跟他同流合污。有天晚上，他在海边企图淹死他……后来，我弟弟真的死了。”

艾摩力又是一脸惊愕地盯着他看。

“这件事，我妹妹可以作证。她当时在场，简直吓坏了，当她打算逃跑时，亚诺立刻变成恶魔追着她，她本人可以向您证实这件事的。”

“您当时也没有举发这件事吗？”

“我最近跟妹妹聊起亚诺的恶行恶状，才知道这件事的。直到现在，她还深怀恐惧，就怕亚诺会伤害她。这些年来，我们就一直活在恐惧中。”

“这可是非常严重的指控啊！”

“亚诺·艾斯坦优就是这样一个人呀！”巴耶拉男爵急着加入谈话，“您知道，这个人就喜欢挑战威权。他不顾妻子的反对，命令封地范围内虐待农奴的贵族和农奴解了约。而在巴塞罗那，他经常把钱借给穷人，大家都知道，他身为海洋领事，作出的判决总是利于百姓这一方。”艾摩力聚精会神地听着，“他这一生，总是在破坏社会秩序。上帝既然创造了农奴，就是要他们替封主卖力工作的。就连教会都禁止农奴成为神职人员呢……”

“当今的加泰罗尼亚，早就不存在虐待农奴的问题了。”艾摩力纠正男爵的说法。

卜赫尼默默看着两人的反应。

“我正想这么说。”巴耶拉用力挥着手，“当今的加泰罗尼亚，早就没有虐待农奴的问题了！这是……这都是因为王子英明！上帝怜悯！这么一片广大的土地，若要开发，总要先吸引新人口才行。王子的决策真是太英明了！而亚诺不过是个……恶魔王子罢了！”

当卜赫尼发现大法官正频频点头时，马上露出了得意的微笑。

“他还借钱给穷人……”男爵继续滔滔不绝，“明知那些人永远还不起，他还是借给他们。上帝创造了富人，也创造了穷人。穷人既然没有钱，就不该打肿脸充胖子，硬要比照有钱人那样替女儿办嫁妆。他这样做，根本就违背了上帝的旨意。那些穷人会怎么看您这种神职人员，或是我们这种贵族？难道我们没有遵照教会的训诫去看待穷人吗？亚诺是恶魔中的恶魔，他生来就是要为非作歹、危害社会的。您可要查明呀！”

尼克劳·艾摩力确实打算好好调查一番。他把文书官叫来，一一记下巴耶拉男爵和卜赫尼骑士举发的罪状，他也派人传唤玛格丽妲，并下令囚禁芙兰希丝卡。

“另外那个女子呢？”大法官询问巴耶拉男爵的意见，“要用什么罪名控诉她？”两个男人吞吞吐吐的：“她……她应该可以无罪释放。”

芙兰希丝卡被关的地方与亚诺相隔遥远，恰好就在地牢的另一头，雅莱迪思则被撵出主教宅邸。

事情都处理妥当之后，艾摩力瘫坐在书桌前的摇椅上。在上帝的殿堂里口出恶言、和犹太女子维持不正当的关系、与犹太人交情匪浅、杀害无辜、施行巫术、公然违反教会原则……这一条条罪状，都是经过神父、贵族、骑士以及国王的养女确认的。大法官悠闲地靠坐在摇椅上，嘴角泛起了微笑。

“你哥哥还这么富有吗？卓安修士，你这个笨蛋！犯了这种滔天大罪，你哥哥所有的财产都会被宗教法庭没收，你还跟我谈什么罚款？”

当卫兵把她推出主教宅邸大门时，雅莱迪思一连跌了几跤。站稳脚步后，她发现好几个路人正盯着她看。那些卫兵在吼什么？巫婆？她站在路中央，路人还是盯着她不放。她看了看自己的衣裳，衣裳在跌倒时弄脏了。她又摸了摸自己的头发，粗糙、凌乱。有个衣着光鲜的男子从她身边走过，一脸不屑地睥睨着她。雅莱迪思抓起地上的鞋子，使劲朝他丢过去，然后做了个龇牙咧嘴的恶犬般的鬼脸。那个男子吓得拔腿就跑，直到他发现雅莱迪思仍在原地才停下脚步。这时，雅莱迪思环顾周遭的路人：一个个都低下头来，继续往前走，当然还是有少数大惊小怪的人，频频回头望着这个被叫成巫婆的女子。

这究竟是怎么回事？巴耶拉男爵的手下突然闯进她家，二话不说就把正坐在摇椅上小憩的芙兰希丝卡带走了。没有人提出任何解释。

卫兵们粗蛮地踢开上前理论的妓女们。女孩们吓坏了，全都去找雅莱迪思求救。有个寻芳客甚至吓得衣衫不整就跑了。

雅莱迪思大胆面对那个看来是军官的男子：“这是怎么回事？你们为什么要带走这个女人？”

“这是巴耶拉男爵的命令。”

巴耶拉男爵！雅莱迪思转过头去看着芙兰希丝卡，两名卫兵挟着她的双臂，年老的躯体缩得更小了。老太太在发抖。巴耶拉！那次碰巧看见亚诺在蒙普城堡废除虐待农奴的贵族合约之后，芙兰希丝卡把她深藏已久的秘密都跟雅莱迪思说了，从此以后，这两个女人之间唯一的隔阂终于消失。从此之后，芙兰希丝卡多次叙述着罗伦·巴耶拉的恶行，只要想起那段往事，老太太总会伤心落泪。如今，巴耶拉又出现了，她又要重回那座充满血泪和伤痕的城堡，就像当年那样……

芙兰希丝卡在两名卫兵之间颤抖着。

“你们放了她！”雅莱迪思怒斥卫兵，“你们这么用力抓她，把她弄痛了！没看见她很难受吗？”卫兵不敢自作主张，转头看了看军官，“我们自己会跟你们走！”雅莱迪思瞪着那名军官。

军官耸了耸肩，两名卫兵随即松开芙兰希丝卡。

她们被带往纳瓦克雷斯城堡之后，被囚禁在地牢里，不过，并未遭受虐待。恰恰相反，他们不但供应食物、饮水，甚至还提供了睡觉用的草席。现在她总算明白他们的用意了：巴耶拉男爵希望芙兰希丝卡保持良好体力，因为前往巴塞罗那的路程长达整整两天！但是，为什么？这整件事究竟是怎么回事？

熙来攘往的群众嘈杂声把她拉回现实。思绪平复之后，她沿着毕斯柏街往下走，然后转进塞德斯街，来到布拉特广场。明媚春日，暖阳高照，广场上挤满了人，还有几个兜售谷物的小贩穿梭其中。她来到古城门下，左方忽然飘来一股刚出炉的面包香，使她忍不住转过头去。面包师傅偷偷瞥看她。雅莱迪思还记得这张脸。她身上一分钱也没有，用力吞着口水，避开了面包师傅的目光，就这样匆匆离去。

二十五年了！她已经二十五年不曾踏上这些街道，不曾见过自己的乡亲，不曾嗅过这个大都会的气息……那间游民收容所还开着吗？那天早上，他们没让她们俩吃东西，到了这个时候，空空的胃部立刻让她想起那个地方。于是，她走回主教宅邸旁的大教堂。当她从一群乞丐旁边走过时，不禁又猛吞口水。游民收容所门口已经大排长龙。回想少女时代，每回路经此地，看到一大群挨饿的穷人必须行乞度日，她总是替他们难过。

她加入排队的行列。雅莱迪思低着头，刻意让凌乱的发丝覆盖着面容。她拖着缓慢的脚步，跟着队伍前进，等着领取食物；当她站在负责分发食物的见习修士前时，头垂得更低了，只有那双手往前伸得笔直。她为什么会落到在此行乞的地步？她拥有豪宅，也存了一辈子用不尽的钱财。男人依旧为她痴迷，而且……她领到了硬面包、白酒，还有一碗汤。她全部吃光了，很享受那份食物的滋味，就和周遭的穷人一样。

吃完之后，她首度抬头环顾四周。身旁都是乞丐、残障者和老人，个个紧抓着自己手中的汤碗，不时还要看看旁边可怜的同伴。她为什么会沦落至此？主教宅邸为什么要逮捕芙兰希丝卡？雅莱迪思抬起头来。有个一身艳红的金发女子正朝着大教堂走去。这个女子引起了她的好奇。一个女贵族……单独出门？如果她不是女贵族的话，看看这一身行头，只有一个可能……特蕾莎！那是特蕾莎！雅莱迪思赶紧跑向那个女子。

“我们轮流到城堡前面守着，就为了探听你们的情况。”特蕾莎抱着她说，“我们当然很容易就说服了卫兵替我们开门啰！”女孩顽皮地眨着她那双美丽的蓝眼睛，“后来，你们被带走了，卫兵告诉我们，你们被带到巴塞罗那，所以我们也想尽办法到这里来了。天啊！真不容易呢……芙兰希丝卡呢？”

“她被主教宅邸逮捕了。”

“为什么？”

雅莱迪思无奈地耸耸肩。她也试过找卫兵去问清楚。“再啰嗦，就把你跟那个老太婆一起关进地牢！”这是她得到的唯一回应。但是，她紧抓着一个年轻修士，坚持问出芙兰希丝卡被捕的原因，却因此被逐出主教宅邸。他们甚至大声骂她巫婆。

“你们来了几个人？”

“只有欧拉莉亚和我。”

一个鲜绿色的身影突然从她们身后冒了出来。

“你们带钱了吗？”

“当然！”

“咦？芙兰希丝卡呢？”欧拉莉亚在雅莱迪思身边问。

“被抓进地牢了。”

欧拉莉亚正打算往下问时，雅莱迪思用眼神制止她。“我也不知道原因。”雅莱迪思看着两个年轻女孩……这样两个漂亮的女孩，有什么事情办不到？“我不知道她为什么被捕。”她再度重申，“但是，我们一定会找出原因的，对吧，丫头们？”

两个女孩立刻露出顽皮的笑容。

卓安拖着沾了污泥的黑袍走过整个巴塞罗那。他哥哥嘱咐他去找找海儿。他要怎么跟她说才好？试图与艾摩力协议不成之后，他就像那些接受他审判的淳朴乡民一样，在艾摩力的诱骗之下掉入了陷阱。接着，大法官还义正词严地列举了哥哥可能被控的罪状。爱丽诺究竟以何罪名举发丈夫？卓安一度想过要去找他的嫂子，不过，当他想起她在彭兹家那张奸险的笑脸，随即打了退堂鼓。她既然可以举发自己的丈夫，对他又会有什么样的说辞呢？

他沿着海洋街走到圣母教堂。这是亚诺的教堂。卓安停了下来，注视教堂良久。建筑物外面仍架设着许多鹰架，泥水工人不停地在架上来回穿梭着。圣母教堂向世人展现了它已具雏型的宏伟格局。所有外墙部分皆已完工，内部的后殿以及四座拱顶中的其中两座也已经完成；施工中的第三座拱顶拱心石由国王赞助，上头雕着国王父亲阿方索的雕像，已经升上了拱顶的中心位置，目前由结构复杂的鹰架支撑着。还有正厅最后两座拱顶尚待施工，当两座拱顶完工时，圣母教堂的屋顶工程就大功告成了。

让人如何不爱上这座教堂呢？卓安想起了艾柏神父，还有他和亚诺初次踏入圣母教堂的情景。当时，他甚至不知道如何祈祷！多年后，当他正在学习祈祷、读书、写字时，他的哥哥却忙着为教堂工程搬运大石头。卓安依旧记得亚诺身上那些淌着鲜血的伤口，然而，哥哥当时的脸上却挂着欢喜的笑容！他凝望着各有所精的师傅们，他们正忙着打造教堂正面主墙上的侧柱和拱门雕饰、窗花、铁栅栏，还有以寓言故事人物为造型的滴水瓦、圆柱上方的柱头，以及玻璃窗，这些玻璃窗尤其特别，地中海的灿烂阳光就透过这些玻璃窗洒入教堂内，时时刻刻呈现着美妙的幻化光影。

教堂正面的圆花窗上，依稀可见图形结构：中央部分是多边形的圆花窗，四周雕着造型奇特的箭，乍看之下，仿佛精美的石雕太阳。周围的小型圆花窗，或是三个成组，或是四个成组，圈围了正中央那扇大型圆花窗。这些花窗将来会嵌上彩色玻璃，不过，此刻的圆花窗上只有铅条，看起来倒像是一张张蜘蛛网挂在墙上。

“他们还有得忙。”卓安这样想着，默默看着上百个工人为了全体百姓的愿景而奔忙。这时候，有个大力士背着大石块来到了教堂边；他全身肌肉紧绷，沉重的脚步颤抖得厉害。然而，大力士始终面带笑容，就像当年的哥哥一样。卓安紧盯着这位大力士。一排排鹰架上，泥水工人暂停了手边的工作，大伙儿都探头看着大力士又运来了一块大石头。第一位大力士抵达后，才一会儿工夫，其他大力士也接二连三回来了，全都佝偻着身子，背着大石块缓缓走着。雕凿石块的喧嚣，恰是这群沿海区搬运工人获得的热烈喝彩，不久后，整座圣母教堂将呈现眩目迷人的风貌！有位泥水匠从教堂高处率先发声。震耳的加油声划过天际，撼动着数不清的大石块，也感动了在场的人。

“加油！”卓安喃喃说着。每当面带笑容的大力士卸下大石块时，现场掀起的欢呼尤其热切。有人自动递上清水，于是，大力士们豪迈地将陶罐里的水往头上淋。卓安仿佛又见到自己当年拿着注满清水的皮囊追着大力士跑的情景。他仰头望天。他应该去找她的，如果这是上帝要他忏悔的方式，那么，他应该去找那个女孩，并把实情告诉她。他从圣母教堂慢慢踱到波恩广场，然后到尤尔广场，接着是圣塔克莱拉修院……穿越圣达尼城门之后，他离开了巴塞罗那城。

找出巴耶拉男爵和卜赫尼的下落，这件事一点都难不倒雅莱迪思。除了到巴塞罗那经商的生意人最常投宿的谷物市场，这座城里就只有五间客店。她交代特蕾莎和欧拉莉亚，先到通往蒙居克山区的小路上等着，到时候，她会去找她们的。雅莱迪思默默看着两个女孩离开，多年前的回忆，一时涌上心头……

两个女孩艳丽的身影消失之后，寻人计划随即开始。她先去了主教宅邸附近的柏家客店，就在诺瓦广场旁边。当她出现在客店后门询问巴耶拉男爵的下落时，厨房的学徒满脸不耐烦地把她赶走了。接着是马萨客店，同样也在主教宅邸附近，那个在客店后门忙着揉面团的妇人告诉她，客店里没有这两个人。然后，雅莱迪思转往亚纳广场旁的艾斯坦叶尔客店。这一次，她碰到的是个愤怒的少年，毫不客气地把她上上下下打量了一番。

“你找巴耶拉老爷干什么？”少年问她。

“因为，我家夫人……”雅莱迪思答道，“她要从纳瓦克雷斯赶过来跟他会合。”

这个又高又瘦、身形如细柴的少年，两眼直盯着雅莱迪思丰满的胸部。他伸出手来，掂了掂那对诱人的乳房。

“你家夫人为什么要来找老爷呢？”

雅莱迪思站在原地不动，努力忍着笑。

“这个我怎么会知道。”少年已经开始用力搓揉了起来。雅莱迪思靠了过去，随手在他两腿之间摸了一把。少年惊愕得全身发抖。

“不过呢，”雅莱迪思故意拉长了尾音，“如果两位老爷真的住在这里，那我今天晚上就得在院子里过夜了，不然，万一夫人问起的话……”

雅莱迪思又在少年胯下摸了一下。

“就……就在今天早上……”少年紧张地结结巴巴了起来，“两位老爷来我们客店投宿……”

这一次，雅莱迪思开怀地笑了。她原本打算立刻甩了这个少年，但是……有何不可呢？她已经多久没有享受过年轻、稚嫩的肉体，那充满激情的交缠呀！

雅莱迪思马上把少年推进旁边的小棚屋。第一次，少年甚至还来不及把裤子脱了，眼前这个美艳成熟的女子已经使尽浑身解数，挑起了他所有的欲望。

当雅莱迪思起身穿衣时，少年筋疲力尽地躺在地上喘息，两眼迷茫地盯着蓬屋的天花板。

“你下回碰见我……”她对少年说，“无论如何，要当作不认识我，知道吗？”

雅莱迪思重复交代了两次，直到少年答应她为止。

“你们从现在起就是我的女儿。”雅莱迪思把刚买来的衣物交给特蕾莎和欧拉莉亚时，这样告诉她们，“我呢，不久前刚守了寡，现在带着你们这两个女儿，打算到吉隆纳去，因为我有个住在那里的哥哥会接济我们。我们很穷。你们那个刚去世的父亲是个……是个塔拉戈纳来的制革匠。”

“既然是刚刚守了寡，你那张笑脸会不会太愉快了点？”欧拉莉亚一边脱着身上的绿色衣裙，一边取笑雅莱迪思，同时还促狭地朝特蕾莎扮了个鬼脸。

“没错啊！”特蕾莎在一旁帮腔，“你要收起那副愉快的神情啦！瞧你那得意的模样，看起来反而像是有喜事。”

“这个不用你们操心！”雅莱迪思急忙解释清楚，“时候到了，我自然会端出寡妇该有的哀伤神情。”

“那么，既然时候还没到……”特蕾莎追问着，“你能不能暂时抛开寡妇的悲伤，倒是跟我们说说看，你到底为什么高兴呀？”

女孩们起哄大笑，两人把头埋在脱下来的衣裙堆里，嗤嗤笑个不停。雅莱迪思忍不住盯着那赤裸的胴体，多么完美的曲线，多么诱人的肉体……多么令人羡慕的青春呀！她突然想起年轻时候的自己，同样也在蒙居克山区的小径上，那是好多年前的事了……

“啊！”欧拉莉亚突然惊呼，“这个……根本就像蜘蛛爬在身上呀！”

雅莱迪思的思绪被拉回现实，在她眼前的欧拉莉亚，身上套着素色粗布长衫，下摆长及脚踝。

“你们俩只是穷制革匠的女儿，不能再穿丝绸衣裙到处招摇了。”

“可是……这个？”欧拉莉亚扯了扯身上的长衫。

“这是很普通的装扮。”雅莱迪思坚称，“总之，你们就别在意这个了。”

雅莱迪思拿出一包素色衣物，然后在两个女孩身上比了又比。

“这是什么？”特蕾莎问。

“布巾，这是用来……”

“不要！你该不会想要……”

“所有良家妇女都要缠胸的。”两个女孩正想提出抗议，“先把胸部缠上，”雅莱迪思吩咐她们，“然后再套上长衫和背心，还有，你们该觉得很庆幸啦……”雅莱迪思看着那两个嘟嘴抱怨的女孩，“我给你们买的是长衫，还不是苦行衣呢！换上这些衣服，说不定你们正好可以让心灵沉淀一下。”

三个女子互相帮忙缠布巾。

“我一直以为，你要我们做的是去勾引那两个贵族。”雅莱迪思正忙着替欧拉莉亚丰满的酥胸缠上布巾时，女孩这样说，“这身装扮，我看是行不通的。”

“你放手，让我来缠就好。”雅莱迪思说，“这些背心呀！几乎是纯白，这是处女的象征。这两个老色鬼，绝对不会放弃跟处女上床的机会。你们要装作对男人一无所知的样子呀！”雅莱迪思一边说着，同时也打点好了女孩们的装扮，“你们千万不能卖弄风情或投怀送抱。一定要矜持！无论他们提出多少次要求，总之，拒绝他们就是了。”

“我们一直拒绝他们，他们会不会就这样算了？”

雅莱迪思挑起眉梢看着特蕾莎。

“傻丫头！”她笑着说，“你们唯一要做的就是让他们尽量喝酒。只要看见你们俩，这两个老色鬼不会就这样算了，我可以保证。另外，你们要知道，芙兰希丝卡是被教会逮捕，不是总督府。所以，你们的话题可以尽量往宗教方面发展……”

两个女孩惊愕地互看了一眼。

“宗教？”两人异口同声问道。

“我当然知道，你们俩对宗教所知不多啦！”雅莱迪思答道，“你们就尽量运用想象力嘛！我想，如果聊聊什么妖术之类，应该错不了……因为，他们把我逐出主教宅邸的时候，一直扯着嗓子叫我巫婆。”

几个钟头过后，德伦塔克劳斯城门口的驻守卫兵前，有位身穿黑色衣裙、梳着发髻的女子肃然走过，后面是她那两个一身纯白的女儿，发髻一丝不苟，脚上穿着草鞋，身上没有任何装饰，两个女孩紧跟着母亲的脚步，低着头默默往前走着，完全遵照雅莱迪思的指示。

049

地牢铁门倏忽打开了。这时候并不寻常，既非夕阳沉落之时，亦非艳阳张狂之际。然而，空气中弥漫着令人窒息的悲惨气息，疏疏落落的光线中，漂浮着尘埃以及囚犯的气味。这时候并不寻常，而所有的幽影正蠢蠢欲动。亚诺听见了链条发出的嘎吱声响，但是，这声响乍然而止，狱卒带来了新囚犯。原来，狱卒不是进来把人拖出去的。又一个……是个女囚犯啊！亚诺一见到出现在地牢门口的老妪身影，立即修正了自己的想法。这个可怜的老妇人，究竟犯了什么罪？

狱卒把新囚犯推进地牢里。老妪跌倒在地。

“起来，老巫婆！”怒斥声在地牢里回荡着。但是，那个老巫婆毫无动静。狱卒又朝着躺在他脚边的老妪狠狠踹了两下。两次无情的重击，彷如震耳欲聋的轰隆巨响。“我叫你起来！”

亚诺发现地上的黑影试着往墙边靠。同样的怒斥声，同样凶狠的语气，同样的嘶吼……每当新囚犯入狱时，这样的声响总会从地牢入口传来。或有囚犯被带出牢狱时……同样畏缩惊恐的黑影，总因恐惧过度而呕吐。首先是嘶吼、怒斥，接着是伤痕累累的躯体发出一阵阵令人心碎的哀号。

“起来！你这个老婊子！”

狱卒又踹了她几下，但是老妪依旧毫无反应。最后，狱卒气喘吁吁地弯下腰来，揪着她的手臂，直接把她拖进牢里的角落。囚禁她的铁牢，距离亚诺很远。上锁和脚镣的声响正式宣判了老妪的厄运。离开地牢之前，狱卒从亚诺的铁牢前经过。

“她为什么被关？”亚诺关切那位离他很远的老妪。

“这个老巫婆是个货币兑换商的母亲。”狱卒照着大法官身边的军官告诉他的话，回答了亚诺。大法官的军官则是从巴耶拉男爵的军官那儿听来的。

“你呀……”狱卒靠在亚诺身边说，“赚再多钱也不能让你母亲过好日子了。亚诺·艾斯坦优，就因为她是你母亲，她可要付出很大的代价啰！”

眼前的景物依旧——在那座小山丘上，农庄旁的瞭望塔依然矗立在原处。卓安举头一望，耳边似乎又响起当年民兵队的呐喊，情绪激动的人群，挥舞着长剑……同样这群人，同样在这里，后来却转而欢呼鼓噪，就在这里，他说服亚诺同意了海儿的婚事。他一向就跟这女孩处得不太好。如今，他该怎么跟她说呢？

卓安无奈地仰望天际，然后垂头丧气地拖着身上的黑袍，慢慢走上斜坡。

农庄周遭不见任何人影。唯一的声响是楼下畜栏里的牲畜传出的叫声。

“有人在吗？”卓安大声叫着。

就在他正想再喊一次时，一旁有了动静，立刻引起他的注意。这时候，农庄的角落里，有个男孩探出头来，一双大眼睛眨个不停。

“孩子，你过来！”卓安对孩子下令。

小男孩踌躇不前。

“你过来！”

“怎么回事？”

卓安闻声回头一看，农庄外通往二楼的阶梯上，海儿正以锐利的眼神质问他。

两人无言相望了许久。卓安看着眼前的女子，试着从她身上找到当初嫁给彭兹骑士的女孩的影子，然而她的神态出奇冷静，五年前在农庄里的激动情绪已经看不见了。岁月改变了她。卓安觉得越来越忐忑不安。海儿一脸漠然地逼视他，双眼眨都不眨一下。

“修士，你有什么事吗？”她终于开口问他。

“我有事要跟你说。”卓安刻意提高了音量。

“不管你要跟我说什么，我都没兴趣。”海儿作势要转身离去，卓安急忙挡住了她。

“我答应亚诺来找你谈谈的。”出乎卓安意料的是，海儿并没有因为听到亚诺的名字而惊讶；不过，她也没有掉头而去。“你听着，并不是我主动来找你的。”卓安停顿了半晌，“我可以上去吗？”

海儿一转身，走进了农庄。卓安踏上阶梯前，再度无奈地望天叹息。这真是他忏悔的方式吗？

卓安不停地清嗓子，想借此引起注意。海儿一直盯着火炉，炉上是个用铁链拴着，从天花板上垂挂下来的锅子。

“有话快说吧！”她冷冷地对他说道。

卓安看着她倾身在炉上煮食的背影。秀发垂在背上，发丝轻拂着紧实的玉颈。她已经变成一个成熟的女人……一个美丽的女人。

“你不是有话要说吗？”海儿转过头来，又问了一次。

该如何启齿呢？

“亚诺被宗教法庭囚禁了。”卓安开门见山。

正在搅拌汤锅的海儿，骤然停了手。

卓安默不作声。

她的声音宛如炉里的烈火，颤颤巍巍。

“有人早在好久以前就被囚禁了。”

海儿依然背对着卓安，身子挺得笔直，双臂下垂，双眼盯着炉里的火焰。

“囚禁你的人并不是亚诺。”

海儿猛地回头。

“难道把我嫁给彭兹的人不是他吗？”她怒吼着，“难道答应我婚事的人不是他吗？难道决定让我这样白白被人玷污的人不是他吗？我被强暴，被绑架，被迫嫁人！”

她咬牙切齿地说出每一个字。她在颤抖。她全身颤抖着。从双唇到双手，而那双颤抖的手正揪着胸口。卓安根本无法正视那双充血的眼眸。

“不，那不是亚诺的错……”卓安说话的声音也在颤抖，“是……是我！”他终于喊了出来，“你知道吗？是我！说服他把你嫁出去的人是我。一个被人玷污的女孩子会有什么好下场？当整个巴塞罗那都知道你已经被人强暴时，你要怎么做人？是我，都是我的错！我被爱丽诺说服了，她策划了这个绑架事件，她叫人强暴你，借此说服亚诺同意你的婚事。是我，整件事的罪魁祸首是我！亚诺从来就不愿意把你嫁出去。”

“他爱你。”卓安补上一句，“他从以前就爱着你，现在依然爱你。他需要你……”

海儿双手掩面。她屈膝跪坐在地上，蜷缩的身子渐渐往前倾，正好停在卓安正前方。

好了，他终于说出口了。现在，海儿应该会去巴塞罗那见亚诺了……卓安一边这样想着，同时想要搀扶海儿起来。

“你不要碰我！”

卓安一惊，立刻倒退一步。

“发生什么事了？夫人。”

卓安转头往门口一看。门坎前站着一个彪形大汉，手持镰刀，满脸凶狠地瞪着卓安，在他身后，又是那个小男孩在探头看着。卓安与彪形大汉仅有数步之遥，而大个儿比他高出两个头。

“没事！”卓安说。但是彪形大汉却一手把他推开，直接走到海儿身边。“我跟你说了，这里没事！”卓安再次强调，“你去干你的活儿吧！”

男孩躲在门框边，依旧从屋外探进头来。卓安没多看他，回头再看屋内的情况时，手持镰刀的大个儿已经在海儿旁边跪了下来，但没碰她。

“你没听到我说的话吗？”卓安质问彪形大汉，没有回应，“听见没有？去干你的活儿！”

大个儿悻悻然瞪着卓安。

“我只听从我家夫人的命令。”

他曾经面对过多少这种粗壮勇猛又自傲的人？主持宗教审判时，他曾经看过多少大男人在他面前痛哭、求饶？卓安眯起双眼，紧握双拳，朝着那名长工前进了两步。

“你居然敢违抗宗教法官的命令？”卓安怒斥。

他本想往下说的，但是海儿突然站了起来。又见她全身颤抖着，手持镰刀的长工也缓缓站了起来。

“你好大的胆子啊！修士，居然跑到我家来威胁我的仆人？宗教法官？呵！你只是个披着修士袍的恶魔罢了。当初胁迫我的人就是你！”卓安看着壮汉握着镰刀柄的手越来越用力，“你自己都承认了！”

“我……”卓安一时语塞。

壮汉走近他，圆钝的镰刀刀背抵着他的腹部。

“没有人会知道的，夫人。他是单独来的。”

卓安注视着海儿。她的眼中没有恐惧，也没有怜悯，只有……卓安迅速跑向门口，但是男孩已经抢先一步把门关上了。

在他身后，壮汉已经冲上来，手上的镰刀立刻架在他脖子上。这一次，抵在他喉头的换成了锐利的刀锋。卓安不敢妄动。小男孩看他的眼神已经没有了惊恐。

“你……你想干什么？海儿……”卓安才开口，壮汉的镰刀就在他脖子上轻轻划了一刀。

海儿静默了半晌，卓安似乎听见了她的打算。

“把他关进瞭望塔。”她下令。

在五年前那天在瞭望塔里看着巴塞罗那民兵队从呐喊变成欢呼之后，她再也没进去过。丈夫战死沙场之后，她下令关闭了那座瞭望塔。

050

寡妇带着两个女儿穿过亚纳广场，来到了广场边的艾斯坦叶尔客店，这是一幢两层楼的石砌房子，楼下是厨房和住宿旅客用餐的食堂，楼上是客房。出面迎接她们的是客店老板以及那位少年。雅莱迪思瞥见少年目瞪口呆的模样，刻意对他眨眨眼。“你在看什么？”客店老板训斥少年，说完还在他后脑勺打了一下。少年急着跑到客店后面躲起来。特蕾莎和欧拉莉亚在一旁偷偷看着雅莱迪思的眉目流转，两人同时忍不住笑了。

“我也该在你们后脑勺打一下才对！”趁着客店老板暂时告退，雅莱迪思低声训示两个女孩，“我说，你们两个走路能不能端庄一点？可不可以不要一直在身上抓来抓去？下次再让我看见你们抓个不停的话……”

“缠着粗布巾，根本不能走路嘛！”

“嘘……安静！”雅莱迪思惊见客店老板转过头来看她们，立刻叫女孩封口。

她们住进一间可容纳三人住宿的房间，不过，只有两张草席。

“您别担心，好心的大爷！”雅莱迪思对客店老板说，“我的两个女儿已经很习惯一起睡了。”

“你们有没有发现，当你跟他说我们俩习惯一起睡觉的时候，他看我们的眼神不太正经呢？”进了房间之后，特蕾莎急着问。

房里铺着两张大草席，一只小箱子上摆着一盏油灯，这就是所有的陈设了。

“他一定很想躺在我们俩中间吧？”欧拉莉亚笑呵呵地说。

“你们千万不能向他示好！我可是警告在先啊……”雅莱迪思打断了女孩的话。

“我们可以试试看嘛！说不定……”

“我们的计划，只许成功，不许失败。”雅莱迪思严正叮咛，“出一点小差错都不行！那两个男人喜欢纯洁的处女。等到目的达成，我们还得继续掩人耳目，恐怕得到别的地方去赚钱才行。”

“穿着这一身粗布长衫，我看，走遍整个加泰罗尼亚也赚不到半个子儿！”特蕾莎又在身上抓呀抓，从胸部到大腿，全被她抓遍了。

“你不要再抓了！”

“反正现在又没有别人！”女孩嘟嘴抗议。

“但是，你越抓就越痒！”

“你对那个少年眨眼睛……又是怎么回事啊？”欧拉莉亚突然这么一问。

雅莱迪思睨着两个女孩。

“不关你们的事。”

“你跟他收钱了吗？”特蕾莎好奇问道。

雅莱迪思想起少年连裤子都来不及脱下，身手笨拙地急着往她身上扑过来的猴急样儿……大家都喜欢纯洁的处子之身呀！

“我当然是有点收获的。”她面带微笑地说。

她们在房里耐心等候用餐。晚餐时间一到，三人到楼下的食堂，在一张粗糙的原木餐桌旁坐下来。不久后，乔默·巴耶拉和卜赫尼出现了。他们两人在食堂角落的餐桌坐定之后，目光就再也没从两个年轻女孩身上移开过。除了他们两桌之外，食堂里没有其他客人。雅莱迪思悄悄提示了两个女孩，于是，两人在开始喝汤之前，正经八百地在胸前画了十字。

“这是酒吗？给我就可以了。”雅莱迪思对客店老板说，“我的两个女儿不喝酒的。”

“再来一壶酒吧！多来几壶也没关系，自从我们的父亲去世之后……”特蕾莎以哀伤的眼神望着客店老板，在一旁帮腔。

“我母亲喝酒是为了疗伤。”欧拉莉亚也加入附和。

“丫头们，你们听好……”雅莱迪思低声交代她们，“既然是三壶酒，我应该会醉。好啦，再过一会儿，我会醉到不省人事，趴在桌上呼呼大睡……接下来，你们应该知道自己该怎么做吧！我们一定要查清楚芙兰希丝卡为什么被捕，还有，他们到底要怎么处置她。”

不久后，雅莱迪思在餐桌上趴了下来，头部埋在双臂之间假寐着，专注地聆听接下来的对话。

“你们过来！”简短的呼唤在食堂里荡漾，没有回音，“她们的母亲都醉了嘛……”食堂角落传出这么一句话。

“我们不会对你们怎么样的。”其中一人说，“在巴塞罗那的客店里，我们还能怎么样？客店老板就在那里。”

雅莱迪思心想，那个客店老板恨不得也上来摸她们一把呢。

“你们不必担心，我们可是骑士。”

最后，两个年轻女孩总算首肯，雅莱迪思静静听着两人在餐桌旁站起来。

“我们一直没听见你打呼。”特蕾莎趁机在雅莱迪思耳边低语着。

雅莱迪思忍不住窃笑了。

“一座城堡啊！”

雅莱迪思可以想象特蕾莎睁着她那双绿色大眼睛的模样，她一定睁大了碧绿眼眸盯着巴耶拉，干脆让男爵把当前美色看个够。

“你听见了没有？欧拉莉亚，一座城堡。他是真正的贵族，我们从来没跟贵族说过话。”

“跟我们聊聊打仗的情形嘛！”欧拉莉亚立刻提议，“您认识贝德罗国王吗？您跟他说过话吗？”

“您还认识什么人呀？”特蕾莎在一旁追问着。

两个女孩缠着巴耶拉男爵不放。雅莱迪思一度想睁开眼睛偷看，但是，她不能冒这个险。她的两个丫头知道该怎么做的。

城堡、国王、王室……两位大爷去过王宫啊？啊……战争。当没有城堡、国王和王室可聊的卜赫尼聊起征战沙场的经历时，两个女孩惊叫连连。还有一壶又一壶的酒……喝酒，多喝点！

“像您这样一位贵族，为什么会到城里来呢？为什么会住在客店呢？您是不是在等什么重要人物呢？”雅莱迪思听见特蕾莎提出一串问题。

“我们是专程押送一个巫婆进城的。”卜赫尼脱口而出。

两个女孩询问的对象是巴耶拉男爵。特蕾莎发现，巴耶拉大爷狠狠瞪了同伴一眼。时候到了。

“巫婆！”特蕾莎高声一呼，随即扑到男爵身边，紧抓着他的双手，“在塔拉戈纳的时候，我们看过一个巫婆被活活烧死。她拼命尖叫，大火从她的双脚一直烧到胸部，然后……”

特蕾莎抬头看着天花板，仿佛火焰就在顶上烧似的。接着，她的双手按在胸口，又过了几秒钟之后，她回过神来，露出一副刚从云端掉下来的迷蒙神态。

巴耶拉一言不发地紧抓着女孩的双手，然后，他站了起来。

“我们走！”虽是请求，听起来更像是命令，特蕾莎只好让他拖着走。

卜赫尼看着两人从面前离开。

“那我们呢？”他问欧拉莉亚，突然伸出手来摸女孩的小腿肚。

欧拉莉亚似乎无意摆脱他的手。

“我想知道那个巫婆的事情。我对巫婆好有兴趣噢！”

卜赫尼的手从女孩的小腿肚一直摸到大腿，打算探索那两腿之间的神秘地带。这时候，雅莱迪思正想起来阻挡时，她听见了“亚诺”这个名字。“那个老巫婆是他母亲。”她听见卜赫尼这样说。报复，这是一场跨世代的报复。

“我们可以走了吧？”解释了事情的来龙去脉之后，卜赫尼问道。

欧拉莉亚一时没答话。

“唉呀！我不知道唉……”女孩推托着。

卜赫尼突然站起来，扇了欧拉莉亚一个耳光。

“你别在那里装模作样了！叫你走就走！”

“那就走吧！”她还是接受了。

雅莱迪思确定食堂里只剩下她一人之后，好不容易才挺直了身子。她伸手揉了揉僵硬酸痛的脖子。他们两人联手对付亚诺和芙兰希丝卡，也就是卜赫尼口中的恶魔和巫婆。

“我会在亚诺知道我是他母亲之前先自我了断的。”芙兰希丝卡在蒙普城堡前的平地上谈起亚诺时，曾经这样说过，“他是个有头有脸的人。”雅莱迪思还没来得及接话，她先开了口，“而我只是个低贱的娼妓。再说，有许多事情，我一直无法向他解释原因，我为什么会抛弃他们父子俩，我为什么不管他的生死……”

雅莱迪思低下头来。

“我不知道他父亲会怎么说我。”芙兰希丝卡娓娓道来，“但是，不管怎么样，事情已经无法挽回了。岁月会让人遗忘，甚至忘了母爱。每当我想起他的时候，我希望我记忆中的他，一直是那个站在高台上对一群贵族慷慨陈辞的英明封主。我不希望他因为我而必须黯然下台。就让事情维持现况最好，雅莱迪思，你是世上唯一知道这件事的人，答应我，这件事，务必等我死了以后再说。你一定要答应我，雅莱迪思。”

但是现在，就算她信守这个承诺又有什么用？

当史特威再上瞭望塔来时，手上并没有拿镰刀。

“夫人交代，要你用这个蒙上眼睛。”他递了一块布条给卓安。

“你以为你是谁？”卓安勃然大怒，随手把布条往地上一扔，还用力踩了几下。

瞭望塔内空间狭小，顶多只有三步见方。人高马大的史特威站在卓安面前，狠狠赏了他好几个耳光。

“夫人命令你用布条蒙上眼睛！”

“我是宗教法官！”

这一次，史特威挥拳一揍，卓安撞上墙壁，然后跌坐在史特威脚跟前。

“把布条缠上！”史特威单手把他拎了起来，“缠上去！”卓安站稳脚步后，他再次喝令。

“你以为你用暴力就可以让一个宗教法官屈服吗？你不要以为……”

史特威没让卓安把话说完，他先在卓安脸上用力揍了一拳。卓安应声倒地，接着，这位高大的家仆又踹了他几下，腹股沟、腹部、胸膛、脸部……无一幸免。

卓安痛得缩成一团。史特威又单手把他揪了起来。

“夫人交代的，用布条蒙上眼睛！”

他的嘴角在流血，双腿不停地发抖。当大个儿松手时，卓安努力站稳脚步，但是，难以承受的膝盖疼痛迫使他又跪了下来。史特威挟着他的腋下，用力把他提起来。

“把这个缠上。”

布条就在他旁边。卓安发现自己撒了尿，黑袍湿答答地贴着他的大腿。

他拿起布条，乖乖蒙上双眼。

卓安听见家仆上了门锁，然后下楼去了。周遭一片死寂，他陷入永无休止的苦等。后来，好几个人上来。卓安站起来，紧靠在墙边。门开了，有人搬来了家具。大概是椅子吧？

“我知道你犯了罪。”海儿坐在板凳上，她的声音在塔内回绕着。在她身边，那个小男孩紧盯着修士。

卓安依然沉默。

“宗教法庭从来不会蒙上……被捕罪犯的双眼。”他最后还是开了口。或许，他可以面对她的。

“没错！”海儿回应他，“你们蒙蔽的是灵魂、人性和尊严。我知道你犯了罪。”

“我不接受这种莫名其妙的诬陷。”

海儿对史特威使了个眼色。这位高大的家仆走到卓安身边，在他腹部用力揍了一拳。修士痛得弯下腰来。过了半晌，他再度挺直身子，噤声不语。他的喘息又急又快，使他完全听不到在场其他人的动静。他的双腿疼痛不已，胸膛和脸颊又热又烫。没有人开口说话。大腿外侧肌肉一阵抽痛，逼得他不得不跪在地上。

疼痛越来越强烈，卓安像个胎儿似的蜷缩着。

依旧无言。

腰侧突如其来的剧痛，迫使他往后一仰。

“你到底想怎么样？”在各种疼痛侵逼之下，卓安无奈地喊道。

没有人响应他。直到疼痛逐渐消失，家仆把他拎到海儿面前站着。

卓安费尽一番功夫才站稳脚步。

“你到底想……”

“我知道你犯了罪。”

她可以狠到什么地步？乱棍将他打死？她会杀了他吗？他的确犯了罪，然而，海儿凭什么审判他？他全身发抖，差点儿又跌倒在地。

“你都已经责备我了，”卓安终于回答，“为什么还要这样审判我呢？”

沉默。漆黑。

“你说话呀！你为什么要审判我？”

“你说得没错。”海儿总算出声，“我确实已经责备过你，但是你别忘了，你已经承认自己做错了事。就在这里，我在极度不堪的情况下失去贞操；就在这里，我一次又一次地被胁迫……把他吊起来，打到他体无完肤为止！”海儿这样吩咐史特威。

海儿的脚步声渐渐远去。卓安发现史特威正把他的双手反绑在背后，他已经动弹不得，连身上的肌肉都没有反应了。家仆逼他站上海儿刚刚坐过的板凳。接着，他听见粗绳抛向塔顶木桁的声响。史特威失了手，粗绳滑了下来。卓安吓得屁滚尿流，因为绳圈正好套在他脖子上。

“我犯了罪！”卓安以仅剩的微弱气力呐喊。

海儿在楼下的楼梯口听见了呐喊。

总算是认了。

海儿上楼到塔顶，小男孩在后头跟着。

“你现在尽管说吧！我洗耳恭听。”海儿告诉卓安。

曙光乍现，海儿已经准备启程到巴塞罗那。她穿上最体面的衣裳，戴上她仅有的几件首饰，光洁的秀发垂在肩上。史特威扶着她坐上母骡，然后用力拍了骡子一掌。

“家里的事，你要好好打点啊！”骡子上路之前，海儿交代家仆，“还有你，孩子，你要帮着父亲做事噢！”

史特威把卓安推到骡子后面。

“上路了！修士。”

低着头的卓安，拖着沉重的脚步跟在海儿后面。现在呢，还会发生什么事？前一天晚上，当那块遮眼的布条拆下时，卓安看见海儿就站在他面前，塔里的火炬在她身后摇曳着。

“你根本不值得宽恕……但是，亚诺可能会需要你的协助。”她后来告诉他，“若不是这样，我早就亲手把你杀了。”

骡子尖细的蹄子在地面上轻轻踩着。卓安依随着那清扬的蹄声往前走，视线始终锁定着自己的步伐。他坦承了事情的全部经过：从他和爱丽诺的谈话，到宗教法庭对亚诺的仇恨……直到他坦承了一切，海儿拆下他的遮眼布巾，并朝他吐了口水。

温驯的骡子继续往巴塞罗那的方向前进。卓安已经嗅到海水的味道，就在左前方不远处了。

051

当雅莱迪思离开艾斯坦叶尔客店时，已然艳阳高照，熙来攘往的人群在亚纳广场上穿梭着。巴塞罗那已经苏醒。就在客店旁，一群手拿水桶或陶罐的妇女，正在卡德纳街的井边排队等候汲水，另外则有一些妇女聚集在广场另一边的肉店前。这些妇女都在大声谈笑着。她本想早点出门，但是那一身寡妇打扮花了她不少时间，两个在一旁协助的女孩反而越帮越忙。她们不停地追问她接下来的状况：芙兰希丝卡会有什么下场？他们会不会真的放火把她烧了？就像两位骑士所言……被她们这样问东问西，出门的时间就延迟了。至少，她沿着波利亚街一路走来，并未引起任何人侧目。不过，雅莱迪思反而觉得奇怪呢；走在大街上，她向来是个男人垂涎、女人唾弃的女子。而如今，裹着一身黑衣忍着烈日高温……她左顾右盼，看不到任何饥渴的目光。

接近布拉特广场时，嘈杂的人声预告了广场上的人群更拥挤，暑气更炽烈。她忍着淋漓汗水，布巾缠裹下的丰满酥胸挤压厮磨得厉害。雅莱迪思决定右转，在通往巴塞罗那大市场的塞摩勒斯街上，她找阴凉处歇息了一会儿，接着，沿街走向欧利广场，许多百姓在那儿采买质量最好的橄榄油，或在广场边的店家买面包。雅莱迪思穿过广场，来到圣卓安喷泉，又是一群妇女排队等着汲水，却没有人转头去看那个满身大汗的寡妇。

雅莱迪思在圣卓安喷泉往左走，不久就到了大教堂以及主教宅邸。他们前一天就在这里把她撵出来的，嘴里还不断地辱骂她是巫婆。他们现在会不会认出她来？客店里那个少年……雅莱迪思嘴角泛起了微笑，一边则忙着找寻侧门入口，那位少年毕竟比宗教法庭的卫兵有更多时间仔细观察她嘛！

“我想找地牢的狱卒，有人托我带了口信给他。”她告诉守在门口的卫兵。

卫兵准许她通行，并指出通往地牢的方向。

她慢慢走下楼梯，光线和色彩逐渐消失。下了楼梯之后，矩形的空荡玄关，只有简陋的泥地以及墙上几支照明用的火炬。其中的一支火炬下方，臃肿的狱卒坐在板凳上，背靠着墙壁，他正在打盹。另一头则通往阴暗的地道。

狱卒默默端详着已经走到他面前的雅莱迪思。

雅莱迪思沉沉地喘着气。

“我想见昨天被关进来的老太太。”雅莱迪思刻意把钱袋抖得哐啷哐啷响。

没有起身，没有响应，那个狱卒只是往她脚边吐了口痰，并且比了个轻蔑的手势。雅莱迪思倒退了一步。

“不行！”狱卒冷冷地回答她。

雅莱迪思打开钱袋。狱卒的双眼盯着闪亮的钱币，最后落在雅莱迪思那只手上。这里的规定非常严格：未经尼克劳·艾摩力同意，任何人都不准进入地牢探视囚犯。狱卒心想，他可不想招惹大法官。他见识过大法官大发雷霆的模样，更清楚大法官对付违抗命令者的凶残手段。但是，那个女人手上的钱币好大一袋。再说，上头的规定只针对那个兑换商人吧？那个女人要探视的并非兑换商人，而是那个老巫婆。

“好吧！”狱卒点头同意了。

尼克劳·艾摩力用力拍桌。

“那个不要脸的东西，他以为他是谁？”

前来通报消息的年轻修士吓得往后退了一步。这位修士的哥哥是个酒商。那天晚上，修士到酒商哥哥家吃晚餐，哥哥心情大好，不时开怀大笑，他的五个孩子则在一旁嬉戏喧闹。

“这是我这些年来做过最划算的买卖了！”酒商告诉弟弟，“看来，亚诺的那个修士弟弟打算贱卖商品换取现金，依我看，照这样发展下去，他会换得不少现金。亚诺的职员在以半价出售货品。”接着，酒商高举着酒杯，呵呵笑个不停，直说要替亚诺干杯。

听闻这个消息时，艾摩力先是默不作声，接着面红耳赤，最后怒火爆发。年轻修士缩在一旁听着艾摩力对军官吼着：

“去！去找卓安修士，一找到就把他押过来见我。去通知所有的卫兵！”

年轻修士离开后，艾摩力仍然激动地猛摇头。不过是个小小的修士，他以为自己有多大的能耐？难道他想瞒着宗教法庭掏空哥哥的资产？那一大笔资产将是教会所有……全部都是！艾摩力握紧了拳头，紧绷的指关节渐渐失去血色。

“即使要把他活活烧死也在所不惜！”他咬牙切齿地喃喃自语着。

“芙兰希丝卡！”雅莱迪思在老妇人身旁跪了下来。老太太勉强挤出一丝笑容。“他们究竟对你做了什么？你好不好啊？”老太太没答腔，其他囚犯的呻吟打破了两人之间的沉默，“芙兰希丝卡，他们把亚诺关起来了。就因为这个，他们也把您抓进来了。”

“我知道。”雅莱迪思无奈地摇着头，当她正想开口时，老太太补了一句：“他就在那边。”雅莱迪思转过头去望着地牢的另一头，隐约看见有个站立的身影，正往她们这边张望着。

“怎么会……”

“喂！”地牢另一端响起叫唤声，“那位老太太的访客……”

雅莱迪思又转过头去看了看那个身影，“我有话想跟您说呀！我是亚诺·艾斯坦优。”

“芙兰希丝卡，这是怎么回事？”

“我被抓进来的时候，他向狱卒探问我为什么被关，那个狱卒告诉他，因为我是亚诺·艾斯坦优的母亲……对我来说，这才是真正难受的折磨。”

“那你跟他说了什么？”

“什么也没说。”

“喂！”

这次，雅莱迪思不再转头去看他了。

“宗教法庭打算拿亚诺是个巫婆之子这件事大做文章。”雅莱迪思对老太太说。

“请听我说呀！拜托……”

雅莱迪思感受到芙兰希丝卡正紧紧掐着她的手臂。

“你不打算……”雅莱迪思停了一下，清了清嗓子，“你不打算跟他说说话吗？”

“不能让任何人知道亚诺是我的儿子！听见没有？雅莱迪思……我既然已经辛辛苦苦隐瞒到现在，即使上了宗教法庭，我也不会承认的……这件事，只有你知道，丫头。”老太太一字一句，说得清清楚楚。

“乔默·巴耶拉他……”

“拜托啊！”哀求的叫唤又一次响起。

雅莱迪思转过头去看着亚诺。只是，泪水模糊了视线，根本看不清他的样子。她努力噙住了泪水。

“只有你知道，雅莱迪思。”芙兰希丝卡重申，“你发誓，绝对不能把这件事告诉任何人！”

“可是巴耶拉男爵……”

“没有人可以证明这件事的。你向我发誓，雅莱迪思。”

“他们会虐待你的。”

“他们再怎么虐待我，难道会比命运对我的折磨来得残忍吗？难道会比被迫默默忍受着亚诺的哀求更让人难受吗？你快发誓吧！”

芙兰希丝卡的双眼在黑暗中闪着泪光。

“我发誓！”

雅莱迪思伸出双臂圈住了老太太的脖子。这么多年来，这是她第一次发现老太太竟是如此脆弱。

“不行，我不能把你留在这里！”雅莱迪思哭着说，“你怎么受得了啊？”

“你不必替我担心。”老太太在她耳边喃喃低语着，“我会忍耐的，我会一直忍到他们相信亚诺不是我儿子为止。”芙兰希丝卡必须停下来喘口气才能继续说话，“那个老巴耶拉已经毁了我的一生，我绝不容许他的儿子对亚诺做出同样的事。”

雅莱迪思在老太太脸颊上印下了长长的一吻，站了起来。

“喂！”

雅莱迪思望着那个身影。

“不要过去！”坐在地上的芙兰希丝卡这样哀求她。

“您过来一下，拜托您啊！”

“你会受不了的，雅莱迪思……你已经对我发过誓了。”

亚诺和雅莱迪思在漆黑中彼此相望，只是两个幽眇的身影罢了。晶莹的泪珠缓缓从雅莱迪思的双颊滑了下来。

当亚诺看着陌生女子往地牢门口走去时，终于绝望地跌跪在地上……

这天早上，有个骑着骡子的女子从圣达尼城门进入了巴塞罗那城区。跟在她后面的道明会修士拖着沉重的步伐，根本没有抬头看卫兵一眼。

“卓安修士吗？”驻守城门的卫兵上前问他。

道明会修士扬起青紫色的脸庞看着他。

“您是卓安修士吗？”卫兵又问了一次。

卓安点点头。

“大法官命令我们立刻带您去见他。”

卫兵召来那几个到处寻觅卓安的宗教法庭卫兵。

女子依然端坐在骡子上。

052

撒哈特闯进老商人位于比萨港口附近的仓库。有些职员和学徒有意和他寒暄，但这个阿拉伯人根本不理人。“你们老爷在哪里？”他见人就问，脚步却没停，依旧在堆满货品的仓库中穿梭。

“菲力波，发生了什么事？”

“昨天,有一艘要开往马赛的商船靠岸了。”

“这我知道。究竟出了什么事？”

菲力波端详着眼前的撒哈特。他到底多大年纪了？可以肯定，他已经不年轻了。他一如往常，衣着得体，但不像其他财力不及他的那些人那样招摇卖弄。他和亚诺之间一定发生了什么事吧？这件事，他始终不肯松口。菲力波依然记得当年那个刚从加泰罗尼亚回来的奴隶，手上拿着恢复自由之身的同意书，还有亚诺给他的一笔资金。

“菲力波！”

撒哈特这么一喊，立刻把老商人从回忆中拉回现实。他年纪大了，随时都会陷入自己的思绪，想起当年那个充满理想的青年。这一切都因那个抉择而起……

“菲力波！”

“是是是，你说得没错。对不起啊！”老商人走到撒哈特身边，随手拉着他的手臂。

“你说得没错，的确有事。来，你扶着我，我们到办公室去谈。”

戴西欧是个一言九鼎的意见领袖。老商人做生意眼光精准，轻易就能赚进大把弗罗林金币，所有商界人士见到他都要礼让三分。然而，撒哈特却甘冒对他大不敬而带来的风险，一直催促老商人说个明白。

“菲力波，拜托你快说吧！”

老先生拉着他慢慢往前走。

“有人带消息来了。坏消息，是亚诺的事情。”他边说边站稳脚步，“他被宗教法庭逮捕了。”

撒哈特默默无言。

“目前原因不明。”菲力波继续说，“他的职员已经开始贱卖货品，由此看来，他的情况……唉！这些都还是传言啦。我想，说不定是误传。来，你坐下来吧！”撒哈特这才发现，老商人办公室里的陈设出乎意料地简朴，一张简单的桌子，那是他和三位职员处理一本本账册的地方，而且，他还能从这里监看仓库里的进出货情形。

菲力波坐了下来，然后叹了口气。

“事情还不只是这样。”他补上一句，坐在他对面的撒哈特面无表情，“今年的复活节，巴塞罗那又掀起反对犹太人的行动。他们控诉犹太人亵渎圣饼，最后的结果是一笔天价罚款，外加处死三个人。”菲力波看着撒哈特的下唇开始抖动了起来，“哈斯戴……”

老商人刻意转过头去，好让撒哈特能够自处。等他再回头时，撒哈特已经紧抿着双唇，鼻头抽了几下，双手揉着眼睛。

“这个你拿着。”菲力波递给他一封信，“这是尤赛夫写来的信。有一艘从巴塞罗那来的商船，在那不勒斯把这封信交给我的商务代表，有个要到马赛的船长帮我把信带来了。尤赛夫已经接手他父亲的生意，他在信里说了事情的经过，不过，关于亚诺的部分，他提到的讯息非常少。”

撒哈特接下那封信，却没有打开来看。

“哈斯戴被处决，亚诺被逮捕……”他幽幽地说着，“而我却在这里……”

“我已经帮你订了前往马赛的船票。”菲力波对他说，“商船明天一大早出发。到了马赛，转往巴塞罗那应该就不难了。”

“谢谢！”撒哈特喃喃说道。

菲力波沉默着。

“我当初是回来寻根的。”撒哈特娓娓道来，“我回来寻找失去的家人。你知道我找到了什么？”菲力波只是默默望着他，“当我被卖掉的时候，还只是个孩子，当时，母亲和五个哥哥都活着。后来，我只找到一个哥哥……但是，我实在不确定他是不是我哥哥。他是热那亚一个码头卸货工人的奴隶，如果不是人家指出他来，我还真是认不出他是我哥哥……我甚至连他的名字都不记得了。他瘸着一条腿，右手还缺了手指，一双耳朵也被削了。当时，我心想，他的主人大概经常虐待他，才会让他变成这副模样。但是后来……”撒哈特停顿了半晌，看了看老商人，老先生没吭声，“我花钱赎回了他的自由，还托人送了一大笔钱给他，我自己始终没出面。只有六天！他天天喝酒找女人，六天就把钱花光了。那可是一大笔钱。结果，为了吃住，他又把自己卖给原来的主人。”撒哈特甩着手，一副不屑的模样，“这就是我在这里找到的一切：一个花天酒地、自甘堕落的哥哥……”

“你在这里还是碰到好朋友啦！”菲力波向他抱怨。

“确实。请原谅我的失言，我的意思是……”

“放心，我懂你的意思。”

两人盯着桌上一大沓文件发起呆来，进出货的嘈杂声唤醒了两人。

“撒哈特，”菲力波终于打破沉默，“我曾经担任哈斯戴的商务代表许多年，现在，如果上帝让我再活一次，我愿意做他的儿子孝敬他。后来，因为哈斯戴的坚持，加上你从旁指点，我成了亚诺的商务代表。与他共事的这些年来，无论是商人、水手还是船长，凡是我碰到的人，都对亚诺赞扬有加。你们两人之间到底出了什么事？居然会到让你恢复自由之身，而且还送一笔钱给你的地步！你为什么会弃他而去？究竟是怎么了？”

撒哈特脑海中又浮现那个小山丘上的农庄，还有数不清的石弓和长剑……

“因为一个女孩……一个很特别的女孩。”

“啊！”

“不！”撒哈特立刻说，“不是你想的那样。”

接着，撒哈特五年来首度松口说出了那段深藏心底的伤心往事。

“你好大的胆子！”尼克劳·艾摩力的怒斥声传遍主教宅邸的每一条通道，他甚至没等卫兵退下就开骂起来。大法官在办公室里来回踱步，两只手挥个不停。“你好大的胆子，居然敢做出危及教会资产的事情？”艾摩力猛地回过头去瞪着站在办公室正中央的卓安，“你居然胆敢下令以低价贱卖货品！”

卓安没回话。他已经一整晚没合眼，而且受尽凌虐。他跟在骡子后面赶了一天的路，全身都痛。他又脏又臭，那件污秽、干硬的黑袍搔得皮肤发痒。他从前一天到现在没喝半口水，只觉得口好渴。不，他根本不想回话。

艾摩力走到他背后。

“你究竟在打什么算盘？卓安修士，”大法官凑近他耳畔说，“难不成你想瞒着宗教法庭偷偷卖掉你哥哥的资产？”

艾摩力在卓安身边站了一会儿。

“你怎么那么臭啊！”艾摩力大叫一声，急着站到一旁去，双手又是挥舞个不停，“你简直就像个低贱的农奴一样臭！”他在办公室里踱来踱去，最后终于坐了下来，“宗教法庭已经查封了你哥哥的所有账册，你们无法再变卖货品了。”卓安没有反应，“我已经下令，禁止任何人到地牢探视囚犯，也就是说，你别想再去看他了。正式的审判这几天就会开始。”

卓安依旧没有反应。

“你到底听见我说的话了没有？修士！不出几天，我就要审判你哥哥了。”

艾摩力气得握拳捶桌。

“算了！你走吧！”

卓安拖着肮脏的黑袍走出地板光洁发亮的大法官办公室。

为让双眼适应屋外的艳阳，卓安在门楣下方停下脚步。海儿站在门外等他，手上紧握圈着骡子的缰绳。他让她千里迢迢从农庄赶到巴塞罗那来，如今……他该如何向她启齿，大法官已经下令禁止所有人探视亚诺？这项禁令因他而起，他该如何弥补这个过错？

“修士，你到底要不要出去呢？”有人在他背后出声。

卓安回头一看，眼前是个面容哀戚、眼眶含泪的寡妇。

两人凝视着对方。

“你是卓安吧？”女人问。

那双栗色的大眼睛，那张美丽的容颜……

“你是卓安吧？”她追问，“卓安，我是雅莱迪思呀！你还记得我吗？”

“啊……制革匠的女儿！”卓安终于开口了。

“怎么了，修士？”

海儿已经走到门边。雅莱迪思看着卓安回头望了望这位刚加入的女子。接着，修士转过头来看了雅莱迪思一眼，然后又回头望了牵着骡子的女子。

“这是我的童年好友。”他说，“雅莱迪思，我向你介绍，这位是海儿。海儿，这位是雅莱迪思。”

两个女子彼此点头问好。

“这里不是聊天的地方！”卫兵一声喝令，三人同时回过头去，“快走开，不要挡在门口！”

“我们是来探视亚诺·艾斯坦优的。”海儿扯着嗓子问，手上紧抓着缰绳。

卫兵把她从头到脚打量了一番，嘴角撇了个充满嘲讽的笑容。

“那个兑换商啊？”他问。

“没错！”海儿语气坚定。

“大法官已经下令禁止所有人探视那个兑换商了。”

卫兵作势要推开雅莱迪思和卓安。

“为什么要禁止探视他？”海儿发问的同时，卓安和雅莱迪思已经走出主教宅邸大门。

“这个你就要问问那位修士了。”卫兵指了指卓安。

三人开始往街上走。

“修士，我应该昨天就把你杀了才对！”

雅莱迪思看见卓安低头盯着地面。他甚至没吭声。雅莱迪思默默端详着这位牵着骡子的女子。她走路的姿态总是抬头挺胸，驾驭骡子的技巧非常娴熟。前一天一定发生了什么事吧？卓安脸上青一块紫一块的，而他这位女伴还打算去探视亚诺……那个女子到底是谁？亚诺已经跟男爵夫人结了婚，她在蒙普城堡前的集会上看过的。

“亚诺的审判几天之内就会开始。”

海儿和雅莱迪思骤然止步。卓安依然往前走着，直到他发现身旁两位女子都没跟上来……他回头一看，两位女子沉默地注视着对方。“你是谁？”两人的眼神仿佛这样质问着。

“我都怀疑这位修士是不是有童年，真想不到他居然有女性朋友。”海儿突然说。

雅莱迪思看着她坚定的眼神。海儿站在原地，依旧抬头挺胸。她那双年轻的眼眸，仿佛要把人看穿似的。就连她身后的骡子也安安静静，一对耳朵竖得直挺挺的。

“你说话倒是挺直接的。”雅莱迪思对她说。

“这是命运磨砺出来的。”

“二十五年前，如果我父亲点头答应，我现在就是亚诺的妻子。”

“五年前，如果大家把我当人看，而不是把我当成畜生的话……”海儿回头瞪了卓安一眼，“我会一直陪在亚诺身边。”

沉默横亘在两个女人对峙的眼神之间。

“我已经二十五年没见过亚诺了。”雅莱迪思终于打破僵局，“我不想跟你竞争。”这是她的话中之话，也是只有女人才听得懂的语言。

海儿松动稳稳站了许久的双脚，抓着缰绳的力道也缓和一些。她睁大双眼，大剌剌地看着雅莱迪思。

“我家在巴塞罗那城外，你有没有地方能收留我？”海儿思索了半晌，终于开口问道。

“我也住在城外。我投宿在……我跟我的两个女儿住在艾斯坦叶尔客店。不过，我们可以挤一挤的。”接着，她吞吞吐吐的，“那么……”雅莱迪思转过头去看了看卓安。

两名女子在一旁观望着卓安，他站在那儿不动，端着一张瘀青的脸，肮脏破损的黑袍从肩头垂挂下来。

“他要解释清楚的事情还多着呢！”海儿说，“再说他还派得上用场，就让他跟骡子一起睡吧！”

卓安一直等到两个女子上路了，才又默默跟在她们后面。

“那你呢？你为什么在这里？”海儿一定会这样问她。“你去主教宅邸做什么？”雅莱迪思偷偷瞥着新同伴。她依然抬头挺胸地走着，紧紧地牵着骡子，就连有人挡了她的路也不松手。卓安和海儿之间究竟发生了什么事？那位修士似乎完全屈居下风……堂堂一位道明会修士，怎么会容许一个女人指使他去跟一头骡子过夜？他们穿过布拉特广场。她已经承认自己认识亚诺，但是，她并没有告诉他们，她在地牢里看见了频频召唤她的亚诺。“芙兰希丝卡呢？我要怎么跟他们提芙兰希丝卡这个人？说她是我母亲？不行。卓安认识我母亲，而且他也知道我母亲不叫芙兰希丝卡。那么，就说她是我亡夫的母亲吧！但是，他们终究会知道芙兰希丝卡是宗教法庭控诉亚诺的原因之一。当他们知道芙兰希丝卡是个妓女时会怎么说？我的婆婆怎么可能会是个妓女？”他们最好还是什么都别知道的好，但是，她到底该怎么解释自己去主教官邸的原因呢？

“噢！是这样的，“雅莱迪思这样答复海儿的问题，“我替我那死去的丈夫办点事情。他知道我们一定会路过巴塞罗那，所以死前特别交代了。”

欧拉莉亚和特蕾莎低头喝着汤，眼角余光偷偷瞄了雅莱迪思一眼。他们到了客店之后，老板答应在雅莱迪思母女的房里再加一张草席。当海儿吩咐卓安去马厩跟骡子一起过夜时，他顺从地点了点头。

“不管你们听到什么，”雅莱迪思趁机交代两个女孩，“什么话都别说！任何问题都不要回答，最重要的是，我们要装作根本不认识芙兰希丝卡。”

五个人在食堂里坐下来用餐。

“好了，修士，”海儿再度提问，“你倒是说说看，为什么大法官要下令禁止所有人探视亚诺？”

卓安根本没动盘里的食物。

“我需要钱去买通狱卒。”他以非常疲惫的语气说，“因为亚诺的铺子里没有任何现金了，所以我就叫职员去变卖部分货品。艾摩力因此认定我意图掏空亚诺的资产，这么一来，宗教法庭……”

就在这时，巴耶拉男爵和卜赫尼走进客店食堂。一看见在座的两个年轻女孩，两人咧着嘴笑开了。

“卓安！”雅莱迪思说道，“这两个贵族昨天对我两个女儿毛手毛脚的，我总觉得他们意图不轨……请你想个办法让他们别再骚扰这两个丫头？”

卓安回头看着这两个男人时，他们还站在那里不怀好意地盯着欧拉莉亚和特蕾莎，并且喜滋滋地回味着前一晚的愉快场面。当他们发现卓安穿的是修士黑袍时，立刻收起了脸上的笑容。卓安盯着他们不放，两位骑士默默在餐桌旁坐了下来，始终低头盯着盘里的食物。

“他们为什么要审判亚诺呢？”当卓安再转过头来时，雅莱迪思问道。

撒哈特望着港边那艘马赛帆船，船上全体船员正忙着起航前的准备工作。

“这艘船又快又安全。”菲力波告诉他，“他们几次碰到海盗，总是能够安全脱身。大概三四天内，你就会抵达马赛。”撒哈特默默点头，“到了马赛，转搭贸易商船前往巴塞罗那，应该难不倒你的。”

菲力波一手揽着撒哈特的手臂，另一手拿着拐杖指着前方的帆船。港口的职员、商人以及工人们，只要从他们旁边走过，必定停下来向菲力波敬礼致意。搀扶着老商人的撒哈特也跟着沾光。

“天气非常好！”菲力波的拐杖指着蔚蓝的天空，“你这一路会很顺利的。”

船长在甲板上对菲力波比了个手势，撒哈特发觉老人突然用力揪着他的手臂。

“我总觉得，我大概不会再见到你啦！”老人说，撒哈特转过头去看着老人，但是菲力波却更加用力地抓着他的手臂，“我已经老了，撒哈特。”

两人在船边相拥道别。

“我的生意就麻烦你了。”撒哈特对他说。

“没问题，万一我不在了……”老人的声音颤抖着，“我的儿子们会接手的。到时候，不管你人在哪里，你一定要帮帮他们呀！”

“放心，我会的。”撒哈特很爽快地做了承诺。

菲力波把撒哈特拉过去，并在他唇上吻了一下。在船上等候出航的人群，始终紧盯着早该上船的最后这位旅客。大伙儿见了菲力波对撒哈特的亲昵举动，纷纷耳语起来。

“去吧！”老人对他说。

撒哈特嘱咐两名奴隶把他的行李搬上船去，接着，他上了船。当他走上甲板时，菲力波的身影已经消失。

海面非常平静，海风徐徐吹着，帆船在一百二十名橹工的努力之下规律地前进着。

“我没有足够的胆量……”尤赛夫在信中提及亵渎圣饼事件时，这样写着，“我没有离开犹太区陪父亲走完最后一程。无论他如今身在何处，我相信他会谅解我的。”

撒哈特站在船头远眺天际。“你有足够的胆量了……能够住在基督教城市里的犹太区，这需要多大的勇气啊！”他喃喃自语。在此之前，他已经把尤赛夫的信读过一遍又一遍：

“芮琦坚持不肯离开，但是我们总算说服了她。”

撒哈特跳过中间的段落，直接读着最后一段：

“昨天，宗教法庭逮捕了亚诺，而我今天才刚从一位去过主教宅邸的犹太人那儿得知，举发他的人是他的妻子爱丽诺，罪名是信仰犹太教。由于宗教法庭要求两名证人，于是，爱丽诺找了海上圣母教堂的几位神父到场作证，看来，他们确实听见了这对夫妻在教堂里发生口角。亚诺的措辞似乎被认定有亵渎宗教之嫌，而几位神父的证词也确立了爱丽诺的控告。”

这个事件，根据尤赛夫在信中表示，其实是相当棘手的。一来，亚诺非常富有，而宗教法庭觊觎的正是这一大笔资产。另外，负责审理此案的是尼克劳·艾摩力。撒哈特还记得那位狂妄自大的宗教法官，六年前接下大法官职务。当时，撒哈特还在加泰罗尼亚，曾在某次被迫陪同亚诺出席宗教庆典时见过这个人。

“自从你离开之后，艾摩力的势力越来越大，天不怕地不怕，甚至公然与王室作对。国王从好几年前开始就已经停止支付税金给教皇，原因是教皇乌尔班四世将塞尔坦亚赠与叛变反抗加泰罗尼亚的埃布尔瑞亚。此外，国王与卡斯提亚长期作战，在此期间，有些贵族趁机叛变……以上种种都让艾摩力有机可乘，由于他直接听命于教皇，因此，他敢直接与国王对峙。他主张宗教法庭应该扩大对犹太人和其他非基督徒的监控。连上帝都没这样对我们哪！可想而知，国王一定是大力反对的，因为加泰罗尼亚的所有犹太人都是他的资产。然而，艾摩力继续在教皇面前大进谗言，因此，教皇对我们的王室已经越来越淡漠了。

“除了借由攻击犹太区与国王作对之外，艾摩力更是大胆抨击了加泰罗尼亚神学家雷蒙·尤尔关于异教的论述。超过半个世纪以来，尤尔的论述普获加泰罗尼亚教会的推崇，国王为此还特别找来一群法学家和思想家集思广益，坚决捍卫尤尔的论述。

“据我所知，艾摩力意图将亚诺事件变成他和国王之间的对立局面，他不但想借此巩固地位，还希望将亚诺那一大笔资产纳入宗教法庭所有。据我了解，艾摩力已经写信告知乌尔班四世，他将会获得亚诺资产中属于国王的那一部分，正好可以用来填补贝德罗国王积欠的税款。这么一来，国王的处境将会越来越难堪，而艾摩力在教皇面前的地位更是难以撼动。

“另一方面，我认为亚诺个人的处境，即使不是令人失望，至少也是非常敏感的。他弟弟卓安是个宗教法官，素以办案凶狠闻名。举发他的人竟是自己的妻子……我父亲已经去世了，而我们呢，因为得知他的罪名是信仰犹太教，为了他着想，所以也不便对他表示关切。他就靠你了。”

尤赛夫最后的结语这样写着：“他就靠你了。”撒哈特把信放回小盒子里，那个盒子里装着哈斯戴这五年来写给他的信，“他就靠你了。”撒哈特拿着盒子，站在船头，再度遥望着远方的地平线：“划呀划……用力划呀！马赛人……他就靠我了。”

特蕾莎和欧拉莉亚在雅莱迪思暗示之下先行告退。卓安早早就离开了，他起身道晚安时，海儿根本就不理。

“你为什么这样对他呢？”当其他人都离开食堂后，雅莱迪思问她，海儿没出声，倒是火炉里的木柴烧得劈啪作响，“再怎么说，他到底是亚诺的弟弟呀！”

“那个修士根本就不配！”

海儿没抬头，眼睛盯着桌面，试图剥离桌面上微微翘起的木屑。“她长得真漂亮！”雅莱迪思这样想着。海儿那一头柔亮的鬈发垂在肩上，五官分明：唇形细致，颧骨饱满，下巴尖细，鼻梁直挺。她那一口完美洁白的贝齿，尤其让雅莱迪思赞叹不已。而从主教宅邸到客店的路上，雅莱迪思更是盯着她那玲珑有致的身段不放。然而，那双手却是乡下人的手：不但粗糙，而且长满了茧。

海儿撇开桌面的木屑，然后将视线转移到雅莱迪思身上，这才发现，雅莱迪思一直默默看着她。

“这件事情……说来话长。”她说。

“如果你愿意说，我的时间多得很。”雅莱迪思回答。

海儿露出欣然同意的表情。有何不可？她已经好几年没跟女人好好聊过天了；这些年来，她一直活在封闭的世界里，整天忙着在那块贫瘠的土地上辛勤耕作，只希望麦穗能够争气点儿。跟她聊聊，有何不可？她看起来是个好女人。

“我的父母死于瘟疫，当时我还小……”

她详述了所有细节。当海儿谈到她在蒙普城堡前的平地上深情地看着台上的亚诺时，雅莱迪思忍不住颤抖着。“我了解你的感受，”她一度想这样告诉海儿，“因为我也是那样深爱着他。”亚诺、亚诺、亚诺……海儿的谈话里，几乎每句话都会提到亚诺。雅莱迪思依然记得，徐徐海风轻拂着她那青春洋溢的肉体，那急着扬弃纯真的肉体，那时她完全耽溺在欲海里。海儿讲到她被绑架以及逼婚的经过，提到这一段伤心往事，她忍不住号啕大哭。

“谢谢你！”海儿哽咽地说道。

雅莱迪思拉起她的手。

“你有孩子吗？”在海儿的情绪渐趋稳定之后，雅莱迪思问她。

“我曾经有个儿子。”雅莱迪思握紧她的手，“四年前死了，刚出生不久就夭折了。孩子的父亲没见过儿子，他甚至不晓得我怀了身孕。他随着国王出征，战死在沙场上……”海儿边说边露出轻蔑的微笑。

“但是，这一切跟卓安有什么关系呢？”雅莱迪思问道。

“他知道我深爱亚诺，而亚诺也爱我。”

听完事情的来龙去脉之后，雅莱迪思气得拍桌。夜深人静之际，这一下听起来特别响亮。

“你没想过要举发他吗？”

“亚诺一直很保护这个修士，那是他弟弟，他很疼爱他。”雅莱迪思还记得当年兄弟俩一起睡在老贝雷家的火炉旁，亚诺搬运石块，卓安去上学，“我不想伤害亚诺，然而现在……现在我却见不到他，也不知道他是否知道我已经来到巴塞罗那，而且我依然深爱着他……他们就要审判他了。说……说不定他们会判他……”

海儿又伤心地号啕大哭起来。

“你千万不要以为我会违反对你的承诺，但是，我无论如何都要去跟他谈谈。”临别时，雅莱迪思说。芙兰希丝卡试图好好端详她那张陷入黑暗中的脸。“你要相信我！”雅莱迪思补上一句。

亚诺发现雅莱迪思再度出现在地牢时，他立刻起身，但是没叫她。他只是静静望着两个窃窃私语的女人。卓安在哪里呀？弟弟已经两天没来了，他还有好多事情要问他。他想叫弟弟去查一查那位老太太是谁。她为什么被关进地牢里？为什么狱卒说她是他母亲？他那边到底进展如何？还有他的生意呢？海儿呢？海儿的情况如何？一定是出了事情。在上次卓安来探视过他以后，狱卒对他的态度又如最初那样：硬面包配馊水，而且，水桶也不见了。

亚诺看着那个女子渐渐从老妇人身边走开了。他靠着墙，缓缓坐下来，但是……女子却往他这边走来。

亚诺看着她在黑暗中逐渐靠近，于是，他赶紧站了起来。女子在与他相隔数步之处停下脚步，并且刻意避开地牢里幽微的几丝阳光。

亚诺眯着眼睛细看，希望能看出她的长相。

“他们下令禁止所有人探视你。”女子对他说。

“你是谁？”亚诺急切地追问着，“你为什么会知道这些？”

“我们已经没有时间了，亚……亚诺。”她叫他亚诺！“万一狱卒来了……”

“你到底是谁？”

为何不干脆就告诉他呢？为何不冲上前去拥抱他、安慰他呢？她会受不了的。这是芙兰希丝卡说过的话，言犹在耳。雅莱迪思转过头去望着芙兰希丝卡，再回过头来看着亚诺。徐徐海风、纯净沙滩、她的青春，以及前往费格拉斯的漫长跋涉……

“你是谁？”亚诺还在追问着。

“我是谁不重要。我只想告诉你，海儿已经来到巴塞罗那，她在等着你。她爱你……她一直爱着你。”

雅莱迪思看着亚诺激动地倚在墙边轻叹。她静候了数秒钟，地道传出声响。狱卒很快就到了。声响越来越大，这是钥匙插入铁门大锁的声音。亚诺也听见了声响，随即转过头去望着地牢出口。

“你要我转告她什么吗？”

地牢铁门打开了，地道上的火炬照亮了雅莱迪思。

“告诉她，我也……”狱卒已经进了地牢，“我爱她！虽然我不能……”

雅莱迪思低下头，然后往门口走去。

“你跟那个兑换商在讲什么？”锁上牢门之后，痴肥的狱卒问她。

“我正打算要离开的时候，他把我叫了过去。”

“上头有规定，不准任何人跟他说话。”

“唉呀！我不知道这件事。我也不知道他是兑换商，我什么话都没跟他说，我甚至不敢靠近他。”

“大法官已经禁止……”

雅莱迪思掏出了一袋钱币，还故意抖得哐啷响。

“我不想再看到你出现在这里了。”狱卒边接钱袋边说，“如果你再来，恐怕就走不出这个地牢了。”

与此同时，阴暗的地牢里，亚诺继续反刍着女子说过的话：“她爱你。她一直爱着你。”然而，他对海儿的思念却被那双火炬映照下的栗色眼眸一再干扰着。那双眼眸，似曾相识。他以前在哪里见过吗？

她告诉她，她会把口信带到的。

“你放心！”她再三强调，“我会让亚诺知道你在这里等他的。”

“你也告诉他，我爱他！”当雅莱迪思已经往前走到亚纳广场时，海儿扯着嗓子补上一句。

海儿站在客店门口，看着寡妇对她回眸一笑。雅莱迪思的身影终于消失了，海儿接着也离开了客店。这件事，她从农庄到巴塞罗那一路上反复思考着。当初他们不让她见亚诺时，她也想过这件事。从亚纳广场转进波利亚街，过了马库斯教堂后右转，她在蒙卡塔尔街口停了下来，幽幽望着两侧的宏伟豪宅。

“夫人！”叫她的是爱丽诺的老佣人贝里，正好在亚诺宅邸的大门口碰见她，“好高兴又见到您啊！都好久啦……”贝里突然噤声，一脸紧张地暗示她进入宅邸内的中庭，“您到这里来，有什么事吗？”

“我来见爱丽诺夫人。”

贝里点点头，随即告退了。

这时候，海儿不自觉地沉浸在过往的回忆里。一切景物依旧，清凉洁净的中庭，磨石地板闪闪发亮，正前方的马厩，以及右侧那排通往二楼的气派楼梯。

贝里满脸愧疚地回来了。

“夫人不想见您。”

海儿抬头望着二楼。有个黑影从窗前闪过。她曾经多少次在那儿倚窗企盼？曾经……她又抬头望了望那一排窗子。

“曾经……”她对着那一排窗子喃喃自语，贝里站在一旁不敢上前安慰她，“我过的也是这样的日子。亚诺会全身而退的，爱丽诺！我在这里先提醒你：他会找你算账的……一笔都不会漏掉！”

053

主教宅邸不见尽头的挑高走道间，卫兵们的武器和皮带碰撞声响幽幽回荡着。一群卫兵威武地行进着。军官领军开道，两名卫兵走在他前头，另外两名在他背后跟着。从地牢来到楼梯口时，亚诺不得不停下脚步去适应宅邸大厅的明亮。有人在他背上推了一把，催促他跟上卫兵的步伐。

亚诺从一排靠墙让行的修士、神父和文书官面前走过。没有人理睬他。狱卒走进地牢，解开他的脚镣。“你要带我去哪里？”有位道明会修士在胸前画了十字，另一位举起挂在胸前的十字架。卫兵们依旧面无表情地行进着，一路推开所有阻挡去路的人。他已经好几天没有卓安的消息，也没见栗色眼眸的女子再出现。他在哪里见过那双栗色眼眸？他问了关在地牢另一头的老太太，没有任何答复。“那个女人是谁？”他大声问了四次。有些靠在墙边的黑影发出了呻吟，有些则和老妇人一样，神情呆滞，一动不动。然而，当狱卒把他推出地牢时，他瞥见老妇人似乎挪动了身子，看上去焦躁不安。

亚诺被某个押解他的卫兵用力推了一下，跌得匍匐在地。他们眼前是一道气势磅礴的大门，两片厚木门扉紧闭着。卫兵一再使劲推他，逼得他缩起身子。军官在门板上敲了几下，门开了，一行人进入一间墙上挂着华丽壁毯的宽敞大厅。卫兵们把亚诺带到大厅正中央之后，全部退守在门边。

在那张精工雕琢的豪华长桌后面，七个人坐在那儿盯着他看。大法官尼克劳·艾摩力和巴塞罗那主教贝伦格尔·德瑞坐在长桌中央的位置，两人都穿着绣了金边的华丽长袍。这两个人，亚诺都认识。大法官左边是教廷公证人，亚诺曾在某个场合见过他，但并无交谈。公证人左边和主教右边各坐着两位身穿黑袍的道明会修士。这些人就是负责审判的七位法官。

亚诺默默承受着七双眼睛的逼视，直到其中一位修士露出轻蔑的表情。亚诺摸了摸长满胡碴的下巴，他身上的衣服早已看不出原来的颜色，而且破烂不堪。再看看他的双脚，没穿鞋子，又黑又脏，而他那长长的手指甲，同样堆积了漆黑的污垢。他身上那股浓浓的臭味，连自己都觉得恶心。

艾摩力看着亚诺脸上厌恶的表情，不禁露出得意的微笑。

“首先，他们会要求他对着四位圣人的福音书发誓。”卓安坐在客店食堂的餐桌旁向海儿和雅莱迪思解释，“审判可能持续好几天，甚至长达几个月。”当两位女子提议到主教宅邸门口等候消息时，卓安提出了不同的看法，“还是留在客店里等比较好。”

“有人会为他辩护吗？”海儿提问。

卓安无奈地摇头。

“他们会派个律师给他，但是，那个律师不能替他辩护。”

“为什么？”两个女子异口同声大喊着。

“教会有规定，”卓安不紧不慢地说，“律师和公证人不得协助异教徒，顶多可以提出规劝或是给予支持，就看他们对异教徒罪犯的态度如何了。”海儿和雅莱迪思以质疑的眼神注视着卓安，“这是教皇英诺森三世颁布的训令。”

“然后呢？”海儿继续追问。

“律师的职责就是让异教徒罪犯主动认罪。如果律师为异教徒辩护，那就等于是为异教辩护了。”

“我没有什么好承认的。”亚诺这样答复那位被派来替他辩护的年轻神父。

“这位神父可是民法和教会法规方面的专家。”艾摩力说，“而且，他是个信仰非常坚贞的人。”他笑着补上一句。

年轻神父两手一摊，那副无能为力的模样，一如他在地牢里要求亚诺承认自己是异教徒时那样。“你应该认罪呀！”他这样劝告亚诺，“你应该相信法庭会从轻发落的。”他现在的表情，就跟当时一模一样，“你做过替异教徒辩护的律师吗？”接着，艾摩力使了个眼色，年轻神父匆匆离开了大厅。

“然后，”在雅莱迪思的追问下，卓安继续解释审判过程，“他们会要求他说出仇家的名字。”

“目的何在？”

“如果他点名的仇家正好是举发他的人，那么，法庭有可能会认定这是因为关系对立而故意陷害的案子。”

“但是，亚诺根本不知道是谁举发他的呀！”海儿忍不住插嘴。

“没错，他目前还不知道。不过，接下来他可能会知道……如果艾摩力让他享有这项权利的话。事实上，他是有权知道的。”面对两位女子质疑的神情，他再补充说明，“这是教皇卜尼法斯八世颁布的法规，但是，教皇远在天边，到头来，每个宗教法官都是各行其是。”

“我认为我的妻子怨恨我。”亚诺这样回复了艾摩力的问题。

“爱丽诺夫人为什么会怨恨你呢？”大法官追问。

“因为我们没有孩子。”

“你想过要生孩子吗？你跟她行房过吗？”

他对着四位圣人的福音书发过誓的。

“你跟她行房了吗？”艾摩力再问一次。

“没有。”

这时候，握着羽毛笔在羊皮纸上振笔疾书的文书官，突然停了下来。艾摩力转过头去看了主教一眼。

“你还有别的仇家吗？”德瑞主教加入审问。

“隶属我的封地范围内的贵族们，尤其是蒙普的亚拉岗贵族。”

文书官继续写着，“另外，我身为海洋领事，审判过的案子很多，我自认一向是秉公处理。”

“你在教会这个圈子里曾经与人树敌吗？”

为什么提出这样的问题？他和教会之间一向关系良好啊！

“除了在座的几位之外……”

“本庭的法官都是秉持公正原则判案的。”艾摩力打断了他的话。

“我想也是的。”亚诺锐利的眼神与大法官正面交锋。

“还有仇家吗？”

“各位都知道，我从事货币交易多年，或许……”

“没有什么或许不或许的，”艾摩力又打断了亚诺的回话，“你不能在这里推测谁可能是你的仇家，又是因为什么缘故而陷害你。如果你有仇家，那就直接点名。否则，你就爽快地否认。到底是有，还是没有？”艾摩力咆哮着。

“没有。”

“接下来呢？”雅莱迪思问道。

“接下来就要开始真正的审判了。”卓安想起了小乡镇广场上的情景，那些简陋的法官宿舍，一个个无法入眠的夜晚……这时候，用力拍桌的巨响把他拉回现实。

“这话到底是什么意思，修士？”海儿急得对他叫嚣。

卓安叹了口气，定定地望着她的双眼。

“宗教法庭意味着寻找，宗教法官的职责就是找寻异教行为和罪行。虽然有人举发在先，但是被告的罪行未必与遭人举发的犯罪事项相符。如果被告一直不认罪的话，那么，宗教法庭就得揪出隐藏的真相。”

“他们会用什么方式揪出真相？”海儿问道。

卓安做出回应之前，无奈地紧闭双眼。

“你大概心里有数，没错，就是虐待刑讯，那是审判过程之一。”

“他们会怎么虐待他？”

“他们也有可能不会虐待他的。”

“你问这些做什么呢？”雅莱迪思握着海儿的手，“知道得越多，只会让你自己更恐惧。”

“法律禁止刑讯过当而导致犯人死亡或手断脚残。”卓安补充说明，“而且，刑讯只能执行一次。”

这时候，卓安发现两位女子噙着泪水，正在互相安慰着对方。然而，她们并不知道，艾摩力早已找出了钻漏洞的方法：“Non ad modum iterationis sed continuationis.”这是他经常说的一句话，说时总是带着诡异的目光；“不重复，但持续。”他特别对不谙拉丁文的两人做了翻译。

“如果他们对他施加刑讯，而他却一直不认罪的话，会怎么样？”海儿缩了缩鼻子之后，又提出了疑问。

“他的态度会影响宣判的时间。”卓安也只能这样简短答复她。

“做出最后宣判的人是艾摩力吗？”雅莱迪思问他。

“没错，除非最后的判决是终身监禁或火刑处决，碰到这种情况时，需要主教同意才行。然而……”修士停顿了一下，作势阻止了两位女子继续发问的意图，“如果法庭认为案件过于复杂的话，有时候他们会要求由‘公正人士’取决，‘公正人士’由一般民间百姓组成，人数从三十到八十人不等，他们最后会决定被告的刑罚。如果案件演变成这样的话，那么，审判势必长达好几个月。”

“这期间，亚诺也得继续坐牢？”雅莱迪思追问。

卓安默默点头，接着，三人陷入沉默。两位女子努力思索着刚刚听来的内容，而卓安则想起了艾摩力另一个狠毒的手段：“监狱必须要彻底阴暗才行，最好是伸手不见五指的地牢，没有阳光或月光能够渗入；监狱的建筑一定要厚实坚固，这样可以尽量缩短犯人的寿命，至少可以让他们这么认为。”

亚诺站在大厅正中央，一身污秽，衣衫褴褛；大法官和主教正在交头接耳。公证人趁机整理了资料，而四位道明会修士依旧盯着亚诺。

“你的审问要如何进行？”德瑞主教问他。

“我们一开始照常进行，等到问出一些结果了，我们再把举发的罪状告诉他。”

“你打算告诉他呀？”

“是的。我想，审判这个人，在言语上施加压力比肉体折磨有效，当然啦！不得已的时候……”

亚诺只能站在那里忍受四位黑袍修士的目光。一次，两次，三次，四次……他不断地换脚支撑身体的重量，然后又看了看大法官和主教。他们俩依旧窃窃私语。道明会修士盯着他不放。整个大厅内，除了两位大人物模糊的耳语之外，没有其他声响。

“他已经开始紧张了。”主教抬头看了亚诺一眼，又转过头去凑近大法官。

“他是个习惯发号施令的人。”艾摩力说，“他必须在了解自己的处境，也接受这项审判以及法庭的威权之后，才会真正屈服。只有到了那个时候，才能问出一点结果来。我们采取的第一步就是——羞辱他。”

主教和大法官的讨论持续了好一阵子，在此期间，亚诺只好任凭四位道明会修士上上下下打量着。他试着把思绪转移到海儿和卓安身上，但是，其中一个黑袍修士仿佛可以看穿他的心思似的。他不停地变换姿势，要么摸摸下巴或头发，要么盯着亚诺身上肮脏的衣着。一身金光闪闪的德瑞主教和大法官，悠闲地靠坐在椅子上，偶尔瞥他一眼，然后又凑在一起喃喃低语。

最后，艾摩力厉声喝斥：

“亚诺·艾斯坦优，我知道你犯了罪！”

审判自此揭开序幕，亚诺用力倒吸了一口气。

“我不知道您指的是什么。我自认一直是个循规蹈矩的基督徒，我一直努力……”

“你已经在法庭上承认自己并未和妻子发生关系，这是一个循规蹈矩的基督徒应有的态度吗？”

“我无法拥有肉体关系。我不晓得各位是否知道我以前结过婚，当时我也一直没有孩子。”

“你的意思是说，你有生理上的问题？”主教质问他。

“是的。”

艾摩力观望了亚诺半晌，他的手肘靠在桌上，十指交叉，捂住了嘴巴。接着，他转向公证人，低声吩咐了他一件事。

“以下是海上圣母教堂神父胡利·安德瑞的声明。”公证人大声念着，“本人胡利·安德瑞，海上圣母教堂神父，应加泰罗尼亚宗教法庭大法官要求在此声明，1364年3月，我与加泰罗尼亚的男爵亚诺·艾斯坦优有过一段谈话，起因是贝德罗国王的养女，也就是男爵夫人爱丽诺向我表达了她的忧虑，因为她的夫婿不愿履行夫妻义务。我在此声明，亚诺·艾斯坦优向我坦承，妻子对他一点吸引力都没有，而且他的身体拒绝和爱丽诺夫人维持关系。他说他的身体非常健康，还说他不能强迫自己的身体去爱一个他不爱的女人，他承认这样做是不对的……”艾摩力眯着眼睛瞪着亚诺，“正因为有罪恶感，所以他常到圣母教堂努力祈祷，也捐了很多钱赞助教堂工程。”

大厅一片死寂。艾摩力紧盯着亚诺。

“你现在还坚持自己有生理上的问题吗？”大法官终于出声质问他。

亚诺记得那次谈话，只是，他并不记得确切的内容。

“我不记得当时说了什么话。”

“你承认你确实和安德瑞神父谈过话？”

“是的。”

亚诺听着公证人的羽毛笔在羊皮纸上刮得沙沙作响。

“然而，你却质疑一位服侍上帝的神职人员所作的声明。你想，一个神父会为了反对你而说谎吗？”

“有可能是他弄错了吧！或许他对当时的谈话内容已经记不太清了。”

“你的意思是说，安德瑞神父连你们的谈话内容都不记得就做了这个声明？”

“我只是说，他有可能记错了。”

“安德瑞神父不是你的仇家吧？”主教突然这样问道。

“他不是我的仇家。”

艾摩力又转过头去看了看公证人。

“以下是海上圣母教堂教士贝雷·萨维特的声明：

“本人贝雷·萨维特，海上圣母教堂教士，应加泰罗尼亚宗教法庭大法官要求在此声明，1367年复活节期间，我们举行了复活节弥撒，当时，几位百姓冲入教堂内宣称圣饼遭异教徒亵渎一事，弥撒因此而中断，后来甚至取消了，所有教友立刻离开了教堂，只有海洋领事亚诺·艾斯坦优以及他的妻子爱丽诺夫人例外。”

“去找你的犹太情妇吧！”爱丽诺尖刻的言辞又在耳边响起。那天，亚诺听到这句话时也忍不住打了寒战。他抬头一看，尼克劳·艾摩力正盯着他，而且面带微笑。艾摩力发现他在发抖了吗？

公证人继续念着：“而领事大人则回答她，即使上帝也不能强迫他和她行房……”

艾摩力要求公证人停下来，并且收起了笑容。

“这位教士也说谎了吗？”

“去找你的犹太情妇吧！”他为什么不让公证人念完？艾摩力究竟打的是什么主意？你的犹太情妇，你的犹太情妇……吞噬了哈斯戴躯体的熊熊烈焰，众人的沉默，愤怒的百姓默默以严厉的眼神要求正义，他们的嘴里含着残酷严苛的指责言辞，爱丽诺指着他……而艾摩力和主教正看着他……芮琦拥抱着他。

“难道这位教士也说谎了吗？”艾摩力再次问道。

“我并没有指控任何人说谎。”亚诺急忙辩称，他需要好好思考一番。

“你拒绝遵守上帝的训诫对不对？你拒绝履行一个基督徒丈夫应尽的义务，对不对？”

“不……不是的。”亚诺吞吞吐吐的。

“那么……”

“那么什么？”

“你拒绝遵守上帝的训诫？”艾摩力提高音量重复了同样的问题。

强硬的字眼从宽敞的大厅四壁弹了回来。他觉得自己的两条腿已经麻木了，在那个阴森幽暗的地牢里困了这么多天……

“本庭可以认定你的沉默代表承认事实。”主教在一旁补充说道。

“不……不……我并没有拒绝遵守。”他的双腿已经开始疼痛了起来，“我和爱丽诺夫人的关系对教会有这么重要吗？难道……”

“你不要搞错了，亚诺，”大法官打断了他的话，“负责问话的是庭上法官。”

“那就请问吧！”

艾摩力暗自观察着亚诺焦躁不安地挪动着身子，他不断地变换姿势。

“他已经开始感受到疼痛了。”大法官在德瑞主教耳边低语着。

“那么，我们就让他把注意力放在身体的疼痛吧！”主教这样回答。

于是，两人又开始耳语起来，亚诺又得默默承受庭上道明会修士死盯着他不放的四双眼睛。他的双腿疼痛加剧，但是他必须忍着。他不能在艾摩力面前倒下来。如果他就这样倒地不起，会有什么下场？他需要的是……一块大石头！他需要背起一块大石头，为圣母背起大石块走完漫漫长路。“你在哪里呀？圣母……眼前这些人真的是你的代表吗？”当时，他只是个孩子，然而，为什么他现在就不能忍耐？他曾经背着比他自己还要重的大石块走过整个巴塞罗那城，小小的身躯上血汗交织，两旁的人群大声为他打气。难道他已经失去那股力量了吗？难道他就这样让一个狂妄的修士征服他吗？要他屈服？那个曾经受到全城少年崇拜的大力士男孩就这样屈服了吗？他踩着一步又一步，慢慢走到了圣母教堂，然后回家休息，隔天继续上路。他的那个家，那双栗色的眼眸，那双栗色的大眼睛……就在这时候，就在他差点儿要瘫腿跪下来的那一刻，他终于恍然大悟，那个地牢访客就是雅莱迪思！

见到亚诺突然挺直了身子，艾摩力和德瑞主教面面相觑。而那四位盯着他看的道明会修士中，终于有一位移开了目光。

“他没倒下来。”主教神色紧张地低语着。

“你是如何满足需求的？”艾摩力大声问道。

所以她才会叫他亚诺！她的声音……没错，那是曾经多次在蒙居克山区小径边与他耳鬓厮磨的声音。

“亚诺·艾斯坦优！”大法官的怒吼把他的思绪拉回法庭，“我问你，你是如何满足需求的？”

“我不懂您的意思。”

“你是个男人，你和妻子已经多年没有行房。我的问题很简单，你如何满足男人的需求？”

“您提到的这些年来，我从来没碰过别的女人。”

他不假思索地作出答复。狱卒曾说那个老妇人是他母亲。

“你说谎！”亚诺吓了一大跳。“本庭早就知道你曾经抱着一个异教徒女子，难道这叫作没碰过女人吗？”

“那不是您想的那样。”

“什么样的状况能让一个男人和一个女人公然拥抱？”艾摩力激动地挥舞着双手，“淫荡？猥亵？”

“伤痛。”

“什么样的伤痛？”主教问道。

“什么样的伤痛？”面对亚诺的沉默，艾摩力再把主教的问题重复了一遍。亚诺噤声不语。焚尸的烈焰照亮了大厅。“因为一个亵渎圣饼的异教徒被处死？”大法官伸出戴着宝石戒指的手指着他，“那是一个循规蹈矩的基督徒该有的伤痛吗？你的伤痛就因为正义制裁了一个残忍的亵渎者，一个可耻的小偷？”

“他不是！”亚诺发出了怒吼。

法庭上的所有成员，包括忙着记录的公证人在内，全都惊愕地靠坐在椅子上。

“那三个人都认罪了。你为什么要为异教辩护？那些犹太人……”

“犹太人！犹太人！”亚诺驳斥他，“犹太人对这个世界做了什么？”

“难道你不知道吗？”大法官刻意提高音量，“他们把耶稣基督钉在十字架上！”

“难道他们为此付出的代价还不够吗？”

亚诺发现庭上七位成员都注视着他，七个人都在椅子上坐直了身子。

“你认为他们应该获得宽恕？”德瑞主教问道。

“难道我们的天主不是这样教导我们的吗？”

“改邪归正才是唯一途径！一个不知悔改的人，绝对不可原谅！”艾摩力大吼着。

“您谈的已经是一千三百年前的事了。生长在今天的犹太人要悔改什么？那是已经过去的历史，现在的人有何罪过？”

“所有的犹太人依然信奉着祖先留下来的犹太教义，这就是罪过。”

“他们拥护自己的观念和信仰，就跟……”艾摩力和德瑞主教大吃一惊。为什么不说？难道这不是事实吗？难道一个为了族人福祉而受尽屈辱，甚至牺牲性命的人不值得让人替他说句公道话吗？“就跟我们一样！”亚诺斩钉截铁地说。

“你这是把天主教信仰和异教混为一谈吗？”主教突然说了这么一句。

“我无意拿两者做比较。这种严肃的议题，应该交由各位去研究，我想说的只是……”

“我们非常清楚你在说什么！”艾摩力大声驳斥他，“你就是把独一无二、颂扬真理的基督教信仰拿来跟犹太人的异教做比较！”

亚诺伫立在法庭上。公证人在羊皮纸上写个不停。就连他身后那些守在门边的卫兵，似乎也在聆听着羽毛笔书写的沙沙声响。艾摩力露出了微笑，公证人奋力书写的声响肆无忌惮地钻弄着亚诺的背脊。他忍不住全身颤抖起来。大法官看在眼里，笑得更开怀了。没错，他用眼神告诉亚诺，纸上写的都是你的说辞。

“就跟我们一样。”亚诺重申。

艾摩力比了个手势要他住嘴。

公证人继续书写了好一会儿。那是你的说辞，大法官的眼神再次告知。当羽毛笔终于停下来时，艾摩力又笑了。

“今天审判到此为止，明天继续开庭。”他大声宣布着，同时也从椅子上站了起来。

海儿已经听腻了卓安的解说。

“你要去哪里？”雅莱迪思问她，海儿只是回了她一个眼神，“又要去那里呀？你每天都去，根本就没……”

“我至少已经让她知道，我人在这里，而且我永远不会忘记她对我做过的事情。”卓安低头闪躲着，“我已经看到她站在窗边，而且，我已经让她知道，亚诺是属于我的；我已经注视了她的双眼，并且打算每天都去让她记得我的眼神。我打算让她时时刻刻都记得，我已经赢得了这一仗。”

雅莱迪思看着她的身影消失在客店门口。海儿走着同样的路来到蒙卡塔尔街，这条路，从她来到巴塞罗那第一天开始，日复一日，她走过一趟又一趟。她使尽全力敲着门环。爱丽诺拒绝见她，但一定知道她就在楼下。

这一天，老佣人照例打开了门上的窥视孔。

“夫人！”老佣人在门内对她说，“您也知道，爱丽诺夫人……”

“你开门吧！我就是要见她，即使看她躲在窗边也可以。”

“但是她不准啊，夫人！”

“她知道我是谁吗？”

海儿看到贝里回头望了望窗口。

“知道。”

海儿又开始用力敲着门环。

“您别这样啊，夫人！爱丽诺夫人会找卫兵来的。”老佣人好心劝她。

“贝里，你开门！”

“她不想见您，夫人！”

这时候，海儿惊觉有人把手搭在她的肩膀上，并且把她从门边拉开。

“说不定她会想见我。”海儿还来不及转身去看个究竟，身后的男子已经先凑近窥视孔。

“吉良！”海儿兴奋大叫，立刻扑上去抱着他。

“你还记得我吧？贝里。”阿拉伯人问，海儿的双臂依然勾着他的脖子。

“我怎么会不记得呢？”

“那就去跟你家夫人说，我要见她。”

老佣人关上了窥视孔之后，吉良抓着海儿的腰部，把她抱得高高的。海儿开怀大笑，任由吉良抱着她转圈。然后吉良让她站在地上，拉着她的双手，仔细端详着她。

“我的丫头啊！”他哽咽地说着，“我多么想再这样抱着你转圈圈呀！可是，你现在重多了。你已经变成一个……”

海儿松了手，上前紧紧抱着他。

“你为什么要离我而去呢？”她哭着问他。

“丫头，我不过是个奴隶而已。区区一个奴隶，又能做什么呢？”

“我把你当作自己的父亲一样啊！”

“是吗？”

“一直都是。”

海儿用力抱着吉良。“你永远都是我的女儿呀！”吉良暗想，“离开这里之后，我错过了多少岁月啊？”此时，门上的窥视孔又开了。

“爱丽诺夫人也不想见您。”门内传出这么一句话。

“那么你去告诉她，我会再给她消息的。”

卫兵把他带回地牢。当狱卒正在替他套上脚镣时，亚诺紧盯着地牢另一头的黑影。直到狱卒离开了地牢，他依旧站在那儿张望。

“你和雅莱迪思什么关系？”确定狱卒的脚步声已经完全消失之后，亚诺扯着嗓子问那位老妇人。

他隐约看见那团黑影惊动了一下，但是立刻又恢复了静止状态。

“你和雅莱迪思到底是什么关系？”他再次问道，“她来这里做什么？她为什么来看你？”

老妇人的沉默回应让他又想起那双栗色眼眸。

“雅莱迪思和海儿又有什么关系？”他询问那团黑影。

亚诺仔细聆听着，即使只听见老妇人的呼吸声也好，然而，无止尽的呻吟和喘息在寂静中干扰着他。亚诺扫视了地牢周遭的墙壁，没有任何人理会他。

客店主人忽然停下搅拌汤锅的手，因为他看见海儿带着一个衣着讲究的阿拉伯人一起回来了。当老板发现他们后面还跟着两个提拿行李的奴隶时，神情更紧张了。“这个人为什么没跟其他商人一样去投宿在谷物市场呢？”当他趋前迎接客人时，不禁这样琢磨着。

“欢迎您大驾光临，这是小店的荣幸啊！”客店老板说完，立刻向吉良深深一鞠躬。

吉良听完客店老板的一连串阿谀奉承。

“你还有客房吗？”

“有的。两名奴隶可以去睡……”

“我们三个人都住客房。”吉良打断了他的话，“我需要两个房间。我住一间，他们两人住另一间。”

客店老板瞥了站在一旁的两位少年，黑色大眼睛，顶着一头鬈发，静静等候主人指示。

“是是是，没问题。”老板答道，“您怎么说，我就怎么办。请跟我来！”

“别忙了，这两位少年会把行李拿过去的。你帮我们送壶水过来吧！”

吉良陪着海儿到食堂里坐了下来。食堂里就只有他们两人。

“你说审判今天就开始了？”

“是的。不过，我也不是很确定。老实说，我什么都不知道。我甚至还没见到他。”

吉良听出海儿的声音有些哽咽。他伸出手，想要安慰，却摸不到她。她已经不再是小女孩了，而他……他到底只是个阿拉伯人而已。没有人会想……唉！他该说的都在爱丽诺的宅邸前说了。海儿主动伸出手来，握住了吉良悬在那儿的手。

“我还是原来的我。对你来说，我永远都是那个海儿。”

吉良笑了。

“你丈夫呢？”

“去世了。”

海儿的神情非常平静。吉良随即改变话题。

“你们替亚诺的事情想出什么办法了吗？”

海儿眯着眼，嘟着嘴。

“你这话什么意思？我们能有什么办法……”

“卓安呢？卓安是宗教法官啊！你有他的消息吗？他不能替亚诺想点办法吗？”

“那个修士啊？”海儿露出轻蔑的笑容，并没有再多说什么。何必跟他说那些事情？亚诺的事已经够伤脑筋了，而且，吉良这一趟也是为亚诺而来的。“没有，他没想出什么好办法。再说，他自己也和大法官不和，他跟我们一起住在这里。”

“我们？”

“是啊！我认识了一个名叫雅莱迪思的寡妇，她带着两个女儿住在这里。她是亚诺的童年好友。她路经巴塞罗那，凑巧碰到亚诺被捕……她是个好心的女人。你会在用餐时间看见她们母女三人的。”

吉良紧握着海儿的手。

“你呢？你好不好啊？”

海儿和吉良尽情地聊着分离五年的种种，不知不觉，已是中午。她尽量避谈了和卓安相关的事情。首先出现在食堂的是特蕾莎和欧拉莉亚。她们进来时频频喊热，脸上倒是一直挂着笑容，直到她们看见了海儿，也想起芙兰希丝卡被关的事情，甜美的笑容立刻在美丽的脸庞上消失了。

这两个女孩穿着那一身孤女……以及处女才会穿的衣服，闲逛了大半个巴塞罗那城。她们过去从未享受过这样自由自在的时光，因为法律规定她们做这一行的出门一定要穿鲜艳的丝绸衣裙，方便人们辨识她们的职业。“我们进去吧？”特蕾莎偷偷指着圣乔美教堂大门说。她刻意压低声音，仿佛就怕自己被发现在巴塞罗那闲逛后会引人恼怒。但是，什么事也没有。教友们看见她们坐在教堂里，并没有特别注意她们，神父也一样，倒是两个女孩心虚得低着头，两人的手一直紧紧牵着。

接着，她们俩沿着波格利亚街往下走，两人边走边聊，又笑又闹，打算往海边方向走。倘若她们沿着毕斯柏街往前走到诺瓦广场，那么，就会碰见站在主教宅邸前面的雅莱迪思，目光一直锁定在那一排窗户上，试着透过模糊的玻璃认出亚诺或芙兰希丝卡的身影。她根本不知道哪一扇窗下面囚禁着亚诺呀！芙兰希丝卡出庭了吗？卓安对芙兰希丝卡这个人一无所知。雅莱迪思一直在窗边张望着。她当然会出庭的，可是，何必跟卓安提这件事呢？反正于事无补。亚诺体格壮硕，但是芙兰希丝卡……不，他们根本不认识芙兰希丝卡这个人。

“喂！你杵在这里做什么？”雅莱迪思发现身旁站了一个宗教法庭的卫兵，她根本没看见他走过来，“你在这里探头探脑看些什么呀？”

她二话不说，拔腿就跑。“你们根本不认识芙兰希丝卡这个人！”她边跑边想着，“无论你们如何虐待她，她绝不可能说出她藏了一辈子的秘密。”

雅莱迪思回到客店之前，卓安已经先回来了，这天，他终于在圣贝雷德波利斯修院换了一件干净的黑袍。当他看见坐在海儿和雅莱迪思两个女儿之间的吉良，竟在食堂中间愣住了。

吉良望着他。他脸上那个究竟是笑容，还是不屑的表情？

吉良脑中闪过一丝记忆，他想起还在亚诺家那段日子，这位修士对他总是不怀好意……但是，现在不是争吵的时候。他站了起来。为了亚诺，他们必须团结。

“你好吗？卓安。”吉良搭着他的肩膀，“你的脸怎么了？”

卓安看了看海儿，看到的还是他在农庄里见到的那张冰冷漠然的脸。可是不会的，吉良应该不会明知故问的，他不是那种恶劣的小人。

“碰到坏人了。”卓安说，“我们修士也会碰到坏人。”

“我想你一定将那群宵小开除教籍了吧？”吉良笑着陪卓安走到餐桌旁，“教会的法规不就是这样规定的吗？”卓安和海儿相视无言，“是不是这样啊？如果攻击手无寸铁的神职人员，那是要被开除教籍的……你当时应该没带什么武器吧，卓安？”

吉良根本没有机会去发觉海儿和修士之间的紧张关系，因为雅莱迪思这时候也出现了。卓安只是匆匆介绍彼此认识，因为吉良有话要跟他说。

“你是个宗教法官，”他对卓安说，“你认为亚诺的处境如何？”

“我认为艾摩力是有意要给他定罪，但是不太可能会做得太绝。我猜他最后的惩罚大概是穿着悔罪衣示众，外加一大笔罚款，钱才是艾摩力的目标。我很了解亚诺这个人，他从来没有伤害过任何人。无论爱丽诺举发他的罪状是什么，他们一定找不到证据的。”

“如果爱丽诺举发的罪状由神父出面作证呢？”卓安大吃一惊，“有些神父们也会举发世间琐务吧？”

“你这话是什么意思？”

“没什么！”吉良想起尤赛夫信中提到的内容，“请你告诉我，如果神父出面作证的话，会怎么样？”

雅莱迪思并没有听见卓安的谈话。她该不该把她知道的部分说出来呢？那个阿拉伯人帮得上忙吗？他很富有，而且看起来……特蕾莎和欧拉莉亚正在看着她。她们遵照她的吩咐，一直保持沉默，但是此刻的她们似乎非常希望她开口。不需要出声问她们，两个女孩已经默默点着头。这就表示……唉！管他的！总要有人出来想个办法，那个阿拉伯人……

“还有很多事情……”她突然开口，打断了正在推测各种可能性的卓安。

这两个男人以及海儿都把注意力转到她身上。

“我不想告诉你们我是怎么知道这些事情的，而这些事情，我今天说过了之后就不再重复了。大家都同意吧？”

“你这话什么意思？”卓安问道。

“她的话已经说得非常明白了，修士！”海儿没好气地驳斥他。

吉良满脸诧异地看着海儿。她怎么会这样对卓安呢？他转过头去看了看卓安，这位修士只是默默低着头。

“你继续说吧！雅莱迪思，我们都同意你的要求。”吉良说。

“你们还记得同样到这家客店投宿的那两个贵族吧？”

当吉良听到卜赫尼这个名字时，突然打断了雅莱迪思的叙述。

“他有个妹妹，叫作玛格丽妲。”雅莱迪思告诉他。

吉良当下双手掩面。

“他们还住在这里吗？”他问。

雅莱迪思继续讲着她那两个丫头挖掘到的消息。欧拉莉亚让卜赫尼享受一夜良宵，并没有白费。她怂恿他喝下一壶又一壶烧酒之后，骑士把他们对付亚诺的手段一五一十地都说了。

“他们告诉大法官，亚诺放火烧了他父亲的遗体，”雅莱迪思说，“我无法相信这会是真的……”

卓安突然一个作呕的表情，在座的其他人都转过头去看着他。这位修士捂着嘴，满脸通红。漆黑的深夜里，柏纳的身体吊在临时绞刑台上，那熊熊火焰……

“卓安，你有什么话要说吗？”吉良问他。

“他们会处死他的。”好不容易说出这句话之后，卓安掩嘴跑出了客店食堂。

卓安抛下的那句话在每个人心中翻搅着，大家各自低头思索。

“你和卓安之间怎么了？”过了半晌，卓安并未出现，吉良低声问了海儿。

他只是一个奴隶而已，区区一个奴隶又能怎么样？海儿脑海中又浮现出吉良说着这些话的样子。她如果把事情都告诉他……但是，他们必须团结！亚诺需要大家一起为他努力……包括卓安在内。

“没什么！”海儿淡淡地答道，“你也知道，我们一向处得不太好。”

海儿回避了吉良的目光。

“你改天再告诉我吧？”吉良坚持要弄个水落石出。

海儿的眉眼却垂得更低了。

054

法庭上几乎准备就绪：四位道明会修士和公证人已经就座，卫兵守在门边，而亚诺仍像前一天那样，一身污秽，站在大厅正中央，忍受着在场所有人的目光。

不久后，尼克劳·艾摩力和德瑞主教一身珠光宝气，神情威严地步入法庭。卫兵们向两位大人物立正行礼，其他法庭成员也迅速起立，静待两位大人从容就座。

“本庭现在开始了。”艾摩力宣布，“我可要提醒你了……”他对亚诺说道，“你发过誓的。”

“这个人啊……”前往大厅途中，艾摩力曾对主教这样说，“发过誓的压力会比毒打虐刑的恐惧更容易逼他说实话。”

“请读一下犯人昨天的最后一段说辞！”艾摩力这样吩咐一旁的公证人。

“他们拥护自己的观念和信仰，就跟我们一样。”此时再听这段说辞，连他自己都惊愕了。昨晚，他的脑海里始终萦绕着雅莱迪思和海儿的身影，竟夜都在思索着自己在法庭上说过的话。艾摩力不允许他再多做解释，然而，他又能解释什么呢？他要如何向这两位痛恨异教徒的大人解释他和芮琦以及她家人之间的关系？公证人继续念着。他们不能把矛头指向芮琦，哈斯戴遭宗教法庭处死的悲剧，已经让她承受了太多的伤痛……

“你是否认为，为了让人们主动投入宗教信仰，基督教的理念和信仰可以稍作妥协？”德瑞主教质问他，“难道一个普普通通的凡人能够评定宗教法规吗？”

为什么不能？亚诺直视着艾摩力。难道你们就不是普通的凡人吗？他们会把她烧死的。他们会将她活活烧死，就像哈斯戴那样。他突然全身颤抖起来。

“我的表达方式不够正确。”亚诺最后回了这么一句。

“那么，你会怎么表达呢？”艾摩力追问他。

“我不知道啊！我没有各位那种渊博的学识。我只能说，我信仰上帝，而且，我是个循规蹈矩的基督徒，一直遵守着教会的法规。”

“你认为放火焚烧你父亲的尸体也算是遵守教会法规吗？”愤怒的大法官起身咆哮着，并且双手握拳捶桌。

芮琦这一路尽量避人耳目，最后终于到了弟弟家里。

“撒哈特！”她站在门口，热络地打了招呼。

吉良从桌边站了起来。

“真难为你了，芮琦！”

芮琦露出落寞的神情。吉良和她仅仅相隔数步，只要一伸手就可以把她拉进怀里。他紧拥着芮琦，试着安慰她，但是怀里的女孩始终没出声。“哭吧！芮琦，就让泪水尽情地流吧！”他这样想着，“别让你的双眸就这样暗淡了呀！”

过了半晌，芮琦挣脱吉良的拥抱，拭干了脸上的泪水。

“你是为了亚诺的事情来的，对不对？”她以平静的语调问吉良，“你务必要帮他才行。”吉良默默点头，“我们实在帮不了忙，更怕的是越帮越忙。”

“我才跟你弟弟谈到我需要一封晋见王室的推荐函。”

芮琦疑惑的目光抛向坐在桌边的弟弟。

“没问题的！”尤赛夫边说边点头，“为了撒丁尼亚岛暴动事件，胡安王子和王室一行人正在巴塞罗那和议会商讨对策。时机正好。”

“撒哈特，你有什么想法吗？”芮琦问他。

“我目前还不确定。你给我的信里面提到，”他边说边转向尤赛夫，“国王和大法官不和……”尤赛夫点头回应，“那么，国王的儿子呢？”

“更是水火不容。”尤赛夫说，“王子一向大力支持艺术和文化。他热爱音乐和诗歌，在他吉隆纳的王宫里，经常可见作家和哲学家出入。这些人对于艾摩力抨击雷蒙·尤尔[1]的论述一事非常反感。事实上，宗教法庭对于加泰罗尼亚的思想家向来极不友善。本世纪初，宗教法庭判定维拉诺瓦医师的十四部论著是异教邪端。后来，卡拉布利亚的著作也被艾摩力判定是异教论述，如今又多了抨击雷蒙·尤尔一事……看来，只要是加泰罗尼亚人的论述都会让宗教法庭产生反感。少数几位思想家不畏权势，大胆反驳了艾摩力的批评。卡拉布利亚最后遭火刑处死。另一方面，若要找个足以遏阻艾摩力迫害加泰罗尼亚犹太区的人，那就是胡安王子了。别忘了，王子是靠我们缴纳的税金过日子的呀！他会见你的。”尤赛夫语气坚定地接着说，“但是你要知道，直接挑战宗教法庭，绝非易事。”

这一点，吉良也不得不默认。

1. 雷蒙·尤尔（Ramon Llull），1232-1315。13世纪加泰罗尼亚著名的诗人、哲学家、传教士以及神学家，死后被封为圣人，其纪念日为3月29日。

焚烧尸体?

艾摩力依然站着，双手撑在桌面上，狠狠逼视着亚诺，他已经气得满脸通红。

“你父亲……”他咬牙切齿地说着，“是个煽动群众暴动的恶魔！他因此被处死，而你放火烧了他的尸体，就为了让他保有原来的面目！”

语毕，艾摩力怒指着亚诺。

他怎么会知道？这件事，只有一个人知道呀！公证人握着羽毛笔勤快地书写着。不可能的。卓安不会的……亚诺觉得自己的两条腿开始瘫软了。

“你不承认自己曾经放火焚烧你父亲吗？”德瑞主教质问他。

卓安不可能举发这件事的！

“你不承认吗？”艾摩力大声重复了一次。

审判小组成员的脸庞逐渐模糊了起来，亚诺忍住了急涌而上的恶心感。

“我们当时肚子饿呀！”亚诺叫嚷着，“各位曾经饿过肚子吗？”父亲已呈青紫的面容，舌头吐得长长的……这幅景象，隐隐混杂在面前逼视着他的眼神之中。卓安？他为什么一直没来看他？“我们当时肚子饿！”亚诺咆哮着。这时候，亚诺听见了父亲对他说过的话：“我如果是你的话，绝不屈服！”难道你们挨过饿吗？

亚诺企图冲向一直以严厉眼神逼问他的艾摩力，但是他还没到位，却已经先被卫兵擒住，接着被拖回大厅正中央。

“你把你父亲当成恶魔一样放火烧掉，对不对？”艾摩力又是大吼着逼问他。

“我父亲不是什么恶魔！”亚诺忍不住吼了回去，这时候的他，已被卫兵紧紧挟制。

“但是你放火烧了你父亲！”

“为什么？卓安，你是我弟弟，而我父亲柏纳……他一向待你如亲生儿子啊！”亚诺丧气地低下头来，任由卫兵挟着他。为什么……

“是你母亲叫你这么做的吗？”

亚诺轻轻抬起头。

“你母亲是个散播邪恶阴气的巫婆！”主教在一旁帮腔。

他们到底在说什么呀？

“你父亲为了带你逃亡而杀死了一名少年。这件事，你承不承认？”

“什么？”亚诺试着回应。

“还有你，“艾摩力指着他，“你也杀了一名基督徒少年！你杀他的动机何在？”

“是你的父母指使你这么做的吗？”主教逼问他。

“你是不是想吃他的心脏？”艾摩力追问一句。

“你还杀了多少个少年？”

“你和异教徒有什么关系？”

大法官和主教轮番提出一连串问题。你父亲、你母亲、谋杀少年、活吃心脏、异教徒、犹太人……卓安！亚诺又垂下了头。他在颤抖着。

“你都承认吗？”艾摩力最后这样问道。

亚诺毫无反应。法庭任由时间渐渐流逝，亚诺依然被卫兵挟着。最后，艾摩力指示卫兵将他带出庭外，亚诺这才惊觉自己被拖着往外走。

“等一下！”大法官把已经到了门边的一行人叫住。卫兵们立刻回头。“亚诺·艾斯坦优！”他大喊，“亚诺·艾斯坦优！”他再吼一声。

亚诺缓缓抬起头来望着艾摩力。

“你们把他押回地牢去！”大法官对卫兵下令。“公证人，你记一下……”亚诺再跨出门外时，听见艾摩力这样说道，“犯人并未否认今天庭上提出的所有指控，还有，此人罪行被揭发后仍态度傲慢，直到离开法庭前，仍不知悔改……”

羽毛笔的书写声响，一直伴随着亚诺回到地牢里。

吉良嘱咐两名奴隶安排投宿谷物市场，新住处就在艾斯坦叶尔客店附近。客店老板听到这个消息，一脸黯然。吉良不得已留下海儿，但是他实在不能冒险留住此地，免得被卜赫尼认出来。客店老板努力想留住这位富商房客，可是两名奴隶使劲摇头。“为什么留下来的却是两个不付钱的贵族呢？”客店老板一边数着奴隶付给他的住宿费，一边叨念着。

吉良从犹太区直接来到谷物市场。投宿此处的商人，没有人知道他和亚诺的关系。

“哦！我在比萨开店做生意。”有个与他同桌吃饭的西西里商人问起他的来历，他做了这个简短的答复。

“怎么会到巴塞罗那来呢？”西西里人问他。

朋友有难，他差点儿就要这样脱口而出。这个西西里人是个身材矮胖的秃头，五官倒是特别明显。他说他叫雅各布柏·里卡多。虽然吉良已经和尤赛夫深谈许久，不过，多听听不同的看法总是好的。

“好多年前，我常到加泰罗尼亚经商，这次要去瓦伦西亚，趁机过来看看有没有商机。”

“唉！没什么好期待的啦！”西西里人这样回他，手上的汤匙倒是一直没停过。

吉良耐心等他继续往下说，但是雅各布柏大口吃着碗里的炖肉。除非碰到和他一样的商场老将，这个人恐怕不会多说什么的。

“我发现，现在的局势跟我上一次来的时候相比，已经改变了许多。市场上看不到什么农夫，摊位上都是空的。我还记得，几年前的市场里好多农人，摊子上也堆满了农产品的。”

“现在已经没有活儿可做啦！”西西里人笑着说，“农民已经不耕作了，市场上当然就没有农产品可卖啰！瘟疫夺走了许多百姓的生命，农地废耕，而贵族们也撒手不管，干脆任其荒芜。老百姓又迁回他们的原乡瓦伦西亚去了。”

“我拜访了几个老朋友。”这时候，低头用餐的雅各布柏抬头看了他一眼，“他们已经不再把钱投资在生意上了，他们说现在只把钱拿来购买巴塞罗那政府的债务，这些人现在都成了金融债券商。根据他们的说法，九年前，政府的债务大概是十七万九千镑。现在恐怕已经累积到二十万镑了，而且数字还会继续攀升。但是，政府不能强迫人民缴纳额外赋税以填补债务缺口，照这样下去，政府会破产的。”

接着，吉良想起了过去一直争议不断的禁止基督徒借贷收取利息一事。事实上，百姓借贷做生意，赚了钱之后必须缴税，政府收了这些税金之后，其实也拿去缴纳庞大债务应付的利息，这不是一大讽刺吗？不过，购买政府债务倒是没有触犯法律的问题，只要巴塞罗那还付得出利息就好。

“但是，只要巴塞罗那政府不破产，”西西里人这一出声，立刻把吉良拉回现实，“现在的局势倒是在这里赚钱的好时机。”

“销售各种货品赚大钱！”吉良插进一句。

“主要是这样没错！”吉良发现西西里人已经对他产生了信任感，“不过，能卖也能买，只要挑对适当的货币就行。弗罗林金币和加泰罗尼亚银币之间的兑换率根本不足以相信，和国外货币市场的行情差别极大。银币已经从加泰罗尼亚大量流出，而国王却依然死守着他的弗罗林金币，完全不管市场行情，这种做法，最后一定会让他付出非常昂贵的代价。”

“你为什么认为他会一直维持同样的做法呢？”吉良兴致勃勃地询问他，“贝德罗国王一直也算是个行事谨慎的人……”

“他这么做，完全是政治因素。”雅各布柏打断了他的话，“弗罗林金币是王室御用货币，金币的铸造厂在蒙佩里耳，直接隶属于王室。反观加泰罗尼亚银币，铸造厂由王室授权生产银币，分布在巴塞罗那和瓦伦西亚等地。王室当然力挺自家的货币，虽然错估了币值……不过，对我们生意人来说，这个错误犯得正好！国王设定金币对银币兑换率，足足比国外的其他货币市场高出了十三倍。”

“那么，国库的状况呢？”

这才是吉良真正想谈的重点。

“当然是高估了十三倍啦！”西西里商人笑道，“与卡斯提亚王国之间持续的战争，不过，看来是很快就会结束了。因为，暴君贝德罗和他手下的贵族之间有很多问题。至于贝德罗国王呢，王国境内的城市以及犹太人看来仍对他足够忠诚。对抗卡斯提亚王国这一仗已经拖垮了国王的财政。四年前，蒙松的王室在贵族和人民同意之下借了二十七万镑给贝德罗国王。国王得以将这笔巨款用于战争，却错失了将来可能获取的优势。如今，科西嘉又发生暴动……你如果对王室有兴趣的话，我劝你还是算了吧！”

吉良默默听着西西里商人的话，并且适时以点头或微笑回应。国王已经在破产边缘，而亚诺则是他最主要的债权人之一。当初吉良离开巴塞罗那时，王室向亚诺借贷的金额已经累积到一万镑，现在会攀升到什么样的数目了？王室甚至连低利贷款的利息都付不出来。“他们会处死他的！”他又想起卓安的话，“艾摩力将利用亚诺来巩固他的权力。”尤赛夫曾经这样提过，“由于国王一直没有向教皇缴税，因此艾摩力承诺教皇，亚诺的部分资产将用作补足国王未缴的税款。”贝德罗国王会愿意成为支持科西嘉暴动的教皇的债务人吗？但是，该怎么让国王公然反对宗教法庭呢？

“我对你们的提议很有兴趣。”

王子的声音在宏伟宽敞的大厅里逐渐幽微。年纪轻轻，才十六岁，他就代替父王领导议会商讨解决撒丁尼亚岛暴动的对策。吉良不动声色地观察着这位王位继承人，他此刻正坐在宝座上，身边站着两位亲信朝臣：胡安·费南德兹·贺瑞迪亚以及佛朗却斯·裴瑞尤斯。据说王子个性软弱，但是，两年前，这个年轻男孩不得不对他从小到大的导师柏纳·贾柏瑞亚进行审判、定罪，以及处死了他。下令执行了斩首处决之后，年轻的王子还从萨拉戈沙提着子爵的首级去见他的父亲贝德罗国王。

那天下午，吉良找到机会得以和裴瑞尤斯交谈。这位大臣专注聆听了吉良的话。接着，他要吉良在一扇小门外等着。经过漫长的等待，吉良来到他这辈子见过的最宏伟庄严的殿堂：那是一个超过三十平方米的透明空间，六片巨大的弓形玻璃覆盖了整个空间，墙上没有任何装饰，只挂了几支照明用的火把。王子和他的亲信大臣就在这座堤内宫里等着他。

吉良距离王子宝座还有好几步路，但已恭敬地下跪行了礼。

“不过，”王子说，“您别忘了，我们不能公然和宗教法庭对立。”

吉良不敢贸然发言，直到裴瑞尤斯使了个眼神，他才开口回应。

“您确实不该这么做，王子。”

“就这样吧！”王子说完随即起身，然后在贺瑞迪亚的陪同下离开了大厅。

“您起来吧！”裴瑞尤斯对吉良说，“大概什么时候？”

“如果我这边可以的话，那就是明天；否则，就是后天了。”

“我会通知总督大人的。”

吉良离开堤内宫时，已是向晚时分。他仰望着澄净的地中海蓝色天空，用力喘了口气。还有好多事情等着他去做。

同样就在那天下午，当他和雅各布柏聊得正起劲的时候，尤赛夫叫人送来一封短笺：“裴瑞尤斯大臣在今天下午结束议会行程之后，将在大皇宫接见你。”他知道王子为什么对他的提议有兴趣，原因很简单：避免亚诺账册中的大笔王室债务落入教皇手中。但是，这位年纪轻轻的吉隆纳公爵，他要如何在不与宗教法庭为敌的情况下帮亚诺脱罪呢？

前往大皇宫之前，吉良在街头闲逛着。没多久，他来到亚诺的铺子前。大门紧锁，为了避免亚诺的资产被变卖，尼克劳·艾摩力大概已经派人把所有账册搜走了，而亚诺铺子里的几位职员早已不见踪影。他望着旁边的圣母教堂，教堂四周架满了鹰架。一个为这座教堂奉献了一切的人，怎么会……他的步伐继续前进，到了海洋领事馆，接着来到海滩上。

“你的主人怎么样了？”他听见有人在背后问。

吉良回头一看，说话的是个背上扛着一大包货物的大力士。多年前，亚诺曾经借贷给他，后来，他慢慢把贷款还清了。大力士这么一问，吉良只能耸耸肩，抿着唇。一群大力士扛着刚从商船卸下的货物，将他团团包围。“亚诺怎么了？”有人这样问。“他们怎么可以指控他是异教徒呢？”这位大力士也向亚诺借过钱……好像是为了给女儿办嫁妆吧？这一群大力士，谁没向亚诺借过钱？“你如果见到他，”有位大力士说，“请转告他，我们帮他在圣母脚边点了蜡烛为他祈福。大伙儿轮流去看管蜡烛，烛光永远都会亮着。”吉良借口对事情进展毫不知情，但是大家仍然缠着他不放。大力士们你一言我一语地大骂宗教法庭，发泄够了，一群人才又扛着重货往城里走。

接收了大力士们大量的恼怒情绪之后，吉良终于得以漫步踱往大皇宫。

此刻，圣母教堂黑夜里的剪影在他身后矗立着，吉良再回到亚诺的铺子前。他必须拿回犹太人亚伯拉罕·利瓦伊的存单，当年，他把存单偷偷藏在墙上的一块石头后面。大门上了锁，但是，楼下有扇窗子始终无法关紧。吉良在黑暗中张望着，周遭看来并无人迹。亚诺始终不知道这份存单存在。当时，吉良和哈斯戴决定利用犹太人利瓦伊的名义暗藏这笔贩卖奴隶获得的巨额利润。亚诺不会接受这笔巨款的。开窗的嘎吱声响在寂静的夜里特别突兀，吉良吓得愣住了。他只是个阿拉伯人，在夜里偷偷潜入已遭宗教法庭审判的犯人家里，如果被人逮到，即使他曾经受洗成为基督徒也没什么用的。然而，深夜里寻常的声响告诉他，这个世界一如往常：海岸传来阵阵涛声，还有圣母教堂四周鹰架迎风摇晃的声响、孩童们的哭闹声、男人斥责妻子的怒吼……

他打开窗子，然后爬进屋里。经过这么多年后，亚伯拉罕·利瓦伊的巨额存款也让亚诺赚了不少利息了，因为按照当初的存款条件，亚诺可获得存款利息的四分之一。吉良的双眼在一片漆黑中游移着，最后总算见到从窗外洒入的幽微月光。亚伯拉罕·利瓦伊离开巴塞罗那之前，哈斯戴陪他到文书官那儿立下了保证书：那笔巨额存款全部转让给亚诺，只是，亚诺账册里记的还是利瓦伊的名字，历经多年之后，这笔存款的金额已经翻了好几倍了。

吉良跪在墙边，那是墙角的第二块石头。他开始用力拉。这些年来，他一直找不到适当的时机向亚诺坦承这笔奴隶买卖，而亚伯拉罕·利瓦伊名下这笔存款数目却不断地增加。那块石头怎么拉都拉不动。“你不必担心这个……”他还记得，亚诺曾经提起亚伯拉罕·利瓦伊这笔巨额存款，存款人开了户之后就没再露面，当时，哈斯戴这样劝他：“我想你就按兵不动吧！不会有事的，别担心！”亚诺回头看了看吉良，这个阿拉伯人只对他耸耸肩。石头移动了。不会的，亚诺绝对不会接受这笔贩卖奴隶所得的巨款。石头移动了，而在石头下方，吉良找到了用布巾包裹的文件。他不需要细读文件，他对内容一清二楚。他把石头塞回墙上，然后站在窗边。他并没有听到任何不寻常的声响，于是，他关上窗子，离开了亚诺的铺子。

055

为了他，宗教法庭的卫兵不得不去了一趟地牢。两名卫兵分别挟着亚诺的腋下，但是亚诺不小心绊了脚，因而跌倒在地，于是，卫兵干脆拖着他往前走。上楼时，亚诺的脚踝就这样一路碰撞着阶梯。他一夜没合眼。到了法庭上，他甚至没注意到修士和神父们恭敬迎接艾摩力的目光。卓安怎么可能举发他呢?

前一天被押回地牢后，亚诺忍不住痛哭、呐喊，不断地用力捶墙。卓安为什么这么做?倘若卓安果真举发了他，那么，这件事和雅莱迪思会有什么关系?还有那个被囚禁的老妇人呢?雅莱迪思确实有理由恨他;当年，他狠心抛弃了她，后来又想尽办法躲避她。她和卓安共谋行动吗?她真的去找海儿了吗?还有，如果真是这样，那么，她为什么一直不来看他?买通一个庸俗贪婪的狱卒有这么难吗?

芙兰希丝卡默默听着他的哭泣和嘶吼。她听着儿子的呐喊，身子蜷缩得更厉害了。她多么希望能够看着他、响应他，甚至欺骗他，但是，她绝不安慰他。“你会受不了的。”她曾经这样提醒过雅莱迪思。她自己呢?她能够长期忍受这样的处境吗?亚诺继续抱怨世事，而芙兰希丝卡只能静静地缩在冰冷的墙角。

大厅的两扇门一开，亚诺随即被押了进去。已经准备开庭了。卫兵们把亚诺一直拖到大厅正中央才松了手;亚诺跪倒在地，双腿大张，垂头丧气。他听见艾摩力打破了沉默，然而，他却听不清大法官在说些什么。如果连他自己的修士弟弟都要加罪于他，如今还有什么好在乎的?他什么亲人也没有了，一无所有!

“你别搞错啦!”当他试图花点小钱打通关卡时，那位一脸横肉的狱卒这样回他，“你已经没有钱啦!”金钱!金钱正是国王把爱丽诺嫁给他的原因。金钱是隐藏在妻子所作所为背后的操盘手，也是使他沦于阶下囚的罪魁祸首。难道金钱也是卓安的动机吗?

“把他母亲带上来！”

大法官下了这道命令之后，亚诺再也无法继续耽溺在自己的思绪里了。

海儿与雅莱迪思，以及站在她们旁边的卓安一直在诺瓦广场上等着，他们对面就是主教宅邸。“王子与其大臣今天下午将接见我家主人。”吉良的一位奴隶前一天捎来这个简短的讯息。今天早上，天才刚亮，这位少年奴隶又来通知他们，他家主人希望他们能在诺瓦广场等候。

于是他们三人来到这里，正在翘首张望着周遭动静，希望能弄清吉良要他们在此等候的原因。

亚诺听见他身后的门打开了，卫兵进了大厅，随后又退回门边。

他已经感受到有人在他身旁。转头一看，他见到一双布满皱纹的污秽赤足，两脚长满烂疮，正在流血。当艾摩力和德瑞主教发现亚诺正盯着他母亲的双脚时，两人不约而同露出了微笑。亚诺虽然跪着，但是这位老太太也不过高出他一个头罢了，她整个人都缩了起来。苦蹲幽暗地牢的岁月并未放过她：那一头稀疏的白发凌乱直竖，她的身形宛如干扁的皮囊，除了一身瘦骨之外，一丁点儿肉都没有。亚诺看不到她的双眸，只觉得那双凹陷的眼睛看起来略呈青紫。

“芙兰希丝卡·艾司特维！”艾摩力说，“你愿意对着四位圣人的福音书发誓吗？”

老妇人语气沉着坚定，但是她的响应却让在场的人大吃一惊。

“我愿意发誓。”她答道，“不过，各位弄错啦！我不叫芙兰希丝卡·艾司特维。”

“那么……你到底叫什么名字？”艾摩力问她。

“我的名字的确是芙兰希丝卡，但是我不姓艾司特维，是黎贝斯。我叫芙兰希丝卡·黎贝斯。”她刻意提高音量澄清自己的姓名。

“我们需不需要提醒你誓词啊？”主教介入质问。

“不需要。我发誓我说的都是实话。我的姓名是芙兰希丝卡·黎贝斯。”

“难道你不是贝利和芙兰希丝卡·艾司特维夫妇的女儿吗？”艾摩力问道。

“我从来没见过自己的父母。”

“你没和柏纳·艾斯坦优在纳瓦克雷斯的农庄成亲吗？”

亚诺立刻挺直了身子。柏纳·艾斯坦优?

“没有。我从来没去过那个地方，这辈子也没跟任何人成亲。”

“难道你没有一个儿子叫作亚诺·艾斯坦优吗？”

“没有！我不认识什么亚诺·艾斯坦优的人。”

亚诺转过头去看着芙兰希丝卡。

艾摩力和主教窃窃私语。接着，大法官指示了身旁的公证人。

“你好好听着！”他这样命令芙兰希丝卡。

“以下是纳瓦克雷斯封主乔默·巴耶拉的证词。”然后，公证人开始念着证词内容。

亚诺听见乔默·巴耶拉这个名字时，愤愤不平地眯着双眼。他父亲曾经跟他提过这个人。他满怀好奇地听着从别人口中叙述的父母身世。罗伦·巴耶拉老爷把他母亲召进城堡去哺育他那刚出生的儿子。巫婆？他听着公证人念着乔默·巴耶拉叙述他母亲逃跑的版本，当时，刚出生的乔默染了怪病杂症。

“后来，”公证人继续念着，“亚诺·艾斯坦优的父亲杀死了一名无辜少年，然后趁机带着儿子逃到巴塞罗那。到了王国首邑之后，这对父子获得商人卜葛劳收留。举发者巴耶拉证实，这个巫婆后来成了妓女。亚诺·艾斯坦优是巫婆和杀人犯的儿子。”证词到此结束。

“你现在还有什么好说的？”艾摩力质问芙兰希丝卡。

“各位找错妓女了！”老妇人漠然应道。

“你！”主教指着她怒斥，“你这个妓女！胆敢质疑宗教法庭的公信力？”

“我并不是以妓女身份站在这里，”芙兰希丝卡冷静地回应，“也不是因为妓女身份来接受审判的。圣奥古斯丁写过这么一句话，只有上帝可以审判妓女。”

主教气得满脸通红。

“你……你居然敢引用圣奥古斯丁的话？”

盛怒的德瑞主教继续叫嚣着，但是亚诺已经听不进他说的话了。圣奥古斯丁写过，唯有上帝才能审判妓女。圣奥古斯丁说过……好多年前，在那个费格拉斯的小酒馆里，他曾经听一个老鸨说过同样的话，她不是也叫作芙兰希丝卡吗？圣奥古斯丁写过……这怎么可能？

亚诺转过头去盯着芙兰希丝卡：他这一生见过她两次，两次都是不期而遇。审判小组成员都在观望这位老妇人的反应。

“好好看看你儿子！”艾摩力怒吼着，“你不承认自己是他母亲吗？”

亚诺和芙兰希丝卡听着声声怒吼和叫嚣在大厅里回荡着。他跪在那里，转头看着老妇人。她的目光直视前方，紧紧盯着大法官。

“看着他！”艾摩力指着亚诺，再度怒声下令。

大法官这一吼，芙兰希丝卡全身微微颤抖了一下。只有在她身旁的亚诺发觉那副干瘦的身骨微微蜷缩着。芙兰希丝卡依旧注视着大法官。

“你会认罪的！”艾摩力咬牙切齿地说道，“我敢向你保证，你一定会认罪的！”

“全体集合！”

一声呼喊搅乱了诺瓦广场的平静。有位少年快跑穿过广场，不断重复召唤着百姓持械集合。“全体集合！”雅莱迪思和海儿面面相觑，接着，两人看着卓安。

“钟声没响啊！”卓安耸耸肩，只能这样响应她们。

圣母教堂尚未建造钟楼。

然而，“全体集合”的召唤声已经传遍整座城市，满心纳闷的人群已经聚集在布拉特广场上，静候官府旗帜出现。没想到，两位佩戴着弓箭的大力士却把人群带往圣母教堂。

圣母教堂前，大力士们扛在肩上的圣母像正等着群众在她周围集合。圣母像前方站着手执公会旗帜的大力士公会代表，其中一人颈项间还挂着圣棺之钥，他们正迎接着大批沿着海洋街涌入圣母教堂广场的人群。人群齐聚在圣母像四周，而且人数急速增加。吉良站在亚诺的铺子前旁观这一切，同时仔细聆听着最新进展。

“宗教法庭绑架了我们的公民，也就是我们敬爱的海洋领事大人！”公会代表们向群众解释。

“但，那是宗教法庭呢……”有人似乎有疑虑。

“宗教法庭不属于这个城市，”其中一位公会代表答道，“也不听命于国王。他们并不遵从百人政务委员会的命令，也不服从总督大人。宗教法庭的法官是教皇任命的，那个外国教皇，只想要我们老百姓的钱而已。他们怎么可以指控一个始终为海上圣母尽心尽力的人是异教徒？”

“他们要的只是我们领事大人的钱而已！”人群中有人高喊着。

“他们满口谎话，就为了要抢走我们的钱！”

“他们憎恨加泰罗尼亚的老百姓！”另一位公会代表在一旁附和。

群众开始七嘴八舌地聊起这个话题。震天响的呐喊萦绕着整条海洋街！

吉良看着大力士公会代表们极力向城里其他公会代表们解释。有谁不怕破财的？虽然宗教法庭也让人害怕，钱财散去更令人惊恐。再说，举发的罪状实在太荒谬。

“我们必须捍卫自己的权益！”有人这样对大力士公会代表

们说道。

群众的情绪开始沸腾了起来。长剑、短刀和石弓在群众头顶上方挥舞着，同时伴随着不绝于耳的呐喊：“全体集合！”

声嘶力竭的叫喊响彻云霄。吉良看见几位官员陆续抵达，随即到圣母像前加入讨论。

“国王的卫兵呢？”其中一位官员大声问道。

公会代表给他的答复完全和吉良跟他说的话一模一样：

“我们先到布拉特广场，然后再看看总督大人如何反应。”

吉良与群众之间相隔了好一段距离。他望着大力士们肩头扛着的圣母雕像。“帮帮他吧！”他默默祈求着。

队伍开始前进了。“我们去布拉特广场！”群众这样叫喊着。

吉良加入群众行列，沿着海洋街来到布拉特广场，总督府就在广场边。只有少数人知道民兵队到此的目的是探测总督大人对此事的态度，因此，群众并未涌向总督府前。

在广场中央，站在圣母像旁边的公会代表们和官员们，全都专注地望着总督府。群众渐渐明白了前来此地的原因。于是，大家逐渐静默下来，全体望着总督府。吉良倍感沉重压力。王子是否达成了协议？一群卫兵列队站在群众与总督府之间，长剑仍插在剑鞘内。总督大人现身在总督府的某一扇窗前，他看了看集结在府前的大批群众，接着就消失了。过了半晌，国王派来的军官出现在广场上。数千双眼睛，包括吉良那双黑眼睛在内，全部紧盯着他。

“国王无法干涉巴塞罗那城老百姓的事务！”军官这样宣布，“召集民兵队乃巴塞罗那城百姓的权限。”

接下来，军官下令那排卫兵立刻撤守。

现场群众看着卫兵逐渐从总督府前退下，接着，人群往旧城门方向移动。哄亮的一声“全体集合”打破了群众隐忍许久的沉默，也让吉良忍不住颤抖起来。

艾摩力正想下令将芙兰希丝卡带回地牢施以酷刑虐打，就在这时候，城里的钟声打断了他的宣布。首先是圣乔美教堂召唤民兵的钟声，传遍全城大街小巷。巴塞罗那大多数神父都是雷蒙·尤尔的追随者，对于全城反抗抨击雷蒙·尤尔的艾摩力以及宗教法庭的举动，仅有极少数神父认为不妥。

“这是在召集民兵队吗？”艾摩力询问德瑞主教。

主教做出一副毫不知情的模样。

圣母雕像依旧在布拉特广场正中央等候着群众加入，然而，老百姓却直接去了主教宅邸。

雅莱迪思、海儿和卓安听着“全体集合”的叫喊声逐渐逼近诺瓦广场。

艾摩力和德瑞主教靠在铅封的窗边往外望，差遣卫兵开窗之后，他们看到宅邸外有百余民众正激动地呐喊着，并将手中的武器用力丢向主教宅邸。当群众认出大法官和主教时，叫嚣顿时更加尖锐刺耳了。

“到底发生了什么事？”艾摩力朝着军官大吼，无辜的军官吓得往后退了一步。

“巴塞罗那城百姓要来解救他们的海洋领事大人！”当卓安提出同样的问题时，有位少年扯着嗓子这样回答他。

雅莱迪思和海儿激动地紧闭双眼，并且抿着双唇。两人紧紧牵着手，两双热泪盈眶的眼眸望着宅邸那扇半掩的窗子。

“快去找总督！”艾摩力对军官下令。

在此同时，趁着大家不注意，亚诺站了起来，并上前搀扶着芙兰希丝卡的手臂。

“你为什么发抖？”他问老妇人。

芙兰希丝卡忍着不让泪水滑落脸颊，但是痛苦的神情却怎么也藏不住。

“忘了我吧！”她哽咽地回答亚诺。

屋外的骚动打断了两人的谈话和思绪。已经集结成军的民兵队正往诺瓦广场前进。队伍穿越了总督府旁的古城门，然后沿着塞德斯街走到波格利亚街，接着转往钟声依旧响亮的圣乔美教堂，再从教堂前沿着毕斯柏街来到主教宅邸。

雅莱迪思和海儿仍然十指紧扣，两人站在毕斯柏街口等着。沿途群众自动让路给民兵队通行，带头的是高举着公会旗帜的大力士及其公会代表们，接着是披着华盖的圣母像，紧接在后的是五彩缤纷的公会旗帜，巴塞罗那城的所有公会都到齐了。

总督拒绝接见宗教法庭派来的军官。

“连国王都无法干涉巴塞罗那的民兵队呀！”王室军官这样回应宗教法庭军官。

“他们会攻击主教宅邸的！”一路急奔而来的宗教法庭军官边喘边抱怨着。

王室军官只是耸耸肩。“你就是用这把长剑虐待囚犯的吗？”他几乎要这样问。宗教法庭军官瞥见了对方的眼神，两个男人就这样相视无语。

“我倒想看看卡斯提亚长剑和阿拉伯弯刀决斗是什么样的景象。”总督府卫兵指了指宗教法庭军官的宝剑，说完，随口在军官脚边吐了口痰。

大力士们肩上扛的圣母雕像，正在主教宅邸前随着群众的呐喊摆动着，不过，在激动的拥挤人群中，圣母顶多只能轻摆摇曳罢了。

有人朝着铅封窗户丢了石头。

第一块石头并未击中目标，不过，第二块之后，接二连三丢出的石块，宛如暴雨般敲打着玻璃。

尼克劳·艾摩力与德瑞主教立刻从窗边走开。亚诺继续等着芙兰希丝卡的答复。两人始终没有挪动身子。

好几位手持棍棒的百姓猛力敲打着宅邸大门。这时候，有位少年背着弓箭，开始攀爬着高墙。人们在一旁欢呼叫好。另外几个人也跟着往墙上爬。

“够了！”有位官员试图阻止棒打宅邸大门的百姓，“够了！”他再次发出怒斥，并且用力把他们拉开，“未经政府同意，任何人都不准采取攻击行动！”

宅邸门前的百姓停了手。

“没有官员和城里公会代表的同意，任何人都不得私自进行攻击！”他再重复一遍。

宅邸门边的百姓立刻噤声不语，接着，这项讯息迅速传遍整个广场。圣母雕像已经不再舞动，全体民兵队肃静等候，整个广场的百姓屏息凝望着攀爬在宅邸墙上的六个人。第一位少年甚至已经打破了法庭大厅的窗子。

“你们下来！”

城里的五位官员以及那位挂着圣棺之钥的大力士公会代表，六人一同站在主教宅邸大门前。

“巴塞罗那民兵队到此，开门！”

“开门啊！”被派往总督府传话的宗教法庭军官，此刻正用力敲着因民兵队路过而紧锁的犹太区城门，“这是宗教法庭军官，开门！”

他努力想赶回主教宅邸，无奈所有街道巷弄都挤得水泄不通。唯一能够回到主教宅邸的办法就是穿越位于宅邸旁的犹太区。回到主教宅邸附近，至少可以尽快回报消息：总督大人不干涉此事。

艾摩力和德瑞主教在法庭上得知这项消息：国王军队并不打算保卫他们的安全，而城里的官员正以攻击主教宅邸作为恫吓的手段。

“他们想干什么？”

军官看着亚诺。

“他们要求释放海洋领事。”

艾摩力走到亚诺身旁，他那张盛气凌人的臭脸凑上来，几乎就要碰触到亚诺的脸庞。

“他们哪来天大的胆子？”大法官咬牙切齿。接着，他一转身，回到审判桌后面坐了下来。德瑞主教也跟着他一起坐下。“让他们进来！”艾摩力下令。

释放海洋领事……亚诺以仅剩的虚弱体力抬头挺胸。在儿子向她提出问题之后，芙兰希丝卡的眼神就一直这样空茫无神。“海洋领事！我就是海洋领事！”亚诺以炯炯有神的目光这样告诉艾摩力。

五位官员以及大力士公会代表进入大厅，审判暂停。跟在他们后面的是低调入内的吉良，他获得大力士允许，因此得以陪同一行人前来谈判。

吉良站在门边等着，另外那六位全副武装的谈判代表则往前走到艾摩力正前方。其中一位官员再往前踏出了一步。

“你们……”艾摩力正打算开口问话。

“巴塞罗那民兵队……”官员毫不客气地打断大法官的话，说话的音量比大法官更宏亮，“在此命令您交出亚诺·艾斯坦优，也就是本城的海洋领事。”

“你们好大的胆子，居然敢对宗教法庭发号施令？”艾摩力怒气冲冲地质问。

官员依旧直视着艾摩力的怒目。

“现在是第二次了！”他这样提醒大法官，“民兵队命令您交出巴塞罗那海洋领事！”

艾摩力支支吾吾，转过头去向主教求援。

“他们会武力攻击主教宅邸的！”主教对他说。

“他们不敢的！”艾摩力喃喃说道。

“他是个异教徒！”大法官高声大吼。

“您是不是应该先判断这个指控是否属实呢？”另一位官员这样

质问他。

艾摩力眯着眼睛怒视着那位官员。

“他就是异教徒！”

“这是第三次，也是最后一次声明：交出海洋领事！”

“您所谓的最后一次是什么意思？”德瑞主教介入谈话。

“您只要看看外面就会明白了。”

“逮捕他们！”大法官突然大声对门边的卫兵下令。

吉良赶紧从门边闪开。所有官员伫立不动。有些卫兵已经作势要拔剑，但是军官使了个脸色要他们不可轻举妄动。

“逮捕他们！”艾摩力再次下令。

“他们是来谈判的！”军官拒绝从命。

“你……你好大的胆子！”艾摩力站了起来，正要破口大骂。

军官抢先开了口。

“请您先告诉我，您要如何捍卫这座宅邸，然后我就逮捕他们。国王不会提供任何协助的。”军官看了看宅邸外的情况，人群不断在叫嚣。接着，他望着主教，企图寻求支持。

“你们可以把海洋领事带走！”主教做出这样的响应，“他已经获释了！”

艾摩力勃然大怒。

“您在说什么？”他激动地紧抓着主教的手臂。

德瑞主教用力甩开了他的手。

“您没有权力可以把亚诺·艾斯坦优交给我们。”官员对主教说道，“尼克劳·艾摩力！”官员继续说，“巴塞罗那民兵队已经提供您三次机会；若不将海洋领事交给我们，后果自行负责！”

官员话才出口，一颗石头从外面丢了进来，正好落在审判小组端坐的长桌桌角，连静如死尸般的道明会修士也从椅子上跳了起来。群众的呐喊淹没了整个诺瓦广场。又有一块石头飞了进来。公证人连忙起身，收拾了桌上的文件，急着跑到另一头的角落躲起来。几位靠近窗边的黑袍修士也想躲开，然而，大法官的一脸怒容迫使他们打消了念头。

“您疯了吗？”主教对着他耳语。

艾摩力扫视了现场所有的人，最后落在亚诺身上，亚诺脸上带着微笑。

“异教徒！”大法官对他咆哮。

“够了！”语毕，官员随即转身。

“把他带走！”主教依然坚持。

“我们只是来协商谈判的。”官员刻意提高音量说道，广场上传来阵阵喧嚣的呐喊声，“既然宗教法庭不把这个城市看在眼里，那么，释放犯人的行动就只好由民兵队来执行了。这是法律的规定。”

艾摩力站在一排谈判代表前，他全身颤抖着，凸出的双眼布满了血丝。又有两块石头砸在法庭大厅墙上。

“他们会攻打主教宅邸的！”主教忧心忡忡地对他说，“您有什么好在乎的呢？您拥有他的声明，还有他的财产。有了这些，您还可以再举发他是异教徒啊！”

官员们和大力士公会代表已走到门边。卫兵们低着头，全部退到一旁。吉良始终专注于主教和大法官之间的谈话。这时候，亚诺仍在大厅正中央，一旁则是芙兰希丝卡，他以挑衅的目光逼视着艾摩力，但是大法官却拒绝看他。

“把他带走！”大法官最后还是妥协了。

首先是广场上的人群，接着是挤在附近街道的百姓，当官员们带着亚诺出现在宅邸门口时，现场响起雷鸣般的欢呼声，久久未歇。芙兰希丝卡拖着蹒跚步履，跟在他们后面慢慢走着。当亚诺搀扶着她，将她一起拉出法庭时，根本没有人注意到这位老妇人。不过，到了法庭门口时，她却被拦了下来。官员们示意亚诺继续往前走。艾摩力则伫立在飞石乱窜的长桌后面瞪着他；其中一颗石头正好击中他的左手臂，但是大法官毫无反应。审判小组其他成员早已躲在墙角。

亚诺在某个卫兵身边停下了脚步，只是，督促他快步离开的官员们对此颇有微词。

“吉良……”

阿拉伯人走过来，双手紧紧抓住他的肩头，然后在他唇上吻了一下。

“亚诺，你跟他们一起走吧！”吉良将他往前推，“海儿和你弟弟在外头等着你。我在这里还有点事情要办。晚一点再去看你！”

当亚诺踏上广场时，虽然官员们极力阻挡，但是群众们依旧蜂拥而上。大伙儿拥抱他，抚摸他，恭贺他。在他面前出现的一张张笑脸，宛如永不停止的旋转木马。挤在他身边的群众，没有人愿意让位给官员们，挤不上来的人则是扯着嗓子跟他说话。

接下来，激动热情的群众把亚诺、大力士公会代表以及官员们慢慢推到了广场的另一边。欢呼声已然渗进亚诺的内心深处。依旧是一张张永无休止的脸庞。他的双腿开始瘫软。亚诺仰头一望，群众头顶上方，无数的长剑、石弓和短刀伴着民兵队的欢呼声漫天舞动着。他想靠在官员身上，就在他开始倾身时，那尊渺小的雕像出现在石弓阵里，随之摆动。

吉良回来了，而他的圣母又笑了。亚诺闭上双眼，就这样倒在官员的臂弯里。

在大批人群簇拥、推挤的情况下，海儿、雅莱迪思和卓安都无法靠近亚诺。当圣母雕像和各公会旗帜开始往布拉特广场前进时，他们只能隐约看见他被官员们搀扶着。远远看着亚诺的人不止他们，还有混在人群中的乔默·巴耶拉和卜赫尼。他们一路拿着宝剑跟着上千名百姓前进主教宅邸，还被迫跟着一起怒骂大法官，虽然他们的内心一直期望艾摩力能够坚持到底，努力捍卫教廷。可是，他们跟随国王冒险征战这么多年，国王怎么可能是这种反应呢？

见到亚诺那一刹那，卜赫尼突然疯狂挥舞着宝剑，并且像着了魔似的叫嚣着。巴耶拉男爵非常熟悉那种叫嚣，那是骑士们在沙场上冲锋杀敌时的吼叫。卜赫尼的宝剑撞击着周遭百姓的石弓和长剑。人们避开了他，接着，卜赫尼冲向正带领群众转进毕斯柏街的领导人队伍。他要拿什么对抗整个巴塞罗那民兵队？他们会把他杀了，先杀了他，然后……

巴耶拉冲上去阻止好友，硬是逼他放下宝剑。他们身旁的民众满脸狐疑地望着他们，不过，群众依旧往毕斯柏街的方向推挤着。卜赫尼不再疯狂叫嚣。巴耶拉男爵拉着他离开了那群目睹他挥剑狂叫的人群。

“你疯了？”巴耶拉对他说。

“他们释放了他……他又恢复自由了！”赫尼的目光依旧紧盯着迎风飘扬的公会旗帜。乔默·巴耶拉抓着他的脸转向自己。

“你到底想干什么？”

卜赫尼又转过头去望着五彩缤纷的旗帜，并企图挣脱巴耶拉的控制。

“我要复仇！”他这样回答。

“不是这样做的，”男爵提醒他，“事情不能这样做！”接着，男爵使劲摇晃他的身子，直到卜赫尼终于有了反应，“我们再想想别的办法……”

卜赫尼注视着男爵，他的双唇微微颤抖着。

“你发誓？”

“我以所有的荣耀向你发誓。”

民兵队离开诺瓦广场后，法庭大厅终于恢复宁静。群众的胜利欢呼声充斥着毕斯柏街，大法官急促的呼吸声则填满了法庭大厅。没有人胆敢挪动一步。卫兵们紧握着仍然插在剑鞘里的长剑。艾摩力扫视着所有人；他的情绪，无需只言片语。“叛徒！”他在心中这样痛骂着德瑞主教；“胆小鬼！”他这样辱骂其他人。当他的目光游移到门边的卫兵时，他发现了吉良的身影。

“这个异教徒在这里干什么？”他愤怒叫嚣着，“难不成是来看好戏的吗？”

军官无言以对，吉良是跟着官员一起进来的，他一直专注于大法官的命令，竟然没发觉这个人的存在。另一方面，吉良一度想发言驳斥异教徒之说，但是，他终究没有开口宣示自己曾经受洗这件事。尽管大法官权力再大，但是，教廷始终未能将阿拉伯人和犹太人列入司法管辖范围。因此，艾摩力无权逮捕他。

“我是比萨来的撒哈特。”吉良大声说道，“我有话要跟您说。”

“我跟异教徒没什么好说的。来人啊！把这个……”

“我想您对我要说的话有兴趣的。”

“谁会在乎你那满口胡言？”

艾摩力对军官做出示意，军官已经拔出长剑。

“或许您会在乎亚诺·艾斯坦优已经宣告破产这件事吧！”军官逐渐进逼，吉良只好往后挪了几步，“您根本拿不到他半毛钱啊！”

艾摩力叹了口气，抬头望着法庭大厅的天花板。无需任何指示，军官自动收回长剑。

“你这个异教徒，快把事情说清楚！”大法官这样要求他。

“亚诺·艾斯坦优的账册都在您手上，好好检查一下吧！”

“你以为我们没有检查过吗？”

“那么，您应该知道，国王的债务已经累积了好几倍了。”

借据是吉良本人签发的，然后由他交给王子的亲信大臣裴瑞尤斯。亚诺从未质疑或限制过他的权限，账册里多的是他签发的借贷款项。

艾摩力整个人愣在那儿。大厅内所有人一时冒出同一个念头：那就是总督不愿介入此事的原因！

接下来，艾摩力和吉良注视着对方。吉良非常清楚这时候的大法官在想什么："你要怎么去跟你的教皇说？你去哪里弄来你承诺要给教皇的巨款？你已经把信寄出去了，这封信一定会送到教皇手上的。你要怎么跟他说？面对一个对你充满敌意的国王，你最需要的就是教皇的支持了。"

"你跟这整件事有什么关系？"艾摩力终于开口问他。

"我可以向您解释……私下解释！"吉良提出这样的要求时，艾摩力面露不悦。

"先是这个城市跟宗教法庭作对，现在又来个异教徒要求跟我私聊！"艾摩力气急败坏地大吼，"你们以为自己是谁？"

"你要怎么去跟你的教皇说？"吉良的眼神这样质问他，"难道你希望整个巴塞罗那都知道你的诡计吗？"

"搜身！"大法官命令军官，"确定他没带任何武器之后，把他带到办公室来。你们先到那里等我！"

接受军官和两名卫兵仔细搜身之后，吉良终于站在大法官办公室里。他始终不敢向亚诺坦承这笔巨款的来源：这是进口奴隶赚来的钱。国王的债务已经成倍增加，如果宗教法庭要没收亚诺的资产，那么，他们也必须承接这些债务，只有他——吉良，只有他知道亚伯拉罕·利瓦伊那笔存款是假的，如果他不公布那位犹太人签下的文件，亚诺根本就没有任何资产了。

056

芙兰希丝卡出了主教宅邸大门，一踏上诺瓦广场，立刻靠在宅邸墙上。她看着人群前仆后继地涌向亚诺，也看到官员们阻挡不了人潮的无奈。“好好看着你儿子！”艾摩力顿时掩盖了民兵队的欢呼。“你不是希望我看他吗？法官大人，他就在那里，而且他把你击败了！”当芙兰希丝卡看到亚诺昏厥过去时，她靠着墙挺直了身子，但是，拥挤的人群随即阻碍了她的视线，眼前只有攒动的人群，以及数不清的武器和旗帜，还有那尊在人群中剧烈摇摆的小小圣母像。

渐渐地，欢呼不断的民兵队伍正转进毕斯柏街。芙兰希丝卡一直留在原地。她需要靠着那面墙支撑她的身体，她的两条腿已经站不住了。当广场的人潮逐渐退去时，她们两人相遇了。雅莱迪思没跟着海儿和卓安一起走。她知道，芙兰希丝卡不可能会和官员们同路的。一个像她这样的老妇人……她就在那里！雅莱迪思见到她的那一刻，一时悲从中来，靠在墙上的身子，如此单薄，如此瘦弱、如此无助……

雅莱迪思急忙跑了过去，因为主教宅邸的卫兵们正探头往外张望着。芙兰希丝卡就靠在大门口旁边的墙上。

“老巫婆！”有个卫兵朝她吐了口水。

雅莱迪思一个箭步挡在芙兰希丝卡和卫兵之间。

“放过她！”雅莱迪思怒斥那名卫兵。这时，好几名卫兵闻声走出宅邸。“你们如果不放过她，我就把他们叫回来！”雅莱迪思指着背后那群正在毕斯柏街口欢呼呐喊的民兵队。

几名卫兵抬头张望着毕斯柏街街口。不过，有名卫兵却拔出了长剑。

“大法官已经通过了这个老巫婆的死刑！”

芙兰希丝卡连看都没看那名卫兵一眼，她的视线一直锁定着这位刚刚朝着她狂奔而来的女子。她们已经一起生活了多少年了？一起受了多少苦呀？

“放过她！你这狗崽子！”雅莱迪思边吼边后退了几步，并指着已经渐行渐远的民兵队。她真想立刻跑去找民兵队，但是眼看着卫兵的长剑已经摆在芙兰希丝卡背后。那把长剑看起来比她的身形巨大多了。“放过她！”雅莱迪思无奈地悲叹着。

芙兰希丝卡看着雅莱迪思双手掩面，接着跪倒在地。遥想当年，她在费格拉斯收留了这个女孩，从那时候开始……她怎能在尚未拥抱这个女孩之前就这样死去？

芙兰希丝卡的双眼狠狠逼视着，卫兵紧张得全身肌肉紧绷着。

“没有巫婆是死在长剑之下的。”她以相当平静的语气提醒卫兵。卫兵手上的长剑抖个不停。那个老太婆在说些什么？“只有熊熊烈火才能完全净化一个巫婆的死亡。”她说的是真的吗？卫兵回头寻求战友的协助，但是其他人已经开始退回屋里去了。“你如果用长剑杀死我的话，我会跟着你一辈子！我会让你们所有的人一辈子不得安宁！”任何人恐怕都无法想象那副苍老瘦弱的身躯能够发出如此撼人的怒吼。雅莱迪思抬起头。“我会跟着你们一辈子！”芙兰希丝卡继续咕哝着，“我会跟着你们的妻子、孩子，还有你们孩子的孩子，世世代代……我要诅咒你们！”从踏出主教宅邸，芙兰希丝卡还是第一次摆脱她对墙壁的依赖。其他卫兵早已溜进宅邸内了。只有那名卫兵，依旧站在那儿，高举着长剑。“我要诅咒你！”芙兰希丝卡指着他，“你杀了我啊！杀了我之后，你的身体将永远不得安宁。我会化身为一千条蛆，腐蚀你的内脏……我会把你的眼睛变成我的，永远都是我的！”

当芙兰希丝卡正在不断地恐吓卫兵时，雅莱迪思赶紧起身走到旁边。她搂着老太太的肩膀，两人开始慢慢往前走。

“你的儿子会得麻风病的……”两人钻过卫兵高举的长剑，“你的妻子会变成恶魔般的妓女……”

两人不再回眸。卫兵高举着长剑伫立了半晌，接着，他放下长剑，呆呆望着那两个缓步走过广场的身影。

“丫头，我们得赶快离开这里！”走到已经不见人迹的毕斯柏街时，芙兰希丝卡这样说道。

雅莱迪思惊愕地抖了一下。

“我必须回客店一趟啊！”

“不行！我们现在就走，分秒都不能浪费。”

“可是，特蕾莎和欧拉莉亚怎么办？”

“我们再找人给她们送口信。”芙兰希丝卡紧搂着这个她当年在费格拉斯收留的女孩。

到了圣乔美广场，两人绕过犹太区走到波格利亚城门，这是最快捷的方式了。她们一路相拥往前走着，一路无言。

“亚诺呢？”雅莱迪思还是忍不住问了。

芙兰希丝卡依旧沉默。

初步结果恰恰符合他的计划。这时，亚诺应该已经和几名大力士一同登上了吉良预先租借的贸易商船。吉良和胡安王子的协议非常简单，他还记得那段话：“王储大人唯一能够承诺的……”传话的是王子的亲信大臣裴瑞尤斯，“就是不与巴塞罗那民兵队发生冲突。总之，他绝不会向宗教法庭挑衅，也不会干涉或质疑宗教法庭的裁决。如果你的计划成功了，而亚诺·艾斯坦优也获得释放，那样最好，倘若宗教法庭再度发出逮捕令或坚持要将他定罪，王子是不可能出面捍卫他的。这样你明白吧？”吉良点头，接着，他把签发给国王的低利贷款文件交给大臣。现在要进行第二个步骤：想办法让艾摩力相信亚诺已经破产，即使将他定罪，宗教法庭也无利可图。他们大可让宗教法庭接收一切，大家一起逃到比萨去。事实上，宗教法庭早已没收了亚诺的资产。因此，吉良的下一步是诓骗艾摩力，亚诺已经没有了资产，何来的损失？如果事情成了，收获倒是不小：亚诺可以回归平静的生活。如果事情成了，宗教法庭就不会对亚诺发出终生追缉令。

艾摩力让吉良苦等了好几个钟头，最后，大法官终于出现了，有个身材瘦小、身穿黑色长袍、胸前挂着黄色圆盾的犹太人，踩着急促的碎步在后头跟着。当艾摩力示意要他们两人进入办公室时，犹太人刻意避开了吉良的目光。

大法官没请两人坐下，他自己倒是径自在书桌旁坐了下来。

“如果你说的话属实，”大法官对吉良说，“那么，艾斯坦优已经破产了。”

“您很清楚，我说的都是事实。”吉良答道，“国王根本没有偿还任何贷款给亚诺·艾斯坦优。”

“既然这样，那就可以通知政府的货币交易管理单位处理这个案子啦！”大法官幸灾乐祸，“那会多讽刺啊！一个获得教廷释放的人，马上又要因为破产而被处决！呵呵！”

“这种情况绝对不会发生！”吉良真想这样回答他，“亚诺的自由掌握在我手中，光是这份亚伯拉罕·利瓦伊的巨额存款就够了……”不行，艾摩力无法用这一点来威胁他。他要的是亚诺的钱，他已经向教皇作了承诺，而他能够从亚诺的资产中获得什么，那个瘦小的犹太人应该已经向他解释得够清楚了。

吉良不吭声。

“我可以去向政府举发他的！”艾摩力坚称。

吉良双手一摊，大法官盯着他看了又看。

“你到底是谁？”最后，艾摩力这样问他。

“我叫作……”

“我知道，我都知道。”艾摩力手一挥，打断了他的话，“你是比萨来的撒哈特。我想知道的是，为什么一个比萨人会千里迢迢来到巴塞罗那捍卫一个异教徒。”

“亚诺·艾斯坦优交游广阔，他在比萨也有很多朋友的。”

“哼！异教徒就会和异教徒凑在一起！”艾摩力激动怒斥。

吉良又是双手一摊。为钱低头能花多久时间？艾摩力似乎意会到了他的想法。

“你们这些亚诺·艾斯坦优的好朋友对宗教法庭有什么提议呀？”大法官终于让步了。

“在这些账册里面，”吉良指着那个一直低头盯着桌面的犹太人，“有一笔存款，数目很庞大。”

“真的吗？”

“是的。”犹太人答道，“那是开业不久就存进的一笔款项，存款人是亚伯拉罕·利瓦伊……”

“又是一个异教徒！”艾摩力气呼呼地打断犹太人的报告。

三人都默不作声。

“继续说！”大法官率先开口。

“经过这么多年，这笔存款的数目已经累积了好几倍，目前大概是一万五千镑。”

大法官眯得细长的眼睛突然闪烁着丝丝光芒，吉良和犹太人都发觉到了那一闪一闪的光芒。

“所以呢？”艾摩力转过头来询问吉良。

“亚诺·艾斯坦优的朋友们可以说服那位犹太人放弃这笔存款。”

艾摩力瘫坐在他那张木椅上。

“你们的好朋友呢……”他说，“已经获得释放了。这个……钱是不可能白花的。不管多么要好的朋友，怎么会有人愿意白白放弃这一万五千镑呢？”

“亚诺·艾斯坦优只是由民兵队释放而已！”

吉良特别强调了“而已”这两个字，亚诺仍可能继续被教会通缉。时机来了。在办公室门外苦等的那几个钟头，吉良望着宗教法庭军官的长剑，脑中一次又一次地盘算着。他不能轻视艾摩力的机智。宗教法庭对阿拉伯人确实不具司法管辖权……不过，如果艾摩力认定他有直接抨击教会的意图，那就另当别论了。绝对不能和一个宗教法官提出任何协议，应该要由艾摩力主动提出才行。一个异教徒绝对不能有收买教会的意图。

艾摩力使了个眼神示意他继续说。“你抓不到我的把柄的！”吉良暗想。

“或许您说得没错，”吉良说，“这件事确实不怎么合理，既然亚诺都已经获得释放了，谁会白白掏出这么一大笔钱呢？”大法官的眼睛眯成两条细缝，“我也不了解他们为什么叫我来这里。他们告诉我，您对整件事很清楚的，可是我看事情好像不是这样。我很抱歉，浪费您这么多宝贵的时间。”

吉良静候艾摩力作决定。当大法官坐直了身子、睁大了双眼时，吉良知道，他已经赢了这步棋。

“你可以走了！”艾摩力下令叫犹太人离开。那个瘦小的男人才关上门，艾摩力就开了口。他依旧没请吉良坐下。“你们的朋友已经自由了，这是事实，不过，审判他的行动并不会因此结束，我手上握有他在法庭上坦承的说辞。他现在虽然行动自由了，但是我随时可以用异教徒累犯的名义将他定罪。宗教法庭呢……”他自顾自地说着，仿佛是说给自己听的，“不可能做出死刑的判决，这个判决必须由国王执行。你们的这位好朋友……”这时候，他转向吉良，“应该很清楚，国王是个反复无常的人，说不定哪一天……”

“我相信您和陛下都会做两位该做的事。”吉良回答。

“国王应该做的事非常清楚：对抗异教徒，并将基督教义传播到王国的每个角落，可是教会呢……有时候，我们实在很难找出什么才是对广大群众最好的选择。你们的好朋友亚诺·艾斯坦优已经坦承过错，既然已经认罪，那就不可能没有刑罚。”艾摩力停顿下来，又眯起眼睛打量起吉良。“该受罚的是你！”吉良想。“总之，”面对吉良的沉默，大法官只好继续往下说，“只要罪犯能对全体教友的福祉做出贡献，教会和宗教法庭会从轻发落的。派你来的那些朋友，应该可以接受轻一点的刑罚吧？”

“我不会跟你讨价还价的，艾摩力！”吉良暗想，“只有真主安拉知道你可以得到什么，如果你对我的要求作出回应的话……只有真主安拉知道，这四面墙壁外头是否有人在偷窥或窃听。提出解决之道的人必须是你才行！”

“从来就没有人质疑过宗教法庭所作的决定啊！”吉良继续敷衍他。

艾摩力的身子在椅子上挪动了一下。

“你要求私下交谈，还说要跟我谈谈我会感兴趣的事情。你说亚诺·艾斯坦优的几个朋友可以弄到那笔一万五千镑的巨款。我问你，异教徒，你到底要怎么样？”

“我只知道我不想要的是什么。”吉良只做了这样一个简短的回答。

“好吧！”艾摩力站了起来，“最轻微的刑罚：每周日在大教堂前身穿悔罪衣示众，为期一年，你的朋友可以想办法去弄来那笔巨款了。”

“要在圣母教堂才行！”吉良脱口而出，连他自己听了都讶异，但是，这是他发自内心深处的真心话。若要亚诺穿着悔罪衣示众，有什么地方能比圣母教堂更适合呢？

057

海儿一路都在想办法跟上抬着亚诺的那群人，不过，拥挤的人群总是把她挡在远远的后头。她一直回想着雅莱迪思最后那句话。

“你要照顾好他呀！”雅莱迪思隔着一大群民兵对她大喊，一脸灿烂笑容。

海儿急着往前跑，却被人撞倒在地上。

“你要好好照顾他呀！”雅莱迪思又喊了一遍，此时，海儿凝望着前方，试着在人群中寻觅她的脸庞，“那是我好多年前就想做的事啊……”

霎时，她在人海里失去了踪影。

海儿差点儿被绊倒，如果跌倒了，恐怕难逃被踩踏的命运。“民兵队伍不是女人应该出现的地方！”有个男子这样责备她。于是，她转身往回走。她在充满公会旗帜的圣乔美广场上寻寻觅觅，最后到了毕斯柏街。这大半个早上以来，海儿第一次抹干眼泪，任由自己尽情呐喊着。她甚至已经把卓安抛到脑后了。她声嘶力竭地喊着，用力往前推挤，踩踏所有挡住她去路的人，并打开双肘替自己开路。

民兵队已经聚集在布拉特广场。海儿已经很接近大力士们扛在肩上的圣母像了，此刻，这座石雕像正在广场中央摇摆舞动着，但是亚诺……海儿似乎听见好几个男子正与官员们讨论事情。而在他们中间……没错，他就在那里。就差那么几步路了，但是，广场上实在是水泄不通呀！她用力掐着某个男子的手臂，因为他坚持不肯让路。男子气得握紧了拳头，突然间，他哈哈大笑起来，并且大方让她走过去。亚诺应该就在男子后面了，然而，当男子退开时，映入她眼帘的却是几位政府官员以及大力士公会代表。

“亚诺在哪里？”满身大汗的她又急又喘地问着。

大力士公会代表面无表情地低头看着她。那是秘密。宗教法庭……

“我是海儿·艾斯坦优！”她急得连咬字都含糊了，“我是大力士雷蒙的女儿！你应该认识他的。”

不，他没见过这个人，倒是听过大伙儿谈过这个人，还有他的女儿，那个亚诺收为养女的女孩。

“你赶快跑到海边去吧！”他能说的只是这些了。

海儿穿过广场，然后转进海洋街，街上已经没有了民兵队的踪影。她一路跑，海洋领事馆；六名大力士合力抬着依然昏迷的亚诺！

海儿正想扑上去时，其中一名大力士挡住了她。比萨商人再三交代，不能让任何人知道亚诺的落脚处。

“放开我！”海儿大叫着，双脚腾空踢个不停。

大力士将她揽腰抱起。这个女孩如此轻盈，连他每天搬运的大石块或船货的一半重量都不到。

“亚诺！亚诺！”

他曾经多少次梦想自己能够听到这声呼唤？当他睁开眼睛时，他发现自己被几个男人抬着，这些人的面孔，在他眼里全都模糊成一片了。他们要把他带去某个地方，这几个形色匆匆的男子，一路保持沉默。这到底是怎么回事？他在哪里？亚诺！没错，这就是那个被他离弃的女孩以沉默的眼神发出的呼唤，那是几年前的一天，就在菲力普·彭兹的农庄里……

亚诺！海滩。他的回忆混合着阵阵涛声以及沁着咸味的海风。他在海滩上干什么？

“亚诺！”

声音从远方传来。

大力士们涉水前进，目标是吉良事先租借的商船，此刻就停在港口中央。海水溅在亚诺身上。

“亚诺！”

“等一下，”他试着要坐直，“那个声音……是谁？”

“只是个女孩子。”其中一位大力士回答他，“没什么问题啦！我们应该赶快……”

亚诺忍痛站在船边，由两名大力士搀扶着。他望着海滩。“海儿在等着你。”吉良的话突然在他耳边响起。吉良、艾摩力、宗教法庭、地牢……所有景象又一一浮现在脑海中。

“老天啊！”他大叫着，“快把她带来！我求求你们！”

于是，其中一位大力士急忙跑去找海儿。

亚诺看着她狂奔过来。

一旁的大力士们松开了搀扶着亚诺的手……迎风奔跑的海儿，仿佛岸边最轻柔的一缕波浪。

海儿在双臂下垂的亚诺面前停了下来。这时候，她看见两行热泪从他的两颊滑落。她靠过去，在他唇上印上深情的一吻。

两人一言不发。海儿加入大力士行列，一起把亚诺抬上了商船。

与国王正面冲突一点好处也没有。

吉良离开之后，艾摩力在办公室不停地来回踱步。如果亚诺没有钱，那么，将他定罪也没什么用。教皇永远不会忘记他曾经承诺过的那件事。那个比萨人老早就看准了这一点。如果他要实践对教皇的承诺……

响了几次的敲门声扰乱了他的思绪，但是，艾摩力将视线从门上移开之后，继续在办公室里踱着。

没错。最轻微的刑罚足以挽救他大法官的声望，并让他避开了与国王之间的对立，而且还有一大笔钱可以……

敲门声再度响起。

艾摩力再往门上望了一眼。

他多么希望能将艾斯坦优那个家伙丢进火炉里！还有他那个母亲呢？那个老太婆现在怎么样了？可想而知，她一定趁着局面混乱……

剧烈的敲门声把办公室震得砰砰响。艾摩力走到门边，用力把门打开。

“什么……”

拳头紧握的乔默·巴耶拉正打算再往门上敲。

“什么事？”大法官怒气冲冲地质问他，眼睛则瞪着应该在门外守卫的军官，此刻却被手持宝剑的卜赫尼逼到了墙角，“你们好大的胆子！居然敢胁迫一个教廷军官？”大法官怒声斥责。

卜赫尼收回宝剑，看了看巴耶拉男爵。

“我们已经等了很久了。”巴耶拉回答。

“我就是不想接见任何人！”艾摩力对着已经脱离卜赫尼威胁的军官大吼，“我已经告诉过你了！”

大法官作势要把门关上，但是乔默·巴耶拉却阻止了他。

“我好歹也是个加泰罗尼亚的男爵。”他刻意拉长了每一个字，“我自认有资格受到我应有的尊重。”

卜赫尼在一旁猛点头，手中的宝剑一挥，挡住了正想找大法官求援的军官。

艾摩力紧盯着巴耶拉的双眼。他大可呼喊求援；其他卫兵很快就会赶来，但是，那双怒火炽烈的双眼……谁知道这两个男人会做出什么骇人的疯狂举动？他叹了口气。这一天显然不是他这一生最风光的日子。

“好了，男爵，”他还是让步了，“您有什么事呢？”

“您答应要将亚诺·艾斯坦优绳之以法的，没想到，您居然让他就这样逃走了。”

“我不记得我曾经答应过什么，至于我让他逃走这个说法……我告诉您，让他逃走的是国王，您口中尊贵的国王陛下，他对教会的求救完全置之不理。您要理论，就去找国王吧！”

乔默·巴耶拉支支吾吾的，嘴里咕哝着模糊的字句，双手挥个不停。

“您还是可以将他定罪啊！”他终于说了一句清晰的句子。

“他都已经跑了。”艾摩力驳斥他。

“我们可以把他带来给您！”卜赫尼激动大叫着，手中的宝剑依然指着军官，注意力却放在另外两人身上。

艾摩力转过头去瞪着这个莽撞的骑士。有什么好跟他解释的？

“我们向您提供了这么多证据，绝对足以证明他的罪过，”乔默·巴耶拉忍不住插话，“宗教法庭不能就这样……”

“什么证据？”艾摩力对他咆哮。那两个笨蛋的确曾经提供了让他挽回荣耀的好机会。如果他扭曲那些证据呢……“什么证据？”他再问一遍，“像您这样自曝妖魔附身的证据吗？男爵先生……”乔默·巴耶拉正打算开口，艾摩力用力挥手阻挡了他，“我去找过您自称当年出生时由主教签发的证明文件。”两人目光交锋，“结果……

您知道吗？我什么都没找到！”

卜赫尼握着宝剑的手慢慢放了下来。

“一定有！应该是在主教管区的档案里。”巴耶拉急忙替自己辩护。

艾摩力摇着头。

“还有骑士您呢？”艾摩力转向卜赫尼发出愤怒的叫嚣，“您为什么要出面反对亚诺·艾斯坦优？”大法官一眼就看出了卜赫尼因为隐藏事实而心生恐惧；那可是他的职业专长啊！“您知不知道，对宗教法庭说谎是有罪的。”卜赫尼急着要求助巴耶拉，可惜这位男爵只是两眼茫然地盯着大法官办公室的角落。他正在孤军奋战呀！“您怎么说呀，骑士？”卜赫尼局促不安地回避着大法官的目光。“那个货币交易商对您做了什么？”艾摩力勃然大怒，“大概是让您破产了，是吧？”

卜赫尼作出回应。仅仅一秒钟，就在那一秒钟，他的眼角余光瞥见了大法官。就是那个意思：一个货币交易商怎么可能让一个骑士破产？

“他并没有让我破产。”卜赫尼一脸无辜地答道。

“他没让您破产？那就是让您的父亲破产了？”

卜赫尼低着头。

“两位竟然为了利用教会而说谎！两位谎报罪证，就为了进行个人的复仇行动！”

大法官这么一吼，乔默·巴耶拉终于回过神来。

“他真的放火烧了他父亲！”卜赫尼微弱的声音几乎像含在嘴里。

艾摩力的手用力一甩。现在该怎么做才好？逮捕他们、审判他们只会让这个他希望尽快结束的案子拖得更久。

“两位去找公证人，然后撤销检举。否则……懂吗？”艾摩力大声斥责畏畏缩缩的两个贵族，两人猛点头，“宗教法庭不可能根据谎报的事证来审判一个人的。两位可以走了！”发出命令的同时，他递给军官一个严肃且不耐烦的脸色。

“你以你的荣耀发过誓的！”卜赫尼回头望着大法官办公室房门，一边叨叨提醒巴耶拉。

艾摩力听见了骑士的抱怨。而且，他也听到了对方的回复。

“你放心！纳瓦克雷斯的历任封主，从来没有人无法实践誓约的！”

大法官眯起了双眼。他的麻烦已经够多了。他释放了一个罪犯。刚刚才命令两名证人去撤销检举。他正在进行一桩金钱交易，对方是……是个比萨人？哼！他连对方是谁都不知道！如果乔默·巴耶拉在他拿到亚诺那笔巨款前实践了誓约，那会怎么样？他和那个比萨人的协议还算数吗？不，这个案子一定要彻底解决才行。

“不过，这一次……”艾摩力在两人背后大声斥责，“纳瓦克雷斯封主不可能实践他的誓约了！”

两人转过身来，一脸愕然。

“您说什么？”巴耶拉答道。

“我说教会绝不容许两个……”大法官比了个轻蔑的手势，“教会不容许两个庸俗的凡人私下执行审判。司法是非常神圣的，不准再进行其他复仇行动！懂吗？巴耶拉男爵！”贵族踌躇了，“您若要实践誓约的话，那么，我会开庭审判您妖魔附身那个案子的……这样，您到底听懂了没有？”

“但是，我发了誓……”

“放心，我以宗教法庭之名免除您无法实践誓约的罪过。”巴耶拉点头同意了，“还有您……”大法官指着卜赫尼，“您可要特别小心啊！千万别找上宗教法庭已经审判过的人私下复仇。我这样说得够清楚了吧？”

卜赫尼默默点着头。

那艘长度只有十米的三角帆小船，已经在贾拉夫海岸的一处隐密小港湾找到了适当的停靠处。这个小港湾远离其他靠岸地点，举目所及皆是汪洋大海。

这幢简陋的焦黑木屋是几位渔民搭建的，伫立在蔚蓝的地中海和满地的灰色卵石之间，渔民们偶尔在此躲避烈日和高温。

三角帆小船的船长从吉良那儿收到一袋沉甸甸的钱币，以及他再三嘱咐的要求：“你把他安顿在那里，派个信得过的船员陪同照料，准备充足的饮水和食物。接着，你可以继续运输货品。但是，尽量选择附近的地点，至少每隔两天返回巴塞罗那接收我的最新指示。事情结束之后，你会再获得一笔丰厚的酬劳。”为了赢取船长的信任，吉良对他作了这个承诺。吉良根本就不需要这么做的——所有在海上讨生活的人都非常敬爱亚诺，大家一致认为他是个裁决公正的海洋领事。不过，那毕竟是一大笔钱，船长还是接受了。然而，当初设想的状况并不包括海儿在内，而这个女孩又坚持不让船员插手照顾亚诺的工作。

“我会负责照顾他的。”大伙儿把亚诺安顿在木屋里之后，她这样告诉船长。

“可是那个比萨商人说……”船长正想反驳她。

“你去告诉那个比萨商人，就说海儿跟他在一起，如果他不同意，您再把船员找来吧！”

这个年轻女子展现了出乎意料的权威。船长看着她，试图再次反驳。

“您可以走了！”她断然下令要他离开。

三角帆小船逐渐在小港湾的巨石间消失了，海儿用力吸了口气，接着仰头望天。曾经有过多少回，她对自己否定了那个梦想？曾经有过多少回，她怀想着亚诺在她身边的日子，却要极力说服自己命运另有安排？如今……她望着那幢小木屋。他依然沉睡着。航行途中，海儿确定亚诺并未发烧，也没有任何伤口。她靠在船边坐着，双腿交叠，并让亚诺的头部枕在她的腿上。

亚诺几次睁开了双眼，望着她，然后又闭上眼睛，嘴角同时泛起微笑。她一路握着他的手，每当亚诺望着她时，她总会把他的手握得更紧，直到他再次安心入睡。同样的情景上演了一次又一次，仿佛亚诺有意证实她的存在是真实的。如今，海儿回到木屋里，在那个沉睡中的男子脚边坐了下来。

他在巴塞罗那闲逛了整整两天，回顾着他曾经造访多次的地方。吉良在比萨这五年，巴塞罗那城并没有太大的改变。虽然世道艰困，这座城市依旧繁荣热闹。巴塞罗那仍然是个开放的港口，唯一的防御还是外海堤防，当年亚诺曾指挥捕鲸船停靠在此抵挡暴君贝德罗的侵袭。贝德罗三世下令建造的西侧城墙依旧矗立着。皇家船坞工程仍在进行中。船坞尚未完工之前，所有建造或整修中的船只都停靠在雷戈米尔堡垒前方的海岸旁。在这里，吉良闻到一阵阵浓郁的沥青味，捻缝工们将沥青和麻絮混合，以此做船只防水处理之用。他静静观察着那群在海边辛勤工作的木工、铁匠以及缆绳匠。多年前，他曾经陪着亚诺前来检视缆绳匠的工作情形。当时，他们在众多船只之间来回穿梭着，经常可见神情专注的木工在船上敲敲打打。检查过缆绳之后，亚诺必定前去视察捻缝工。打过招呼以后，亚诺不但观察工人的工作情形，有时也和他们闲话家常。

“捻缝工是个非常关键的角色，政府已经立法禁止他们以包工、计件的方式工作。”亚诺向初次到访的吉良解释。正因为如此，领事大人总会亲切地和捻缝工人闲聊片刻，借此了解他们的经济情况。捻缝工人生活安稳，自然能够安心工作，对于船只的安全也更有保障。

吉良仔细端详着其中一位捻缝工人，他跪在地上，正在仔细检查刚刚填补完成的所有接缝。这幅景象让吉良不禁闭上双眼。他紧抿双唇，缓缓摇着头。他们俩辛苦奋斗多年，如今，亚诺却被迫避居小港湾的简陋木屋，等待大法官从轻发落。唉！这些基督徒啊！还好，他至少还有海儿在身边陪着……他心爱的丫头！当三角帆小船船长在谷物市场描述海儿力争的经过时，吉良一点都不讶异。那就是他心爱的丫头！

“祝福你！我的心肝宝贝……”他喃喃说着。

“您说什么？”

“没什么！没事。您做得很好。现在，您可以出海了，过几天再来吧！”

第一天，没有艾摩力的信息。第二天，他又在巴塞罗那城里闲逛。他总不能一直待在谷物市场的房里苦等，因此，他交代两位少年奴隶，如果有人到谷物市场来问，务必尽快到城里找到他。

商人小区景物依旧。他闭着眼睛都能逛巴塞罗那城，鼻子嗅到的不同味道就是最好的向导。大教堂也和圣母教堂一样，仍在施工中，不过，圣母教堂的进度超前许多。同样在施工的还有圣塔克莱拉教堂和圣安娜教堂。吉良总会伫足在这些教堂前观察木工和泥水匠的工作情形。还有海岸城墙呢？港口呢？基督徒们想做的事情还真多。

“有人到谷物市场来找您啦！”少年奴隶上气不接下气地说。这已经是第三天了。

“你终于屈服了吗？艾摩力……”吉良暗自忖度，立刻加快脚步赶回谷物市场。

艾摩力在吉良面前签下了判决书。接着，他盖了印，默默将判决书递给站在桌前的这位比萨商人。

吉良接下判决书之后，当场就翻开来细读内容。

“看后面！看后面就可以了！”大法官这样催促他。

为了这份厚厚的判决书，艾摩力强迫公证人挑灯夜战，他可不想在这里花一整天等这个异教徒从头看到尾。

吉良捧着判决书，瞥了艾摩力一眼，继续自顾自地读着判决书内容。原来，巴耶拉和卜赫尼已经撤销检举了。艾摩力是怎么办到的？

审判小组成员并不相信卜家大女儿玛格丽妲的证词，因为他们已经查出卜家破产后，宅邸被亚诺接收一事。至于爱丽诺的部分，法庭认为，她并未证明亚诺未尽婚姻义务是否属实。

此外，爱丽诺坚称亚诺公然拥抱犹太女子，而且两人之间必有奸情一事，当时在场的艾摩力和德瑞主教以证人身份推翻了这个说法。吉良又瞄了艾摩力一眼，大法官也不动声色地盯着他。“爱丽诺夫人举发被告在处决异教徒现场拥抱犹太女子，此非事实。”艾摩力是这样说的。他和同样在判决书上签了名的德瑞主教都认为这是不可能的。吉良翻到最后一页检查了主教的签名和盖章。“这样的举发事证当然也可能是真的。不过，以当时的情况来说，浓烟、烈火、喧闹、激情……”艾摩力继续说道，“这些状况都可能让她产生错觉，甚至看走眼了。至于爱丽诺夫人举发亚诺和犹太女子过从甚密一事，显然是爱丽诺夫人为了强化罪证而做的不实指控，根本不足相信。”

吉良露出了得意的笑容。

亚诺唯一确定应受惩罚的是海上教堂两位神父指出的事证。被告已经承认自己在教堂内发言不当，并且当庭表示了悔意。因此，宗教法庭将没收亚诺的资产作为罚款；另外，被告每周日应披上悔罪衣站在海上圣母教堂前示众，为期一年。

吉良读完判决书内容，最后又检视了大法官和主教的签章。啊！他成功了！

他把判决书卷好收妥，然后从上衣内部的口袋里掏出亚伯拉罕·利瓦伊的存单交给艾摩力。吉良默默看着艾摩力检视着那份证明亚诺已经破产的文件，而那份文件，同时也意味着亚诺重获自由和生命。就这样吧！反正，这份藏匿多年的巨额存单，他一直都不知道该如何向亚诺解释来源！

058

亚诺几乎沉睡了一整天。日暮时分，海儿拿了些渔民们堆在木屋旁的枯叶和树枝，在炉子里生了火。海面平静无波。她抬起头来望着无垠星空。视线游移到环绕港湾的悬崖峭壁；柔和的月光洒在岩石上，光影交错，如诗如画。

她咀嚼着眼前的一片静寂与祥和。尘世已经不存在。巴塞罗那已经不存在。宗教法庭、爱丽诺或卓安都不存在了，如今只剩下她……还有亚诺。

近午夜时分，木屋里传出声响。她立刻起身准备进屋时，亚诺已经站在月光下。两人默不作声，只是望着对方。

海儿坐在亚诺和炉火之间。燃烧的烈焰映出了她的身形，而她的面容却藏在黑暗中。“难道我是在天堂吗？”亚诺这样想着，直到他的双眼适应了黑暗，他梦想多时的五官逐渐浮现。首先是她那明亮的双眸。他曾在多少个夜晚为这双明眸哭泣？接着是她的鼻子、双颊和下巴……还有她的嘴……那两片朱唇……她张开双臂迎着他，烈焰光芒在她两侧闪烁着，轻抚着她那玲珑有致的娇躯，身上那套永远不变的美丽衣裙，与光影相互辉映着。她在呼唤着他。

亚诺听见了她的声声呼唤。发生什么事了？他在哪里？那真的是海儿吗？当她牵起他的手，当她对他展露笑靥，当他感受到她那轻柔温热的香吻时，他的疑惑得到了解答。

海儿用力抱着亚诺，世界再度被拉回现实。“抱着我！”他听见她这样要求他。亚诺环抱着女孩的身躯，将她紧紧搂在怀里。他听见她在哭泣。他感受到她的胸部在他胸前起伏着，他温柔地抚摸着她的秀发，并且轻轻摇晃着她的身体。他们等待了多少年才得以享受这美好的一刻？这些年来，他犯下了多少错误啊？

亚诺捧着海儿的脸，要求她注视着他的眼睛。

“对不起！”他这样说，“我很抱歉，当初不该……”

“别说了！”她制止了他，“过去并不存在，没有什么好抱歉的。我们的生活今天才开始！你看，”她拉着他的手，“这一片汪洋大海。大海对过去一无所知。大海一直都在那儿。大海从来不要求我们解释什么。还有天上的繁星和明月，一直在那儿，始终为我们闪耀的灿烂光芒。它们可曾在乎世间发生过什么事？它们一直伴随着我们，并且乐在其中。你看见它们在发亮吗？它们在天上闪闪发光。日月星辰真的什么都不在乎吗？当然不是的，当老天爷要惩罚我们的时候，不也会毫不留情地刮起暴风雨吗？现在只有我们两人，只有你和我，没有过去，没有回忆，没有愧疚，再也没有什么可以阻碍我们的……爱情！”

亚诺抬头仰望星空，然后遥望着大海，夜空下的粼粼波光轻吻着港湾岩石。他看着屏障着港湾的悬崖峭壁，矗立在一片寂静当中。

他转过头去看着海儿，依旧紧握着她的手。他有话要对她说，一段令他心痛的话，那是他首任妻子病故时，他向圣母许下的承诺，一个他永远不能违背的承诺。他注视着她的双眸，娓娓向她解释了一切。

亚诺讲完来龙去脉之后，海儿忍不住轻轻喟叹。

“我只知道我不想再离开你，亚诺。我想一直跟你在一起，永远待在你身边……无论你打算怎么做都可以。”

第五天的清晨，三角帆小船在小港湾靠了岸，上岸的只有吉良一个人。三人在海边重逢了。海儿刻意退到一旁，好让两个男人可以豪迈相拥。

“老天爷啊！”亚诺咕哝着。

“谁的老天爷啊？”吉良哽咽地问道，接着露出两排雪白的贝齿。

“大家的老天爷！”亚诺的回答把他逗得更乐了。

“快过来，我的小丫头！”吉良张开了双臂。

“我已经不是小丫头了！”海儿面带慧黠的笑容答道。

“你永远都是！”吉良纠正她。

“对，你永远都是！”亚诺在一旁帮腔。

三人就这样又笑又闹地抱在一起，在还留着昨夜余烬的火炉边坐下。

“你已经自由了，亚诺。”吉良一坐下就宣布了这个好消息。他把判决书递给亚诺。

“你把内容告诉我吧！”亚诺没接下判决书，却向吉良提出了这个要求，“你交给我的文档，我是从来不看内容的。”

“判决书上说，你的资产将被没收……”吉良看了亚诺一眼，但没看出他有任何反应，“他们惩罚你每周日穿着悔罪衣站在圣母教堂前示众，为期一年。除此之外，其他都没问题了。”

亚诺想象着自己光着双脚，披着长袍式的悔罪衣，身上挂着十字架，站在他的教堂大门口……

“当我在法庭看见你时，我早该想到你要干什么了，不过，我当时的状况实在太糟糕了。”

“亚诺！”吉良打断了他的话，“你听见我说的话了吗？宗教法庭要没收你的资产啊！”

亚诺沉默了半晌。

“我已经死过一次了，吉良。”他这样回答，“艾摩力是存心要整死我的。不过，他也给了我目前拥有的一切……不，其实是我过去就已经拥有的。”他握着海儿的手，修正了自己的说法，“这一切，都是这几天才发生的。”吉良的视线移往海儿身上，他看到女孩脸上挂着灿烂笑容，眼神晶莹炯亮。这是他心爱的丫头，他忍不住也跟着笑了。“我一直在想这件事……”

“骗人！”海儿娇嗔，轻轻捶了他一下。

亚诺轻拍着女孩的手背。

“如果我没记错的话，要让国王不干涉民兵队的行动，应该要花不少钱的。”

吉良点头承认。

“谢谢你！”亚诺说道。

两个男人默默相视了片刻。

“好啦！”亚诺率先打破沉默，“说说你吧！这几年过得都好吧？”

日正当头，三人走向停靠在岸边的三角帆小船。亚诺和吉良先上了船。

“再等一下就好！”海儿这样要求他们。

女孩回到港湾边，望着小木屋。现在等着他的是什么？身穿悔罪衣示众的惩罚、爱丽诺……

海儿眼神低垂，一脸黯然。

“你不必担心她！”亚诺安慰她，一边轻抚着她的发丝，“虽然钱没了，我们还是能过日子的。蒙卡塔尔街的宅邸原本也是我的资产之一，所以现在已经属于宗教法庭所有了。剩下的只有蒙普城堡。她必须搬到那里去住才行。”

“那座城堡啊！”海儿低声说着，“那座城堡也归宗教法庭所有吗？”

“没有。那座城堡和土地是当初国王赠送的嫁妆，并不是我的资产，所以宗教法庭不能没收。”

“我真替那些农奴觉得难过呀！”海儿想起亚诺宣布禁止虐待农奴那天的场面。

没有人提起菲力普·彭兹的农庄。

“我们的日子一定过得下去……”亚诺才要开口说话。

“你在说些什么呀？”吉良突然打断了他的话，“你们当然会有足够的钱可以花啊！如果你们愿意的话，我们可以把蒙卡塔尔街的宅邸买回来。”

“不行，那是你的钱呀！”亚诺一口回绝。

“那是我们的钱！我说啊……”吉良对他们说，“除了你们俩，我什么亲人也没有。我要这么多钱干什么？更何况，正因为你的慷慨大方，我才能赚这么多钱！那些钱是属于你们的。”

“不行！不行！”亚诺坚持不接受。

“你们俩是我的家人。一个是我心爱的小丫头，另一个是给我自由和财富的贵人。你不接受我的钱，那是表示你们并没有把我当家人吗？”

海儿伸出手来摸了摸吉良的手臂。亚诺则是吞吞吐吐的：“不，我不是那个意思……你当然……”

“既然这样，我的钱就是你的钱！”吉良又抢了他的话，“还是，你希望我把钱送给宗教法庭？”

这句问话把亚诺逗笑了。

“而且，我还有好几笔大生意。”吉良补上一句。

海儿继续远眺着港湾，泪水滑落她的脸颊，她没有伸手去擦拭，任由泪水继续滑到双唇、嘴角。他们要返回巴塞罗那了。在那里等着的是宗教法庭不公平的惩罚，还有卓安，那个曾经背叛他的弟弟……以及他所鄙视的妻子，却是个他无法摆脱的梦魇。

059

吉良老早在沿海区租了一栋房子。虽然称不上是豪宅，但是空间宽敞，三个人住绰绰有余。吉良设想周到，还预留了一个房间给卓安。亚诺在巴塞罗那港口从三角帆小船上岸时，立刻受到海边群众的热情接待。有些过去曾与亚诺有商务往来的商人，特别向他点头致意。

“我已经不再是富商啦！”他边走边对吉良说，同时还不断地向人们点头回礼。

“消息传得还真快啊！”吉良这样回答他。

亚诺曾经说过，回到巴塞罗那之后，他想做的第一件事，就是到圣母教堂去感谢圣母庇佑他重获自由。就是那个在万头攒动的人海上方不断摆动的小雕像，让他的梦想从模糊渐渐清晰了起来。不过，前往教堂的路程，却在经过坎维斯新旧两条街口时中断了。他的老家就在那儿，门窗半掩，里面有他办公用的长桌。屋前有一群好奇民众往屋内张望着，一见到亚诺，所有人自动退到一旁。他们没进屋里，三个人默默看着宗教法庭的卫兵把家具和其他物品堆放在门前的马车上：那张长桌超出了车尾，已经用皮绳紧紧捆绑住，还有红色的丝缎桌布、专剪伪币的大剪子、算盘、保险箱……

当那个正在盘点物品的黑色身影出现时，立刻引起了亚诺的注意。那位道明会修士停下手中的笔，双眼盯着他看。在场的人们安静下来，亚诺认出了那双眼睛：那是曾经在法庭上紧盯着他不放的那双眼睛，就是那个坐在主教旁边的修士。

“卑鄙小人！”亚诺愤愤地说道。

那些都是他的资产、他的回忆、他的欢乐与悲苦。他从来没想过有人会如此明目张胆地掠夺他的一切。钱财对他而言是身外之物，他从来就不在乎，然而，他们夺走的是他的人生啊！

海儿发现亚诺的手心在冒汗。

有人在修士身后发出嘘声。这时候，卫兵们立刻放下搬运中的物品，一支支长剑陆续出鞘。

“不许你们再羞辱老百姓！”吉良撂下这句话之后，急忙拉着亚诺和海儿往前走。

卫兵们喝令赶走了围观的好奇民众，一群人吓得作鸟兽散。亚诺任由吉良拉着走，却频频回头，目光始终盯着那辆满载的马车。

他们就这样忘了要去圣母教堂一事，到了教堂大门口才想起，此时却看到卫兵赶着一群百姓往教堂大门移动。于是，他们快步绕过教堂来到了波恩广场，亚诺的新家就在这里。

亚诺返回巴塞罗那的消息没多久就传遍全城。第一批来访的是几位领事馆卫兵。军官依然不敢直视亚诺。当他开口时，仍然恭敬地称呼这位老长官“大人”。军官此行的任务是转交一封百人政务委员会解除亚诺职务的信函。看过信函之后，亚诺和军官握手致谢，这一次，军官总算抬头看他了。

“很荣幸能有机会与您共事！”军官说。

“感到荣幸的人是我才对。”亚诺回答。

“政客就是不喜欢穷人。”军官带着卫兵离开之后，亚诺这样告诉吉良和海儿。

“说到这个，我们必须好好谈一谈。”吉良突然接了这么一句。

但是亚诺摇头拒绝了。还不到时候吧！吉良这样想着。

造访亚诺新家的人多不胜数。有些人，例如大力士公会会长就是其中之一，亚诺会出面迎接；另外一些人，像是过去曾经服侍过他的仆佣们，他们并未惊扰亚诺，只是在门前默默献上祝福。

迁入新家后第二天，卓安出现在家门口。自从得知亚诺已经返回巴塞罗那的消息后，卓安不断地反复自忖，海儿到底会跟亚诺说些什么。当内心的不安已经到了让他无法忍受的地步时，他痛下决心坦然面对心中的恐惧，于是来到了哥哥家。

当卓安步入餐厅时，亚诺和吉良立刻起身。海儿依旧端坐在餐桌旁。

“你放火烧了你父亲的尸体！”亚诺见到卓安那一刹那，尼克劳·艾摩力的指控随即在耳边响起。他一直努力不再回想这件事。

卓安站在餐厅门口，支支吾吾地吐出了几个字。接着，他低着头走向亚诺。

亚诺眯起了双眼。他是来道歉的。他的弟弟怎么会……

“你怎么会做出那种事情？”卓安来到他身边时，他突然这样问道。

卓安原本盯着亚诺脚尖的目光马上移转到海儿身上。难道她对他的惩罚还不够吗？她非要告诉亚诺不可吗？然而，坐在餐桌旁的海儿似乎相当诧异。

“你来做什么？”亚诺冷冷地问他。

他绞尽脑汁苦思借口。

“客店的住宿费用还没付清呢……”他喃喃说着。

亚诺用力甩了手，气得转过身去背对着他。

吉良立刻召来少年奴隶，然后递给他一袋钱币。

“你陪修士去客店把住宿费结清吧！”

卓安期望吉良能够挺身帮他，可是，这个阿拉伯人却一脸漠然。他只好往回走到大门口，就这样落寞地离开了哥哥家。

“你们俩怎么了？”卓安一走出餐厅，海儿立刻追问亚诺。

亚诺沉默了。该让他们知道这件事吗？他要如何向他们解释，当年，他放火焚烧父亲的遗体，而他弟弟却向宗教法庭举发了这件事？卓安是唯一知道这件事的人。

“让我们忘了过去吧！”亚诺最后做出这样的回应，“至少把我们能够遗忘的部分忘了吧！”

海儿默默沉思了半晌。接着，她点了点头。

卓安离开了亚诺家，一路跟着吉良的少年奴隶。前往客店途中，少年好几次必须回头去找这位道明会修士，因为眼神茫然的卓安总会突然就在路边停下来。他们选择了通往谷物市场那条路，那是少年奴隶比较熟悉的路径。

不过，到了蒙卡塔尔街时，少年奴隶再也无法拉着卓安一起往前走了。修士伫立在亚诺的宅邸大门口。

“你自己去付钱吧！”卓安甩开了少年的手，“我要去讨债！”他喃喃自语。

老佣人贝里带着他去见爱丽诺。从跨进大门门坎的那一刻开始，他口中一直念念有词；踩上通往二楼的石阶时，他叨念的音量逐渐增加，走在前头的贝里不时好奇地回头观望；而当他站在爱丽诺面前时，男爵夫人还来不及开口，卓安先发出了惊天怒吼。

“我知道你犯了罪！”

男爵夫人站在客厅里，一脸愕然地望着他。

“修士，你在说什么蠢话啊？”爱丽诺大声斥责他。

“我知道你犯了罪！”卓安又说了一遍。

这时候，爱丽诺突然纵声大笑，然后转过身去。

卓安端详着她身上的织锦华服。海儿吃了不少苦，他也吃了不少苦，而亚诺……亚诺吃的苦比他们更多。

爱丽诺继续背对着他大笑。

“你以为你是谁啊？修士。”

“我是教廷的宗教法官！”卓安答道，“而你这个案件，我根本不需要你认罪！”

听了修士冰冷的话语之后，爱丽诺默默转过头来。她看见他手上拿着油灯。

“你要……”

她没有机会把话说完。卓安把油灯往她身上丢了过去。煤油洒在她的织锦华服上，立刻着了火。

爱丽诺尖声惨叫。

当贝里跑过来营救女主人时，爱丽诺整个人已经变成了火柱。卓安一把推开大声呼救的贝里，门口已经站着好几个闻声前来的奴隶，个个瞠目结舌地愣在那儿。

有人大喊拿水来。

卓安看着爱丽诺跪倒在地，身上是熊熊火焰。

“原谅我……上帝！”他低声说着。

这时，他找到另一盏油灯。他拿了那盏油灯，走到爱丽诺身旁。他的修士黑袍下摆已经着火燃烧。

“忏悔吧！”发出这声怒吼后，烈火急速吞噬了他。

他把油灯丢向爱丽诺，然后在她身旁跪了下来。

客厅里的地毯迅速延烧，有些家具也着了火。

当奴隶们提着水回来时，他们只能站在客厅门口泼水。接着，一个个奴隶捂着脸，仓皇逃出浓烟密布的火场。

060

1384年8月15日

圣母升天节庆典

海上圣母教堂

巴塞罗那

十六年的光阴，匆匆逝去。

圣母玛丽亚广场上，亚诺抬头望着蓝天。教堂钟声响遍整座巴塞罗那城！他手臂上的汗毛像是呼应着响亮的钟声，一根根竖了起来。听着四口大钟合奏的悦耳旋律，亚诺感动得全身颤抖起来。他亲眼看着四口大钟安装在钟楼的过程：“亚桑普达”是最大的那口钟，重达八百七十五公斤；其次是“康文铎”，六百五十公斤；“安芮亚”两百公斤；就连最小的“维丹达”也有一百公斤。

这天，圣母教堂终于落成，这是他最钟爱的教堂，而开幕日的钟声旋律，听起来好像和刚刚安装完成时不太一样……或是因为他用不一样的心情去聆听钟声呢？他看着矗立在教堂正面两侧的八边形钟塔，高耸、细长、简洁，每座钟塔各有三层，规模随着高度而递减。八面墙上各开了一扇尖拱形窗户；每一层钟塔外围皆有平台往外延伸，周围还加了栏杆。钟塔建造期间，工人们曾经告诉亚诺，这两座钟塔没有塔尖，建筑将采用平实、自然的风格，就像圣母庇佑的大海一样，却又不失威严壮观……如今，亚诺注视着这两座钟塔，他心想，果真如浩瀚汪洋那样撼动人心啊！

刻意盛装打扮的大批人潮，把圣母教堂挤得水泄不通；有人直接进入教堂内，另外一些人则和亚诺一样，站在教堂外欣赏壮丽的建筑，聆听优美的钟声。亚诺紧搂着在他右边的海儿，他的左手边，那位抬头挺胸的十三岁少年，正和父亲分享着同样的愉悦，而他的右眼上方也有个弯月形的胎记。

就在妻儿和钟声相伴之下，亚诺走进海上圣母教堂。此时，正要步入教堂的民众纷纷让步给他。这是亚诺·艾斯坦优的教堂。从少年大力士时期开始，他为教堂早期工程搬运了无数大石头；成了货币交易商和海洋领事之后，他慷慨捐出了大笔款项；后来，他改行做了航运保险商，依然持续资助教堂工程。然而，这么多年来，圣母教堂还是躲不过灾祸。1373年2月28日，巴塞罗那一场大地震把教堂钟塔摧毁殆尽。当时，亚诺是第一个捐款资助重建工程的人。

“我需要用钱。”他对吉良说。

“钱都是你的。”吉良回答，因为他知道灾情惨重，也很清楚亚诺那天早上已经见过圣母教堂工程委员会的某位会员。

他有能力提供金钱援助，因为财富已经对他重开大门。亚诺接受了吉良的建议，决定投入航运保险这一行。加泰罗尼亚的航运控制不像热那亚、威尼斯或比萨那么严格，称得上是从事这门生意的天堂，不过，事业能够成功的只有像亚诺和吉良这种态度谨慎的商人。加泰罗尼亚王国的财政制度已经岌岌可危，商人因此希望利润能够尽早到手，因此，他们愿意就货品价值支付航运保险，以此确保货物和船只安全。远洋航行期间，遭遇海盗船是司空见惯的事，所以，许多货船出航之后，或是音讯杳然，或是生死未卜，即使有消息传回来，也不知是真是假。亚诺和吉良挑选了几艘优良可靠的船只，加上过去经营货币交易时建立的广大商务代表人脉，两人成功开启了航运新事业。

1379年12月26日，亚诺已经无法询问吉良是否可以捐款给圣母教堂了。这位阿拉伯商人已在一年前猝逝。当亚诺发现吉良时，他安详地坐在花园里那张永远朝向麦加城的椅子上，却已经没了气息。亚诺和阿拉伯小区的几位委员谈过之后，当天晚上就请他们为吉良办了伊斯兰教葬礼。

那天晚上，1379年12月26日深夜，一场大火肆虐了整座圣母教堂。无情烈火把圣器室、唱诗班座椅、管风琴、主祭坛，以及所有非石材建造的部分都烧成了灰烬。石材虽然逃过一劫，但都被熏得漆黑如墨，连雕凿的线条都模糊了；更糟糕的是，国王资助的那座拱心石上阿方索国王的雕像，几乎全毁了。

国王看到父亲的雕像惨遭焚毁，当即勃然大怒，他下令重建那座雕像，但是，为了满足国王的要求，沿海区的广大居民却要付出多少血汗钱啊！所有民众的劳力和金钱都投注在圣器室、唱诗班座椅、管风琴以及主祭坛的重建了；至于被烧毁的阿方索国王雕像，众人集思广益想出了绝妙的重建方式，那就是以石膏重塑雕像，然后固定在拱心石上，并且漆上原有的红金两色。

1383年11月3日，最后一座，也是最接近教堂大门的拱心石终于完工。

亚诺抬头望着这座拱顶，海儿和柏纳陪侍在侧，三人面带笑容地走向主祭坛。

自从拱顶搭上鹰架开始，亚诺一次又一次说着同样的话。

“那座拱心石就是我们的标记！”有一天，他这样告诉儿子柏纳。

少年抬头看了一眼。

“父亲！”儿子回答，“那是全民的盾牌。许多像你这样的人都在拱顶、石块上留下了标记，可是……”亚诺举起手来，试图打断儿子的话，但是柏纳坚持把话说完，“你在唱诗班连一个荣誉席都没有！”

“儿子，这是属于全民的教堂。许多人为教堂奉献一生，却没有留下名字呀！”

这时候，亚诺脑海中又浮现出那个背着大石头的少年，从蒙居克山区的采石场拖着缓慢沉重的步伐走到圣母教堂。

“你父亲啊……”此时，海儿加入了父子的谈话，“已经把他的鲜血烙印在这些石块上了。要让后人留念，没有比这个更好的方式了。”

柏纳看着父亲，眼睛眨个不停。

“还有许多人跟我一样啊！儿子。”亚诺说，“还有好多人。”

8月的地中海沿岸，8月的巴塞罗那。艳阳肆无忌惮地洒进圣母教堂，交织着绝美的光影彩绘。艳阳的光线从圣母教堂的彩色玻璃斜入教堂内，缤纷的色彩挑逗着冷硬的石材，再加上汪洋大海折射的烈日光芒，这座城市因此有幸享有世上绝无仅有的灿烂光芒。教堂内，缤纷的阳光交织着主祭坛和圣母神殿内闪动的大蜡烛烛光，熏香的气味弥漫着整座教堂，管风琴的乐音在每个角落柔和地荡漾着。

亚诺、海儿和柏纳继续往主祭坛走去。宏伟的后殿伫立着八根细长的石柱，主祭坛装饰屏后方，小小的圣母像就安坐在那儿。主祭坛后方的屏饰是国王为了这次庆典特别出借的法国绸缎，而陛下也不忘派人传令，弥撒结束之后，教堂务必立即归还这片珍贵的屏饰。

圣母教堂内挤满大批民众，亚诺一家三口被迫走走停停。有些人认得亚诺，总会特别让行，但是亚诺对此好意只是心领，依然和群众站在一起；站在他周围的都是他的同胞，他的家人。只是，缺了吉良……还有卓安。亚诺宁可回想那个和他一起发现新世界的小男孩，也不愿忆起那个焚身殉道的痛苦修士。

普拉聂亚主教已经开始了弥撒仪式。

亚诺惊觉内心一股焦虑油然而生。吉良、卓安、玛丽亚、他父亲，还有那位老太太。为什么每当他觉得生命似乎有缺憾时，他总会想起那位老太太？他曾经要求吉良去找寻那位老太太，还有雅莱迪思。

“她们已经在世上消失了。”吉良这样告诉他。

“据说她是我母亲。”亚诺刻意提高音量提醒吉良，“他们都言之凿凿。”

“我就是找不到她们啊！”过了半晌，吉良回复他。

“可是……”

“还是忘了她们吧！”吉良以坚定的语气劝他。

普拉聂亚主教继续主持着弥撒仪式。

亚诺已经六十三岁了，备感疲累的他，忍不住往儿子身上靠。

柏纳体贴地挽着父亲的手臂，这时候，亚诺凑近儿子耳畔，同时指着主祭坛。

“儿子，你看见她在微笑了吗？”他这样问道。

POSTSCRIPT

后记

在写作这部小说的过程中，我以贝德罗三世的《编年史》为本，为了情节铺陈之需，做了一些必要的改写，最后以小说形式呈现。

纳瓦克雷斯城堡及其封主完全是虚构的，不过，贝德罗国王将本书虚构的养女角色爱丽诺许配给亚诺而赠与的蒙普男爵和封地，倒是确实存在的，即贝德罗四世之子马丁王子于1830年赠与吉廉·雷蒙·德·蒙卡塔尔的封地，赠地的原因是为了犒赏这位出身西西里的贵族大力促成了玛丽亚女王和马丁之子的婚事。然而，这些封地却在蒙卡塔尔手中来去匆匆。就在接受这笔丰厚的大礼之后不久，蒙卡塔尔将封地转售给乌尔格伯爵，接着，他以这笔巨款装备了武力齐全的舰队，从此投入海上劫掠事业。

封主得以享有奴隶新婚妻子的初夜，此乃加泰罗尼亚法律赋予封主们的权力之一。而封主虐待农奴的情况仅存在于法国统治时期的古加泰罗尼亚时代，但自12世纪之后的新加泰罗尼亚时代起，农奴们开始奋起而反抗封主，各地冲突不断，直到1486年，亚拉岗国王费南铎二世颁布“瓜达路佩法令”，废除封主虐待农奴之权，冲突才逐渐平息。不过，为了废除这项封主特权，当时的王室确实花费了大笔资金赔偿封主们这项损失。

卓安的母亲因不守妇道而受到惩罚，她被拘禁在一个小房间里，仅以开水和面包度过余生。这项法令于1330年由阿方索三世颁布实施，当时是为了惩罚一名出轨的已婚女子爱邬拉丽亚。

本书描述的女性和农奴处境，大多参照14世纪加泰罗尼亚修士佛朗却斯克·艾西蒙尼斯的著作《基督徒》（Lo cresti）。

中世纪的加泰罗尼亚有别于西班牙其他地区，对于强奸犯行严厉惩处；不过，法律却容许强奸犯与受害人结婚，这也是当时加泰罗尼亚法律的明文规定，本书中的海儿和彭兹骑士就是在这种情况下结为夫妻的。

当时的法令规定，若是被强奸的受害女子得以寻得归宿，犯下强奸罪行者必须致赠嫁妆，或是强奸犯本人干脆与受害者结婚。倘若受害人处于已婚状态，强奸犯则依照婚外通奸的相关法令支付罚金。

马约卡的海默国王企图绑架妻舅贝德罗三世一事，是否属实，至今不得而知。此一计划因贝德罗三世的修士亲戚聆听的一段告解而遭揭穿——本书特别安排了卓安担任协助的角色。此事或是确曾发生？或是贝德罗三世为收复国土而进攻马约卡，借此虚构事件让自己的攻击行动合理化？不过，马约卡国王要求建造一座从皇家船舰通往弗拉梅诺斯修院的密闭木桥，应是确有其事。或许，这项要求正好让贝德罗三世在《编年史》中多了加油添醋的元素。

卡斯提亚国王暴君贝德罗侵略巴塞罗那一事，贝德罗三世在《编年史》有相当详尽的叙述。当时的巴塞罗那确实因陆地外移而失去了原有的天然海港优势，面对敌人的侵袭，毫无天然屏障可言；直到1340年，当时的统治者阿方索国王下令建造符合巴塞罗那情势所需的港口。

总之，根据贝德罗三世的叙述，在那场战役中，卡斯提亚大军始终无法入港登陆，这都要归功于一艘庞大的捕鲸船，因为这艘捕鲸船停泊在外海堤防的浅滩上，阻挡了卡斯提亚舰队入港的唯一通道，巴塞罗那终能逃过一劫。关于这场战役的叙述当中，首次出现了大炮用于海战的记载。从此之后，船坚炮利成了海战必要的装备。贝德罗三世也在《编年史》中描述了加泰罗尼亚民兵嘲讽卡斯提亚军队的场景，就连聚集在海滩上的老百姓都大胆讥笑卡斯提亚军队奇差无比的战斗力。卡斯提亚国王最后放弃进攻巴塞罗那，军队不够精良，应是原因之一。

饥荒第一年，布拉特广场发生了人民暴动事件，巴塞罗那老百姓走上街头要求粮食，当时，带头的滋事分子皆遭极刑惩处，就在布拉特广场遭吊死示众。执政当局确信，吊死处决必定可以镇压民众因饥荒而起的不满情绪。

1360年，一名叫卡斯特优的货币交易商确实因破产而遭斩首，地点就在目前的王宫广场附近。

1367年，因遭指控亵渎圣饼，犹太人被囚禁在犹太教堂内过着无水无食物的日子。后来，贝德罗国王的执政代理人胡安王子敕令处决了三名犹太人。

基督徒庆祝复活节期间，犹太人不得离开家门一步；不仅如此，在此期间，犹太人甚至必须紧闭门窗，借此避免基督徒看见，或是干扰了各种庆祝活动。即使已有如此严格的规定，复活节仍是激进的基督徒指控犹太人亵渎的主要借口，因此，复活节也成了犹太人最畏惧的节日。犹太民族遭指控的罪名当中，与基督教复活节相关的主要是以下两项：一是残杀基督徒的宗教仪式，特别是针对儿童。基督徒言之凿凿，他们坚信犹太人将基督徒孩童钉在十字架上，施以虐刑，或是饮其鲜血，或是食其心脏。另一项指控则是亵渎圣饼。当时基督徒确信，犹太人这两项恶行，无非是想重现耶稣基督的受难和苦痛。

基督徒儿童遭钉死在十字架上的首件案例出现在1147年的乌兹堡，时值萨克森王朝时期，迁居欧陆的犹太人，不久即遭受当地社会严重排挤。1148年，定居英国诺威治（Norwich）的犹太人再遭指控钉死另一名基督徒儿童。从此，各地对犹太人杀害基督徒儿童的指控层出不穷，特别集中于复活节这段时间：格洛斯特（Gloucester），1168年；富达（Fulda），1235年；林肯（Linclon），1255年；慕尼黑，1286年……终致基督徒对犹太人心怀仇恨，并对虐杀儿童的传言深信不疑。到了15世纪，意大利方济会修士伯纳迪诺·达费德瑞预言，特伦多（Trento）将有一位基督徒儿童被钉死在十字架上……预言竟然成真，一个名叫席蒙的小男孩果真被钉死在十字架上。为此，教会特别为席蒙举行宣福礼，但是，达费德瑞修士继续“宣布”更多被钉死在十字架上的案件：雷吉欧、巴萨诺、曼图亚……直到20世纪中叶，天主教会终于对此类事件做了修正，并取消了席蒙的宣福礼，因为，这是宗教狂热，并非真正的信仰。

巴塞罗那民兵队曾经数次出征，其中一次正是本书提及的1369年，民兵队因为克雷瑟城阻挡牧农将牲畜运输到巴塞罗那而出征。当时的巴塞罗那，只准输入活口牲畜；捍卫活口牲畜运输到巴塞罗那的自由，就成了民兵队出征的主因。

海上圣母教堂堪称世上最美丽的教堂之一，此事毋庸置疑；这座教堂虽然不具备其他教堂那种富丽堂皇的宏伟气派，然而，教堂内部却让人深刻感受到贝伦格·孟塔谷极力呈现的巴塞罗那庶民精神：这座属于百姓的教堂，由人民所建，为人民而建，仿佛一座加泰罗尼亚大庄园，庄严、稳固且可靠，而从窗外迤逦渗入的地中海的灿烂阳光，正是这座教堂格外与众不同之处。

许多人都知道，圣母教堂的建造时间长达五十五年，这段时间仅盛行简单、装饰极少的建筑风格，也就是所谓的加泰罗尼亚哥德式建筑。为了不影响原有的固定宗教活动，圣母教堂就在保留旧教堂的情况下动工兴建。起初，众人咸认的说法是当时的建筑师巴赛戈达·亚米各（Bassegoda Amig）原本就安排新教堂盖在旧教堂前方，并在新旧教堂之间保留一条街道，也就是目前的圣母街。然而，1966年在此有一重大发现，教堂内殿下方的地窖是个古罗马墓园，这座地下墓园的存在，改变了巴赛戈达·亚米各原本想在旧教堂原址建造新教堂的想法，不过，亚米各专精圣母教堂研究的孙子坚称，新旧圣母教堂都在同一个地址；只是新建筑涵盖了旧建筑罢了。一般推论，巴塞罗那的守护神圣埃拉莉亚遗骨早先应该就是葬在这座地下墓园里，后来贝德罗国王下令将圣埃拉莉亚遗骨由圣母教堂迁移到大教堂安放。

这部小说描述的圣母雕像，恰恰就是目前在圣母教堂主祭坛上方那一尊，圣母雕像原本安放在面对波恩街的侧门三角楣上，后来移至主祭坛之前。至于圣母教堂的钟塔，1714年，菲力普五世征服了加泰罗尼亚之后，这位卡斯提亚国王针对加泰罗尼亚的教堂钟塔对人民课征特别税，借此惩罚加泰罗尼亚借由教堂钟声召唤民兵捍卫故乡的传统。不过，对于教堂钟声召唤百姓参战怀有恶意，卡斯提亚人并非唯一。贝德罗四世征服了起义反抗的瓦伦西亚之后，立即下令处死主导暴动的几名暴徒，处死的方式则是迫使这些暴徒喝下召集瓦伦西亚民兵的大钟烧熔的金属溶液。

或许就因为教堂钟声召唤民兵的传统，贝德罗国王决定召集全民支持对撒丁尼亚岛作战时，刻意舍却总督府旁的布拉特广场，而选择了圣母教堂广场为集会地点。

出身卑微的大力士们义务搬运大石块到圣母教堂，此举堪称百姓同心协力建造圣母教堂的最佳示范。对于他们的贡献，教堂特别感念，直到如今，大力士驮运石块的铜雕身影依然嵌在教堂大门上以及内殿的浮雕和大理石石柱上……处处可见那些辛勤奉献的沿海区搬运工。

犹太人哈斯戴·葛雷斯卡司确有其人，柏纳·艾斯坦优也确实存在，只是，真实的柏纳·艾斯坦优是敌后突击队将领。哈斯戴·葛雷斯卡司在本书中从事的货币交易及其生活种种，皆为作者虚构。圣母教堂正式落成七年后，也就是1391年，巴塞罗那犹太区遭基督徒百姓夷为平地，犹太区的居民或是惨遭屠杀，或是幸运躲进修道院，但也因此被迫改信基督教。巴塞罗那犹太区完全被破坏殆尽，所有民宅和犹太教堂都成了残垣废墟。胡安国王忧心王室财务状况恐因犹太人的消失而大受影响，因此，他特地提出几项对犹太人有利的政策，希望能吸引犹太人重返巴塞罗那；国王承诺扩大犹太区的范围，但以不超过两百人为限。此外，他也承诺废除犹太人必须在王室成员造访巴塞罗那期间提供食宿以及喂养其马匹的义务。不过犹太人终究未再踏上巴塞罗那土地。1397年，国王颁令赋予巴塞罗那不再设立犹太区的特权。

宗教法庭大法官尼克劳·艾摩力后来在教皇协助之下，顺利逃往亚维农避难。不过，贝德罗国王驾崩之后，艾摩力随即重返加泰罗尼亚，继续大力抨击雷蒙·尤尔的宗教论述。1393年，胡安国王下令将艾摩力逐出加泰罗尼亚，这一次，宗教法庭大法官还是接受了教皇的庇护；然而，就在同年，他再度潜入比利牛斯山麓的赛乌德乌尔格（Seu d'Urgell），胡安国王被迫出面要求该城大主教立即驱逐这位大法官。尼克劳·艾摩力再度潜逃到亚维农，直到胡安国王去世，他终于获得继任的马丁国王允许，得以返回出生地吉隆纳安度余生，最后，他以八十高龄死于故乡。关于艾摩力提及的虐囚方式以及地窖必须够阴暗等状况，都是确有记载的事实。

不同于直到1487年才有宗教法庭出现的卡斯提亚王国，加泰罗尼亚自1249年起即已设立宗教法庭，而且完全独立运作，丝毫不受传统教会法令左右。加泰罗尼亚得以成为设立宗教法庭的先驱，主要的目的是借此打击异教邪端，例如来自法国南部的“纯洁派”以及贝德罗·瓦勒度（Pedro Waldo）在里昂创立的“瓦勒度派”。这两派的宗教理论被当时的天主教会视为异端，但两个教派却在曾受法国统治的加泰罗尼亚吸收了不少忠实信徒，“纯洁派”的追随者就包括了比利牛斯山区的加泰罗尼亚贵族们，例如亚尔诺子爵夫妇、卡迪（Cadi）的封主雷蒙、尼奥（Niort）封主吉廉，以及塞尔坦亚的伯爵总督等人。

以扫荡异教邪端为由，宗教法庭从加泰罗尼亚为起点，开始张牙舞爪地在伊比利半岛横行。不过，到了1286年，镇压“纯洁派”活动宣告停止。进入14世纪之后，加泰罗尼亚宗教法庭接获教宗克雷门德五世命令，目标转向严禁骑士们加入“圣堂武士团”，因为邻国的法国已受影响。但是，“圣堂武士团”在加泰罗尼亚并不像在法国那样引人反感，而在塔拉戈纳大主教为了解决“圣堂武士团”事件而召开的会议当中，与会的所有主教一致同意，自首者皆无罪，不需要以异教徒的罪名审判加入“圣堂武士团”的人。

“圣堂武士团”事件之后，加泰罗尼亚宗教法庭转而瞄准“贝格派”，后来，宗教法庭在几件案件的裁决中裁处犯人死刑，基于教廷规定，处决宗教犯应由一般司法单位执行。到了14世纪中叶，就在1348年，瘟疫肆虐整个欧洲，死亡人数难以估算。相对之下，犹太人口反而有逐渐增加之势。此外，基督徒对犹太人的各种指控依旧相当普遍，这时候，已经没有可以审判其他异教徒或宗教支派的加泰罗尼亚宗教法庭，他们遂将注意力转向犹太教教徒了。

在此特别感谢我的妻子卡门，没有她就不会有这部小说；我也在此向鲍裴瑞斯致谢，因为他和我一起经历了同样的热情；感谢巴塞罗那写作文艺营，因为他们带领我进入了文字的奇妙世界；我也在此感谢我的经纪人桑德拉·布鲁娜，以及我的主编安娜·里亚拉丝。

巴塞罗那，2005年11月

［全书完］

伊德方索·法孔内斯
ILDEFONSO FALCONES

西班牙备受推崇的国民作家。

历时五年而成的处女作小说《海上大教堂》于2006年在西班牙出版，随即引发全球畅销旋风，已向40个国家、地区输出版权，荣获多项国际文学奖项。其作品已在全球售出1000万册。

现与家人居住在巴塞罗那，经营着自己的律师事务所。

海上大教堂

产品经理 | 周　颖　　装帧设计 | 何月婷
技术编辑 | 白咏明　　策 划 人 | 吴　涛

图字：11-2018-438 号

图书在版编目（CIP）数据

海上大教堂 /（西）伊德方索·法孔内斯著；范湲译 . -- 杭州：浙江文艺出版社，2019.6

ISBN 978-7-5339-5697-4

Ⅰ . ①海… Ⅱ . ①伊… ②范… Ⅲ . ①长篇小说—西班牙—现代 Ⅳ . ① I551.45

中国版本图书馆 CIP 数据核字 (2019) 第 104807 号

海上大教堂

[西班牙] 伊德方索·法孔内斯 著　　范湲 译

责任编辑　童炜炜
文字编辑　徐铁暄
装帧设计　何月婷

出版发行　浙江文艺出版社
地　　址　杭州市体育场路 347 号　邮编 310006
网　　址　www.zjwycbs.cn
经　　销　浙江省新华书店集团有限公司
　　　　　果麦文化传媒股份有限公司
印　　刷　天津丰富彩艺印刷有限公司
开　　本　880 毫米 ×1230 毫米　1/32
字　　数　520 千字
印　　张　20
印　　数　1-8,000
版　　次　2019 年 6 月第 1 版　2019 年 6 月第 1 次印刷
书　　号　ISBN 978-7-5339-5697-4
定　　价　78.00 元